Spannung, Exotik, Gefühl – ein Klassiker des Frauenromans von Bestsellerautorin Catherine Gaskin.

Ginny ist auf einer paradiesischen Insel in der Karibik aufgewachsen. Sie weiß nicht, dass der Schatten einer bitteren Fehde auf ihrer Familie liegt. Völlig überraschend erfährt sie, dass ihre Großmutter Isobel ihr eine Porzellanfabrik in Dorset vererbt hat – ein Unternehmen, dem Isobel ihr ganzes Leben verschrieben hat. Als Ginny ihr englisches Erbe antreten will, schlägt ihr Ablehnung entgegen. Welchen Gefahren muss sich die junge Frau in einer Welt stellen, die ihr fremd und unheimlich erscheint?

Catherine Gaskin wurde 1929 in Irland geboren. Nach dem Studium in Sydney ging sie in die USA. Ihre zahlreichen Gesellschafts- und Frauenromane machten sie als Romanautorin international bekannt. Sie starb 2009 in Sydney.

Weitere Informationen finden Sie auf www.fischerverlage.de

CATHERINE GASKIN

Die englische Erbschaft

Roman

Aus dem Englischen von
Karin S. Krausskopf

FISCHER Klassik

MIX
Papier aus verantwortungsvollen Quellen
FSC www.fsc.org
FSC® C083411

Erschienen bei FISCHER Taschenbuch
Frankfurt am Main, April 2018

Die Originalausgabe erschien im Verlag Collins,
London, unter dem Titel »The Tilsit Inheritance«

Druck und Bindung: CPI books GmbH, Leck
Printed in Germany
ISBN 978-3-596-90691-8

Erstes Buch

I

Die Sonne fiel nur noch auf die äußerste Ecke des Gartens, an der Ginny jetzt die Treppe vom Kloster herunterkam und quer auf die Bank, auf der Mater Angela saß, zukam. Für die Dauer eines kurzen Augenblicks fing ihr unglaublich blondes Haar die Sonne ein, dann tauchte sie in den Schatten. Sie ging langsam, ein langgliedriges, schlankes Geschöpf, sehr aufrecht und mit Bewegungen, die einen – sofern man zu der Generation gehörte, die Pferde gekannt und geliebt hatte – an eine hochbeinige Stute denken ließen. Ihr Benehmen, dachte Mater Angela, war bis heute stets untadelig gewesen.

»Ihr habt mich rufen lassen, Ehrwürdige Mutter?«

Sie neigte den Kopf in der leichten Verbeugung, mit der die Schülerinnen hier die Nonnen, ihre Lehrerinnen, begrüßten, doch schien sie beinahe nur noch in dieser Geste dem Mädchen zu gleichen, das gestern sein Abgangszeugnis erhalten hatte. Mater Angela saß reglos, betrachtete sie einige Sekunden und unterdrückte einen belustigten Zug, der sich in ihre Mundwinkel einzunisten drohte. So oft hatte sie diese Veränderung schon mitangesehen. Bei den meisten Schülerinnen kam sie allmählich, doch Ginny hatte die Auflehnung unvermittelt erfaßt.

»Wie ich sehe, hast du dich schon darauf vorbereitet, uns morgen zu verlassen, Ginny?«

»Ja, Mater.« Sie hatte Bluse und Rock der Schuluniform mit einem gestreiften, ärmellosen Baumwollkleid vertauscht, das ihre hohen, festen Brüste eng umschloß. Das leuchtendblonde Haar, das ihr, vorn kurz geschnitten, in die Stirn fiel, war in einem recht unvollkommenen, aber reizvollen Knoten nach hinten zusammengefaßt. Bald würde es sich aus ihm lösen und herabgleiten, dachte Mater Angela, doch für den Augenblick hatte er seinen Zweck erfüllt. Morgen würde sie im Taxi auf dem Weg zum Flughafen ihre Lippen anmalen. Sie taten es alle – die einen früher, die anderen später –, und sie glaubten, die Nonnen wüßten es nicht. Mater Angela konnte nach jeden Ferien an der Art, wie die Mädchen ihr Haar trugen, sehen, welcher Filmstartyp gerade en vogue war. Einmal hatte sie mit strengen Anweisungen wegen der

Beliebtheit der ›Frisur‹ einer gewissen Brigitte Bardot eingreifen müssen. Mädchen waren nun einmal so, und man mußte damit rechnen. Die meisten der puertoricanischen Mädchen hofften bald nach Abschluß der Schule zu heiraten; sie reiften unter den Augen der Nonnen heran. Doch bei Ginny war es anders.

»Setz dich, Ginny! Ich möchte mit dir über deine Tante Isobel Tilsit sprechen. Es tut mir leid, daß ich nicht da war, als sie kam. Ich mußte heute nachmittag zu der Schule in Barranquitas. Und nun sagt mir Mater Lucia, daß sie schon morgen früh von San Juan nach London abfliegt ...«

Ginny nickte. Sie war wirklich beinahe schön, dachte Mater Angela. Neben dem hellblonden Haar ihrer Mutter hatte sie die geschwungenen Augenbrauen und Wimpern der Tilsits und ihre grauen Augen. Der Knochenbau ihres Gesichtes war gut und fein modelliert – und würde die Jahre überdauern; im Alter würde sie eine sehr gut aussehende alte Dame sein. Aber jetzt war sie jung und in ihrer ersten Auflehnung. Die grauen Augen blickten abweisend und wachsam.

»Erzähl mir von deiner Tante!«

Ginny schüttelte den Kopf. »Ich – kann nicht an sie als meine Tante denken! Ich sagte ›Miss Tilsit‹ zu ihr. Ich fürchte, ich war sehr unhöflich.«

»Erzähl nur.«

Ginny ließ ihren Blick von der Nonne fortgleiten und schien die Baumgipfel zu betrachten, die sich leicht in der steten Brise von San Juan bewegten. Die Nonne wartete geduldig. Sie wußte, die Worte würden kommen. Die Ruhe und Abgeschiedenheit dieses Gartens würden wie immer ihren Zauber ausüben. Der Garten hatte beinahe noch nie verfehlt, die formellen Schranken zwischen einer Schülerin und einer Nonne fortzunehmen, und sie fühlte, daß die Schranken zwischen ihr und Ginny, die die heutigen Ereignisse zornig und trotzig gemacht hatten, fast schon fortgeschwemmt waren. So saß Mater Angela und bereitete sich auf das Zuhören vor.

Es war das Ende der Disziplin und beinahe auch das Ende der Unschuld gewesen. Ginny dachte an diese beiden Dinge, als sie sich an jenen letzten Tage im Kloster in San Juan erinnerte. Die Zeit der Disziplin war vorbei – sie hatten einem gesagt, daß man sich von nun an selbst eine Disziplin aufstellen müsse. Das Ende der Unschuld war etwas, was man vielleicht herbeisehnte, obwohl die Nonnen im Kloster von Santa Maria sich weniger zu diesem Thema äußerten. Der Zeitpunkt war gekommen, an dem man erkannte, daß man aus der Schuluniform herausgewachsen war; die Geräusche der Welt wurden drängend und fordernd. Ginny erinnerte sich auch an jenen Tag, weil ihr an ihm klargemacht worden war, daß die Tatsache, daß ihr Name ›Tilsit‹ lautete, von Bedeutung war. Damit hatte ebenfalls der Verlust der Unschuld begonnen.

Alles war an jenem letzten Nachmittag vorüber. Gestern waren die Zeugnisse verteilt und die unteren Klassen in die Ferien entlassen worden. Eine besondere Feierlichkeit hatte in der letzten Messe für die ältesten Schülerinnen an jenem Morgen geherrscht. Ginny war nicht katholisch, doch an diesem Morgen hatte sie im Hintergrund der Kapelle gekniet, weil sie mit dazugehören wollte und nach einer Ausdrucksmöglichkeit für die Erregung suchte, die ihr den Magen zusammenkrampfte. Die Meßgewänder waren an jenem Morgen grün – die Farbe der Hoffnung, sagten sie ihr. Pater Garcias Predigt auf spanisch war bewegt und ein wenig besorgt. Sie wußten nie, die Nonnen und Pater Garcia, ob die Disziplin auch von Dauer sein würde; die Unschuld konnte es natürlich nicht sein. Nach der Messe fand ein Frühstück statt, festlich und beschwingt wie eine Gesellschaft; nur die Nonnen wurden ein wenig von Trauer berührt. Dieses Frühstück war ihr besonderes Abschiedsgeschenk an ihre Schülerinnen. Morgen würden die Eltern hier sein, und morgen nacht würden die Zimmer leer stehen.

Da Ginny mit Packen beinahe fertig war, ging sie mit einem Buch in den Garten und legte es dann ungeöffnet neben sich auf die Bank. Sie würde es nicht zu Ende lesen; sie würde es heute abend in die Bibliothek zurückbringen, und es würde keinen Unterschied machen, daß sie es nicht beendet hatte. Die Disziplin bröckelte ein wenig von ihr ab. Morgen früh würde ihr Vater kommen, die letzte Unterredung mit der Ehrwürdigen Mutter würde stattfinden – ein wenig länger als mit den anderen Schülerinnen und deren Eltern, da John Tilsit Mater Angela in England gekannt hatte, als beide noch jung gewesen waren. Und dann würde es vorbei sein. In ihrem Klassenraum im oberen Stockwerk erklang der hohle Knall eines zugeschlagenen Pultdeckels, nachdem die Bücher endgültig herausgenommen worden waren und ein plötzliches Stakkato erregten, nervösen Gelächters, sehr jungen Gelächters. Dann hörte sie eilige Laufschritte auf dem Balkon des zweiten Stockwerks, etwas, was hier sonst streng verboten war. Sie lehnte sich an die sonnenwarme Mauer, schloß träge die Augen und spürte augenblicklich noch deutlicher den Duft der Blumen. Auch die

Farben verlöschten nicht; es war vielmehr, als wären sie ihren Augenlidern aufgeprägt und könnten niemals verblassen. Es gibt sehr wenig in Puerto Rico, was nicht vom Duft der Blumen umhüllt wird, von der Leuchtkraft der mannigfaltigen Grüns. Hier im Innenhof des Klosters, inmitten der Altstadt von San Juan, stand der hohe, weitausladende Baum, schimmerten die weißen Frangipani-Blüten und die Farbenglut der scharlachroten Bougainvillea an der Mauer.

Als sie vor einigen Jahren hergekommen war, hatte sie den Stamm der Bougainvillea nicht mit der Hand umspannen können; jetzt war ihre Hand groß genug, ihn zu umschließen. Die Pflanze war älter als Schwester Aloysius, die älteste Nonne im Kloster, doch war sie nicht so alt wie die Mauer, an die sie sich lehnte. Niemand wußte genau, wie alt das Kloster von Santa Maria war; einige Teile hatten schon vor dem Hurrikan gestanden, der vor beinahe zweihundert Jahren die historischen Urkunden vernichtet hatte. So maß man die Zeit am Wachstum der eigenen Handspanne, doch verglichen mit dem Alter dieser Stadt war diese Zeit von geringer Bedeutung. Ginny maß die Zeit an den kleinen Ereignissen, die ganz persönlicher Art und nur begrenzt wichtig waren. Ein solches Ereignis war der Tag, an dem sie in die Oberstufe kam und das Privileg genoß, den Dachgarten benutzen zu dürfen, auf dem immer der leichte Wind vom Hafen wehte und von wo aus man über La Fortaleza, die Residenz des Gouverneurs, zu der Hafeneinfahrt hinübersehen konnte, zu der Isla de Cabras und zu Catano an der gegenüberliegenden Küste und den vielfach gefalteten, blaudunstigen Bergen dahinter. Aber auch andere Dinge waren zu sehen. Man konnte hinunter auf die Plaza blicken, auf der häufig eine Gruppe der schlanken, grazilen jungen Puertoricaner standen, die hinaufwinkten und ihnen manchmal sogar zupfiffen. Als das zum erstenmal geschah, war es ebenfalls ein Zeitmaß. Ginny stach mit ihrem hellen, glatten Haar scharf von den dunkelhaarigen Mädchen mit der olivfarbigen Haut ab, die neben ihr an der Mauerbrüstung standen und es gelegentlich wagten, zurückzuwinken.

›El Yanqui‹ hatte einer der Burschen ihr einmal zugerufen. Sie war keine Amerikanerin, doch das würde der Bursche nie erfahren. Beinahe jedesmal hörte eine der Nonnen die Pfiffe und rief sie alle von der Brüstung zurück; zur Strafe durften sie dann eine Woche lang nicht mehr auf den Dachgarten. Morgen, dachte Ginny, ist das nun alles vorbei – sie würde lernen müssen, mit den schlanken, grazilen Burschen und anderen wie ihnen umzugehen.

Sie würde lernen müssen, mit der Welt der Männer umzugehen.

»Ginny!«

Sie öffnete die Augen. Luisa, ein schönes Mädchen, so voll erblüht, wie ein puertoricanisches Mädchen mit Siebzehn sein kann – kam auf sie zu. Luisa wußte instinktiv, wie mit Männern umzugehen war; in einem Jahr würde sie verheiratet sein.

»Wach auf, Ginny«, meinte sie halb lachend. »Du sitzt hier wie ein Gecko* in der Sonne. Wovon träumst du?«

»Von Männern«, erwiderte Ginny prompt.

»Oooh ...«, kicherte Luisa. »Und wenn ich denke, daß Papa immer sagt: ›Schau dir mal Virginia an – so ruhig, so wohlerzogen –, sie hat nicht immer solch albernes Zeug im Kopf.‹ Und nun träumst du von – Männern!« Sie kicherte wieder, und ihr ganzer Körper erbebte in einem sinnlichen Schauer, der ihre vollen Brüste und Hüften betonte. »Weil du nicht von hier bist, Ginny, hat Papa keine Ahnung von dir – er hört nur dein wunderschönes Englisch.« Die breiten, üppigen Lippen verzogen sich spöttisch. »Das behauptet er wenigstens!«

Ginny wurde sich beim Anblick Luisas ihrer Unzufriedenheit bewußt – Unzufriedenheit mit dem, was sie selbst war. Die Erregung wich plötzlicher Niedergeschlagenheit. Es war so viel Zeit aufzuholen, so viel durch eigene Anstrengung zu lernen, während andere Mädchen wie Luisa es bereits wußten. Hier saß sie nun, ganze achtzehn Monate älter als Luisa, und war doch noch, was Männer anbetraf, ein Kind im Vergleich zu ihr. Zum Teil kam es daher, daß man sie zu lange auf St. Nicolaas behalten hatte, wo diese Dinge auf eine andere Weise in Erscheinung traten, und zum Teil daher, daß sie ein Einzelkind war. Hauptsächlich schien es ihr jedoch daran zu liegen, daß sie in allem langsam war.

»Hör nicht auf deinen Papa, Luisa! Er möchte sicher nicht, daß du so bist. Er hofft bestimmt, daß du mit Zwanzig verheiratet bist und schon ein paar Babies hast.«

Luisa erbebte wieder, und ein freudiges Erröten breitete sich über ihr Gesicht. »Warten wir's ab ...«, meinte sie, als gäbe es gar keinen Zweifel darüber. »Aber vielleicht gehst du jetzt lieber und findest heraus, was dein Papa sagt. Ich nehme an, es ist dein Papa. Mater Lucia sagt, es sei Besuch für dich da.«

Ginny richtete sich ruckartig auf. »Schon? Er ist schon da? Er sollte doch erst morgen kommen.« Sie sprang auf und begann hastig, ihre Bluse in den Rockbund zu stopfen.

* Klettereidechse

Luisa zuckte die Achseln. »Mater Lucia hat es nicht gesagt – aber beeil dich lieber.«

Kopfschüttelnd verfolgte sie Ginnys Bemühungen. »Laß doch – es hat doch keinen Zweck. Das sieht durch nichts besser aus!« Sie musterte Rock und Bluse der Schuluniform voller Verachtung. »Ihn stört das nicht ... Nanu! Was soll ich damit?« fragte sie, als Ginny ihr das Buch in die Hand drückte.

»Bring es bitte für mich in die Bibliothek zurück, ja, Luisa? Wenn er das letzte Flugzeug heute nach St. Charles bekommen will, werden wir uns beeilen müssen, und ich hab' noch nicht zu Ende gepackt ...«

»Na schön ... aber nur unter einer Bedingung. Du mußt ihn zu mir bringen, während er auf dich wartet ... eh?« Sie lachte kurz und atemlos auf und erbebte wieder. »Ich mag deinen Vater. Er sieht wie ein englischer Filmstar aus«, rief sie laut hinter Ginny her, die schon fast auf der anderen Seite des Hofes war. Ginny winkte ihr zu.

»Ich werd's ihm ausrichten.« Sie würde es nicht tun, und beide wußten das. John Tilsit wäre dunkelrot vor Verlegenheit geworden, hätte ihm jemand etwas Derartiges gesagt. Und außerdem wäre er ärgerlich geworden. Als Ginny nun im Schatten des Klosters entlanglief und schließlich auf den glatten Steinplatten vor dem Portal schliddernd anhielt, überlegte sie, daß Luisa vielleicht recht hatte. Ihr Vater würde natürlich den verwaschenen, blau-weiß-gestreiften Leinenanzug anhaben, den er für Besuche in San Juan aufsparte, und seine, wenn auch auf Hochglanz polierten Schuhe würden in den rissigen Falten knirschen. Trotzdem war er irgendwie eine distinguierte Erscheinung. Manche Menschen, zu ihnen zählte auch Luisa, mochten ihn, andere ließen ihn in Frieden, da sie ihn zu zurückhaltend fanden. Doch übersehen wurde er nie. Ginny fügte diesem Bild ihres Vaters ihre Liebe hinzu und suchte verzweifelt nach einer Möglichkeit, diese zum Ausdruck zu bringen. Nach einem letzten Zerren an ihrer Bluse zog sie an der Kette, die die Glocke an der anderen Seite der Tür im Kloster läuten würde.

Das Kloster und die Schulgebäude waren, wie viele Häuser der Altstadt von San Juan, in Rechteckform angelegt. Jedes besaß einen Garteninnenhof, auf den sich die drei Stockwerke mit umlaufenden Balkons öffneten, während die Gebäude der Straßenseite glatte, abweisende Fassaden zeigten, die nur von schmalen, von Fensterläden gerahmten – oder auch verschlossenen – Fenstern und den drei gewaltigen, geschnitzten Doppeltüren, die auf die Plaza hinausgingen, unterbrochen wurden. Von der Klosterschule gelangte man durch den Vorraum der Kapelle in das eigentliche Kloster, das die Schülerinnen nur betraten, wenn sie gerufen wurden. Ein dieser Stätte angepaßter feierlicher Ernst bemächtigte sich Ginnys, als sie an der Glockenkette zog. Vielleicht kam es daher, daß sie der tiefe Schatten des Klosters nach der strahlenden Sonne wie ein leicht eisiger Hauch umfing und daß das Portal sich über ihr dreimal so hoch wie sie selbst wölbte. Dieser Ort war einer der letzten Überreste Spaniens in der Neuen Welt, eines Spaniens der Inquisition. Und sie war nicht katholisch. Sie wurde stets an diese Tatsache erinnert, wenn sie von der Schule in das Kloster trat.

Der eine Türflügel schwang zurück, und Mater Lucias kleines braunes Gesicht tauchte vor ihr auf. »Oh, Virginia! Komm schnell, Kind!«

»Ja, Mater.«

Die Nonne schloß die Tür hinter Ginny und folgte ihr mit leichten Schritten über die Steinplatten, begleitet von dem unvermeidlichen Klicken der Holzperlen ihres langen Rosenkranzes, der von ihrem Gürtel herabhing. Der Vorraum der Kapelle war sehr groß und besaß vier Türen – die beiden Türen, von denen die eine zu der Schule, die andere zu dem Kloster führte, die eine zur Straße hinaus und schließlich die Kapellentür selbst. Durch die Wand dieser ein Meter dicken Mauern drang der Straßenlärm nur noch wie ein fernes, schwaches Rauschen; gedämpftes Licht fiel aus den hochangebrachten Fenstern. Die Flügel der Kapellentür standen offen, und so hielt Mater Lucia im Anblick des Altars und des kleinen roten Ewigen Lichtes inne, um das Knie zu beugen. Ginny folgte nicht ihrem Beispiel, denn es gehörte zu den Erziehungsgrundsätzen der Klosterschule, daß Nichtkatholiken nur durch ein Kopfnicken den Glauben eines anderen Menschen anerkennen sollten. Die alte Religion hatte in der Neuen Welt eine gewisse Toleranz entwickelt. Ginny fühlte, daß sie die Kapelle vermissen würde. Das bunte Altarfenster war von dem gleichen Hurrikan zerstört worden, der die historischen Urkunden vernichtet hatte, und war durch einfaches Glas ersetzt worden. Doch das Chorgestühl aus Ebenholz war vor dreihundert Jahren in Spanien geschnitzt worden, und die Wandteppiche darüber waren echte Gobelins. Es hieß, ein Agent William Randolph Hearsts hätte versucht, die gesamte Kapelle dem Kloster abzukaufen, um sie, in einzelne Teile zerlegt, nach San Simeon zu verschiffen. Seitdem war die Kapelle nur auf besondere Anmeldung hin zur

Besichtigung für Touristen geöffnet.

Ginny blickte noch einmal zurück und stellte leicht bedauernd fest, daß sie die Kapelle von nun an nur noch sehen würde, wenn sie sich während etwaiger Besuche in San Juan die Mühe machen würde, im Kloster vorzusprechen. Man erwartete von den Schülerinnen von Santa Maria, daß sie zu den Nonnen hineinschauten, um ihre Verlobungsringe vorzuzeigen und später ihre Kinder. Das gehörte ebenfalls zu den Erziehungsgrundlagen.

Mater Lucias leises, zischendes Geflüster unterbrach Ginnys Gedanken. »Beeil dich, Kind, beeil dich!« Sie hielt die Klostertür auf. »Ich habe die Dame in den Ersten Salon geführt.«

Ginny blieb abrupt stehen. »Die Dame?«

»Miss Tilsit. Im Ersten Salon, Virginia.«

Ginny rührte sich nicht. »Das ist ein Irrtum, Mater. Es gibt gar keine Miss Tilsit – es muß meine Mutter sein.«

Das alte braune Gesicht zog sich in noch mehr Runzeln zusammen. »Nicht deine Mutter, Kind. Ich kenne doch deine Mutter! Es ist deine Tante – Miss Tilsit.«

»Ich habe keine Tante!«

Mater Lucia war alt; deshalb hatte sie das Amt, den ganzen Tag als Pförtnerin an der Tür zu sitzen, wobei ihr viel Zeit blieb, zwischendurch ihr Brevier zu lesen. Sie liebte Probleme nicht und sah nun ratlos und verwirrt aus. »Aber sie hat es gesagt, Virginia! Und die Ehrwürdige Mutter ist noch in Barranquitas ... so brachte ich sie in den Ersten Salon und ließ dich holen. Sie ist eine englische Dame – keine Amerikanerin. Sie spricht wie die Ehrwürdige Mutter ...«

Sie flehte nun geradezu Ginny an, sich dieser englischen Tante zu erinnern und sie so von der Verantwortung zu befreien, eine Fremde eingelassen zu haben. Plötzlich kam ihr ein anderer, verhängnisvoller Gedanke. »Madre mia! – Wenn es nun eine Diebin ist!«

Und damit stürzte die kleine Nonne im Geflatter ihres schwarzen Schleiers an Ginny vorbei und hastete den Flur entlang zu der Tür des Raumes, welcher der Erste Salon genannt wurde. Es waren drei derartige Zimmer vorhanden, um Eltern und Besucher zu empfangen; der Erste Salon war prächtiger als die beiden anderen. In ihn wurde der Bischof bei seinem jährlichen Besuch geführt. Er enthielt einige wertvolle Möbelstücke, und Mater Lucia befand sich in einer wahren Panik. Ginny lief – nach Klostermethode auf den Zehenspitzen – hinter ihr her, um sie einzuholen. Die Nonne riß die Tür ohne die sonst übliche Behutsamkeit auf – und was sie erblickte, ließ sie einen kleinen Schreckensschrei ausstoßen.

»Madre mia! Ich wußte es ja! Eine Diebin!« Die kleine schwarze Gestalt wich sichtlich zitternd einen Schritt zurück. Ginny äugte ihr über die Schulter.

In dem Zimmer drehte sich eine Frau gelassen zu ihnen um, eine große, magere Frau, die das erste wollene Kostüm trug, das Ginny je sah, und einen Pelzhut mit einer Krempe. Der Anlaß zu Mater Lucias Schrei war leicht zu erkennen. Die Türen des Schrankes, in dem die kostbare alte Porzellansammlung des Klosters aufbewahrt wurde, standen offen, und die Frau hielt tatsächlich einen Teller in der Hand.

»Rasch – Kind! Lauf in die Küche und hol Schwester Ursula und Delores. Ich – ich werde sie hier einschließen! Rasch!« Die brüchige, alte Stimme der Nonne krächzte vor Aufregung. Sie schickte sich an, die Tür zuzumachen.

»Halt!« Der Befehl kam von der Frau; er war zwingend und unmöglich zu ignorieren. Mater Lucia zögerte vor der fast geschlossenen Tür. Sie schob den Kopf durch den Spalt, und Ginny mußte den Hals ausrecken, um etwas zu sehen.

»Einen Augenblick!« In größter Gelassenheit stellte die Frau den Teller wieder in sein Gestell zurück und streifte sich den unsichtbaren Staub von den Händen. Darauf wandte sie sich ihnen ruhig zu. »Sie irren sich natürlich. Ich habe mir die Sachen nur angesehen ... Ich versichere Ihnen, ich bin keine Diebin.« Wäre Englisch Mater Lucias Muttersprache gewesen, so hätte sie den Sarkasmus dieser Worte gespürt. So bemerkte sie ihn jedoch nicht.

»Señorita ...« Sie fand keine Worte und war unschlüssig, was sie tun sollte. »Sie müssen verstehen ... diese Sammlung ist sehr wertvoll! Die Ehrwürdige Mutter hat sie aus England mitgebracht. Es ist strengstens verboten, die Stücke anzufassen. Ja, die Ehrwürdige Mutter staubt sie sogar selbst ab ...«

»Und das nicht sehr gründlich, wie ich sehe.« Ungeduldig beschwichtigend hob sie die Hand. »So beruhigen Sie sich doch! Es ist ja gar nichts passiert. Und was den großen Wert der Sammlung betrifft« – ihre Stimme bekam einen Ton bitterer Belustigung – »es sind ein oder zwei gute Stücke dabei – doch sind auch einige recht minderwertige Sachen darunter.« Die Stimme bekräftigte diese Überzeugung. Es war alles, an das sich die Nonne und Ginny halten konnten; der Rest war eine dunkle Silhouette vor dem Lichtrechteck des großen Fensters und ein durch den Hut beschattetes Gesicht. Die Nonne blieb weiter mißtrauisch und wich nicht von ihrem Posten an der Tür. Ihr schwaches Achselzucken schien zu fragen, ob der Anblick, der sich ihr soeben geboten hatte, kein eindeutiger Beweis sei. Hatte sie nicht gesehen, wie die Fremde einen Teller des Porzellans, das niemand anfassen durfte, in der Hand hielt, und standen die Schranktüren nicht offen? – die Türen, die nie abgeschlossen waren, weil es einfach undenkbar war, daß jemand die Anweisungen der Ehrwürdigen Mutter mißachtet hätte. Sie schien sagen zu wollen, daß es ihre Pflicht sei, hier Wache zu stehen.

Da ertönte Ginnys Stimme hinter ihr. Ihre Lippen waren aus einem unbestimmten Furchtgefühl ganz steif. »Mater – ich bin überzeugt, es ist alles in Ordnung. Diese Dame ist ...« Die Worte erstarben ihr in der Kehle. Sie hatte diese Frau nie zuvor gesehen und auch noch nie etwas von ihrer Existenz gehört. Doch wenn John Tilsit es auch vorziehen mochte, diese Tatsache zu ignorieren, so waren seine Sprechweise, seine Bewegungen, ja sogar seine Art dazustehen in dieser Frau verkörpert.

»Ich kenne diese Dame«, erklärte Ginny schließlich.

Die Nonne gab widerstrebend nach. Sie hatte sich offensichtlich noch nicht von dem Schrecken über die Unverfrorenheit der Fremden erholt, die es gewagt hatte, eigenmächtig geschlossene Schranktüren zu öffnen und das kostbare Porzellan in die Hand zu nehmen. Nur langsam ließ sie den Türgriff los und trat zur Seite, um Ginny vorbeizulassen. »Wenn du es sagst, wird es wohl in Ordnung sein.«

Die Frau neigte leicht den Kopf; sie schien mit dieser Geste nicht so sehr ihren Dank auszudrücken, als lediglich das ihr zustehende Recht zur Kenntnis zu nehmen. »Danke sehr – und jetzt möchte ich gern eine Zeitlang mit meiner Nichte allein sein.«

»Das ist bei uns so üblich«, erwiderte Mater Lucia mit eisiger Höflichkeit. Sie bedeutete Ginny, hineinzugehen, und wandte sich dann wieder der Besucherin zu. »Dürfen wir Ihnen eine kleine Erfrischung anbieten, Miss Tilsit?« erkundigte sie sich voll freudiger Genugtuung, als könne sie der Engländerin damit zu verstehen geben, daß, wenn jene sich auch nicht zu benehmen wisse, man das hier in Santa Maria sehr wohl wisse. »Vielleicht etwas Tee?« Mater Lucia glaubte, es sei richtig, Engländern zu jeder Tages- und Nachtzeit Tee zu offerieren. War es nicht eine der exzentrischen Gewohnheiten der Ehrwürdigen Mutter, jeden Nachmittag Tee zu trinken? – und nicht etwa eisgekühlten, wie ihn jeder andere in diesem Klima getrunken hätte, sondern heißen Tee.

»Vielen Dank.«

Die Nonne verneigte sich und schloß die Tür betont leise und behutsam. Ginny und die Frau standen sich nun allein gegenüber.

»Nun«, meinte die Frau ungerührt, »ich vermute, ich habe einen schlechten Eindruck gemacht. Man weiß nicht so recht, welches Benehmen korrekt ist für so ein Nonnenkloster.«

Ginny unternahm keinen Versuch, dem zu widersprechen. Verachtung klang aus dem Wort ›Nonnenkloster‹, und vorher hatte die Fremde sich über die Ängste der kleinen Mater Lucia mokiert. Ginny spürte plötzlich das grimmige Bedürfnis, beide zu verteidigen und zu beschützen. »Ich glaube, für gutes Benehmen in einem Kloster gelten dieselben Regeln wie überall sonst.« Erstaunlicherweise begann die Frau zu lachen und wandte den Kopf zur Seite, so daß das Licht auf die eine Gesichtshälfte fiel. Ginny stockte der Atem bei dem, was sie sah. Eine Narbe, kein Muttermal, sondern die Narbe einer Wunde, lief über die rechte Wange der Frau bis auf die Nase, tief und beinahe blutrot. Die Ränder hatten sich beim Lachen zusammengezogen. Eine entsetzliche Spur auf dieser zarten, durchsichtigen Haut! Es war eine alte, längst verheilte, aber nie richtig behandelte und korrigierte Narbe.

»Du meinst, ich war unhöflich?« erkundigte sich die Frau. »Touché.« Sie zuckte die Achseln. »Und diese alte Nonne gab mir zu verstehen, daß ich unhöflich war? Nun ja, ich glaube, sie hatte das Recht dazu.« Abgesehen von der Narbe war es ein gutgeschnittenes, aber hartes Gesicht. Der humorvolle Ausdruck hatte ihm gnädig eine gewisse Anmut verliehen, war jedoch rasch wieder verschwunden. Ginny erschien die Ähnlichkeit mit John Tilsit nun, wo sie die Frau richtig zu sehen vermochte, längst nicht mehr so ausgeprägt.

Sie nickte. »Es war ein furchtbarer Schock für sie. Der Schrank« – sie deutete mit einer Kopfbewegung auf ihn – »wird nie von jemand anderem als der Ehrwürdigen Mutter geöffnet. Ich habe ihn nie offenstehen sehen. Es gibt hier in Puerto Rico nicht so viele Museen ... so erscheint uns das bißchen, was wir haben, sehr wertvoll. Mater Lucia übernimmt es – wie wir alle – von der Ehrwürdigen Mutter gleichsam wie einen Glaubenssatz, daß die Sammlung unbezahlbar ist.«

Zu ihrer eigenen Überraschung lächelte sie leicht, während sie sprach. Nach der ersten verblüfften Reaktion empfand sie beinahe so etwas wie Bewunderung für diese Frau, die den Mut besaß, das legendäre Porzellan tatsächlich in die Hand zu nehmen, weil es sie interessierte, und die nicht wie eine brave Kirchenmaus dasaß und wartete. Ihr Verhalten drückte gesundes Selbstbewußtsein und Selbstvertrauen aus. Eigenschaften, die Ginny brennend zu besitzen wünschte. »Trotzdem«, fügte sie hinzu, um ihr Lächeln zu erklären, »machte es mir Freude, es einmal draußen zu sehen. Es schien zum Leben zu erwachen ...« Sie zögerte. »Ich meine – dieser eine Teller sah schöner in Ihrer Hand aus. Nicht mehr hinter Glas.«

»Genau!« Die Stimme klang immer noch sehr sachlich, doch ein wenig wärmer. »Aber sie tun recht daran, es dort aufzubewahren. Nichts, was schön ist, sollte in Reichweite von Dummköpfen sein.«

»Ich weiß nicht so recht.« Ginny trat näher an den Schrank heran und wunderte sich, warum es ihr plötzlich leichter fiel, sich mit dieser Frau zu unterhalten; sie fand es in diesem Augenblick leichter als mit den meisten anderen Menschen. Es war, als hätte dieser Widerspruch ihrer Meinungen sie altersmäßig näher zusammengerückt. Ginny war es noch nicht gewöhnt, daß Erwachsene ihr aufmerksam zuhörten, wenn sie etwas sagte. »Ich finde, es ist ein Jammer, schöne Dinge einzuschließen. Sie sind doch dafür gedacht, daß man sie sieht – sie benutzt, falls das möglich ist.«

»Aber mit sicherem Unterscheidungsgefühl für ihren Wert und ihre Schönheit. Und nur von den Menschen, die ihr Wesen erfassen.«

»Aber wie soll man das denn lernen? Lernen ist ... Bloßstellung.« Ginny hielt inne, der Gedanke blieb unbeendet und unklar. Um so erstaunlicher war es daher, Zustimmung in dem anderen Gesicht zu gewahren und ein verstehendes Kopfnicken.

»Du hast recht.« Die Worte ertönten langsam, als übernähme diese Frau mit ihnen eine Verpflichtung. »Und du bist noch jung. Du hast Zeit, unterscheiden zu lernen.« Unvermittelt wandte sie sich vom Schrank ab und ging an das Fenster. »Setzen wir uns doch! Nein, hier ans Fenster – wo ich dich sehen kann.« Ginny tat wie ihr geheißen.

Die Frau war es gewohnt, Anweisungen zu erteilen. Sie saßen sich nun in zwei hochlehnigen, geschnitzten Stühlen gegenüber, die zu beiden Seiten des hohen Fensters standen, durch das man auf das Kloster und den Klostergarten blickte. Die sanfte Brise aus dem Garten strich ihnen über das Gesicht; durch die tiefe Stille schienen Duft und Farbe der Blumen hier intensiver zu sein als im Schulgarten. Im Schatten des gegenüberliegenden Klostergebäudes wandelte eine Nonne in stetem Rhythmus auf und ab, während sie ihr Brevier las. Ihre Schritte drangen schwach durch den Garten zu ihnen herüber. Ginny fühlte die forschenden Blicke der Frau lange und prüfend auf sich ruhen. Die Versuchung war groß, ihnen durch irgendeine Bewegung auszuweichen, doch zwang sie sich, reglos sitzen zu bleiben und den Blicken standzuhalten. Sie sprach auch nicht die Fragen aus, die ihr auf der Zunge lagen. Die Frau hatte die Hände auf die schweren Armlehnen gelegt; über ihrem Kopf stand das geschnitzte Wappen des spanischen Königshauses. Man mußte es ihr lassen, stellte Ginny fest, sie wirkte nicht die Spur deplaciert oder unsicher in diesem Stuhl. Das bläulichrote, entstellende Mal wurde weniger grauenvoll, weil die Frau selbst es ignorierte.

Als sie schließlich sprach, hatten ihre Worte etwas von der Endgültigkeit eines Urteils. »Wie ähnlich du ihr bist – es ist wirklich ganz erstaunlich! Ich war gespannt, ob du ihr ähnlich sehen würdest.«

»Wem ähnlich?«

»Jane – Jane Tilsit.«

»Jane?«

»Du weißt nicht, wer das ist?« Die Stimme bekam einen zornigen Unterton. »Ist es möglich, daß er es dir nie erzählt hat? Ich spreche von deiner Urgroßmutter. Einer sehr bemerkenswerten Frau.« Sie beugte sich vor. »Eigenartig – niemand von uns hat ihr so sehr geglichen. Sogar die Farbe deines Haares – wenn deines auch heller ist. Bist du sicher, daß er dir nie von seiner Großmutter Jane erzählt hat?«

»Ganz sicher. Ich habe nie etwas über irgendeinen von Vaters Familie gehört. Nur, daß er aus England ist. Ich dachte, es sei niemand von der Familie mehr da außer ihm.«

Die schmalen bläulichen Lippen zuckten, und die Narbe pochte. »Ja ... ich hätte es mir denken können. Als er aus England fortging, sagte er, er würde nie mehr zurückkommen. Erstaunlicherweise machte er sein Wort wahr – er war nie ein sogenannter starker Willensmensch gewesen. Aber uns alle auszulöschen ...« Ihre Lippen formten ein Schnalzen. »Wer hätte gedacht, daß er so halsstarrig sein würde, aber auch alles über seine Familie seinem einzigen Kind zu verschweigen.«

»Aber ich weiß doch etwas über meine Familie. Großvater Pieter van Meerten und Urgroßvater Heindrik verließen ...«

»Die Familie deiner Mutter ... die holländische Seite«, wurde sie unterbrochen. Achselzuckend ließ die Frau dieses Thema fallen. »Ich sprach nicht von der holländischen Seite – obgleich holländisch besser ist als spanisch, wenn er schon eine Ausländerin heiraten mußte.«

»Wir sind hier alle Ausländer«, entgegnete Ginny.

»Sagt er dir das? Es klingt wie John. Er sagte immer solche Sachen – unpraktische, törichte Sachen. Immer redete er über Dinge, von denen er nichts verstand, und weigerte sich, auf die zu hören, die es taten. Halsstarrig und verbohrt – und wie verbohrt! Doch wer hätte gedacht, daß er es so lange aushalten würde? Über dreißig Jahre habe ich in England gewartet, daß er seine Fehler zugibt. Er hat es jedoch vorgezogen, sich in Schweigen zu hüllen ... Nun, so sei's denn! Das ist gewesen und vorbei. Es interessiert mich nicht mehr.« Sie machte eine abschließende Handbewegung und schwieg. Es war eine kurze, sparsame Geste, die eine Zeitspanne von dreißig Jahren beiseite wischte.

Ihre Hände waren, wie Ginny bemerkte, überraschend schön, weiß, von blauen Adern durchzogen und mit langen Fingern. Sie waren das einzige echt Weibliche an dieser Frau. Auch ohne die verunstaltende Narbe wären ihre Gesichtszüge zu herbe gewesen, als daß man sie hätte schön nennen können, und sie unternahm auch keinen Versuch, sie weicher erscheinen zu lassen. Ihre Kleidung war kompromißlos häßlich; der über den Kopf gestülpte Pelzhut, der das kurzgeschnittene graue Haar beinahe völlig bedeckte, die braunen Schnürschuhe und die langen Reithandschuhe, die vor zwanzig Jahren modern gewesen waren. Sie machte nicht die geringste Konzession an die Hitze dieses Junitages in San Juan, ja, sie zog noch nicht einmal die Jacke ihres dicken Tweedkostüms aus. Ihre Leinenbluse, makellos weiß und steif gestärkt, war bis zum Hals hinauf zugeknöpft. Es war sehr imponierend, so als existiere so etwas wie ein Klima gar nicht für diese Frau.

»Ich sehe«, meinte sie endlich, »wir werden dir die Familiengeschichte beibringen müssen. Es ist eine beachtliche Geschichte ... sie geht lange Zeit zurück.«

»Das tut auch die der van Meertens.«

Die Frau überhörte ihre Bemerkung. »Es ist unser Unglück, daß die Tilsits nicht sehr fruchtbar gewesen sind. Eine Familie braucht viele Mitglieder, um stark zu sein, weißt du – man kann es sich dann leisten, die schwachen auszuklammern, und es sind immer noch die fähigen da, um die Tradition fortzuführen. Jane Tilsit hatte nur ein einziges Kind, das am Leben blieb, und in unserer Generation waren John und ich da – ich bin Isobel. Und jetzt – bist nur du da.«

»Nur ich ...« Ginny wiederholte die Worte wie ein Echo und fühlte ihr Gewicht. Einen Augenblick lang ließ sie diese Fremde beinahe Besitz von sich ergreifen. Es wirkte auf sie wie ein starker Rausch, zu erfahren, daß sie das zeitliche Glied einer Kette war und auf einen festen Platz und in eine Familie gehörte, von deren Existenz sie zuvor nichts gewußt hatte; es war wie ein Rausch, plötzlich die Bedeutung zu erfassen, daß sie selbst die Geschichte dieser Familie verkörperte. Es war Isobels Absicht, sie das fühlen zu lassen; es war von entscheidender Wichtigkeit für diese Frau, oder sie würde jetzt nicht hier sitzen und beginnen, ihr von Geschehnissen zu erzählen, über die ihr Vater vorgezogen hatte zu schweigen. Ginny bemerkte, daß der Blick der Frau starr und beinahe fanatisch auf ihr lag, und sie spürte, wie sie sich innerlich zurückzog.

»Wußte Vater, daß Sie hierherkommen würden?« Sie flüchtete sich schutzsuchend zu seinem Namen.

»Nein – ich sagte dir doch, er interessiert mich nicht mehr. Seine Zeit ist vorbei.«

»Nun – Sie werden ihn aber trotzdem sehen. Er kommt morgen nach San Juan. Es ist so Brauch beim Abgang von der Schule, daß die Eltern der Ehrwürdigen Mutter einen Besuch machen. Er kommt sogar jedesmal her, wenn er in San Juan ist, und besucht sie, weil er sie noch aus England kennt ...« Ihr kam ein Gedanke, und sie sah Isobel Tilsit fragend an. »Dann werden Sie wahrscheinlich auch die Ehrwürdige Mutter kennen ...«

»Wen? – Oh, du meinst Dorothy Hamilton? Ja, ich kannte sie – flüchtig. Ich habe gehört, daß sie hier gelandet ist. Also auch sie führt ihr Leben auf höchst unangemessene Weise weit von dem Platz entfernt zu Ende, an den sie gehört. Sie ist auch vor ihrer Verantwortung davongelaufen. Sie wurde katholisch ... und jeder wußte, daß sie auch den jungen Cavendish hätte heiraten können. Natürlich halten sie und dein Vater zusammen, um sich gegenseitig bei den Folgen ihrer schlechten Entscheidungen zu unterstützen. Aber wie dem auch sei – es geht hier nicht um sie. Du bist die einzige, die mich jetzt interessiert.«

»Morgen nachmittag fliegen wir nach St. Nicolaas zurück«, sagte Ginny – wie sie hoffte – im Ton der Endgültigkeit. Sie versuchte sich zusammenzureißen, um Isobel Tilsits zwingender Art zu widerstehen.

»Da bleibt uns Zeit genug – Zeit genug.«

»Sie werden dann also Vater sehen?«

Isobel Tilsit zuckte die Achseln. »Vielleicht – vielleicht auch nicht. Nach dreißig Jahren ist das doch kaum mehr wichtig, oder? Es kann doch nichts von großer Wichtigkeit geben, das wir uns noch zu sagen hätten.«

»Warum sind Sie dann gekommen?«

Zum erstenmal ließ sie den Blick von Ginny los und schaute in den Garten. »Es war eine lange Reise«, sagte sie langsam. »Es war eine lange Reise, zumal man nicht genau wußte, warum man sie machte – nein, unterbrich mich nicht. Es war eine lange, in aller Eile unternommene Reise, denn man weiß ja nie, ob die Ärzte, die gewöhnlich solche Dummköpfe sind, es diesmal fertiggebracht haben, die Wahrheit zu treffen. Sie behaupten, ich hätte ein schlechtes Herz und dürfte mir nicht zuviel zumuten. Was für ein Blödsinn! – Als ob mir bei allem, was ich zu tun habe, etwas anderes übrigbliebe. Ich dachte mir jedoch, daß es an der Zeit sei, die Verbindung zu dir aufzunehmen. Ich ließ Erkundigungen einziehen, doch es wurde irgendein dummer Fehler gemacht, und ich erfuhr erst vor einer Woche, daß dies dein letztes Jahr in Santa Maria ist.«

»Sie hätten mich auf St. Nicolaas sehen können«, stellte Ginny kühl fest. »Vater hätte niemals etwas dagegen gehabt.«

»Vielleicht – aber wie ich dir bereits gesagt habe, gilt mein Interesse nicht deinem Vater. Es interessiert mich nicht, ob ich seine Erlaubnis habe, mit dir zu sprechen. Ich weiß nicht, ob er überhaupt den Mut hätte, mir ins Gesicht zu sehen – sogar jetzt.«

»Weshalb denn nicht? Gibt es etwas, vor dem er Angst haben müßte – sich schämen müßte?«

Isobel Tilsit zuckte erneut die Achseln. »Das muß er selbst wissen. Ich sehe keine Veranlassung, warum ich diese Frage für ihn beantworten sollte – oder warum ich für ihn sprechen sollte. Was aus John geworden ist, ist nicht meine Schuld. Er wußte, daß seine gesamte Zukunft mit mir in England lag. Aber er zog es vor, dagegen anzukämpfen und sein Leben fern von England zu verbringen – auf einer gottverlassenen, kleinen holländischen Insel. Wenn er das jetzt bereut, ist das wahrlich nicht meine Schuld.«

»Vater geht es gut.« Ginny beugte sich vor. »Er bereut nichts ... er ist glücklich auf St. Nicolaas.« Doch sie wußte, daß die Worte einen verzweifelten Klang hatten. Warum hatte sie das Wort ›bereuen‹ gebraucht? – Was bereuen? Und warum schrie sie dieser verbitterten, mageren Frau ins Gesicht, er sei glücklich? Wußte sie das denn? Zum erstenmal in ihrem Leben mußte sie sich fragen, was denn Glück sei. Plötzlich wurde ihr das undurchdringliche

Schweigen ihres Vaters über die Vergangenheit bewußt, ein tiefes und hermetisches Schweigen, das ihr erst in diesen Minuten mit Isobel Tilsit unnatürlich erschien. Der Same des Zweifels, den jene in ihr Herz gelegt hatte, begann Wurzeln zu schlagen.

»Geht es John gut? Weißt du das genau?«

»Natürlich weiß ich das genau!« Automatisch kamen ihr die Worte über die Lippen, weil sie gesagt werden mußten. Doch dann verschloß sie den Mund fest vor dieser Fremden. Vor ihrem inneren Auge jedoch konnte sie das Gesicht ihres Vaters sehen, dunkel gebräunt von der Sonne und so mager wie sein ganzer übriger Körper. Es war ein ernstes Gesicht, und oft schien sein Ausdruck, wenn sie es sich jetzt näher betrachtete, kummervoll und abwesend. Woran dachte er, wenn er auf der Veranda von Oranje Huis saß, an seiner niemals ausgehenden Pfeife sog und das Eis in seinem Glas zu Wasser zerschmelzen ließ – woran dachte er da eigentlich? Dachte er an den Zuckerpreis und daran, ob die Saisonarbeiter höhere Löhne als im vergangenen Jahr fordern würden? Dachte er an die Bücher, in denen er jedesmal, wenn er nach San Juan kam, eifrig in den Läden herumstöberte, die er aber nie kaufte, weil er sie sich nicht leisten konnte? Oder dachte er, daß er die Dachbalken von Oranje Huis erneuern mußte, weil die Termiten sich in ihnen eingenistet hatten? Oder an Dinge, die jenseits ihres Wissensbereiches und, wie sie vermutete, auch des ihrer Mutter lagen? Woran dachte er? – Und ging es ihm wirklich gut? So hatte Isobel Tilsits Frage gelautet, und sie wußte die Antwort nicht.

Jene begann nun, die Frage in gewisser Weise für sie zu beantworten. Ihre Mundwinkel hoben sich spöttisch, und die Ränder der Narbe zogen sich wieder zusammen. »Glaubst du etwa, ich wüßte nicht Bescheid über John? – Über das Leben, das er all diese Jahre geführt hat? Ich habe mir die Mühe gemacht, mich auf dem laufenden zu halten, was ihn betrifft. Es war eine alte Angewohnheit von mir; da ich älter war als er, mußte ich immer die Entscheidungen für ihn treffen – immer versuchen, das, was für ihn am besten war, zu tun. Als er ein gewisses Alter erreichte, behauptete er natürlich, daß er das selber wüßte – und diese Torheit führte zu noch schlimmeren Torheiten. Er hatte nie das Zeug in sich, selbst etwas zu tun – keiner der Männer in der Familie hatte es je. Verstehst du, was ich meine?«

Der Klang ihrer Stimme war eindringlich und herrisch. »Was

wurde also aus ihm? – Er trieb über die Welt dahin und wurde schließlich ein Zuckerrohrpflanzer. Das wurde aus ihm!«

Ginny schob sich langsam in ihrem Stuhl vor; sie fühlte, wie ihr Gesicht glühte, und fürchtete einen Augenblick, die Tränen würden hervorquellen, die plötzlich hinter ihren Augen brannten. Es durfte einfach nicht sein, daß Isobel solch ein Zeichen der Schwäche sah. »Was ist denn daran verkehrt, ein Zuckerrohrpflanzer zu sein?« fragte sie.

Die Frau schnalzte ungeduldig mit der Zunge, was eine Angewohnheit von ihr zu sein schien. »Bringen die euch denn hier gar nichts bei? – keine Geschichte? – keine wirtschaftlichen Grundkenntnisse? Die Zuckerinseln waren Goldgruben, als man noch die Sklaven für die Arbeit hatte. Ohne die Sklaven war es aus mit ihnen. Übriggeblieben sind ein ausgelaugter Boden und überholte Vorstellungen, an Vergangenem festzuhalten. Und das ohne genügend Kapital, um etwas Positives für die Zukunft auf die Beine zu stellen. Dein Vater hat von dem Augenblick an, in dem er so töricht war, in das Zuckergeschäft einzusteigen, ein verlorenes Spiel gespielt. Du mußt das doch wissen! Du mußt doch sehen, daß er schwerer arbeitet als einer seiner Arbeiter, und was bleibt dabei für ihn übrig? Die Kosten für Arbeitskräfte, Düngemittel und Maschinen steigen ständig, und der Zuckerpreis fluktuiert. Er klammert sich an einen Strohhalm eines Feldes, das längst abgeerntet war, bevor er es betrat. Es ist so typisch für ihn ... er war schon immer so. Er ist immer hinter etwas hergejagt, weil er es haben wollte, und nicht, weil es das Richtige für ihn war. Impulsiv und dickköpfig ... immer! Er war ein egoistischer, halsstarriger Junge und wurde ein egoistischer halsstarriger Mann. Er ist seinen eigenen Launen und Neigungen gefolgt, und wo haben sie ihn hingebracht? Er hat die letzten zwanzig Jahre am Rande des Bankrotts entlangbalanciert. Ich sage dir das, weil ich es genau weiß. Ich weiß alles über ihn. Ich weiß sogar, wie hoch seine Schulden bei der Bank sind.«

»Das ist aber noch längst nicht alles über ihn!«

»Es ist alles, worauf es letzten Endes im Leben der meisten Menschen ankommt. Wichtig ist allein, was man hinterläßt – nein, ich rede jetzt nicht von Geld. Dein Vater ist vor seiner Verantwortung davongelaufen; er hat vor der ihm unmißverständlich auferlegten Lebensaufgabe versagt. Er hinterläßt also nichts von Wert. Er wird ...« Ginny erhob sich, und die Bewegung ließ die Frau innehalten. »Was ist los? Was soll das?«

Ginny fuhr sich mit der Zungenspitze über die trockenen

Lippen. Sie hoffte, ihre Stimme möge nicht beben, wenn sie nun endlich die Worte aussprach, die sie sich so verzweifelt zurechtzulegen versuchte. Nie in ihrem Leben hatte sie sich so brennend Haltung und Würde gewünscht und die Gabe einiger – oder vieler – Jahre, um ihren Worten Gewicht verleihen zu können.

»Ich gehe! Ich bedaure, daß Sie all das gesagt haben. Ich kann nicht so tun, als wäre es nicht gesagt worden, aber ich werde mich bemühen, es zu vergessen. Vielleicht gelingt es mir sogar, dieses ganze Gespräch zu vergessen. Es war schließlich nur kurz, und vorher hatte ich nie etwas von Isobel Tilsit gehört.« Ihre Stimme zitterte. »Ich wünschte, ich hätte es auch nie!« Sie holte tief Luft und atmete langsam aus in der Hoffnung, sich wieder zur äußerlichen Ruhe zu zwingen. »Aber bevor ich gehe, möchte ich Ihnen noch etwas über St. Nicolaas sagen! Es mag eine gottverlassene, kleine Insel sein, von der niemand je etwas gehört hat, aber wir bespitzeln nicht unsere Nachbarn. Wir holen keine Erkundigungen über sie ein. Wir versuchen, ihnen zu helfen, wenn sie Hilfe brauchen – und wir warten damit auch nicht dreißig Jahre!« Es war alles verkehrt. Es war nicht das, was sie hatte sagen wollen. Isobel Tilsit würde es jedenfalls nie verstehen.

»Setz dich! Du redest eine Menge Unsinn daher, aber ich will es deiner Jugend und Unwissenheit zuschreiben. Setz dich, und laß uns vernünftig miteinander reden.«

Ginny schüttelte den Kopf. »Ich nehme an, ich bin genauso halsstarrig, wie Sie es von meinem Vater behaupten – und auch ebenso dumm und töricht. Aber ich setze mich nicht wieder zu Ihnen. Gestern habe ich meine Schulzeit hier beendet, und vielleicht besteht die einzige Weisheit, die ich hier gelernt habe, darin, zu wissen, wann man nicht das tun soll, was einem gesagt wird.«

Eine Welle der heiteren Befriedigung durchströmte Ginny, als sie zur Tür ging. Doch war es in Wirklichkeit ein sehr magerer Triumph. Sie hatte sich ja nur entschieden, dieser Frau nicht nachzugeben, hatte nur entschieden, daß sie sich bei dem Bild ihres Vaters, wie sie es sich gemacht hatte, wohler fühlte.

»Virginia, warte! Du wirst jetzt nicht gehen! Dafür habe ich eine zu lange Reise gemacht – und es ist heute zu spät. Es ist keine Zeit für solche Albernheiten ... Ich habe dir etwas sehr Wichtiges zu sagen!«

»Sie haben damit zu lange gewartet, Miss Tilsit. Wenn es etwas zu sagen gegeben hätte, hätte es auf jeden Fall längst gesagt werden müssen!«

»Es ging nicht eher. Ich mußte warten, bis du alt genug warst!

Bis du deine eigenen Entscheidungen treffen konntest ... bis du alles verstehen konntest.«

Ginny schüttelte den Kopf. Es war ein magerer Triumph, der sich kaum lohnte, Isobel Tilsits Gesicht so verstört zu sehen – ihre Lippen zuckten sonderbar, wie bei einer Frau in großen Schmerzen – oder die Hand, jene schön geformte Hand, die sich beinahe verzweifelt nach ihr ausstreckte. Es war eine Bewegung unheimlicher Einsamkeit und Enttäuschung. Ginny wollte sie nicht sehen und sagte daher schnell: »Es tut mir leid. Ich kann unmöglich bleiben. Das müssen Sie doch verstehen! Ich weiß nicht, warum Sie gekommen sind, doch jetzt will ich es auch gar nicht mehr wissen! Denn Sie sind nicht gekommen, um den Streit mit Vater zu einem Ende zu bringen. Sie wollen ihn immer weiter fortsetzen. Und was soll das Ganze also? Ich kann nicht hierbleiben und mitanhören, wie Sie so über ihn reden – ihn nicht im geringsten verstehen, ihn verachten, nicht einen Deut für ihn empfinden. Sie sehen doch – nicht wahr? –, daß es ganz gleich ist, wie wichtig das, was Sie mir sagen wollen, für Sie ist. Für mich ist es überhaupt nicht wichtig, nicht ein bißchen! Wenn es vor dreißig Jahren nicht wichtig war, ist es jetzt noch viel weniger wichtig.«

Isobel Tilsit schien sich ihrer Haltung zu beugen. Ihre Hand sank zurück. »Du machst einen Fehler.« Mit jedem Wort schien ihr Gesicht sich wieder in seinen strengen Zügen zu verhärten; nur die glühende, pochende Narbe sprach eine andere Sprache. »Ich sage dir noch mal, du machst einen sehr großen Fehler!«

»Dann ist es mein Fehler! Und nur mein eigener! Dieses Mal ist es nicht meines Vaters Fehler. Meiner, Miss Tilsit – meiner! Auch das gehört zu den Dingen, die gestern geschahen. Adieu, Miss Tilsit.«

Die Dämmerung senkte sich über den Garten, als Ginny sich der Nonne zuwandte. »Aber warum ist sie gekommen? Was hat sie diese lange Reise machen lassen? Ich sagte ihr, ich wolle es nicht wissen, aber ich möchte es natürlich doch wissen.«

»Ich weiß es nicht, Ginny. Ich weiß es nicht ...«

Mater Angela hatte so ihre Vermutungen über den Anlaß von Isobels Reise. Da jedoch John Tilsit seiner Tochter nie von der Vergangenheit erzählt hatte, hatte sie sich immer verpflichtet gefühlt, seinen Wunsch, die Vergangenheit ruhen zu lassen, zu respektieren. So sagte sie nichts.

»Ich war unhöflich zu ihr«, begann Ginny erneut. »Ich habe

Ihnen keine Ehre gemacht ... aber sie redete ganz schön abfällig über das Kloster.«

»Ich würde mir an deiner Stelle keine Gedanken mehr darüber machen. Wenn sich Höflichkeit und Aufrichtigkeit nicht miteinander vereinen lassen, ist es besser, sich für die Aufrichtigkeit zu entscheiden. Wenn auch« – und nun lächelte die Nonne leicht – »ein wenig Takt sehr nützlich sein kann.«

»Aber seltsam, eigentlich mochte ich sie sogar leiden«, fuhr Ginny unbeirrt fort. »Das heißt, am Anfang. Sie stürzte sich nicht gleich mit ausgebreiteten Armen auf mich. Wir mußten am Nullpunkt anfangen, und sie setzte gar nicht voraus, daß ich sie liebhaben würde. Aber sie jagte der armen, kleinen Mater Lucia furchtbare Angst ein, und ich haßte die Art, wie sie über Vater sprach. Aber sie war anders ... ich weiß nicht, wie ich es ausdrükken soll. Ich wollte gar nicht fortgehen – ich wollte eigentlich bei ihr bleiben und ihr zuhören. Ich habe noch nie einen Menschen kennengelernt, bei dem ich so etwas gefühlt habe.«

»Die Menschen mit großer Macht sind häufig sehr anziehend, ohne daß sie etwas dafür tun. Sie besitzen ihre eigene Art von Magnetismus.«

»Was – was sagtet Ihr da, Ehrwürdige Mutter?« fragte Ginny überrascht.

»Laß nur. Ich dachte laut. Nun – ich könnte mir nicht vorstellen, daß Isobel sich geändert hat. Und wie es scheint, hat sie das auch nicht. Ich kannte sie natürlich damals in England, als ich deinen Vater kannte.«

»Der arme Vater! Sie brachte mich so weit, daß er mir leid tat, und der Gedanke ist mir auch noch nie vorher gekommen. Oh – und sie war widerlich, was das Porzellan betrifft!«

Mater Angela lachte laut auf. »O ja, von ihrem Porzellan versteht Isobel etwas, wenn auch vielleicht von sonst nichts! Wie schade, daß sie nicht zum Tee blieb. Das Teeservice ist wirklich ein Museumsstück. Und die beiden Sèvres-Vasen in meinem Arbeitszimmer hätten ihren Neid erweckt. Ich denke immer an sie und die Wandteppiche in der Kapelle, wenn der Baumeister zu mir hereinschaut und mir wieder einmal versichert, daß das Kloster wirklich ein neues Dach braucht. Sie würden es für uns bezahlen. Geh jetzt, Ginny. Es ist schon beinah Zeit für mich, zur Abendandacht hineinzugehen.«

Das Mädchen stand auf, doch wie es schien, nur widerstrebend; sie sah die Nonne an, als hätte sie sich eine ausführliche Erklärung für Isobel Tilsits Besuch erhofft, ein Fitzelchen Wissen, mit dem sie all den ungelösten Fragen hätte zu Leibe rücken können. Ihre Augenbrauen waren in einer fast geraden Linie durch eine der plötzlich auftauchenden, qualvollen Sorgen junger Menschen zusammengezogen.

»Erzählen wir es Vater?« Sie fragte, als wäre Isobel Tilsit ihr gemeinsames Geheimnis.

Mater Angela empfand einen Augenblick beglückte Dankbarkeit darüber, daß Ginny ihre Freundin war. Ab und zu verließ eine Schülerin Santa Maria mit dem Gefühl, daß die Nonnen, die sie unterrichtet hatten, menschliche Wesen, ja Frauen waren und nicht nur in Schwarz und das Mysterium ihrer Berufung gehüllte Gestalten. Die Frau in der schwarzen Ordenstracht hatte nicht aufgehört, eine Frau zu sein. Und so freute es Mater Angela, daß Ginny eine von denen war, die das wußten.

»Ja, Ginny – wir werden es ihm erzählen. Er wird es nicht gern hören, aber wir müssen es ihm erzählen.«

Nachdem das Mädchen gegangen war, blieb die Nonne noch ein wenig sitzen und beobachtete, wie die Schatten unter den Bäumen tiefer wurden und die weichen spanischen Bogengewölbe des Klosters sich von dem dahinterstehenden dunklen Schatten abzuheben begannen. Es war ein Augenblick entspannten Friedens, in dem sie ihrem erschöpften Körper erlaubte, aus seiner sonstigen aufrechten Haltung zusammenzusinken, in dem sie den warmen Abendduft der Blumen einatmete und dem unregelmäßigen Klopfen der Zweige des weitausladenden Baumes gegen die Mauer lauschte. Der Garten war ihre Freude und ihr Trost; sie suchte ihn in jeder Minute auf, in der sie nicht an ihrem Schreibtisch zu tun hatte. Hier fiel es ihr leichter, mit den Problemen fertig zu werden, und sie liebte den Garten so sehr, daß sie sich manchmal fragte, ob sie sich nicht durch ihr häufiges Verweilen in ihm der Sünde des Genusses schuldig machte. Es war die Liebe zu den Gärten, wie sie so vielen Engländern angeboren ist, wenn sie auch die alten spanischen Gärten hier nicht nur üppiger in ihrem Pflanzenwuchs, sondern auch kunstvoller in der Anlage und Gestaltung fand als die Gärten ihrer Kindheit.

Jener für sie längst in der Vergangenheit versunkene Garten war ein großer und offen angelegter Park gewesen, verwildert und manchmal auch windzerzaust, wenn die Stürme von dem Meer herangefegt kamen. Dieselben Stürme, die dort Äste von den Bäumen gerissen hatten, waren auch über die Mauern des acht Kilometer entfernt gelegenen Tilsiter Parks gebraust. Sie verweilte bei der Erinnerung an ihn und den Namen der Besitzer.

Tilsit ... seit Jahren hatte sie nicht mehr als zufällig flüchtig an Tilsit gedacht. Tilsit zählte nicht zu den bevorzugten Jugenderinnerungen der Nonne. Aber es war nun einmal da. John war ein Knabe von – wieviel damals? – nun vielleicht zehn Jahren gewesen, als sie fortging, um in Kanada in den Orden einzutreten. Sie erinnerte sich jedoch an Isobel – herrisch, bereits damals arrogant und fest davon überzeugt, daß sie letzten Endes in allem ihren Willen durchsetzen würde. Mater Angela erinnerte sich ebenfalls an Jane Tilsit – die berühmte Jane –, als diese noch lebte und alle anderen beherrschte. Die Briefe ihrer Familie nach Kanada hatten ihr von dem Streit berichtet, über den die gesamte Gegend sprach, und auch davon, daß John aus England fortgegangen war und nun auf den Westindischen Inseln lebte. Irgendwie hatte er dann erfahren, daß sie in das Kloster ihres Ordens in Puerto Rico versetzt worden war, und hatte sie dort besucht, schüchtern und verlegen in dieser ungewohnten Umgebung. Er hatte sie gewonnen mit dieser spontanen Geste. Nach einiger Zeit war sie zur Ehrwürdigen Mutter des Klosters von Santa Maria aufgerückt und hatte erkannt, daß ihre Lebensaufgabe in Puerto Rico lag. Eines Tages hatte John Tilsit sie dann gebeten, Ginny in die Klosterschule aufzunehmen, obwohl sie keine Katholikin war.

›Sie werden sie etwas zurück finden‹, schrieb er, ›aber ich glaube nicht, daß sie dumm ist. Sie hat allen hier auf St. Nicolaas möglichen Schulunterricht bekommen, was nicht viel ist, und die letzten beiden Jahre habe ich so getan, als könne ich die Lücken mit dem stopfen, was ich noch von Winchester behalten habe, und mit den alten Schulbüchern, die mir hier zur Verfügung stehen, denen aber sogar ich ansehe, wie rettungslos veraltet sie sind. Es war egoistisch von mir, sie hierzubehalten, doch hasse ich den Gedanken, sie fortzugeben. Ich bin ein lausig schlechter Lehrer, und sie zeigt keine große Lust zu lernen. Sie braucht Mädchen ihres Alters und den zündenden Funken des Wettstreits.‹

So war Ginny nach San Juan gekommen und war zwei Jahre älter als die meisten Mädchen der Klasse gewesen, in die sie eingestuft worden war; durch ihre Arbeit in der Schule hatte sie jedoch einen beträchtlichen Teil der verlorenen Zeit wieder aufgeholt. Alles übrige hatte Mater Angela mit Zweifel erfüllt, bis sie Ginny am Nachmittag durch den Garten hatte auf sich zukommen sehen. Welchen Schaden auch Isobel Tilsits Besuch angerichtet haben mochte, er hatte auch sein Gutes bewirkt. Wie es schien, hatte er Ginny zu einer Art Auflehnung aufgerüttelt, hatte sie gezwungen zu erkennen, daß sie kein Kind mehr war. Diese

Erkenntnis war ihr spät gekommen, doch sie war gekommen. Sie war zur Verteidigung ihres Vaters herausgefordert worden, und mit diesem Entschluß hatte sie Isobel abgelehnt. Es war der erste Akt des Erwachsenwerdens. Gleichzeitig hatte sie die kindliche Schuluniform und die kindliche Haartracht abgelegt. Als solche nur Kleinigkeiten, doch für eine Frau, die viele hundert Mädchen das gleiche Stadium hatte erreichen sehen, waren es bedeutsame und wichtige Ereignisse. Ginny hatte sie bewußt und vorsätzlich getan, und das machte sie bedeutsam.

Soweit war es also gut; die Waage hatte sich zu Ginnys Gunsten gesenkt. Doch ahnte die Nonne, daß dies nur der Anfang war. Isobel hatte nicht ohne feste Absicht die lange Reise von England hierher unternommen; sie war eine Frau, die Geschehnisse und Menschen so lange ignorierte, bis sie diese auf einmal brauchte. Die Tatsache, daß Ginny sie offensichtlich abgelehnt hatte, würde, so glaubte Mater Angela, für Isobel nicht ausschlaggebend sein. Falls Isobel sie tatsächlich brauchte, würde sie sich weiter um das, was sie haben wollte, bemühen. Die Nonne ahnte ziemlich genau, weshalb Isobel gekommen war. Der Grund blieb trotz Ginnys ablehnender Reaktion weiter bestehen. Isobel hatte es spät werden lassen – beinahe zu spät.

Die Nonne sah Ginny im Mittelpunkt eines erneuten Kampfes zwischen John Tilsit und seiner Schwester, womöglich würde sie sich für einen von beiden entscheiden müssen. Wie diese Entscheidung auch ausfallen würde, Ginny müßte sie nicht nur treffen, sondern auch wissen, warum sie sie traf. Das setzte jedoch nicht so sehr ein Wissen von dem Streit an sich, als ein Wissen vom Leben und der Welt voraus. Die Nonne blickte über den lieblichen, von heiterer Ruhe erfüllten Garten, in dem sich die Nacht zusehends im Schatten der Bäume und der Klostermauern verdichtete, und sie erkannte, daß Ginny zuwenig über die Welt wußte, die zwischen diesem Kloster und jenem weltabgelegenen Inselchen St. Nicolaas lag. Wie erreichte man, daß ein Mädchen plötzlich das Böse wie das Gute kennt? Wie führte man ihm schnell die Probleme der Macht und der Gier vor Augen? – Wie konnte man es weniger verwundbar machen, ohne es in einen Panzer des Mißtrauens zu zwängen? Man konnte nur hoffen, daß Isobel noch einige Jahre zögern und warten würde. Man konnte nur beten, daß Ginny Zeit gegeben würde.

Steif erhob sich die Nonne von der Bank und ging durch den Garten zur Kapelle. Im Vorraum nickte sie Mater Lucia zu, die an ihrem gewohnten Platz saß und die wenigen Minuten verstreichen ließ, bis es Zeit war, die Glocke zur Abendandacht zu läuten. Mater Angela betrat die Kapelle und schritt nach vorn zu ihrem Sitz dicht bei dem Altar. Sie beugte das Knie, und obwohl ihre Glieder müde waren, ließ sie sich ganz auf die Knie nieder. Ihre Gedanken spannen den Faden fort, den sie im Garten aufgenommen hatte. Für sie gab es längst keine Trennlinie mehr zwischen ihrem Leben und ihrem Gebet. Sie lebte in einem ständigen Zwiegespräch mit Gott. ›Lieber Gott ...‹ Ginny würde Hilfe brauchen. Es mußte ihr schnell geholfen werden, die Welt jenseits des Klosters und der kleinen Insel zu verstehen. Sie bildeten einen guten Anfang, würden jedoch bei weitem nicht ausreichen. Falls sie sich gegen Isobel Tilsit schützen und verteidigen mußte, brauchte sie Zeit. ›Gewähre ihr Zeit, lieber Gott... finde vielleicht einen Mann für sie.‹

Die Vesperglocke läutete, und beinah unverzüglich erklangen die leisen Schritte der Nonnen in der Kapelle, das Klicken der hölzernen Rosenkranzperlen, als sie das Knie beugten und sich an ihre Plätze begaben. Die diensttuende Novizin zündete die Kerzen an. Mater Angela öffnete ihr Brevier und begann: ›Deus in adjutorium meum intende.‹ Neige dich nieder mir zur Hilfe, o Herr! Hinter ihr ertönte aus dem Munde der rund dreißig versammelten Nonnen die Antwort. ›Domine ad adjuvandum me festina.‹ O Herr, eile mir zur Hilfe! ›Gloria Patri, et Filio ...‹

Während die vertrauten Worte von ihren Lippen ertönten, ging Mater Angelas stilles Gebet weiter. ›Morgen muß ich es John Tilsit erklären. Ich glaube, lieber Gott, er wird sehr zornig sein.‹

Es war nicht nur Zorn, was John Tilsit zu schaffen machte, sondern ebensosehr Furcht. Während des ganzen halbstündigen Caribair-Fluges nach St. Charles, der amerikanischen Insel, auf der sie in die Chartermaschine nach St. Nicolaas umsteigen würden, bemühte er sich, dieses Gefühl von sich zu schieben, was ihm jedoch nicht gelang. Er versuchte, seinen Körper in den bequemen Sitz zurücksinken zu lassen und mit Ginny über andere Dinge zu reden, doch wußten beide, daß er sich nur mühsam dazu zwang, und so gab er es schließlich auf.

Die Landung in St. Charles und das Ausladen des Gepäcks lenkten ihn eine Weile ab. Er hatte am Tag zuvor mit Harry Parker, der die Charterflüge von St. Charles aus flog, verabredet, daß jener sie nach St. Nicolaas hinüberbrachte. Nun gab es nichts mehr zu tun, als darauf zu warten, daß der Pilot seine Angelegenheiten am Caribair-Schalter erledigte. Albert de Kruythoff, der Unterstatthalter von St. Nicolaas, blieb einen Augenblick bei ihnen stehen, um John zu sagen, daß er mit ihnen fliegen würde; dann eilte er noch schnell zu einer Rücksprache mit zwei holländischen Regierungsbeamten davon, die in einer Cafeteria saßen. John blickte ihm nach, der hochaufgeschossenen, schlaksigen Gestalt in dem alten weißen Leinenanzug mit der unvermeidlichen Aktenmappe; Albert sah, abgesehen von der Aktenmappe, nie nach einem höheren Staatsbeamten aus. Ginny war davongeschlendert, und so schritt er allein um das Flughafengebäude und kaute lustlos auf seiner Zigarre – bereits der dritten an diesem Tage, ein beinahe unvorstellbarer Luxus. Über ihm prangten die riesigen Plakate der Hotels von St. Charles; ihre schreiende, unechte Fröhlichkeit schien seine Ängste zu verhöhnen.

Weshalb sollte er sich nach mehr als dreißig Jahren so vor Isobel fürchten? Was konnte sie ihm denn noch tun? Doch sogleich verwarf er diesen Gedanken. Natürlich war Isobel nicht an ihm interessiert; er war vor langer Zeit von ihr beiseite gefegt worden. Nun wollte sie Ginny, und das war die Wurzel seiner Furcht. Die Zigarre schmeckte ihm plötzlich wie Papier, und er warf sie, nur zur Hälfte geraucht, zu Boden. Einen Augenblick später hatte er seine Pfeife angezündet, doch auch sie schmeckte nicht besser. Er fühlte sich alt und untauglich, und ihm war ziemlich schlecht.

Harry Parker, der nun den Caribair-Schalter verließ, winkte ihm zu, daß er startbereit sei. John klopfte im Vorbeigehen an das Fenster der Cafeteria, um de Kruythoff ein Zeichen zu geben, und hielt dann nach Ginny Ausschau. Er erspähte sie hinter der Schaufensterscheibe eines Souvenirladens; das gestreifte Kleid und das helle Haar stachen leuchtend von den bunten Ferienkleidern der Frauen ab, die an dem Ladentisch standen. In den letzten Minuten vor Ausruf eines Fluges war der Laden immer gedrängt voll. St. Charles war ein zollfreier Hafen, und Parfüme und Silbersachen, Spieldosen und Uhren lagen dort verführerisch vor den Flugpassagieren ausgebreitet. John blieb, die Hand bereits auf dem Türgriff, unvermittelt stehen. Wie am Vormittag fiel ihm wieder auf, wie verändert Ginny erschien, und er fragte sich, ob er etwa eifersüchtig und besorgt war, daß das kleine goldhaarige Mädchen verschwunden war. Dann schalt er sich jedoch einen sentimentalen Idioten und stieß die Tür auf.

»Ginny – Harry Parker ist soweit. Er will gleich starten.«

Sie drehte sich zu ihm um. »Fein – ich warte nur noch, daß etwas eingepackt wird. Ich komme gleich.«

Er nickte. »Ich lade schon die Koffer ein. Mach nicht zu lange!« Mit langen Schritten ging er auf das Gepäck zu und fühlte sich bereits wesentlich besser, wo sie nun schon fast unterwegs waren und er schon im voraus den Augenblick freudiger Erleichterung genoß, auf St. Nicolaas aus dem Flugzeug zu steigen. Es war wohl ein Zeichen des Altwerdens, überlegte er, daß er an St. Nicolaas nicht nur als einen Zufluchtsort, sondern auch als ein Versteck dachte. Bei diesem Gedanken fluchte er leise vor sich hin, weil er erkannte, daß Isobel ihm nun keinen Ort mehr gelassen hatte, an dem er sich verbergen konnte. »Ginny kommt gleich«, sagte er zu dem Piloten, als er sich daranmachte, die Koffer in der kleinen viersitzigen Cessna zu verstauen. Albert de Kruythoff kam auf die Maschine zu in der für ihn charakteristischen Haltung – den Kopf auf dem knochigen Hals weit vorgestreckt. Er warf seine Aktenmappe unter einen der Sitze und kletterte hinein, wobei er seine Beine beinahe wie ein Taschenmesser zusammenklappen mußte, um sich in dem kleinen Sitz unterzubringen. Seufzend lehnte er sich zurück.

»Tja – sie behaupten, wir müßten nächstes Jahr eine neue Grundschule auf St. Nicolaas haben, John.« Er deutete mit einer Kopfbewegung zum Flughafengebäude zurück und drückte damit müde Geduld mit den beiden Beamten aus Curaçao aus. »Also werden wir anfangen müssen, Geld dafür zusammenzukratzen...«

Und ihre Unterhaltung ging weiter – über die Schwierigkeiten, das Geld aufzutreiben, über die geringen Aussichten, größere Unterstützung von Curaçao zu bekommen, über all die anderen Dinge, um die man sich neben den Schulen auf St. Nicolaas kümmern mußte. Harry Parker steuerte gelegentlich nähere Einzelheiten über das Budget von St. Charles bei, doch hörten de Kruythoff und John ihm nur mit einem Ohr zu. St. Charles gehörte zu den Vereinigten Staaten und war eine der drei Inseln, die wichtige amerikanische Stützpunkte im Karibischen Meer bildeten und durch den Tourismus verhältnismäßig reich waren. St. Nicolaas dagegen war ein Vorposten von Holländisch-Westindien, ein unbedeutendes Anhängsel von Curaçao und Aruba, eine Zuckerinsel, deren Zeit vorbei war und die sich auf dem absteigenden Ast befand. Es mühte sich ab, seine Bevölkerung in das zwanzigste Jahrhundert zu schleppen und sowohl Straßen wie Schulen zu bauen. Es war unmöglich, St. Nicolaas mit St. Charles zu vergleichen. Manchmal schien St. Charles beinahe in einen rosigen Dunst des Wohlstands gehüllt dazuliegen, wenn man es über die einige Kilometer breite Meerenge betrachtete, die beide Inseln voneinander trennte. Es fiel John schwer, die Empfindung loszuwerden, daß Harry Parkers Stimme leicht gönnerhaft klang. Da wurde ihm klar, daß sie sich bereits fünf Minuten unterhalten hatten und Ginny immer noch nicht erschienen war.

Als er sich nun mühsam in seinem Sitz umwandte, sah er sie gerade aus dem Flughafengebäude kommen. Sie trug einen großen Karton, der schaukelnd gegen ihre Beine schlug, als sie über die Asphaltfläche rannte.

»Entschuldigen Sie, Mr. Parker ... Mr. de Kruythoff! Ich dachte nicht, daß ich Sie so lange warten lassen würde. Die brauchten ewig, um dies einzupacken.«

John streckte die Hand aus, um ihr das Paket abzunehmen. »Ich hoffe nur, es sind nicht alles Parfüme! Sonst duftest du noch wie der ganze Souvenirladen.«

»Es ist für vier Dollar fünfundneunzig Cent Porzellan für Mutter!« entgegnete sie lachend. Darauf schlüpfte sie in den Sitz neben dem Piloten, und Harry Parker lehnte sich herüber, um die Tür zuzuziehen. »Sie sagten, es würde in New York fünfzehn Dollar kosten.«

Sie neigten mehr dazu, in amerikanischen Dollars als in holländischen Gulden zu denken. Durch die Nähe Puerto Ricos und der amerikanischen Inseln und die Isolierung von Curaçao wurde St. Nicolaas zu einer merkwürdigen Zwitterexistenz gezwungen. Es war eigentlich ein Anachronismus, daß dieses kleine Inselchen offiziell weiter holländisch blieb.

»Was kannst du denn für fünf Dollar für Katrien erstanden haben?« erkundigte sich John.

Die Maschine begann auf die Startbahn zuzurollen, die schnurgerade auf das Meer zulief. Harry Parker tippte Ginny auf den Arm.

»Schnall dich an, Ginny.«

»Verzeihung ...« Und sie holte es rasch nach. Als die Cessna am Ende der Startbahn in Position stand, prüfte Parker vorschriftsmäßig alle Instrumente und ließ jeden Motor einzeln auf Hochtouren laufen. Das Motorengeheul war ohrenbetäubend. Ginny mußte ihre Antwort laut schreien.

»Du brauchst ihr nicht unbedingt zu erzählen, daß es nur fünf Dollar gekostet hat – ich hatte gerade genug Geld dafür. Es ist so ein englisches Frühstücksservice. Du weißt doch – nur eine Tasse und ein kleiner Teller und die dazu passende kleine Teekanne mit Sahneguß und Zuckerschale. Es sah so ...« Sie zögerte. »So irgendwie exklusiv aus, nur eine Tasse für das Service zu haben. Mutter wird sich wie eine Königin fühlen, wenn sie auf der Veranda sitzt und ihren Tee daraus trinkt.«

John sah, wie Albert de Kruythoff neben ihm zustimmend nickte, wenn er auch zu scheu war, sich über Katrien Tilsit zu äußern. John ging es durch den Kopf, ob seine stattliche, große blonde Frau diesem einsamen, nicht mehr jungen Junggesellen nicht tatsächlich ein wenig königlich erschien mit ihren anmutigen, gelassenen Bewegungen. Ginny hatte ein gutes Wort für Katrien geprägt.

Harry Parker sprach nun mit dem Kontrollturm. Dann folgte das schnelle Entlangbrausen auf dem schnurgerade zum Meer hinausführenden Asphaltband. Keiner von ihnen redete, bis die Maschine sich vom Boden abgehoben hatte und das Meer grün und plötzlich sehr tief unter ihnen lag. Sie stiegen bis auf sechshundert Meter Höhe, dann beschrieb die Cessna einen Bogen und nahm Kurs entlang der Küste von St. Charles auf St. Nicolaas zu. Einen flüchtigen Augenblick lag das geschäftig summende Leben von St. Charles direkt unter ihnen – die U.S. U-Boot-Station, die neue Salzwasser-Destillieranlage, deren Betrieb der Regierung der Vereinigten Staaten, wie es hieß, ein Vermögen kostete, darauf die Stadt Margretsted mit den Straßen, die die Hänge hinaufkletterten und sich bis hinunter zur Uferstraße fein säuberlich gegenseitig in einzelne Teilstrecken zerschnitten. Die Stadt und Festung mit den auf die Hafeneinfahrt gerichteten Kanonen waren noch genau so, wie die Dänen sie vor dreihundert Jahren erbaut hatten. Als die Amerikaner im Ersten Weltkrieg die Inseln den Dänen abkauften, hatten sie die Errungenschaften der Kanalisation und Elektrizität mit gewisser Diskretion eingeführt. Nur die flachkantigen Blöcke moderner Häuser, bis hinauf in die steilen Abhänge gestreut, sprachen von dem jetzigen Jahrhundert.

John hob den Blick und sah, daß St. Nicolaas bereits deutlich auf der Horizontlinie schwamm und mit jeder Minute größer wurde. Er kniff die Augen vor dem Gleißen der sonnenfunkelnden See zusammen. Im Norden lagen die britischen Inseln. Dieses Häufchen der Antillen, dachte er, war wie ein winziger Mikrokosmos der Zuckerinseln und der Kriege, die von den Spaniern, den Engländern und den Holländern um sie geführt worden waren. Die Amerikaner hatten für ihre drei Inseln in bar bezahlt, was anständiger war, sofern man das Geld besaß. Es wäre schön, überlegte John, trotz des Stöhnens des Kongresses, genug Geld zu haben, um das zu kaufen, was man sich wünschte. Doch gleich darauf sagte er sich, daß er ein verbitterter, neidischer alter Mann geworden war. Er riß sich aus seinen Gedanken, um wieder der Unterhaltung zu folgen.

»... da du nun ja für immer nach Hause kommst«, meinte Harry Parker gerade, »solltest du dir einen Job auf St. Charles suchen. Jeder wird dort gebraucht ... weißt du, für Tippen und solche Sachen. Oder in einem der Geschäfte ...«

»Ach, ich weiß noch nicht ...«

Da sagte überraschenderweise Albert de Kruythoff – überraschenderweise, weil er Frauen gegenüber qualvoll schüchtern war und John noch nie erlebt hatte, daß er einer Frau unaufgefordert einen Rat gab oder ihr gegenüber seine Meinung äußerte –: »Ginny will doch sicherlich jetzt erst einmal ein Weilchen zu Hause bleiben, nicht wahr?« Seine leise Stimme ließ es fast wie eine Bitte klingen. Über seine eigene Kühnheit erschrocken, duckte er sich tiefer in seinen Sitz.

Harry Parker, der vor John saß, zuckte die breiten Schultern und schien mit dieser Geste de Kruythoff als genau den Mann abzutun, der einen so hinter der Zeit zurückgebliebenen Ort wie St. Nicolaas für die richtige Umgebung für ein Mädchen wie Ginny hielt. Die Bewegung deutete außerdem an, daß de Kruythoff und St. Nicolaas gut zueinander paßten. »St. Nicolaas ist tot«, verkündete Parker. »Und es bleibt tot, bis ihr es schafft, ein paar Touristen anzulocken. Doch bis dahin hat St. Nicolaas einem jungen Mädchen nichts zu bieten.«

»Touristen!« entsetzte sich John beinahe flüsternd. Es war gleichsam ein Verbrechen, im Karibischen Meer etwas gegen den Tourismus zu sagen, doch der Gedanke, daß er auch St. Nicolaas erfassen werde, entsetzte John. Zweifellos war er im Anmarsch, und der geliebte, weltabgeschiedene Friede der Insel würde dahin sein. »Tja, St. Nicolaas' Zeit ist bald gekommen, denn es gibt einfach keine unentdeckten Inseln mehr im Karibischen Meer.«

John rutschte in seinem Sitz vor, um über die Schulter des Piloten und die Nase der Cessna einen besseren Ausblick zu haben und sich, wenn auch nur für diesen Augenblick, zu versichern, daß die Insel noch in ungestörter Ruhe dalag, daß sich wirklich trotz Parkers Worten nichts geändert hatte, seit er sie gestern verlassen hatte. Sie war da und sah wie immer aus, und er empfand wie jedes Mal, wenn er zurückkehrte, tiefe Erleichterung, daß sie einfach da war. Sein Blick folgte der Linie der Küste, auf der der orangefarbene Schein des Sonnenuntergangs lag. Er betrachtete die einzelnen größeren und kleineren Buchten und zählte sie bei ihren

Namen auf – Creel, Frenchmen's, St. Eustatius, und dort, ganz am Ende und nun außerhalb seines Blickfeldes, da das Flugzeug bereits an Höhe zu verlieren begann, seine eigene Bucht, Oranje Cove. Die Farbe des Wassers wich innerhalb der Riffe von tiefem Dunkelblau einem hellen Grün, und beinahe von jeder kleinen, vorspringenden Landzunge spannten sich die glitzernden weißen Strände in sanften, landeinwärts schwingenden Bögen. Die vom Bergrücken der Insel abfallenden Abhänge waren nicht so steil wie die auf St. Charles und ermöglichten dadurch den Zuckerrohranbau, wenn sie ihn auch nicht länger sehr einträglich machten. Sein Blick wurde wie der eines jeden, der vom Meer aus zu St. Nicolaas hinblickte, von dem Kronberg angezogen, dem erloschenen Vulkan, der am nordöstlichen Ende der Insel emporragte und den man von jedem Teil der Insel sehen konnte. Inmitten der verhältnismäßig niedrigen Hügel bildete er mit seinen achthundert Metern Höhe einen Markierungspunkt in den Antillen. St. Nicolaas lag wie eine Art Vorposten an der Spitze des Antillenhalbmondes, wo der Atlantik und das Karibische Meer zusammentrafen, ein schimmerndes, bunt funkelndes Juwel, das John fast noch genauso unberührt erschien wie vor beinahe dreißig Jahren, als er es zum erstenmal erblickt hatte.

Damals gab es noch sehr wenig Flugverbindungen im Karibischen Meer, und so hatte er zuerst die Spitze des Kronbergs vom Deck eines Frachtschoners aus Miami erspäht. Das war für ihn das Ende einer Zeit gewesen, in der er sich im Karibischen Meer von Insel zu Insel hatte treiben lassen. Er war auf St. Nicolaas geblieben. Es war die Zeit der Weltwirtschaftskrise in den dreißiger Jahren gewesen, und Zucker hatte preislich ganz unten auf dem Weltmarkt gestanden. Das Land, das er der Witwe eines Zuckerrohrpflanzers billig abgekauft hatte, versprach nicht mehr Gewinn als den nackten Lebensunterhalt. Er hatte sich hier mit nur noch sehr niedrigen Erwartungen ans Leben niedergelassen und hatte merkwürdigerweise mit jedem Jahr größere Zufriedenheit erlangt. Er hatte die Tochter seines Nachbarn, eines Mannes holländischer Abstammung, geheiratet. Er hatte von dieser Insel nichts verlangt, als daß sie in keiner Weise zu England gehörte, und ebenso von der Frau Katrien van Meerten nichts, als daß sie ihn in keiner Weise an die Frau erinnerte, die er einmal geliebt hatte. Überraschenderweise – und wie er fand, unverdient – hatte er Frieden und ein gewisses Glück gefunden.

Und vor allem hatte er Ginny gehabt. Er betrachtete sie, wie sie da blond, lächelnd und unbeschwert Harry Parker zuhörte. Sie durfte seine Angst nicht merken, diese beunruhigende und sichere Gewißheit, daß die Welt an sie herantrat und sie durch seine Schwester sogar bedrohte. Der Gedanke an Isobel ließ ihn feige und alt werden, denn die Erinnerung an sie quälte und zermürbte ihn wie eine ihn überflutende, ewig wiederkehrende Woge von Schmerz. Sein Herz schien sich in alter Verbitterung zusammenzuziehen. Sein einziges Geschenk an Ginny konnte darin bestehen, daß er jegliche Angst und Bedrohung von ihr fernhielt, was ihm, wie er hoffte, bisher auch gelungen war.

Der Flugplatz von St. Nicolaas war ein holperiges Feld, und so schlug die Cessna bei der Landung mehrmals hart auf. Am Ende der Landebahn wendete die Maschine und rollte zurück in Richtung auf die kleine, weißgekalkte Wellblechbaracke, die als Flughafengebäude diente. Parker deutete auf das daneben aufstrebende rote Stahlgerippe und auf zwei orangefarbene Bulldozer, die am landeinwärts gelegenen Ende des Flugplatzes an der Arbeit waren.

»Na bitte – da ist es, Ginny! Das ist der Anfang.«

»Was ist es?«

»Caribair eröffnet nächstes Jahr eine neue Linie von Puerto Rico hierher. Sie bauen die Landebahn aus – und das ist erst der Anfang des neuen Flughafengebäudes.«

»Das wußte ich gar nicht«, sagte Ginny, und ihre Worte schwangen von jugendlicher Erregung.

»Damit muß man natürlich beginnen«, erklärte Parker. »Man kann die Touristen ja nicht ohne eine Transportmöglichkeit hierherholen.« Die Maschine war langsam über den unebenen Boden gerollt und stand nun vor der Baracke. Parker schaltete die Motoren ab, und in der dadurch eintretenden Stille schien seine Stimme überlaut zu dröhnen. »Wetten, daß es nächstes Jahr um diese Zeit schon zwei Hotels gibt?«

De Kruythoff streckte seinen langen Arm an Ginny vorbei, um die Tür aufzuklinken. »Vielleicht werde ich da mein Geld für die neuen Schulen bekommen.«

Sie stiegen aus und warteten, bis Parker Ginnys Gepäck ausgeladen hatte und er ihr Paket vor sie hinstellte. »Ich möchte das Porzellan deiner Mutter nicht kaputtmachen, Ginny; vielleicht trägst du es lieber selbst.«

»Laß mich es tragen«, erbot sich de Kruythoff.

Sie einigten sich darauf mit Parker über die Kosten des Charterfluges, in die sich de Kruythoff und John teilten. De Kruythoff ergriff seine Aktenmappe und Ginnys Paket. »Ich bring dir das nur schnell zum Wagen, John.« Und dann wandte er sich noch einmal zu Ginny um. »Der Gouverneur wird nächste Woche von Curaçao erwartet, Ginny. Es findet der übliche kleine Empfang statt. Ich hoffe, du kommst.« Er sagte es in seiner gewohnten lässigen Art, als käme dieser Einladung keinerlei Bedeutung zu und als wäre sie nicht das Zeichen dafür, daß ein junges Mädchen – wenigstens auf St. Nicolaas – als erwachsen betrachtet wurde.

»Sehr gerne! Vielen Dank!«

»Prächtig! Ich werde also deinen Namen mit auf die Einladung an Katrien und John setzen.«

Die Cessna war bereits zu ihrem Rückflug gestartet, als John das Gepäck im Volkswagen verstaut hatte. Das Motorengeräusch wurde leiser und erstarb schließlich vollends; die Insel fiel in ihre gewohnte Ruhe zurück, und John spürte das ersehnte Gefühl der Sicherheit in sich zurückfluten.

Oranje Huis stand auf einer kleinen Landzunge hoch über der Bucht. Die eine Seite der Veranda, die es umgab, war nach Süden gerichtet; man konnte von ihr einen Blick auf Willemstad, die einzige Stadt der Insel, erhaschen. Doch saßen die Tilsits meist auf der anderen, nach Norden gelegenen Verandaseite, die den Blick auf die Oranje Bucht freigab. Die große Halle mit dem Westblick auf die Kette der Kleinen Antillen, die britischen und amerikanischen Inseln war der Wohnraum des Hauses. Von hier konnte man nachts den Lichtschein über Margretsted drüben auf St. Charles sehen. Wie man sich auf St. Nicolaas erzählte, soll dieser Besitz Oranje Huis getauft worden sein, als John Tilsit Pieter van Meertens Tochter heiratete und mit ihr dort einzog, weil diese Heirat Erinnerungen an die ehemalige Union Englands und Hollands unter Wilhelm von Oranien weckte. Das stimmte jedoch nicht und galt auch nur als ein Scherz.

Das Haus von Katrien van Meertens Vorfahren war vor mehr als zweihundert Jahren gebaut und stets Oranje Huis genannt worden. Es war ein Backsteingebäude mit marmornen Fußböden, sogar in der Veranda; es war mit Hilfe von Sklaven erbaut worden und besaß die großen, hohen Räume jener Epoche wirtschaftlicher Blüte. Aus jedem Zimmer trat man durch hohe Flügeltüren auf die Veranda hinaus; jedes Fenster war von soliden hölzernen Läden gerahmt, die dort auf das Heranbrausen der Hurrikane warteten. Die Termiten saßen jetzt in den Läden, und John Tilsit bezweifelte, daß das Dach den nächsten richtigen Hurrikan überstehen würde. Wann immer er darüber sprach, gab Katrien ihm jedoch zu bedenken, daß der nächste Hurrikan möglicherweise erst in zwanzig Jahren käme – er solle sich also keine Sorgen machen. Er machte sich aber Sorgen, weil er nicht das Geld hatte, die Dachbalken oder Fensterläden zu erneuern, und vor Beginn der nächsten Ernte mußte er irgendwie einen neuen Lastwagen heranschaffen, und auch dafür hatte er kein Geld. So wünschte er sehnlichst, er besäße die Gelassenheit seiner Frau.

An diesem Abend von Ginnys Rückkehr mischte John Tilsit den Punsch ungewöhnlich feierlich. Katrien erhob darauf ihr Glas. »Willkommen daheim, Ginny!« Katrien nickte ihr zu, und ihre Augen stellten dieselben Veränderungen fest, die John an seiner Tochter bemerkt hatte. Katrien war im stillen davon überzeugt, daß die Schulzeit für Ginny viel zu lange gedauert hatte; ihre Tochter war veranlagungsmäßig nun einmal ein Spätentwickler, und der Umstand, daß John sie über ein Jahr hier auf St. Nicolaas behalten hatte, als sie längst im Kloster Santa Maria hätte sein sollen, hatte dem auch nicht gerade entgegengewirkt. Katrien war realistisch und gestand sich freimütig ein, daß sie mit einem Mann anderen Schlages und anderer Herkunft verheiratet war. Sie ging nicht unnötig gegen diese Tatsache an. Und während sie ihn nun betrachtete, wie er mit den Augen an Ginny hing, lächelte sie verstohlen.

Katrien war eine große, kräftige, hübsche Frau mit sehr weißer Haut, blühenden Farben und immer noch hellblondem Haar. Eine gewisse Trägheit in ihren Bewegungen verriet, daß sie in diesem Klima geboren war und mit ihm zu leben verstand. Sie begab sich gelegentlich zum Einkaufen nach Curaçao oder San Juan und war dreimal in Miami gewesen. Einmal hatte John sie für eine beängstigende, verwirrende Woche mit nach New York genommen. Das war alles, was sie von der Welt jenseits des Strandes von St. Nicolaas kannte – mit Ausnahme dessen, was sie in den Zeitungen und Zeitschriften las, die sie abonnierten und die stets mehrere Wochen alt waren. Sie hatte nichts von der manchmal nervösen Heftigkeit ihres Mannes und ihrer Tochter; ihre kraftvolle Gelassenheit stand wie ein Fels hinter ihnen. Das einzige, was Katrien in ihrem Leben schmerzlich bedauerte, war, daß sie außer Ginny nur noch ein einziges Kind bekommen hatte, einen kleinen Sohn, der früh gestorben war. Sie hätte gerne mehr Kinder gehabt – mehr Söhne. Doch abgesehen hiervon war sie zufrieden, und sie glaubte im allgemeinen, daß es ihr gelungen war, auch ihren Mann zufrieden und glücklich zu machen. Sie hielt nicht oft inne, um sich zu überlegen, daß das beileibe keine Kleinigkeit war. Ihrer Ansicht nach war es töricht und sinnlos, nicht aus dem, was einem das Leben gegeben hatte, das Beste zu machen.

»Es ist so still hier nach San Juan«, stellte Ginny fest. »Jedesmal, wenn ich zurückkomme, summt mir die Stille geradezu in den Ohren. San Juan scheint nie schlafen zu gehen.«

»Es gibt noch schlimmere Orte als San Juan«, bemerkte Katrien und dachte an New York. »Die Leute sind höflich ... Ich mag den Duft der geschälten Apfelsinen in den Straßen immer wieder gerne, und ich habe mir öfters überlegt, ob es nicht lustig wäre, selbst eine dieser Apfelsinenschälmaschinen zu haben, wie sie dort die Verkäufer benutzen ... sie sind so niedlich. Kennst du sie, John?«

»Ja, ich kenne sie. Möchtest du wirklich eine haben?«

»Ich mache doch nur Spaß.«

Während sie so beisammensaßen, wehte die Brise nun vom Meer landeinwärts und strich durch die Bäume auf dem Gartenabhang unter dem Haus. Der Garten war wie das Haus ein Überrest einer vergangenen Zeit, einer Zeit unbezahlter Arbeitskräfte und grenzenloser Geduld. Er war in Terrassen angelegt, die in den Abhang gehauen waren; die Erde hatte man in Körben auf den Rücken von Eseln aus den fruchtbareren Gebieten der Insel geholt. Der Garten war ein kleines Wunder an Baukunst, bis ins kleinste Detail unter dem Gesichtspunkt angelegt, die Erosion einzuschränken und Wasser und Erdboden festzuhalten; er war in den Jahren ohne sorgfältige Pflege auf verwilderte Weise schön geworden, wie es sein sorgfältiger holländischer Planer nie beabsichtigt hatte. Die steinernen Vasen und Balustraden und die Marmorplatten auf den Wegen waren durch die leichten Erdbeben, welche die Inseln häufig erschütterten, von unzähligen Rissen durchzogen; in diesen Spalten wucherte nun das Unkraut, und wilder Wein überzog allmählich die Vasen und Balustraden. Katriens unermüdliche Anstrengungen wurden dessen nie Herr und hielten Unkraut und Wein nur für eine Weile zurück. Es blühten jedoch immer noch Blumen, die nie gepflanzt worden waren, um unter dem Hauch des Salzwindes vom Meer zu blühen. Eine hohe Mauer schützte am Fuße des Abhanges die empfindlicheren Pflanzen; doch auch sie zerfiel – als vor einem Jahr ein großes Stück herausgebrochen war, hatte Katrien mit keinem Wort eine Ausbesserung vorgeschlagen. Es war kein Geld dafür vorhanden, und so wußten sie, daß sie zusehen mußten, wie die

Terrassen und Mauern des Gartens jedes Jahr allmählich – beinahe unmerklich – tiefer und näher zum Meer hinabsanken.

Katrien beobachtete Ginny, die an ihrem Tee nippte, und versuchte zu erfassen, wie sie das jedesmal tat, wenn ihre Tochter aus San Juan zurückkam, was die Monate der Abwesenheit an ihr verändert oder entwickelt hatten. Ginny saß auf der niedrigen Balustrade der Veranda und blickte hinunter in die Bucht. Zu ihren Füßen lag Bo, der deutsche Schäferhund – seit zwölf Jahren ihr Hund – und schob ab und zu seinen Kopf auf ihren Schoß, um sich zu versichern, daß sie wieder einmal zurückgekehrt war. Die Dunkelheit wurde dichter; Katrien vermochte hinter Ginnys Kopf das ständige, sahnigweiße Aufschäumen der sanften Brandung am Strand zu erkennen. Die gegenüberliegende Seite der Bucht zeichnete sich als dunklere Linie vor dem nachtblauen Himmel ab. Die Sterne waren mattfunkelnd sichtbar geworden. Ginnys Körper war gelöst und entspannt; sie sah glücklich und zufrieden aus, so als sei die Rückkehr in diese Stille kein Exil für sie. Ihre Hand glitt liebkosend über Bos Kopf, und diese Geste schien beinahe Katrien und John mit einzuschließen.

Unvermittelt hielt Ginny inne, beugte sich vor und starrte hinunter auf einen Punkt in der sich vertiefenden Dunkelheit der Bucht. »Was in aller Welt ist denn das da unten? – Es sieht aus wie eine Art Haus ...«

»Das gehört unserm Nachbarn, Jim MacAdam. Und das ist der Anfang des Bungalowhotels, das er an seinem Ende des Strandes baut.« John kamen die Worte nur widerstrebend über die Lippen, so als hasse er es, sie auszusprechen.

»Das kann er nicht tun – nicht auf unserem Strand!«

»Das Stück ist zufällig sein Strand, Ginny. Ich kann ihn nicht daran hindern.«

»Sein Strand?« wiederholte sie. »Was heißt das – sein Strand? Wer ist denn Jim MacAdam? Ich habe doch noch nie etwas von ihm gehört.«

»Wie du dich erinnern wirst, hat ein Mann – ein Amerikaner – kurz vor dem Krieg dieses nördliche Stück Land von Katrien gekauft – ach nein, du erinnerst dich natürlich nicht mehr. Du warst ja damals noch nicht geboren. Er war ein Amerikaner – er kam nie wieder, und er schien nichts Besonderes mit dem Land vorzuhaben, außer vielleicht, ein kleines Haus darauf zu bauen. Wir brauchten das Geld damals, aber jedesmal, wenn ich hinüberschaute und mir vorstellte, daß jemand dort wohnen könnte, habe ich den Verkauf bereut. Jeder Tag war ein Geschenk, an dem dieser MacAdam nicht auf die Insel zurückkam!«

»Du bist sehr hart gegen ihn«, entgegnete Katrien. »Er hatte das Recht ...«

»Selbstverständlich hatte er das. Gerade dadurch war es noch schwerer zu ertragen. Wir verkauften ihm das Recht. Das Land war für Zuckeranbau wertlos – viel zu trocken und sandig da draußen. Aber ich hätte irgendeinen anderen Weg finden müssen, das Geld zu beschaffen. Jetzt, wo die Preise für Strandgrundstücke so gestiegen sind, könnte ich es mir in meinem ganzen Leben nicht leisten, es zurückzukaufen.«

Ginny wandte sich wieder um und starrte in die von Dunkelheit erfüllte Bucht; sie strengte sich nun an, die Umrisse der Gebäude zu erkennen. »Ein großes Hotel? Wie viele Bungalows?« Empörung und Schock klangen aus ihrer Stimme. »Ich kann es einfach nicht glauben, daß wir bald Sonnenschirme und den ganzen gräßlichen Kram da drüben vor uns sehen werden!«

»Nur ein kleines Hotel, Ginny. Sechs kleine Bungalows, glaube ich, für den Anfang. Aber er hat mehr Pläne – und zwölf Morgen Land auf dem Hügel dahinter. Wo der Fremdenverkehr auf St. Charles blüht und Kuba von Castro zugeriegelt worden ist, ist es nur natürlich, daß der Strom der Touristen jetzt weiter vordringt. Ich fürchte, es wird sich vieles auf St. Nicolaas ändern, und es werden andere Jim MacAdams kommen. Das einzige, was ihn noch zurückhält, ist Geld.«

»Hat er nicht genug?«

»Das Geld, mit dem er baut, gehört nicht ihm – sein Vermögen ist das Land. Er hat sich in New York Partner zur Finanzierung dieses ersten Teiles des Unternehmens gesucht, der ihm, wenn er fertig ist, dann wahrscheinlich das Geld für den Restteil einbringen wird. Die Schwierigkeit für ihn wird darin bestehen, das Ganze unter Kontrolle zu behalten, aber ich denke, er wird auch das schaffen. Er ist einer dieser entschlossenen jungen Männer, die ein erstaunlich einheitliches Lebensziel vor Augen haben.«

»Jung?« Ginny stieß ein kurzes Lachen aus. »Was bezeichnest du als jung, Vater? Du sagtest doch, er habe das Land gekauft, bevor ich geboren war.«

»Sein Vater, Ginny – sein Vater kaufte das Land. Er war ein Bauunternehmer in Connecticut – er ging, kurz bevor er starb, pleite, wie Jim mir erzählte. Jim hat eigentlich Architektur studiert, doch ich glaube, er ist ein Baumeister wie sein Vater. Er baut da unten praktisch alles selbst. Ein sonderbarer Mann ...«

»Ich mag Jim MacAdam«, erklärte Katrien energisch. »Er ist

ein tüchtiger, ehrlicher Mann, und er bringt Geld auf die Insel. Und das haben wir bitter nötig.«

John seufzte. »Leider hast du recht. Die Insel braucht es, und er ist wirklich ein anständiger Kerl. Das Komische ist nur, daß er denkt, wir müßten genauso aufgeregt und glücklich über das Hotel sein wie er. Oft sitzt er hier bei einem Drink mit uns und erzählt uns davon, und ich bringe es nie übers Herz, ihm zu sagen, daß mir allein der Anblick seiner verdammten Buden verhaßt ist!«

»Und das sagst du ihm auch lieber nicht«, warnte Katrien ihn, »denn ich habe ihn mir als einen Mann, den Ginny heiraten könnte, ausgesucht.«

»Mutter!«

»Katrien!«

Lediglich Johns Ausruf war ein echter Protest. Ginnys Stimme klang belustigt und neugierig. Katrien brachte beide mit erhobener Hand zum Schweigen. »Na und – warum denn nicht? Es wäre doch nicht das schlechteste für Ginny zu heiraten, oder?«

»Jim MacAdam ist Mitte Dreißig«, erklärte John steif. »Er ist zu alt für Ginny und ganz und gar nicht passend.«

Katriens großer Mund verzog sich in einem breiten Lachen. »Und wieviel älter als ich bist du, John Tilsit? Und gibt es hier so viele ›passende‹ junge Männer für Ginny zum Aussuchen? Wir leben auf einer armen Insel, und die jungen Männer gehen, sobald sie es nur können, fort. Oder ist der Grund, daß Jim Amerikaner ist? – Du sagst doch immer, daß du die amerikanische Art, sich emporzuarbeiten und es zu etwas zu bringen, bewunderst! Oder ist er nicht gut genug für Ginny? Sollen wir einen Engländer importieren?«

»Du weißt doch, daß das nichts damit zu tun hat!« John kam sich immer lächerlich vor, wenn Katrien es sich einfallen ließ, ihn so zu necken – vor allem dann, wenn sie beide wußten, daß ein Körnchen Wahrheit in ihren Worten lag. »MacAdam war schon mal verheiratet, und ich sehe keine Zukunft für Ginny in einer derartigen Situation.«

»Jims Frau ist gestorben«, sagte Katrien rasch. »Ich glaube, er hat sie sehr geliebt – ich fühle das geradezu. Er wird es nicht eilig haben, wieder zu heiraten ...«

»Nun – ich bin sehr erleichtert, das zu hören!« Ginny stand unvermittelt auf und schob dabei Bos Kopf von ihrem Schoß. Katrien und John blickten sie eine Sekunde lang überrascht an. Sie waren es so gewohnt, sich während ihres Fortseins über sie zu unterhalten, daß es ihnen in den ersten Tagen nach ihrer Rückkehr stets schwerfiel, mit dieser Gewohnheit zu brechen. »Ich hoffe, ihr habt ihm nicht gesagt, ihr hättet eine Tochter, die darauf aus sei, ihn von diesem Entschluß abzubringen.« Sie ging zu dem Tablett mit den Getränken hinüber. »Natürlich werde ich ihn mir ansehen«, fuhr sie ironisch fort, »aber ich weiß nicht so recht ... ich glaube nicht, daß ich einen Mann heiraten könnte, der unseren schönen Strand verschandelt!«

Es war selbstverständlich alles nur ein Scherz, doch bemerkte Katrien, wie Ginnys Bewegungen plötzlich linkisch und unsicher und ein wenig ablehnend wurden und sie gleichsam warnten, vorläufig nichts mehr über Jim MacAdam zu sagen.

»Ich hole etwas mehr Eis«, sagte Ginny. »Es ist fast alles geschmolzen.« Schon als kleines Kind war es ihre Aufgabe gewesen, während dieser Dämmerstunde, in der sie gemeinsam auf der Veranda saßen, dafür zu sorgen, daß der Eiskübel stets gefüllt war. Es war immer ein Teil ihrer Rückkehr gewesen, dieses Amt wieder zu übernehmen. Sie blieb mit dem Kübel in der Hand in dem Türbogen stehen, durch den man den großen Mittelraum betrat. Die Küche lag getrennt vom Haupthaus dahinter, während sich die Schlafräume an den vier Ecken des Hauses befanden. Das Haus besaß großen Charme, war jedoch gleichzeitig sehr unpraktisch. Das ging Ginny durch den Kopf, als sie sich nun zu ihrer Mutter umwandte. »Wir sollten uns wirklich so einen isolierten Eiskübel kaufen, wie die Amerikaner ihn machen. Es würde Eis sparen. Ich habe einen billigen aus Plastik gesehen ...«

»Plastik!« Ihr Vater stieß ein leises Stöhnen aus. »Die ganze Welt scheint ein einziger Plastikbeutel zu werden. Eher schau ich zu, wie das Eis vor meinen Augen schmilzt!«

»Du Reaktionär!« erwiderte Ginny lächelnd und zuckte die Achseln. Katrien und John folgten dem raschen Klappklapp ihrer hochhackigen, neuen Schuhe auf dem Marmorboden, als sie nun durch das Haus zur Küche lief. Der gleiche Gedanke ging ihnen durch den Kopf, doch John sprach ihn als erster aus: »Mich wundert, daß die Nonnen sie diese billigen Dinger kaufen lassen, die sie an den Füßen hat. Sie sind einfach lächerlich – und sie bekommt verkrüppelte Füße davon!«

»Was sollten sie denn deiner Ansicht nach tun? – Sie immer weiter in Kinderschuhen herumlaufen lassen? Sie sind nicht dumm, diese Nonnen, und auch nicht ganz weltfremd. Mädchen müssen nun mal jede Mode mitmachen, und sie stelzen immer auf zu hohen Absätzen herum, bis sie eines Besseren belehrt werden. Wir müssen sie ihre eigenen Fehler machen lassen, John ...«

Er nickte seufzend. »Ich weiß – aber ich werde ein dummer, rührseliger alter Mann, Katrien. Ich möchte sie vor – vor allem bewahren.«

Katrien wandte sich ihm zu, doch vermochten beide wegen der Dämmerung ihre Gesichtszüge nicht mehr klar zu erkennen. »Du kannst sie nicht davor bewahren zu leben. Sie muß lernen, was es heißt, zu leben.«

Dies erschien ihm eine eigenartige Feststellung aus dem Munde einer Frau, die nur auf dieser Insel gelebt hatte und deren Leben, äußerlich betrachtet, in unendlicher Ruhe, ja geradezu Langweile verlaufen zu sein schien. Katrien hatte jedoch diese Augenblicke jäher Weisheit, die ihr kaum durch Erfahrung und Wissen, sondern vielmehr rein instinktiv erwuchsen. In solchen Augenblikken fühlte sich John ihr gegenüber ein wenig unsicher, da er den Gedanken zu verscheuchen versuchte, der ihm zuflüsterte, daß er in all diesen Jahren mehr auf sie hätte hören sollen, von ihr hätte lernen können, ja sogar mit ihr über die Dinge hätte sprechen sollen, die ihn bedrückten, um Erleichterung und Trost zu finden.

Er blickte seine Frau im Halbdunkel an. »Mater Angela findet, Ginny solle auf ein College gehen. Nicht in San Juan. Sie schlägt die Universität von Miami vor.«

Er sah Katrien langsam zustimmend nicken und begriff erst in diesem Augenblick, wie sehr er auf ihre Ablehnung gebaut hatte in der Hoffnung, daß sie die ganze Angelegenheit endgültig abtun würde.

»Ja?« Es war nur halb als Frage gemeint.

»Ein College wie Vassar oder Radcliffe wäre viel besser«, fuhr er bekümmert fort. »Aber die kommen natürlich, was das Geld betrifft, gar nicht in Frage, und es ist außerdem zu spät für die Anmeldung ... womöglich ist es auch schon zu spät für Miami«, fügte er mit einem Schimmer von Hoffnung hinzu.

»So ...?« Katrien nippte an ihrem Glas und schien es nicht eilig zu haben, diese Angelegenheit zu besprechen. Sie machte beinahe den Eindruck, als bedeutete dieser Vorschlag keine Überraschung für sie. »Mater Angela findet also, sie solle von St. Nicolaas fort? Von uns fort? Sie hat wahrscheinlich recht.«

»Du bist wirklich dafür, daß sie fortgeht? Wird das denn einen Sinn haben?«

»Wer weiß?« meinte Katrien achselzuckend. »Wird es denn schaden? Sie lernt vielleicht einige nützliche Dinge – wenn sie auch nicht sehr ehrgeizig ist, unsere Ginny. Doch es kommt darauf an, daß sie etwas von der Welt jenseits einer kleinen Insel lernt –, das, glaube ich, meinte Mater Angela. Die Welt hat sich schneller verändert als wir. Wir können ihr daher nicht viel helfen – sie muß sie selbst entdecken. Sie muß junge Männer kennenlernen – genügend junge Männer, um zu wissen, welcher der richtige für sie ist.«

Erstaunt und enttäuscht sah John zu ihr hinüber. »Aber vor einem Augenblick – da hast du ihr doch Jim MacAdam aufzuschwatzen versucht, Katrien.«

»Nicht unbedingt Jim MacAdam«, antwortete sie mit einer raschen Handbewegung. »Verstehst du denn nicht – nicht unbedingt Jim MacAdam – obwohl er ein guter Mann ist und ich nur hoffen kann, daß sie einen so guten wie ihn bekommt. Nein, nicht unbedingt ihn, sondern einen Mann – irgendeinen Mann. Sie muß sich an den Gedanken gewöhnen, daß Männer von nun an in ihrem Leben eine Rolle spielen werden. Hast du dir deine Tochter angesehen, John – dieses Mal? Sie ist eine Frau und in gewisser Weise sogar eine schöne Frau. Sie hat den Körper einer Frau. Sie muß lernen, mit sich fertig zu werden – ebenso wie mit anderen Menschen. Das lernt sie besser mit Mädchen ihres Alters. Die Lektionen werden schmerzhafter sein, aber sie wird sie dafür besser lernen.«

»Aber lernt sie sie nicht hier besser – wo wir ihr helfen können?«

»Eltern können nie viel helfen«, entgegnete Katrien ruhig. »Wir sind immer zu weit weg, wie sehr wir sie auch lieben. Wir würden sie nur in Watte packen – oder sie schnell mit einem guten Jim MacAdam verheiraten.«

»Wäre das denn verkehrt?«

»Für Ginny – ja! Sie würde eines Tages aufwachen und sagen, sie sei betrogen worden. Irgendein Tourist würde daherkommen und ihr erzählen, daß sie ihr Leben hier vergeude, und sie würde ihm glauben, weil sie keine eigenen Vergleichsmaßstäbe hätte. Wenn wir sie dagegen fortschicken, hat sie die Möglichkeit, selbst zu wählen. Sie wird zumindest wissen, wozu sie zurückkommen kann – falls sie zurückkommen möchte. Ich will nicht, daß sie unzufrieden ist ... unglücklich. Verstehst du, was ich meine, John?«

»Nein!« erwiderte er aufgebracht. »Ganz und gar nicht! Weshalb sollte sie unzufrieden und unglücklich sein? Du warst es doch auch nicht!«

»Ginny ist ebensosehr dein Kind wie meines!« Sie sagte es sehr behutsam, doch begriff er augenblicklich, wie genau ihr Wissen ihn erfaßte, seine Unzufriedenheit und sein Unglück, die ihn auf diese Insel begleitet hatten und im Laufe der Jahre allmählich von ihm gewichen waren, daß er ihr Entschwinden kaum bemerkt hatte. Und er stellte nun, wo er gezwungen wurde, darüber nachzudenken, fest, daß nur der bittere Nachgeschmack geblieben war. Er hatte vielerlei Gründe, Katrien dankbar zu sein. Es war schade, daß ihm die Gelegenheit nie geeignet schien, ihr das zu sagen. Leise und sanft fuhr ihre Stimme in der Dunkelheit fort: »Ginny ist weder ganz wie ich – noch ganz wie du. Sie vereint das Erbe zweier Familien.«

»Ja.« Er war froh, daß sie weder sein Gesicht sehen konnte, noch die Panik, deren er Herr zu werden sich bemühte. Er wünschte jetzt brennend, Ginny möge nichts von ihm haben, noch das Vermächtnis in sich tragen, das in seiner Familie eine Generation der anderen weiterzugeben schien. Hastig sagte er: »Es wäre besser für sie, wenn sie nur das Erbgut ihrer rechtschaffenen, soliden holländischen Vorfahren in sich trüge ...«

Katrien lachte ein tiefes, kehliges Lachen. »Solide? Das ist keine Eigenschaft, die sich junge Mädchen wünschen! Wünsche ihr, daß sie glücklich wird, John – auf welche Art ihr das nun möglich ist. Das ist ungefähr alles, was du und ich für sie tun können.«

Dankbar erkannte er wieder einmal diese kostbare Gabe Katriens an, die Dinge ihren eigenen Gesetzen zu überlassen. Diese Eigenschaft war, so vermutete er, wohl auch der Grund gewesen, warum er sie gebeten hatte, ihn zu heiraten. Er hatte diese Fähigkeit bewundert, nicht alles gierig an sich zu reißen, zu ergründen und allein besitzen zu wollen. Und nun saß er hier und vereinte selbst all die Eigenschaften, die Katrien zu seiner Freude nicht besaß – war habgierig und eifersüchtig, entsetzt über die Möglichkeit, daß Ginny ihm entgleiten und so zu Isobel gehen könnte und nur von dem einen Wunsch erfüllt, sie auf dieser Insel fest an sich zu binden, wo Isobel sie nicht zu erreichen vermochte und wo die Wirkungen des Vermächtnisses, das die Tilsits auf ihre Nachkommen zu vererben schienen, auf ein Minimum abgeschwächt werden konnten. Er war ein von panischer Furcht gepackter Mann und bekämpfte diese Panik nur matt. Er wollte nicht auf das hören, was Katrien gesagt hatte – wollte Ginny nicht fortschicken. Er wollte, daß sie heiratete, sicher verheiratet war. All seine bisherige Feindseligkeit gegen den Fremdling, der den Frieden der Oranje Bucht zerstört hatte, schwand auf einmal dahin. Jim MacAdam wäre gar nicht schlecht, stellte er fest – Jim MacAdam oder jemand wie er, solange er nur stärker als Ginny war und sie zu halten verstand. Er, ihr Vater, vermochte sie nicht vor Isobel zu bewahren, doch ihrem Mann würde es vielleicht gelingen. John wischte sich in der gnädigen Dunkelheit mit dem Handrücken die Schweißperlen von der Oberlippe. Ginnys hohe Hacken klapperten wieder über die Marmorplatten heran.

Im großen Wohnzimmer flammte eine Lampe auf. Die Schatten der Verandasäulen fielen nun dunkel auf den Garten unter ihnen.

»Mutter – komm doch mal her, ja? Ich möchte dir etwas zeigen.«

»Was denn?« Katrien erhob sich gemächlich aus ihrem Korbsessel. »Eine Überraschung.«

Katrien ging zu der lichterfüllten Tür – eine kräftige Frau, doch nicht schwerfällig in ihren Bewegungen. Sie blieb blinzelnd im Türbogen stehen, dann sah John sie rasch hineingehen. »Oh – was ist denn das?«

»Es ist für dich«, antwortete Ginnys Stimme. »Ich entdeckte es heute nachmittag in St. Charles, als wir auf Harry warteten.«

»Es ist wunderschön, Ginny! Ist es nur für mich?«

Jetzt stand auch John auf und ging über die Veranda auf sie zu. Er freute sich über die Freude in Katriens Stimme, und er freute sich über Ginnys Idee, ihrer Mutter dies Geschenk von den letzten Ersparnissen ihres Schultaschengeldes zu kaufen. Es herrschte ungewöhnlich wenig Rivalität zwischen ihnen – zwischen dieser Mutter und ihrer einzigen Tochter; sie schienen sich nicht gegenseitig übertrumpfen zu wollen. Ginny war zu großzügig, um eine echte Tilsit zu sein, dachte er. Seine Panik legte sich ein wenig. Ginny würde in Ordnung sein. Er brauchte sich also nicht zu sehr zu sorgen.

Er trat in die Tür, und da sah er es. Ginny hatte das Porzellan auf ein Tablett gestellt. Es stand auf dem niedrigen Tisch vor einem der Sofas, und Katrien beugte sich gerade darüber. Während John wie erstarrt stand, hob sie die kleine Teekanne hoch und freute sich lächelnd an ihrer vollendeten Miniaturform. John klammerte die Hand um den Türrahmen, um ihr Zittern zu unterdrücken. Er hatte nicht richtig gesehen, sagte er sich; er hatte nicht richtig gesehen, weil es einfach nicht sein durfte. Aber es war so. Seine Hand glitt vom Türrahmen, und er kam mit langen, hastigen Schritten an den Tisch. Ginny sah lächelnd zu ihm auf.

»Vater – was sind das für Blumen in der Borte? Weißt du, ob es englische Blumen sind ...?« Hier erstarben ihre Worte.

Er fühlte, wie blinder Zorn und rasende Angst über ihm zusammenschlugen. Er kannte es auswendig, das dekorative Muster kleiner blauer Glockenblumen, das die Tasse und Untertasse, den Teller und die Teekanne schmückte. Er hatte dieses Muster an dem Tag seiner Entstehung gesehen – eine Bewegung seiner Hand hatte es geschaffen. Er war in Tilsit mit Isobel und der Frau, die er liebte, im Wald spazierengegangen; er hatte einige Stengel gepflückt und sie ihr gereicht; er wußte, sie würden schnell verwelken, doch hatte er sie in ihren Händen liegen sehen wollen. Behutsam hatte sie voller Entzücken über ihre zarte Schönheit mit dem Finger an die winzigen Glocken getupft. ›Würden sie nicht hübsch auf Porzellan aussehen?‹ hatte sie gefragt. Isobel hatte das Muster entwerfen lassen. ›Es ist natürlich nicht sehr vornehm‹, hatte sie erklärt, ›aber es wird sehr gut im einfacheren, ländlichen Porzellan gehen.‹ Er fand, sie hatte es gestohlen, nicht aus Freude daran, sondern aus Besitzgier – weil alles auf Tilsit ihr gehörte, sogar die Glockenblumen. Er starrte noch einige Sekunden länger auf das vor ihm aufgestellte Porzellan, und der aus der Erinnerung aufsteigende Schmerz und Zorn wurden unerträglich.

Katrien sah sein Gesicht: »John – was ist los?«

»Verdammt noch mal! Schafft das Zeug hier ’raus! Daß es mir nie wieder unter die Augen kommt!«

Er vermochte sich nicht mehr zu beherrschen. Es geschah blitzschnell. Er fegte das Tablett und alles, was auf ihm stand, vom Tisch. Es krachte hart auf den Marmorboden, und die einzelnen zerbrochenen Prozellanstücke schlidderten nach allen Seiten bis in die Ecken des Zimmers. Als er davonstürmte, zermalmte er an der Tür eine Scherbe mit dem Fuß. Er vernahm keinen Protest hinter sich, nur fassungsloses, überraschtes Schweigen. Er stürzte die Verandatreppe hinunter in die schützende Dunkelheit des Gartens.

Ginny und Katrien fehlten die Worte. Ginny wußte, sie würde auf ihre Fragen keine Antworten erhalten; das Gesicht ihrer Mutter zeigte deutlich ebenso erschrockenes Entsetzen, wie sie es empfand. Langsam bückte sie sich und hob eine der Scherben vor ihren Füßen auf. Es war ein Stück der Untertasse, das Mittelstück, auf dem die Tasse steht. Sie drehte es langsam in den Fingern. Auf der Unterseite trug es die Signatur des Herstellers:

TILSIT
BONE CHINA
ENGLAND

Und darunter das Firmenzeichen, das große, schräge T mit dem Querstrich.

2

Bo lief vor Ginny her die Treppen und Wege durch den Garten zum Strand hinunter. Er schien auf einmal wieder jung zu sein, trug den Kcpf hoch erhoben und kam dauernd eifrig zu ihr zurückgesprungen, um sich zu vergewissern, daß sie ihm tatsächlich folgte. Bo war immer Ginnys Hund gewesen, obwohl sie oft lange fort gewesen war.

Es war Ebbe, und die Brandung plätscherte nur mit kleinen Wellen an den Strand. Die Sonne war noch nicht aufgegangen. Ein grauer Schatten lag über dem Meer; es sah kalt aus. Als Ginny jedoch ihre Schuhe von den Füßen schlenkerte und auf dem nassen Sandstreifen am Rande des Wassers entlangging, spülte es ihr mit der vertrauten Wärme um die Füße und Knöchel. Suchend streifte ihr Blick über das angeschwemmte Treibholz und den Seetang, um einen leichten Stock für Bo zu finden. In großen Sätzen sprang er hinter ihm her ins Wasser wie ein junger Hund und kam schnell mit dem Stock zu ihr zurückgetrabt, schüttelte das Wasser aus dem Fell und sah sie bittend an, den Stock noch einmal fortzuwerfen. Während sie so mit ihm spielte, vermied sie es bewußt, zu den Umrissen der neuen Gebäude am anderen Ende des Strandes hinzusehen. Doch plötzlich bemerkte sie eine Veränderung, als sie die Mitte der Bucht erreicht hatte; der Seetang und das Treibholz waren fortgeräumt worden, und jemand hatte begonnen, das Dickicht der Meerbinsen zu lichten. Zehn Meter weiter war eine Holzbank in ihrem Schatten aufgestellt worden. Da wußte Ginny, daß sie fremden Boden betreten hatte. Rasch kehrte sie um und ging zurück. Sie warf von neuem den Stock für Bo ins Wasser, doch er war müde und konnte nicht länger den Jugendlichen spielen. So ging sie den Strand hinauf und setzte sich auf den hohen Sandwall, den die Gezeiten aufgetürmt hatten. Bo lag japsend neben ihr und hatte ihr eine sandige nasse Pfote besitzerisch auf den Schoß gelegt.

Die Horizontlinie war schon seit einigen Minuten hell geworden. Plötzlich tauchte die Sonne über dem Hügelrücken hinter ihr auf; in wenigen Augenblicken würde sie auch in die Bucht scheinen. Automatisch blickte Ginny zum Haus hinauf, um zu sehen, wer schon auf war, doch sie konnte niemanden auf der Veranda entdecken. Heute morgen, so dachte sie, würde ihre Mutter ihren Tee im Stehen in der Küche trinken, während sie mit Wilhelmina, der Köchin, sprach. Sie würde so tun, als hätte sie keine Zeit, ihn gemütlich auf der Veranda zu trinken. Das würde so ein oder zwei Wochen dauern, bis das Bild des zerschmettert am Boden liegenden Porzellans ein wenig verblaßt war. Dann würde sie wieder ihren Tee aus der gewöhnlichen Kaffeetasse, die sie stets benutzt hatte, auf der Veranda trinken, und das Tilsit-Service würde mit keinem Wort mehr erwähnt werden.

Das hatte Katrien Ginny am vergangenen Abend deutlich zu verstehen gegeben. Sie hatte sie in die Küche geschickt, um Besen, Handfeger und Kehrschaufel zu holen, und hatte die Bruchstücke selbst aufgefegt. »Erwähne es nie mehr ihm gegenüber, Ginny – hörst du?«

»Aber warum nicht? Ich will es wissen! Sind diese Tilsits« – sie hielt Katrien die Stücke hin – »die gleichen Tilsits wie wir?«

»Ich weiß es nicht. Ich hab' nie etwas über sie gehört – und ich werde ihn nicht fragen. Und du wirst ihn auch nicht fragen!«

»Aber warum denn nicht? Weshalb darf er das einfach kaputtmachen – es war schließlich ein Geschenk für dich, Mutter –, ohne zu sagen, warum! Es ist nicht gerecht ...«

Katrien stützte sich auf den Besen. »Du weißt doch bestimmt inzwischen, daß nicht immer alles gerecht ist – besonders nicht bei Menschen, die man liebt. Wenn dein Vater nicht erklären will, warum er das tat, braucht er es nicht. Es ist nicht deine Sache, nachzubohren.«

»Soll das etwa heißen, daß du ihm das durchgehen läßt – einfach nichts sagen wirst? Ich würde das nie tun – ich nicht!«

»Du hast noch keinen Mann geliebt, Ginny.«

»Ich liebe Vater!«

Katrien lächelte verhalten. »Das meine ich nicht.« Dann begann sie weiterzufegen.

Kurz darauf hatten sie das laute Putt-putt des alten Außenbordmotors unten in der Bucht vernommen. Da der Mond noch nicht voll am Himmel stand, unterschieden sie nur einen undeutlichen Schatten, der das Boot sein konnte. Katrien, die von der Veranda herunterspähte, meinte nur: »Ich hoffe, er hat genug Benzin.«

Spät in der Nacht, als der Mond hell und voll leuchtete, wachte Ginny durch das Geräusch des zurückkommenden Bootes auf. Ein wenig später hörte sie die Stimmen ihrer Eltern – anfangs leise und vorsichtig, dann gelöster und natürlicher –, vernahm den Geruch von Toast und hörte das Brutzeln von Spiegeleiern in der Küche. Zu ihrer Verblüffung vernahm sie sogar ein leises Lachen. Es erinnerte alles in keiner Weise mehr an das Drama mit dem zerschmetterten Porzellan. Ginny drehte sich auf die andere Seite und schlief ratlos und mit dem Gefühl, noch sehr jung und unerfahren zu sein, wieder ein.

Das Boot – es hieß ›Ginny‹ – lag nun auf den Strand hinaufgezogen, wo der Weg zum Haus emporführte. Es war alt und oftmals neu gestrichen worden. Es sah genauso verschlissen aus wie der helle Leinenanzug ihres Vaters und genauso würdevoll. Sie wandte den Kopf und betrachtete mit großer Vorsicht die schnittigen Linien des Motorbootes, das am anderen Ende der Bucht ein wenig weiter draußen vor Anker lag. Es sprach von Geschwindigkeit und Geld, der Art von Geld, wie es ihr Vater nie haben würde, und der Geschwindigkeit, die ihn schon vor langer Zeit hinter sich zurückgelassen hatte. Sie haßte es. Es war unnahbar und schön; die hellen Reflexe des Wassers spiegelten sich in der schimmernd weißen Bordwand. Es verkörperte den Feind und Eindringling, und sie hatte genug von Katrien geerbt, um zu wissen, daß sie nun hingehen und dem Feind die höfliche Geste erweisen müsse, um dann ein für allemal mit ihm fertig zu sein.

Sie stand daher wieder auf und überschritt diesmal bewußt jene unsichtbare Grenze, wo das Treibgut der Flut fortgeräumt worden war. Es stand hier kein Schild, doch im Geiste sah sie es bereits so wie auf anderen Stränden. ›Privatbesitz – kein Zutritt‹. Vielleicht müßten sie selbst ein solches Schild an der Grenze zu Jim MacAdams Strand aufstellen, wenn die Touristen kommen würden, überlegte sie, oder aber die Fremden würden arglos bis zur anderen Seite der Bucht vordringen, ja vielleicht sogar die Wege bis zum Oranje Huis hinauf. Zu ihrem Erstaunen würde niemand darauf erpicht sein, daß sie das Haus photographierten. Sie kam an der Holzbank vorbei. Nun befand sie sich tief im Feindesgebiet. Bo lief vor ihr her; für ihn gab es keine Grenze, und es hatte den Anschein, als wäre ihm der Weg zu dem Chaos halbfertiger Bungalows längst vertraut. Zuletzt fiel er sogar in einen schnellen Trab und ließ Ginny hinter sich zurück. Es mochte der Geruch des gebratenen Specks sein, sagte sich Ginny, oder aber der Mann, der da kochte, war Bos Freund.

Skeptisch und voller Abscheu musterte sie den Bauplatz. Einer der Bungalows schien fertig zu sein, die übrigen befanden sich in verschiedenen Baustadien. Sie waren aus Naturstein und Rotholz – ganze Wände waren wie Jalousien aus Rotholz gebaut, um die Brise hindurchzulassen. Jedes Haus lag im tiefen Schatten eines breit hinabgezogenen Daches. Sie wurden überragt von dem großen, geschwungenen, freitragenden Bogen des Daches des zukünftigen Haupthauses, wie sie vermutete, in dem sich die

Küche und das Restaurant befinden würden.

Es gab nichts annähernd Ähnliches auf der ganzen Insel; es war dynamisch und kraftvoll, doch nicht aufdringlich; seine Linien folgten dem Bergrücken über ihm, schmiegten sich an den Boden und schienen sogar mit dem Hintergrund zu verschmelzen. Der gesamte Gebäudekomplex war eigentlich schockierend, war doch die gesamte Architektur der Insel vom Kolonialstil geprägt, aber man konnte nichts Häßliches entdecken, wie sie es sich vorgestellt hatte. Sie war jedoch nicht bereit zuzugeben, daß die Bungalows alles andere als häßlich waren. Sie suchte sich einen Weg durch das in Haufen herumliegende Baumaterial und ging auf die Fliegentür zu, vor der Bo wartete.

Noch ehe sie diese erreichte, wurde sie geöffnet. Der Mann schien Bo geradezu erwartet zu haben, so als wäre er häufig dort gewesen. Der Hund glitt an ihm vorbei in das Haus. Ginny empfand einen Stich von Eifersucht bei dieser Geste des Vertrautseins. Da sagte der Mann: »Nun – und wer bist du? Die Goldfee?« Ginny blieb stehen. Die Stimme war merkwürdig kühl und spöttisch wie die Augen des Mannes.

»Ich bin ...«

Er ließ die Tür ganz aufschwingen. »Sie sind Miss Virginia Tilsit von Oranje Huis. Kommen Sie herein. Und passen Sie auf, wo Sie hintreten – Sie sollten hier überhaupt nicht barfuß zwischen all dem Zeug herumlaufen.« Er war groß, trug alte Khakishorts, ein Sporthemd und schwere Arbeiterstiefel.

»Ich – ich gehe immer barfuß am Strand.«

»Die Zeiten ändern sich«, entgegnete er. »Sie werden vorsichtig sein müssen, bis ich alles wieder für bloße Füße in Ordnung bringen kann. Kommen Sie herein. Ich bin Jim MacAdam, Ihr Nachbar.«

»Ich weiß. Vater hat es mir gesagt.«

»Oh, Ihr Vater ... Ihm gefällt ganz und gar nicht, was ich hier treibe. Wenn er auch auf seine kultivierte englische Art versucht, es höflich zu verbergen. Ihre Mutter freut sich, glaube ich, schon darauf, das Treiben der Touristen zu beobachten. Auf wessen Seite stehen Sie?«

»Ich weiß es noch nicht. Wenn Sie nur aufhören wollten, mir Vorschriften zu machen und mich auszufragen, werde ich vielleicht darüber nachdenken können.« Damit ging sie vorsichtig um einige Holzstöße herum auf die Tür zu.

»Ich fürchte, ich habe das verdient.« Er hielt die Tür weit auf. »Ich gebe zu, ich hatte richtig Angst vor Ihnen. Ich rede immer zuviel, wenn ich Angst habe.«

Sie ging an ihm vorbei in das Zimmer. Es war groß und hatte den üblichen Fußboden aus Steinplatten; das vom Meer hereinflutende Licht wurde durch die Meerbinsen und Jalousien gemildert. Trotz der Größe des Raumes schien Ginny kaum genug Platz vorhanden zu sein, um sich in ihm zu bewegen. Die Einrichtung war dürftig und der Fußboden mit Büchern und ausgebreiteten, von seltsamen Holzstücken beschwerten Plänen bedeckt. Die Untertassen, die Jim MacAdam als Aschenbecher benutzte, quollen von Asche über. Ein Tisch war nicht vorhanden, lediglich ein schräg aufgestelltes Reißbrett und ein hoher Stuhl; sechs leere Bierdosen voll gespitzter Bleistifte standen wie stachelige Kakteen herum. Saubere Wäsche war auf dem Fußboden in zwei Stapeln an die Wand gelehnt. Ginny suchte sich vorsichtig einen Weg zwischen den Plänen hindurch.

»Weshalb hatten Sie Angst?« fragte sie schließlich. Er schloß geräuschvoll die Tür. »Ich beobachtete Sie unten am Strand. Natürlich wußte ich, wer Sie waren. In Oranje Huis hat jeder seit einer Woche davon geredet, daß Sie nach Hause kommen. Ich dachte, Sie wollten mir einen Besuch machen. Und da sah ich, wie sie umkehrten, als Sie an meinen Teil des Strandes kamen. Danach, glaube ich, waren Sie zwischen Ihrer Mutter und Ihrem Vater hin und her gerissen. Als Sie dann wieder zurückkamen, konnte ich mir nicht darüber klarwerden, ob die Freundlichkeit Ihrer Mutter oder Ihres Vaters Sinn für korrektes Verhalten in Ihnen gesiegt hatte.«

»Hm ...«

Nach der plötzlichen Kühnheit, die sie an ihm vorbei in dieses Zimmer geschoben hatte, wußte sie nun nichts zu erwidern. »Der Speck verbrennt«, bemerkte sie daher nur.

Sie beobachtete, wie er die Speckscheiben aus der Pfanne fischte und sie zum Abtropfen hinlegte. Die Küche bestand aus einem kleinen, rechteckigen Raum, der sich an das Badezimmer an derselben Wand anschloß. Es sei eine Einbauküche, hatte ihre Mutter ihr gesagt. Jim MacAdam bewegte sich äußerst geschickt in dem beengten Raum. Merkwürdigerweise erstreckte sich das Durcheinander des großen Zimmers nicht bis hierher.

»Wie möchten Sie Ihre Eier?« erkundigte er sich.

Ginny schwieg zögernd. Niemand hatte ihr je zuvor diese Frage gestellt. In Santa Maria aß man, was vor einen hingestellt wurde, und in Oranje Huis wußten sie, wie man seine Eier gern hatte.

»Pochiert«, antwortete sie schließlich.

»Tut mir leid ... Sie werden Spiegeleier essen müssen. Ich habe nur eine Pfanne, und in der ist schon das Fett vom Speck.«

»Spiegeleier sind auch gut ...« Es war ganz gleichgültig, was sie sagte, denn er schlug die Eier bereits in die Pfanne.

Dann streckte er den Kopf aus der Küchentür. »Der Kaffee ist fertig ... schauen Sie, ob Sie da etwas Platz zum Essen schaffen können, ja?« Er wies mit einer Kopfbewegung zu einem niedrigen Tischchen vor dem Bett, das sie nicht gesehen hatte, da es mit Bücherstapeln vollgepackt war.

»Ich sollte wirklich nicht bleiben ... sie erwarten mich zu Hause.«

»Du meine Güte, seien Sie doch nicht so englisch! Werden sie die Polizei losschicken? Gibt es auf St. Nicolaas so viele Plätze, wo Sie frühstücken könnten? Wo sollten Sie denn sonst sein als hier?«

Gehorsam ging sie an den Tisch und räumte die Bücher ab. Dann drehte sie sich unvermittelt um und blickte zu ihm hinüber. »Das ist eigentlich schade, nicht wahr?«

»Was ist schade?«

»Ich meine, daß sie wissen, wo ich bin.«

Ginny hielt diese Stunde für die schönste und schrecklichste ihres ganzen Lebens. Sie hörte sich die meisten der Dinge sagen, die sie sich für die erste gemeinsame Mahlzeit allein mit einem Mann zurechtgelegt hatte; sie sagte sie, und es waren meistens die verkehrten. Am besten waren die Dinge, die sie sich nie vorher zu diesem Zweck überlegt hatte.

Jim MacAdam verschlang heißhungrig sein Frühstück und konzentrierte sich zeitweise völlig darauf. Er hatte sich noch nicht rasiert, und die Bartstoppeln unterstrichen den Ausdruck rauher Kraft in seinem mager-knochigen Gesicht. Es war kein ausgesprochen gutaussehendes Gesicht – dafür war es zu lang und endete zu abrupt in dem kantigen Kinn. Er hatte graue Augen unter regelmäßig geschwungenen, dichten Augenbrauen. Sobald sie etwas sagte, richtete sich sein Blick auf ihr Gesicht und blieb dort haften, bis sie geendet hatte.

Diese Angewohnheit brachte sie aus der Fassung, und sie wünschte, sein Blick wäre nicht ganz so direkt und unbeteiligt. Sie begann, unter diesem Blick über sich selbst nachzudenken; ihr Gesicht war ohne jegliches Make-up, und ihr Haar hing lang und glatt herunter wie das eines Kindes. Sie war dankbar, daß er sie nicht wie ein Kind behandelte. Er machte kein Aufhebens um sie. Für sie kam es völlig unerwartet und unvorhergesehen, daß er ihre

Gegenwart als ganz selbstverständlich hinnahm – und das war das Beste vom Ganzen.

Kaum hatte Jim sein Frühstück beendet, tastete seine Hand automatisch nach dem Päckchen Zigaretten, als wüßte er ohne hinzuschauen, daß es dort lag. Ginny waren schon die zahlreichen herumliegenden, angebrochenen Päckchen aufgefallen. Er bot ihr eine an.

»Nein, danke.«

Er hatte große, kräftige Hände. Die Fingernägel waren abgebrochen, und die Haut war von kleinen Schnitten und Schrammen übersät. Arme und Beine waren von den angeschwollenen Bissen der Sandflöhe bedeckt. Er tat mit halbgeschlossenen Augen einen langen Zug, als wolle er sich intensiver auf den Duft und Geschmack des Tabaks konzentrieren.

»Nun, Goldfee – was denkst du von dem Ganzen hier?«

»Ich wünschte, Sie würden mich nicht Goldfee nennen«, erwiderte sie stirnrunzelnd.

»Warum denn nicht?«

»Weil es so klingt wie jemand, der gar nicht existiert.«

Er nickte langsam, und zum erstenmal, seit sie ihn gesehen hatte, lächelte er. Merkwürdigerweise hatte sie in ihrer Nervosität nicht bemerkt, daß er bei der Begrüßung überhaupt nicht gelächelt hatte. »Niemand existiert jemals so, wie andere ihn sehen«, erklärte er. »Gott bewahre! Wir würden alle verrückt, wenn wir es täten! Doch Sie haben ein Recht, sich dagegen zu wehren. Es ist dumm, Leuten ein Etikett aufzukleben. Ich werde Sie nicht wieder so nennen, Ginny.«

»Jetzt habe ich ein ganz schlechtes Gewissen.«

»Warum?«

»Weil ich im stillen Ihnen ein Etikett aufgeklebt habe.«

»Ich weiß, was darauf stand.«

»Wieso wissen Sie das?«

»Ich wußte es, als ich sah, wie Sie dem Grundstück hier den Rücken kehrten. Ihr Rücken ist sogar aus der Entfernung sehr ausdrucksvoll, Ginny!«

»Aber ich habe es nur zum Teil gedacht – sonst säße ich jetzt doch nicht hier, oder?«

»Er hat mir jedoch ziemlich unmißverständlich verraten, was Sie über das Ganze hier denken. Ich hätte gar nicht so dumm zu fragen brauchen. Ihnen gefällt das hier nicht, nicht wahr?«

»Es ist nicht, daß es mir nicht gefällt. Es hätte schlimmer sein können – hätte vier Stockwerke hoch und knallrot angemalt sein können. Es geht nicht darum, wie es aussieht – ich wünschte nur, es wäre einfach nicht vorhanden.«

»Weshalb wünschen Sie das?«

»Es war hier unberührt und verwildert. Außer uns kam niemand an den Strand. Ich weiß noch genau, als ich klein war, stellte ich mir vor, daß ich immer weiter ginge und daß hinter dieser Ecke das Ende der Welt sei. Der Strand erschien mir damals viel länger, und ich rechnete immer ein wenig damit, hinunterzufallen, wenn ich an das Ende kam. Vater sagte, ich könnte gar nicht hinunterfallen, doch mir schien es ein wundervolles Wagnis zu sein.«

»Arme Ginny – an der Stelle Ihres herrlichen Abenteuers am Ende der Welt hat die Welt nun ihre normale Gestalt angenommen – in Form von dicken, ältlichen Touristen, die auf Badehandtüchern liegen. Tut mir leid!«

»Warum mußten Sie gerade jetzt kommen? Sie haben uns doch die ganzen Jahre in Frieden gelassen ...«

Heftig zerdrückte er die Zigarette auf der Untertasse und stand auf. »Das geht Sie, verdammt noch mal, nichts an! Sie sind viel zu sehr wie Ihr Vater! Sie glauben, daß außer Ihnen keiner ein Recht hat, hier zu sein – er ist nur etwas höflicher.«

»Verzeihen Sie – ich meinte es nicht so ...«

Er begann die Teller zusammenzuräumen. »Ich höre den Lastwagen mit den Arbeitern den Berg herunterkommen. Sie gehen besser jetzt, sonst redet man morgen auf der ganzen Insel darüber, daß Sie sowohl zum Abendbrot wie zum Frühstück hier waren.«

Er war in der Küche und zündete sich eine neue Zigarette an, als sie ging. Das leise Zuschlagen der Fliegentür war das einzige Geräusch. Er zerbrach das Streichholz zwischen den Fingern und kam hinter ihr her. In der Tür hielt er inne. »Ach was, zum Teufel!«

Er blieb jedoch stehen und sah ihr nach, wie sie über den Strand zum Wasser ging. Bo blieb an ihrer Seite, als fühlte er, daß sie ihn in diesem Augenblick brauchte. Ihre langen, sonnengebräunten Beine in den kurzen Shorts waren sehr hübsch; sie hielt Kopf und Rücken so aufrecht und gerade, daß das glatte blonde Haar nur eben ihre Schultern berührte. Die Shorts und ärmellose Bluse – beide blaßgelb – waren verschossen und vom häufigen Waschen weich und geschmeidig geworden. Wie sie so in ihrem leichten und freien Gang zum morgendlich glänzenden Wasser hinunterschritt, glaubte er, noch nie einen so mit seiner Umgebung verschmolzenen Menschen gesehen zu haben.

»Goldfee ...«, murmelte er leise.

Und dann bog der Lastwagen um die letzte Biegung des holperigen Feldweges, und eine Minute später kletterte die Schar der einheimischen Arbeiter herunter. Jim steckte eine neue Schachtel Zigaretten und die Schlüssel des Geräteschuppens in die Tasche und dachte in den folgenden acht Stunden nicht wieder an Ginny.

Die ganze nächste Woche ging Ginny nicht in die Oranje-Bucht hinunter; sie schwamm statt dessen in der kleinen, felsigen Bucht auf der anderen Seite des Hauses. Hier begannen die Zuckerrohrfelder, das Land war flacher und der Boden fruchtbarer, die Berge schwangen in sanften Abhängen herab und ließen dadurch den Zuckerrohranbau zu. Weiter oben auf der Anhöhe – wie auf vielen Hügelkuppen dieser Insel – stand die Ruine einer alten Zuckerfabrik, die aus der Zeit stammte, als jeder Plantagenbesitzer seinen Zucker selbst herstellte. Heute wurde die gesamte Ernte in einer großen Fabrik verarbeitet. Ihr Vater kam häufig im Jeep an ihr vorbei. Während der Wachstumsperiode des Zuckerrohrs hörte die Arbeit auf den Feldern nicht auf; er beschäftigte das ganze Jahr eine kleine Gruppe Arbeiter und stellte zusätzlich Saisonarbeiter für die Erntezeit ein. Jedesmal, wenn er auf dem Feldweg entlangkam, winkte er ihr aus dem Jeep zu.

»Gefährlich, da zu schwimmen, Ginny!«

»Ich bin vorsichtig. Ich kann auf mich aufpassen.«

»Ja – ich weiß.«

Bo wollte nicht auf dieser Seite zum Wasser hinunter mitkommen. Störrisch schlug er jeden Morgen den Weg zum Strand ein, und sie mußte ihn immer zurückrufen. War er dann unten, so weigerte er sich, mit ihr zu schwimmen. Er stand auf der flachen Felsenzunge und sprang eilig zurück, wenn der Gischt einer Welle ihn traf. Als sie eines Morgens zum Frühstück wieder zum Haus hinaufging, ließ er sie vollends im Stich. Sie stand auf der obersten Gartenterrasse und sah ihm nach, wie er in gestrecktem Galopp den ganzen Strand entlang bis vor die Tür von Jim MacAdams Bungalow lief. Die Tür öffnete sich augenblicklich und ließ ihn ein.

Es schien keine Möglichkeit zu geben, den Gedanken an Jim MacAdam zu entfliehen. Jeden Morgen um halb acht rumpelte Ted Gardiners Lastwagen die Straße hinunter, um die Arbeiter unten auszuladen. Jeden Abend gegen sieben Uhr hörten sie Jims Jeep vorbeifahren, wenn er nach Willemstad fuhr, um bei einem Whisky eine Stunde lang auf der Veranda des Hotels Amsterdam zu sitzen und dann entweder dort oder in Sparkey's American Grill zu Abend zu essen; blieb er im Hotel Amsterdam, so aß er zusammen mit Dr. van Buren, einem verschrobenen, ältlichen Junggesellen, der immer den neuesten Klatsch der Insel wußte. Es bedeutete einen kleinen Schock für Ginny, zu erkennen, wie sehr Jim MacAdam bereits ein Teil von St. Nicolaas war; wußte doch jedermann, der ihn sprechen wollte, daß er abends zwischen sieben und acht Uhr auf der Veranda des ›Amsterdam‹ saß. Die Leute redeten auch über ihn – das neue Hotel war schließlich etwas, worüber man reden konnte, ebenso wie der Ausbau des Flugplatzes. Kam Ginny nach Willemstad, so kreiste unweigerlich die nächste Bemerkung nach der üblichen Beteuerung, wie man sich freue, sie wiederzusehen, und der Frage, ob sie nun für immer hier bleibe, um Jim MacAdam und das Hotel. »Na, Ginny – wie gefällt dir dein neuer Nachbar?« Und: »Es muß jetzt tüchtig vorangehen mit den Bungalows ...«

Die Jim MacAdams Aktivität verkündenden Geräusche rissen nicht ab. Die Bucht war den ganzen Tag erfüllt vom dumpfen Klang der Hämmer, dem hellen Kreischen der elektrischen Säge, dem mahlenden Knirschen des Zementmischers und dem wohlgezielten Meißelschlag des Maurers, wenn er den Stein in die gewünschte Größe schlug.

»Wußtest du, daß Jim Architekt ist?« fragte Katrien eines Tages Ginny, als sie zusah, wie die Oranje Lady – so hatte Jim das Boot genannt – aus der Bucht zischte und Kurs auf St. Charles nahm.

»Warum wird er dann ein Hotelier, wenn er Architekt ist?«

»Manche Männer lieben die praktische Ausführung genauso wie die Planung. Sein Vater war ein Baumeister ... Ich glaube nicht, daß Jim aufhört, ein Architekt zu sein, nur weil er sich ein Hotel aufbaut.«

»Es ist doch etwas wie ein Abstieg, nicht wahr – nur ein Hotelier zu sein?«

»Manchmal bist du mehr als ein kleiner Snob, Ginny!« Katrien sagte es ohne Groll, doch mit Überzeugung. »Ich finde, Jim hat mehr Würde als die meisten Männer, die mir begegnet sind, wenn er das tut, was er möchte!« Und damit ging sie entschlossener, als es sonst ihre Art war, die Veranda entlang zur Küche.

Ginny schlenderte niedergeschlagen an die Balustrade und beobachtete, wie die Oranje Lady immer kleiner wurde, bis man sie schließlich nicht mehr in der die Augen blendenden, sonnenglitzernden Wasserfläche erkennen konnte. Sie machte ungefähr jeden Tag die Fahrt zu den Westindien Docks auf St. Charles und kam mit Holz und Baumaterial beladen zurück. Wie Katrien ihr erzählte, hatte Jim die luxuriösen Lederpolster aus dem Cockpit herausgenommen, um diese Transportarbeit zu erleichtern. Die eleganten Linien des Bootes sahen geradezu lächerlich aus, wenn es, durch das auf das Kajütendach festgebundene Bauholz zu einer grotesken Silhouette verzerrt, zurückkehrte. Der Anblick erinnerte Ginny ein wenig an das Tohuwabohu in Jims Behausung.

Sie wünschte, sie könnte hinuntergehen und sich mit ihm unterhalten. Sie wäre so gerne zur Stelle gewesen, wenn die Oranje Lady wieder an ihrer Boje festmachte. Wie gut es täte, Jims Tür sich öffnen zu sehen und wie Bo eingelassen zu werden, die Zeitschriften von Jims einzigem Stuhl zu nehmen und sich inmitten der Unordnung hinzusetzen. Ein Gefühl der Verlassenheit erfaßte sie, wie sie es vorher nie in Oranje Huis empfunden hatte, eine Verlassenheit, die zum Teil aus der Tatsache entsprang, daß die Spiele der Kindheit vorbei und noch nicht durch befriedigendere neue ersetzt worden waren. In der Hauptsache war es jedoch das Gefühl der Entfremdung, das zwischen ihr und ihrem Vater Platz gegriffen hatte. John Tilsit war so wie immer – ernst, ein wenig spöttisch und distanziert. Er war ihr Vater und hatte ihr stets jeden Teil seines Selbst gegeben, den er zu geben vermochte. Sich ihr ganz zu öffnen, hätte – wie sie ahnte – sein dringendes Verlangen nach einer nur ihm eigenen Sphäre vergewaltigt. Er gab, was er konnte. Katrien war damit zufrieden gewesen, doch sie, Ginny, forderte jetzt mehr. Es genügte ihr nicht mehr, nur den Teil von ihm zu kennen, den ihr zu öffnen ihm beliebte. Denn daß es vieles in ihm gab, was er ihnen vorenthielt, war ihr plötzlich durch Isobel Tilsits Reise nach San Juan und seine heftige und von Angst gepeinigte Vernichtung des Tilsit-Porzellans klargeworden. Sie fühlte sich verraten und ausgeschlossen. Es mochte in Ordnung sein, daß Katrien nichts über die Herkunft ihres Mannes zu wissen verlangte. Doch sie, Ginny, war ihres Vaters eigen Fleisch und Blut. Sie hatte ihrer Ansicht nach ein Recht auf das umfassendste Wissen über ihn und alles, was ihn betraf. Er war sie selbst, und sie mußte wissen, was das war. Dieses Wissen vorenthalten zu bekommen und davon ausgeschlossen zu sein, war gleichsam, als verwehrte man ihr den Zutritt zu einem Teil ihres Selbst. Sie verübelte es ihm, und Groll und Enttäuschung wuchsen zu einer Mauer zwischen ihnen empor. Sie hätte sie nur allzugerne niedergerissen, wenn sie es vermocht hätte, doch den ersten Schritt dazu mußte ihr Vater tun. Und er tat ihn nicht. Auf einmal begriff sie, daß seine freundliche und liebenswürdige Art nur das war – eine Fassade. Sie waren sich fern, weil sein Schweigen trennend zwischen ihnen stand. Das war natürlich viele Jahre so gewesen; sie hatte es jedoch nicht gemerkt und deshalb nicht darunter gelitten. Jetzt aber war die Erkenntnis da und tat weh.

Eines Morgens waren sie vor Sonnenaufgang zusammen fischen gefahren, wie sie es seit ihrer ersten Kindheit stets getan hatten – sie, ihr Vater und Bo. Früher war ihr Schweigen ungezwungen und für Ginny der Beweis dafür gewesen, daß sie einander so gut kannten und so völlig vertrauten, daß Worte überflüssig waren. Jetzt war das Schweigen für sie der Beweis des Verrates. Die Sonnenstrahlen fluteten jäh mit der unvermittelten tropischen Lichtfülle über das graue Wasser, wie sie es Tausende von Malen erlebt hatte; Morgendämmerung und Sonnenaufgang waren für sie früher immer von unendlichem Frieden erfüllt gewesen. Jetzt fiel das Licht voll untergründiger Spannungen auf sie. Sie hatte die Fragen herausschreien, sie ihm ins Gesicht schleudern wollen, hatte die Stille mit ihrer rasenden Gewalt brechen wollen.

Doch seine schmale, aufrechte Gestalt im Bug des Bootes verharrte bewegungslos und war, wie ihr durch den Kopf schoß, wohl auch nicht zu bewegen.

Als sie endlich sprach, war es nur ein Wispern: »Vater... erzähl mir von Isobel Tilsit! Erzähl mir von dem Tilsit-Porzellan! Ich will es wissen, Vater!«

Er hatte sich nicht einmal umgedreht. »Nein, Ginny! Es geht dich nichts an!« Und das war alles.

Bald darauf zog er seine Leine ein, ging zum Heck des Bootes und warf den Außenbordmotor an. Es war ein alter, launischer Motor, der gewaltigen Krach machte. Doch er vermochte nicht die viel größere Stille zwischen ihnen zu übertönen. Als sie das Boot auf den Strand zogen, sprang Bo rasch heraus und schoß davon, wobei er sich nur ein einziges Mal umdrehte und bellte, als wollte er Ginny hinter sich herlocken. Sein Ziel war Jim MacAdams Bungalow. John Tilsit pfiff hinter ihm her, um ihn zurückzurufen, doch Ginny unterbrach ihn schroff:

»Nein, laß ihn ...!«

Bo hat Glück, überlegte sie, er wußte, die Tür würde sich für ihn öffnen.

3

Die großen, hohen Räume des Gezaghebbers* von St. Nicolaas, Albert de Kruythoff, summten von dem mit Empfängen untrennbar verbundenen Stimmengewirr. Es war jedoch ein viel weniger hektisches Geräusch, als Jim es von Cocktailparties gewohnt war; der Rhythmus war langsamer. Die Leute kamen die schöne Hufeisentreppe empor, die unmittelbar von dem Marktplatz von Willemstad heraufführte, und sie ließen sich Zeit dabei. Eine Punschbowle stand am Kopf der Treppe auf einem weiß überdeckten Tisch; man konnte sich gleich dort bedienen und brauchte sich gar nicht die Mühe machen, weiter in das Haus hineinzugehen. Man konnte vielleicht auf der Galerie bleiben mit dem Blick auf die alte Festung und auf das kleine Boot, das sanft schaukelnd im Hafen vor Anker lag, und zusehen, wie die schräge Abendsonne auf die hellgelben und zartrosa Mauern der großen, anmutigen Villen fiel, die sich die Plantagenbesitzer gebaut hatten, als die Insel reich war. Wenn auch die Atmosphäre gelöst und entspannt war, so wurde doch ein formelles Protokoll eingehalten. Jim bemerkte, daß keiner der Gäste sich sein Glas füllte, bevor er nicht de Kruythoff und den Gouverneur begrüßt hatte, zu dessen Ehren der Empfang stattfand. Der Gouverneur kam, wenn kein besonderer Notfall vorlag, einmal im Jahr von Curaçao herüber. Es war Tradition bei den Bewohnern von St. Nicolaas, für den reibungslosen Ablauf des Besuches zu sorgen, gleichgültig wie heftig man sich auch am Tag zuvor mit Albert de Kruythoff darüber gestritten hatte, ob die Ausbaggerung des Hafens oder die Verbreiterung der Hauptstraße als Wichtigstes bei der Aufstellung des Budgets berücksichtigt werden müsse. St. Nicolaas wurde von Curaçao verwaltet. Das einzig Sinnvolle war, so folgerte die Inselbevölkerung, eine einheitliche Front mit de Kruythoff zu bilden, um so viele Gelder wie möglich zugeteilt zu bekommen und sich über die nähere Verwendung hinterher zu streiten. So ging jeder in diesem Gedanken, jedoch ohne Eile, auf den Gouverneur und de Kruythoff zu.

Jim war überrascht gewesen, als er an die Reihe kam, daß der Gouverneur sofort wußte, wer er war, als de Kruythoff ihm seinen Namen nannte; er hatte sich gleich nach dem Hotel erkundigt. Vielleicht war sein Name, so überlegte sich Jim, der einzige neue,

* Unterstatthalter (holländisch)

sein Gesicht das einzige neue seit dem Empfang im vorigen Jahr.

»Es geht voran, Sir. Wenn auch langsam – die Schwierigkeit ist, das Material zu bekommen. Sogar in St. Charles gehen ihnen immer die Vorräte aus – oder die genaue Sorte von Muttern und Bolzen, die man braucht. Dann heißt es warten, bis das Zeug von Miami kommt.«

Das breite rote Gesicht des Holländers wurde noch breiter in einem Lächeln. »Früher mußte man nicht Wochen, sondern Monate warten, Mr. MacAdam. Sie sehen, wir machen Fortschritte. Aber schließlich ist alles hier langsamer – und wird es immer bleiben, hoffe ich. Das bringt die Touristen her. Nun – viel Glück mit Ihrem Hotel!«

Er wandte sich der nächsten Gruppe der Ankömmlinge zu, und Jim stand es nun frei, zu dem langen Tisch zu schlendern, auf dem das Silbergeschirr des Gezaghebbers von St. Nicolaas aufgebaut war. Jims geblendeten Augen schien es, als läge hier ein kleines Vermögen – die große Punschbowle, die mächtigen Kandelaber, die großen Schüsseln – sie alle stammten aus jener Zeit, in der es sich gelohnt hatte, um die Zuckerinsel Kriege zu führen. Heute bildeten diese Symbole des Reichtums die letzten Überreste jener Macht; es waren schwere, kunstvoll geschmiedete Stücke, welche die Raubzüge der Seeräuber, Plünderungen und Sklavenaufstände überstanden hatten und nun prunkvoll, doch ihres Glanzes beraubt, dastanden, erlesene Werke holländischer und englischer Silberschmiede. Jetzt gehörten sie der Bürokratie in Gestalt von Albert de Kruythoff. Jim ließ sich ein Glas Punsch geben, und der Neger, der hinter der größten Schüssel stand, reichte ihm lächelnd einen Meißener Teller mit Curryreis; auch der Teller gehörte zu de Kruythoffs offiziellem Geschirr. Es hatte alles einen verrückten Hauch von Unwirklichkeit, wußte Jim doch, daß in der Kasse von St. Nicolaas nicht zwei Pennies waren, um sie aneinander klimpern zu lassen. Er nahm seinen Curryreis und Punsch und ging durch eine der Seitentüren des Raumes wieder auf die Galerie hinaus.

Die meisten alten Inselhäuser waren nach diesem Plan gebaut; sie besaßen große, fünf Meter hohe quadratische Zimmer mit drei Meter hohen Flügelfenstern. Jim stellte seinen Teller auf die Balustrade und trank bedächtig seinen Punsch, während er mit den Augen eines Kenners die Arbeit der Maurer und Handwerker von vor zweihundert Jahren eingehend studierte. Die Mauern waren einen Meter dick; die geschwungene Hufeisentreppe unter ihm, aus der einige Steine herausgebrochen waren und die dringend einen neuen Anstrich benötigte, hätte das Palais eines Renaissanceprinzen zieren können. Die Fensterläden waren im Gegensatz zu Oranje Huis aus Eisen und ihre Scharniere die Meisterwerke eines Kunstschmieds. Obwohl sie hübsch waren, dienten sie doch mehr dem Schutz als der Verschönerung; der vorsichtige Zuckerkönig, der Erbauer dieses Hauses, hatte sie anbringen lassen, um für die unwillkommene Ankunft eines spanischen oder englischen Seeräubers im Hafen gerüstet zu sein. Die Kanonen auf der mit Zinnen versehenen Festung jenseits des Marktplatzes waren auf das Meer hinaus gerichtet; sie waren von Rost überzogen, und auf den Wällen wuchs das Gras zwischen den Pflastersteinen. Die Läden von Willemstad – jene zollfreien Läden, die, wie Jim hoffte, die Touristen mit anlocken würden – befanden sich alle in den Erdgeschossen der alten Lagerhäuser der Kaufleute, von denen die Mehrzahl so alt wie dieses Haus war. Die vorspringenden oberen Stockwerke ruhten auf großen, stützenden Säulen, so daß jede Straße in Willemstad eine von Säulen flankierte Arkade war. Es war wohl die schönste Stadt, die Jim je gesehen hatte. Er nahm einen großen Schluck und fragte sich, wie seine eigenen Bemühungen, in Oranje Cove etwas zu schaffen, das ein wenig von dem Wesen der Insel zum Ausdruck brachte, neben diesen Werken anderer Baumeister bestehen konnten. In nachdenklicher Stimmung begann er seinen Curryreis zu essen.

Durch die offene Flügeltür konnte er den Gouverneur und de Kruythoff sehen, jenen massigen, dicken Mann neben dem dünnen, der an einen Kranich erinnerte; die Bewegungen des Gouverneurs waren durch die jahrelange Übung in derartigem Händeschütteln langsam und gemessen, die de Kruythoffs fahrig und linkisch und leicht unsicher, obwohl auch er seit Jahren diese Empfänge abhielt. Er würde nie zu einem höheren Posten als der Verwaltung einer weltabgeschiedenen, hinter der Zeit zurückgebliebenen Insel aufsteigen, dachte Jim. Ihm würden wahrscheinlich nie die süßeren Früchte des Kolonialdienstes in Curaçao oder Surinam* winken. Doch das schien Jim in Anbetracht dieses Hauses und de Kruythoffs Geschmack gar kein so schlechtes Los. Schwierig würde es für de Kruythoff erst werden, wenn die Touristen in so großen Scharen kamen, daß sie ihre eigenen Probleme mitbrachten; dieser Zeitpunkt war jedoch leider noch nicht gekommen, stellte Jim voller Bedauern fest.

Er war frühzeitig gekommen; in den großen Räumen bewegten

* Niederländisch-Guayana

sich nur wenige Leute, und es kamen nur kleine Grüppchen dann und wann die Freitreppe herauf. Er war zu seinem eigenen Erstaunen so früh gekommen, um durch diese halbleeren Räume wie ein nach Gesellschaft ausgehungerter Mensch zu streifen. Die Unterhaltung der Gruppe, die unmittelbar bei dem Gouverneur und de Kruythoff stand, wurde etwas lebhafter, blieb jedoch weiter ruhig und gelassen. Bei der Eingangstür ertönte jetzt ein stürmisches Lachen – jemand mußte einen neuen Witz von St. Charles oder Curaçao importiert haben. Bis zum Ende des Empfangs würde er die Runde gemacht haben, und morgen würde ihn jeder im Hotel Amsterdam weitererzählen. »Ich bin nun lange genug hier, um die Witze zu kennen«, sagte er sich.

Da kam Jacob Geyl auf ihn zu und erzählte ihm den Witz. Es war ein guter. Jim überlegte sich die möglichen Veränderungen, mit denen er ihn im Amsterdam ausschmücken könnte.

»Was macht das Hotel?« erkundigte sich nun Geyl. So wurde er jeden Tag gefragt, von jedem, den er traf. Es störte ihn aber nicht. Es gehörte zu der angenehmen Monotonie des Insellebens. Und so erzählte er ihm von seiner Idee, die überhängenden Dachteile getrennt vom eigentlichen Dach anzubringen, so daß bei einem Hurrikan nur diese und nicht das ganze Dach wegfliegen würden; er erzählte ihm von dem übergroßen Eisschrank und den beiden in New York bestellten Tiefkühltruhen, von dem elektrischen Generator für eine Notversorgung, für den Fall, daß der Strom aussetzte – was häufig geschah –, und von Verhandlungen, einen Küchenchef aus einem Hotel in Miami zu bekommen, wenn alles soweit fertig war.

»Er wird in den ersten fünf Jahren mehr Geld verdienen als ich«, fügte er nachdenklich hinzu.

Begierig lauschte Geyl all diesen Nebensächlichkeiten. St. Nicolaas wollte jede Kleinigkeit über die Oranje Cove Bungalows wissen. Außer dem vor achtzig Jahren gebauten alten Hotel Amsterdam gab es kein anderes Hotel auf der Insel. Die Bewohner waren es leid, über die Meerenge nach St. Charles hinüberzuschauen, und wünschten sehnlich, daß die Dinge, die sie dort geschehen sahen, auch hier geschehen möchten. Mit den Touristen würde auch Bewegung in den Grundstücksmarkt kommen, und vielleicht könnte man das alte, ausgelaugte Land dann an diejenigen verkaufen, die den nordischen Wintern entfliehen wollten. Obwohl Jim MacAdams ein Fremder war, betrachteten ihn viele Leute doch als einen Propheten. So meinten einige, er würde es noch zum Millionär bringen, und andere, er würde Kopf und Kragen verlieren. Geyl hoffte das erstere, weil dann auch andere Leute verdienen würden.

Plötzlich wußte Jim, der seinen Reis nun aufgegessen hatte, weshalb er sich aus dem Hauptstrom des Empfanges gelöst und auf die Galerie zurückgezogen hatte. Der ramponierte Tilsitsche Volkswagen hatte soeben auf dem Platz gehalten, und nun wand sich Katrien mit einiger Schwierigkeit heraus. Es war ein zu kleines Auto für sie. Ginny schlüpfte dagegen, obwohl sie groß war, wie eine Katze hinaus, wobei ihre langen Beine für einen Augenblick verführerisch sichtbar wurden. John Tilsit knallte die Tür zu und zog sein Jackett an. Wie die meisten Männer hatte er dem Erscheinen des Gouverneurs auf St. Nicolaas durch einen Schlips Rechnung getragen.

Jim merkte, daß er aufgehört hatte, Geyl zuzuhören, als Ginny über den Platz auf die Treppe zuging.

Sie trug ein blaues Baumwollkleidchen, das – so überlegte er – wohl fünf Dollar in einem Geschäft in Puerto Rico gekostet haben mochte. Die Träger lagen sehr schmal auf ihren bloßen Schultern; die billigen Pumps hatten hohe, dünne Absätze. Sie trug keine Handtasche – gar nichts; Jim konnte sich nicht entsinnen, wann er zuletzt eine Frau gesehen hatte, die nichts brauchte, um sich daran festzuklammern, nichts, um damit herumzufummeln und andern Leuten zuzuwinken. Sie sah frei und ungebunden aus. Ihr helles Haar war auf dem Hinterkopf in einem losen Knoten zusammengefaßt, einem sehr unvollkommenen Knoten, der aussah, als würde er sich jeden Augenblick auflösen. Die Unbeholfenheit dieses Haares war rührend und sehr jung.

Nachdem er zugesehen hatte, wie die Tilsits die Treppe heraufkamen und in den großen Hauptraum gingen, mischte sich Jim eifriger unter die Gäste. Das Stimmengewirr war jetzt lauter; die Unterhaltung spielte sich in den drei Sprachen der kleinen Insel ab – in dem offiziellen Holländisch, dem von der Mehrzahl der Bewohner gesprochenen Englisch und einem geringen Prozentsatz Spanisch. Jim wanderte von einem zum anderen, wie es von ihm erwartet wurde, und unterhielt sich mit all den Leuten, mit denen er sich gestern oder vergangene Woche unterhalten hatte, so als hätte er sie lange Zeit nicht gesehen. Die Atmosphäre auf diesen offiziellen Parties war durch das Rassengemisch stets recht eigenartig. Er beobachtete, daß alle anwesenden Weißen sich die größte Mühe gaben, jeden Gast mit einer dunkleren Hautfarbe zu begrüßen und sich ein wenig mit ihm zu unterhalten, auch wenn sie womöglich gerade am Tag zuvor geschäftlich miteinander zu tun hatten. Es belustigte ihn ein bißchen, denn, so überlegte er, die Farbigen konnten ungestraft unhöflich oder gleichgültig sein, und doch würde niemand ihnen Rassenvorurteile vorwerfen. Die Frauen in ihren bunten Kleidern waren seiner Ansicht nach viel hübscher als die weißen Frauen, wenn sie auch zu rasch verblühten und dick wurden. Nirgends vermochte er eine Frau des mageren, schlagfertigen New Yorker Typs zu entdecken. Drüben auf St. Charles gab es solche Frauen – verpflanzte New Yorkerinnen, die nie etwas anderes sein würden. Er überlegte, ob er diese Frauen vermißte, klug, witzig, elegant und patent, die ewig redeten, aus Angst, nicht genug beachtet zu werden. Und zwischen jenen Frauen, deren Bilder er in der Erinnerung an New York vor sich sah, tauchte oft ein Gesicht, eine Stimme, eine Gestalt auf, die sein Herz aussetzen ließen und die er nie zu vergessen vermochte. Es war ein Gesicht, eine Stimme und eine Gestalt, wie es sie nur in einer einzigen Stadt der Welt geben konnte. Es gab Zeiten, in denen er dachte, alle Frauen sollten so aussehen wie die Frauen um drei Uhr nachmittags auf der Fifth Avenue zwischen der zweiundvierzigsten und fünfundneunzigsten Straße. Hier war keine solche Frau.

Seine verstorbene Frau, Julie, war so eine Frau gewesen.

An diesem Punkt seiner Gedanken angelangt, beschloß er, daß er lange genug höflich gewesen war. Er öffnete die Tür zu de Kruythoffs Bibliothek und zog sie energisch hinter sich zu. Es war sonst niemand darin. Die Bibliothek war kein Gesellschaftsraum, und das wußten die Leute. Sie war der Schlupfwinkel eines Junggesellen, unordentlich und ziemlich staubig; die Bücherborde waren längst voll, und so lagen die Bücher in Stapeln auf dem Fußboden in der Anordnung, die de Kruythoff sich für sie ausgedacht haben mochte. Es lagen auch Zeitungen herum – holländische sowie Überseeausgaben der Londoner Times und des Spectator. Jim griff wahllos nach einer, doch sogleich sank sein Arm herab. Er suchte eine Ablenkung, und diese war nicht stark genug. Er ließ sich behutsam in einen der tiefen, abgenutzten Sessel gleiten, von dem aus er durch die hohen Flügeltüren in den von einer Mauer umgebenen Garten sah. Die Federn protestierten quietschend, und er rutschte unbehaglich hin und her, bis sie ihn in der Stellung zu dulden schienen, die de Kruythoff ihnen im Laufe der Jahre gegeben hatte. Er streckte die Beine aus, ließ Arme und Hände über die Seitenlehnen hängen und sträubte sich nicht mehr gegen das Gefühl des Losgelöstseins und der Einsamkeit, das ihn erfaßt hatte. Er wollte es nicht einmal bekämpfen. Weshalb sollte er auch? Der beste Teil von ihm war ja Julie gewesen.

Der Gedanke an Julie überkam ihn in den erstaunlichsten Augenblicken; sogar das Erinnerungsbild dieser Frau war einfach nicht zu übersehen, genauso wie sie, als sie noch gelebt hatte. Manchmal, wenn er mit voller Konzentration an dem Reißbrett saß, stand ihr Antlitz plötzlich vor ihm – deutlicher und zwingender als die Striche auf dem Papier; ihre Stimme durchdrang die wichtigsten Besprechungen und forderte seine Aufmerksamkeit. Als Julie noch lebte, hatten ihr Gesicht und ihre Stimme ihn wie ein kleiner Geist begleitet, wenn sie getrennt waren; jetzt, wo sie tot war, war ihre Macht noch gewachsen, so daß sie manchmal wie ein Teil seines Selbst schien, ein ihm angesetztes Glied, von dem er nicht befreit werden wollte. Er entsann sich der heiteren, unnachahmlichen Tapferkeit, mit der sie ihrem Tod entgegengesehen hatte – echter Tapferkeit und nicht falschem Schneid. Hätte er sie nicht so gut gekannt, hätte er zeitweise glauben können, daß ihr der Gedanke, sterben zu müssen, nicht so viel ausmachte. Doch sie hatte das Leben geliebt, hatte es in seiner ganzen Fülle gefordert und sich nicht mit weniger zufriedengegeben, als ihm abzugewinnen war. Er konnte ihr nicht die Macht, die sie über seine Gedanken besaß, verweigern noch die Art, wie sie ihm in den unmöglichsten Momenten befahl, sich zurückzuziehen und sich ihr zu widmen. Julie hatte das verdient; es war ihr Recht.

Jim starrte mit absichtlich suchenden Augen auf die blühenden Bäume im Garten und dachte, wie Julie sich an ihnen gefreut hätte. Wenn sie auch wie überall, wo sie erschienen war, der Mittelpunkt dieses Empfanges gewesen wäre, hätte sie darüber doch nicht versäumt, diesen friedlichen Garten anzuschauen, der sich hier inmitten der Stadt hinter der hohen Mauer verbarg. Auch dieses Haus hätte ihr gefallen, und sie hätte großzügig über seine Schäbigkeit hinweggesehen. Sie hätte genau das Richtige zu de Kruythoff gesagt, etwas über seine Bücher, über seine beiden Katzen und über seine Orchideenzucht. Der scheue, in sich gekehrte Mann wäre unter ihrem Interesse aufgeblüht, und die Party, ja, das ganze Haus wäre durch sie heller und wärmer geworden. Auch so war Julie gewesen.

Und nun belächelte er sich selbst bei dem Gedanken, daß er gewartet hatte, um Ginny Tilsit über den Platz kommen zu sehen. Ihre Jugend hatte etwas Rührendes, war jedoch linkisch. Naivität und Unwissenheit waren etwas sehr Gefährliches, und Ginny mußte noch viel lernen. Sie würde durch schmerzhafte Erfahrung lernen, was Julie bereits in die Wiege gelegt worden war. Diese beiden Frauen, sofern man Ginny überhaupt eine Frau nennen konnte, glichen sich in keiner Hinsicht. Julie wäre gütig zu Ginny in all ihrer Unerfahrenheit gewesen.

Hier wurde die Tür zur Bibliothek geöffnet; er fluchte leise und drehte sich mit unsagbarem Widerwillen um, um zu sehen, wer der Störenfried war. Beinahe mit Erleichterung erblickte er de Kruythoffs Gestalt.

De Kruythoff war ein Mensch, der verstehen konnte, warum man manchmal ganz allein in einem Zimmer sitzen mußte. Der Holländer hatte ihn jedoch nicht gesehen und schaute nicht einmal in seine Richtung. Seine gesamte Aufmerksamkeit galt Ginny, die ihm folgte. Er verdrehte den Hals in der für ihn charakteristischen Weise. Als er nun sprach, stammelte er ein wenig.

»Es ist etwas, was ich sch ... schon deinem Vater zeigen wollte. W ... wir sollten ihn holen, damit er es sich ansieht.«

Es schien Jim jedoch, als legte de Kruythoff gar keinen Wert darauf, daß John Tilsit kam und sich das ansah, was immer er Ginny zu zeigen beabsichtigte. Er machte den Eindruck eines Mannes, der das Große Los gezogen hat und sein Glück kaum zu fassen vermag. Jim empfand unvermittelt Mitleid mit diesem nicht mehr jungen Mann, der verlegen vor einem jungen Mädchen stammelte. Verzweifelt wünschte er, Ginny möge dem sehnsüchtigen Verlangen, das er in de Kruythoffs Zügen erkannte, besser gewachsen sein. Sie würde natürlich versagen. Sie würde sich ungeschickt benehmen und ihn mit ihrer jugendlichen Plumpheit verletzen. Jim mußte daran denken, wie wunderbar Julie immer mit derartigen Situationen fertig geworden war.

Er erhob sich. Beim Geräusch der quarrenden Federn wirbelte de Kruythoff mit sekundenlang dunkelrotem Gesicht herum wie ein auf frischer Tat ertappter Mann. Jim wünschte, er hätte durch die Flügeltüren verschwinden und ihnen allen dreien die Erklärungen ersparen können. Ginny hatte ihn nun auch gesehen und stand, weitaus ruhiger und gefaßter als de Kruythoff, in der Tür.

»Ich hab' es mir in der Bibliothek und Ihrem Sessel für ein Nickerchen gemütlich gemacht, de Kruythoff«, sagte Jim. »Ist das sehr schlimm? Ich muß wohl alt werden ... Ich scheine abends bei meinem Drink immer einzudösen, bevor ich in das Amsterdam gehe. Es wird schon eine richtige Angewohnheit ...« Er glaubte, dem Holländer die Situation dadurch zu erleichtern, daß er sich zu dessen Altersgruppe und nicht zu der Ginnys bekannte. Aber er fühlte, daß er weder zu der einen noch zu der anderen gehörte.

De Kruythoff schwenkte schwach protestierend die Hand. Nachdem er seine erste Überraschung überwunden hatte, war er offensichtlich froh über Jims Anwesenheit wie ein Mann, der gerade gerettet worden war. »Nein – nein! Bitte, bleiben Sie doch!« Er winkte Ginny herein. »Dies ist mein liebster Raum im ganzen Haus. Ich freue mich immer, wenn jemand anders ihn entdeckt. Sie kennen Miss Tilsit?«

»Ja«, sagte Ginny.

»Ach natürlich – ich vergaß. Sie sind ja Nachbarn.«

Ginny äußerte sich nicht zu der Tatsache, daß sie Nachbarn waren. Sie kehrte Jim ziemlich abrupt den Rücken. »Wo ist das Buch, Albert?«

Jim vermerkte anerkennend, daß sie immerhin so viel wußte, ihn nicht Mr. de Kruythoff zu nennen.

»Das Buch? Ach ja! Das Buch! Hier drüben – in diesem Stapel glaube ich.«

Er eilte auf einen der unordentlich, gefährlich hochgetürmten Bücherstapel zu und kauerte sich vor ihm nieder. Seine Bewegungen waren nervös und fahrig. Jim betrachtete ihn erneut voller Mitgefühl und empfand eine jähe Abneigung gegen Ginny, die so ruhig dastand. Sie hatte kein Recht dazu, wenn de Kruythoff in ihrer Gegenwart litt. Das plötzliche Gepolter der zu Boden gleitenden Bücher bekräftigte nur dieses Gefühl. De Kruythoff kämpfte schwankend um sein Gleichgewicht, kippte dann jedoch ebenfalls um und landete, grotesk strampelnd, auf dem Fußboden. Es war ein komischer und kläglicher Anblick.

Ginny war noch vor Jim bei ihm. Sie unternahm keinen Versuch, ihm beim Aufstehen zu helfen, sondern machte sich an dem Bücherhaufen zu schaffen und gab so dem Holländer Gelegenheit, seine Fassung wiederzugewinnen. Jim blieb zögernd stehen.

»Oh, schauen Sie nur – was für ein Jammer! Bei diesem ist der Rücken gebrochen! Und bei diesem auch, zum Glück nur nicht so schlimm. Nur gut, daß Vater nicht mitgekommen ist! Er kann es nicht vertragen, wenn einem Buch etwas passiert. Sie sollten sich ein paar mehr Borde kommen lassen, Albert – oder wenigstens Jansje sagen, daß sie diese hier besser stapelt.«

De Kruythoff hatte sich inzwischen aufgerappelt und blickte auf Ginny hinunter, die zwischen den Büchern am Boden kniete. Ein Bündel Sonnenstrahlen fiel durch das Fenster auf ihre jungen braunen Schultern mit den aufreizend schmalen Trägern. Ihr Haar hatte sich noch ein wenig mehr aus dem Knoten gelockert und drohte gänzlich auseinanderzugleiten. Sie hatte etwas ergreifend Liebes, wie sie sich so bemühte, de Kruythoff über seine Verlegenheit hinwegzuhelfen, gestand sich Jim. Und sie war unendlich reizvoll. Jim erkannte die wehmütige Traurigkeit, mit der de Kruythoff sie betrachtete.

»Es ist meine Schuld, Ginny. Ich habe allen verboten, sie anzufassen, bevor ich nicht die Zeit fand, sie durchzusehen und richtig zu ordnen.« Sein Blick schweifte zu Jim hinüber. »Sie liegen hier schon seit über sechs Monaten so herum – seit meinem letzten Europaurlaub. Irgendwie finde ich nie die Zeit ...«

»Sie sind wie Vater. Wenn er sich Bücher kauft, macht er das Paket sogar eine Woche lang nicht auf. Er will es zwar nicht zugeben, aber ich bin überzeugt, der hebt sich die Freude auf – wie ein Kind. So kann er sich länger an ihnen freuen. In letzter Zeit hatte er allerdings nicht allzuviel Gelegenheit dazu – das Geld muß offensichtlich immer für etwas Wichtigeres ausgegeben werden.«

»Ach, diese haben nicht viel gekostet«, versicherte de Kruythoff hastig, als wolle er sich für seinen Bücherreichtum entschuldigen. »Ich habe sie in London gekauft – aus zweiter Hand. Man kann in der Charing Cross Road erstaunlich viel für sein Geld bekommen.« Jim sah ihn im Geiste in dem zerknitterten Leinenanzug, einen Schirm linkisch über dem Arm, seine gesamten Ferien in den Antiquariaten an der Charing Cross Road verbringen. Der Holländer bückte sich jetzt zu Ginny hinunter und nahm eines der beschädigten Bücher liebevoll und reuig in die Hand. Er drückte den abgebrochenen Rücken wieder an seinen Platz. »Ein Jammer! Ich muß versuchen, ihn wieder anzukleben.« Und damit legte er das Buch zu den anderen zurück. Wie Jim sah, war es ein philosophisches Werk in deutscher Sprache. Der Gezaghebber nahm seine Lieblingsbeschäftigung offensichtlich sehr ernst.

De Kruythoff hatte sich wieder vor den Büchern niedergekauert und nahm nun eines nach dem anderen von dem Stapel. »Ich dachte, es lag obenauf«, sagte er zu Ginny. »Ich hatte es doch noch neulich – ich hatte es sogar herausgeholt, weil dein Vater kam und ich mir dachte, es würde ihm Spaß machen. Ich kam dann aber sehr spät von einer Besprechung zurück und hörte von Jansje, daß er dagewesen, aber schon wieder fortgegangen sei. Deshalb dachte ich, daß vielleicht heute abend ... ah, hier ist es!« Er war am letzten Buch des Stapels angelangt. »Jansje muß einen ihrer seltenen Anfälle von Reinmachfieber gehabt haben ... ja, dies ist es. Englische Herrenhäuser. Ich entdeckte es bei Foyles – Mr. MacAdam, da Sie Architekt sind, müßte es auch etwas für Sie sein.«

Ginny blätterte eine Seite nach der anderen um. »Es ist sehr schön«, meinte sie, doch ihre Stimme klang ein wenig ratlos. Fragend blickte sie zu de Kruythoff auf.

Er lächelte sie an; es war seine erste gelöste Geste, seit er die Bibliothek betreten hatte. »Es ist eine besondere Überraschung für dich darin – ziemlich am Schluß. Natürlich braucht es nichts mit euch zu tun zu haben –, aber Tilsit ist in England kein häufiger Name, und so war ich neugierig ... Ich wollte John seit Monaten mal fragen, doch wollte ich das Buch zur Hand haben.« Unvermittelt nahm er Ginny das Buch fort. »Nein – weiter hinten ...«

»Entschuldigen Sie, Sir.« Die Haushälterin de Kruythoffs, eine Negerin, stand in der Tür.

»Ja, was ist, Jansje?« erkundigte er sich abwesend und löste den Blick nicht von den Seiten, die er umblätterte.

»Der Gouverneur hat nach Euch gefragt, Sir ... und einige Gäste gehen.« Jansje war, wie jeder auf St. Nicolaas wußte, de Kruythoff treu ergeben und eifersüchtig darauf bedacht, seine offizielle Stellung über den beiden Landraden, seinen Mitarbeitern und Beratern, aufrechtzuerhalten. Ihr mißbilligender Ton gab deutlich zu verstehen, daß er schlecht daran tat, sich hier mit Miss Tilsit und seinen Büchern zu unterhalten, während die beiden Landraden emsig bestrebt waren, sich mit dem Gouverneur gutzustellen. Sie hielt ihm die Tür beinahe drohend auf.

»Du mußt mich entschuldigen, Ginny«, seufzte de Kruythoff. »Ich fürchte, ich werde die Pflichten eines Gastgebers nie lernen.« Er reichte ihr das Buch. »Du siehst, ich bin einfach nicht dafür geschaffen, Gouverneur von Curaçao zu werden.«

»Ich hoffe nicht«, erwiderte Ginny und lächelte ihn an. »Sie wären dann nämlich viel zu bedeutend, um mich noch zu kennen.«

Sein Protest überstürzte sich geradezu. »O nein, niemals – das verspreche ich ...«

»Sir ...!« Jansjes Stimme bebte vor verhaltener Empörung. De Kruythoff beugte sich ihr.

»Sofort – ich komme sofort.« Und zu Ginny gewandt: »Ich sehe dich noch, bevor du gehst?«

Sie nickte. »Aber gewiß.«

Als die Tür sich hinter ihm geschlossen hatte, wandte Ginny sich zum erstenmal an Jim. »Armer Kerl – sie bestimmt sein ganzes Leben. Ich habe nie verstanden, wie er es aushält. Das Schlimme ist, daß sie nicht gut ist.«

»Wieso?«

»Nun – sie treibt ihn zu den falschen Dingen an. Sie kümmert sich um die falschen Dinge. Sie sahen es ja eben – sie stand tausend Ängste aus, daß er den Gouverneur vernachlässigen könnte, aber sie merkt nicht, daß seine Socken gestopft werden müssen und er dann und wann eine anständige Mahlzeit braucht. Sie ist die schlechteste Haushälterin auf der ganzen Insel. Jedesmal, wenn der Gouverneur kommt, müssen sie die Köchin von van Aerssens ausleihen.«

»Aber sie denkt an das Wichtigste – daß de Kruythoff die Gunst des Gouverneurs erhalten bleibt.«

»Ach, das ist doch ganz unwichtig! Jedes Kind weiß doch, daß Albert nicht nach Curaçao oder einem ähnlichen Posten befördert wird. Er wird es einfach nicht! Das ist eine abgemachte Tatsache. Warum läßt das Weib ihn sich nicht an den Dingen freuen, die ihm wichtig sind?«

»Ich bin überrascht, daß Sie wissen, welche Dinge für einen Mann wie unseren guten Albert wichtig sind. Sie sind noch sehr jung dafür.«

Bedächtig blätterte sie weiter in dem Buch. »Ich dachte, das wüßte jeder Mensch mit einem halbwegs gesunden Menschenverstand. Man braucht dafür nicht besonders alt zu sein. Oh – und er ist nicht Ihr guter Albert! Dafür sind Sie nicht lange genug hier.«

»Tut mir leid«, meinte er recht gefügig.

»Sie müssen wissen«, sagte sie ein wenig einlenkend und sah zu ihm auf. »Wir alle haben Albert nämlich gern, so wie er ist.«

»Ich auch. Ich sagte doch, es tut mir leid.«

»Nun ja. Aber er ist keine komische Figur ...«

»Hat denn jemand das behauptet? Ich habe Ihnen doch gesagt, daß ich Albert gern mag. Seien Sie doch nicht so verdammt empfindlich, Ginny – Sie benehmen sich ja genau wie eine Frau.«

Sie kicherte, und er war erleichtert über diese Rückkehr zu ihrer normalen Art. »Ich habe nichts dagegen, eine Frau zu sein. Wie ich höre, ist das gar keine schlechte Sache. Soll ich Ihnen sagen – oh!« Sie hatte lässig weiter in dem Buch geblättert und mit jenem echt weiblichen Instinkt für das Wieviel und Wann den Blick zwischen ihm und den Seiten hin und her wandern lassen. Plötzlich jedoch verschwand die fließende Anmut ihres Körpers. Ihre Glieder schienen, ohne daß sie sich bewegt hatten, zu erstarren. Sie beugte sich tiefer über das Buch, so daß er ihr Gesicht nicht sehen konnte, doch hörte er, wie sie, gleichsam nach Luft ringend, heftig einatmete.

»Was ist denn? Was ist los?« Und schon war er neben ihr und kniete am Boden. Sie blieb stumm. Nur ihre Finger glitten an dem schmalen, gezackten Papierrand entlang, der verriet, daß hier eine Seite herausgerissen worden war. Es war offensichtlich ein Akt sinnloser Zerstörungswut gewesen, erklärte jedoch nicht ihre entsetzte Reaktion.

»Was ist denn?« drängte er erneut.

»Schauen Sie!« Es war ein Wispern. »Hier!« Sie deutete mit dem Finger auf die andere Seite. Jim beugte sich vor, um den Text zu lesen.

›Tilsit, das von vielen für das schönste Beispiel eines mittelalterlichen Herrenhauses gehalten wird, liegt einzigartig an den Hang bewaldeter Hügel gebettet. Es ist um zwei Innenhöfe angelegt; die später hinzugefügten Gebäude sind elisabethanischen Stils und bilden den Höhepunkt einer jahrhundertelangen Bautätigkeit seiner Besitzer, deren Anfänge in die Zeit Wilhelm des Eroberers zurückreichen, wie die Überreste des normannischen Turmes, des weithin sichtbaren Wahrzeichens von Tilsit, bezeugen.‹

Er las die Bildlegende zweimal und versuchte, sich von dem Gefühl der Unwirklichkeit zu befreien, das ihn überfallen hatte. Er bemühte sich, das Ganze mit einem Achselzucken abzutun und eine Bemerkung über die Zufälligkeit desselben Namens zu machen. Doch der zerrissene Rand der fehlenden Seite ließ ihn schweigen. Er wehrte sich gegen den sich ihm aufdrängenden Gedanken und wollte nicht als erster aussprechen, was vermutlich geschehen war.

So sagte Ginny es. »Sehen Sie, was er getan hat! Ich kann einfach nicht glauben, daß er dazu fähig ist, und doch hat er es getan!«

»Wer?« Es war besser so zu tun, als wäre er noch nicht auf diesen Gedanken gekommen, um diesem so nicht mehr Gewicht zu verleihen, als er bereits besaß.

»Vater natürlich! Wer könnte sonst auf die Idee kommen?«

»Ginny!« protestierte er. »Moment mal! Woher wollen Sie wissen, daß es Ihr Vater war? Es kann jeder x-beliebige gewesen sein. Schließlich ist es ein aus zweiter Hand gekauftes Buch.«

»Aber Albert hat das Bild schon gesehen. Nur deshalb wollte er mir das Buch zeigen. Sie hörten ja, wie er sagte, daß er es an dem Tag, als er ihn erwartete, zuoberst auf dem Stapel liegenließ. Was dann geschah, wissen Sie. Vater wartete hier auf Albert und nahm das Buch in die Hand – und tat dies!« Obwohl er sich dagegen sträubte, wurde Jim allmählich von Ginnys ahnungsvollem Wissen, von dem Entsetzen und der Vernichtungswut erfaßt, die einen Mann wie John Tilsit zu dieser Tat getrieben haben mußten; und er begriff wie sie, daß die Verstümmelung eines Buches für ihn gleichsam der Anfang der Barbarei war.

»Warum?« fragte er. »Warum sollte er das getan haben?«

Heftig wandte sie sich zu ihm um. »Ich weiß es nicht! Ich begreife überhaupt nichts! Mit dem Porzellan war es genauso. Er fegte es vom Tisch, als wollte er jedes kleinste Stückchen davon zerschmettern. Als hätte er den Verstand verloren!«

»Welches Porzellan?«

»Das Tilsit-Porzellan. Er ...« Unsicher verstummte sie und klappte mit bebenden Händen das Buch zu. Sie hielt den Kopf gesenkt und suchte anscheinend nach einem Weg, das Gespräch zu beenden. Sanft nahm er ihr das Buch ab und legte es behutsam auf den Stapel zurück. Als er sich vorneigte, sah er, daß Ginnys Mundwinkel sich nach unten verzogen hatten. Ihr Gesicht verriet in seiner Starrheit ihre Anstrengung, die Tränen zurückzuhalten. Als er ihre Hand ergriff, um ihr beim Aufstehen zu helfen, erschrak er, wie kalt sie war.

»Welches Porzellan?« wiederholte er. Er behielt ihre Hand in der seinen so wie die Hand eines verletzten oder Schmerzen leidenden Menschen. Ihr zusammengepreßter Mund zuckte heftig.

»Ich sollte eigentlich nicht darüber reden. Ich vermute, es ist allein seine Sache«, meinte sie unglücklich. »Ich habe kein Recht, über seine Angelegenheiten zu sprechen.«

»Ich bin doch kein völlig Fremder, Ginny.«

»Nein, das sind Sie nicht – und trotzdem scheint es nicht recht, über ihn zu reden. Wenn er doch nur reden würde ... aber er tut es nicht! Ich habe ihn gebeten, und er will es nicht. Ich habe ihn nach dem Porzellan gefragt, und er hat einfach nichts gesagt. Er warf das Porzellan an dem Abend, als ich zurückkam, auf den Boden. Ich hatte es als ein Geschenk für Mutter gekauft, und er freute sich auch darüber, bis er es sah. Dann benahm er sich wie ein Wahnsinniger.«

Die Geschichte, die sie ihm nun erzählte und in die sie gleichsam hineinglitt, als könnte sie nicht anders, war ein Wirrwarr unlogischer Gedankenfetzen, aus dem er sich nur mit Mühe die Geschehnisse heraussortierte. Die Nebensächlichkeiten schienen sie am meisten zu beschäftigen; sie klammerte sich an sie, da sie in diesem ungewöhlichen Erlebnis für sie das Normale verkörperten. »... das Muster war so hübsch – süße, kleine blaue Blumen. Ich schlug sie später in einem von Vaters Blumenbüchern nach. Es waren Glockenblumen ...« und »... es war so ein seltsames Zeichen auf der Unterseite des Porzellans. Ein großes, schräggestelltes T mit einem geschwungenen Strich. Deshalb muß Isobel Tilsit sich so für das Porzellan interessiert haben. Mutter wollte auch nicht darüber sprechen. Sie sagte, ich dürfe ihn nicht danach fragen.«

»Ihre Mutter ist eine sehr weise Frau.«

»Aber sie sollte sich dafür interessieren! Sie müßte es wissen wollen – was es mit dem Porzellan auf sich hat und nun mit dem, was er aus diesem Buch herausgerissen hat. Es ist töricht, es nicht wissen zu wollen!«

»Vielleicht ist es echte Weisheit. Was Ihr Vater auch in der Vergangenheit ruhen lassen möchte, es geht bestimmt nur ihn etwas an. Die klügsten, wahrhaft liebenden Frauen, die ich je kennengelernt habe, wußten immer den Mund zu halten. Das zu lernen ist gar keine schlechte Sache, Ginny.«

»Sie meinen, ich soll ihn nicht danach fragen?«

Er schüttelte den Kopf. »Ich würde es nicht tun – was kann dabei Gutes herauskommen? Es befriedigt höchstens Ihre Neugier. Wenn Sie es fertigbringen, sagen Sie gar nichts darüber. Tun Sie, als hätten Sie das Buch nie gesehen. Und versuchen Sie, es zu vergessen.«

»Aber Albert – Albert wird es sehen. Ganz sicher. Und er wird fragen – oder ein Theater über die ausgerissene Seite machen.«

»Albert ist viel zu feinfühlig, um John Tilsit durch eine Bemerkung darüber zu quälen. Falls Ihr Vater das getan hat, Ginny, tat er es nicht, um das Buch zu verstümmeln. Und das wird Albert wissen ... Ich glaube, Sie können ziemlich sicher sein, daß er es nie erwähnen wird.«

»Und ich soll es auch vergessen? Wie kann ich das?«

»Nun, so versuchen Sie es wenigstens!« entgegnete er ungeduldig. »Vielleicht können Sie zur Abwechslung mal versuchen, wie Ihre Mutter zu sein. Ich begreife nie, warum Frauen immer alles dramatisieren und verzerren müssen. Beruhigen Sie sich erst mal – nehmen Sie es nicht so tragisch. Sie wollen es wahrscheinlich nicht glauben, aber ich hoffe, Sie hören auf mich – und ich rate Ihnen, lassen Sie die Finger von der Angelegenheit. Vergessen Sie sie!«

Sie entzog ihm niedergedrückt ihre Hand, doch die Geste hatte etwas von einer widerstrebenden Ergebenheit. Gleichzeitig wich die Spannung aus ihrem Gesicht; es war nicht mehr krampfhaft zusammengezogen. »Also was nun?« fragte sie achselzuckend. »Muß ich wieder hinausgehen und so tun, als wäre nichts passiert? Wie soll ich mit Vater reden? Er wird mich fragen, ob ich es hier nett finde. Er möchte so gerne, daß ich es schön habe. Ich glaube, er hat Angst, daß, wenn ich mich langweile oder einsam fühle, ich von St. Nicolaas fort möchte.« Sie warf die Hände gespreizt zur

Seite in einer, wie ihm schien, an ihr seltsam unnatürlichen Bewegung, so als fürchtete sie sich ein wenig vor dem, was es sie zu sagen drängte. »Er versucht mich hier festzuhalten. Er will nicht, daß ich von St. Nicolaas fortgehe. Ich vermute irgendwie, er denkt, mir könne nichts geschehen, solange ich hierbleibe. Er spricht immer von der ganzen übrigen Welt, als müßte man jede Berührung mit ihr vermeiden. Vielleicht meint er gar nicht die übrige Welt – vielleicht meint er nur die Tilsits.«

»Sie wissen ja nicht, worüber Sie reden«, wies er sie schroff zurecht. »Ich habe noch nie in meinem Leben solche Märchen gehört! Ihr Vater ist völlig in Ordnung, Ginny. Lassen Sie ihn nur in Frieden – quälen Sie ihn nicht mit Fragen – und hören Sie auf Ihren Onkel Jim.«

Jähe Röte stieg in ihr Gesicht. »Sie sind nicht mein Onkel! Ich wünschte, Sie würden aufhören, mich wie ein Kind zu behandeln, Jim!«

»Habe ich das getan? Das wußte ich nicht. Ich bin, was den Umgang mit Frauen betrifft, etwas aus der Übung. Aber seien Sie doch nicht so verdammt kratzbürstig, Ginny. Ich habe einen harten Tag hinter mir und kann all diesen weiblichen Unsinn nicht vertragen. Gehen wir?«

»Dahin zurück?« Sie schien enttäuscht und bemühte sich, das auf echt frauliche Art hinter Gleichgültigkeit zu verbergen. »Ich glaube, ich bin noch nicht in der Lage, ihm entgegenzutreten und so zu tun, als fände ich es hier reizend.«

»Das wollte ich auch nicht damit vorschlagen – ich dachte, wir könnten einfach fortgehen.«

»Sie meinen – einfach fortgehen?« Überraschung malte sich auf ihrem Gesicht. »Aber wie?«

Er grinste und fühlte sich auf einmal herrlich, weil Ginny ein hübsches Mädchen war – nein, verbesserte er sich –, fast ein schönes Mädchen, und sie war natürlich und auf seltsame Weise drollig. »Wie man mir sagt, wird es dauernd gemacht.« Er schüttelte den Kopf und begann sich nun, wo die Spannung von ihr gefallen war, ebenfalls zu entspannen. Er streckte die Hand nach der ersten Zigarette dieser halben Stunde aus. »Man hat Ihre Erziehung in jenem Kloster in San Juan sträflich vernachlässigt. Ich meine, in Hinsicht auf die Dinge, auf die es wirklich ankommt. Hier – lassen Sie mich Ihnen ein Beispiel geben.« Er zündete die Zigarette an und streckte dann den Arm aus. »Sie sehen jene Tür dort – sie steht offen. Die Treppe führt in den Garten hinunter, und das Tor von Alberts Garten ist nie abgeschlossen. Könnte etwas einfacher sein?« Er streckte ihr die Hand hin, diesmal jedoch auf eine andere Weise. »Kommen Sie?«

»Ja.«

Auf dem ganzen Weg zum Jeep spürte er dieses Gefühl heiterer Beschwingtheit. Er wartete, während Ginny ihre Handtasche aus dem Tilsitschen Volkswagen holte. Als er sie sah, begriff er, weshalb Ginny sie nicht hatte mit hineinnehmen wollen – es war ein billiges, abgenutztes Plastikding. Voll Entzücken beobachtete er wiederum das Aufbauschen ihres weiten Rockes gegen ihre Beine, als sie sich in den Jeep schwang. Er überlegte, wie lange es her war, daß er diese echt weibliche, kokette Reaktion auf eine unerwartete Einladung betrachtet hatte – er überlegte, wie lange es her war, daß es ihm Freude gemacht hatte, eine Frau einzuladen –, wenn diese Frau auch in Wirklichkeit kaum mehr als ein recht naives Kind war. Als der Motor geräuschvoll ansprang, ließ er den Blick über den Platz schweifen. Die übliche Schar von Müßiggängern stand da herum – heute abend waren jedoch mehr als sonst hier versammelt, um die zum Empfang des Gouverneurs kommenden Gäste zu begutachten. Morgen würde das Gerücht bereits die Runde über die ganze Insel gemacht haben, daß der neue Amerikaner und Miss Virginia Tilsit durch die Gartenpforte des Gezaghebbers fortgegangen und zusammen weggefahren waren. Zum Teufel noch mal, dachte er; es würde ihnen allen guttun, mal etwas Neues zu haben, über das sie reden konnten.

Er lachte bei diesem Gedanken laut auf, als der Jeep um die Ecke vom Platz hinunterbog. Das Lachen war nicht für Ginnys Ohren bestimmt gewesen – es war ihm unbemerkt herausgerutscht. »Was ist denn so komisch?« erkundigte sie sich.

»Ach, gar nichts. Ich mußte nur an etwas denken ...« Und dann wagte er den Sprung. »Ich dachte daran, daß es womöglich – ich sage womöglich – das erste Mal ist, daß Miss Virginia Tilsit mit einem Mann von einem Cocktail fortgegangen ist, ohne um Erlaubnis zu fragen. Es schien so ... nicht komisch ... sondern prachtvoll!«

»Das ist noch nicht alles. Es ist nicht nur das erste Mal, daß Miss Virginia Tilsit ohne Erlaubnis von einem Cocktail fortgegangen ist, sondern das erste Mal, daß sie überhaupt von einem Cocktail fortgegangen ist. Wohin fahren wir?« fragte sie ohne Neugierde, denn es gab auf der Insel nur eine Möglichkeit, und das war das Hotel Amsterdam.

»Nach St. Charles«, antwortete er.

Sie hielt überrascht den Atem an. »St. Charles? Niemand fährt nur zum Abendbrot nach St. Charles.«

Er zerdrückte die Zigarette auf dem Boden des Jeeps. »Ginny, es gibt gewisse Dinge, die Sie noch lernen müssen. Wie die offene Tür und die Treppe und die Gartenpforte. Es wird jeden Tag gemacht.« Sie verfiel in Schweigen und redete erst wieder, als der Wagen von der Hauptstraße in den Feldweg zu Oranje Cove einbog. Das Motorgeräusch war jetzt, wo sie langsamer fuhren, leiser. »Ich vergaß, noch einmal zu Albert zu gehen. Ich hatte es ihm versprochen«, sagte sie leise.

Albert war geboren, um vergessen zu werden, überlegte Jim. Er hatte es nicht verdient, aber es war nun einmal so.

Ginny streifte die Schuhe ab, um Jim zu helfen, das Dingi ins Wasser zu schieben, und wartete dann ungeduldig auf ihn, indem sie die Zehen in den feuchten Sand bohrte, während er seine Tennisschuhe und eine Taschenlampe aus seinem Bungalow holte. Ein leichtes Gefühl von Unsicherheit bemächtigte sich ihrer, wie sie nun so in der dichter hereinbrechenden Dämmerung stand. Unwillkürlich blickte sie immer wieder zu Oranje Huis hinauf, das sich als eine dunkle Masse von der Landzunge und dem dahinterliegenden Land abhob. Es war noch kein Licht angemacht worden. Sie wartete auf sein Aufflammen, als wäre es ein Scheinwerfer, der sie hier unten am Strand sofort entdecken würde. Endlich kam Jim zurück; er hatte die Hosenbeine hochgekrempelt und sich das Jackett über die Schulter geworfen. Er war ebenfalls barfuß und trug seine Tennisschuhe an den zusammengeknoteten Schnürsenkeln.

»Es wird heute nacht beinah Vollmond sein«, meinte sie, als er bei ihr ankam. »Wir werden genug Licht haben, wenn wir zurückkommen.« Aus irgendeinem Grunde dämpfte sie ihre Stimme fast zu einem Flüstern.

»Das will ich auch hoffen!« brummte er, als er das Dingi vom Strand losstieß. »Ich muß mich mit dem Trinken in St. Charles nämlich nach dem Mond richten. Manchmal brauche ich furchtbar viel Licht auf dem Rückweg.«

Sie legten die kurze Strecke zu der Oranje Lady schweigend zurück. Das einzige, Ginny bestürzend laut erscheinende Geräusch war das monotone, dumpfe Ächzen der Ruder in den Ruderklampen. Jim vertäute das Dingi an der Boje und warf sein Jackett und ihre Schuhe und Handtasche in das Cockpit der Oranje Lady. Dann kletterte er selbst hinterher und reichte ihr die Hand, um ihr hinaufzuhelfen. »Ich werde mir einen Bootssteg anschaffen müssen, bevor der erste Tourist ankommt.«

Seine Stimme schien über das Wasser zu dröhnen, und Ginny hätte ihn am liebsten gebeten, leise zu sprechen.

»Weshalb?«

»Haben Sie denn nie Touristen gesehen, Ginny? Es gibt sie in allen möglichen Größen und Formen, und nur die wenigsten sind beweglich genug, eine Leiter raufzuklettern. Kann das Risiko nicht eingehen, daß die Nerzstolen naß werden.«

»Ich wußte doch, warum ich Sie aus irgendeinem Grund nicht leiden mochte! Als nächstes also ein Bootssteg? Wo wird das alles enden?«

»Fragen Sie mich das in fünf Jahren. Dann weiß ich es vielleicht.«

Das Deck der Oranje Lady fühlte sich sandig unter Ginnys Fußsohlen an. Das Cockpit war vollkommen ausgeräumt worden; nicht ein einziger Sitz war noch vorhanden. Das Boot lag tief im Wasser durch den Haufen von Zementsäcken, die sorgsam an Steuerbord und Backbord verteilt waren. Jim deutete mit einer Handbewegung auf sie.

»Setzen Sie sich. Ein Glück, daß die noch da sind – hatte keine Zeit mehr, sie auszuladen, bevor ich mich für Alberts Tingeltangel fertigmachen mußte.«

Sie tat es jedoch nicht. Statt dessen stellte sie sich neben ihn an das Steuerrad und sah zu, wie die starke Maschine durch den Druck auf den Anlasser ansprang. Es war ein kleines Wunder für sie, das sanfte Beben dieser Stärke in den Deckplanken unter ihren Füßen zu spüren. Jim lenkte das Boot langsam von der Boje fort – die Art, in der es geschah, verriet den Mann, der durch langen Umgang mit Booten kein Bedürfnis hat, mit ihnen anzugeben. Als sie sich der Landzunge näherten, blickte sie nicht auf das Meer hinaus, sondern zum Land zurück, zurück zu Oranje Huis. Jemand – wahrscheinlich Wilhelmina – hatte auf der Veranda Licht angemacht und auch die Lampe in der Einfahrt für Johns und Katriens Rückkehr. Dann gewahrte Ginny plötzlich das gebündelte Licht der Scheinwerfer oben an der Ecke, wo der Weg zu Oranje Huis von der Hauptstraße abbog, das Licht leuchtete zwischen den Bäumen auf und verschwand wieder. Dann verlosch es, und sie wußte, daß ihre Eltern zurückgekommen waren. Ein undeutliches Gefühl der Panik erfaßte sie, das sie zu unterdrücken versuchte, indem sie dem Haus den Rücken kehrte. Zu ihrer Erleichterung sah sie, daß sie sich bereits dicht an der Spitze der Landzunge befanden, was sie um so mehr erstaunte, da das leichte Vibrieren des Bootes nur wenig von seiner Geschwindigkeit verriet. Sie dachte daran, wie oft sie in der vergangenen Woche dem leisen Geräusch dieses Motors von der Veranda des Hauses gelauscht hatte – genau so, wie John und Katrien es jetzt hören mußten.

»Dies ist ein sehr teures Boot, nicht wahr, Jim – sind Sie reich?«

Er lachte laut auf in einem echten Schrei des Vergnügens. »Sie sind ungefähr das einzige Mädchen, das mir je begegnet ist, das mich unumwunden fragt.«

»Na und – warum nicht? Ist es denn so schlimm, reich zu sein?«

»O nein, keineswegs! Ich wünschte, ich hätte derlei Probleme! Ich bin nicht reich, Ginny, ich fürchte, ich werde es auch nie sein. Der Strand ist alles, was ich habe – und auch den habe ich mir nicht selbst verdient – was bei meinem Alter nicht gerade dafür spricht, daß ich ein sehr tüchtiger Bursche bin. Ich stecke bis zum Hals in Schulden, und es kann unter Umständen mein ganzes Leben dauern, bis ich sie abgearbeitet habe.«

»Vater sagt, nur ein armer Mann kann sich keine Schulden leisten.«

»Nach dem Grundsatz bin ich reich. Ich muß daran denken, mich jeden Tag neu daran zu errinnern. Mein Vermögen ist jener Strand, und wenn ich überhaupt bete, so bete ich vermutlich darum, daß ein Hurrikan ihn mir nicht verschlingt, bevor ich damit fertig bin. Es wäre zu schrecklich, wenn er über zwanzig Jahre auf mich gewartet hätte und ich dann meine Chance verpassen würde. Es ist alles, was mein Vater bei seinem Tod hinterlassen hat, und es wäre mir unerträglich, wenn ich es verpfuschen würde. Er hoffte immer, wir würden zusammen etwas daraus machen. Aber wir mußten warten. Es dauerte ziemlich lange, bis die Touristen nach dem Krieg über Florida hinausgelangten. Sie drangen weiter vor, auf eine Insel nach der anderen, und Dad verfolgte ihr Vordringen die ganze Zeit. Er pflegte zu sagen: ›Noch nicht, Jim. Wir würden pleite gehen, wenn wir jetzt anfingen. Laß ihnen Zeit, das Fleckchen zu entdecken.‹ Dann setzte Pan American Düsenflugzeuge auf der Linie nach San Juan ein, und Dad sagte, daß es beinahe soweit sei. Komisch, er ist in all den Jahren nie hierhergekommen. Er beschrieb mir jedoch immer St. Nicolaas und sein Stückchen Strand und zehrte von jenen alten Schwarzweißphotos, die er in den dreißiger Jahren mit zurückgebracht hatte. Diese Photos waren so verblichen, daß man so gut wie nichts darauf erkennen konnte, doch er beschrieb sein Grundstück wie das Paradies. Es war wohl auch eine Art Paradies für ihn

– der Ort, an dem er, wie er sagte, sterben würde.«

Die schwarzen Buckel der britischen Inselkette waren rasch auf sie zugekommen – dunkle, unförmige Haufen in dem sternüberglänzten Wasser. Diese meist unbewohnten kleinen Inseln ragten steil aus dem Meer empor und wiesen nur ein winziges Gesprenkel von Lichtern an einer der Hafenbuchten auf, an der einige Häuser standen. Die amerikanische Insel St. Charles war nicht zu übersehen. Das bläuliche Natriumlicht entlang der Uferstraße war Ginny stets unwirklich erschienen, so als wäre es das Rampenlicht für das ganze sich dem Auge bietende funkelnde Schauspiel der hinter der Stadt emporsteigenden lichtgepunkteten Abhänge, und sogar die Lichter auf dem Sattel des sich steil hinter diesen auftürmenden Berges hatten immer etwas Unwirkliches für sie gehabt. Sie war mit diesen Lichtern aufgewachsen und hatte sie von der Veranda von Oranje Huis Jahr um Jahr heller und zahlreicher werden sehen. Sie hatten einer anderen Welt angehört; Ginny hatte sie als Kind als eine Art Märchen betrachtet. Und auch heute besaßen sie für sie noch etwas von diesem Zauber. Jims Vater, so überlegte sie, war hierhergekommen, als die Lichter von Margretsted noch sehr klein, schwach und verschwommen herübergeblinkt hatten. Nur ein einziges Mal hatte er sie erblickt und hatte doch von dem Augenblick an unentwegt von diesem Fleckchen Erde geträumt.

»Warum ist er nie wiedergekommen?« fragte sie. Hier im Schutz der Windschutzscheibe und durch die gesamte Länge des Cockpits der Oranje Lady von der dröhnenden Schraube getrennt, herrschte jetzt verhältnismäßige Stille am Steuer. Sie hatten ihre Stimmen gedämpft.

»Aus mancherlei Gründen«, erwiderte er. »Der Krieg ... und nach dem Krieg wurde er in große Bauprojekte verwickelt und kam eigentlich nie von der Arbeit los. Ich glaube, er ist auch absichtlich nicht hergekommen – so wie ein Mann sich vor dem ersten Schluck Alkohol hütet, weil er weiß, daß es nach ihm um ihn geschehen ist. Ich glaube, er brauchte dies Stückchen Land, um ... nun ja, um davon träumen zu können, wenn man es so nennen will. Die meisten Männer haben einen geheimen Traum. Ich wünschte, er hätte lange genug gelebt, um wenigstens den Anfang hier zu sehen. Doch er wollte immer mit genügend Geld hierher zurückkommen, um die Verwirklichung seines Traumes ganz allein in der Hand zu haben. Vielleicht hat er sie deshalb so lange hinausgezögert und ist solche Risiken eingegangen. Er arbeitete immer mit Schulden, fühlte sich aber nie wohl dabei. Das hat ihn schließlich auch umgebracht.«

»Aber wie denn?« Sie wußte, daß er ihre Fragen nicht als lästig empfand, denn sie hatte plötzlich begriffen, wie ausgehungert er danach war, zu einem Menschen zu sprechen, der etwas von den Dingen wissen wollte, die sein ganzes bisheriges Leben ausgefüllt hatten, aber keinen einzigen auf der Insel interessierten. Als Fremder war er hierhergekommen und lebte nun unter Fremden, und wenngleich man ihn auf Grund seiner persönlichen Art und seines Vorhabens gelten ließ, hätte wahrscheinlich niemand in all den Monaten ohne nachzufragen gewußt, was er mit bestimmten Worten meinte. Was meinte er, wenn er ›zu Hause‹ sagte? Oder ›meine Frau‹? Sie begann die furchtbare Einsamkeit und Verlassenheit zu ahnen, die diesen Mann manchmal bedrücken mußten. Vielleicht vermochte er nur in Augenblicken wie dem jetzigen über diese Dinge zu sprechen – während dieser raschen Fahrt über die Meerenge zu St. Charles hinüber, einem flüchtigen Schweben zwischen zwei Welten, wo das gleichmäßig ruhige Mahlen der Schiffsschraube seine Worte begleitete.

»Ein Herzschlag«, sagte er kurz. »Aber er war jahrelang gewarnt worden, und er starb, weil er bankrott ging und genau wußte, daß er nicht wieder neu anfangen konnte. Er machte bei seinen Häusern eine große Dummheit, Ginny ... Er glaubte, die Masse wäre bereit für Qualität mehr zu zahlen, und das wurde ihm zum Verhängnis. Es war ein großer Irrtum, und er verlor alles bis auf den letzten Pfennig.«

»Aber bestimmt ...«

Ihre Frage erratend, unterbrach er sie. »Es ging nicht nur um ein Haus, Ginny. Das hätte er spielend überstanden. Es war eine ganze Wohnsiedlung ... Sie haben doch diese Siedlungen in Puerto Rico gesehen? Nun, er baute zweihundert Häuser, die in ihrer Gestaltung und Ausführung das Begriffsvermögen der Leute bei weitem überstiegen, die sich in große Siedlungen einkaufen. Und auch ihre Portemonnaies. Die vierzig Häuser, die er von den zweihundert loswurde, mußte er zum Selbstkostenpreis verkaufen. Und dann fielen seine Gläubiger über ihn her. Das war das Ende. Wissen Sie, er stand in dem Ruf eines tüchtigen Unternehmers, der immer allen, die sich an einem Projekt beteiligten, ihr Geld herausbrachte und dicke Gewinne obendrein. So vertrauten sie ihm auch bei dieser Sache, ohne genau zu wissen, was er plante. Er wußte, daß es seine letzte Siedlung sein würde, und ich glaube, es war natürlich, daß er etwas schaffen wollte, auf das er stolz sein konnte. Das Schlimme war nur, daß die Häuser nicht den Wünschen und Vorstellungen der Leute entsprachen – ich spreche jetzt nicht von denen, die sie sich hätte leisten können.«

»Haben ... haben Sie die Häuser entworfen?« Sie wußte nicht, ob sie den Mut zu dieser Frage besaß. Doch mußte sie, um mehr von ihm zu erfahren, derartige Wagnisse auf sich nehmen.

Er schleuderte den Zigarettenstummel ins Wasser. »Nein! Nein, sie waren nicht mein Entwurf, Ginny. Wir hatten den schrecklichsten Krach unseres Lebens wegen dieser Häuser. Ich sagte ihm, daß er einen Fehler mache. Ich sagte ihm, daß ich genau wüßte, welche Sorte Leute sich teure Häuser kaufen und daß diese sich niemals Serienhäuser kaufen, egal, welche Mühe man sich auch gibt, ihnen ein individuelles Aussehen zu verleihen. Wenn Leute so einen Batzen Geld bezahlen, wollen sie auch ein Einzelhaus nach Maß. Dad glaubte, er könnte eine Menge Geld dadurch verdienen, daß er en masse billiger baute und die Häuser doch zu ihrem normalen hohen Preis verkaufte. Ich sagte ihm, daß es schiefgehen würde. Er nannte mich darauf einen snobistischen Spießbürger – einen Schmalspur Frank Lloyd Wright. Wir hatten einen entsetzlichen Krach, und ich bin über sechs Monate nicht wieder zu ihm gegangen. Inzwischen war das Projekt schon in vollem Gange, und er war fest überzeugt, ein kleines Vermögen daran zu verdienen. Er wollte es alles aufsparen, um mit ihm hierherzukommen. Er sagte, er wollte das schickste kleine Hotel im Karibischen Raum bauen, von dem ihm einundfünfzig Prozent gehören sollten. Er pflegte zu mir zu sagen: ›Ich werde meine alten Tage auf jenem Strand verleben, Jim. Genau das werde ich tun.‹«

»Und nun sind Sie also anstelle von ihm gekommen. Deshalb sind Sie doch gekommen, nicht wahr?«

»Sie stellen entsetzlich viele Fragen, Ginny!« Er sagte es nicht unfreundlich, doch im Ton unmißverständlicher Endgültigkeit. Er war also nicht böse, überlegte sie, sondern mochte nun einfach nicht mehr erzählen. Der kostbare Augenblick war vorbei.

Sie hatten beinahe die Hafeneinfahrt von Margretsted erreicht; zur Linken ragte undeutlich die Silhouette der Pittinsel empor und zur Rechten die Landzunge Star Point. Jim brachte das Boot automatisch durch Anpeilen der roten und grünen Positionslichter hoch in den Bergen über der Stadt in die Fahrrinne. Dann verringerte er die Geschwindigkeit, um nicht mit zu großen Bugwellen in den Yachthafen einzulaufen. Die Kluft zwischen ihren beiden Welten war vorübergehend überbrückt worden – das Gespräch war vorbei. Die blauen Natriumlichter schienen ihnen entgegenzueilen, um sie zu begrüßen, und die die Uferstraße entlanggleitenden Autos nahmen Gestalt und Farbe an. Jim drosselte den Motor und schob das Boot vorsichtig an den Kai, hinter dem sich unmittelbar die Uferstraße befand. Bis auf die großen Schiffe legte alles hier an; jene mußten zum Westindien Kai hinüberfahren. Die Mehrzahl der kleineren Handelsschiffe von Puerto Rico legte hier an; sie brachten die Frischprodukte und einen beträchtlichen Teil der Baumaterialien, die die Insel benötigte. Sie löschten ihre Ladung gleich hier auf der breiten Zementpromenade der Uferstraße. Kisten und Bauholzstapel lagen noch genauso da, wie die Arbeiter sie bei Feierabend verlassen hatten. Am Kai lag eine merkwürdige Kollektion von Segel- und Motorbooten; es waren da Boote, die dem Gelderwerb und andere, die dem Vergnügen dienten, ferner Boote, die beide Funktionen vereinigten, und schließlich die Leihboote, die Schilder über ihre Landungsstege gehängt hatten, auf denen in Kreide die vorhandenen Sitzplätze und Gebührensätze standen; dann und wann versuchte einer der Bootsbesitzer die vorüberschlendernden Touristen zu einer Fahrt zu bewegen. Doch bot das Bild kaum ein Anzeichen von Eile. In Margretsted ließen diejenigen, die auf ein Geschäft erpicht waren, dieses im allgemeinen zu sich kommen oder gaben sich zumindest den Anschein, als täten sie es. Jenseits der blauen Natriumlampen auf den hohen Aluminiumpfosten schien das moderne Zeitalter unvermittelt stehengeblieben zu sein. Die Straße war von den Lagerhäusern gesäumt, die die Dänen für ihren Zucker und ihre zollfreien Handelswaren erbaut hatten. Heute beherbergten die Lagerhäuser mit den glänzend angemalten eisernen Fensterläden die verführerischen Geschäfte, welche die Touristen mit ihren Freihafenpreisen und der eigenartigen Mischung von Raffinement und Inselnonchalance anlockten. Dort gab es keine Neonlampen; sofern die Backsteinfassaden überhaupt gestrichen waren, hatte man es in den matten, sonnengebleichten Farben der Insel getan, in Rosé, Hellgelb und Blaßblau. Die Ladenschilder waren unauffällig, wiederum nach der Mode einer längst vergangenen Zeit. Margretsted bemühte sich entschlossen, sein äußeres Bild so aufrechtzuerhalten, wie die Touristen es vorzufinden hofften. Die elektrischen IBM-Schreibmaschinen verbarg man in den Hinterstübchen der Geschäfte, während weiche Grasmatten und ein kostenloser Daiquiri die Kunden willkommen hießen. Es geschah alles mit typisch amerikanischer Präzision, die nur geringfügige und notwendige Konzessionen an das andersartige Klima und den langsameren Lebensrhythmus machte. Ginny war diese Stadt von nahem immer genauso märchenhaft vorgekommen wie von der Veranda von Oranje Huis.

Sie sammelte ihre Schuhe und Handtasche auf. Von der Kaimauer starrte eine Reihe grinsender brauner Gesichter auf sie herunter. Braune Arme streckten sich ihr entgegen, um ihr an Land zu helfen.

»N'abend, Mister Jim.«

»N'abend, Sam. Jacky da?«

»Nee, Sir. Jacky 's nich' da. Ich paß aufs Boot auf, Mister Jim. O ja, ich paß richtig gut auf!«

»O. K., Sam. Paß gut auf! Also dann bis nachher.«

»Sie woll'n heut abend noch nach St. Nicolaas zurück, Mister Jim?«

»Aber sicher, Sam – sicher.«

Und da wußte Ginny, daß es Nächte gab, in denen Jim nicht von St. Charles zurückkam.

Sie aßen bei Barney unten am Hafen. Ginny hatte bereits vermutet und gehofft, daß sie dorthin gehen würden. Es war eine Bar mit angeschlossenem Restaurant auf einer Art Terrasse, die ein Stockwerk höher als die Straße lag und von wo man auf die Masten der am Kai liegenden Boote und über den Hafen zur Pittinsel sah. Das Dach aus Palmwedeln – diese verbargen das Wellblech vor den Blicken – ruhte auf dicken Bambusstäben; nach den Seiten war die Terrasse offen bis auf die nordöstliche Ecke, weil von der Richtung die Passatwinde und kurzen Regenschauer kamen. Barney war der inoffizielle Club all derjenigen, die auf der Insel lebten oder regelmäßig mit ihrem Boot am Kai anlegten. Als Jim nun die Eisentreppen hinaufstieg, hoben ungefähr sechs von den um die kleine, hufeisenförmige Bar herumsitzenden Leute lässig die Hand zum Gruß. »He, Jim – wie geht's?« Es war eine andere Begrüßung, als er sie auf St. Nicolaas erhielt; hier verriet sie die Anerkennung eines Mannes für einen anderen Mann, der versuchte, sich eine Existenz im Paradies aufzubauen, und der sich bemühte, das gar nicht so schwer erscheinen zu lassen. Die Amerikaner, die als Nachzügler auf die Insel gekommen waren, besaßen in der Regel mehr Energie und mehr Geld für ihre Unternehmungen, doch war es Brauch, so zu tun, als wäre man nur hergekommen, um der Hexenjagd von New York oder Philadelphia oder Chikago – oder woher auch immer sie aus eiskalten Wintern gekommen waren – zu entfliehen. Der Konkurrenzkampf war hier nicht weniger erbittert; er spielte sich lediglich auf kleinerem Terrain ab. Daher verbarg das lässig hingeworfene ›Wie geht's‹ kaum das hellwache, brennende Interesse für sämtliche Angelegenheiten des anderen Mannes und den Wunsch, zu erfahren, ob er es im Paradies ›schaffte‹.

»He!« grüßte Jim mehrmals zurück und nahm keine der unausgesprochenen Einladungen, sich zu ihnen zu setzen, an. »Einen Drink?« fragte er Ginny.

Sie wollte gerne an der Bar sitzen und nickte deshalb bejahend; es machte ihr Spaß, so zu handeln, weil sie fühlte, daß Jim sie am liebsten unverzüglich auf einen Tisch zugesteuert hätte, um dadurch den anderen zu verstehen zu geben, daß er für niemanden zu sprechen war. An der Bar war es sehr voll; er fand einen Hocker für sie und stellte sich neben sie. Während sie dann an ihrem Rum Cola nippte, kamen mehrere Leute auf Jim zu und unterhielten sich mit ihm und wurden ihr vorgestellt.

»Wie lange bleiben Sie?« lautete unweigerlich jedesmal die Frage. Es wurde automatisch angenommen, daß jeder ein Tourist war, dessen Gesicht man auf der Insel nicht kannte.

»Ich wohne auf St. Nicolaas.«

»Dann sind Sie also oft hier?«

»Verhältnismäßig oft.«

»Komisch – ich kann mich gar nicht erinnern, Sie schon mal gesehen zu haben.«

So war es auch Harry Parker ergangen, dachte Ginny bei sich. Die gleiche unvermittelte Entdeckung, daß sie existierte, das gleiche Erstaunen, daß man sie nicht bereits vorher bemerkt hatte. Schließlich wurde sie dessen überdrüssig und stellte ihr Glas auf die Bartheke, obwohl sie noch nicht ausgetrunken hatte.

»Können wir jetzt essen?« fragte sie Jim. »Ich bin nämlich recht hungrig.«

Als sie an ihrem Tisch Platz genommen hatten, ließ sie den Blick ringsum schweifen – betrachtete die dichtgedrängte Reihe Menschen an der Bar, die Gruppe von Seeleuten auf Landurlaub von dem leichten amerikanischen Kreuzer, der im Hafen vor Anker lag, und die drei Musiker, die jeden Abend hierherkamen und gerade ihre Instrumente auspackten.

»Es ist ein seltsames Gefühl, Jim.«

»Was denn?«

»Mein ganzes Leben lang bin ich hierhergekommen. Vater ißt hier immer zu Mittag, wenn er 'rüberkommt – als ich klein war, bedeutete ein Tagesausflug nach St. Charles hinüber ein besonderes Fest – und jetzt fühle ich mich hier wie eine Fremde.« Sie wies mit einer Kopfbewegung auf die Gruppe um die Bar. »Ich kenne einige von denen da drüben – Vater kauft seit Jahren alle möglichen Vorräte von einigen von ihnen. Doch sie erkennen mich nicht. Sie kennen mich nicht.«

»Die Leute sahen alles immer nur in Verbindung mit sich selbst. Da sie das Kind in der Frau nicht sehen können, erkennen sie nicht die Verbindung. Sie erinnern sich vielleicht an das Kind, doch die Frau kennen sie nicht.«

»Und Sie – Sie kennen nur die Frau.« Es tat ihr gut, ihn dieses Wort aussprechen zu hören.

»Hm…« Er sog nachdenklich an seinem Drink. »Ich glaube, ich kenne noch ein bißchen mehr.«

»Wieso?«

Er lächelte. »Nun … Ich sah Sie an jenem Morgen den Strand entlangkommen. Aus der Entfernung sahen Sie klein aus. Ich beobachtete, wie Sie mit Bo spielten – Sie sahen wie ein Kind aus, und er sprang herum wie ein ganz junger Hund. Und als Sie dann an die Stelle kamen, wo mein Strand beginnt, kehrten Sie um – was eigentlich recht kindisch war. Doch dann überlegten Sie es sich und überschritten die Grenze, und Sie kamen näher und näher, und Sie wurden größer und erwachsener. Es war, als verfolge man, wie jemand in fünf Minuten alle Stadien der Kindheit und Jugend durchmacht. Als Sie schließlich an meiner Tür ankamen, waren Sie in meinen Augen eine Frau.«

»Ist das Ihr Ernst?«

»Beinahe.«

Als sie aufbrachen, war es schon ziemlich spät, und es herrschte ringsum Stille. Der Mond stand jetzt hoch am Himmel und ließ den Klumpen des Kreuzers und den größeren Buckel der Pittinsel in den Umrissen hervortreten. Die Touristen schlenderten nicht mehr an der Uferpromenade auf und ab, und die Müßiggänger waren nach Hause gegangen. Nur Sam wartete auf der Oranje Lady; er saß, die Arme auf die angezogenen Knie gelegt, auf dem Vorderdeck und schlief. Als Jim ihn bezahlte, kam Leben in ihn.

»Vielen Dank, Mister Jim. Sie werden 'ne richtig schöne Fahrt zurück haben mit dem Mond da, wie auf 'ner silbernen Straße zu der Insel 'rüber. War's 'n netter Abend? Das is' gut! Also gut' Nacht!«

»Gut' Nacht, Sam.«

Ginny schwieg, bis sie die Landzunge passiert hatten. »Für mich war es ein netter Abend, Jim!«

»Wirklich? Wie schön. Ich hatte es gehofft.«

Sie fragte sich, ob er sie überhaupt verstanden hatte oder ob es ihn überhaupt interessierte, was sie gesagt hatte. Er schien jetzt tief in Gedanken versunken und weit fort zu sein. Er starrte geradeaus vor sich hin, während seine Hände leicht auf dem Steuerrad lagen; als er ihr antwortete, blickte er nicht einmal für eine Sekunde zu ihr hin. Sie schaute nach St. Charles zurück; die Insel glitt rasch in die Dunkelheit zurück wie eine Erscheinung, die man verschwommen in einem Traum erblickt. Die Bugwellen der Oranje Lady schäumten weiß im Mondlicht auf. Ginny ergriff plötzlich ein Gefühl der Verlassenheit; die Kehle war ihr wie zugeschnürt und ein Frösteln lief über ihren Körper. Sie fühlte sich allein.

»Wie war sie, Jim?«

»Wie war wer?« wiederholte er abwesend.

»Deine Frau. Wie war sie?«

Jetzt sah er sie an – scharf und kalt. Und sie erkannte den Schock auf seinem Gesicht und einen Ausdruck, der beinahe blinde Wut verriet. Seine Brauen zogen sich zusammen.

»Was zum Teufel geht das dich an?«

»Gar nichts ... überhaupt nichts. Du hast nur von allem anderen erzählt. Nur nicht von ihr.«

»Weil es weder dich noch irgend jemanden sonst was angeht!«

»Es tut mir leid.« Weil ihre Kehle wie zugeschnürt war, schienen sich die Worte in einem abgehackten Stammeln herauszuquälen. »Es tut mir wirklich leid, Jim.« Er hatte recht, es ging sie nichts an, und sie hätte nicht fragen dürfen. Doch der Impuls war so stark gewesen, und die Antwort hätte das Risiko gerechtfertigt. Der Impuls zu fragen, war stärker als ihres Vaters Erziehung gewesen, stets Zurückhaltung zu üben und nie die Nase in anderer Leute Angelegenheiten zu stecken. Oder es kam vielleicht gerade wegen dieser Erziehung und ihrer Folgen, nämlich der Spannung zwischen ihr und ihrem Vater und dem mangelnden Verständnis, daß sie sich zu diesem Risiko entschlossen hatte. Man mußte etwas wagen, ein Risiko eingehen, wenn der Drang so stark war. Sie war sich nicht klar darüber, wie stark der Drang war, sie wußte nur, daß es mehr als bloße Neugier war. Der Gedanke quälte sie, Jim könnte es für reine Neugier halten, die Fragen stellt, ohne eine echte Verwendung für die Antwort zu haben. Und hatte sie denn eine Verwendung für sie? – und wenn ja, wieso? Sie war sich auch darüber nicht klar, doch sie hatte an diesem Abend gefühlt, daß der Schlüssel zu Jims Wesen seine verstorbene Frau war; deshalb mußte sie Näheres über sie wissen. Die Tatsache, daß er es sogar vermied, auch nur ihren Namen auszusprechen, war der Beweis dafür. Ein Mann, dessen Herz nicht ernsthaft beteiligt ist, ist leicht zum Reden zu bringen; doch über das, was dem Herzen nah ist, schweigt man, wie sie von ihrem Vater gelernt hatte. Die Ratlosigkeit und Hilflosigkeit über Jims Weigerung erfaßten sie von neuem – genauso wie kürzlich, als ihr Vater sich geweigert hatte, ihr von den Tilsits zu erzählen. Und doch konnte man nicht mehr als fragen. Wenn die Weigerung endgültig war, mußte sie diese hinnehmen.

Plötzlich sprach Jim. Die ersten Worte gingen für sie im Geräusch der Maschine unter. Sie sah, wie seine Lippen sich bewegten und beugte sich näher zu ihm. Er sprach sehr leise, und sie mußte sich anstrengen, seine Worte zu verstehen.

»... eine geniale Frau. Jeder bewunderte Julie. Aber sie war auch eine gütige Frau. Witzig und großzügig.«

»War sie ... war sie hübsch?« Weshalb bebten ihre Lippen? Was konnte es schon für sie bedeuten, wie seine Frau gewesen war? Oder hatte sie eine andere Antwort erhofft?

»Ja – sie war auch das, manche Leute hielten sie für schön – sogar für sehr schön.«

»Warum starb sie, Jim?«

»Leukämie. Sie war tapferer, als ich mir überhaupt jemanden vorzustellen vermochte. Ihr einziger Kummer war das Baby, das sie nicht austragen konnte.«

»So hast du auch das verloren?«

»Ich habe alles verloren.«

Es gab nichts mehr zu sagen und keine Fragen mehr zu stellen. Sie hatte ihre Fragen gefragt, und die Antworten waren kalt und grausam und traurig. Der Preis für das Wissen muß immer gezahlt werden, und sie zahlte ihn mit dem Gefühl der eigenen Unzulänglichkeit und Armseligkeit. Sie fühlte sich zusammenschrumpfen, so als würde sie gleichsam auf ihre eigentliche Größe zurückgeschnitten, wie ein Kind, das den ersten Schritt ins Erwachsensein probiert hat und ihn mißlingen sehen muß. Vielleicht hatte ihr Vater recht mit seiner Weigerung. Man mußte die Antworten auf die Fragen, die man stellte, ertragen können. Der Rest der Fahrt verlief in Schweigen.

Er brachte die Oranje Lady behutsam an die Boje und vertäute sie. Ginny ergriff ihre Schuhe und Tasche und kletterte rasch in das Dingi, ohne auf seine Hilfe zu warten. Oben auf Oranje Huis brannte eine Lampe auf der Veranda. Ginny überlegte, ob ihr Vater wohl noch wach sei, ob er auf ihre Rückkehr wartete und auf das Geräusch des zurückkommenden Bootes gelauscht hatte. Fast hoffte sie, er möge noch wach sein; auch ihm hatte sie ihre Fragen gestellt, und er hatte ihr verziehen, weil er sie liebte. Nach diesen kalten und grausam aufrichtigen Antworten von Jim verlangte es sie nach der vertrauten Wärme dieser Liebe. Das Dingi glitt knirschend auf Grund, und sie stieg rasch in das knöcheltiefe Wasser. Unverzüglich spürte sie Bos strubbeligen Kopf sich unter ihre Hand schmiegen.

»Hast gewartet, ja?« meinte sie zärtlich. Dann wandte sie sich zu Jim um. »Danke, Jim.« Es wäre sinnlos zu sagen, es sei ein schöner Abend gewesen.

»Ich bring' dich nach oben.«

»Nein! – mach dir nicht die Mühe. Bo ist ja bei mir.«

»Es ist keine Mühe.«

Sie widersprach nicht länger, obgleich sie sich seine Gegenwart jetzt nicht wünschte. Wie ihr schien, kam er nur widerwillig mit – nein, schlimmer noch, es war ihm völlig gleichgültig, ob er sie begleitete oder nicht. Schweigend gingen sie den Strand entlang; Bo trabte still zwischen ihnen her. Als sie an den Weg durch den Garten zum Haus hinauf kamen, gingen sie hintereinander, Bo voran, dann Ginny und Jim als letzter. Der Mondschein ließ die Schatten der Bäume dunkler und tiefer erscheinen; die Luft war erfüllt von dem betäubenden Duft des Chinabeerenbaumes. Die bläulich-violetten Blüten lagen auf dem Weg verstreut, um von ihren Füßen zerquetscht zu werden; der weiße Lichtschein des Mondes sog die Farbe aus ihnen. Dann erreichten sie die Treppe, die zu der Veranda emporführte, und das gelbliche Licht der dort brennenden Lampe war sanfter und gütiger als das Mondlicht.

»Gute Nacht, Jim.«

»Gute Nacht, Ginny.« Ohne Hast beugte er sich vor und küßte sie auf den Mund. Seine Hände berührten sie nicht. Der Kuß war nur eine leere Geste, nicht mehr als ein Klaps auf die Schulter. Sie wandte sich ab und eilte die Stufen hinauf; oben angelangt, blieb sie stehen und lauschte, bis die Schritte auf dem Weg verklangen.

»Hallo, mein Liebes. Hattest du es nett?« Ihr Vater stand in der Tür zum Wohnzimmer. Das Zimmer hinter ihm lag in Dunkelheit. Er trug seinen verknitterten Schlafanzug mit den kurzen Hosen; seine mageren Handgelenke ragten aus den Ärmeln hervor. Einige Haarbüschel standen zerzaust in die Höhe und verliehen ihm ein weicheres, müdes und altes Aussehen.

»Ja, vielen Dank. Sehr nett – wir waren in St. Charles zum Abendbrot, bei Barney.«

Er nickte. »Ah so. Ich wollte gerade in die Küche gehen, um mir eine Tasse Tee zu machen. Möchtest du auch eine?«

»Ja, gerne.«

»All right. Mach das Licht nicht an – und sei leise; weck deine Mutter nicht auf.«

Sie folgte ihm und war froh, wieder bei ihm zu sein, und dankbar für seine Behutsamkeit – oder zumindest für den Glauben an diese Behutsamkeit.

4

Die schwülen, feuchten Sommermonate waren nun mit voller Macht angebrochen und lasteten drückend auf ihnen. Wie überall im Karibischen Raum hörten sie auf St. Nicolaas täglich die Wettervorhersagen wegen etwaiger Hurrikanwarnungen. Zwei Hurrikane mit jenen anmutigen, ironischen weiblichen Namen bedrohten in dem Sommer das amerikanische Festland, bogen jedoch beide Male zur Seite ab, ohne zuzuschlagen. Ein Sturm streifte Puerto Rico und brauste weiter nach Norden. St. Nicolaas duckte sich einige Tage unter einem drohend gelben Himmel und Regengüssen, doch es geschah nichts weiter. Und dann war die Zeit der Hurrikane vorbei, und die Inseln begannen, sich auf die Wintersaison mit den Touristen vorzubereiten.

Für Ginny lag auf diesen Tagen der Schatten der Untätigkeit und Enttäuschung. Sie hatte genug zu tun, doch waren es unwichtige und für sie sinnlose Dinge. Sie half Katrien im Haus und im Garten und war sich darüber klar, daß die meisten dieser kleinen Arbeiten nur erdacht wurden, um sie zu beschäftigen. Sie erledigte einige Schreibarbeiten für Albert de Kruythoff und brachte etwas Ordnung in seine achtlos abgelegten Berichte, wußte jedoch, daß es kaum von Bedeutung gewesen wäre, wenn nichts von beidem geschehen wäre. Die einzige Aktivität auf der ganzen Insel schien sich – auch während der drückend stillen Tage der Hurrikanzeit – unten bei Jim MacAdams Strandbungalows zu entfalten. Unaufhaltsam nahmen sie Gestalt an – sechs Bungalows aus dem Holz und Stein, die Jim beide liebte, und das Restaurantgebäude. Merkwürdige Ladungen begannen von Puerto Rico einzutreffen. Eines Tages rief Katrien Ginny aufgeregt auf die Veranda hinaus; unter ihnen lag ein Segelboot mit sechs auf dem Deck festgebundenen Königspalmen in der Oranje Bucht. Jim und der botanische Experte, der mit ihnen gekommen war, um ihre Umpflanzung zu beaufsichtigen, und der volle zwei Wochen blieb, wachten mit Argusaugen über sie.

»Sie haben ein Vermögen gekostet, Ginny«, jammerte Jim. »Wahrscheinlich war ich schön dumm, sie zu kaufen, aber irgendwie scheinen Palmen zu karibischen Inseln zu gehören, und die Touristen erwarten sie auf den Reiseprospekten. Wie dem auch sei, ich mag sie!«

Sie wurden gepflanzt, und die Sonnenterrasse begann um sie herum zu entstehen. Fast war es Ginny jetzt möglich, den Strand entlangzuschauen und zu vergessen, daß jenes andere Ende jemals leer gewesen war.

»Er leistet wirklich Großartiges«, stellte Katrien fest. »Ich wußte, daß er nichts Häßliches hinstellen würde.«

John Tilsit sagte gar nichts, und das allein war bereits seine Zustimmung.

Jim flog zweimal nach Puerto Rico zum Einkaufen und zweimal nach Miami hinüber. Die Tage während seines Fortseins erschienen Ginny endlos lang. Sie saß mit einem Buch im Schoß auf der Veranda und wartete auf das Geräusch seines Jeeps auf dem Feldweg zum Strand hinunter. Das Schlimmste dabei war, daß sie nicht wußte, an welchem Tag er zurückkommen würde, und deshalb ständig um das Haus herumlungern mußte, um diesen Augenblick auf keinen Fall zu versäumen. Zwei Stunden oder auch einen halben Tag nach seiner Rückkehr sah sie ihn dann den Strand entlang auf dem Weg zum Haus hinaufkommen. Er kam jedoch immer, wenn er fort gewesen war; er saß dann mit ihnen bei einem Drink auf der Veranda und nahm stets Katriens Einladung an, doch zum Abendessen zu bleiben. Ginny schien es allmählich, als betrachtete er es als eine Art Pflichtbesuch, den er zwar nicht widerwillig, aber doch rein routinemäßig machte. Er brachte ihnen kleine Geschenke mit – Parfumflakons, eine gewebte Handtasche, wie sie jetzt in Miami Mode war, japanische Sandalen oder einen neuen Duschvorhang, als Katrien einmal klagte, daß ihrer Stockflecke hätte. Es waren unpersönliche Geschenke, die er für sie beide und nicht eigens für eine von ihnen aussuchte und die er wahllos verteilte. Als Katrien einmal protestierte, meinte er nur: »Ich muß doch für meine Familie sorgen, nicht?« und Ginny erkannte, daß diesen kleinen Geschenken keine andere Bedeutung zukam. Jim war dankbar dafür, nach jeder Rückkehr zum Oranje Huis gehen zu können, da es ihm das Gefühl gab, als käme er nach Hause. Er kehrte nicht zu ihr zurück, sondern zu ihnen allen. Es kam sogar der Tag, an dem er das Verhältnis zu John für entspannt genug hielt, um ihm eine Kiste Zigarren mitzubringen. Er nahm sie mit einer schroffen Scheu in Empfang, die beinahe unhöflich war, aber er nahm sie. Nach dem Essen saßen die beiden Männer friedlich schweigend auf der Veranda, Ginny sagte ihnen nicht einmal gute Nacht, und Jim schien ihr Fortgehen auch gar nicht zu bemerken.

Der Sommer brachte jedoch auch etwas Gutes. Als die Tage so verstrichen und Ginny den Ausdruck furchtbarer Qual und rasenden Zorns nie wiederkehren sah, der das Gesicht ihres Vaters am Abend ihrer Heimkehr von San Juan verzerrt hatte, versank der Gedanke an Isobel Tilsit, an das Tilsit-Porzellan und an Alberts verstümmeltes Buch immer mehr in den Hintergrund. Er war jedoch noch da; ab und zu holte sie ihn hervor, um sich kummervoll den Kopf über die Fragen zu zerbrechen, die der Name Tilsit in ihr wachrief, aber sie sprach diese Fragen nicht mehr aus. Albert erwähnte das Buch nie, wie Jim vorausgesagt hatte, was Ginny deutlich genug verriet, daß er die fehlende Seite bemerkt hatte und beschlossen hatte, daß ihn die Angelegenheit nichts anginge; und Jim kam ebenfalls nie mehr darauf zurück. Ginny hatte Katrien auch nichts davon erzählt. Es schien, als bestände eine geheime Übereinkunft zwischen ihnen, darüber zu schweigen, um John Tilsit zu beschützen.

Die Universität von Miami wurde in Erwägung gezogen, aber eben nur erwogen. »Vielleicht nach Weihnachten«, meinte Ginny ausweichend, und ihr Vater war froh, es dabei zu belassen. »Ginny ist nicht sehr ehrgeizig«, sagte Katrien, und Ginny stimmte dem zu. Es war Abneigung, fortzugehen, oder einfach Trägheit, die sie hier festhielt – vielleicht auch der Wunsch, ihren Vater zu erfreuen, oder der Wunsch, in Jims Nähe zu bleiben. Sie ließ die Tage verstreichen, ohne sie zu zählen, und wartete auf etwas. Häufig fuhr sie morgens mit ihrem Vater zum Fischen hinaus, und es war beinah alles so zwischen ihnen, wie es immer gewesen war. Und falls sie jetzt eine gewisse Ruhelosigkeit verspürte, wenn sie das Boot auf den Strand zogen, so nur deshalb, weil der vor ihr liegende Tag zu unausgefüllt war. Zu oft stand sie an Jims Tür, und sie versuchte, das Bild einer Bettlerin aus ihren Gedanken zu verscheuchen. Doch wie beschämend es auch war, zu betteln, sie tat es dennoch.

Die Tür schwang immer weit auf, um sie einzulassen, und wenn Jim auch keine große Freude über ihr Erscheinen zeigte, so zeigte er doch auch keinen Ärger. Sie hielt stets wachsam Ausschau nach dem ersten Anzeichen davon, bereit, sich sofort zurückzuziehen, doch er war immer der gleiche, lakonisch, kurzangebunden und nicht geneigt, viel Aufhebens um sie zu machen.

»Hallo – schon gefrühstückt? Nein? Na, dann kümmer dich um den Speck!« Sie wagte nur zu diesen frühen Morgenbesuchen zu kommen, da er den übrigen Tag schwerer als zwei der Männer zusammen arbeitete, die er angestellt hatte, und sie klug genug war, ihm dann nicht in die Quere zu kommen. Ihn abends zu besuchen, wäre zu deutliches Betteln gewesen. So briet sie oft Speck und Eier für ihn und brühte den starken schwarzen Kaffee auf, den Jim gern hatte, während er in dem vollgestopften Zimmer herumpusselte, ununterbrochen rauchte, in Plänen blätterte und die Prospekte für Hotelmöbel durchsah, die mit jeder Post ankamen.

»Ich kann mehr für mein Geld bekommen, wenn ich das eingeführte dänische Zeug auf St. Charles kaufe, als all das, was sie in Miami haben. Es ist außerdem hübscher.«

»Ja.« Sie wollte sich nicht zu einer Bemerkung verleiten lassen, denn sagte sie etwas, so blickte er unweigerlich auf und meinte spöttisch und herausfordernd:

»Woher willst du das wissen? Du hast doch gar nichts von dem anderen Kram gesehen. Du hast ja überhaupt noch nichts von der großen weiten Welt gesehen, Ginny, stimmt's?«

»Oh, sei still! Ist es meine Schuld, daß ich hier geboren wurde?«

»Nein – aber es ist deine Schuld, wenn du nie von hier fortgehst.«

»Pah, *du* bist doch auch auf diese Insel gekommen, oder etwa nicht? Es kann also kein so schlechter Ort sein.«

»Es ist auch keineswegs ein schlechter Ort. Es ist ein wundervolles Fleckchen Erde, aber nicht für jemanden, der nie etwas anderes kennengelernt hat. Und komm mir jetzt nicht wieder mit dem Kloster in San Juan. Das einzige, was du da gelernt hast, ist, deinen Namen zu schreiben.«

»Ich nehme an, du hältst das für alles, was ich kann.«

Er grinste. »So ungefähr ja, Ginny.«

Sie konnte es nicht dabei belassen. »Und meine Mutter? Sie ist hier geboren worden und hat nie woanders als hier gelebt – doch wie ich sehe, behandelst du sie nicht wie eine ignorante, dumme Gans.«

»Sie ist auch keine. Sie paßt in ihre Zeit und ihre Generation. Du jedoch – mit Flugzeugen vor der Tür und der ganzen Welt, die vor dir ausgebreitet liegt, du mußt schon ein ziemlich rückständiges kleines Mädchen sein, um damit zufrieden zu sein, an einem Platz zu hocken.«

»Ich bin nicht zufrieden.«

»Dann jammer nicht – tu etwas dagegen!«

Sie verließ ihn in wütendster, finsterster Laune und ging nicht wieder zu den Bungalows hinunter, bis Jim eines Abends einige Tage später selbst den Weg zum Oranje Huis heraufkam. Ginny und Katrien saßen auf der Veranda; John Tilsit war in die Stadt gefahren, um Jan de Hoot zu sprechen, den Leiter der Zuckerfabrik. Sie warteten nun auf seine Rückkehr.

Jim wandte sich an Katrien. »Ich habe Ihrer Tochter vor einigen Tagen eine Standpauke gehalten, Mrs. Tilsit, und nun redet sie nicht mehr mit mir. Deshalb kann ich sie nicht fragen, ob sie Lust hat, zum Abendessen mit nach St. Charles zu kommen. So habe ich mir gedacht, wenn es mir gelänge, Sie zu überreden, mit uns zu fahren, hätte wenigstens ich jemand, mit dem ich reden könnte.«

»Du scheinst ziemlich sicher zu sein, daß ich mitkomme«, bemerkte Ginny.

»Ich rechne fest damit.«

»Lauf und zieh dich um, Ginny!« befahl Katrien. Sie lachte, doch meinte sie ihre Worte ernst. »Es gibt hier nicht genügend junge Männer, die dich ausführen, daß du es dir leisten kannst, die Stolze zu spielen.«

»Kommen Sie nicht mit?« fragte Jim Katrien.

Sanft schüttelte sie den Kopf. »In all den Jahren, die wir verheiratet sind, bin ich nie fort gewesen, wenn John nach Hause kam, und es ist viel zu spät, um jetzt damit anzufangen.«

»Wir warten auf ihn – nehmen ihn mit.«

»Jetzt versuchen Sie Ihr Glück, Jim. Seien Sie froh, daß John aufgehört hat, wegzuschauen, sobald sein Blick auf Ihr Ende vom Strand fällt. Es hieße zuviel erwarten, zu denken, daß er sich schon jetzt dazu bewegen ließe, in Ihr hübsches Boot zu steigen.«

Sie deutete mit einer Kopfbewegung auf die Tür, durch die Ginny hineingegangen war, um sich umzuziehen. »Halsstarrig, alle beide.«

»Sie wird's lernen«, erwiderte Jim.

Ginny hörte beide Bemerkungen und dachte wütend über sie nach, während sie sich anzog. Es hob auch nicht ihre Stimmung, Jim bei ihrer Rückkehr gemütlich in einem Sessel neben ihrer Mutter vorzufinden, offensichtlich glücklich und zufrieden und keine Spur ungeduldig, mit ihr nach St. Charles aufzubrechen. Ihr schien, er wäre am liebsten geblieben, wo er war.

»Du hättest mich nicht einzuladen brauchen«, erklärte sie, als die Oranje Lady aus der Bucht herausglitt und Kurs auf St. Charles zu nahm.

»Ich hielt es für besser.« Er sah sie neckend von der Seite an. »Manchmal denke ich, du könntest vielleicht eine Fee sein – da oben in deiner Burg auf dem Berg. Und Bo dein Famulus – so nennt man doch den Vertrauten einer Hexe, nicht? – einen Famulus? Und ich habe Angst, daß, wenn ich dich kränke, du mein armes, kleines Hotel wieder in Sand verwandeln könntest. Obwohl ich sagen muß, daß das ein bißchen ungerecht gegen den guten Bo ist. Er könnte keiner Fliege etwas zuleide tun.«

»Ich dagegen ja?«

»Du schon.«

»Du machst mich gern zur kleinen Dummen, nicht wahr, Jim?«

Er zuckte die Achseln. »Niemand macht einen Dummen aus einem. Ruhig, Ginny, ruhig!«

Es war alles so wie immer – diese Fahrten nach St. Charles hinüber, die eiligen Frühstücke in Jims Bungalow und die Stunden, die Jim unter Katriens verstehenden und Johns besorgten Blicken auf Oranje Huis verbrachte. Jim war gut gelaunt, neckte sie und schien völlig unbeteiligt zu sein. Sein Necken war zumindest etwas Positives, auf das sie mit Lachen oder Entrüstung eingehen konnte. Viel schwerer zu ertragen war seine innere Abwesenheit – wenn sie vor ihm saß und fühlte, wie sie gleichsam aus seinen Blicken und Gedanken fortglitt. Manchmal fragte sie sich, ob das Bild einer anderen Frau dann an ihre Stelle trat.

Nach und nach erfuhr sie in jenem Sommer mehr über Jims Frau. Es geschah stets in kleinen Bruchstücken; langsam fügte sie diese zu einem Bild von Julie zusammen, ohne jedoch überzeugt zu sein, daß es der Wirklichkeit entsprach. Jim sprach immer noch nur widerstrebend von ihr, wurde aber manchmal von seinem Stolz auf sie und seiner Liebe fortgerissen.

An dem Tag, an dem sie das umfassendste und erschreckendste Bild von Julie gewann, unternahm Jim den Versuch, einige der Bücher und Zeitschriftenstapel in seiner Behausung aufzuräumen. Es war ein Sonnabendnachmittag; sie hatte geschwommen, und Jims Ruf hatte sie zu dem Bungalow geholt.

»He – Drink gefällig?«

Sie wollte keinen Drink, doch hätte sie niemals eine Einladung von ihm abgeschlagen. So fand sie ihn inmitten von aufgetürmten Zeitschriften, Wirtschaftsbroschüren, Büchern und den unvermeidlichen Rollen von Blaudrucken. »Bin gerade am Aufräumen«, sagte er, als er ihr den Whisky mit Wasser reichte.

In Wirklichkeit stöberte er in den Sachen herum und räumte gar nicht auf. Er nahm ein Buch in die Hand, um es wegzuordnen, blätterte es durch und versank in ihm. Und das war das Ende der Aufräumaktion für diesen Tag. Ginny hatte ihn oft dieses Spiel spielen sehen. Es ärgerte sie, und doch freute sie sich über diese menschliche Schwäche in Jim.

»Komm – laß mich dir helfen. Wie wäre es, wenn wir die Hefte von Architectural Forum da drüben nach ihren Nummern aufstapeln? Du kannst dann noch ein paar kleinere Zeitschriften oben drauf packen. Jim, hörst du eigentlich zu?«

»Hm ...?« machte er und schaute nicht auf.

»Wann besorgst du dir endlich einige Bücherborde?«

»Wann ...? Oh – ich will gar keine Borde hier 'reinstellen. Die kommen später in meine eigene Wohnung neben dem Restaurantgebäude – komm, ich zeig's dir. Wirf mir die Rolle da 'rüber, ja?«

»Laß nur – nicht jetzt. Sag mir lieber, ob ich anfangen soll, diese Zeitschriften hier aufzustapeln. Ich finde, du solltest die meisten von ihnen wegwerfen. Welchen Nutzen können sie noch für dich haben, wo sie doch so alt sind?«

»Großen Nutzen! Und laß du sie nur schön da liegen. Woher weißt du, ob ich nicht vorhabe, genau die Dachlinie zu stehlen, die irgendein schlauer Bursche vor sechs Jahren für ein Texashaus benutzte? Es gibt nichts Neues unter der Sonne, und seit den Griechen machen wir uns alle doch nur gegenseitig unsere Ideen nach. Nur auf die Anwendung kommt es an. Und ich werde jedes einzelne Heft von denen da brauchen können, wenn ich wieder anfange, Häuser zu bauen.«

»Du wirst wieder Häuser bauen?«

»Selbstverständlich.«

»Oh!« Sie sagte nun eine Weile nichts mehr und fuhr mit ihrer selbstgewählten Aufgabe fort, die Zeitschriften ihrem Datum nach aufzustapeln, und befriedigte damit teilweise ihren Ordnungssinn. Jim las weiter. Dann und wann trank sie einen kleinen Schluck, während sie so arbeitete. Sie war glücklich. Es störte sie jetzt nicht, daß er ihre Anwesenheit vergessen hatte; es war ein wohltuendes Vergessen, so als hätte sie einen festen Platz in diesem Hintergrund. »Jim?« unterbrach sie ihn bald wieder.

»Ja?«

»Was ist mit diesen Heften von Business – sie sind uralt, und ich kann nichts in ihnen entdecken, was mit Architektur zu tun hat...«

»Laß die Finger davon!« befahl er schroff. »Sie enthalten Julies beste Arbeiten.«

»Julies Arbeiten?« Ein Gefühl des Schreckens und der Verwirrung durchflutete sie. Das Heft, das sie in Händen hielt, glitt ihr um ein Haar aus den kraftlosen Fingern. Indem sie es im letzten Moment packte, riß sie eine Ecke von dem Umschlag ein.

»Vorsicht!« Jim war mit einem Satz neben ihr, um die Zeitschrift aufzufangen; er nahm sie ihr weg, als wäre sie ein tolpatschiges Kind, dem man nichts Wertvolles anvertrauen konnte. Er fügte die beiden Rißstellen mit behutsamen Fingern wieder zusammen. »Es ist so gut wie unmöglich, einige dieser Ausgaben wiederzubekommen. Ich weiß es, weil ich versucht habe, ein paar zusätzliche Nummern zu bekommen. Einige von diesen hat Julie fast ganz allein zusammengestellt.«

»Es tut mir so leid, Jim. Ich wollte es wirklich nicht. Komm – laß mich es kleben.« Rasch ging sie an seinen Zeichentisch, um die Rolle Tesafilm von dem darüber angebrachten Bord zu holen.

»Nein – ich mache es.« Sie stand und sah zu, wie er den Riß von beiden Seiten überklebte; mit unendlicher Sorgfalt maß er den Klebstreifen ab und drückte ihn schließlich auf die schadhafte Stelle. Sie wagte währenddessen kaum zu atmen. »Es tut mir leid«, wiederholte sie.

»Schon gut, ist ja nichts passiert.« Doch sie fühlte, daß das nicht stimmte; es war, als hätten profane, gefühllose Hände etwas ihm sehr Kostbares roh berührt.

»Jim – was meintest du, als du sagtest, einige dieser Nummern wären fast Julies Arbeit? Ich verstehe es nicht ...«

»Julie war zwei Jahre lang Assistentin des Herstellungsleiters von Business. Ihr Chef schied wegen eines Magengeschwüres einige Monate aus, und Juli schmiß den ganzen Laden alleine. Begreifst du, was das heißt?« Und nun wußte Ginny, daß in ihm sein Stolz auf seine Frau gegen seine Abneigung, überhaupt über sie zu sprechen, kämpfte. »Es heißt, daß sie für die Gesamtgestaltung einer der führenden Zeitschriften der Welt verantwortlich war. Jede Nummer mußte gut und gelungen und immer ein bißchen flott sein – aber nie so flott, daß es aussah, als wäre man in Eile gewesen. Verstehst du überhaupt irgend etwas von all diesem, Ginny?«

»Nicht viel – aber ich möchte es wissen!«

Er blickte auf die Zeitschrift in seiner Hand. »Julie war eine der Allertüchtigsten. Und sie war auch keine dieser biestigen Karrierefrauen. Sie hatte das gar nicht nötig, denn echtes Talent ist sehr selten, sogar in New York. Wenn man außerdem noch Mut hat, ist es eine unschlagbare Kombination. Julie stammte aus einer armen

Familie und konnte daher kämpfen, und sie wußte, daß sie sich alles würde erarbeiten müssen. Mit vierundzwanzig hatte sie ihren M. A.* in Kunstgeschichte. Und sie war außerdem selbst eine ziemlich gute Künstlerin. Aber ihre größte Gabe bestand in einer unglaublichen Fähigkeit, die richtigen Dinge zu kombinieren und das Beste und Originellste aus den Leuten herauszuholen, die sie mit den Entwürfen beauftragte – und dazu hatte sie das Gedächtnis eines Elefanten für die Arbeit jedes Künstlers, die sie jemals gesehen hatte. Und all das, bevor sie dreißig war.«

Die Worte folgten einander rasch, begleitet von dem Versuch, ungerührt zu erscheinen und den Schmerz zu verbergen. Ginny war von der trostlosen Einsamkeit, welche die Worte enthüllten, und der hastigen Beschreibung zutiefst erschüttert, die das Wesen einer Frau einzufangen versuchte, die für immer verloren war.

»Es gab einfach nichts, was sie, hatte sie die Zeit dafür, nicht hätte tun oder sein können. Doch das Wunderbarste war, daß sie glücklich war. Kannst du dir das vorstellen – bei so einer großen Begabung glücklich zu sein! Sie besaß diese Gabe – so wie einige Leute singen oder auf dem Kopf stehen können. Das war die größte Gabe, die sie besaß. Sie war die vom Glück am meisten begünstigte Frau, die begnadetste, und ich hatte das Glück, mit ihr verheiratet zu sein. Und dann ging sie und starb bei mir. Das hat Julies Großmutter auf der Beerdigung zu mir gesagt ... Julies Familie kommt aus Irland ... Sie sagte zu mir: ›Tja, mein Junge, sie ging also und starb bei dir!‹ Und genau das hat sie getan!«

Damit legte er das Heft zu den anderen, und die Bewegung war so zärtlich wie die eines liebenden Mannes, der seine Geliebte berührt. Die Gebärde drückte etwas von der Qual und dem Verlust und der völligen Einsamkeit angesichts eines Lebens aus, das gelebt werden muß, auf irgendeine Weise weitergeführt werden muß. Die körperliche Härte des Mannes schien zu verschwinden, obwohl die scharfen Linien in seinem Gesicht sich vertieft hatten. Diese von zärtlicher Liebe zu seiner toten Frau erfüllte Geste ließ Ginny ahnen, wie es sein mußte, von ihm geliebt zu werden.

Wie betäubt ging sie rasch unter einem Vorwand fort. Als sie die Tür hinter sich schloß, wußte sie, daß Jim ihr Fortgehen erst nach einiger Zeit bemerken würde.

Später fand Katrien sie auf die Stufen der Verandatreppe gekauert, so als fröre sie in der heißen Spätnachmittagssonne. Sie setzte

* Master of Arts: Abschlußexamen an den amerikanischen Colleges.

sich neben ihre Tochter auf die Treppe.

»Was ist denn?«

Ginny wandte Katrien das Gesicht zu; ihre grauen Augen schienen übergroß und starrten sie beinahe wild und benommen an. »Mutter, hat Jim dir ein Bild von seiner Frau gezeigt? Hast du je eines gesehen?«

»Ja. Warum?«

»Ich dachte es mir, so, wie er dir vertraut.«

Katrien nickte. »Es war kurz nachdem er kam. Mit den Bungalows war noch nicht angefangen worden, und er hatte viel Zeit, der arme Kerl. Ich fragte ihn nach ihr, und er schien ganz froh zu sein, über sie reden zu können. Aber es war nur einmal.«

»Wie sah sie aus?«

»Ist das so wichtig, Ginny?«

»Natürlich ist es das!« Ihre Stimme war hoch und gepreßt und entglitt ihrer Kontrolle. »War sie hübsch?«

Katrien log nicht; sie kannte die Wirkung ihrer Worte, aber sie log nicht. »Sie war mehr als hübsch, Ginny. Sie hatte ein wunderbares Gesicht – ich habe nie ein ähnliches gesehen. Schön und doch gleichzeitig stark. Auf dem Photo lächelte sie ein wenig, aber man spürte, daß sie auch etwas lachte. Dunkles Haar und helle Augen. Blau oder grau – ich weiß es nicht. Ich habe ihr Gesicht nie vergessen.«

»Ich vermute, es ist kein Gesicht, das man so leicht vergißt. Er hat es jedenfalls auch nicht vergessen.«

»Hast du das erwartet? Möchtest du das denn?«

»O Gott! Ich weiß nicht! Ich weiß nicht, was ich will.« Jäh sprang sie auf und ließ Katrien im letzten Sonnenlicht auf der Treppe sitzen.

Am darauffolgenden Montagmorgen nahm sie die Fähre von Willemsted nach St. Charles. Mittags war sie bei Barney, als Harry Parker hereinkam und seinen Rum Collins bestellte. Sie glitt auf den Hocker neben ihm an die Bar.

»Harry – wissen Sie noch, wie Sie sagten, ich könnte jederzeit hier einen Job bekommen? Wo fange ich am besten an zu fragen?«

Sie arbeitete einen Monat lang in dem Geschäft ›Die Schatztruhe‹, in dem sie die Lagervorräte prüfen und Porzellan, Uhren und Schweizer Musikdosen verkaufen mußte; sie lernte in dieser Zeit, wie man einen Kassenzettel ausstellt und eine Bestellung an die das gewünschte Porzellan herstellende Manufaktur in England aufgab; sie lernte die Zollbestimmungen und die Kunst, zerbrechliche Gegenstände so zu verpacken, daß sie nicht kaputtgehen. Und sie lernte, wie man Kunden dazu bringt, mehr Porzellan zu bestellen, als sie eigentlich vorhatten. ›Die Schatztruhe‹ führte kein Tilsit-Porzellan; so gab es keine mit ihrem Namen unterzeichneten Zettel, und es brauchten keine Fragen beantwortet zu werden.

Als die Touristensaison im Dezember anbrach, bekam sie ein Angebot mit einem etwas höheren Gehalt von der St. Dennis Boutique, der Filiale eines eleganten, teuren Geschäftes für Ferienkleidung in San Juan, das sie annahm. Es war sowohl schwieriger wie interessanter, Kleider zu verkaufen, und sie stellte fest, daß die Jobs in den Touristenläden auf St. Charles mehr oder weniger austauschbar waren. Jedem Geschäft fehlte es an Personal, und die Ausbildung fiel nicht weiter ins Gewicht. Die gleiche Anzahl von Frauen zirkulierte in den gleichen Stellungen und wurde nur dann um ein neues ›Mitglied‹ vermehrt, wenn eine der neu Hinzugezogenen beschloß, daß es mehr zu tun geben müßte, als jeden Nachmittag am Strand zu sitzen. Ginny wurde als eine dieser Neuen aufgenommen, und sie lernte, indem sie ihre Kolleginnen nachahmte, kleine bewundernde Laute auszustoßen, welches Kleid oder welchen Badeanzug eine Frau auch anprobieren mochte. Die wahre Arbeit leisteten die Hände der farbigen Änderungsschneiderinnen, die rasch und geschickt bewirkten, daß die Kleidungsstücke wirklich paßten. Anfangs hätte Ginny am liebsten gelacht oder geweint, wenn sie mitansah, wie eine zu dicke oder zu dünne Frau in der Kabine vor dem Spiegel stand und voller Hoffnung und Vertrauen darauf wartete, daß diese flinken, schweigenden Näherinnen ein Wunder vollbrachten, das bei den Kleidern möglich war, nicht aber bei den Kundinnen. Sie sah, wie teure Kleider von habgierigen Frauen grob befummelt wurden, und sie litt unter der für ein junges Mädchen so typischen Empörung, als sie erlebte, wie ein Kleid, das es ihr angetan hatte, von einer alten Frau gekauft wurde. Doch diese Gefühle waren nicht von langer Dauer. Nach zwei Wochen hatte sie gelernt, sie mit einem Achselzucken abzutun und sich ihre Prozente auszurechnen.

»Nun – das wolltest du doch lernen, nicht wahr?« sagte Katrien, als Ginny ihr davon erzählte.

Und bald gehörte auch sie zu der Gruppe, die sich jeden Mittag bei Barney traf, und zu dem Grüppchen, das jeden Morgen die nur einmal am Tag verkehrende Acht-Uhr-Fähre von St. Nicolaas nach St. Charles hinüber benutzte. Ging sie durch die Straßen von Margretsted, so wurde sie von einem Dutzend Leuten mit dem saloppen, nonchalanten amerikanischen ›He‹ begrüßt. Sie trug nach dieser kurzen Zeit bereits den Stempel der Dazugehörigkeit, denn auf einer Insel, die sich so rasch entwickelte und auf der jeden Tag neue Gesichter auftauchten, haftete dem, der in dieser Gegend geboren war, beinah ein Hauch ältester Frühzeit an. Die Touristen, die sie kennenlernte, machten stets ein leicht überraschtes Gesicht, wenn sie sagte, sie lebe auf St. Nicolaas. Diese Bekanntschaften fanden fast ausnahmslos bei Barney statt, und sie beobachtete in solchen Fällen, wie sie rasch zum Hafen und zu St. Nicolaas hinüberblickten. »Sie wollen sagen, Sie leben da drüben? Es ist eine französische Insel, nicht wahr? – oh, holländisch? Und Sie kommen jeden Morgen mit dem Schiff zur Arbeit? Na, das ist aber mal was anderes als die Untergrundbahn!«

Sie lernte die lässig hingeworfenen, unverbindlichen Redensarten, die zu der Unterhaltung während der Mittagszeit gehörten, und beteiligte sich sogar ein wenig am Klatsch der Insel. Dieser entfaltete hier viel üppigere Blüten als auf St. Nicolaas, da die amerikanische Insel, der inmitten ihres Aufschwungs das Castro Schreckensregime im Karibischen Meer zugute kam, in den vergangenen Saisons von der Touristenschar entdeckt worden war, die bisher nach Miami und Kuba geströmt war. Millionäre bauten sich Häuser an den Abhängen über der Stadt; auf der Hauptstraße konnte man einige Berühmtheiten entdecken und ein oder zwei Filmstars. Mangelte es an erregenden Neuigkeiten oder fehlte auch jedes Anzeichen eines bevorstehenden Skandals, so standen immer noch die Sendungen des Fernsehens zur Diskussion. St. Charles besaß zwei Fernsehprogramme.

In der ersten Woche ihrer Tätigkeit in der ›Schatztruhe‹ hatte Ginny einmal Lillian Marshall, der Leiterin des Ladens, gegenüber eine Äußerung über die Verschiedenheit der beiden Inseln gemacht; und Lillians monotone, sarkastische Stimme hatte affektiert und schleppend entgegnet:

»O ja, Herzchen – wir haben hier alles. Wir haben Strände und schöne Häuser und Geschäfte und ein Gesundheitsamt. Es ist alles so schön und erfreulich, daß ich manchmal denke, ich könnte tot umfallen vor Langeweile! Als ich gestern über den Platz ging, schlug jemand ein Plakat an mit der Ankündigung, daß nächste Woche auf St. Charles ›Woche der geistigen Gesundheit‹ sei. Stellen Sie sich das vor, Herzchen – Woche der geistigen Gesundheit im Paradies!«

Und ein blondes Mädchen mit enganliegenden schwarzen Hosen mit zartem, schmalen Gesicht beugte sich zu der Gruppe vor, die ihre Mittagsfrikadellen bei Barney aß, und meinte lakonisch:

»Ihr macht euch hier alle was vor. Meine Familie hat mich für den Winter nach St. Charles geschickt, damit ich mich ausruhe und von einer Operation erhole, weil sie gehört hatten, daß es ruhig und hübsch sei. Komischster Unsinn, den ich je gehört hab'! Es ist beinah ganz New York auf einem Taschentuch. Du liebe Zeit – man kann die verrücktesten Dinge auf diesem ruhigen, kleinen Inselchen machen...«

Und damit verließ das Mädchen sie, um zu ihrer Halbtagsstellung hinter dem Ladentisch von Jackson, dem größten Geschäft der Stadt für zollfreie Spirituosen, zurückzuschlendern, und Susie Marshall, Lillians Tochter, schüttelte halb lachend den Kopf. »Das war keine Operation, sondern eine hochdramatische, kleine Scheidung, von der sie sich erholen soll.« Susan hatte in jenem Jahr ihre Internatsschule in Connecticut beendet und konnte sich noch nicht wieder an das Inselleben gewöhnen. Sie war von einer ansteckenden Ruhelosigkeit erfüllt.

»Woher weißt du das?« fragte Ginny.

Susan riß die großen grünen Augen weit auf. »Na, das weiß doch jeder, oder etwa nicht? Das war doch Tracy West – Arnold J. Wests Tochter.«

»Wer ist das?«

Jetzt brach Susan in unverhohlenes Gelächter aus. »Du hast noch nie etwas von Arnold J. West gehört? Nun, er ist... na, eben Arnold J. West. Ich meine, er ist ... na ja, eben reich, weißt du. Mein Gott, Ginny – du weißt das wirklich nicht?«

Sie fuhr gewöhnlich mit einer einen Tag alten Zeitung der New York Times, die Mrs. Marshall für sie aufbewahrte, mit der Abendfähre nach St. Nicolaas zurück. Die Times wurde jeden Tag mit dem Flugzeug nach St. Charles gebracht. Sie hörte nie auf, sich darüber zu wundern, wie gewisse New Yorker Merkmale an den Leuten haftenblieben, die nach St. Charles kamen, um dort zu bleiben. Aus irgendeinem Grunde erregte es das Mißfallen ihres Vaters, die zusammengefaltete Zeitung unter ihrem Arm zu entdecken, wenn er sie von der Fähre abholte. Da sie ein leises Unbehagen empfand, sie in seiner Anwesenheit zu lesen, wartete sie damit, bis sie abends im Bett lag, und dann überflog sie auch nur flüchtig die Tagesnachrichten und konzentrierte den größten Teil ihrer Aufmerksamkeit auf die Anzeigen. Sie erhielt ein eigenartiges Bild von einer Stadt, in der jeder phantastisch elegant angezogen und gertenschlank war, wo alle Gerichte aßen, deren Namen sie nie gehört hatte, und jeden Abend ins Theater gingen. Sie verschlang die Photos und Zeichnungen der Mannequins mit hungrigforschenden Blicken. War diese eine Julie MacAdams? Oder jene? Wußten sie alle, wie man sich schick anzieht und interessant plaudert, und war keine langweilig oder arm oder unscheinbar? Ihr Verstand sagte ihr, daß dieses Bild nicht zutraf, doch die abgebildeten Modelle bekamen die faszinierende Anziehungskraft von Papierpuppen.

Manchmal lag die Oranje Lady am Kai, wenn sie zur Fähre ging.

»Steig ein«, sagte Jim dann kurz. »Ich mußte noch spät 'rüberkommen und dachte mir also, ich warte auf dich.« Es war jedoch anders an dem Abend, als er frisch rasiert mit Schlips und Jacke in der Hand vor ihr auftauchte und verkündete, er lade sie zum Abendessen nach Estate Louise ein – das war das Herrenhaus einer der großen, alten Zuckerplantagen. Es war das beste Restaurant auf der Insel, entsetzlich teuer und tat sehr vornehm. Jim hatte stets geringschätzig von ihm als einer Touristenfalle gesprochen, doch heute abend sagte er nichts dergleichen. Während des Essens erkundigte er sich nach ihrer Tätigkeit.

»Ach, sie ist in Ordnung – sie macht mir in gewisser Hinsicht sogar Spaß. Es gibt da nicht sehr viel zu tun, und wenn man das bißchen einmal kann, ist schon Schluß. Aber es gibt auch keine anderen Jobs. Ich nehme an, ich habe dies und jenes gelernt, doch im allgemeinen muß ich den Leuten hier ziemlich dumm vorkommen.«

»Dumm? Du bist nicht dumm! Warum denkst du das?«

»Oh, es gibt so viele Dinge, über die ich nichts weiß – wie zum Beispiel, wer Arnold J. West ist.«

Jim brach in schallendes Gelächter aus. »Nun, ich gebe zu, in gewissen Gesellschaftskreisen ist es ziemlich wichtig, zu wissen, wer Arnold J. West ist, aber du wirst nicht sterben, wenn du es nicht weißt. Wonach bist du eigentlich hier auf der Suche, Ginny? Nach einem Kurzlehrgang in allgemeiner Weltgewandtheit? Weißt du, das, worauf es wirklich ankommt, ist hier gar nicht vorhanden.« Er umschrieb mit einer Handbewegung die kultivierte, von Kerzen beleuchtete Festlichkeit des Raumes und den Blick auf die Lichter des Hafens vor ihnen in der Tiefe. »Das ist alles Importware. Wenn man es nicht in sich hat, muß man in die Welt hinausgehen, um es zu erwerben. Nimm Katrien – sie besitzt eine gewisse Art von Realismus, der die bessere Hälfte von

Weltgewandtheit ist. Sie wird nie zu wissen brauchen, wer Arnold J. West ist.«

»Aber ich muß es wissen.«

»Nein – du mußt nur wissen, daß es in Wirklichkeit unwichtig ist.« Zornig grub sie ihre Gabel in den Curryreis. »Jim, du redest mit mir, als wärst du mein Großvater! Warum mußt du mich immer belehren?«

»Ich dachte, du wolltest es. Wie willst du denn sonst etwas lernen?«

»Ich weiß es nicht«, murmelte sie niedergeschlagen. »Also gut, fahr fort, mich zu belehren, aber versuch, es nicht zu deutlich zu machen, ja?«

Er legte seine Gabel nieder. »Vielleicht sollte ich dir etwas ganz anderes sagen, Ginny.«

Sie sah auf. Seine Stimme hatte unvermittelt einen anderen Ton angenommen; sie hatte nicht länger den neckenden und belustigten Klang, den er für sie zu reservieren schien. Ungläubig starrte sie ihn an, denn sie vermutete, er sei ausnahmsweise einmal nervös. Eine wilde blinde Hoffnung schoß in ihr hoch.

»Was denn?«

»Wußtest du, daß dein Vater krank ist?«

Sie schloß die Augen. Beschämt erkannte sie, daß ihre erste Reaktion Enttäuschung darüber war, daß er nicht begonnen hatte, die ersehnten Worte zu sagen. Sie dachte in diesen Sekunden nur an sich selbst; doch dann dachte sie an ihren Vater.

»Krank? Wie krank? Was ist mit ihm?« Aber auch jetzt kam die Frage nur mechanisch über ihre Lippen. Ihre Ohren schienen von dem Brausen der Worte erfüllt, die Jim nicht gesagt hatte.

»Ich weiß nicht, wie krank er ist. Es ist das Herz.«

Nun nahmen die Worte für sie Gestalt an, und sie trafen sie körperlich wie Schläge. »Das Herz? Woher weißt du das?«

»Er hatte heute einen Anfall. Ich weiß es zufällig, weil Katrien mich bat, den Arzt zu holen – er machte gerade einen Hausbesuch bei Leuten, die kein Telefon haben. Offensichtlich ist es schon früher passiert, wenn du fort warst. Sieh mich nicht so an, Ginny! Es war nicht schlimm, hat der Arzt gesagt. Er nannte es eine Warnung. Er wird eine Weile kurztreten müssen. Zum Glück ist es noch einige Monate hin bis zur Ernte – er hat also Zeit.«

»Und du kamst, um es mir zu sagen? Das war nett von dir, Jim.«

»Ich wollte nicht, daß du einen Schreck bekommst, wenn jemand anders es dir verkehrt erzählt hätte. Es ist wirklich nichts Ernstes ... Nanu, wozu die Eile? Er weiß, daß ich 'rübergekommen bin, um es dir zu erzählen – sie erwarten dich nicht so früh zurück. Sie wollten nicht, daß du früh wiederkommst.«

»Ich weiß.« Sie war aufgestanden. »Aber du bringst mich jetzt nach Hause, nicht wahr, Jim? Er will natürlich nicht, daß ich früh wiederkomme, aber er wird mich sehen wollen.«

Jim machte dem Kellner ein Zeichen und nickte. »Gut. Ich bring dich zurück.«

Als die Oranje Lady kurz darauf rasch durch das Wasser der Meerenge zwischen den beiden Inseln schnitt, sah Jim, daß Ginnys an das Spritzbrett geklammerten Hände vor Anspannung ganz verkrampft waren und beinahe etwas Krallenhaftes hatten. Ihr Gesicht war zusammengepreßt und schien an den Schläfen eingesunken zu sein. Instinktiv legte sich sein Arm um ihre Schultern. Sogar diese fühlten sich sehr jung und verletzlich an.

»Versuch dich doch zu entspannen, Ginny. Es ist ja nichts Schlimmes passiert. Es ging schon wieder ganz gut, als ich fortging. Er machte auf seine disziplinierte englische Art sogar kleine Witze. Er bestand darauf, daß du ein nettes Abendessen hättest, und sagte, er würde dich in ein paar Tagen wieder wie immer von der Fähre abholen.«

Sie nickte und schob sich enger unter seinen Arm; die Gebärde drückte Müdigkeit und die Bereitschaft aus, das, was auf sie zukam, hinzunehmen, und es schien, als hätte diese Stunde sie älter werden lassen.

»Bei ihr war es dasselbe. Sie hatte Angst wegen ihres Herzens... Die Ärzte wollten nicht, daß sie die Reise machte.«

»Wer hatte Angst?«

»Isobel – seine Schwester.«

»Das hat gar nichts zu sagen. Denk doch nicht mehr daran. Ich sage dir doch, er ist wieder in Ordnung. Er muß sich nur etwas in acht nehmen.«

Sie näherten sich jetzt der Oranje Bucht, und er hielt seinen Arm nur noch eine Sekunde um sie gelegt. Er spürte, wie sich ihre Schultern ein wenig hoben, und vermutete, daß ihre Blicke ebenso wie die seinen automatisch die Lichter von der Oranje Bucht suchten. Nur die übliche Lampe auf der Veranda brannte; sonst war nur noch Licht im Wohnzimmer – also nichts Ungewöhnliches. »Du siehst – es ist alles in Ordnung«, sagte er.

Als Katrien ihre Schritte auf dem Gartenweg vor dem Haus vernahm, erhob sie sich aus ihrem Sessel im Wohnzimmer und ging ihnen auf die Veranda entgegen. Bo, der beim Geräusch des Motorbootes zum Strand hinuntergelaufen war, erschien als erster oben auf der Treppe, eine Sekunde später jedoch kam bereits Ginny atemlos angerannt; Jim war dicht hinter ihr.

»Mutter – wie geht's ihm?«

»P-s-s-st!« Katrien deutete auf das Eckschlafzimmer. »Er schläft – ganz normal. Er hat ein mildes Beruhigungsmittel eingenommen, mehr war nicht nötig. Der Anfall war nicht schlimm. Es besteht kein Grund, sich zu große Sorgen zu machen.«

»Bist du sicher?«

»Ganz sicher!«

Ginny ließ sich mit einer schwerfälligen, eckigen Bewegung in den nächstbesten Sessel fallen und stützte den Kopf in die gespreizten Hände. Das Zusammensacken ihrer Schultern und ihres Rückens sprach eine beredte Sprache; es war, als hätte die von ihr genommene Spannung sie jeglicher Stütze beraubt. Katrien wollte auf sie zugehen, hielt jedoch inne, als sie die gleiche Bewegung bei Jim sah. Er legte Ginny die Hand auf das wirre Haar; dann hockte er sich neben sie und zog ihren Kopf an seine Schulter.

»Ruhig, Ginny! Ruhig!«

Sie verharrte so ein oder zwei Minuten unter dem kräftigen Streicheln seiner Hand, dann hob sie den Kopf und sah Katrien an.

»Die Angst ging mit mir durch. Tut mir leid. Ich glaubte nicht, was Jim mir sagte. Ich hätte ihm glauben sollen, tat es aber nicht. Doch als ich dich sah, wußte ich, daß alles in Ordnung ist.«

Katrien sah ihre Tochter aufmerksam an, und sie erkannte in diesem Augenblick, daß Ginnys Gesicht in jeder Linie die Ähnlichkeit mit John Tilsit aufgeprägt war. Das war nie zuvor so gewesen. Manches hatte flüchtig an ihn erinnert, ein Ausdruck war sekundenlang der gleiche gewesen, doch war all das bisher unter kindlichen Rundungen und weiblichen Zügen verborgen geblieben. Jetzt war Ginnys hageres, angstzerquältes Gesicht ganz das ihres Vaters. Die Wangen schienen eingefallen, ja eingesunken zu sein, wie es für John charakteristisch war, wenn ihn etwas aufregte oder beunruhigte; die Lippen bildeten einen schmalen, blutleeren Strich und waren fest zusammengepreßt, um ihr Beben zu verbergen. Der Bogen ihres Kinns war plötzlich scharf und beinahe kantig. Unvermittelt war sie auf ihres Vaters Seite getreten. Sie erschien Katrien als sein völliges Ebenbild – es war sein Gesicht, sein Körper, seine Mentalität und jetzt schließlich dieses neue Erleben von eisern beherrschter Angst und Qual. Katrien stieß innerlich einen Seufzer aus, da sie nun sicher wußte, daß Ginny sich das Leben schwermachen würde – immer.

Doch als sie zu reden begann, war ihre Stimme ruhig und besänftigend.

»Ja, Ginny, es ist alles in Ordnung.«

Und das war es auch bis zum ersten Weihnachtstag.

Katrien blieb am ersten Weihnachtstag nach dem Gottesdienst in der holländischen evangelischen Kirche in Willemstad nicht noch ein Weilchen am Ausgang stehen. Sie brach damit mit ihrer bisherigen Gewohnheit, denn der Brauch, ihre Nachbarn zu begrüßen und sich gegenseitig ein frohes Fest zu wünschen, hatte ihr immer Freude gemacht. Diesmal hastete sie jedoch rasch mit Ginny zum Auto. John Tilsit war nicht mitgekommen; in der bei diesem Anlaß bis zum letzten Platz vollgepfropften Kirche würde ihm die Luft zu stickig sein, hatte er gemeint und mit einem nicht ganz überzeugenden Scherz hinzugefügt, daß er ja sowieso Herder Verheuls Weihnachtspredigt bereits zweiundzwanzigmal gehört habe. Als Ginny nun den Volkswagen durch die Menschenmenge auf der Straße hindurchmanövrierte, wußte sie genau, daß Katriens Eile ein Teil der neuen Routine seit John Tilsits Herzanfall vor drei Wochen war. Sie erkannte, als sie diese drei Wochen überdachte, daß Katrien ihn während dieser Zeit kaum aus den Augen gelassen hatte. Sie fuhr ihren Mann über die Zuckerfelder, als es ihm wieder gut genug für diese Fahrten ging, und sie holte Ginny abends von der Fähre ab. Katrien fuhr nicht sehr gut und ohne Schwung, ja, sie haßte es geradezu. Die Tatsache, daß sie nun darauf bestand, war das einzige Anzeichen ihrer Sorge um ihren Mann.

»Es ist ja nur für ein Weilchen«, versicherte sie immer wieder. »Du darfst keinerlei Anstrengung für eine Zeitlang haben, John. Nicht die geringste!«

»Ich weiß nicht, Katrien, ob es nicht besser wäre, du ließest mich fahren«, meinte er einmal in dem Versuch, die Situation ins Komische zu ziehen. »Die meisten Männer mit einem ausgezeichneten Herzen würden Zustände bekommen, sähen sie dich am Steuer!«

Sie lachte, ging jedoch nicht weiter darauf ein. Und Ginny schien der Unterschied zwischen ihnen beiden hohnvoll und grausam – Katriens üppiger, gesunder Körper und ihre kräftigen Arme und Hände, welche die schwer zu schaltenden Gänge des Wagens mühelos meisterten, einerseits und ihr Vater, dessen Schlankheit plötzlich den Charakter ausgemergelter Hagerkeit anzunehmen schien und der mitgenommen und zerbrechlich aussah, andererseits. Es hatte zeitweise den Anschein, als versuche Katrien, ihre eigene Kraft auf ihren Mann zu übertragen und erlitte jedesmal eine tragische Niederlage.

Im Oranje Huis würde die übliche Feier stattfinden; Wohnzimmer und Veranda waren mit flammendroten Poinsettien* den Weihnachtsblumen der heißen Gegenden geschmückt. Auch auf dem Tisch, der mit dem feinen Damasttuch und Silber gedeckt war, das Katrien beides von ihrer Mutter geerbt hatte, lag in der Mitte eine Reihe der scharlachroten Blüten, während die weißen Orchideen, die Albert de Kruythoff ihnen jedes Jahr schickte, den Ehrenplatz einnahmen. Es gab keinen Weihnachtsbaum, denn John weigerte sich, einen imitierten aufzustellen, wie man ihn auf St. Charles kaufen konnte. So lagen die Geschenke auf einem Tisch auf der Veranda, und Katriens Punschbowle würde bis an den Rand gefüllt auf ihre Rückkehr von der Kirche warten. Albert würde nachkommen, sobald er seiner Pflicht Genüge getan hatte, auf den Stufen vor der Kirchentür zu stehen und jedermann ringsum die Hand zu geben, wie er das an jedem ersten Weihnachtstag tat. Seit er vor neun Jahren auf die Insel gekommen war, weilte er jedes Jahr zum Weihnachtsessen im Oranje Huis. Dieses Jahr würde außer ihm auch Jim MacAdam am Tisch sitzen. Durch diesen Umstand unterschied sich dieses Weihnachtsfest für Ginny von allen bisherigen, und sie drückte den Fuß freudig erregt auf das Gaspedal, und der Volkswagen holperte in den ausgefahrenen Wagenspuren auf der Hauptstraße eilig dahin.

Jim war bereits da, als sie ankamen; er folgte John Tilsit durch das Wohnzimmer auf die Veranda hinaus, die landeinwärts lag. Ginny fuhr schwungvoll vor und stellte den Wagen in den Schatten der indischen Feigenbäume; es freute sie plötzlich, zu zeigen, daß sie auch mal etwas konnte. Zweierlei Dinge fielen ihr auf – erstens, daß ihr Vater, der ihnen die Treppe hinunter entgegenkam, tatsächlich wohler aussah, wie Katrien während der Fahrt behauptet hatte, und zweitens, daß Jim, der mit einem Glas in der Hand an eine steinerne Säule gelehnt oben stehenblieb, ihr lächelnd und, wie ihr schien, anerkennend zunickte. Ginny ging auf ihren Vater zu und ließ absichtlich den weiten Rock ihres neuen Kleides schwingen, das sie in St. Dennis Boutique zu verbilligtem Preis gekauft hatte und das sie beinahe ihr gesamtes nächstes

* Poinsettie = Weihnachtsstern, ein Wolfsmilchgewächs; nach dem nordamerikanischen Entdecker J. R. Poinsett benannt.

Monatsgehalt gekostet hatte. Sie trug einen Hut mit einem aufsehenerregend breiten Rand, und ihr Haar war kunstvoll nach hinten zusammengeschlungen – Susie Marshall hatte ihr gezeigt, wie man das machte. Das neue Parfum war von Givenchy und sehr teuer. Die Pulsschläge in ihrer Kehle schienen ihr vor Aufregung zu flattern, als sie auf die ausgebreiteten Arme ihres Vaters zuging. Alles war gut. Es würde ein herrlicher Tag werden.

Sie fühlte, daß auch ihr Vater von der Freude und Erregung dieses Augenblicks erfaßt worden war. Seine Arme legten sich in einer an ihm ungewohnt bewegten Gebärde um sie.

»Hab' ich es vergessen zu sagen, bevor ihr losfuhrt? Ein recht frohes Weihnachten, meine liebe Ginny! Und noch viele dieser Art!«

»Frohe Weihnachten, Vater.« Und über seine Schulter lächelte sie Jim an.

Jim nahm langsam einen Schluck Punsch und betrachtete nachdenklich den sich ihm bietenden Anblick. Sie hatte sich verändert – mein Gott, wie hatte sie sich in ihrer ganzen äußeren Erscheinung verändert! Er entsann sich wieder des Augenblicks, als er sie am Abend des Empfanges, den Albert de Kruythoff vor nun beinahe sechs Monaten für den Gouverneur gab, auf die gleiche Weise beobachtet hatte. Er wußte noch genau, wie sie über den Platz gekommen war mit dem hellen Haar, das jeden Augenblick auf die Schultern herabzugleiten drohte, und auf rührende, fast ergreifende Weise noch so unglaublich jung ausgesehen hatte. Und es war ihr kummervoll bewußt gewesen, wie jung sie noch war und wie spät der Augenblick des Erwachens aus ihrer kindlichen Welt für sie gekommen war. Sie hatte sich diese sechs Monate sehr beeilt und war ein gutes Stück weitergekommen, doch er ahnte, daß sie gar nicht genau wußte, weshalb sie so vorwärtsstürmte. Der Job auf St. Charles war ein verzweifelter Versuch, verlorene Zeit aufzuholen, ein Stück der Welt zu erobern, die außerhalb der ihres Vaters lag, und um ihre eigenen Entdeckungen und Erfahrungen zu machen. Sie gab sich alle erdenkliche Mühe, und einige der Ergebnisse waren eindeutig und nicht zu übersehen. Das dunkelgemusterte Kleid und der leuchtend orangerote Strohhut waren ein weiter Schritt von dem blaßblauen, kindlichen Kleidchen des letzten Empfanges. Sie hatte jedoch nur die äußerlichen Dinge gelernt. Sie begriff immer noch nicht die volle Macht, die in ihrem herausfordernden Gang lag – oder die unter einem Hut noch größere Schönheit des Gesichtes. Sie wußte, was sie mit ihrem Körper tat, nicht jedoch, warum sie es tat. Man kann sogar Kindern Schönheit und Sinnlichkeit geben, überlegte er, und erleben, wie sie Männer ins Verderben stürzen. Und meistens begriffen sie nie, was ihnen die Natur mitgegeben hatte. Die Jungen waren in all ihrer Unschuld grausam und töricht, stellte er abschließend fest.

Und nun hatte sich Ginny aus der raschen Umarmung ihres Vaters gelöst und kam auf ihn zu. Weshalb heiratete er dieses Mädchen nicht? fragte er sich. Er brauchte nur die Hand auszustrecken, und sie würde kommen, und sie würde ihm eine gute Frau sein, denn dafür hatte sie genug von Katrien geerbt. Sie war schön oder zumindest beinahe. Alle würden diese Heirat billigen, wenn auch einige Leute finden würden, er sei zu alt für sie. Katrien, vermutete er, würde sich darüber freuen, und John würde froh sein, daß Ginny, indem sie heiratete, nicht weiter fortzugehen brauchte als bis zum anderen Ende des Strandes. Und da lag der Haken. Ginny war in ihrem Leben nicht über das andere Strandende hinausgekommen. Er konnte das Risiko eingehen, sie zu heiraten, weil er ein Mann war und eine Frau brauchte – die Ausflüge nach St. Charles und Miami stellten keine endgültige Lösung dar. Doch es blieb ein Risiko. Sie hatte nichts von der Welt gesehen, aber das war noch keine Garantie dafür, daß ihr nicht eines Tages jemand die Augen öffnen würde. Seiner kleinen, ahnungslosen Ginny könnten auf sehr heftige Weise die Augen aufgehen, und dann würde das andere Ende des Strandes ihr zu nah erscheinen. Und das Wagnis würde für ihn Langeweile bedeuten. Sie war jung und schön – und hatte von nichts eine Ahnung. Außer ihrem Körper, der außerordentlich begehrenswert war, hatte sie nichts zu geben.

So blickte er sie kalt an, als sie die Stufen empor auf ihn zukam, und schaute gelassen in das lächelnde, aufgeregte Gesicht, das sich ihm erwartungsvoll entgegenhob. Ohne Liebe war das Wagnis zu groß. Und er liebte sie nicht. Er hatte einmal eine Frau names Julie geliebt, die leidenschaftlich und schön und klug und amüsant gewesen war. Neben ihr war dieses Mädchen ein farbloses Wesen. Ein schönes Wesen, aber doch ein farbloses Wesen und ein zu großes Wagnis. So beugte er sich zu ihr hinunter und küßte sie auf die warme, glatte Wange, die köstlich in ihrer Glätte war. Er verspürte die vertraute Welle des Vergnügens bei der Berührung ihres festen, seidigweichen bloßen Armes unter seiner Hand in sich aufsteigen. Sie war in der Tat begehrenswert, aber Begehren genügte jetzt nicht. So zog er sich nach dieser kurzen, förmlichen

Begrüßung innerlich von ihr zurück. »Frohe Weihnachten, Ginny!«

Sie fühlte es und sah rasch zu ihm auf und suchte fragend seinen Blick. Sie wollte nicht glauben, was sie soeben flüchtig gespürt hatte, konnte sich jedoch nicht gegen die neue Erkenntnis wehren. Nie hatte sie vermutet, daß das Ende so kommen würde – inmitten anderer Menschen und bei einer derartigen Gelegenheit. »Frohe ... frohe Weihnachten, Jim«, stieß sie unsicher aus.

Albert de Kruythoff kam in seinem sprunghaften Gang mit vorgestrecktem Kopf und offenem, flatterndem Jackett durch das Wohnzimmer geeilt. »Ich bitte vielmals um Entschuldigung«, sagte er zu Katrien. »Sogar am Weihnachtstag lassen einen die Probleme nicht in Ruhe – oder glauben die Leute vielleicht, weil Weihnachten ist, hätte ich plötzlich mehr Geld im Budget ...? Frohe Weihnachten!« Er gab Katrien kurz die Hand. »Frohe Weihnachten, Ginny – John!« Er schwenkte das Punschglas, das ihm John in die Hand gedrückt hatte, zu Jim hinüber. »Ihr erstes auf St. Nicolaas, Jim. Hoffentlich ist es das erste in einer langen Reihe froher Weihnachtsfeste!«

Sie tranken sich zu, und Jim nickte und meinte: »Wenn es frohe Feste werden, ist dies das erste und letzte ruhige Weihnachten. Nächstes Jahr um diese Zeit muß ich hoffentlich Feldbetten aufstellen, um all die Leute unterzubringen, die Weihnachten in der Sonne der Oranje Bucht verleben wollen.«

»Wenn sie tatsächlich kommen«, sagte Katrien verschmitzt, »schicken Sie die Überschüssigen zu mir. Ein bißchen frisch gekalkte Wände in den Nebengebäuden da hinten – besser als auf dem Strand zu nächtigen. Und ich verlange auch nicht so viel wie Jim dafür.« Als das Gelächter sich gelegt hatte, fügte sie hinzu: »Und das Essen wird auch besser sein. Ich hab' mir überlegt, daß ich einfach eine Menge Gewürze in unsere üblichen Gerichte schütte, ihnen holländische Namen gebe und den Gästen erzähle, es seien Spezialrezepte der holländisch-westindischen Inseln.«

»Und ich bin sicher, sie werden es glauben.« John blickte zu Jim hinüber. »Und wenn es ein Erfolg wird – bauen Sie dann mehr?«

»Ich muß mehr bauen. Sechs Bungalows sind keine rentable Sache. Sie bilden nur den Anfang. Aber ich brauche mehr Geld und muß es irgendwie zusammenbekommen. Das wird keine einfache Sache sein, bis ich beweisen kann, daß die Leute tatsächlich nach St. Nicolaas kommen möchten. Ben White, einer von den Leuten der Gesellschaft, die das Ganze finanziert, kommt bald 'runter, um sich alles anzuschauen. Man kann genügend Geld von da oben von Wall Street erhalten, wenn es einem gelingt, die davon zu überzeugen, daß St. Nicolaas im Kommen ist.«

»Sie werden einige Konkurrenz bekommen, Jim«, bemerkte Albert. »Ein Mr. Philip Hayes aus Miami war neulich hier. Er und sein Partner wollen auf ihrem Grundstück drüben bei Seagrape ein Hotel mit sechzig Zimmern bauen. Und Martin van Ness hat einem Grundstücksmakler siebzehn Morgen verkauft.«

»Je mehr, desto besser. Was wir brauchen, sind Leute, die auf diese Insel kommen. Das übrige ...« Er brach ab, da das Geräusch eines vorfahrenden Autos und gleich darauf das laute Zuschlagen einer Tür durch das Wohnzimmer zu ihnen drang.

Katrien erhob sich. »Entschuldigen Sie mich einen Augenblick. Ich will nur sehen ... Nanu, es ist Jan Withoff. Was kann er ...?« Und lauter fuhr sie fort. »Kommen Sie herein, Jan ... Frohe Weihnachten!«

Jan Withoff, der Leiter von St. Nicolaas' schläfrigem, kleinem Postamt kam durch das Wohnzimmer auf die auf der Veranda sitzende kleine Gruppe zu. Er war noch mit Schlips und Jackett für die Kirche angezogen. In den Speckfalten rings um seinen Hals stand glänzender Schweiß. Sein rundes, gutmütiges Gesicht wurde noch runder in einem breiten Grinsen.

»Frohe Weihnachten allerseits! Ihnen, Mr. de Kruythoff. Vielen Dank, John, ja – ich nehme gern ein Gläschen. Aber ich habe nicht viel Zeit. Martha wäre es bestimmt nicht recht, wenn ich nach all den Vorbereitungen zu spät zum Essen käme ... Ich verpaßte Sie nach der Kirche, Katrien. Ich wartete noch auf Sie, aber da sagte mir jemand, daß Sie schon fort wären. Da bin ich also hergekommen.«

Katrien zog erstaunt die Augenbrauen empor. »Sie wollten mich sprechen, Jan?«

»Oh, nicht unbedingt Sie. Irgendeinen von Ihnen. Das Päckchen ist an Ginny adressiert, aber jeder von Ihnen kann den Empfangszettel unterschreiben. Es kam noch spät gestern abend, wissen Sie – längst nachdem die letzte Post ausgetragen worden war. Jemand hatte ein Flugzeug gechartert, und da hat die Post ein paar Sachen mitgegeben. Ich dachte mir also, ich gebe es Ihnen heut' morgen in der Kirche. Es ist natürlich gegen die Bestimmungen ...« Er stellte sein Punschglas auf den Tisch und wühlte in einer seiner vollgestopften Jackentaschen. »Denn, sehen Sie, es kam per Luftpost und Eilboten ... und ich dachte mir, Sie hätten es gern Weihnachten.«

Ginny war erstaunt aufgestanden. »Es ist für mich, Mr. Withoff?« Sie streckte die Hand aus, um ein schmales, flaches Päckchen von ihm entgegenzunehmen.

Unvermittelt mischte sich John ein. »Woher kommt es?« Es war keine gewöhnliche Frage, sondern ein Befehl.

Withoff strahlte. »Aus England. Deshalb dachte ich mir, daß Ginny es gerne heute hätte. Es ist von Ihrer Familie, John. Ich kann mich nicht erinnern, daß Sie in all den Jahren, die Sie hier sind, mal einen Brief aus England bekamen, und deshalb dachte ich mir, dieses sei wichtig. Sie sehen hier den Namen des Absenders – I. J. Tilsit. Ja, unterschreiben Sie einfach hier, Ginny.« Er sah sich froh befriedigt im Kreise um. »Wie gut, daß es noch rechtzeitig kam, was? Weihnachten sollten die Familien aneinander denken ...« Und damit hievte er sich aus dem Korbsessel. »Vielen Dank auch für den Punsch Katrien – und das war meine gute Tat zu Weihnachten. Jetzt muß ich zu meiner Martha zurück. Wär' ein Mordstheater, wenn ich zu spät käme, wo doch die Enkelkinder aus Curaçao für die Ferien da sind und noch ein Bekannter von St. Maarten.« Ehrfürchtig verbeugte er sich vor Albert, als er sich von ihm verabschiedete. »Und ein gutes neues Jahr, Sir! Gehen Sie dieses kommende Jahr auf Urlaub? Nein? Wie schade! Na, ich hätte auch nichts gegen eine Reise nach Hause. Dieses Jahr findet eine große Postbeamtenkonferenz in Genf statt. Was die da nicht alles haben ... automatische Sortiermaschinen, heißt es. Haben Sie schon von dem neuen Postamt in Amerika gehört, wo kein Mensch die Post je anfaßt? Kaum vorzustellen!« Katrien begleitete ihn durch das Wohnzimmer zu seinem Wagen vor dem Haus. Seine Stimme klang noch einmal zu der Gruppe auf der Veranda zurück.

»Es soll nicht funktionieren, natürlich – aber kann man das denn erwarten?«

Schweigend warteten sie auf Katriens Rückkehr; Ginny stand alles andere als glücklich mit dem Päckchen in der Hand da, und die breite, gerade Schrift schien ihr beinahe in das Schweigen hinein zu schreien. Sie betrachtete den Namen in der linken oberen Ecke – I. J. Tilsit. Das war typisch für Isobels herrische Art. Sie schrieb nicht ›Miss I. Tilsit‹ oder ›Isobel Tilsit‹. Ginny drehte das Päckchen um und sah, daß ihre vor Aufregung plötzlich feuchten Hände Fingerabdrücke auf dem braunen Papier hinterlassen hatten. Katrien kam durch das Wohnzimmer zurück. Ginny blickte ihre Mutter erwartungsvoll an; sie hatte noch nicht gewagt, ihren Vater anzusehen.

»Nun?« meinte Katrien mit erzwungener Munterkeit. »Das

war aber wirklich nett von Jan, es noch herzubringen, nicht wahr? Und jetzt, glaube ich, ist das Essen fertig. Gehen wir also hinein?«

Jim und Albert schickten sich bei ihren Worten an, aufzustehen, froh darüber, daß die gespannte Atmosphäre aufgelockert wurde. Doch John Tilsits Stimme ließ sie innehalten. »Einen Augenblick! Machen wir denn nicht die Geschenke auf? Das tun wir doch immer vor dem Essen, oder etwa nicht?«

»Oh, lassen wir es jetzt«, antwortete Katrien achselzuckend. »Das Essen ist fertig, und wir können damit geradesogut bis hinterher warten.« Sie versuchte zu lächeln. »Schließlich weißt du ja schon, daß ich dir die neue Linse für das Fernrohr geschenkt habe, die du dir gewünscht hast, John. Es ist also gar keine Überraschung.«

»Aber Ginny«, beharrte er. »Ginny muß ihre Geschenke aufmachen. Schau doch, Albert hat ihr etwas mitgebracht – und Jim auch. Ginny hat doch immer ihre Geschenke vor dem Essen ausgepackt.« Er stand wie angewurzelt neben seinem Stuhl und hatte beide Hände um sein Glas gekrampft; die Finger öffneten und schlossen sich zuckend. Zwei hektische rote Flecken waren auf seinen dünnen Wangen erschienen, und die Sehnen an seinem Hals traten in scharf abgezeichneten Strängen hervor.

»Bitte, John – komm jetzt!«

»Und dann ist da noch das Päckchen«, fuhr er unbeirrt fort, »das Ginny aus England bekommen hat. Was kann das sein? Wer kann das wohl geschickt haben?«

»Bitte, John – unsere Gäste ...«

»Zum Teufel mit den Gästen! Es soll aufgemacht werden! Jetzt sofort!«

Ginny sah ihre Mutter verzweifelt an; Katrien seufzte und nickte dann kaum wahrnehmbar. Ginny begann an dem Bindfaden und dem Wachssiegel herumzufummeln. Ihre Finger waren jedoch zu ungeschickt. Während alle in gespanntem, bedrücktem Schweigen zusahen, nahm Jim ihr das Päckchen ab, schnitt den Bindfaden mit seinem Taschenmesser durch und gab es ihr zurück. Als sie es nun auspackte, mußte sie es auf den Tisch legen, weil ihre Hände zitterten. Sie warf ihrer Mutter einen letzten unglücklichen Blick zu, als sie die Papierhülle löste. Unwillkürlich kam jeder ein wenig näher, sogar Albert, der auf das Meer hinausgeblickt hatte und versucht hatte, so zu tun als wäre gar nichts los.

In Ginnys Hand lag ein schmales, flaches, mit blauem Kunstleder überzogenes Etui, auf dem nur ein einziges, in Gold geprägtes

Wort stand: Tilsit. In dem Etui lag in einem Kissen von blauem Samt ein Käsemesser. Der dicke weiße Keramikgriff war mit einem gold-blauen Muster verziert, dessen leuchtende Farbenkraft in dem hellen Sonnenlicht alle überraschte. Ginny nahm es langsam aus seinem Kissen. Das geschwungene und an der Spitze in zwei Zinken auslaufende Blatt fing die Sonne in einem plötzlichen Aufgleißen ein. Ginny mußte die Hand darüberhalten, um die auf ihm eingravierten Worte lesen zu können:

TILSIT ENGLAND

John sprach als erster. »Nun! Ich sehe, Isobel hat sich dem Export angeschlossen. Nehmen Sie ein kleines Geschenk aus England mit – hübsch verpackt in einem handlichen, kleinen Geschenketui.« Seine Stimme klang schneidend scharf, höhnisch und verächtlich. Er berührte die Schachtel. »Schaut euch das an! Ein Stück billiger Effekthascherei! Tilsit! Sie benutzt den Namen, als wäre er Crown Derby oder Sèvres. Tilsit!« Doch bebte seine Stimme, als er diesen Namen wiederholte, und Sehnsucht und Schmerz klangen in ihr auf. Er streckte die Hand nach dem Messer aus. »Gib mal her!« Seine Finger glitten mit einer Bewegung über den kleinen Griff, die Liebe und Kennerschaft verriet. Er starrte einige Augenblicke darauf nieder, und als er dann wieder zu sprechen begann, wußten die anderen, daß seine Worte nur an Ginny gerichtet waren.

»Schau mal hier! Schön, nicht wahr? Nicht zu übertrieben – nicht zu protzig oder zu kitschig. Sie hat einen guten Designer. Dies ist ein neues Muster – ich habe es nie gesehen. Schau dir dies Blau an – wie leuchtend und tief es ist. Es hat viermal – vielleicht sogar fünfmal gebrannt werden müssen, um diese Farbe zu bekommen. Jeder einzelne Griff ist natürlich handgemalt. Es gibt noch keine Maschine, die das kann. Und das Gold – das ist auch mit der Hand aufgetragen. Und nach dem Brennen mit feinem Sand handpoliert. In jeder einzelnen Linie liegt Stolz und hohe handwerkliche Kunst, Ginny. Das bedeutet etwas in einer Welt der Massenproduktion, nicht wahr?«

Und dann wandte er sich wieder an alle übrigen. »Sie haben sicher erraten, daß ich keine große Liebe für meine Schwester Isobel empfinde. Am liebsten würde ich dies hier den Abhang hinunterwerfen, damit es irgendwo zwischen den Felsen liegenbleibt und vergessen wird. Die Salzluft würde nach einiger Zeit das Blatt mit Rost überziehen und zerfressen, und es würde zerfallen.

Doch der Keramikgriff würde es, glaube ich, überstehen. Er hat das Feuer schon hinter sich, und daher kommt seine Schönheit und Kraft. Würde man den Schmutz abwaschen, so kämen die Farben so echt und leuchtend wie eh und je darunter zum Vorschein. Wenn ich darauf herumschlüge, würde ich es zerstören, aber das wäre vermutlich auch die einzige Art und Weise, es zu vernichten.«

Ruhig legte er das Messer neben das Etui auf den Tisch. Seine mageren Schultern hoben sich in einer Geste der Hilflosigkeit. »Und wer bin ich schon, um zu versuchen, es zu zerstören! Außer Isobel sind zu viele andere Menschen an der Erschaffung dieses einen einfachen, komplizierten, kleinen Gegenstandes voll reiner Schönheit beteiligt.«

Während er sprach, hatten seine Hände automatisch begonnen, das Packpapier glattzustreichen und zusammenzulegen, da er von Natur aus ein ordnungsliebender Mensch war. Da stießen seine Finger in dem Seidenpapier, in dem die Schachtel eingewickelt gewesen war und das von Ginny in jenem ersten aufgeregten Augenblick achtlos beiseite geschoben worden war, auf einen weißen Umschlag, der ebenfalls Isobels energische, aufrechte Schrift trug. Er befühlte das steife, teure Papier einen Moment und gab ihn dann Ginny.

»An dich.«

Sie ließ die Zungenspitze über die Lippen gleiten und betrachtete ihn argwöhnisch. »Ich werde ihn später lesen.«

»Nein, jetzt! Er wird kurz sein. Isobel kommt immer gleich zur Sache.«

Es war kein Befehl wie zuvor, als er ihr befahl, das Päckchen zu öffnen. Seine Worte drückten jetzt Resignation und eine Art Fatalismus aus. Sie zauderte nur einige Sekunden, bevor sie den Umschlag mit dem Zeigefinger aufriß. Der Brief war, wie John vorausgesagt hatte, nur kurz. Lediglich die eine Seite des Blattes war beschrieben. Sie beobachteten, wie Ginnys Augen über die Zeilen glitten.

»Lies es vor«, sagte John.

Sie sträubte sich nicht; es wäre zwecklos gewesen.

Liebe Virginia – nach abergläubischem Brauch muß man, wenn man ein Messer verschenkt, immer eine Münze beifügen, damit der Empfänger dem Schenkenden gleichsam das Messer bezahlen kann und die zwischen ihnen bestehenden Bande nicht durchgeschnitten werden. Ich füge diese Münze jedoch nicht bei. Erstens halte ich nichts von Aberglauben, und zweitens bin ich mir durchaus bewußt, daß in diesem Falle noch gar keine Bande haben bestehen können. Das beiliegende Messer bildet ein Teil dessen, was Tilsit ist. Ich lade dich ein herzukommen, um all das übrige kennenzulernen.

Isobel Tilsit

»Na!« Johns Lippen verzogen sich in einem gequälten Lächeln. Die Arme hingen ihm schlaff von den hochgezogenen, gekrümmten Schultern. »Na – so bist du also eingeladen, Ginny. Sie will dich auf Tilsit haben. Sie lädt dich ein – nein, sie befiehlt dir zu kommen. Eine Einladung von Isobel ist immer ein Befehl. Sie will dich dort haben, also wirst du dort sein. Ihr Entschluß ist gefaßt.«

»Niemands Entschluß ist gefaßt.« Leise berührte Katrien seinen Arm. »Darf ich dich daran erinnern, John, daß Albert und Jim warten. Das Essen wartet auf uns. Laß uns jetzt hineingehen und all das vergessen. Komm, Ginny. Laß das alles liegen. Dafür ist später noch genug Zeit.«

Beinahe gelang es ihr. Ihre gelassene, ruhige Stimme war wie ein fester Anker, der die kurz vor dem Ausbruch angelangte Raserei ihres Mannes zurückhielt. Albert wandte sich ihr rasch zu, um ihr ins Haus zu folgen; er war zutiefst dankbar, endlich von diesem Alptraum unbeschreiblicher Peinlichkeit erlöst zu werden, der ihn mitten hinein in die Tilsitschen Familienangelegenheiten gestürzt hatte. Jim schickte sich ebenfalls an hineinzugehen, und bedeutete Ginny voranzugehen. Die allgemeine Bewegung zur Eßzimmertür hätte beinahe auch John ergriffen und mitgezogen. Katrien ging voran, blieb jedoch in der Tür stehen, um sich nach ihrem Mann umzublicken. »Komm jetzt – laß es doch! Bitte!«

Er antwortete mit einem Achselzucken. »Du wirst mich entschuldigen müssen, Katrien. Albert und Jim – entschuldigen Sie mich! Ich glaube, ich kann wirklich nichts essen. Es ist vermutlich die Hitze. Ich habe ein schweres Essen, nur weil zufällig Weihnachten ist, in den Tropen schon immer für eine schlechte Idee gehalten. Ich glaube, ich passe diesmal, wenn es Sie nicht stört. Verzeih, Katrien.«

»Ich bleibe hier bei dir.« Obwohl Katrien stirnrunzelnd den Kopf schüttelte, fuhr Ginny fort: »Schau, Vater, ich bringe mein Essen hierher und esse hier draußen bei dir. Es dauert nur eine Sekunde ...«

Sein Gesicht erhellte sich und verlor für einen flüchtigen Augenblick den Ausdruck verzweifelter Resignation. Dann schüttelte er jedoch den Kopf. »Das ist sehr lieb von dir, mein Liebes. Aber ich will dich Albert und Jim nicht wegnehmen. Geh nur hinein und hab's nett. Ich denke, ich mach einen kleinen Bummel zum Strand hinunter. Bin nachher wieder bei euch.«

»Vater ...!«

»Geh jetzt, Ginny – so ist's brav!«

Seine Haltung schien seltsam verändert, als er auf die Treppe zuging; sie war nicht mehr der vorsichtige Gang eines Mannes, der krank gewesen war, sondern das müde Schlurfen eines alternden Mannes. Ginny stieß einen schwachen Laut der Bestürzung aus, doch Katrien bedeutete ihr, still zu sein.

»Es ist besser, wir lassen ihn gehen.« Sie forderte sie darauf wieder alle auf, ihr hineinzufolgen. »So – nun wollen wir aber essen.«

Die folgenden zehn Minuten vergingen in krampfhaftem Bemühen aller, so zu tun, als wäre nichts vorgefallen. Sie saßen um den mit den flammendroten Blütensternen geschmückten Tisch, während das Essen serviert wurde und Jim den Sekt öffnete und einschenkte, den er mitgebracht hatte, und eine wahre Zeremonie daraus machte, um Johns Abwesenheit zu überdecken. Katrien hatte rasch das überschüssige Gedeck fortgenommen und Albert an das obere Tischende gewinkt; er hatte sich, ohne zu protestieren, an Johns Platz begeben. Jetzt brachte er scheu auf holländisch einen Toast auf das kommende neue Jahr aus, und Katrien erwiderte ihn dankend. Ginny übersetzte ihn dem Sinn nach für Jim. »Er wünscht uns alles Gute und inneren Frieden und die Erfüllung unserer Wünsche.«

Ginny sah durch den strohfarbenen, Bläschen sprudelnden Sekt hindurch die roten Blüten erzittern, als sie ihr Glas an die Lippen hob. »Ja, und Glück«, murmelte sie und wünschte sich, das Warten möge ein Ende haben.

Und als sie dann die Gläser absetzten, vernahmen sie unten in der Bucht das Knattern des anspringenden Außenbordmotors.

»Mein Gott!« entfuhr es Ginny. »Er hat das Boot herausgeholt! Er ist wahnsinnig! Es ist viel zu anstrengend – er wird sich noch umbringen!«

Jim stieß seinen Stuhl zurück. »Soll ich hinterherfahren und ihn zurückholen, Mrs. Tilsit? Mit der Oranje Lady kann ich ihn im Handumdrehen einholen. Ginny hat recht, fürchte ich ...«

Albert schnalzte besorgt mit der Zunge. »Er sollte nicht allein 'rausfahren.« Er erhob sich halb, als wollte er Jim folgen.

»Setzen Sie sich bitte – alle beide!« Katriens ungewohnt schneidende Stimme war wie ein Befehl. »Niemand wird irgend etwas unternehmen. Man muß ihn allein lassen.«

»Das ist herzlos ... verkehrt«, widersprach Ginny heftig. »Ich begreife nicht, wieso du zulassen kannst ...«

Katriens Gesicht wurde hart und ernst, und als sie mit der Hand um Ruhe auf den Tisch klopfte, sah sie plötzlich alt aus. »Laßt uns alle ein für allemal begreifen. Mein Mann ist ein Mann. Er ist kein kleines Kind, dem man befiehlt, tu dies oder das oder jenes. Ich dulde nicht, daß jemand hinter ihm herfährt, um ihn nach Hause zurückzuholen, als hätte er sich schlecht benommen. Ja – ich weiß – er ist verbohrt und dickköpfig. Aber das ist er schon immer gewesen. Es ist viel mehr als nur sein Herz, das er hierdurch schädigt. Aber sollte ich ihn ohne Rücksicht darauf, wie sehr er unter diesem heutigen Brief leidet, hierher zurückschleppen lassen?« Sie verwarf die Möglichkeit mit einer kurzen Handbewegung. »Niemals – es wäre unwürdig. Wenn ihr meinem Mann seine Würde nehmt, bleibt ihm gar nichts mehr. Laßt ihn deshalb. Uns bleibt nichts anderes übrig, als zu hoffen, daß es gutgeht. Und jetzt eßt bitte – es wird sonst gänzlich kalt.«

Schweigend gehorchten sie ihr. Aus ihrem Mund kamen an jenem Tag die letzten Worte über ihren Mann. »Hoffentlich hat er genug Benzin!«

Als Ginny am nächsten Morgen aufwachte, war es beinahe schon hell. Sie räkelte sich träge und überlegte noch halb im Schlaf, weshalb sie am Abend so lange wach geblieben war. Ein Rest von Müdigkeit steckte ihr noch in Kopf und Gliedern, doch als sie sich aus der schläfrigen Benommenheit emporkämpfte, überfielen sie wieder Angst und Sorge mit voller Gewalt. Den ganzen Nachmittag und Abend hatten sie auf die Rückkehr ihres Vaters gewartet, doch er war nicht gekommen. Und auch dann hatte Katrien Jim nicht erlaubt, hinauszufahren und ihn zu suchen. Ginny war, von Sorge getrieben, in einen Streit mit ihrer Mutter geraten, in dessen Verlauf sie dieser Gleichgültigkeit vorgeworfen hatte und von Katrien kalt in ihre Schranken verwiesen worden war.

»Ich lebe viel länger mit ihm als du, Ginny. Du hast gerade erst angefangen, deinen Vater überhaupt zu bemerken, weil du gerade eben eine Frau geworden bist. Er macht dies schon seit Jahren – seit wir verheiratet sind und noch viel länger. Ich habe nie eingegriffen, und ich werde es auch nie tun. Geh jetzt zu Bett. Ich warte auf ihn.«

»Ich will auch auf ihn warten.«

»Das ist mein Vorrecht. Gute Nacht, Ginny.«

Widerwillig und trotzig war sie also gegangen und hatte eine nie zuvor bewußt verspürte Eifersucht auf ihre Mutter empfunden. Sie erkannte jetzt die Katrien eigene Macht, der Jim bewundernde Achtung entgegenbrachte.

Ihr Vater würde, wie sie genau wußte, Katriens Recht anerkennen, allein auf ihn zu warten. Der Schlaf ließ lange auf sich warten, während sie hierüber nachdachte und angestrengt auf das Geräusch des Außenbordmotors unten in der Bucht lauschte. Nach ihrer Schätzung mußte es längst Mitternacht gewesen sein, als der erste leichte, unruhige Schlaf sie übermannte.

Sie schleuderte das Bettuch zur Seite und langte in einer fahrigen Bewegung nach ihrem Morgenrock; die Steinplatten waren kühl unter ihren Fußsohlen, als sie auf die Veranda hinauslief.

Ihr Vater saß zusammengesunken in einem Korbsessel. Auf einem Tischchen neben ihm stand ein Tablett mit einer Teekanne und leeren Tassen. Er hatte die Beine von sich gestreckt und die Arme auf die Lehnen des Sessels gelegt; den Kopf hielt er mit geschlossenen Augen zurückgelehnt. Einen Augenblick wurde sie von grauenvoller Angst gepackt, als sie die tiefen dunklen Schatten in seinem Gesicht unter der Bräune betrachtete und den bläulichen Schimmer auf seinen schmalen Lippen. Sie holte krampfhaft Atem, als habe die Angst ihr die Luft aus den Lungen gepreßt. Sie schlich auf Zehenspitzen näher, und da sah sie, wie seine Brust sich ruhig hob und senkte und vernahm seinen Atem. Plötzlich öffnete er die Augen, da er ihre Nähe gespürt hatte.

»Na, Ginny ...«

»Du bist wieder da! Ich hatte solche Angst ...«

Er lächelte leicht und ein wenig belustigt. »Kein Grund zur Sorge. Ich komme immer wieder.«

»Ja, aber du hättest nicht so fortfahren sollen – allein!«

Er schüttelte den Kopf. »Hat nur allein Zweck. Mußte ein bißchen nachdenken, bißchen Ordnung in meine Gedanken bringen. Fühl' mich dann immer besser, und deine Mutter ist klug genug, das zu wissen. Und so läßt sie mich fahren.«

Sie betrachtete ihn aufmerksam. »Du siehst müde aus. Du solltest längst im Bett sein.«

»Ich bin auch müde«, nickte er, »und geh' gleich. Deine Mutter hab' ich schon vorangeschickt. Ich sagte ihr, ich würde nach einem Weilchen nachkommen, sobald meine steifen Knochen sich entknotet hätten.«

»Du hast seit gestern morgen überhaupt nichts gegessen. Ich hol' dir schnell etwas.«

»Nein, laß nur ... ich habe keinen Hunger. Katrien hat mir Tee gemacht. Nach dem Schlafen werde ich etwas essen.« Er deutete unvermittelt auf den ihm gegenüberstehenden Sessel. »Setz dich. Ich möchte mit dir reden.«

Sie gehorchte. Der Himmel wurde zusehends heller; bald würde die Sonne auf der anderen Seite der Insel den Horizont erreichen, und sie würden von hier aus sehen, wie ihr rosiger Schein auf die Spitze des Kronberges fiel. Ginnys Gefühl der Vertrautheit mit ihrem Vater war durch eine lange Kette der Gewohnheit mit dieser Tagesstunde verbunden. Es war eine Welt der sich begegnenden Übergänge – diese flüchtigen Minuten, wenn die Nacht vorüber war und der Tag noch nicht richtig angebrochen. Sie fühlte sich wieder als kleines Mädchen in dieser ihr so vertrauten Stunde mit ihm, voller Vertrauen zu ihm und voller Vertrauen darauf, daß es nichts gab, was er nicht zu lösen oder von ihr abzuwenden vermocht hätte. In dieser frühen Morgenstunde war alles möglich, alles verheißungsvoll, obgleich sie wußte, daß es keine Hoffnung gab.

»Tja«, begann er, »was hältst du davon?«

»Wie bitte?« Sie war ganz in die schöne Vorstellung versunken, sich selbst wieder in die Zeit zurückversetzt zu haben, in der alles möglich war, und verstand seine Frage nicht.

»Wirst du gehen? Wirst du nach Tilsit gehen, Ginny?«

»Tilsit?« Sie runzelte die Stirn. »Weshalb sollte ich?« Seit sie den Brief gelesen hatte, war wenig Raum für ihn in ihren Gedanken gewesen. Die Sorge um ihren Vater hatte beinahe alles andere aus ihrem Denken verdrängt, und sogar in dem Augenblick, als sie den Brief gelesen hatte, war er ihr unwirklich erschienen. Sie hatte den Inhalt nicht glauben können. Das hübsche, kleine Messer war etwas Greifbares, ebenso wie John Tilsits sehnsüchtige Betrachtung über seine Schönheit. Doch die Absenderin, Isobel, besaß keine Realität für Ginny. Sie war eine Erscheinung, die ein einziges Mal in dem Salon von Santa Maria vor ihr aufgetaucht war, um dann wieder zu verschwinden. Übrig war von Isobel nur ein Schatten geblieben wie das letzte Nachklingen eines schrecklichen Traumes. Die einzige Macht, die sie über Ginnys Gedanken besaß, war ihr durch John Tilsits Ängste und seine Weigerung, über sie zu sprechen, verliehen worden.

»Du bist doch eingeladen worden. ›Ich lade dich ein, herzukommen.‹ So hat sie geschrieben. Wirst du hinfahren?«

Sie schüttelte den Kopf. »Nein. Ich bin überhaupt nie auf die Idee gekommen. Warum sollte ich zu ihr fahren? Ich mochte sie nicht. Und sie mochte dich nicht – warum sollte ich also hinfahren? Ich habe keinen Grund.«

Müde abwehrend hob er die Hand. »Du weißt nicht, was du womöglich verlierst. Was sich vor all den vielen Jahren zwischen mir und Isobel abspielte, hat nichts mit dir zu tun. Es ändert nichts an ihrem Vorschlag. Wir hatten einen ernstlichen Streit miteinander – nein, es war viel schlimmer als ein Streit. Doch du hattest nichts damit zu tun und brauchst dich deshalb auch nicht dadurch beeinflussen zu lassen. Es steht dir völlig frei, wenn du zu ihr gehen möchtest.«

Indem sie zur Seite blickte, sah sie, daß die Sonne bereits den Gipfel des Kronberges erreicht hatte. Bald würde sie höher steigen, und das Licht würde die Abhänge hinunter in die Ebenen fluten. Der Tag war nun angebrochen und mit ihm die Wirklichkeit. Die Illusion, sie sei wieder ein Kind und ihr Vater halte alle Weisheit der Welt in Händen, um sie ihr weiterzureichen, war entschwunden. Sie richtete die Blicke wieder auf ihn und las, was in seinem Gesicht stand. Seine Worte straften seine wahren Empfindungen Lügen; sie waren ein erbarmungswürdiger, tapferer Versuch, sie zu überzeugen, daß sein aus heftigstem Widerwillen und qualvoller Furcht gemischtes Gefühl für seine Schwester sie nicht zu kümmern brauche. Er würde ihr versichern, daß sie völlig frei in ihren Entscheidungen sei – keinerlei Rücksicht auf seine Empfindungen oder den Grund, aus dem er England verlassen hatte, zu nehmen brauche. Doch es war einfältig zu glauben, sie könne überhaupt frei entscheiden. Sie hatte ihn geliebt und liebte ihn immer noch; und sie wußte, daß er sie liebte – auf ungerechte Weise und mit all den Unvollkommenheiten der Liebe, die blinde Loyalität verlangte, ohne die Gründe zu nennen. Sie stand mit ungeteilter Loyalität in einer Sache zu ihm, deren Geschichte sie nicht kannte. Und nun versuchte er, sie von diesen Banden zu befreien, und begriff nicht, daß das unmöglich war. Sie hatte diese Entscheidung bereits in jenen ersten Minuten ihres Gespräches mit Isobel Tilsit getroffen. Seitdem hatte sie ihren Entschluß nicht geändert und würde es auch nicht tun. Wie war es töricht von ihrem Vater, anzunehmen, daß die stärksten Bande zwischen ihnen durch ein paar Worte gelöst werden könnten, die nicht der Wahrheit entsprachen. Zum erstenmal fühlte sie sich ihm überlegen.

»Das ändert nichts an der Sache. Ich will nicht – nicht zu ihr!«

Er senkte den Kopf – eine an John Tilsit ungewohnte, demütig ergebene Geste. »Wenn du das beschlossen hast ...«

Sie kreuzte die Arme und zog den Morgenrock enger um sich. »Ich habe beschlossen, das nicht zu tun. Aber ich muß etwas anderes tun.«

Sein Kopf schoß ruckartig in die Höhe. »Was?«

»Ich muß von hier fort.«

»Fort?« wiederholte er verwirrt. »Warum? Wohin?«

»Bitte versteh doch!« Sie streckte flehend die Hand nach ihm aus. »Ich bin hier geboren worden – habe mein ganzes bisheriges Leben hier gelebt, und wenn ich nicht aufpasse, werde ich hier sterben, ohne je eine andere Art zu leben kennenzulernen! Nein! – laß mich zu Ende reden! Mit Mutter ist es etwas anderes. Für sie war es in Ordnung, hierzubleiben. Doch die Zeiten haben sich geändert, und ich muß mich ihnen anpassen. Ich muß etwas lernen. Verstehst du? Ich muß viel mehr lernen, als das bißchen drüben auf St. Charles.«

»Lernen? Was meinst du damit? Möchtest du auf ein College?«

»Vielleicht«, antwortete sie achselzuckend. »Aber das meine ich eigentlich nicht mit ›lernen‹. Ich muß einfach mehr vom Leben sehen und verstehen lernen, als das hier möglich ist.«

»Ja, ich verstehe«, meinte er langsam. »Ich vermute, ich bin altmodisch. Wärest du ein Junge, könnte ich verstehen, warum du für ein Weilchen fort wolltest. Es wäre mir natürlich klar, daß du eine Ausbildung brauchtest. Aber irgendwie findet man es bei einem Mädchen nicht nötig ... man hielt das früher nicht für wichtig. Vermutlich sind meine Ansichten veraltet. Wohin möchtest du denn – nach Miami? Ich denke, das ließe sich machen. Mir wäre natürlich eines der guten nördlichen Colleges lieber. Vassar oder Smith.« Er seufzte. »Aber die sind leider für uns unerschwinglich, Ginny. Einfach unerschwinglich. Und ich vermute, man hätte alle möglichen Aufnahmeschwierigkeiten zu überwinden. Früher war das einfacher – wer bezahlen konnte, wurde aufgenommen.«

»Ich hatte eigentlich nicht an so etwas gedacht. Es wäre nicht viel anders als Santa Maria.«

»Ja, aber die Colleges in Florida sind keineswegs mit Santa Maria zu vergleichen. Man sagte mir, es ginge dort jetzt sehr ... fortschrittlich ... zu. Nach dem, was ich von Fort Lauderdale während der Osterfeiertage hörte, herrschen dort sehr freie Sitten.« Seine Brauen zogen sich in jäher Bestürzung zusammen. »Du möchtest doch nicht dahin, oder?«

Sie verschränkte zögernd die Finger. »Ich hatte auch nicht an Florida gedacht. Ich möchte nach New York!«

»New York! Allmächtiger, warum? Warum gerade New York?«

»Weil ... weil man dort alles lernen kann, was es überhaupt auf der Welt gibt. Alles, was man möchte, ist zehnfach in New York vorhanden. Ich brauche so vieles so rasch, Vater! Ich weiß nicht, wohin ich sonst gehen soll, um es zu finden – zu lernen. Sieh mich an! Ich bin unwissend und ungebildet – ich bin nicht dumm, aber ungebildet. Noch nie habe ich ein berühmtes Gemälde gesehen, ich bin noch nie in einem Konzert oder im Theater gewesen. Susie Marshall hat eine Bezeichnung für Leute wie mich – sie nennt sie Hinterwäldler. Sie glaubt, ich wüßte nicht, daß sie mich zu ihnen zählt. Aber ich weiß, daß ich dazu gehöre. Und Jim sagt ...«

Er stürzte sich förmlich auf den Namen. »Ah, Jim ... deshalb also der große Drang, das Leben und die Welt kennenzulernen, oder etwa nicht? Nicht weil Susie Marshall dich für eine Hinterwäldlerin hält, sondern weil du Angst hast, daß Jim es tut. Stimmt's?«

»Möglich.«

Er beugte sich in seinem Sessel vor und legte ihr die Hand aufs Knie. »Ginny ... Ginny, weshalb heiratest du nicht Jim?«

Sie schien vor seiner Berührung zurückzuzucken. Starr blickte sie ihn an, und ihre Lippen formten Worte, die sie jedoch nicht sogleich auszusprechen vermochte. »Jim?« Es war nur ein Krächzen. »Jim heiraten?« Und dann stieß sie ein wildes, verzweifeltes Lachen aus, vor dem er zurückfuhr, als hätte sie ihn geschlagen.

»Jim heiraten? Mein Gott, wenn ich das nur könnte! Wenn dieses herrliche Wunder nur passieren würde! Aber das wird es nicht!«

»Weshalb nicht? Weshalb sollte es denn nicht passieren? Du bist ein ziemlich schönes Mädchen, Ginny.«

»Das genügt nicht! Genügt bei weitem nicht! Ich hatte mir all diese Monate diese Idee in den Kopf gesetzt, aber gestern habe ich es begriffen. Jim ist verheiratet gewesen ... Er ist ein Mann – er ist kein kleiner Junge, der das erstbeste Mädchen heiratet, das ihm vor die Nase gesetzt wird. Wenn du dir jemals die Zeit genommen hättest, etwas über seine Frau herauszufinden, würdest du wissen, warum. Verglichen mit ihr bin ich eine ungebildete Null. Und deshalb muß ich von hier fort.« Ihre Stimme war schrill angestiegen und klang beinahe hysterisch.

»Und du glaubst, du kannst lernen, wie sie zu werden, indem du nach New York gehst? Das ist ein Irrtum. Du kannst immer nur du selber sein.«

»Ach!« Sie winkte ärgerlich abwehrend mit der Hand. »Das weiß ich auch. Ich habe gesagt, ich sei nicht dumm. Aber ich kann nicht hier herumsitzen und darauf warten, daß er mich heiratet oder in einem Augenblick der Langeweile oder von mir dazu verleitet zu sich ins Bett nimmt – ja, ins Bett, Vater! Du hast deinen Stolz – und ich habe meinen. Damit wären zwei Halsstarrige in dieser Familie. Und mein Stolz sagt mir, daß ich fort muß. Ich liebe Jim, doch er sieht mich nicht einmal. Ich weiß auch nicht, wie ich ihn dazu bringen soll – vielleicht ist das jedoch ein Weg ... ein Anfang. Vielleicht gibt es sogar andere Jims in der Welt, doch wie finde ich das heraus, wenn ich nicht auf die Suche gehe? Ich will es eigentlich gar nicht – aber ich muß!«

»Du kommst womöglich nicht zurück.« Seine Hand vollführte eine scheue Bewegung, als wollte er sie festhalten und nicht wieder loslassen.

»Das ist ein Risiko, das wir auf uns nehmen müssen, nicht wahr, Vater? Genauso wie wenn du mit dem Boot 'rausfährst. Uns bleibt nichts anderes übrig, als zu warten und zu hoffen, daß du wiederkommst.«

Nachdem Ginny die Worte einmal ausgesprochen hatte, wurde sie selbst von dem Strudel erfaßt. Das Geständnis, daß sie Jim liebte, war die zum erstenmal laut ausgesprochene Wahrheit; es war der Augenblick, nach dem es keine Möglichkeit mehr gab, sie zu widerrufen. Ginny handelte rein instinktiv, nicht weil sie es so wollte, sondern weil sie es nicht ertragen hatte, wenn überhaupt nichts geschehen wäre. Und so blieb ihr einen Monat nach dieser Unterredung mit ihrem Vater nichts anderes übrig, als tatsächlich fortzugehen. Es war Sonntag und ihr letzter Tag auf St. Nicolaas, und sie stand zum letztenmal, von verzweifelter Hoffnung getrieben, vor Jims Tür und klopfte an.

Sonntägliche Ruhe lag über den Bungalows; die Nachmittagsstille war von gleicher Intensität wie die Sonnenhitze, die auf den Sand niederbrannte. Die Meerbinsen und sechs Palmen bewegten sich sanft in der vom Meer wehenden leichten Brise, unterbrachen jedoch nicht die Stille. Und niemand beantwortete ihr Klopfen. Der ganze Platz wirkte wie ausgestorben, und sie fürchtete einen Augenblick, ihn zu spät zu verlassen. Bo drängelte sich jedoch nach wie vor erwartungsvoll gegen die Tür; die Holzjalousien waren beinahe ganz heruntergelassen und verwehrten ihr den Blick ins Zimmer. So drückte sie die Klinke hinunter und öffnete langsam die Tür.

Sie sah, daß Jim gerade in dem Moment erwachte, als der Keil Sonnenlicht über den Fußboden und auf sein Bett fiel. Er blinzelte einen Augenblick verschlafen und bemühte sich, völlig aufzuwachen. Bo stürzte auf ihn zu und stieß seine Schnauze in das Kopfkissen.

»Hallo – komm 'rein.« Er grinste und gähnte dann. »Ich machte gerade ein Nickerchen«, fügte er dann ganz überflüssig hinzu.

»Es tut mir leid, daß ich dich aufgeweckt habe. Unverantwortlich von mir, wo du nur den Sonntag hast ...«

Er richtete sich halb auf und stützte sich auf den Ellbogen. »Macht nichts. Es ist sowieso Zeit, daß ich aufstehe. Wieviel Uhr ist es eigentlich?«

»Kurz nach drei. Ich wollte dich fragen ... nun, ob du Lust hast, mit der Oranje Lady zur Lindemann-Insel zum Schwimmen 'rüberzufahren. Ich habe ein Picknick mitgebracht ... Du bist noch nie drüben gewesen, oder? Es soll der schönste Strand der ganzen Antillen sein.«

Er setzte sich auf. »Ich habe diese Fama gehört und habe mir immer vorgenommen, mal 'rüberzufahren und die Insel auszukundschaften. Vielleicht ist das der Platz für das nächste Hotel.« Er kratzte sich am Kopf und grinste sie an. »Siehst du es nicht schon im Geiste? Millionärsschlupfwinkel auf einer unbewohnten Insel! Wär das eine Touristenfalle?« Er stand auf, streckte sich und gähnte erneut. Er sah weich, verschlafen und zerzaust aus, und Ginnys Instinkt war, zu ihm zu gehen und glättend mit der Hand über die Abdrücke von Falten des Kopfkissens auf seiner Wange zu streichen. Sie zwang sich jedoch, an der Tür stehenzubleiben.

»Wenn du solche Absichten hast, nehme ich dich nicht mit zur Lindemann-Insel. Es ist das schönste Fleckchen auf dieser Erde, und ich will nicht, daß du es verschandelst.«

Er verzog sein Gesicht zu einer spöttischen Grimasse. »Wie soll ein armer Mann bloß jemals einen einzigen Dollar verdienen, wenn es solche Menschen wie dich gibt?« Er ging auf das Badezimmer zu. »Ich komme gleich. Weg da, Bo!«

Sie wartete, während er sich trödelnd fertigmachte – seine Badehose von dem Geländer holte, über das er sie am Morgen gehängt hatte, eine leere Zigarettenschachtel fortwarf und eine neue Packung herauskramte, die Schlüssel für die Oranje Lady suchte und noch einmal wegen seiner Sonnenbrille umkehrte, die er vergessen hatte. Er blieb sogar im Wasser stehen und hob ein Stück Holz für Bo auf, mit dem er ihn ein wenig neckte, als dieser es zurückbrachte. Dies war Jim in seiner Sonntagslaune – sorglos, gleichgültig der Uhrzeit gegenüber und beinahe absichtlich unpraktisch und schusselig. Ginny ballte die Fäuste, um ihre Ungeduld zu bezähmen. Jim wußte nicht, daß dies ihr letzter Tag war; er wußte nicht, wie kostbar ihr jede einzige Sekunde war.

Endlich fuhren sie los; Bo saß mit ihnen im Cockpit, und das Dingi glitt hinter ihnen durchs Wasser, da es auf der Lindemann-Insel keinen Anlegesteg gab. Sie gingen auf nordöstlichen Kurs und begannen sich durch die Kette der britischen und amerikanischen Inseln hindurchzuschlängeln, die in dieser Meerenge wie aufgereihte Perlen in dem makellos klaren, unbewegten, sonnenbeschienenen Wasser lagen. Jim ließ die Oranje Lady nicht mit voller Geschwindigkeit dahinbrausen, sondern hielt sie auf einem schönen, geruhsamen Tempo, das zu der Stimmung dieses Nachmittages paßte. Ginny sah, daß seine von der Schirmmütze beschatteten Augen sich vor Vergnügen halb schlossen. Er hielt die Oranje Lady nur mit einem Finger auf ihrem Kurs. Sie fuhren in der Mitte der Meerenge entlang, als befänden sie sich in einer langen, unwirklichen Galerie, die zu beiden Seiten von den buckligen Inselsäulen flankiert wurde. »Die nächste ist es – die da drüben. Das ist die Lindemann-Insel, der schönste Strand. Siehst du die tiefe Bucht? Da kann man gut hineinfahren ...«

»Wem gehört die Insel? Den Engländern oder Amerikanern?«

»Das weiß niemand genau. Auf manchen Landkarten verläuft die Grenze diesseits der Insel und auf manchen jenseits. Sie war immer zu unbedeutend, um das endgültig festzusetzen. Es spielt auch keine Rolle, bevor sich nicht jemand da niederlassen will.«

»Warum ist sie nicht bewohnt – bei diesem einmaligen Strand?«

Sie lächelte und freute sich, ihm endlich auch einmal etwas erzählen zu können, was er nicht wußte. »Die Spanier und Holländer und Franzosen kamen nicht wegen der Strände. Man hat dort nie Quellen gefunden, und die Insel eignete sich nicht für den Zuckerrohranbau.«

Er nickte, und die Oranje Lady bog um die Spitze der einen Landzunge, von denen je eine zu beiden Seiten der langgestreckten, beinahe rechteckigen Bucht lag, an deren Ende der Strand wie ein mattes, von der Sonne poliertes, heißes Metallband flimmerte. Er war von Palmen umsäumt, die weiche und einladende Schatten auf ihn warfen. Jim stieß einen leisen Pfiff aus.

»Weshalb kenne ich das nicht schon längst?«

»Fast niemand kennt das. Jedesmal, wenn Vater und ich herkamen, war alles unverändert – nur einmal lag hier eine Yacht vor Anker. Die Bucht ist kein bevorzugter Ankerplatz der Segler zum Übernachten. Obwohl sie so geschützt und ohne Brandung ist, soll die Dünung sehr stark sein. Schau, wie gerade die beiden Landzungen hinausgehen – sie sind nicht die Spur nach innen gebogen, und so bieten sie keinen Schutz vor starkem Seegang. Ich bin froh darüber. Es ist alles so unberührt – so makellos. Es sieht aus, als wäre es gerade erst erschaffen worden.«

Er stellte den Motor ab und ließ das Boot einen Augenblick lang treiben. Es herrschte vollkommene Stille. Durch das durchsichtig grüne Wasser konnte er bis auf den sandigen Grund zehn Meter unter ihnen sehen. Die unter dem Boot herumschwimmenden Fische schossen silberne Lichtpfeile von ihren schimmernden Leibern ab. Als er den Anker auswarf, schien das Aufplatschen des Wassers als Echo von den Hügeln, die hinter dem Strand und den beiden Landzungen anstiegen, wie ein freudiges Flüstern zurückgeworfen zu werden. Dann kehrte die Stille wieder zu diesem einsamen und vollkommenen Fleckchen Erde.

Sie schwammen in dem klaren, unbewegten Wasser, in dem es durch die Sonne so warm wie in einem Schwimmbecken war; sie schwammen träge umher oder ließen sich auf dem Rücken treiben, das Gesicht der gleißenden Helle des Himmels zugewandt. Es war ein fast überirdisches Gefühl für Jim, so zwischen Himmel und Erde in dieser Stille zu schweben; es gab nichts Hartes, das er hätte anfassen oder berühren können, kein Maß, an dem er sich hätte messen können – nur die Linie des Horizontes, das weiße Band des Strandes und das schmerzende Blau über ihm. Von jäher Unruhe erfaßt, drehte er sich um und tauchte hinunter durch das Wasser; eine Schar winziger Fischchen stob erschreckt auseinander. Hier unten war es kühler, die Tiefen waren grüner, und die Fische warfen ihre Schatten auf den Sandgrund unter ihnen. Seine Brust spannte sich in Atemnot, und er begann wieder emporzuschwimmen. Da sah er über sich Ginnys Körper schön und anmutig herabtauchen. Sie verhielt dicht bei ihm und trat einen Augenblick Wasser; ihr helles Haar wallte wie ein Heiligenschein über ihrem Kopf. Plötzlich streckten sich seine Hände nach ihr aus, und er zog sie eng an sich. Er spürte den festen Druck ihrer jungen Brüste, als sie gemeinsam zur Oberfläche aufstiegen. Sie tauchten aus dem Wasser auf, und seine Lippen legten sich auf ihren Mund und fanden das Maß und die festen Konturen, die diesem weichen, trägen Nachmittag gefehlt hatten.

Ihre Lippen bewegten sich hungrig und suchend unter seinen.

»Jim ...«

Sie tauchten erneut unter, und die Worte erstarben, als sie beide nach Luft rangen. Ihre umeinander verschlungenen Körper und Glieder lösten sich voneinander, und sie stiegen hustend und keuchend wieder zur Oberfläche empor. Er streckte die Arme erneut nach ihr aus und zog sie an den Schultern an sich, und dieses Mal war sein Kuß länger und behutsamer.

»Habe ich dir wehgetan? Das wollte ich nicht.«

»Glaubst du, ich möchte, daß du behutsam bist?« schleuderte sie ihm erregt ins Gesicht.

Wütend riß sie sich von ihm los und schwamm mit schnellen Stößen an den Strand. Er folgte ihr langsamer. Als er den Strand zu ihr hinaufging, frottierte sie ihr Haar mit zornigem Eifer.

Er ließ sich auf die Knie auf sein eigenes, ausgebreitetes Handtuch fallen. Sie stand mit gespreizten Beinen in der für eine Schwimmerin so typischen Stellung neben ihm, und ihr Körper zeichnete sich vor dem Horizont ab. Ihr Gesicht war halb vom Handtuch verdeckt, und er vermochte ihre Miene nicht zu deuten.

»Was hab' ich verbrochen? Ist es eine Sünde, dich zu küssen? Hübsche Mädchen werden oft geküßt, Ginny.«

Ihre Stimme drang erstickt durch das Handtuch. »Aber warum jetzt? Hättest du es eher getan ...« Unvermittelt ließ sie das Handtuch sinken, und er sah, daß ihr Gesicht jung und ratlos war.

»Warum eher? Was macht das für einen Unterschied?«

»Es macht einen gewaltigen Unterschied! Morgen fliege ich nämlich nach New York ab.«

»Was tust du?«

»Ich sagte es bereits. Du hast es gehört. Ich fliege morgen nach New York ab.«

»Aber warum? Nein – versteck dich nicht wieder in deinem Handtuch.«

Er zog sie unsanft neben sich auf sein Handtuch. »So, nun komm mal her und erzähl mir, warum – und warum diese ganze Geheimniskrämerei? Weshalb konntest du es mir nicht sagen?«

»Ich wollte es nicht. Ich wollte es niemandem sagen. Ich hatte vor, es dir heute nachmittag zu sagen – aber nicht so.«

»Weshalb wolltest du es niemandem sagen? Weshalb nicht?«

»Weil ich Angst habe.« Zornig fuhr sie ihn an. »Siehst du denn nicht, daß ich halb tot vor Angst bin! Ich könnte all die guten, weisen Ratschläge einfach nicht ertragen. Ich müßte mir nur alle die Gründe anhören, warum ich kreuzunglücklich in New York wäre, warum es nicht das Richtige für mich wäre, und ich würde schwach werden. Bei meiner Angst wäre es ein leichtes, es mir auszureden.«

»Weshalb gehst du dann überhaupt?«

»Weil ich muß! Du hast es selbst gesagt ...«

Er nickte. »Du hast also beschlossen, es mit der schwierigsten und härtesten Stadt aufzunehmen – der strahlendsten, der glänzendsten, der allerschwierigsten!«

»Sei still! Bitte! Du machst es noch schwerer!«

»Doch die Belohnung ist auch groß – wenn man ihr gewachsen ist. Wenn man weiß, was einen erwartet. Wie lange wirst du dort bleiben?«

»Ich weiß es nicht«, erwiderte sie kopfschüttelnd. »Solange wie ich es aushalten kann. Ich werde einige Kurse an der New Yorker Universität belegen. Ich denke, es wird mir gelingen, eine Halbtagsstellung zu bekommen. Es ist nicht viel Geld da ... Ich weiß genau, daß Vater es mühsam zusammengekratzt hat. Ich habe deshalb überhaupt ein schlechtes Gewissen, ausgerechnet jetzt, wo die Erntezeit vor der Tür steht und er jeden einzigen Pfennig braucht. Aber ich muß einfach, und das weiß er. Er versuchte nicht einmal ernsthaft, mich davon abzubringen. Er hat nur ungefähr das gleiche wie du gesagt, nur sehr traurig – als glaube er, mich nie wiederzusehen. Und doch weiß er genau, daß ich irgendwohin gehen muß ...«

»Wegen des Briefes von deiner Tante? Hat er Angst, daß du das andere nimmst, wenn du das eine nicht bekommst?«

Sie blickte zu Boden und grub ihre Finger in den Sand; sie zögerte mit der Antwort und ließ die Sandkörner in einem feinen Strahl durch ihre Hand rinnen. »Ja, deshalb. Er wählt das kleinere von zwei Übeln. Ich würde nicht zu ihr gehen, doch das kann er nicht richtig glauben. Deshalb gibt er mir etwas anderes. Er sieht nicht völlig dessen Sinn ein, doch ist es ihm lieber als das andere.«

»Weißt du denn den Sinn von dem, was du vorhast? Weißt du, warum du es tust?«

»Das ist zum Teil der Grund, warum ich mich fürchte«, bekannte sie zögernd. »Ich weiß eigentlich nicht, was ich mir von all dem erhoffe. Niemand wird mir helfen, die Stadt zu verstehen und zu begreifen, das weiß ich. Ich werde mir irgendeinen Job suchen – man sagte mir, ich könnte mit meinem Visum eine Stellung bekommen, wenn ich für eine ausländische Vertretung arbeiten würde. Ich habe es Albert erzählt – er konnte es natürlich nicht verstehen –, und er hat mich mit einem Brief an das Holländische Konsulat ausgerüstet. Er meint, ich könnte sicher Schreibarbeiten für sie machen. Ich kann außerdem in spanisch tippen oder es auch sprechen, wenn es sein muß. Susie Marshall hat an eine Freundin geschrieben, und ich werde mit ihr zusammen wohnen – wenigstens vorläufig. Wie du siehst, habe ich mich um all diese Dinge gekümmert, aber sie sind, glaube ich, alle nicht der Grund, weshalb ich gehe. Mutter behauptet, es zu verstehen ... und tut es wohl auch, jedenfalls besser als Vater.« Sie sah rasch auf. »Er scheint so verletzt zu sein, Jim. Als hätte ich ihn verraten oder etwas Ähnliches getan. Er sagt zwar nichts, doch sieht man es ihm an. Offensichtlich kreisen seine Gedanken immer nur darum, daß Isobel mir ein Angebot gemacht hat, und er glaubt nun, dies sei das Gegenangebot. Aber so ist es gar nicht. Ich würde fort wollen, ob Isobel nun geschrieben hätte oder nicht. Wenn ich es ihm nur ein bißchen besser erklären könnte ... Wenn ich es doch nur selber wüßte, Jim.«

»Um das Leben kennenzulernen ... eine Frau zu werden«, sagte er so leise, daß es beinahe ein Murmeln war.

»Was?«

»Das ist es doch, nicht wahr? Das ist ungefähr der einzige Grund, aus dem jemand in deinem Alter seine Sachen packt und von zu Hause fortgeht, Ginny. Die meisten gehen natürlich gar nicht fort. Es verlangt nämlich eine ganze Menge Mut.«

»Findest du, daß ich Mut habe?« fragte sie schnell.

»Ja – du hast Mut. Und nun laß mich dich richtig küssen und zuck nicht zurück wie ein dummes kleines Mädchen. Du wirst in New York sehr oft geküßt werden, und wer könnte es dir besser beibringen als der alte Jim?«

Willig kam sie in seine Arme. »Ich wünschte, es würde niemand anders tun als nur du. Ich will ja gar nicht gehen ...« Und dann erstickte er ihre Worte mit seinem Mund.

»Ruhig! Du redest zuviel.« Er legte sich zurück und zog sie mit sich auf das Handtuch herunter. Ihr Mund war weich und süß, und ihre Brüste preßten sich durch den dünnen Badeanzug wieder auf eine Weise an ihn, daß das durch ihren Anblick im Wasser erweckte Verlangen zu einem beinahe unerträglichen Höhepunkt anwuchs. Er streifte den einen Träger ihres Badeanzuges hinunter und streichelte sie staunend. »Du bist sehr schön, Ginny. Sehr, sehr viele Männer werden dich besitzen wollen.«

»Du auch, Jim? Möchtest du mich wirklich lieben?«

»Natürlich möcht' ich das!« Seine Hand schloß sich fester um ihre Brust, und seine Lippen lösten sich von ihrem Mund und glitten über ihren Hals hinunter. Er spürte, wie sie heftig einatmete und ihre Finger sich in seinen Rücken gruben; sie schmiegte sich eng an ihn.

»Ich gehe nicht fort, Jim. Wenn du es nur sagen würdest ... Dann gehe ich morgen nicht fort, sondern bleibe hier bei dir. Wenn du mich jetzt lieben würdest ... Ich will es, Jim ... dich!«

Die Worte drangen wie durch einen dichten Nebel des Verlangens in sein Bewußtsein, und es war eine langsame Qual, sich zu zwingen, die Hände von ihr zu lösen und die Weichheit und Schönheit ihres Körpers loszulassen. Als er sich aufsetzte, hörte er sie einen kurzen spitzen Schrei der Empörung ausstoßen. Blindlings tastete er mit zitternder Hand zwischen seinen Kleidern nach den Zigaretten; und erst nachdem er sich eine angezündet und zwei lange, tiefe Züge getan hatte und die beruhigende Wirkung des Tabaks spürte, vermochte er zu sprechen. Er blickte starr auf das Meer hinaus, um nicht ihren Schmerz und ihre Demütigung mitansehen zu müssen.

»Das war aber etwas sehr Törichtes, was du da eben gesagt hast, Ginny. Aber ich muß mich dafür bei dir entschuldigen, denn wenn ich nicht so ein verdammter Esel gewesen wäre, hättest du es nicht gesagt. Du mußt nie wieder so etwas sagen, bevor du nicht genau weißt – ganz genau weißt, was du tust.«

Er fühlte, wie sie sich hinter ihm bewegte, und als sie dann antwortete, klang ihre Stimme halb erstickt. »Ich wußte es! Ich *meinte*, was ich sagte!« Durch einen Blick über die Schulter sah er, daß sie sich auf den Bauch umgedreht hatte und das abgewandte Gesicht halb in das Handtuch vergrub. Der wilde Wirrwarr ihres nassen Haares und die sich in den Sand klammernden, ausgestreckten Finger hatten etwas unendlich Wehrloses. »Wenn du nur sagen würdest, daß du möchtest, ich bliebe hier. Kannst du mich denn nicht lieben, Jim? Ich glaube, du könntest mich lieben, wenn du dich nur lassen würdest.«

Er legte ihr einen Augenblick leicht und zärtlich und beinahe ohne jede Leidenschaft die Hand auf den Kopf. »Arme Ginny! Es steht ziemlich schlecht für dich, was? Es ist die Hölle zu denken, man liebt jemanden, der einen nicht wiederliebt – oder es nicht will.«

»Ich denke es nicht – ich weiß, daß ich dich liebe!« Die Worte waren ein einziger von dem Handtuch gedämpfter, wilder, verzweifelter Schrei.

»Wenn ich sagen würde, ich liebte dich – wenn ich dich jetzt hier lieben würde, Ginny – würdest du wollen, daß ich dich heirate. Und das mit Recht. Das hoffen Menschen immer, wenn sie lieben, falls es eine anständige Liebe ist.«

»Aber du wirst wieder heiraten! Du wirst jemanden heiraten – mit der Zeit hörst du auf, an sie zu denken, und dann wirst du wieder heiraten. Warum nicht mich? Warum nicht?«

Er dachte lange nach, bevor er versuchte, ihr diese Frage zu beantworten. Ruhelos bewegte sie sich ununterbrochen auf dem Handtuch, wie ein Kind, das in zornigem Nichtverstehen ratlos um sich schlägt. Sie tat ihm leid, und er wünschte, die Sätze, die er sich im Geist zurechtzulegen versuchte, würden nicht so gefühllos und mitleidlos klingen. Unvermittelt hob sie den Kopf und schrie ihn beinahe an. »Na und – stimmt das denn nicht? Du wirst doch wieder heiraten – oder etwa nicht?«

Er sog gequält an seiner Zigarette. »Ja – wahrscheinlich werde ich das. Wenn man einmal verheiratet gewesen ist – glücklich verheiratet –, ist die Chance sehr groß, daß man wieder heiratet. Sogar wenn es eine unglückliche Ehe war, versucht man es wahrscheinlich noch einmal, da man sich sagt, daß man beim erstenmal eben Pech hatte. Deshalb machen diese reichen Burschen immer weiter und probieren es zum dritten- und viertenmal – und werden jedesmal eine Million Dollar los. Sie sind eben optimistisch, nehme ich an, oder tun es, weil sie irgendwann einmal eine Ahnung bekommen haben, wie es sein kann, wenn es das Wahre ist. Viele Menschen verbittern, weil sie erleben, daß das, was sie zu besitzen glaubten, ihnen unter den Händen zerrinnt oder sie es überhaupt nie erlangten. Und dann gibt es Menschen wie mich – Glückspilze, die das Große Los gezogen hatten. Und ihr Glück zerrann nicht und bröckelte auch nicht langsam ab. Es wurde ihnen fortgenommen.«

Er drückte die Zigarette im Sand aus. »Ich hatte es, Ginny. Ich hatte alles, was man in einer Ehe finden kann. Vielleicht wäre es nicht immer so geblieben. Vielleicht hätte sich der Glanz mit der Zeit abgerieben. Aber das weiß ich ja nicht, nicht wahr? Ich weiß nur, daß ich es hatte, und ich lebe immer noch von diesem Glück. Jeden Morgen, wenn ich aufwache, bin ich davon erfüllt. Ich lebe noch in dieser anderen Welt, Ginny.«

Sie drehte sich um und setzte sich auf.

»Ich könnte warten«, meinte sie leise. »Ich könnte hierbleiben und warten, bis du bereit wärest.«

»Nein – du bist zu jung, um zu warten. Du mußt deinen Weg gehen und selbst für dich finden, was du kannst. Unser Rhythmus ist verschieden, Ginny. Wir sind nicht im Takt. Du bist jetzt bereit, und ich bin es nicht. Vielleicht erkenne ich irgendwann, wenn du fort bist – ich meine, für immer fort –, daß ich mir eigentlich wünschte, du hättest gewartet. Aber das weiß ich jetzt nicht. Alles, was ich weiß, ist, daß ich immer noch in jener anderen Welt lebe. Deshalb kann ich dich nicht warten lassen – und kann mich auch nicht dich jetzt lieben lassen.«

Er griff nach ihrer Hand und nahm sie in die seine.

»Es ist Pech, Ginny. Und das ist eine der Erkenntnisse, die du am schnellsten da oben lernen wirst – daß das Leben meist verflixt ungerecht ist.«

John und Katrien brachten Ginny am nächsten Tag zum Flugplatz. Doch war es Albert de Kruythoff, der verhinderte, daß ihnen der Augenblick des Abschieds zu sehr bewußt wurde. Wenige Minuten vor Abflug der Maschine nach San Juan kam er mit einer braunen Packpapiertüte, die er unbeholfen vor sich hertrug, in den Warteraum gestürzt.

»Wie ich hörte, tragen sie alle Amerikanerinnen, wenn sie aus New York abreisen. Da dachte ich mir, du könntest es umgekehrt machen, Ginny. Im New Yorker Zoll werden sie sie dir wahrscheinlich wegnehmen, aber bis dahin hast du sie wenigstens.«

Die Tüte enthielt einen langen Blütenzweig winziger, grüngesprenkelter weißer Orchideen aus Alberts Garten. Voller Besorgnis verfolgte er, wie Ginny sie ansteckte. »Zu lang«, verkündete er bekümmert. »Sie sehen nicht richtig aus. Ich hätte sie nicht mitbringen sollen.«

»Nein – schneiden Sie sie nicht ab. Sie sind wunderschön, so wie sie sind.«

Und dann wurde ihr Flug durch den Lautsprecher ausgerufen, und sie gab rasch Katrien und John einen Kuß. Albert ergriff ihr bescheidenes Gepäck. »Ich bringe dich ans Flugzeug.« Es war eine der wenigen Gelegenheiten, bei denen Ginny erlebte, daß Albert seine Stellung als Statthalter ausnutzte; ohne weitere Erklärung ging er an dem Kontrollbeamten vorbei. Am Fuße der Gangway nahm Ginny ihre beiden Koffer und reckte sich dann rasch auf die Zehenspitzen, um Albert auf die Wange zu küssen. Er wurde dunkelrot und wich stolpernd einen Schritt zurück. Er machte den Mund auf, brachte jedoch kein Wort heraus und schloß ihn also wieder.

»Um Vater brauch' ich mir doch keine Sorgen zu machen, nicht

Albert? Sie finden doch auch, daß es ihm jetzt wieder gutgeht, nicht wahr?«

»Ich denke ja, Ginny. Doch falls das mal nicht der Fall sein sollte, gebe ich dir Bescheid. Das verspreche ich dir.«

Und damit drehte er sich um und stelzte eilends zurück, während die schlechtsitzenden Shorts um seine geröteten Knie schlotterten.

Auf dem Flughafen von San Juan war sie allein. Es war keine Zeit für den Besuch im Kloster; John hatte gewollt, daß sie dort über Nacht bliebe, doch Katrien war dagegen gewesen. »Laß sie in einem Rutsch 'rauffliegen, damit sie es hinter sich hat. Es ist gerade so schon schwer genug.« Sie rief in Santa Maria an und erfuhr, daß Mater Angela in Barranquitas sei; die Novizin am Telefon war erst seit Juni da und kannte Ginnys Namen nicht, als sie deren Gruß aufschrieb.

Sie trank eine Coca-Cola an der Stehbar und vergewisserte sich, daß sie ihre Flugkarte und ihr Geld hatte; danach blieb nichts zu tun übrig, als in dem Flughafengarten zwischen den Blumen hin und her zu schlendern und bereits ein leises Heimweh nach dem Garten von Oranje Huis zu verspüren. Sie strengte sich an, nicht an Jim zu denken, was ihr jedoch nicht gelang. Er war unverscheuchbar in ihrem Denken und würde das lange Zeit sein; sie verstand das, was er über sein Weiterleben in jener Welt mit seiner Frau gesagt hatte, besser, als er ahnte. Sie war froh, daß er nicht an dem Morgen heraufgekommen war, um ihr vor den Eltern auf Wiedersehen zu sagen; sie war froh, daß er klug genug war, diese Geste zu unterlassen. Sie stellte sich in die lange Schlange von Puertoricanern, die bei dem Abflug jeder Maschine nach New York in Scharen vertreten waren. Es war leicht, an den dicken Mänteln, die einige von ihnen über dem Arm trugen, die Reisenden von ihren Begleitern zu unterscheiden. Auf jeden Passagier schienen sechs Verwandte zu kommen, die auch alle mit in der Schlange standen. Anfangs trat sie höflich zur Seite, um Neuankömmlinge hereinzulassen, doch dann lernte sie, daß man seinen Platz in der Schlange nicht fahren läßt, sondern sich vorwärts schlängelt, sowie sich die Gelegenheit dazu bietet. Es war so völlig anders als das lässige, freundschaftliche Beieinanderstehen, wenn man nach St. Charles flog und meist die Hälfte der übrigen Passagiere kannte, von denen es keinem im Traum eingefallen wäre, für den halbstündigen Flug um einen besonderen Sitzplatz zu kämpfen. Sie schob sich entschlossen vorwärts, fest inmitten der Schlange eingekeilt, und sagte sich ingrimmig, daß, wenn es anders wäre, sie doch gerade auf der Suche nach dem Andersartigen war, oder etwa nicht? Die letzten zehn Minuten beschäftigte sie sich damit, ihr Spanisch zu üben, indem sie all den tränenreichen Abschiedsszenen lauschte; sie tat damit nichts Unerlaubtes, spielten sie sich doch laut und dramatisch in aller Öffentlichkeit ab.

Die Flugnummer wurde ausgerufen, und die Metalltüren glitten zur Seite. Nun wurde der Vorwärtsdrang in der Schlange heftig und rücksichtslos. Sie wurde in den Rücken geboxt und erhielt Püffe von den Seiten, und dann vernahm sie, als sie immer dichter an den Beamten geschoben wurde, der die Karten kontrollierte, durch das allgemeine Getöse hindurch ihren Namen.

»Ginny! Ginny! Wart' einen Moment.«

Beim Klang von Jims Stimme blieb sie stehen und wurde von dem schiebenden Druck der Menge beinahe umgestoßen. Dann wandte sie sich, ohne ihn sehen zu können, zur Seite und begann, sich einen Weg aus der Schlange hinaus zu erkämpfen. Nachdem sie erst einmal aus der Mitte heraus war, drängte der Vorwärtsschub der Menge sie hinaus. Es war, als würde sie aus einer Tube herausgequetscht. »Hier – Ginny. Hier drüben.« Und dann war er da und stand vor ihr.

»Was machst du denn hier?« gelang es ihr zu sagen.

»Ich mußte plötzlich rüberkommen – geschäftlich. Ein Glück, daß ich dich noch erwischt hab'!«

Die jähe Hoffnung, die in ihr aufgestiegen war, sank genauso rasch in sich zusammen. »Weshalb?«

»Ich hab' dies für dich rausgekramt. Es ist ein Lammfellmantel, den ich im Norden trug, wenn es sehr kalt war. Er ging mir nicht bis zu den Knien und dürfte deshalb eigentlich nicht viel zu lang für dich sein. Sonst schneide ein Stück ab, wenn du willst. Die Ärmel kannst du umschlagen – das ist modern, glaube ich. Mach also mit ihm, was du willst.«

»Du bist nur gekommen, um mir ihn zu bringen?«

Er zuckte die Achseln. »Mir fiel plötzlich ein, daß du vielleicht nichts Warmes anzuziehen hast ...«

Sie deutete auf den Mantel über ihrem Arm. »Susie hat mir ihren Kaschmirmantel geliehen. Ich habe eine Wolljacke zum Drunterziehen.«

»Kaschmir – das ist sehr schön für den Frühling. Wo du hingehst, Ginny, ist es kalt. Hast du etwas Geld, um dir ein paar warme Sachen zu kaufen?«

»Vater hat mir genug gegeben«, erwiderte sie abweisend.

»Na, nun sei doch nicht so stockenglisch zu mir. Ich hab' ja nur gefragt ... Wenn du was brauchst, sag mir Bescheid. Hörst du? So, und nun drängelst du dich besser wieder zurück in die Meute.«

Er beugte sich zu ihr hinunter und küßte sie flüchtig. »Viel Glück! Und geh nicht verschütt da oben.«

Und dann schien er in der Schar der Verwandten unterzutauchen, und sie schob sich, den großen, unhandlichen Lammfellmantel fest umklammernd, am Ende der Schlange stolpernd vorwärts.

5

Ginny fand in der Stadt einiges von dem, was sie hatte finden wollen und weswegen sie gekommen war, doch gelang es ihr nie, diesem Etwas einen Namen zu geben. An Jim schrieb sie: ›Es ist schlimmer, als ich es mir vorgestellt hatte, und ich fürchte mich mehr denn je. Und ich friere und bin kalt – kalt bis in die Knochen und mein Gehirn, so daß ich dauernd beinahe in Autos hineinlaufe. Wenn ich nicht an der Kälte sterbe, besteht große Wahrscheinlichkeit, daß ich überfahren werde. Gleichzeitig habe ich jedoch das Gefühl, lebendiger als in meinem ganzen bisherigen Leben zu sein. Ich bin von all den Eindrücken vollkommen überwältigt und erschüttert, und wenn ich abends nach Hause komme, bin ich erfüllt von dem, was ich gesehen und erlebt habe, daß ich nicht einschlafen kann. Ich glaube, meine Augen und Ohren sind sicherlich doppelt so groß geworden.‹

›Zuhause‹ war eine Wohnung im dritten Stock eines Braunsandsteinhauses ohne Aufzug in Greenwich Village*, in der sie gemeinsam mit einem Mädchen namens Barby Hutchinson wohnte, einer älteren Schwester jener Schulfreundin Susie Marshalls. Ansonsten wohnte bei ihnen jedes Mädchen, das Barby zu überreden vermochte, doch zu ihnen zu ziehen und sich an den Mietkosten zu beteiligen. Es war schmutzig und oft überheizt, und durch die schlechtschließenden Fenster drang unvermutet eisige Zugluft; Kakerlaken krabbelten eilig in ihre Ritzen, wenn man das Licht in der Küche anknipste, und das Badezimmer war ständig feucht durch die Unterwäsche und Blusen, die dort immer zum Trocknen hingen.

* Das Künstlerviertel von New York

»Es macht mich ganz krank und elend, dauernd dies feuchte ›Drip‹ zu hören«, erklärte Barby. »Als nächstes sollte Du Pont das ›Drip‹ aus dem ›Drip-dry‹ verbannen.«

Ginny gewöhnte sich daran, in dem winzigen Hinterzimmerchen, das sie mit jeder teilte, die zufällig Barbys andere Untermieterin war, auf völlig fremde Mädchen zu stoßen, die gerade ihre Sachen auspackten. Drei von ihnen kamen und gingen in rascher Reihenfolge – Anne, Lee und Judith; auf sie folgten zwei weitere, doch Ginny machte sich nicht mehr die Mühe, sich ihre Namen zu merken, sondern redete sie einfach mit irgendwelchen Namen an, die ihr gerade einfielen. Barby selbst residierte in einsamer Pracht in dem größeren Vorderschlafzimmer; sie hielt die Bewohnerinnen des Hinterzimmerchens unter strenger Fuchtel, stand ihnen jedoch auch mit Rat und Tat zur Seite.

»Na, irgendwelche Probleme? Dann kommt nur zu mir. Ich bin, seitdem ich mit dem College fertig war, in dieser Männerstadt und kenne alle Tricks. Männer? – Chefs? – Wölfe? – Diese biestigen Hexen in eurem Büro? Glaubt mir, Barby weiß alles über sie. Kommt nur nicht wegen Geld zu mir, das kriegt ihr nämlich nicht. Und bringt keine Freunde zum Übernachten mit, sonst würde ich euch alle beide rausschmeißen. Oh – und wer ist mit der Küche dran? Sie ist ein Saustall!«

Barby selbst war nie an der Reihe. Ginny und ihre jeweilige Zimmergefährtin ärgerten sich über ihre Tyrannei, ertrugen sie jedoch geduldig, da Barby ihnen Zuflucht bot und mit ihrem zynischen, gesunden Menschenverstand gleichsam ein Fels für sie war, an den sie sich alle klammerten. Und sie schien tatsächlich alle Tricks zu kennen. Sie war ein großes, schlankes, ungefähr dreißigjähriges Mädchen, dessen Farblosigkeit man durch die phantasievolle und gewagte Note ihrer Kleidung nicht bemerkte. Sie arbeitete als Sekretärin in einer Mannequin- und Modellagentur und sparte eisern, um ihre eigene Agentur aufzumachen. Wenn es sie nichts kostete, stand sie jedem, der sich mit irgendwelchen Problemen um Hilfe an sie wandte, großzügig mit Rat und Tat zur Seite und schien Freude daran zu haben, ordnend in das Leben ihrer Mitmenschen einzugreifen. Sie war fabelhaft am Telefon, drohte, schmeichelte und log, wenn es ihr paßte, und erreichte beinahe immer, was sie wollte.

»Du möchtest Schreibarbeiten für das Holländische Konsulat machen?« fragte sie Ginny. »Du wirst ihnen einen Gefallen tun! Wer in dieser Stadt kann denn schon holländisch tippen? Ich wette, man hätte sogar Schwierigkeiten, ein holländisches Wörterbuch aufzutreiben!«

»Ich bin nicht sehr gut darin«, gestand Ginny. »Ich meine, ich brächte keine richtige Übersetzung zustande. Wir haben zu Hause immer englisch gesprochen.«

»Das wirst du ihnen hoffentlich nicht sagen!«

Barby war es auch, die Ginnys Vorstellung im Konsulat vereinbarte und sie mit einigen Zeilen zu einem Textilfabrikanten an der Seventh Avenue schickte, damit sie sich einige Kleider kaufen konnte. »Sieh zu, daß er dir mindestens vierzig Prozent Rabatt gibt. Sam schuldet mir eine Gefälligkeit.«

Es war Ginnys erste Berührung mit dem Rabattsystem, von dem die New Yorker wie besessen schienen. »Bezahlt denn niemand den richtigen Preis?« fragte sie Barby.

»Welchen richtigen Preis? Den richtigen Preis bestimmt man selbst!« Sie erhielt den Job am Konsulat; er war langweilig und bestand aus reiner Routinearbeit, doch er würde etwas Geld einbringen und John Tilsit die Bürde ein wenig erleichtern.

»Weißt du, eigentlich sollte ich dir eine Provision für die Vermittlung deines Jobs abknöpfen«, meinte Barby, »doch will ich diesmal ein Auge zudrücken.«

»Ich nehme an, der Brief von Vizegouverneur de Kruythoff war daran nicht ganz unbeteiligt.«

Barby fuhr achselzuckend fort, ihre Nägel zu feilen. »Fang nicht an, mir Titel vorzubeten. Die beeindrucken mich nicht.«

Ginny erwiderte nichts, da sie sich an die wenig beeindruckenden Qualitäten Alberts in den Augen derjenigen erinnerte, die ihn nicht näher kannten. Unvermittelt überkam sie Heimweh nach der friedvollen Weltabgeschiedenheit von St. Nicolaas, gerade weil es für niemanden hier beeindruckend war. Es war ein Fleckchen Erde, auf dem sich jemandem, der auf Provisionen oder Rabatte erpicht war, wenig Aussichten boten, und die Preise waren für alle die gleichen. Das würde Barby nicht sehr interessieren.

Sie arbeitete sehr angestrengt – morgens im Konsulat, wo sie meist Handels- und Wirtschaftsberichte tippte, und nachmittags in der New Yorker Universität, an der sie Kurse in Französisch und englischer Literatur belegt hatte. Warum sie ausgerechnet diese gewählt hatte, hätte sie nicht zu sagen vermocht, doch bildeten sie einen Anfang. Und dann schrieb sie sich noch für einen Kursus in Kunstgeschichte ein, was sie in ihren Briefen nach St. Nicolaas jedoch nicht erwähnte. So hastete sie nun stadtaufwärts zu den Kunstgalerien und Museen und wußte doch, daß es ihr meistens nicht einmal gelang, auch nur die Hälfte dessen, worüber der Dozent sprach, annähernd zu verstehen. Und als sie ihre schriftlichen Arbeiten einreichte, erhielt sie diese stets mit einem »Unbrauchbar« zurück. Eines Abends forderte der Dozent, ein dicker, gutmütiger Mann, sie auf, nach der Vorlesung noch einen Augenblick für ein Gespräch dazubleiben.

»Miss Tilsit – darf ich fragen, weshalb Sie an diesem Kursus teilnehmen? Ich hoffe, Sie erwarten nicht, diese Dinge ohne ernsthafte Arbeit im Handumdrehen lernen zu können.«

»O nein, keineswegs! Ich habe mir mehr Mühe gegeben, als je zuvor mit etwas anderem«, versicherte Ginny bedrückt. »Das Dumme ist nur, daß ich in meinem ganzen Leben kaum sechs Bilder gesehen habe, und es ist für mich daher ziemlich verwirrend, all dies neue Zeug unterscheiden zu lernen. Ich versuche es aber trotzdem. Ich ... ich habe aus einem besonderen Grund den Wunsch, etwas über Malerei zu lernen – und über Gestaltung.«

Er rückte seine Brille zurecht und betrachtete dieses Mädchen mit dem wundervollen blonden Haar und dem sonnengebräunten Teint, der erst jetzt zu verblassen begann, eingehender. Sie war ihm in der sonst anonymen Masse seiner Klasse durch die Intensität ihres Interesses aufgefallen. Ihre schriftlichen Arbeiten hatten ihn dann jedoch tief enttäuscht.

»Weshalb, wenn ich fragen darf? Beabsichtigen Sie, in Graphik und Gestaltung Ihre Karriere zu machen?«

»O nein!« entgegnete sie rasch. »Nichts dergleichen! Es ist nur – ein Freund von mir ... nun, ich möchte nur etwas darüber lernen. Und dies schien mir ein guter Ort, um damit anzufangen.«

Er nickte, enthielt sich aber jeder Bemerkung. Er hatte so viele Studenten – meistens Studentinnen – in seinem Unterricht gehabt, die versucht hatten, sich ein Wissensgebiet hastig einzuverleiben, weil sie jemanden liebten, den jenes Gebiet interessierte. »Sie werden verstehen, daß ich Sie am Schluß des Semesters durchfallen lassen muß.«

Sie blickte zu Boden. »Ja, ich verstehe. Es ... es war wohl vorauszusehen. Es bestand von Anfang an ja nur sehr wenig Aussicht, daß ich es schaffen würde.«

»Versuchen Sie es doch noch einmal«, schlug er achselzuckend vor. »Belegen Sie einen Sommerkursus. Wenn Sie sich mit genügend von diesem ›Zeug‹ – wie Sie es nennen – beschäftigen, wird etwas hängenbleiben.«

Ein zaghaftes Lächeln huschte über ihr enttäuscht verschlossenes Gesicht. Wenn sie nicht so übermüdet aussähe, könnte sie geradezu schön sein, überlegte er. Ihre Kleidung glich der vieler junger Studentinnen – sie bestand aus einem weiten Rock, einem schwarzen Pullover und schwarzen Strümpfen. Er wünschte, die Studentinnen würden sich nicht so anziehen; es sah so entsetzlich trostlos aus. Und dieses Mädchen kam in einem Lammfellmantel zum Unterricht, der viel zu groß für sie war und ihr das Aussehen eines verwahrlosten Waisenkindes oder eines ähnlich bedauernswerten Geschöpfes verlieh. Vermutlich war sie arm, doch es irritierte ihn, daß jemand seine Schönheit so verschandelte, wie sie es tat.

»Ja, ich werde es noch einmal versuchen. Vielen Dank.« Sie wollte sich gerade zum Gehen umdrehen, als er die Unterhaltung fortsetzte.

»Übrigens – sind Sie zufällig irgendwie mit der Tilsit-Familie von der Porzellanmanufaktur verwandt? Wie ich hörte, ist es ein Familienname.«

Ihr Lächeln erstarb. »Nein – nein, ich bin nicht mit ihnen verwandt.«

»Nun, ich wollte nur mal fragen. Mein anderes Spezialgebiet ist alte Keramik – es gibt in England eine bemerkenswerte Tilsit-Sammlung, die oft in Fachbüchern abgebildet ist. So dachte ich, ich frage Sie mal – wo Sie Engländerin sind und es kein gebräuchlicher Name ist.«

»Ich bin keine Engländerin! Ich bin in Niederländisch-Westindien geboren.«

»Ich bitte um Verzeihung, Miss Tilsit.« Ihre heftige Reaktion belustigte ihn, und er hatte den Verdacht, daß sie nicht die Wahrheit sagte, zumindest nicht, was die Tilsits betraf. »Ich wußte kaum, daß es ein Niederländisch-Westindien gibt.«

Sie nickte, als nähme sie seine Entschuldigung an, und in diesem Augenblick war jede Spur der demütigen Studentin wie fortgewischt. In ihrem Gang, ihrem sehr geraden Rücken und hoch erhobenen Kopf mit dem windzerzausten Haar lag mehr als nur eine Spur der großen Dame. Es stand in groteskem Widerspruch zu dieser Umgebung und jener Kleidung. Ihm war zum Lachen zumute, doch obwohl sie ihm den Rücken zukehrte, gestattete er sich nicht einmal ein Lächeln für den Fall, daß jener Kopf sich umdrehen sollte und diese großen grauen Augen sich auf ihn heften würden. Als sich die Tür hinter ihr geschlossen hatte, sammelte er seine Unterrichtsnotizen zusammen und überlegte, warum sie sich wohl die Mühe gemacht hatte, ihn anzulügen.

Daß es eine sinnlose Lüge gewesen war, erkannte Ginny an dem Tag, als der Brief aus England kam. Er enthielt keine Mitteilung außer der beredten, imponierenden Sprache seiner lakonischen Kürze – in dem Umschlag stak lediglich die rechteckige Visitenkarte aus dickem, weißem Karton, auf dem in erhabener schwarzer Prägung stand: ›Miß Isobel Tilsit, Tilsit, Dorset‹. Auf der Rückseite las sie in der ihr bereits bekannten Handschrift: ›The Tilsit Showroom, 75 East 52nd Street, New York City‹.

Ein leichter Hagelschauer ging an jenem Märzspätnachmittag über Manhattan nieder, als sie sich schließlich auf die Suche nach der Hausnummer in der zweiundfünfzigsten Straße machte. Der Unterricht war an diesem Nachmittag ausgefallen, und so war sie, seit sie mittags das Konsulat verlassen hatte, im Metropolitan-Museum gewesen; aufs Geratewohl war sie durch die Gänge gewandert, war manchmal stehengeblieben, manchmal aber auch rasch durch ganze Räume hindurchgelaufen, und hatte sich bemüht, soviel in sich aufzunehmen, wie ihre Augen zu fassen vermochten – Möbel, Schmuck, Gemälde, Skulpturen. Es war ein leuchtendes Kaleidoskop der verschiedensten Farben, Formen und Stile; die Eindrücke überstürzten sich in so rascher Folge, daß sie angesichts der Ungeheuerlichkeit der Aufgabe, die sie sich selbst gestellt hatte, niedergeschlagen und mutlos wurde. Nie würde man all das lernen können, wenn man ganz von vorn anfangen mußte. Nicht in zehn Jahren konnte man das lernen, ja vielleicht nicht einmal in einem ganzen Leben, wenn man nicht das richtige Auge und Verständnis dafür entwickelte. Die erregende Ausstrahlung der Kunstwerke vermochte sie zu empfinden, doch zum tieferen Verständnis des Wesensinhalts eines jeden bedurfte es des umfassenden Wissens, das sie nicht besaß; sich nur an ihnen freuen, schien nicht genug. Sie schalt sich eine törichte Närrin, dem Schattenbild einer Julie MacAdam mit allem was jene gewesen und gekonnt hatte, nachzujagen. Sie war viel mehr als nur eine Närrin, daß sie gleichzeitig so verzweifelt nach so verschiedenen Dingen zu haschen versuchte – wo kam sie ihnen überhaupt nur einen einzigen Schritt näher? Beinahe nirgends, schloß sie verbittert.

Eine halbe Stunde lang war sie an den Glasvitrinen entlanggegangen, in denen die Altman-Sammlung alter chinesischer Keramiken ausgestellt war, fasziniert und entzückt von der Leuchtkraft der Farben, von der schlichten Schönheit einiger unverzierter Stücke ... Pfirsichblütenrosa, Ochsenblutrot, Kaisergelb, Kobaltblau, Türkis ... die schimmernde Pracht der famille rose ...

der Ch'ien-Lung-Periode, K'ang Hsi ... wie sollte sie das nur behalten? ... Die Vier Jahreszeiten Vasen, Pfingstrosen für den Frühling, Lotos für den Sommer, Chrysanthemen für den Herbst und Rosazeen* für den Winter ... alle hinreißend schön und hinter Glas eingeschlossen. Sie ging zum erstenmal in die Abteilung europäischer Keramik hinunter, auch das aus einem unbestimmten Loyalitätsgefühl zu ihrem Vater heraus. Die französischen Vitrinen ... sanfte, crèmige Farben aus Vincennes und Sèvres, überraschende Edelsteinfarben; die italienischen Vitrinen, blumenüberladen, rasch weiter; das holländische Delft, die deutschen Sammlungen und die Versuche, das chinesische Geheimnis des hartgebrannten Porzellans zu entdecken, und schließlich der Triumph von Meißen; die englischen Schaukästen und die Wedgwood-Vasen und Krüge aus Jasperware**, die Chelsea-Figuren und -Vögel, das leuchtende Emailleblau von Royal Worcester. Kein Tilsit. Unvermittelt wandte sie sich ab und verließ die Galerien, um dem Hauptausgang des Museums zuzustreben.

Draußen auf der Fifth Avenue kuschelte sie sich tiefer in Jims Mantel und vergrub die Hände tief in den Taschen. Die Dämmerung dieses Märztages verdichtete sich in der Ferne über dem Central Park und ging von Dunkelblau in Schwarz über. Die Bäume entlang der Avenue glänzten feucht in der spukhaften Helligkeit der Straßenlampen. Sie fröstelte; ihre Füße wurden vor Kälte gefühllos, doch sie nahm keinen der vollbesetzten Busse, der sie stadteinwärts in die Village*** gebracht hätte. Sie ging weiter die Fifth Avenue hinunter; zwei Männer sprachen sie an, was sie einfach ignorierte. Das hatte sie sehr rasch in New York gelernt. Und nun kam sie an das Ende des Parks, zu der diskret luxuriösen Eleganz des Plaza Hotels und der Schaufenster von Bergdorf & Goodman. Sie blieb einen Augenblick stehen, um die auf den Schaufensterpuppen ausgestellten Modelle zu studieren und versuchte, sich die Schnitte und Farben einzuprägen. In einem Monat würde es die Kopien in den billigen Läden im unteren Teil der Stadt zu kaufen geben, und sie mußte sie deshalb behalten. Dann überquerte sie die Straße und ging zu Tiffany hinüber. Das subtile Raffinement der Schaufensterauslagen hatte sie vom ersten Augenblick an fasziniert, als sie zum erstenmal dieses Stück der Fifth Avenue entlanggebummelt war. Sie hatte an Schmuck nie anders

* Rosazeen, Mehrz. = Pflanzenfamilie der Rosengewächse.
** Jasperware = englisches Steingut aus Jaspermasse, i. e. Töpferton und Feuersteinpulver.
*** Village – Abkürzung für Greenwich Village.

gedacht als in Verbindung mit schwarzem Samt, auf dem die einzelnen Stücke kunstvoll angeordnet lagen. Sie mußte lächeln, als sie sich jetzt an ihre Empfindungen erinnerte, als sie zum erstenmal hier vorbeigekommen war, wie sie zwischen diesen Schaufenstern und der Modeschmuckabteilung bei Bonwit Teller nebenan hin- und hergelaufen war und versucht hatte, sich den Unterschied zwischen dem Echten und dem Falschen einzuprägen. Jetzt war im Hinblick auf das näherrückende Osterfest ein einziger Smaragd an einem fast unsichtbaren Draht über einem goldenen Eierbecher aufgehängt. Sie stand einige Minuten in den Anblick versunken und beobachtete, wie der Smaragd sich in einem leichten Luftzug drehte, und lächelte beglückt über seine reine Schönheit. Dann drängten zwei andere Leute sich neben ihr an das kleine Fenster, und sie wurde sich wieder der Kälte und ihrer schmerzenden Füße bewußt.

Bis zur St.-Patricks-Kirche würde sie gehen, nahm sie sich vor, einen raschen Blick in die Schaufenster von Saks werfen und dann auf der anderen Seite den Bus nehmen. Doch nach vier Straßenblöcken befand sie sich an der Ecke der zweiundfünfzigsten Straße und bog in sie ein, und ihre Lippen wiederholten die Nummer, die auf Isobels Karte gestanden hatte.

Sie kam zu dem Haus, das auf der anderen Straßenseite lag, und blieb auf dem Trottoir stehen und betrachtete es. Es war ein schmalbrüstiges Gebäude, dessen gesamter zweiter Stock von einem einzigen Fenster eingenommen wurde, das in dicken Goldbuchstaben die Aufschrift TILSIT CHINA trug. Sie ballte die Fäuste in den Manteltaschen, von plötzlicher Neugier und Erregung ergriffen. Ohne hinzusehen, begann sie über die Straße zu gehen, schreckte jedoch sogleich vor dem Übelkeit erregenden Kreischen eines auf dem glatten, feuchten Asphalt heftig bremsenden Autos zusammen; darauf folgte die große Übung verratende Schimpfkanonade eines Taxifahrers. Instinktiv schoß sie auf den Schutz bietenden, erleuchteten Eingang von Nr. 75 zu. Der kleine Aufzug war gerade unten, die Tür war geöffnet, und ein Herr stand in ihm und wollte gerade auf einen Knopf drücken. »Aufwärts?« fragte er.

»Eh ... ja. Zweiter, bitte.«

Er drückte auf den Knopf und nahm seinen Hut ab. Der Aufzug schoß mit ihnen empor und hielt an. Die Außentür glitt zur Seite, und der Herr öffnete die innere Gittertür. Ihr blieb keine andere Wahl, als auszusteigen; hinter ihr klappten die beiden Türen mit dem Geräusch der Endgültigkeit zu.

Der Ausstellungsraum war lang und schmal, mit einem grünen Teppich ausgelegt und von großen Kristallkronleuchtern in ein warmes, strahlendes Licht getaucht. Sie schloß blinzelnd die Augen vor dieser Lichtfülle, die sich in zahllosen kleinen Lichtreflexen in den glänzenden Flächen des auf den Tischen und in den Wandregalen ausgestellten Porzellans widerspiegelte. Verwirrt wandte sie den Kopf und durchlebte einen neuen Augenblick der Panik, als sie einen Mann in einem dünnen dunklen Anzug und sehr weißen, steifen Hemd aus dem Hintergrund des Raumes auf sich zukommen sah. Sie starrte ihn wie ein hypnotisiertes Kaninchen an, nur von dem einen Wunsch erfüllt, sich umzudrehen und fortzulaufen. Sie fühlte, daß er, bevor er noch mit seinen leisen, schnellen Schritten des erfahrenen Verkäufers bei ihr angekommen war, jede Einzelheit ihrer Erscheinung vermerkt hatte und genau wußte, daß sie hier eigentlich nichts zu suchen hatte. Sie war sich jetzt ihrer durchnäßten Schuhe, ihres nassen Mantels, ihres strähnigen Haares und der schmutzigen Wollhandschuhe qualvoll bewußt.

»Sie wünschen, Miss?« Sein Akzent war englisch.

»Ich möchte mir nur einiges ansehen – das heißt, wenn es erlaubt ist?«

Er machte die leiseste Andeutung einer Verbeugung und meinte stirnrunzelnd: »Dies ist ein Ausstellungsraum für den Großhandel. Falls Sie etwas kaufen möchten, müßten wir Ihnen den Namen des Einzelhändlers geben, der unsere Erzeugnisse führt.«

»Ja, das wäre sehr nett.« Eifrig griff sie nach diesem rettenden Strohhalm. »Ich möchte etwas für einen Bekannten aussuchen – ein kleines Geschenk.«

Seine Miene gab ihr deutlich zu verstehen, daß er weder an den Bekannten noch an das nötige Geld für ein Geschenk glaubte. Er nickte. »Ich werde Ihnen gerne alle Auskünfte geben, die Sie wünschen.« Dann sah er auf die Uhr an der rückwärtigen Wand des Raumes. »Wir schließen in zehn Minuten. Um fünf.« Und damit trat er einige Schritte zurück und blieb dicht vor der Wand nahe am Aufzug mit auf den Rücken gelegten Händen stehen. Sie wußte, er würde sie nicht eine einzige Sekunde aus den Augen lassen.

In einem benommenen, wirren Gefühl der Verlegenheit wandte sie sich um und begann langsam zwischen den Tischen entlangzugehen. Es war alles vor ihr ausgebreitet, eine Reihe nach der anderen von Gedecken, Dutzende von verschiedenen Mustern in den leuchtendsten und verschiedensten Farben – hier

Rubinrot, Gold und Jadegrün und dort eine gewagte sepiafarbene Figur auf einem weißen Teller. Ihre Augen bemerkten all diese Dinge rasch, doch mehr mechanisch und ohne rechtes Verständnis. Sie spürte den Tränenschleier vor ihnen, der die Muster und Farben erzittern und verschwimmen ließ. Sie fühlte den Blick des Mannes in dem schwarzen Anzug auf sich ruhen und kam sich wie ein Eindringling vor. Plötzlich fiel ihr Blick auf das vertraute Glockenblumenmuster des kleinen Kaffeegedecks, das ihr Vater zerschmettert hatte. Und hier lag auch das Käsemesser. Behutsam strich sie mit den Fingern darüber hin; und sofort erstarrte die Gestalt neben dem Fahrstuhl in erhöhter Wachsamkeit. Ginny ging weiter. Dies war Isobels Raum. Sie, Ginny, hatte kein Recht, hier zu sein, Isobels Gegenstände anzufassen und sich in ihrer Welt zu bewegen. Sie hatte diese vor langer Zeit in jenem Salon des Klosters abgelehnt; es war nicht ungefährlich, hier zu verweilen und dieses und jenes zu berühren. Sie könnte womöglich auf den Gedanken kommen, daß sie hierher gehörte und diese Dinge auch ihr gehörten. Sie gelangte an das Ende des Raumes und an jene Wand, die ihn von den dahinterliegenden Büroräumen trennte. Sie seufzte und wollte gerade achselzuckend umkehren, als ihr Blick auf das Porträt fiel. Es war das Bild eines Mannes in mittleren Jahren mit einem hohen, engen viktorianischen Kragen – eine farbige Kopie eines Ölgemäldes in einem ovalen Rahmen aus schwarzem Samt und Gold. Sie trat näher, um die auf der winzigen Messingplatte unter dem Bild eingravierten Worte zu lesen:

›George Martin Tilsit – Töpfer – 1880‹.

Sie hielt vor Aufregung den Atem an, und ihre Blicke glitten wieder zu dem Gesicht des Mannes empor. Es war ein rundes, gütiges Gesicht mit sanften Augen, die durch eine stahlgerahmte Brille blickten. Er hatte dünne graue Bartkoteletten, obwohl sein Kinn glatt rasiert war. Über dem respekteinflößenden, fast strengen Schwarz seines Rockes und der steifen, engen Krawatte hatte er die Augen und die weichen, geschwungenen Lippen eines Träumers. Unhörbar sprach sie seinen Namen – George Martin Tilsit. Wer war er? – War er ihr Großvater? Schnell zählte sie zurück – nein, er mußte ihr Urgroßvater sein. Der Großvater ihres Vaters? – Oder Großonkel? Vielleicht hatte George Martin Tilsit die Tilsiter Porzellanmanufaktur gegründet. Sonst war nichts Aufschlußreiches an ihm zu entdecken. Nur das eine Wörtchen – Töpfer. Es hatte einen bescheidenen, erdhaften Klang, der gut zu dem Gesicht des Mannes paßte. Erneut betrachtete sie das Bild eingehend. Sogar hinter den Brillengläsern blickten seine Augen warm und fragend. Es war keine Spur von Isobel in diesem Gesicht, ebensowenig wie von den trockenen, auch im Alter schönen Zügen ihres Vaters. Sie fragte sich, ob er denn seinen Nachkommen außer den Erzeugnissen seines Fleißes und seiner Geschicklichkeit nichts von sich selbst hinterlassen hatte. Zu gerne hätte sie gewußt, ob sie tatsächlich ein wenig vom Erbe dieses Mannes in sich trug, doch das Glied in der Kette, die sie verband, fehlte. Sie wußte nichts über ihn, und es gab niemanden, den sie hätte fragen können. Traurig wandte sie sich zum Gehen.

Der Mann stand immer noch neben dem Aufzug, als sie zwischen den Tischen über den grünen Teppich zurückging. Er drückte auf einen Knopf, um den Aufzug heraufzuholen.

»Ich bedaure – ich fürchte, wir müssen schließen. Es ist bereits eine Minute nach.«

»Ja. Ich gehe schon.« Sie hörte, wie der Aufzug emporgesurrt kam. In einer letzten, verzweifelten Anwandlung drehte sie sich noch einmal zu dem Mann um und versuchte, seine offensichtliche Ungeduld zu übersehen.

»Jenes Bild da hinten – George Martin Tilsit. Ist er der Gründer der Manufaktur?«

»Wer? Oh – der da.« Er zuckte die Achseln. »Ich weiß es nicht. Vermutlich ja. Mr. Green könnte es Ihnen sagen – doch er ist gerade in England. Ich arbeite erst seit zwei Monaten für Tilsit. Ich war vorher bei Wedgwood.« Sein Ton ließ deutlich erkennen, daß die Tätigkeit bei Wedgwood und auch deren Erzeugnisse unendlich viel vornehmer und erlesener gewesen waren. »Das wäre alles?« Der Aufzug war da.

»Ja, danke. Alles.«

Sie ging nie wieder zu dem Tilsit-Ausstellungsraum zurück, um Mr. Green nach George Martin Tilsit zu fragen. Es wäre ein zu klares Eingeständnis ihres Interesses gewesen, und sie hätte diesen Schritt ihrem Vater verschweigen müssen. Außerdem war da noch dieses eigenartige Gefühl, das sie in jenem Raum überkommen hatte, als gehörte sie dorthin in jene Welt, ein Gefühl, das sie unterdrücken mußte, damit es nicht zu übermächtig und zwingend wurde. Sie nahm sich jedoch in der Stadtbibliothek eine Enzyklopädie über englisches Steingut und Porzellan vor.

›Tilsit, George Martin; Töpfermeister und Chemiker. 1830–1883. Lernte bei Wedgwood, kehrte jedoch in seinen Geburtsort Torrington, Dorset, zurück, wo er das Herstellungsverfahren für ein durchsichtiges, sehr hartes Porzellan vervollkommnete, indem er Porzellanerde aus Cornwall, vermischt mit örtlichen Erden aus seinen eigenen Gruben, verwandte. 1865 nahm er den Namen Tilsit an und gründete im selben Jahr die Porzellanmanufaktur. Die Tilsit-Werke gehören zu den modernsten Porzellanfabriken Englands, nachdem sie 1939 mit der Umstellung auf elektrische Brennöfen begannen.‹ Dann folgte das Ginny jetzt vertraute Firmenzeichen:

T

Sie schrieb die Eintragung hinten in ein Notizbuch ab, wo ihr Blick fast täglich darauf fiel. Und beinahe jeden Tag kreiste ihr Denken einige Minuten um die Frage, weshalb der Töpfer George Martin 1865 den Namen Tilsit angenommen hatte, und sie lebte mit der Erinnerung an jenes sanfte, schlichte Gesicht auf dem Porträt.

Der Frühling brach so unvermittelt in New York aus, wie jene, die die Stadt kannten, es gewohnt waren; für Ginny glich dieser jähe Wechsel jedoch dem heftigen Aufreißen eines Vorhanges. Die Tage waren länger geworden, doch das kalte Wetter hatte angedauert; das Thermometer kletterte nur widerstrebend für zwei Wochen über den Gefrierpunkt, aber keine Verwandlung schien die Stadt zu erfassen, kein Blättchen wagte sich hervor, und keine drängende Unruhe begann sich zu regen. Aber eines Nachmittags war plötzlich Jims Lammfellmantel viel zu warm, ebenso wie der Pullover, den sie darunter anhatte. Sie überquerte gerade den Washington Square auf dem Wege zur West 10th Street, in der sich Barbys Wohnung befand; die Menschen saßen in Hemdsärmeln in der Sonne, und sogar die alten Männer, die an den Spieltischen Schach und Dame spielten, hatten sich aus ihren dicken Mänteln gepellt, und einige hatten sogar die Mützen abgenommen. Zum erstenmal, seit sie in diese Stadt gekommen war, spürte Ginny die Last ihrer Einsamkeit ein wenig von sich weichen; sie hatte das Gefühl, zu diesen Menschen zu gehören, die sich auf den Bänken sonnten. Es war, als hätten sie in der kalten Unerbittlichkeit des Winters zusammen eine Probezeit bestanden und wären nun durch das Band des gemeinsamen Erlebens verbunden. Sie empfand Zuneigung zu ihnen und kam sich vor wie unter Freunden.

Als Barby zurückkam, bügelte Ginny Blusen und summte leise vor sich hin.

»Nanu – was ist denn in dich gefahren? Hast du dir einen Freund zugelegt?«

»Nein – aber vielleicht ist das gerade, was mir fehlt. Ich glaube, es ist das Frühlingsfieber. Ich habe bisher immer nur darüber gelesen und konnte mir eigentlich nie vorstellen, daß es einen tatsächlich erfaßt. In den Tropen sieht man nichts von einem Frühling.«

»Na, das ist mir aber 'ne schöne Gegend«, bemerkte Barby lakonisch und ließ ihre riesige Handtasche auf den Boden fallen. »So, und nun ist der Augenblick gekommen! Geh dir ein paar Kleider kaufen, und laß dir die Haare vernünftig schneiden, und hör auf, wie ein Überbleibsel der Beatnikwoche auszusehen.«

»Seh ich so aus?« Ginny trat an den Spiegel über dem Frisiertisch. Sie strich sich die Haarsträhnen zurück und musterte aufmerksam ihr Spiegelbild. Durch die verblassende Bräune sah ihr Gesicht bleich und fahl aus; unter den Augen hatte sie dunkle Ringe vor Übermüdung. Ihr Haar war nur Haar – nichts weiter.

»Du siehst meistens aus, als ob du dich selbst noch nicht eingeholt hättest.«

»Das habe ich ja auch nicht! Ich bin hier, aber bin doch noch nicht völlig hier. Kannst du das verstehen? Es war wie eine Art Verbannung.«

»Du nimmst dich selbst zu ernst, Ginny. Denk doch nur einmal an die Millionen Mädchen, die froh wären, in deiner Haut zu stecken. Entspann dich – leb ein wenig. Genieß den Frühling und geh dir ein paar Kleider kaufen.«

»Und das Geld ...?«

»Denk nicht daran – ausnahmsweise mal nicht. Ich will dir was sagen, Ginny. In deinem Alter kommt immer ein bißchen Geld von irgendwoher – irgendwie. Dies ist die Zeit im Leben, in der man in sich selbst investiert – nicht für Aktien oder Bankkonten spart. Also, wenn ich so aussehen würde wie du ...« Achselzukkend brach Barby ab. »Tja, das tu' ich aber nun mal nicht, warum sollte ich mir also was vormachen? – Paß auf, warum lassen wir heute abend nicht die Kocherei und gehen zu Mario Muscheln und Spaghetti essen? Um ein bißchen zu leben – wie ich schon sagte.«

Auch als Ginny hinterher daran dachte, daß sie für sie beide bezahlt hatte, schien der Abend es wert gewesen zu sein.

›Die Tage sind jetzt wärmer, und die kleinen grünen Verdikkungen an den Bäumen sind in Knospen aufgebrochen‹, schrieb

Ginny an ihren Vater. ›Ich kann es einfach nicht glauben, wie anders ich mich fühle – als hätte ich mich gehäutet oder wäre aus einem Kokon geschlüpft.‹

Und John Tilsit antwortete darauf: ›Hier ist alles unverändert wie immer. Der größte Teil des Rohres ist geschnitten. Die Tage sind wärmer, aber nicht viel länger; die gleichen Bäume und Büsche blühen wie immer – arme Dinger! Sie haben nie einen Wechsel der Jahreszeiten kennengelernt. Wenn ich an den englischen Frühling denke, weiß ich, daß du recht daran tatest, fortzugehen. Niemand sollte ein Leben leben, in dem es nie einen Frühling gab. Aber bleib nicht für immer dort, Ginny. Du fehlst mir.‹

Als die winterliche Bedrückung von Ginny wich und sie nicht mehr halb rennend durch die Straßen hasten mußte, nur um der beißenden Kälte zu entfliehen, begann die Stadt ein anderes Gesicht für sie anzunehmen. Bisher war sie für Ginny nur ein prachtvolles, glitzerndes Etwas gewesen, das gleißende Funkeln der hohen, gläsernen Wolkenkratzer unter dem kalten, sonnigen Himmel. Sie hatte sich mit der unwahrscheinlichen, eiskalten Schönheit der in den Tiffany-Schaufenstern wie zufällig ausgestellten Diamanten geschmückt. New York im Winter war eine Stadt der Reichen – mit all den Pelzmänteln auf den Straßen und all dem Luxus und Prunk hinter dicken Vorhängen und doppelten Glastüren. In den Straßen war nur die Kälte.

Jetzt lag über den Straßen der weiche Zauber der frisch ausgeschlagenen Bäume, und die Menschen bummelten mit keinem anderen Ziel auf ihnen entlang, als ein wenig zu schauen und die Luft zu atmen. In der Village erschienen vor einigen Restaurants Tische und Stühle auf den Bürgersteigen, und die leuchtend bunten Sonnenmarkisen spannten ihre Bögen über den Fenstern. Die Schlittschuhläufer waren aus dem Central Park verschwunden und von den Picknickern abgelöst worden. Es schien, als könne man jetzt mehr für weniger Geld unternehmen. Die Stadt hörte auf, sich nur auf sich selbst zu konzentrieren und nur ihre eigene funkelnde Schönheit zu sehen; sie schien plötzlich in das Land ringsum zu explodieren, wodurch die Innenstadt am Wochenende wie ausgestorben zurückblieb, als ob sich alles Interessante anderswo abspielte. Die Bewohner der Vororte waren so recht in ihrem Element, und die Etagenbewohner pflanzten hoch auf ihren Häuserklippen ihre Terrassengärtchen neu an, die Frost und Ruß zerstört hatten, und überprüften ihre Klimaanlagen.

»Du findest dies ruhig?« fragte Barby Ginny. »Na, warte nur

bis Juli/August! Da ist es einfach tot!«

Die Unruhe der Stadt erfaßte nun auch Ginny. Sie hatte das Gefühl, als treibe sie, ohne die Richtung zu wissen, ein wenig willenlos dahin, jetzt, wo die ersten Monate hinter ihr lagen und ihr das anfänglich Fremde vertraut geworden war. Sie merkte, sie war müde und durch die Eintönigkeit ihres täglichen Arbeitspensums, das sie sich selbst auferlegt hatte, vielleicht auch gelangweilt. Die wärmeren, milderen Tage verleiteten sie zum untätigen Bummeln. Sie ging in ihr Büro und besuchte ihre Kurse, doch schlenderte sie nun durch die Straßen, wenn sie mittags im Konsulat fertig war, und ließ die Kunstgalerien der Madison Avenue zugunsten der Schaufenster von schicken Spezialgeschäften an der Fifth Avenue im Stich. Die Bücher, deren Lektüre sie sich als zusätzliche Aufgabe gestellt hatte, wanderten oft ungelesen in die Bibliothek zurück. Sie sah sich um und versuchte, die Isolierung des langen Winters zu durchbrechen, und indem sie es versuchte, merkte sie, daß ihr der Durchbruch bereits gelungen war. Nach den Vorlesungen saß sie noch mit kleinen Gruppen bei einem Kaffee beisammen, und darauf folgten die Einladungen. Sie nahm sie alle an.

Barby sah zu, wie sie sich für eine Party umzog, die ein ehrgeiziger Textildesigner auf einem Dachboden in der einundzwanzigsten Straße gab. Sie stand mit einer Zigarette in einer langen Spitze zwischen den Zähnen in der Tür und nickte langsam. »Na also – so bist du endlich doch ausgeschlüpft! Ich dachte schon, du würdest für immer in deiner Schale bleiben.« Und wieder nickte sie. »Das ist aber ein sehr schickes Kleid, das Sammy da für dich ausgesucht hat! Du kannst ihm erzählen, ich hätte das gesagt.« Barby bestand darauf, daß Ginny, soviel sie sich auch in der Fifth Avenue Geschäfte ansehen mochte, dort jedoch nichts kaufte. Sammy würde es ihr für den Großhandelspreis verschaffen.

»Übrigens, ich hab' es mir selbst ausgesucht. Sammy meinte, es sei nichts für mich.«

»Es ist genau das Richtige für dich! Hier – ich leih' dir meine Korallenkette.« Sie ging in ihr Zimmer, kramte eine Weile dort herum und kam dann mit der Kette wieder, die sie Ginny so über den Kopf streifte, daß sie, vorn in einem Knoten zusammengeschlungen, lang herunterhing. Ginny betrachtete sich im Spiegel und kicherte.

»Ich sehe aus wie Mutter auf jenen alten Photos aus den zwanziger Jahren.«

»Du siehst verflixt gut aus!«

Und das fanden auch andere. Sie begann, eine Menge Verabredungen zu haben – sie ging in ausländische Filme und trank Kaffee mit einem der Studenten aus ihren Kursen an der Universität, wobei jeder für sich zahlte, da niemand Geld zu haben schien. Und sie aßen in chinesischen Restaurants, weil diese billig waren. Manchmal aß sie auch mit jungen Männern, die sie auf Parties in der Village kennengelernt hatte, in eleganteren Restaurants im oberen Stadtteil. Diese Abende verliefen nach einem genauen Schema, und die jungen Männer erwarteten offensichtlich eine Gegenleistung für die teuren Steaks und Martinis, und nur ein paar Küsse auf der Heimfahrt im Taxi schienen ihnen nicht zu genügen. Oft war Ginny froh über Barbys feste Hausordnung. »Ich wohne mit einer Freundin zusammen – tut mir furchtbar leid, daß Sie nicht noch für einen Moment raufkommen können.«

»Na, dann lassen Sie uns noch für einen Drink in meine Wohnung fahren. Ich habe einen prachtvollen alten Brandy, von dem gerade noch etwas da ist.«

Lehnte sie diese Einladung beim erstenmal ab, so wurde ihr häufig noch eine zweite Chance gegeben. Eine zweite Weigerung bedeutete jedoch unweigerlich das Ende des jeweiligen jungen Mannes. Man verschwendet in New York nicht viel Zeit mit Mädchen, die nicht ›mitmachten‹.

»Mach dir nichts draus«, tröstete Barby. »In deinem Alter kommen immer neue Männer.«

Es kamen neue Männer, und nach einer gewissen Zeit schienen sie sich in Ginnys Augen erschreckend zu gleichen. Die Nichtstudenten schienen alle die gleichen gutgeschnittenen, korrekten Anzüge zu tragen, und sie begann das Bild in ihnen wiederzuerkennen, das sie in den Anzeigen der New York Times gesehen hatte. Sie arbeiteten in Börsenmaklerfirmen, Werbeagenturen oder Versicherungsgesellschaften; sie würden im richtigen Zeitpunkt heiraten, und wenn der richtige Zeitpunkt gekommen war, um Kinder in die Welt zu setzen, würden sie in die Vororte ziehen. Manchmal redete Ginny mitten im Abendessen ihr Gegenüber mit dem Namen des vorherigen an.

»Hören Sie, ich bin nicht Joe. Ich heiße Frank, wenn Ihnen das nichts ausmacht.«

Die Welt der Studenten gehorchte weniger starren Regeln, besaß jedoch ihre eigenen Bräuche. Das lernte sie bereits in den ersten Wochen. Sie ging zu Bierparties in Speicherhäuser und in ähnliche Häuser wie das, in dem sie mit Barby wohnte; es war überall mehr oder weniger das gleiche – die Volkslieder und der Jazz und die bis spät in die Nacht fortgesetzten Diskussionen über Kunst, Bücher und Musik, die ihr Begriffsvermögen weit überstiegen. Sie begann zu vermuten, daß vieles nur Geschwätz war und ein gewisser Jargon, der sich rasch erlernen ließ. Durch diese Entdeckung begriff sie, daß viele der jungen Leute nicht anders als sie selbst waren und nicht mehr von dem eigentlichen Wesen der Stadt wußten als sie und genauso verzweifelt darum kämpften, es zu erfassen. Das Herz dieser Stadt war Ehrgeiz – manchmal von Talent begleitet, doch oft auch nicht. Immun gegen dieses Fieber zu sein, schien einen beinahe als einfältigen Trottel abzustempeln. Ginny merkte, es fiel ihr nicht leicht zu lügen. Fragte sie jemand, weshalb sie nach New York gekommen sei, so schien die richtige Antwort zu lauten: »Um ein bißchen zu studieren – mich ein wenig umzuschauen.« Doch es gelang ihr nicht, sich selbst oder anderen vorzumachen, daß einige Kurse in Französisch und englischer Literatur ein echter Grund dafür waren. Sie hatte kein Ziel vorzuweisen. Es war unmöglich zu sagen: »Da ist ein Mann auf einer kleinen holländischen Insel im Karibischen Meer, den ich liebe und heiraten möchte. Deshalb bin ich in New York.« Sie vermochte nicht einmal Ehrgeiz vorzutäuschen. Sie lernte die Posen und Merkmale des Ehrgeizes erkennen, lernte jedoch nie ihn selbst zu heucheln.

Ihre mangelnde innere Anteilnahme schien besonders Phil Hart zu ärgern; er war einer der Studenten aus ihrem Kunstgeschichtskursus und wollte Bühnenbildner werden. Er nahm sie einige Male in die Off-Broadway-Theater mit und auf einige Parties, die größtenteils von Leuten gegeben wurden, die irgendwie mit der Welt des Theaters zu tun hatten. Eines Abends aß sie nach der Vorstellung noch eine Frikadelle mit ihm und hörte nur mit einem Ohr seinen Ausführungen über das Stück und die Bühnenbilder zu; sie überlegte gerade, daß sechs Wochen vergangen waren, seit sie den letzten, recht kurzen Brief von Jim erhalten hatte, als Phil plötzlich seine Kaffeetasse auf den Tisch knallte.

»Mein Gott noch mal, Ginny! – Was ist eigentlich los mit dir? Interessiert dich denn überhaupt nichts? Jedes Mädchen, das ich je kennengelernt habe, wollte irgend etwas werden – oder irgend etwas tun. Möchtest du denn nicht Schauspielerin werden – oder Malerin? Du gehst in diese Kunstgeschichtsvorlesung und interessierst dich im Grunde nicht so viel für Kunst, stimmt's? Und das Stück heut' abend? Hast du wenigstens versucht, es zu verstehen?«

»Ich habe es versucht. Aber ich finde, jeder, der ganz genau zu verstehen behauptet, was Becket oder Ionesco zu sagen versucht, ist ein Lügner. Vielleicht möchte ich nur die Gewißheit, daß es solche Dinge gibt. Man kann nach Wissen und Verstehen trachten, ohne zu sehr mitten hineingeraten zu wollen.« Sie lächelte ihn an. »Ich bin nicht sehr ehrgeizig, Phil. Ich kann es nicht ändern – ich bin nun einmal so.«

Ihr Lächeln besänftigte ihn. »Tja – vielleicht bist du sogar glücklich dran.«

Phil nahm sie auch mit zu der Party, auf der sie Eliot Russell kennenlernte. Es war ein Sonnabendabend Ende Juni; das Thermometer war nachmittags beinahe auf vierzig Grad geklettert, und die Hitze lastete noch wie ein dickes Tuch über der ganzen Stadt, so daß jede Bewegung mühsam erschien und es sogar zu anstrengend war zu reden. Schläfrigkeit und bleierne Schwere lagen über den Gästen, die Whisky und Gin auch nicht aufzulokkern vermochten. Die Party fand in einer Wohnung am Riverside Drive statt – einer Wohnung, die Ginny so groß wie ein Haus erschien und in der die Zimmer wie in einzelnen Flügeln um die Eingangshalle herum lagen. »Das wirft dich um, was?« fragte Phil. »Echt viktorianische Einrichtung – oder zumindest beinahe. Der ganze Riverside Drive ist voll solcher Wohnungen. Man kann sich in ihnen verlaufen. Jemand hat sie Martys Freundin für den Sommer überlassen. Hoffentlich bekommen die sie heil zurück.« Er bahnte ihnen einen Weg durch die in der Halle herumstehenden Grüppchen und ließ den geübten Blick über das Menschengewimmel im Wohnzimmer gleiten. »Es ist niemand da«, erklärte er.

»Ich hätte gedacht doch, wenn du mir das jetzt nicht gesagt hättest«, entgegnete Ginny.

»Ich meine, es ist niemand da, der zählt«, antwortete er ohne die Spur eines Lächelns. »Es ist eben doch schon Ende Juni – jeder ist schon für den Sommer unterwegs. Marty sagte, daß Saltzman kommen würde, aber das hab' ich nie geglaubt. Saltzman erwischt man nicht an einem Sonnabendabend im Sommer in New York!« Sogar Ginny wußte, daß Saltzman einer der erfolgreichsten Broadwayproduzenten war. Sie war es inzwischen gewohnt, daß auf diesen Partys das Gerücht umlief, ›der und der‹ würde kommen, worauf dann die Mädchen alle in das Schlafzimmer verschwanden, um ihr Haar überzukämmen und ihren Mund mit dem blassen Lippenstift nachzuziehen, und die Männer mit Schauspielerambitionen versuchten, um sich eine Gruppe als Zuhörerschaft zu versammeln. Meistens jedoch war es eben nur ein Gerücht, und der Produzent, Theaterdirektor oder Kritiker erschien nicht.

Es wurde ein sehr langer Abend für Ginny. Aus irgendeinem Grunde war sie schon vom ersten Augenblick an gelangweilt – müde und gelangweilt. Es schien zu große Anstrengung zu kosten, zu reden oder die leichtgläubige, eifrige Zuhörerin zu spielen, eine Rolle, die sie hier als die erfolgreichste herausgefunden hatte, wo jeder von sich reden wollte und unablässig nach der Versicherung lechzte, daß das, was immer er auch tun mochte, richtig war. Phil hatte sie längst allein gelassen – er machte das beinahe immer auf Parties so, rastlos auf der Suche nach dem Kern dessen, was in dem Raum zu finden war. Er kam mit ihr und ging mit ihr, aber das war auch ungefähr das einzige, was sie in den Stunden verband. Phil hatte die Angewohnheit, sehr lange zu bleiben. Sie schlenderte von Gruppe zu Gruppe, während das Eis in ihrem Glas zu lauwarmem Wasser schmolz, und fand es kaum der Mühe wert, sich an irgendeinem der Gespräche zu beteiligen. Die Party war kein Erfolg – weder für sie noch für die meisten anderen Gäste. Sie hörte Diskussionen, die beinahe in einen Streit ausarteten. Jeder schien zuviel zu trinken, und das kalte Büfett war längst leer. Viele der Gäste gingen. Die Hitze hing in einem feuchten Dunst im Raum. Als sie sich umblickte, sah sie, daß nur die Jüngeren geblieben waren; ihre Stimmen wurden laut und schleppend. Der grüne chinesische Seidenteppich war mit einer Aschenschicht und den zusammengeknüllten Bällen der Papierservietten bedeckt. Auf einem der zahlreichen Sofas erging sich ein Pärchen in blinder, leidenschaftlicher Umarmung. Ginny bückte sich und hob einen Zigarettenstummel auf, den jemand dicht vor ihren Füßen in den Teppich gebohrt hatte. Da fragte eine Männerstimme: »Was machst du denn da, meine Schöne – doch wohl nicht sauber? Da wüßte ich was Besseres!«

Er war betrunken. Er legte seine feuchte Hand auf ihren nackten Oberarm, und seine Finger preßten sich in ihre Brust. »Warum gehen wir beide nicht zu einem kleinen, ruhigen Schwätzchen irgendwohin, Schätzchen? 'raus aus dem ganzen Krach hier.«

Rasch trat sie einen Schritt zurück und stieß heftig an die Wand. Der Schmerz betäubte sie einen Augenblick, und der Mann trat lächelnd wieder dicht zu ihr. Er war ziemlich jung und sah gut aus; der saubere weiße Kragen seines Hemdes war nur vom Schweiß ein wenig weich geworden, und sein Anzug sah sogar in dieser Hitze frisch gebügelt aus. Er war der junge Mann aus den Reklameanzeigen, und er ekelte sie an.

Sie drehte sich um und eilte durch die Halle zu dem Schlafzimmer, in dem sie ihr Handtäschchen gelassen hatte. Er stand in der Wohnzimmertür und beobachtete sie; er rührte sich nicht, sondern wartete einfach. Sie drückte auf die Türklinke, doch die Tür war abgeschlossen. Der Mann hinter ihr lachte. Als sie sich umwandte, drohte er ihr mit dem Zeigefinger. »Oho! Nicht das, Schätzchen. Das haben Marty und Sylvie für die nächste halbe Stunde blockiert. Aber es sind genug andere Zimmer da ... massenhaft. Na, wie wär's?« Neben ihr ging eine andere Tür auf, und ein junger Mann kam mit einem Mädchen heraus, das lange Strähnen ihres roten Haares, die sich aus dem hohen Knoten gelockert hatten, festzustecken versuchte. »Na bitte! – Was hab' ich dir gesagt? Massenhaft Zimmer!« Ginny wurde ganz übel, als sie durch die halboffene Tür die zerknautschte Bettüberdecke und das umgestoßene Glas auf dem Fußboden sah. »Was is'n los, Schätzchen? Du hast doch nicht Angst vor Johnny? Der alte Johnny paßt schon auf dich auf.« Er war wieder dicht an sie herangetreten. Sie sagte überhaupt nichts, sondern gab ihm einfach einen Stoß vor die Brust, worauf er wie eine wackelige Spielzeugfigur einige Schritte rückwärts stolperte. Rasch ging sie an ihm vorbei durch die Halle. »Nanu, Schätzchen? Nu – komm schon!«

Wo war nur Phil? Sie warf schnell einen Blick in das Wohnzimmer, konnte ihn jedoch nicht entdecken. Aus der Küche drang lauter Lärm. Ungefähr ein halbes Dutzend Gäste waren in ihr, nur kein Phil. Hinter der riesengroßen Küche befand sich ein Mädchenzimmer, dessen Tür geschlossen war. Auf einmal kamen ihr all die geschlossenen Türen zum Bewußtsein, an denen sie vorbeigekommen war. Sie drehte sich jäh auf dem Absatz um, ging durch die Halle zurück zur Eingangstür, öffnete sie und schlug sie hinter sich zu. Der Mann namens Johnny, der die ganze Zeit dagestanden und sie beobachtet hatte, stieß ein Blöken des Protestes aus, als sie die Tür zumachte. Sie fuhr in dem Selbstbedienungsaufzug hinunter.

Unten mußte sie warten, bis der Portier kam und die äußere Tür der Eingangshalle für sie aufschloß.

»Wieviel Uhr ist es?«

»Kurz nach zwei, Miss. Soll ich Ihnen ein Taxi rufen?« Sie zögerte. »Nein, danke.«

Sie blieb oben auf der weißen Marmortreppe stehen. Der Riverside Drive lag ruhig vor ihr. Kein Auto glitt im Augenblick auf ihm entlang; die dichte Masse der voll beblätterten Bäume verdeckte beinahe völlig das grauschwarze Glänzen des Flusses. Die Luft war schwer und drückend. Sie spürte, wie der Portier sie durch die Glastüren beobachtete. Sie überlegte, daß sie ihn doch ein Taxi hätte rufen lassen sollen – den Fahrer hätte sie dann vor dem Haus warten lassen können, während sie das Geld holte. Sie dachte bedauernd an die kleine Tasche, die sie in dem abgeschlossenen Schlafzimmer bei Marty und Sylvie gelassen hatte. Phil hatte sie immer ermahnt, ihre Handtasche auf Parties nicht achtlos irgendwo hinzulegen. Sie hatte nie mehr als einen Dollar darin – gerade genug für ein Taxi nach Hause, falls sie eines brauchte. Die Hitze bedrückte sie. Es würde guttun, ein Weilchen zu gehen, aber nur ein Idiot ging in New York um diese Stunde allein auf der Straße. So stand sie am Rande der Treppe, als würde sie dort zwischen zwei Welten festgehalten – dem matt erleuchteten Rokokofoyer hinter ihr mit dem penetranten Staubgeruch der samtbezogenen Sofas und dem trockenen, erdigen Staub hier draußen von dem schmalen Streifen Park zwischen dem Riverside Drive und der Henry Hudson Parkway. Auf letzterer glitten die Autos wie kleine Käfer unter dem kalten blauen Licht der Natriumlampen entlang. Der Anblick erinnerte sie flüchtig an das blaue Licht am Ufer von St. Charles, das für sie, wenn sie es von der Veranda von Oranje Huis betrachtet hatte, immer das Märchenland symbolisiert hatte. Ein Tränenschleier schob sich in einer sie unvermittelt überflutenden Welle des Heimwehs vor ihre Augen; sie wünschte sich weit fort von dieser feuchten, bedrückenden Hitze und diesen Bäumen, die nach Staub und Teer rochen, und diesem Fluß, der bei Niedrigwasser stank. Sie wandte sich um, um den Portier zu rufen, und überlegte sich, wie sie ihm sagen sollte, daß sie kein Geld bei sich hatte, um ihm ein Trinkgeld zu geben.

Die Stimme schien aus einiger Entfernung zu kommen, doch klang sie erstaunlich leise. »Wollen Sie mitfahren?«

Sie wirbelte herum. »Wie bitte?« Sie blickte hinunter auf die Straße, von wo die Stimme gekommen war, und wunderte sich, daß sie ihn nicht eher bemerkt hatte – den Mann, der in einem kleinen Kabriolett saß, das vor der Treppe parkte. Sein zu ihr ins Licht emporgewandtes Gesicht war jung und ungewöhnlich gut aussehend. Er lächelte nicht. Seine Worte waren keine Einladung, lediglich eine Frage.

»Wollen Sie mitfahren?« wiederholte er geduldig. »Sie scheinen sich noch nicht ganz entschlossen zu haben, ob Sie fort wollen oder zur Party zurück.«

Sie ging drei Stufen hinunter auf ihn zu. »Waren Sie auch dort? Ich habe Sie gar nicht gesehen.«

»Ich wurde Ihnen vorgestellt. Aber ich glaube, Sie haben überhaupt nicht sehr viel da oben gesehen, stimmt's? Nun – wollen Sie gehen oder wieder zurück?«

Der Klang seiner Stimme gefiel ihr. Sie war ernst, tief und leise und von kühler Nüchternheit. »Ich wollte gar nicht wieder zurück. Ich habe nur meine Tasche da oben gelassen, wenn auch nichts darin war als ein Dollar und ein Lippenstift.« Dann mußte sie lächeln, weil es so töricht erschien, das zu sagen. »Aber gerade den Dollar brauche ich.«

Er schüttelte den Kopf. »Wenn ein Mädchen ohne seinen Lippenstift fortgeht, ist es immer in höllischer Eile. Wo soll ich Sie hinfahren?«

»Ich wohne in der Village. Aber warten Sie denn nicht auf jemand?« Sie ging über den Bürgersteig auf ihn zu. Er hatte nicht ein einziges Mal gelächelt und machte auch jetzt keine einladende Geste. Er drückte nur auf den Startknopf, und der Wagen reagierte sofort mit einem Aufdröhnen des starken Motors. »Nein. Ich warte auf niemanden. Sitze einfach hier. Steigen Sie lieber ein. Dies ist keine Zeit für ein junges Mädchen, um allein herumzulaufen.« Er lehnte sich herüber und öffnete die Tür. Sie mußte auf die Straße gehen, um einzusteigen. »Danke.« Sie schlüpfte in den tiefen Sportwagensitz neben ihn. »Ich bringe es am liebsten gleich hinter mich, denn jeder muß doch fragen, was dies für ein Auto ist, wenn er zum erstenmal einsteigt.«

»Alfa Romeo«, erwiderte er gleichgültig. Er fuhr ziemlich langsam in nördlicher Richtung den Riverside Drive entlang, so langsam, wie sie es nicht von jemand erwartet hatte, der einen schnellen Sportwagen besaß. Er sah sie überhaupt nicht an, sondern starrte geradeaus vor sich hin; sein Gesicht war gesammelt und bekam durch das Licht der Straßenlampen einen kalten Ausdruck. Sie betrachtete ihn mehrmals aus den Augenwinkeln. Er war mehr als nur gut aussehend; er besaß eines dieser seltenen Gesichter, die man bei einem Mann als schön bezeichnen kann. Sie schätzte ihn auf Ende zwanzig, wenn auch weniger sein Gesicht als vielmehr seine ganze Art sein Alter verriet. Er hatte nicht die Spur irgendeiner von Wünschen getriebenen Ungeduld. Nur eine Art müder Geduld. Sie kamen an eine Kreuzung, und er hielt vor einer roten Verkehrsampel an.

»Haben Sie es schrecklich eilig, nach Hause zu kommen? Ich meine – hätten Sie was dagegen, wenn wir schnell mal über die

Brücke führen, um etwas frische Luft zu schnappen?«

»Saßen Sie deshalb so in Ihrem Auto – weil Sie überlegten, wo Sie hinfahren sollten?«

»Vielleicht. Ich weiß wirklich nicht, weshalb ich so dasaß. Manchmal sitzt man einfach so da. Was macht es für einen Unterschied, wo das nun zufällig ist? Na, wie ist es – fahren wir 'rüber?« Er fragte sie zwar, doch schien es ihr, als wäre ihm ihre Antwort beinahe völlig gleichgültig. Wenn sie ›nein‹ sagen würde, weil sie nach Hause wollte, würde er vermutlich, ohne zu protestieren, umdrehen und Richtung Stadt fahren. Ebenso würde er vermutlich, nachdem er sie abgesetzt hatte, das tun, was er ursprünglich vorgehabt hatte, und es würde ihr leid tun, daß sie nicht mit ihm gefahren war.

»Warum nicht?« sagte sie daher. »Ich stand vorhin da auf der Treppe und dachte an zu Hause und wünschte, ich könnte für einen Augenblick aus diesem staubigen Benzingestank heraus.«

»Wo ist Ihr Zuhause?« Er bog auf die Hudson Parkway ein.

»Eine kleine Insel in Niederländisch-Westindien – St. Nicolaas.«

Er nickte lediglich und schwieg. Es gefiel ihr, daß er keine der üblichen Fragen stellte. Er überließ sie einfach sich selbst, und so saß sie schweigend neben ihm, während die Reklameschilder und Lagerhäuser an ihr vorbeiglitten und die Kurven die Lichterkette der George-Washington-Brücke, die wie ein zartes, aufgehängtes Kollier aussah, den Blicken freigaben. Der Wind strich hart an ihrem Gesicht vorbei; hier am Wasser war es etwas kühler. Ihre Hände lagen schlaff neben ihr auf dem Sitz; sie schloß öfters minutenlang die Augen und genoß den Fahrtwind. Sie hatte das seltsame Gefühl, als wäre es dem Mann neben ihr egal, was sie machte; sie hatte vom ersten Augenblick an, als er sie ansprach, die Überzeugung gehabt, daß er nichts von ihr wollte. Sie öffnete wieder die Augen; sie waren bereits auf der Brücke, und Manhattan lag hinter ihnen. Die hohen Türme der erleuchteten Apartmenthäuser schrumpften mit jedem Augenblick, in dem sie sich weiter von ihnen entfernten, mehr zusammen. Als sie über die Schulter zurückschaute, hatte sie den Eindruck, als ließe die dunstige, heiße Luft sie weniger großartig und unnahbar erscheinen als damals, als sie zum erstenmal in strahlend klarer Februardämmerung auf der Brücke gestanden hatte. Sie war die ganze Brücke zu Fuß hinübergegangen, nur um Jim schreiben zu können, sie habe endlich den Hudson überquert und sei in New Jersey gewesen. Und er hatte lakonisch geantwortet und gefragt:

»Warum in New Jersey – was gibt's da zu sehen?«

Sie fuhren langsam an den hohen Gebührenhäuschen vorbei und flogen dann die Rampe hinauf. Ginny las das Schild mit der Aufschrift ›Palisade Parkway‹. Manhattan schien weit jenseits des Flusses zu liegen, zusammengekauert wie eine erleuchtete Spielzeugstadt. Fasziniert blickte sie hinüber und fand die Antwort auf Jims Frage – von New Jersey kann man New York sehen. Plötzlich bog der Wagen von der Straße ab auf eine Aussichtsterrasse. Der junge Mann schaltete den Motor und die Lichter aus. Die aus der Dunkelheit über ihre Gesichter strömende Brise erhielt in der plötzlichen Stille wieder den ihr eigenen Laut zurück, ebenso wie der Aufwind vom Wasser und das Rauschen der Bäume hinter ihnen.

»Und was machen Sie so weit weg von zu Hause?« fragte er, als sei ihr Gespräch nie unterbrochen worden.

»Ein wenig dies und jenes – schlage die Zeit tot.«

Aus irgendeinem Grunde wußte sie, sie brauchte diesem Mann nicht irgendwelchen Ehrgeiz vorzuheucheln; sie hatte plötzlich das befreiende Gefühl, sagen zu können, was sie wollte. »Ich habe keinen richtigen Grund für mein Hiersein. Ich mache nichts Ernsthaftes. Schlage nur die Zeit tot, weil man sie ja irgendwo rumbringen muß. Und ich nehme an, die meisten Menschen möchten einmal in ihrem Leben herkommen und das sehen.« Sie deutete über den Fluß auf die Häusertürme und die ganze Manhattaninsel, die Brücke und die Segelyachten und Boote.

»Für mich ist das zu Hause. Zumindest bin ich da geboren worden.«

»Sind Sie denn da nicht richtig zu Hause?«

Er zuckte die Achseln. »Wer ist das schon? Man fühlt sich dort nur zu Hause, wenn man dort etwas für sich gewinnen möchte. Mein Vater und sein Vater haben es schon alles für mich gewonnen, bevor ich geboren wurde. Und auf eine Weise, daß es für mich reizlos geworden ist. Wer sich nicht anstrengen muß, findet auch nichts.« Er wandte sich ihr zum erstenmal zu, um sie anzuschauen. »Ginny? – So heißen Sie doch, nicht wahr, Ginny?«

»Ja.«

»Weshalb sind Sie hier, Ginny, wenn sie nichts von dieser Stadt wollen?«

»Ich bin hier, weil – ich glaube, ich warte hier. Ich hoffe, daß etwas Bestimmtes geschieht, und wenn es das nicht tut, werde ich mich vielleicht damit abfinden – oder vielleicht auch nicht, und dann kann ich nicht mehr nach Hause zurück.«

»Sie sind also eher von zu Hause fort als in New York?«

»Ich glaube, man kann es so nennen – ja, das kann stimmen. Aber wenn ich schon von zu Hause fort mußte, so mußte es New York sein – aus einem bestimmten Grund.«

Und dann erzählte sie von Jim. Sie sprach offen und ohne Vorbehalt oder Scheu. Der Mann neben ihr bedeutete ihr nichts, und sie bedeutete ihm nichts. Sie wußte, daß es ihn nicht kränkte, wenn sie ihm von einem fremden Mann, einem anderen Mann erzählte. Er hatte sie nur aufgefordert, einzusteigen, weil ihm nach Gesellschaft zumute gewesen war. Wahrscheinlich würde sie ihn nie wiedersehen. So mochte er denn für eine kurze Zeit die Bürde ihrer Monate des Schweigens und der Einsamkeit tragen; er würde sie tragen, weil sie beide wußten, daß er es nicht länger als diese Stunde zu tun brauchte. Er saß ganz still, während sie sprach; nur seine glühende Zigarette bewegte sich in der Dunkelheit, und sie deutete sein Schweigen als Zustimmung. »Sie sehen also, wie es steht«, meinte sie abschließend. »Jedesmal, wenn hier etwas näher an mich herankommt, in das ich verwickelt werden könnte, laufe ich fort, weil ich mir sage, daß ich ja nicht für immer hier bin. Ich muß mir einfach einreden, daß Jim sich eines Tages ändert. Und deshalb will ich keine Bande, die mich hier halten könnten. Ich gehe zu so gräßlichen Parties wie der heute abend, und es ist mir ziemlich egal, was die Leute da treiben, weil ich weiß, daß ich sie nie wiedersehe. Sie sind mir einfach gleichgültig.«

»Und wenn Jim sich nicht ändert?«

»Dann werde ich mich ändern müssen, nicht wahr? Im Augenblick kann ich allerdings noch nicht glauben, daß ich nicht bekommen werde, was ich will, aber eines Tages werde ich mich vielleicht damit abfinden müssen.«

»Die meisten von uns müssen das, Ginny. Aber halten Sie so lange aus, wie Sie können – der Tag, an dem Sie aufgeben, ist ein ziemlich trauriger Tag.«

Er schnippte ein Feuerzeug an, um sich eine neue Zigarette anzuzünden, und sein Gesicht war für einen kurzen Moment hell beleuchtet. Es hatte einen angespannten Ausdruck und sah älter aus, als es ihr im ersten Augenblick erschienen war. Unvermittelt meinte sie: »Vielen Dank fürs Zuhören. Ich habe das alles nie jemandem erzählt. Ich wollte es nie.«

Das Feuerzeug schnappte zu. »Das ist in Ordnung. Ich bin ein ganz guter Zuhörer.«

»Sie sind ein sehr geduldiger. Es ist sehr spät.«

»Ja. Ich fahre Sie jetzt nach Hause.« Er ließ den Motor an, und wieder stand das dumpfe Surren zwischen ihnen. Die Zeit der Stille war vorbei. Sie fühlte, daß er sich zu denen zählte, von denen sie gesagt hatte, sie seien ihr gleichgültig und sie würde sie nie wiedersehen; wahrscheinlich hatte er es auch nie anders gewollt. Jetzt stellte sie überrascht fest, daß sie ihn gerne näher kennenlernen würde, doch die Gelegenheit dazu war vorbei. Noch nicht einmal seinen Namen wußte sie. Das war vielleicht die Quintessenz dessen, was in einer so riesigen Stadt zu leben bedeutete – die Erkenntnis, daß man sein ganzes Leben für eine Stunde einem Fremden anvertrauen konnte, ohne auch nur seine Hand zu berühren oder seinen Namen zu wissen.

Als sie von dem Parkplatz auf die Straße bogen, ließen die Scheinwerfer kurz ein Schild aufleuchten: ›Kein Parken nach Mitternacht‹. Sie mußten erst ein langes Stück nach Norden fahren, bevor sie nach Süden umdrehen konnten. Als es dann soweit war, begann der Himmel über Manhattan sich bereits im ersten Morgendämmern zu erhellen.

Er redete lediglich ein einziges Mal während der Fahrt, und das auch nur, um nach ihrer Straße und Hausnummer zu fragen. Und dann hielt er vor dem Haus an, ohne vorher noch einmal etwas zu sagen. »Rufen Sie mich mal an, Ginny – wenn Ihnen wieder zum Reden zumute ist.«

»Ich habe genug geredet«, entgegnete sie steif. »Ich warte, bis Sie anrufen. Wie heißen Sie eigentlich?«

»Eliot Russell – Ich habe ein ›der Dritte‹ hinter meinem Namen. Rufen Sie deshalb nicht aus Versehen bei meinem Vater an. Er ist Eliot Russell jr. Obwohl er sicher begeistert wäre, wenn ein Mädchen mich sprechen wollte.«

Bevor sie etwas erwidern konnte, glitt er aus seinem Sitz und kam um den Wagen herum, um ihr die Tür aufzumachen. »Ich rufe heute in jener Wohnung an und hole Ihre Tasche für Sie ab. Kein Grund, sie zu verlieren, nur weil andere Leute sich wie Schweine benehmen.«

Wieder spürte sie die Kälte von ihm ausgehen, die so charakteristisch für ihn geschienen hatte, als er vor jenem Haus im Auto saß. »Ich gebe sie hier an dieser Adresse für Sie ab.«

»Wenn Sie sich die Mühe machen wollen, wäre ich Ihnen sehr dankbar.«

»Es ist keine Mühe.« Er sagte es ohne Nachdruck, während er neben ihr zu der Treppe ging, die zum Eingang des Braunsandsteinhauses emporführte. Ginny verwirrte diese eigenartige Mischung von Höflichkeit und mangelnder Liebenswürdigkeit. Es war, als vollführe er diese Gesten rein mechanisch. Und doch war sie jetzt lange genug in New York, um zu wissen, daß niemand so etwas ohne Grund tat. Alles, was Zeit und Geld kostete, war in dieser Stadt wertvoll. Dieser Mann hatte ihr geduldig zugehört, ihr seine Zeit geschenkt und sagte ihr jetzt, er würde sich die Mühe machen, ein billiges Handtäschchen für sie abzuholen und ihr zu bringen. Und doch ging jene Kälte und Gleichgültigkeit von ihm aus. Sie hatte das Gefühl, als wäre sie zurückgestoßen worden, und es war demütigend, nicht zu wissen, weshalb. Eine Hand bereits auf dem steinernen Treppengeländer, drehte sie sich zu ihm um und sah ihn voll an.

Er sprach zuerst. »Frag nicht deine Fragen, Ginny – ich werde es dir sagen.« Und für eine Sekunde legte er seine Hand leicht auf ihre Hand. »Ich werde dir keinen Gutenachtkuß geben. Ich mag nämlich keine Mädchen küssen. Verstehst du, Ginny?«

Er ließ sie stehen, während sie ihm nachstarrte und zusah, wie er mit großen Schritten über den Bürgersteig ging und in den Sitz schlüpfte. Das Aufheulen des Motors zerriß die morgendliche Stille der Straße.

Ginny schlief beinahe den ganzen Sonntag, und als sie aufwachte, schrieb Barby gerade bei einer Tasse Kaffee Briefe. Es war ein brütend heißer Tag. Die Hitze stand jetzt seit Wochen in der kleinen Wohnung, und sogar wenn sich ein kühlerer Wind erhob, schien es keine Möglichkeit zu geben, die schale Luft aus den Zimmerchen zu vertreiben. Ginny fühlte, daß ihre Haut ganz ausgedörrt war, als hätte sie lange in der Sonne gelegen. Sie setzte sich im Nachthemd und mit bloßen Füßen zu Barby, um eine Tasse Kaffee mit ihr zu trinken.

»Hallo – Mister Ach-so-hübsch hat ungefähr vor einer Stunde deine Tasche abgegeben.« Sie nahm die Brille ab und sah Ginny scharf an. »Ich dachte, Phil Hart hat dich zu der Party mitgenommen?«

Ginny rümpfte die Nase. »Ach, die war so ein übles Durcheinander – du weißt schon, wo alle in irgendwelche Zimmer verschwinden. Ich habe nicht auf Phil gewartet – bin einfach fortgegangen.«

»Und hast Mister Ach-so-hübsch aufgegabelt? Wer ist er?«

»Er heißt Eliot Russell – der Dritte, wie er sagt.«

»Eliot Russell?« Barby ließ die Brille wieder auf ihre Nase plumpsen. »Na, Kindchen, da hast du aber einen guten Griff getan! Ich nehme an, du weißt das?«

Ginny schüttelte den Kopf; die Bewegung tat ihr weh, da sie

Kopfschmerzen hatte. »Müßte ich es wissen?«

»Eliot Russell der Dritte.« Barbys Augen wurden schmal. »Laß mich mal überlegen – also, er müßte dann der Enkel von dem Alten sein. Öl – und Holz, glaube ich. Einer der letzten schwerreichen Knaben. Beinahe ein Räuberbaron. Kein Rockefeller, weißt du – aber auch nicht gerade schlecht daran.«

Ginny verdaute die Auskunft und meinte dann achselzuckend: »Na und? Er hat mich nach Hause gefahren und mir eine Tasche zurückgebracht. Er ist also vermutlich ein ganz gewöhnlicher Mensch wie alle anderen ...«

»Hast du es denn noch nicht begriffen – Geld ist nie gewöhnlich! Es ist –«, sie beugte sich näher zu Ginny. »Was ist los Ginny?«

»Nichts!« gab diese bissig zurück. »Was soll denn los sein?«

»Du machst nicht umsonst so ein Gesicht. Komm, erzähl es Omachen!«

Ginny saß über die Kaffeetasse gekauert und nahm langsam kleine Schlückchen; zum erstenmal störte sie der bittere Geschmack nicht. »Halt den Mund, Barby! Aber wenn du es unbedingt wissen mußt, Eliot Russell ist weder etwas für mich noch für eine andere Frau. Er mag nämlich keine Frauen. Er hat es mir selbst gesagt. Er hat es mir einfach rundheraus gesagt!«

»Ach so ...«, Barby trommelte leise mit den Fingernägeln auf den Tisch. »Na, Ginny, es sieht aus, als hättest du gerade einen Bruder gefunden.«

Durch Eliot Russell kam Ginny – zum ersten und einzigen Male – mit Geld in Berührung, das heißt mit dem, was die Reichen darunter verstanden – mit so großen Anhäufungen von Geld, daß es fast eine eigene Identität annahm und die Macht besaß, beinahe aus eigener Willenskraft heraus Handlungen zu vollziehen, wie es auch Entscheidungen zu erzwingen und Einfluß und Druck auszuüben vermochte, ohne selbst in Aktion zu treten. Es war die Art von Geld, die einfach durch ihr Dasein Geld produzierte.

In der Person Eliot Russells war das Bild des Geldes nicht klar sichtbar, doch lag es überall um ihn herum in all den unvermeidlichen Requisiten des Reichtums ausgebreitet. Durch ihn begann Ginny Reichtum in einem seiner Aspekte zu sehen, der sich als eine innere Einstellung entpuppte. Es war die Art, die Dinge und das Leben auf eine Weise zu betrachten, in der die Frage des Geldes gar nicht existierte, und sie begann nach einiger Zeit zu erkennen, daß, falls man diese Einstellung mit in die Wiege gelegt bekam, jeder Tag seltsam flach war, da ihm ein ganzer Sektor des menschlichen Lebenskampfes, materielle Bedürfnisse zu befriedigen, fehlte. Für die Russells hatte Geld längst den Punkt überschritten, an dem noch irgendein Bedürfnis bestand, sei es, den Besitz des Geldes zur Schau zu stellen oder viel über ihn nachzudenken. Seine Erhaltung forderte ihre Aufmerksamkeit, doch das war auch alles. Im übrigen konnten sie mit ihrem Leben tun und machen, was sie wollten.

»Das ist eben der Unterschied«, erklärte Barby, »zwischen sehr reich sein und nur eben reich.«

»Er scheint sich aber gar nicht an dem, was er hat, zu freuen«, hatte sie überrascht zu Barby gesagt, als sie ihn zuerst kennengelernt hatte. »Er scheint sich überhaupt nicht am Leben zu freuen.«

»Mein Herz blutet für ihn! Versuch ihm mal all diese herrlichen Stützen des Geldes wegzunehmen und sieh zu, wieviel weniger er sich freut.«

Nachdem die kühle Distanz zwischen ihnen einmal überbrückt war, hatte Eliot Russell etwas demütig Bittendes, das Ginny tief rührte. Sie bemerkte es überrascht an jenem Tag – eine Woche nach der Party –, als sie mittags aus dem Konsulat kam und ihn wartend am Eingang stehen sah. Er sah besser aus als in ihrer Erinnerung – das klassisch schöne Gesicht unter dem braunblonden Haar, die hohen Wangenknochen und scharfgeschnittenen Lippen. Seine Kleidung war von männlicher Strenge und Schlichtheit, die zu versuchen schien, von der Schönheit des Gesichtes abzulenken; er hielt sich kerzengerade. Er gestattete es sich nicht, auch nur einen einzigen der vorbeiflutenden Passanten anzusehen. Ginny spürte plötzlich intuitiv die außerordentliche Selbstdisziplin, die manchmal bis zum Zerreißen angespannt war und deren letzte Fetzen Eliot dann ermöglichten, Frauen seine Verachtung zu zeigen und ihnen ein für allemal zu verstehen zu geben, daß sie für ihn nicht existierten. So hatte er es auch voller Trotz und Scham mit ihr um vier Uhr morgens auf einer Straße in Greenwich Village gemacht. Er heftete den Blick jetzt wachsam forschend auf ihr Gesicht, und sie begriff, daß er aus Angst, sie könnte seine Zurückweisung neulich nacht mit einer ähnlichen erwidern, nervös auf ihre Reaktion wartete. Bereits in dem Augenblick begann ihr Eliot leid zu tun.

Freundlich streckte sie ihm die Hand entgegen. Etwas wie Erleichterung glitt über sein Gesicht, doch unterdrückte er schnell diesen Ausdruck.

»Hallo, Eliot!«

»Hallo, Ginny! Bist du zum Mittagessen verabredet? Kommst du eine Kleinigkeit mit mir essen?«

»Ja, gerne!« Automatisch streckte er die Hand aus, um ihr die große Ledertasche abzunehmen; es war eine billigere Nachahmung von Barbys. »Ich trage sie selbst«, versicherte sie schnell. »Sie ist nicht schwer.«

»Nein, gib sie mir. Als ich dich zuerst sah, hattest du überhaupt nichts in Händen und sahst so verflixt frei und ungebunden aus ...« Er hielt ihren Ellbogen und führte sie über die Straße. Es war ein seltsames Gefühl, so als würde sie von ihm in Schlepptau genommen, als müßte er auf jede ihm nur mögliche Weise eine gewisse Männlichkeit betonen. Gleichzeitig fühlte sie jedoch, daß gerade diese Behutsamkeit seiner Bewegungen eine flehende Bitte an sie waren, sich ihm nicht zu widersetzen und seine fadenscheinige Autorität nicht in Frage zu stellen.

Sie aßen im Museum of Modern Art. Eliot aß nur wie ein Vogel; als sie von ihrem Teller aufblickte, sah sie zu ihrer Verlegenheit, daß er sie verwundert anstarrte. Sie errötete. »Es tut mir leid – ich bin schrecklich hungrig.«

»Wie schön!« Und er ging an das Büfett und holte ihr einen zweiten Salat und eine Crèmeschnitte. »Diesmal will ich nachsichtig sein«, meinte er lächelnd. »Aber hüte dich vor der Buttercrème – sie ruiniert deinen Teint und deine Figur.« Ginny kam es vor, als hätte eine Frau diese Worte gesagt. Eliot saß schweigend bei seinem Kaffee, während sie zu Ende aß.

»Hast du heute nachmittag Vorlesungen?«

»Nein – ich faulenze den Rest des Sommers.«

»Prächtig – dann gehen wir runter und machen eine Runde durch das Museum.« Er zog den Stuhl für sie zurück. »Ich mag deinen Jim MacAdam nicht sonderlich, Ginny. Ich finde, er ist ein arroganter, eingebildeter Schuft, ein Mädchen wie dich so zu behandeln. Ich würde dir am liebsten raten, ihn zu vergessen, aber ich weiß, das würde nichts nützen. Und da du nun einmal auf der Suche nach einer allgemeinen Bildung nach New York gekommen bist, können wir geradesogut gleich hier damit anfangen.«

Er führte sie durch die einzelnen Räume, und wann immer er glaubte, daß es nötig sei, wies er auf etwas Besonderes hin, erklärte ein wenig und lenkte ihre Aufmerksamkeit auf dieses oder jenes Detail. Er war klug, stellte Ginny bei sich fest. Seine Art hatte nichts Gönnerhaftes, und er erklärte nie das Augenfällige. Er ließ sie die Fragen stellen, und seine Antworten waren klarer und prägnanter als alles, was sie bisher in ihren Vorlesungen gehört hatte. Mein Gott, dachte sie, er ist hochbegabt und reich und ist doch kein bißchen eingebildet.

Unvermittelt fragte sie: »Wie alt bist du, Eliot?«

»Ist das wichtig? Neunundzwanzig. Warum?«

»Ach, nichts – du scheinst nur unheimlich viel zu wissen.«

»Ich habe auch eine Menge Zeit zum Lernen gehabt.« Zornig warf er ihr die Worte über die Schulter zu. »Komm jetzt – laß uns woanders hingehen.«

Sie fuhren in einem Taxi stadtaufwärts in die Frick Collection. Wieder nahm Eliot auf der niedrigen Treppe ihren Arm; Ginny fühlte, daß er sich gleichsam an sie klammerte. Der Aufseher stand stramm und nickte.

»Guten Tag, Mr. Russell.«

»Na, Morgan, wie geht's?«

»Danke, gut, Sir.«

»Kennen sie dich denn alle?« flüsterte Ginny, als einige weitere Aufseher Eliot begrüßt hatten.

»Die meisten schon. Ich bin hier ziemlich oft – sie kennen die Familie.«

Ginny war überrascht zu entdecken, daß jemand auf Manhattan genauso bekannt sein konnte wie sie auf St. Nicolaas. Zum erstenmal bekam die Stadt menschliche Dimensionen für sie. Später korrigierte sie dann diesen ersten Eindruck, als ihr zu dämmern begann, daß das Russellsche Geld mehr als menschliche Dimensionen hatte und daß Eliot keinen Schritt tat, ohne daß das Wissen von diesem Geld ihm gleichsam als Schatten vorauseilte.

Er ließ ihren Arm los und ging langsam durch die Räume von Henry Fricks Haus und trat an die van Dycks und Rembrandts heran, als wären sie seine Freunde, liebe gute Freunde. Hier unternahm er keinen Versuch, Ginny mehr zu geben, als ihre eigenen Sinne ihr von der reichen Fülle und Farbenpracht vermittelten. Er war mehr mit sich selbst beschäftigt und durchschritt die großen Räume mit einer gewissen Autorität. Er schien Ginny besser in diese Umgebung zu passen als in die nackte, reine Kahlheit des Museum of Modern Art. Er machte hier einen gelösteren Eindruck, so als bewegte er sich auf vertrautem Boden.

Unvermittelt sagte er: »Henry Clay Frick und mein Großvater machten einmal Geschäfte zusammen. Sie waren alle beide – auf die eine oder andere Weise – Betrüger.« Dann ergriff er wieder ihren Arm. »Möchtest du jetzt meine Sammlung sehen?«

»Deine?«

»Ja, meine eigene.« Er lächelte. »Es ist nur ein paar Blöcke weiter. Laß uns zu Fuß gehen.«

Sie gingen die Fifth Avenue hinauf. Als sie an einer Ecke an einer Verkehrsampel warteten, wies Eliot mit einer Kopfbewegung auf ein hohes graues Gebäude neben ihnen. »Da wohnen meine Eltern.« Ginny war entsetzt, daß er so daran vorbeizugehen vermochte. Er schaute sie an und sah ihr ihre Empfindung an und meinte lachend: »Oh, ich besuche sie manchmal – fast immer mit vorheriger Anmeldung. Wir sind keine sogenannte innige Familie.«

»Ist da noch jemand in der Familie?«

»Ich habe eine Schwester. Sie ist seit drei Jahren in Europa. Weißt du – als Mädchen braucht sie nicht so zu tun, als wäre sie ein solider Staatsbürger. Sie geht auf Filmfestspiele und verbringt das restliche halbe Jahr am Strand von Cannes. Genau das möchte ich eigentlich auch machen.«

»Und was machst du?« Ginny stellte diese Frage sehr vorsichtig und nur weil sie wußte, daß er sie erwartete, aber genauso wußte, daß nur sehr wenige Menschen die Antwort zu hören bekamen.

Er seufzte. Sie hörte sogar durch das Brausen des Verkehrs, wie leer dieser Laut klang; es war die Erklärung eines Nichts. »Ich helfe, auf das Geld aufpassen – auf das meines Vaters und auf mein eigenes. Und ich helfe es verschenken. Ihnen gefällt nicht viel von dem, was ich mache ...« Er deutete wieder mit dem Kopf auf das Gebäude zurück. »Mir und Lucy übrigens auch nicht, das ist meine Schwester. Das wenigste, was ich tun kann, ist auf das Geld aufpassen helfen. Das geheiligte Geld! Weißt du was, Ginny? Willst du etwas Interessantes wissen? Geld, das man für vier Prozent anlegt, verdoppelt sich in siebzehn Jahren. Diese Methode ist sehr sicher und langweilig. Wir haben einen ganzen Stab von Experten, die dasitzen und verfolgen, wie es sich verdoppelt, und dann beschließen sie, wie sie es verschenken. Es ist ein großartiges System.«

»Es klingt wundervoll – und traurig.«

Er lächelte schmerzlich und bekümmert und zuckte die Achseln. »Ich wüßte nicht, wie ich ohne es zurechtkommen sollte. Ich habe nicht den Mut, eine Lucy zu sein.«

Seine Hand schloß sich fest um ihren Arm, als er sie auf den Eingang eines großen, modernen Apartmentblocks zuführte. Sie wäre am liebsten zurückgewichen, konnte es jedoch nicht. Der Griff war hart und schien ihr zu verbieten, sich ihm zu entziehen. Auf einmal wußte sie, daß er jetzt die Gegenleistung für jene

Stunde auf den Palisades von ihr forderte. Sie hatte ihm damals ungefragt ihr Herz ausgeschüttet, einem völlig Fremden, der ihr helfen sollte, die Bürde ihrer Liebe und Einsamkeit zu tragen. Und nun hatte er sie gebeten, ihn anzuhören, hatte verlangt, daß sie ihm zuhörte. Sein Gesicht war hart vor innerer Spannung, als er auf den Aufzug zuging und dem Portier zunickte.

Er drückte auf den Knopf für das Penthouse* und blickte zur Nummerntafel hinauf, an der die Zahlen der Stockwerke nacheinander aufblitzten. »Ich weiß nicht, warum ich dir neulich nacht vertraut habe, Ginny – oder warum ich dir jetzt vertraue. Aber ich tue es.«

Ginny hatte erwartet, daß Eliots Wohnung in abgeschwächter Weise dem erlesenen Reichtum der Frick-Galerie ähneln würde; als er dann die Tür aufstieß, waren die kahlen weißen Wände und der nackte Fußboden aus glänzend polierten Holzklötzchen ein Schock für sie. Eine Skulptur aus einem verschlungenen Metallband bildete die einzige Unterbrechung an den Wänden der Eingangshalle. Ein Frösteln überlief Ginny, als sie Eliot in den großen weißen Raum folgte, der sich an die Halle anschloß. Ratlos und ein wenig verängstigt blickte sie sich in ihm um und begriff plötzlich, daß dies ein kleines Privatmuseum war. Es war so gut wie überhaupt keine Einrichtung vorhanden – lediglich zwei große Sessel und ein Sofa aus schwarzem Leder und Stahl, von denen man durch die Glaswände über die Terrasse hinaussah. Rings an den Wänden war eine Sammlung abstrakter Gemälde aufgehängt, deren Farben das einzig Warme in diesem Raum bildeten. Es waren noch drei weitere auf Sockel montierte Metallskulpturen vorhanden, die geisterhafte Schatten auf das glänzende Parkett warfen. Die Sonne schien durch die Westfenster, die den Blick über den Central Park freigaben. Eliot zog unverzüglich einen durchsichtigen Vorhang zu, durch den die direkten Lichtstrahlen gebrochen wurden. Der Raum war jetzt in weicheres Licht getaucht.

Ginny begann langsam von einem Bild zum andern zu gehen. Sie waren extrem abstrakt; manche bildeten eine einzige Symphonie von Farben und Rhythmus, und eines bestand nur aus einem einzigen gelben Quadrat in der linken unteren Ecke auf der weißen Leinwand. Sie wandte sich zu Eliot um, der sie beobachtete.

»Bitte erwarte nicht, daß ich etwas Vernünftiges darüber sage;

* Penthouse bezeichnet das Obergeschoß mit Terrasse und manchmal sogar Garten auf den amerikanischen Apartmenthäusern.

du weißt ja, ich verstehe zuwenig davon.« Sie wies mit gespreizten Händen auf den Raum, die schwarzen Sitzmöbel, die weißen Wände und die kühnen Farbflecke der Bilder. »Ich hatte dies nicht erwartet. Ich hatte irgendwie den Eindruck, daß du dir nicht viel aus abstrakter Kunst machst – du schienst dich in der Frick-Galerie so zu Hause zu fühlen, daß ich dachte, du würdest ...« Sie verstummte, da es ihr unhöflich schien, gleich in der ersten Minute zu kritisieren. Sie hatte begriffen, daß er verwundbar war.

Er zuckte die Achseln. »Diese bilden nicht meine letzte Wahl. Ich gebe keinen Deut für sie; sie sind nur eine Kapitalanlage.« Er steckte die Hände in die Taschen und begann, in dem langen, kahlen Raum auf und ab zu gehen. »Zeitgenössische Kunstwerke zu kaufen ist wie an der Börse spekulieren, Ginny.« Er wies mit einer Kopfbewegung auf die Wand. »Dies sind zukunftsträchtige Aktien – obwohl einige von ihnen schon ziemlich hoch im Kurs lagen, als ich sie kaufte. Man muß den Markt vorausahnen, und ebenso wie auf dem Wirtschaftsmarkt geht es einfach nicht ohne Risiko. In zehn Jahren werde ich wissen, ob ich die richtige Wahl getroffen habe. Bis dahin bin ich hoffentlich die Nieten los. Und wenn der Augenblick kommt, sie zu verkaufen, trenne ich mich ebenso unbeteiligt von ihnen, als wären sie irgendwelche Aktien.«

Er blieb einen Augenblick stehen und betrachtete nacheinander drei Bilder, die in einer Art Nische hingen; sein Blick war kühl und kritisch. »Dies sind nicht die Bilder, mit denen ich mein ganzes Leben leben möchte. Ich möchte Rembrandts und Goyas besitzen – sogar einen El Greco, wenn ich sicher wäre, daß ich den Mut hätte, mit ihm zu leben. Es wird eine Menge Geld kosten und eine Menge Geduld, bis ich das habe, was ich mir wünsche. Aber das könnte es wert sein ... allein das Aufspüren dieser Bilder könnte es wert sein.« Unvermittelt drehte er sich zu ihr um. »Jetzt hast du aber genug Erleuchtung für einen Nachmittag gehabt, nicht wahr? Gehen wir also und kochen uns Abendessen.«

»Du kochst?«

Er zog sich bereits das Jackett aus. Sie folgte ihm rasch einen Gang entlang, der, wie sie später entdeckte, zu der zweiten Wohnung nebenan führte, die er ebenfalls gemietet hatte.

»Ich bin der beste Koch der Welt«, rief er ihr über die Schulter zu. »Und wenn du behauptest, daß das deine Mutter wäre, muß ich dich leider bitten, zu gehen.«

Das Essen hielt, was er versprochen hatte – es bestand aus gegrilltem Hummer, Zabaglione und Champagner, einem Brie, der genau die richtige Reife und Temperatur hatte, und festen blauen Weintrauben. Er kochte es mit einem Minimum an Aufwand in einer Küche, von der Ginny nie geglaubt hätte, daß es sie wirklich gäbe – mit einer Reihe von fünfzig Kochbüchern auf einem Bord und genügend glänzenden Kupfertöpfen, um ein kleines Restaurant auszustatten. Eliot war ein Publikum gewohnt; es waren ein Tisch und zwei kleine Stühle vorhanden, und so saß Ginny und nippte an ihrem Drink, während sie ihm zusah.

»Du hast recht«, bestätigte Ginny, als sie fertig waren. »Meine Mutter ist nicht die beste Köchin der Welt – was ich übrigens ebenso wie sie nie gefunden habe.«

»Dann ist sie eine seltene Frau – und das bist auch du, Ginny.«

Sie aßen in einem kleinen Zimmer auf der anderen Seite des Flures gegenüber der Küche. Die Wärme der Möbel und holzgetäfelten Wände in ihm verwischten die Erinnerung an den Ausstellungsraum nebenan. An der Wand hingen ein Sisley und ein Corot. Eliot blickte sie über den kerzenbeleuchteten Tisch an. Er schenkte den restlichen Wein ein und bot ihr eine Zigarette an.

»Du siehst, was aus mir werden wird, Ginny«, meinte er, als er ihr Feuer gab. »Ich werde ein pütscheriger Feinschmecker, ein Sammler und Dilettant. Mit der Zeit werde ich zweifellos aufhören, scharfe Sachen zu trinken, weil es den Gaumen ruiniert, und ich werde meine Freunde durch mein Gerede über Weinjahrgänge langweilen. Mein Gott, was für eine Zukunft!« Er stand mit einer so heftigen und schnellen Bewegung auf, daß er beinahe den Stuhl umwarf. »Wir trinken den Kaffee im Wohnzimmer, ja?«

Sie begann, die Teller zusammenzustellen, um sie in die Küche zu tragen. »Nein – laß sie nur stehen. Das macht alles Harry morgen früh.« Der Kaffee summte bereits in der automatischen Kaffeemaschine. Das Kaffeetablett stand fertig gedeckt im Wohnzimmer. Ginny war in der ganzen Wohnung auf die Spuren eines Personalstabs gestoßen, der diesen Schein der Mühelosigkeit aufrechterhielt. Es waren keine Dienstboten zu sehen oder zu hören, aber man spürte, daß sie jeden Tag kamen und wieder verschwanden, um Eliot dem Schein nach dieses Wunderwerk vollenden zu lassen. Es war eine mit großer Geschicklichkeit und Lässigkeit vorgeführte harmlose Art der Angabe.

»Ein Dilettant, wie du siehst, Ginny«, fuhr er fort. Er deutete mit einer Handbewegung auf das Zimmer, dessen Wände mit Bücherborden ausgeschlagen waren, auf die mit Zeitschriften bedeckten Tische, auf denen alles von Diogenes bis Fortune vertreten war, und auf den Flügel mit den aufgeschlagenen Noten. »Ich mache alles. Ich stecke meinen Finger in jeden Kuchen, der sich mir anbietet. Ich investiere Geld in Broadway Shows – und in junge Musiker. Ich habe meinen Vater überredet, ein Stipendium für Juillard zu stiften und jedes Jahr drei Studenten von Nigeria herüberzuholen. Nigeria! Stell dir das vor!« Er stieß ein kurzes Lachen aus. »Wie die meisten Amerikaner habe ich erst vor knapp vier Jahren gehört, daß es überhaupt existiert, und jetzt habe ich diese Burschen hier und schleppe sie herum und tue, als täte ich etwas für den Frieden und die Völkerverständigung.«

Er war an die Glaswand getreten, hinter der die Terrasse lag; von diesem Zimmer blickte man nach Süden über die Wolkenkratzer, in denen jetzt die Lichter aufgeflammt waren; sie schienen Ginny so nahe zu sein, daß sie einen Augenblick das erregende und unwirkliche Gefühl hatte, als wären auch sie Eliot Russells Spielzeuge, die auf seiner Terrasse aufgetürmt waren und geduldig warteten, daß er zu ihnen kam und mit ihnen spielte. Er schob die Glastür zur Seite und trat hinaus. Ginny setzte ihre Kaffeetasse ab und folgte ihm. Immer schien sie Eliot zu folgen. Sie stand neben ihm an der niedrigen Terrassenwand, die ebenfalls aus Glas bestand, durch das sich ein feiner Maschendraht zog, damit kein Zentimeter der Aussicht verlorenging. Jede Minute der zunehmenden Dämmerung ließ die Lichter der Bürohäuser heller erstrahlen; eine leichte Brise regte sich hier oben, trug jedoch den Geruch und Geschmack von Staub herauf.

»Eliot, ich bin einfach überwältigt«, sagte Ginny. »Ich habe nie gewußt, daß es so viele Welten an einem Ort geben kann – oder in einem Menschen. Ich ...«

»Nun, ich wollte, daß du überwältigt bist«, unterbrach er sie. »Billige – billige Tricks« – seine Stimme wurde schrill –, »das hast du gesehen, Ginny! Ich tue das immer von Zeit zu Zeit. Ich führe meine Schätze vor und werfe mit klingenden Namen aus der Welt des Theaters, der Kunst und der Musik um mich und denke, ich kann die Leute eine Zeitlang so weit täuschen, zu glauben, daß ich selbst Talent habe, nur weil ich es erkennen kann. Aber das war nie wahr und wird es auch nie sein!« Er schleuderte seine Zigarette zu Boden und trat wütend darauf.

»Tut mir leid, Ginny. Ich muß mich bei dir entschuldigen. Ich sollte mich eigentlich besser zu benehmen wissen. Als meine Familie auf der gesellschaftlichen Stufenleiter emporkletterte, wurde meinem Vater eingebleut, daß man nicht über Geld spricht oder darauf hinweist, was es für einen tun kann. Doch von mir erwartet man, daß ich es instinktiv weiß.« Er sah sie an. »Mein Großvater begann in einem Kohlenbergwerk. Es ist was Wahres dran an dem alten, abgedroschenen Sprichwort von den Hemdsärmeln, die in drei Generationen Hemdsärmel bleiben. Innerlich bin ich nämlich noch in Hemdsärmeln. Ich versuche ein bißchen billige Beachtung zu erlangen, weil ich weder ein Kohlenarbeiter bin noch ein verspäteter Räuberbaron – und auch nicht ein Hexenmeister der Finanzen, wie es mein Vater geworden ist. Ich muß aber irgend etwas sein. So bin ich, was ich bin.«

»Eliot, warum entschuldigst du dich für das, was du bist?« Ihre Stimme war sehr leise. Sie hätte am liebsten die Hand auf seine Hand gelegt, wagte es aber nicht. Eliot hätte das nie geduldet – nicht von ihr und wohl überhaupt nur von sehr wenigen anderen Menschen.

»Ich muß es! Die Welt ist kein sehr freundlicher Ort für meinesgleichen. Die meiste Zeit meines Lebens habe ich sie mir auf Armeslänge vom Leib gehalten. Nur sehr wenigen konnte ich vertrauen – das sagte ich dir schon. Und in den letzten Jahren gab es nichts mehr zu hoffen. Geld züchtet Mißtrauen, Ginny. Die rechte Art Menschen zucken vor einem zurück, weil sie denken, man denke, das sie etwas von einem wollen. Und die falschen kommen zu bereitwillig. Sogar innerhalb einer Familie scheint Geld seine besondere Art von Mißtrauen zu züchten. Wir haben die Mittel, völlig isolierte Existenzen zu führen – und uns gegenseitig zum Teufel zu wünschen.«

Er stützte die Hände auf das Geländer und starrte über die nächtliche Stadt.

»Aber manchmal wird diese isolierte Existenz unerträglich. Dann muß ich einfach aus meinem Gehäuse ausbrechen und versuchen, wieder die Verbindung zu den Menschen aufzunehmen. Ich tue dann Dinge, die ich lieber vergessen möchte. Oder benehme mich wie vorhin – töricht, aber nicht böse. Trotzdem muß ich mich dafür entschuldigen. Ich schäme mich.« Wieder sah er sie an. »Das wäre alles. Willst du jetzt nach Hause?«

»Eigentlich möchte ich noch bleiben.«

»Danke!« Er wirbelte herum und ging ins Wohnzimmer zurück. »Ich hole dir noch etwas Kaffee.«

Ginny merkte, daß Eliots Griff, mit dem er sie an jenem Nachmittag zu sich gezogen hatte, immer fester und besitzerischer wurde. Anfangs versuchte sie gar nicht, sich ihm zu entziehen, weil sie sich freute, gebraucht zu werden, und weil es das Gefühl der Einsamkeit und des ständigen Kampfes verringerte, das ein Teil des

Gegengeschenkes der Stadt an jeden zu sein schien, der neu hierherkam. Anfangs hatte sie Mitleid mit ihm, und dann überkam sie die überraschende Gewißheit, daß Eliot genauso einsam war wie sie. Sie litten beide an ihrer Einsamkeit und lehnten sich aneinander.

Barby billigte es nicht und sagte es unverblümt und bei jeder möglichen Gelegenheit. »Du tust dir damit nichts Gutes, Ginny! Was kann für dich dabei herauskommen? Es ist eine Sackgasse – das Ganze ist eine absolute Sackgasse.«

»Er braucht mich – glaube ich.«

»Braucht dich? Immer wird er dich brauchen – oder jemanden wie dich. Und es kann nie etwas daraus werden. Er wird dich ausnutzen. Du wirst seine Mutter und Schwester sein – du wirst alles sein, für das er eine Frau braucht, nur nicht seine Geliebte und Frau. Das wirst du nie – und falls du es doch wirst, ist es eine so trostlose Angelegenheit, daß du wünschst, du hättest es nie versucht. Du bist ein Aushängeschild für ihn! – Merkst du das denn nicht, Kindchen? Du bist ein hübsches Mädchen, das er gerne mitnimmt und mit dem er sich gerne zeigt. Das entwirft ein besseres Bild von Mr. Eliot Russell! Er hat schließlich eine Position aufrechtzuerhalten und muß verdammt diskret sein. Tausend Leute können über ihn Bescheid wissen, doch solange er nach außen eine normale Fassade zeigt, stört sich niemand daran. Er muß sich aus Rücksicht auf seine Familie bemühen, wie jeder andere x-beliebige Bursche zu erscheinen, und du hilfst ihm bei dieser Fassade. Versuch das zu begreifen, Ginny. Das ist alles, was du für ihn bist! Alles!«

»Es ist nur ein Teil dessen. Ja, ich gebe zu, es ist ein Teil davon – aber nicht alles. Er braucht mich ... und vielleicht brauche ich ihn!« Ihre Lippen zögerten, das Wort ›Mitleid‹ auszusprechen. Ginny hatte Angst, es zu sagen, da es womöglich ebenfalls von Barby zerfetzt würde.

»Du brauchst überhaupt nichts von Eliot Russell! Mach dir doch nichts vor! Die Gebende bist allein du!«

»Es ... es ist doch nicht für ewig. Ich kann ja aufhören, ihn zu sehen, wann ich will.«

»Kannst du das? Kannst du das tatsächlich? Das frage ich mich. Es kann eine Gewohnheit werden, weißt du. Man kann sich an Geld gewöhnen und an elegante Restaurants und an die Gewißheit, am Sonnabendabend immer irgendwohin gehen zu können und jemanden zu haben, der einen abholt. Der andere Weg ist schwerer, Ginny! Allein ist es immer schwerer. Bald wirst du aufhören, dich mit deinen anderen Verehrern zu verabreden, weil sie dir neben deinem Mister Ach-so-hübsch schrecklich mickrig erscheinen werden, und eine Fahrt mit der Untergrundbahn und eine Tasse Kaffee werden nach dem Pavillon und einem Auto mit Chauffeur nicht sehr großartig und unterhaltsam sein. Gib nur acht, Ginny! Du kannst ihm verfallen, bevor du es weißt. Denn sieh mal, Kindchen, ich rieche in letzter Zeit so einen Liliengeruch an dir, und der gefällt mir nicht!«

»Ach, sei still! Und kümmere dich um deinen eigenen Kram!«

Doch die Worte hallten in ihr nach. Sie gingen Ginny während des ganzen Sommers, in dem Eliot ihr eine neue Welt eröffnete, nicht aus dem Sinn; sie führten ein ständiges Zwiegespräch in ihr und ließen sie kein neues Erlebnis ungetrübt genießen. Die Tatsache, daß sie Eliot Russell nie in ihren Briefen nach St. Nicolaas erwähnte, verriet deutlich ihre Unsicherheit und eine Art Schuldgefühl. Es war die erste Sünde der Verheimlichung, die sie begehen zu müssen glaubte.

Zweimal fuhr sie mit Eliot nach Southampton in das Sommerhaus seiner Eltern und tat einen flüchtigen Blick in die Welt der Bathing Corporation und des Meadow Club. Es war nicht ihre Welt, und das wußte sie, genau wie alle anderen; aber sie sah sie zwei Wochenende lang und wußte instinktiv, daß, hätte sie sich durch Eliot einen Weg in sie hineinbahnen wollen, sie sie wahrscheinlich erobert und zu der ihrigen gemacht hätte. »Du bist wirklich recht hübsch, mein Liebes«, hatte Eliots Mutter einmal zu ihr gesagt. »Und natürlich. Wo hat Eliot dich entdeckt?«

»Im Museum of Modern Art, Mutter. Sie war dort ausgestellt.«

Eliots Mutter war eine Frau von kalter Schönheit, die ihren Sohn wie einen zufälligen, entfernten Bekannten behandelte. Doch ihre verbindliche Art von beinahe eisiger Höflichkeit ihm gegenüber brach manchmal zusammen und enthüllte rasende Enttäuschung und Verachtung, die ihn – wie Ginny wußte – wie einen körperlichen Schlag treffen mußten. Ginny behandelte sie auf die gleiche höfliche Art, aber sie fühlte, daß diese Frau sie nicht mochte.

»Hast du das denn erwartet?« fragte Barby spöttisch. »Aber ich wette, sie ist heilfroh, daß Eliot mit dir gesehen wird. Es macht einen besseren Eindruck!«

Sie lernte auch andere Häuser kennen. Wenn Eliot sie auf eine Fahrt mitnahm, sagte er plötzlich: »Ich finde, wir schauen bei den Matsons 'rein. Sie haben einige gute Bilder, die du sehen mußt.« Oder: »Laß uns sehen, wer bei den Whitakers' Tennis spielt.« Die

Häuser begannen sich zu gleichen, und sie traf mehrmals einige derselben Leute. Die Unterhaltung plätscherte schnell und leicht dahin. Amüsant zu sein war das einzige, worauf es ankam. »Ich sage nie etwas Amüsantes«, sagte Ginny einmal bekümmert zu Eliot.

»Laß nur – in deinem Alter wird das auch gar nicht von dir erwartet. Es genügt, so auszusehen, wie du es tust.« Und dann brach er plötzlich in ein an ihm ganz ungewohntes, schallendes Gelächter aus. »Der englische Akzent ist es, der einigen Leuten Kopfzerbrechen macht. Sie wissen nicht, ob du eine schüchterne, kleine englische Erbin bist oder nur ein Mädchen, das für ein Jahr als Haustochter hier ist.«

»Ich habe den starken Verdacht, Eliot, sie halten mich für die Haustochter – wenn sie nicht glauben, du müßtest einfach mit Erbinnen ausgehen. Geld heiratet Geld, nicht wahr?«

Sein Gesicht überzog sich einen Augenblick mit dunkler Röte, dann beschloß er jedoch, es nicht weiter ernst zu nehmen. »Sie haben alle die Hoffnung aufgegeben, daß ich heirate. Ich habe den ganzen Debütantinnenzirkus mitgemacht. Ich zähle nicht mehr als Heiratskandidat. Man hat sogar aufgehört, mich zu den großen Debütantinnenbällen einzuladen, weil ich doch immer absage. Und ich habe mir auch die Zeit im International Set vertrieben – Lucy hat mich zu den richtigen Zeiten nach Klosters und Venedig und Nizza geschleppt. Aber ich bin immer wiedergekommen, weil es verteufelt schwer ist, sich von der Überzeugung zu befreien, daß man dazu bestimmt ist, etwas aus seinem Leben zu machen. Ich wurde es leid, dauernd meine Koffer zu packen, und die Parties begannen mich zu langweilen. Man muß ein höllisches Stehvermögen haben und einen Kopf wie aus Stein, um das länger auszuhalten. Die arme Lucy kann nicht besonders viel vertragen, und sie ist jetzt dürr wie ein Kleiderständer.«

»Was machtest du auf jener Party am Riverside Drive? Irgendwie – schien es nicht dein Milieu zu sein – zu schlampig.« Sobald sie jedoch die Worte gesagt hatte, bereute sie sie. Es war nicht ratsam, Eliot nach seinen Angelegenheiten zu fragen; die Antwort konnte unter Umständen nicht angenehm sein. Der Haken in ihrer Freundschaft lag darin, daß sie ihm nicht diese Fragen stellen konnte. Sie war von einem gesamten Sektor von Eliots Leben ausgesperrt, den er ihr gegenüber nie erwähnte außer in verbitterten, selbstanklägerischen, indirekten Bemerkungen.

»Was ich da machte? Nun – er kam nicht! Ist das die Antwort, die du erwartet hast? Herrgott, Ginny, kümmere dich um deinen eigenen Kram!« Genau das hatte sie zu Barby gesagt, und nun trafen sie die Worte wie ein Bumerang.

Es wurde Herbst in New York, und sie begriff, weshalb die Leute von diesen Tagen sagten, sie seien wie goldener Wein. Die Luft schien vor Leben zu prickeln, der Himmel war von einem dunkleren Blau, und der graue Dunst der Sommerhitze war verschwunden. Es lag ein Gefühl heiter beschwingter Erregung und neuer Anfänge in der Luft. Die Leute kehrten in die Stadt zurück.

»Ich fühle mich wie damals, als es Frühling wurde – nur noch besser. Jetzt gehöre ich schon ein bißchen dazu«, sagte Ginny.

Und Eliot unternahm mit ihr Fahrten nach Neu-England durch die Farbenglut der herbstlichen Wälder, die sie noch nie gesehen hatte – die goldene und braune und leuchtend dunkelrote Pracht, die sich in stillen blauen Seen spiegelte, und die kleinen, spitzen Türme der weißen Holzkirchen, die aus den Tälern hervorlugten. Es roch nach modriger Erde und nach Holzfeuern. »Ich dachte, der Herbst wäre traurig, aber er ist das Schönste und Strahlendste, was ich mir je habe träumen lassen! Vater hat mir nie erzählt, daß er so ist.«

»In England ist er auch nicht so. Hier ist es kälter – daher sind die Farben schöner.«

»Hast du mal einen Herbst in England erlebt?«

»Ja. Der Herbstregen in England hat etwas sehr Trauriges.«

»Eliot?«

»Ja?«

»Warum machst du dir all diese Mühe, mir diese Dinge zu zeigen?«

»Weil ich sie durch dich wieder zum ersten Male sehe, Ginny.«

»Das klingt ja, als wärest du sehr alt. Warum machst du dich selbst so alt?«

»Ich bin alt. Ich dachte, du wüßtest das.«

Eine der Schwierigkeiten bestand darin, daß sie nie wußte, wann Eliot Spaß machte. Sie gingen auf dem nassen, herbstlichen Strand am Cape Cod entlang; die Sonne schien, besaß jedoch keine Wärme mehr. Eliots schön modellierter Kopf zeichnete sich vor dem kalt aussehenden blauen Meer scharf im Profil ab. Er war in diesem Augenblick sowohl jung wie alt, ein schöner junger Mann, auf dem der Hauch der Zerstörung lag. Dies waren die Momente, von denen Barby nichts wußte, überlegte Ginny, die Momente, in denen das Mitleid stärker als alles andere war und sie deutlich spürte, daß er sie brauchte.

New York erwachte im Herbst zu neuem Leben mit der Serie neuer Kunstausstellungen, Broadway-Premieren, der Wiedereröffnung der Carnegie Hall und Metropolitan Opera. Eliot besuchte die meisten davon, und Ginny begleitete ihn gewöhnlich. Die ersten Cocktailparties waren interessant, da die Menschen neu für sie waren – es waren nicht die Cliquen aus Southampton noch die Studenten oder die Leute, die den Sommer über in der Stadt ausgeharrt hatten. Es waren alles Menschen, die an den Hebeln der Kunst – und Theaterwelt saßen, flinkäugige, ehrgeizige, erfolgreiche Menschen, denen die Stadt wie ein Fieber im Blut lag. Doch als der November anbrach, kam es Ginny vor, als hätte sie alle schon viele Male gesehen – oder Leute mit genau den gleichen Gesichtern und Stimmen. Und weshalb, überlegte sie verwundert, trugen alle Frauen Schwarz? Sie sah auf zwei Dinnerparties, die Eliots Mutter gab, auch einige der Gesichter aus Southampton wieder, obgleich die Namen sich mit den vielen Dutzend Leuten zu vermischen begannen, die sie seitdem kennengelernt hatte.

»Ich finde, es führt sich selbst ad absurdum«, sagte Ginny zu Eliot. »Ich habe so viele Menschen kennengelernt, daß ich nicht einen einzigen kenne.«

Die Kleiderfrage wurde ein ernsthaftes Problem für sie, da es jetzt nichts Entsprechendes für die sommerlichen Leinenkleidchen zu fünfzehn Dollar gab. Sie erwog, ob sie ihren Vater um zusätzliches Geld bitten sollte, schämte sich jedoch gleich über den Gedanken. Indem sie eine ihrer Vorlesungen schwänzte, konnte sie für Donnerstag abend und Sonnabend vormittag einen Job als Aushilfsverkäuferin bei Macy annehmen. Eliot kam sofort dahinter und war wütend. »Du mußt doch wissen, daß ich nur zu gerne helfe! Schließlich gehst du auf all diese Sachen, weil ich dich dazu einlade!«

»Es wäre meinem Vater aber nicht recht – und mir auch nicht.«

»Muß dein Vater es denn unbedingt erfahren?«

Sie erwiderte nichts, und ihr Schweigen bekundete ihr Einverständnis; und auch darüber schämte sie sich. Erst nachträglich fiel ihr ein, daß Eliot gar nichts auf ihren eigenen Einwand geantwortet hatte. Womöglich hielt er ihn für unwichtig. Sie versuchte, fadenscheinige Gründe zur Rechtfertigung ihrer Entscheidung zu konstruieren, oder vielmehr dafür, daß sie Eliot die Entscheidung überlassen hatte. Und um ihr Gewissen zu beruhigen, kehrte sie zu ihren Kunstgeschichtsvorlesungen zurück und belegte außerdem einen Spanischkursus für Fortgeschrittene. Und dann ließ sie sich von Eliot zum Einkaufen abholen. Sie ließ ihn die Kleider aussuchen und kritisch die Anproben überwachen, da sie erkannte, daß sein Instinkt hier sicherer war als der ihrige. Die meisten kamen von de Pinna. Sie brachte es nicht über sich, nach den Preisen zu fragen, und Eliot tat das sowieso nie.

Barby stürzte sich auf sie, als sie in die Wohnung geschickt wurden. »Was heißt das – du weißt nicht, was sie kosten? Hast du denn keine Augen im Kopf? Mehrere hundert Dollar jedes einzelne! Aber auch jedes von ihnen!« Zornig knüllte sie das Seidenpapier zusammen. »Nenn mich meinetwegen eine eifersüchtige Ziege, wenn du willst, aber ich sage dir nochmals, dies führt zu nichts Gutem! Und das weißt du auch, was es noch schlimmer macht. Ach, zum Teufel, Ginny – es sind ja nicht die Kleider! Eliot Russell kann sich alles leisten, was ihm gefällt. Aber für dich ist es verkehrt. Den meisten Mädchen würde ich sagen: Nur zu, schlagt für euch heraus, was ihr nur könnt! Aber du scheinst nicht zu wissen, daß es ein Märchenland ist, in dem du da oben lebst. Weißt du, es wird nicht ewig dauern, und es ist ein verflucht langer Sturz auf die Erde herunter!«

»Wenn es ein Märchenland ist, dann sind die Kleider auch genau dafür da – nur dafür da. Du glaubst doch nicht etwa, daß ich so dumm bin und sie hier anziehen möchte – oder ins Büro oder zu den Vorlesungen? Verstehst du nicht? Es sind Eliots Kleider. Sie gehören mir nicht – und werden es auch nie tun. Außer in den Stunden mit Eliot werden sie im Schrank hängen.«

Und das taten sie auch; dort hingen sie, die Cinderellakleider aus Eliots Welt. Sie betrachtete sie als etwas Fremdes. Am liebsten hätte sie ihrem Vater in ihren Briefen von ihnen erzählt, doch hätte er nie den Pakt verstanden, den sie mit sich selbst geschlossen hatte und gemäß dem sie sie nur als Eintrittskarten zu Eliots Welt trug, und er hätte auch nicht das Verlangen verstanden, herauszufinden – wenn auch mit aller Vorsicht –, wie diese Welt aussah. Sie wußte, es war ein vorübergehendes Erleben, das ihr nicht für immer gehörte, genau wie die Kleider, doch bildete es für sie ebensosehr einen Teil dessen, nach dem sie in New York auf der Suche war, wie die Fahrten in der überfüllten Untergrundbahn ins Büro und ihre im Stehen hastig hinuntergeschlungenen Mittagsmahlzeiten bei Nedicks.

Eliot holte sie im Taxi zu der ersten Dinnerparty seiner Mutter in ihrer Fifth-Avenue-Wohnung ab, und neben ihm auf dem Sitz lag ein dunkler Nerzmantel. »Zieh ihn an, Ginny. Na, sieh mich doch nicht so an! Er gehört Lucy – sie hat hier eine Menge Zeugs in

Aufbewahrung, um das ich mich für sie kümmere. Nun nimm ihn schon, Ginny! Es ist völlig in Ordnung! Ich hab' ihn nicht gestohlen und hab' ihn auch nicht gekauft. Er gehört wirklich Lucy.«

»Aber wird deine Mutter dann nicht erstaunt sein, wenn sie sieht, daß ich ihn anhabe?«

»Sie wird ihn nicht wiedererkennen. Mutter hat nie gewußt, was Lucy hatte und was sie nicht hatte. Glaubst du, es ist Zufall, daß ich die Aufbewahrungspapiere verwalte?«

Sie wußte, er hatte die Wahrheit gesagt, als sie den Mantel Mrs. Russells Mädchen gab und die in das Futter gestickten Initialen L.R. sah. Später kam ihr der Gedanke, ob das Mädchen sie ebenfalls gesehen und Mrs. Russell Bericht erstattet hatte. Als sie nachts nach Hause kam, packte sie den Pelz in einen Kleiderkarton und schob diesen auf das höchste Bord in ihrem Schrank, wo Barby ihn nicht entdecken würde.

Wahrhaft unsicher machte Ginny das weiße Seidenkleid, das am deutlichsten sichtbar werden ließ, was Barby über Eliot gesagt hatte. Eliot brachte es ihr mit, als er sie für die festliche Wiedereröffnung der Metropolitan Opera in dieser Saison abholte. Die Eltern Russell waren in San Francisco, und so benutzte er an diesem Abend die Familienloge. Ginny hatte aus den Zeitungsankündigungen geschlossen, daß diesem Abend eine ganz besondere gesellschaftliche Bedeutung in New York zukam, und war, als sie sich dafür anzog, ohne zu wissen, warum, ein wenig nervös. Sie war froh, daß Barby nicht da war. Judith, ihre augenblickliche Zimmergefährtin, lag auf dem Bett und machte große Augen.

»Mein Gott! Ich hab' nie jemanden gesehen, der tatsächlich so ein Traumgebilde anhat!«

Das Kleid war aus starrer weißer Seide und fiel in einer geraden Linie von ihrem Busen bis auf ihre Zehen hinunter und hatte gerade, breite Träger. Dazu gehörten Handschuhe, die ihr bis über die Ellbogen reichten. Eliot nickte zustimmend, als sie fertig war, und reichte ihr den langen weißen Seidenmantel, den er über dem Arm getragen hatte. »Es wird zu kalt für Lucys kleinen Pelz«, erklärte er. Ginny streckte die Arme aus, um ihm den Mantel abzunehmen, doch sie erstarrte mitten in der Bewegung. Die Kanten waren auseinandergeglitten und enthüllten das Futter aus weißem russischem Breitschwanz. Sie stieß einen keuchenden Laut aus.

»Der gehört aber nicht Lucy!« Er war in der schmalen, kragenlosen Façon der gegenwärtigen Mode. Ganz gewiß hatte man das nicht vor drei Jahren getragen, als Lucy nach Europa ging.

»Ist das so schlimm? Du mußt doch etwas anzuziehen haben.«

Sie begann zu protestieren, gab es dann jedoch auf. Sie war bereits durch das Kleid und die Handschuhe, ja sogar durch das Unterzeug, ohne das man das Kleid ruiniert hätte, verdammt. Es gehörte alles Eliot. Nichts an ihr gehörte noch ihr; sie hatte sich kein Fleckchen ihrer Unabhängigkeit bewahrt. Alles, was sie anhatte, war sein Eigentum, und sie war die Puppe, die seine Kleider trug. Sie fühlte sich erniedrigt, und es war zu spät, um aufzubegehren. Der Zeitpunkt dafür war vor dem Kauf des ersten Kleides gewesen. Schweigend nahm sie den Mantel.

»Bevor du ihn anziehst – da doch heute *der* Abend in der Met ist, dachte ich mir, es würde dir Spaß machen, diese zu tragen.« Er griff in seine Fracktasche, und als seine Hand wieder aus ihr emportauchte, hielt er ihr ein achtlos wie ein Spielzeug zusammengeknäultes Kollier von in Diamanten gefaßten Smaragden hin. »Dies gehört nun aber wirklich Lucy – und wandert morgen früh wieder in den Safe zurück. Du kannst also aufhören, mich anzusehen, als wollte ich dich überreden, erschlichenes Eigentum anderer Leute anzunehmen.«

Sei starrte es fasziniert an. Hier in Eliots Hand war die Farbe der Diamanten unendlich viel wärmer und lebendiger als in den qualvoll lockenden, doch so fernen Edelsteinen, die sie in den Tiffany-Auslagen bestaunt hatte. Sie betrachtete sie wie verzaubert, und doch nahmen sie sich irgendwie grotesk in Barbys unordentlichem, vollgestopftem Wohnzimmerchen aus. »Lucy«, sagte sie endlich langsam, ohne den Blick von den Steinen zu lösen, »könnte nie damit einverstanden sein, daß eine völlig Fremde ihren Schmuck trägt. Sie könnte es einfach nicht!«

»Sie ist es aber. Ich habe ihr ein Telegramm geschickt. Lucy hängt nicht an ihrem Besitz – sie ist nicht wie ich, was vielleicht der Grund dafür ist, daß wir so gut miteinander auskommen.«

»Ich kann es nicht glauben. Warum sollte sie Schmuck hier eingeschlossen im Safe haben? Warum trägt sie ihn nicht selbst?«

»Es ist momentan in Lucys Clique der letzte Schrei, Keramikschmuck zu tragen, der nach nichts aussieht und ein kleines Vermögen kostet. Auch eine Art der Geldverschwendung, weißt du. Sie hat dies zurückgeschickt, weil sie ein ziemlich unachtsames Mädchen ist und das weiß. Irgendwann wird sie den ganzen Kram wiederhaben wollen; Cartier macht dann in Paris neue Fassungen dafür, und sie wird wieder groß herauskommen.« Er lächelte verhalten. »Du siehst also, Ginny, es ist nichts Unrechtes für dich daran, dieses Kollier dies eine Mal zu tragen. Schmuck muß getragen werden – die Steine werden kalt und farblos im Safe.« Er trat hinter sie, und sie fühlte plötzlich das Gewicht des Kolliers an ihrem Hals und seine Finger an dem Verschluß. »Es ist nichts Ungewöhnliches«, fügte er hinzu. »Jede zweite Frau trägt heute abend geborgten Schmuck, und die Mannequins sind von den Juwelieren angestellt, um mit neuen Entwürfen zu erscheinen und großes Aufsehen zu erregen in der Hoffnung, eine andere Frau zum Kauf dieser Stücke zu bewegen.«

Ginny schwieg. Es war kein von ihrem sonstigen augenblicklichen Leben abweichender Vorfall, den sie hätte ausklammern können; er bildete nur einen Teil des Ganzen, das mit dem Kauf des ersten Kleides begonnen hatte. Sie beugte sich ihm und schlüpfte in den Mantel, den Eliot ihr hinhielt. Er führte sie die vier Stockwerke durch das schäbige Treppenhaus hinunter, und das Schimmern der Seide schien das trübe Dunkel zu erhellen. Das Smaragdkollier erwärmte sich an ihrem Hals. Sie wußte, daß sie in diesem Augenblick ganz und gar die gefangene Marionette von Eliot Russells Geld war.

Am Sonnabend vor Weihnachten spürte Ginny plötzlich, daß das Ende mit Eliot kam – entweder das Ende oder eine Veränderung. Genaugenommen war es bereits Sonntag morgen – Ginny schätzte, es war drei Uhr –, aber sie war so müde, daß sie das Gefühl hatte, als wären seit dem Beginn des Abends mit Eliot Tage verstrichen. Sie waren in einem Broadway Musical gewesen und hatten hinterher zusammen gegessen; danach hatte Eliot in seinen Lieblingsnachtclub gehen wollen, in dem eine gepflegte, gedämpfte Atmosphäre herrschte und in dem es keine spärlich bekleideten Mädchen gab.

Stunde um Stunde blieb er sitzen; er rauchte ununterbrochen, trank jedoch nicht viel, und Ginny spürte, wie die Müdigkeit sich gleich einem dichten Nebel um ihr Denken legte. Sie ließ es in letzter Zeit zu oft spät werden, daß sie fast keinen Schlaf mehr bekam, bevor sie ins Konsulat mußte. Vor zwei Wochen war sie mitten in einer Vorlesung eingeschlafen. Ihr Nachbar hatte sie angestoßen, doch sie hatte den mißbilligenden Blick des Professors auf sich ruhen gefühlt. Auch das war nur ein Teil des Ganzen. In keinem der Kurse, außer Spanisch, hatte sie in diesem Semester eine ausreichende Note bekommen, und sie wußte, daß der Augenblick der Abrechnung in irgendeiner Form nahe war. Man würde sie nicht weiter auf der Universität behalten, und sie konnte auch nicht bitten, weiter studieren zu dürfen. Sie betrachtete den Komiker, der gerade seine Routinevorführung auf der winzigen Tanzfläche beendete, und bemerkte plötzlich, daß sie kein einziges Wort von dem, was er gesagt hatte, gehört hatte. Sie hatte mechanisch gelacht, wenn Eliot lachte, und als der Komiker sich nun abschließend verbeugte, stand Eliot auf und hielt ihr den weißen Seidenmantel auf. Als sie ihn zuknöpfte, schien er ihr ein Gewand der Bestrafung zu sein, ein sie erstickendes, erdrückendes Etwas, für das sie, obgleich er sie kein Geld gekostet hatte, bereits einen viel zu hohen Preis gezahlt hatte. Sie wartete, während Eliot seinen Mantel holte, und trat dann mit ihm auf die Straße hinaus. Das erste, was sie sahen, war der Schnee. Die Flocken waren winzige Eiskristalle und klebten aneinander. Vom Wind getrieben, hatten sie in den Rinnsteinen und an den Häuserwänden schon kleine, niedrige Verwehungen gebildet. Der Schnee hatte die Markisenbaldachine vor den Eingängen weiß überdeckt und lag steif auf den kleinen Ilexbüschen zu beiden Seiten des Clubeinganges.

»Ich habe Ihren Wagen hierherbringen lassen, Mr. Russell.« Es war Ginny schon aufgefallen, daß Eliot ihn bei den wenigen Gelegenheiten, bei denen er ihn in der Stadt benutzte, nie selbst geparkt hatte, sondern der Wagen stets wie durch ein Wunder dort stand, wo immer er gerade fortging. Nie steckte ein Parkschein an ihm, und solche Dienste kosteten weit mehr als ein Taxi.

»Wann hat es zu schneien angefangen?« erkundigte sich Eliot, während der Portier Ginny beim Einsteigen half.

»Vor etwa einer Stunde, Mr. Russell. Hörte im Radio, daß Boston schon achtzehn Zentimeter hat und wir hier gegen Mittag dreißig haben werden.«

Eliot schlug die Tür auf seiner Seite zu. »Ein guter Tag, um im Bett zu bleiben. Du brauchst unbedingt etwas Schlaf.«

»Ja.«

Während der ganzen Fahrt in die Village hinunter sagte er nichts mehr. Sie fuhren die Park Avenue entlang, und die winzigen Schneeflocken wirbelten um das Auto, ließen die hohen Gebäude in weißem Gestöber verschwinden, entzogen die gegenüberliegende Seite der breiten Avenue den Blicken und hefteten sich an die Windschutzscheibe, bis sie durch einen Tunnel zu fahren schienen. Die erhellten Weihnachtsbäume standen mit Schnee überzuckert. Die Stadt war totenstill. Ginny hörte nur das Geräusch der Scheibenwischer und das feine, leise Zischen der gegen die Scheiben prallenden Eiskristalle. Sie lehnte sich zurück und genoß die weiche Wärme des Pelzfutters an ihren bloßen Schultern und ließ sich in dieser weißen und lautlosen Welt treiben.

Da sprach Eliot neben ihr. »Ich habe dich sehr gern, Ginny!«

Sie antwortete mit einer mechanischen, gedankenlosen Erwiderung, da sie vor Müdigkeit und Erschöpfung wie betäubt war. »Ich dich auch.«

»Ginny – ich glaube, ich würde dich bitten, mich zu heiraten – nur würde nichts Rechtes daraus. Ich habe Männer wie mich gekannt, die heirateten und Kinder hatten und bei denen alles in Ordnung schien. Aber es geht nicht – wenn man so empfindet, wie ich es tue. Ich wäre unglücklich und würde dich mit unglücklich machen. Es würde nicht gehen, nicht?«

»Ist das ein Frage, Eliot? Erwartest du eine Antwort?«

»Nein!« Er ließ den Wagen in einem heftigen Satz vorwärts schnellen, was auf der vereisten Straße unnötig und gefährlich war, und die Stille wurde von dem Aufheulen des Motors zerissen. »Nein! – Das ist keine Frage! Ich sage dir, es würde nicht gehen!«

Noch nie hatte Ginny etwas Ähnliches wie die dumpfe Stille erlebt, in der sie erwachte. Sie blieb einen Augenblick bewegungslos liegen, um ihre Augen auf die Uhr zu richten. Es war nach zwölf. Die seltsame Stille dauerte an, und sie ließ ihre Blicke zu dem Schlitz in den Vorhängen wandern; der Streifen Tageslicht war von unnatürlicher, scharfer, klarer Helligkeit. Das Fenster stand einen Spalt offen, und die Luft im Zimmer schien eiskalt zu sein. Einige Sekunden lang starrte sie verwundert auf Judiths ordentlich gemachtes Bett in der gegenüberliegenden Ecke; dann erinnerte sie sich wieder, daß in zwei Tagen Weihnachten war und Judith gestern nach Hause nach Chicago gefahren war. Die Gedanken an Weihnachten und Nach-Hause-Fahren stimmten sie traurig; hinzu kam noch ein unbestimmtes Schuldgefühl, das seit einiger Zeit zu ihren Tagen zu gehören schien. Sie drehte sich auf die Seite und zog die Decke fester über die Ohren. Sie nahm sich vor, Weihnachten und Zuhause und Eliot über eine Zeitlang zu vergessen. Im Wohnzimmer klingelte das Telefon, und sie vernahm Barbys Stimme wie aus weiter Ferne. Sie schloß wieder die Augen.

Als sie das nächste Mal aufwachte, hörte sie das Geräusch von Stimmen – Barbys laute und ziemlich erregte Stimme und eine andere, die tief und sehr männlich klang. Lauschend lag sie einige

Minuten da, während sie aus ihrer Verschlafenheit aufzutauchen versuchte, und merkte plötzlich, daß sie dem Rhythmus und Tonfall der Männerstimme immer einen Augenblick voraus war, weil sie sie kannte und liebte. Jäh setzte sie sich auf; die unvermittelte Kälte ließ sie hellwach werden. Angestrengt lauschte sie dem Klang; es gab keinen Zweifel. Im Nu war sie an der Tür und riß sie auf.

»Jim – bist du es, Jim?«

Als sie die Wohnzimmertür aufstieß, war er bereits aus seinem Sessel aufgestanden. Jim, der ihr mit Tweedjackett und Schlips ganz fremd vorkam, aber doch Jim mit dunkelgebräuntem Gesicht und dem gestählten Aussehen eines Mannes, der die letzten zwei Jahre im Freien gearbeitet hat. Das Zimmer war von einem kalten weißen Licht durchflutet, das von dem Schnee reflektiert wurde, der in dicker Schicht die Dächer bedeckte, sich in den Straßen unten hoch auftürmte und auf jedem Fenstersims lag. Es war ein unnatürliches Licht, hart und unwirklich; Barbys fahl blasses Gesicht mit dem grellrot geschminkten Mund sah gräßlich in ihm aus. Das Licht war die Stadt, leuchtend hell und kalt.

Er stellte seine Kaffeetasse hin. »Jim?« Sie vermochte es noch nicht zu glauben. »Du bist hier?« Er kam ihr entgegen, als sie durch das Zimmer auf ihn zulief, und schien sie in den Armen aufzufangen, als wäre sie ein Kind, das gerade aus einem langen Alptraum erwacht und nun aus der Wärme des Bettes zu ihm gelaufen kam. Er strich ihr in der vertrauten Weise mit der Hand über das vom Schlaf zerzauste Haar, und ihre verstohlenen Tränen waren die Tränen eines Kindes, das aus Erleichterung und Erschöpfung weint. Sie fühlte, wie er sie sanft hin und her wiegte.

»Ich bin ja so froh, daß du gekommen bist, Jim!«

Ein wenig später ging sie in ihr Zimmer zurück, um sich einen Morgenrock und Hausschuhe anzuziehen und mit dem Kamm durch ihr Haar zu fahren. Ihr Gesicht blickte ihr müde und mit leichten grünlichen Schatten aus dem Badezimmerspiegel entgegen. Sie malte sich ein wenig die Lippen an und wischte sie dann wieder ab, da sie dadurch nur noch schlimmer aussah. Als sie ins Wohnzimmer zurückkam, hatte Barby mehr Kaffee aufgegossen; Ginny nahm dankbar die Tasse. Sie hielt sie wie einen Schild vor sich in beiden Händen und verbarg ihr Gesicht teilweise dahinter vor Jims prüfendem Blick.

Sie hatte sich nun genügend in der Gewalt, um ihre Fragen zu stellen. »Wann bist du angekommen? Weshalb ...?«

»Ich bin die letzten drei Tage in Boston gewesen, wo ich mit den beiden Brüdern, die vor sechs Monaten als Partner in das Geschäft eingestiegen sind, über Geld verhandelt habe. Ich glaubte, es besteht die Chance, etwas wirklich Großes auf St. Nicolaas auf die Beine zu stellen, aber ich mußte alle Überredungskünste entfalten, um sie davon zu überzeugen. Ich denke, wir werden das Geld zusammenbringen, doch man kann sich nicht eher darauf verlassen, als bis der Scheck unterschrieben ist. Diese Geldbonzen gehören nicht zu den Romantikern, und man kann ihnen nicht die Idee vom schönen Palmenstrand verkaufen, wenn nicht dicke, handfeste Gewinne dahinterstecken. Verdammt rücksichtslos von ihnen, finde ich!« Er grinste vergnügt, als er mit einer gewandten Bewegung die Asche von seiner Zigarette in den Aschenbecher schnellte, und Ginny erkannte von neuem jene kraftvolle Lässigkeit in Jim, die sie immer fasziniert hatte. Sie wußte plötzlich, er genoß die Aussicht auf den bevorstehenden Kampf, um zu beweisen, daß er mit St. Nicolaas recht gehabt hatte. Jim kannte einfach kein Zaudern.

»Die Verhandlungen in Boston dauerten länger, als ich dachte, und ich kam erst gestern nachmittag fort – gerade noch vor dem Schnee. Ich rief von Boston an, aber in dieser Wohnung scheint ja nie jemand zu Hause zu sein. Und gestern abend erwischte ich dich auch nicht. Zwischen endlosen Telefongesprächen habe ich zwei Kubaner interviewt, die unter Castro rausgekommen sind und – wie sie behaupten – unter dem Chefkoch im Havanna Hilton gearbeitet haben. Ich muß es ihnen glauben, der Franzose aus Martinique, der die Küche in Oranje Cove macht, schreit nämlich nach erfahrenen Hilfskräften. Diese beiden Burschen waren froh über die Chance, Arbeit zu finden und in die Sonne zurückzukommen.

Die einheimischen Angestellten von St. Nicolaas halten es immer noch für höchst überflüssig, sich zu beeilen, nur weil die Gäste Verdauungsstörungen bekommen könnten, wenn die Mahlzeiten sich über zwei Stunden hinziehen. Ich habe also den Kubanern gesagt, daß sie ihre Koffer packen sollen und wir darüber reden werden, ihre Familien nachkommen zu lassen, wenn sie so tüchtig sind, wie sie behaupten. Sie fliegen mit mir zurück.«

»Wann?«

»Mit dem ersten Flugzeug nach San Juan, nachdem sie den Schnee von den Startbahnen in Idlewild geschafft haben.«

»Nein – das darfst du nicht! Das könnte ja schon heute abend sein, und ich habe dich doch noch kaum gesehen ...«

»Na, hör mal, Ginny«, unterbrach Barby sie. »Dieser Junge hat auch seine Probleme! Wie er mir sagt, hat er da unten ein Hotel voller Leute, die alle ein großartiges Weihnachten erwarten, und niemand, der ihm hilft, außer ein paar hilfsbereiten Freunden – unter ihnen auch deine Mutter. Er sieht also besser zu, daß er da runterkommt – mit seinen beiden Köchen! Junge, Junge, so ein Weihnachten!« Etwas in Barbys Stimme veranlaßte Ginny, sie rasch anzuschauen. Sie war lebhafter und mädchenhafter als sonst und hing mit den Blicken an Jim, als beabsichtige sie nicht, diese jemals wieder von ihm zu lösen. Sie hatte keinerlei Anstalten gemacht, sie allein zu lassen und würde es sicherlich auch nicht tun. Auf einmal brach Barby in ein an ihr ungewohntes, frivoles, gackerndes Gekicher aus. »Sie brauchen nicht zufällig einige Barmädchen für eine Zeitlang, oder? Ich kann einen Martini mixen, der es verteufelt in sich hat!« Das aus Barbys Mund, überlegte Ginny staunend, die doch St. Nicolaas für das Ende der Welt hielt.

Jim lächelte. »Wenn ich es mir leisten kann, Sie einzustellen, sage ich Bescheid. Und wenn Sie sich nur um die Rechnungen und das Wechselgeld in der Bar kümmern würden. Nicht, daß sie unehrlich sind ... sie finden es nur zu mühsam zu rechnen.«

»Dann bin ich genau die Richtige für Sie«, versicherte Barby. »Nur ein Wort, und ich komme. Von mir hat noch niemand auch nur zwei Pfennige zuviel oder zuwenig herausbekommen.«

»Nützlich ... sehr nützlich! Ich werde an Sie denken ...«

Ginny erhob sich. »Entschuldigt mich einen Moment. Ich gehe mich schnell duschen. Ich sehe fürchterlich aus.«

»Das tust du wahrhaftig«, bestätigte Jim. »Ich glaube, nicht mal Bo würde dich in der Nachteulenblässe erkennen!«

»Ach, sei still!« entgegnete Ginny schroff und schloß die Tür unsanft hinter sich. Es hob ihre Stimmung auch keineswegs, in regelmäßigen Abständen Barbys schallende Lachsalven zu hören, während sie sich duschte und anzog.

»Ich habe nie gewußt, daß Jim so komisch sein kann«, bemerkte sie zu ihrem Spiegelbild.

Sie stapften durch die tiefverschneiten Straßen zu Marios Restaurant hinunter, um dort zu essen. Jeglicher Verkehr war lahmgelegt worden, außer einem vereinsamten Fifth-Avenue-Bus, der durch die beiden schmalen Schneisen dahinkroch, welche die Schneepflüge und Bulldozer freigelegt hatten. Der brausende Lärm des Verkehrs war erstorben – ihn hatte Ginny beim Aufwachen vermißt –, statt dessen ertönte das scharrende Kratzen der stählernen Schneeschaufeln auf den Bürgersteigen und das Geschrei der Kinder, die mit ungewohnter Freiheit mitten auf den Straßen herumtollten. Die Autos waren hinauf bis zu den Fenstern im Schnee begraben, und einige der kleinen ausländischen Wagen waren sogar vollständig unter den Schneewehen verschwunden. Über dem Ganzen lag ein Hauch des Ungewöhnlichen; die Leute begegneten ihm voller Humor und unterhielten sich miteinander, während sie ihre Eingänge freischippten und schmale Wege durch den Schnee schaufelten.

»Nur weil heute Sonntag ist«, sagte Jim. »Wenn es ein gewöhnlicher Tag wäre, an dem sie zur Arbeit müßten und sich außerdem unter fünfunddreißig Zentimeter Schnee herausbuddeln müßten, wären sie nicht so guter Laune.« Er umfaßte Ginnys Arm in dem Lammfellmantel mit festem Griff. »Na, du hast jedenfalls dein weißes Weihnachten.«

»Und du ... du bist dann fort.« Sie hatten den Washington Square erreicht, und Jim blieb einen Augenblick stehen, damit Ginny zuschauen konnte, wie die Bulldozer den Schnee zu kleinen Bergen auftürmten, welche die Lastwagen dann abholen würden. »Ich wünschte fast, sie würden ihn nicht so schnell wegräumen ... Ich wünschte, es würde wieder zu schneien anfangen – dann könntest du nicht fort. Ich möchte dich so gerne Weihnachten hierhaben, Jim.«

»Und meine Gäste unten in Oranje Cove möchten mich gerne dort haben.« Er zog sie weiter. »Komm jetzt, bevor du dir in der Kälte den Tod holst. Also ... wo ist Mario?«

»Zwei Blöcke weiter.« Sie folgte ihm widerstrebend und war traurig über die vergnügte Art, in der er davon sprach, Weihnachten auf St. Nicolaas zu feiern. »Er hat sonntags geöffnet ... aber bei dem Schnee ...«

Jim zerrte sie beinahe mit sich fort. »Du wirst staunen, wie viele New Yorker einfach weitermachen, als wäre gar nichts los. Wen es wirklich trifft, sind die Vorstädter. Sieh mal – dort ist es, nicht wahr? Es ist Licht an, und ...« Schwungvoll öffnete er die Tür. »Das Geöffnet-Schild hängt an der Tür! Na, was hab' ich dir gesagt?«

Die Decken- und Barbeleuchtung war an, doch das Restaurant war leer. Auf den Tischen lagen die üblichen rotkarierten Tischtücher, aber keiner war gedeckt. Es herrschte Totenstille, so als wären sie am verkehrten Abend zu einem Essen gekommen. Jim ging zur Bartheke und klopfte mit den Fingerknöcheln darauf.

Die Schwingtür zur Küche wurde geöffnet, und Mario selbst erschien.

»Haben Sie offen?« erkundigte sich Jim.

Mario zuckte die Achseln und hob hilflos die Hände.

»Sie sehen ja, wie es steht. Wir haben geöffnet, aber kein Koch und kein Kellner sind da. Schwächlinge, das sind sie! Ein bißchen Schnee, und sie bleiben im Bett. Der eine hat mich gerade angerufen. ›Stellen Sie sich vor‹, sagte er, ›die Untergrundbahnen fahren hier draußen nicht mehr. Was erwarten Sie denn von mir! Daß ich zu Fuß laufe?‹ Früher hätten sie das getan! Aber ich kann Ihnen einen Drink offerieren, da Sie und die junge Dame Fußgänger sind, wie ich sehe, und Fußgänger brauchen Unterstützung.«

Jim bedeutete Ginny, an die Bar zu kommen. »Gut, wir nehmen einen Drink. Was meinst du, Ginny – einen sehr trockenen, großen Martini? Und sind vielleicht auch noch ein paar Oliven und etwas Sellerie im Eisschrank? Und vielleicht sogar ein paar Scheiben Salami?«

Mario kam hinter der Bar hervorgeschossen, und ein plötzliches Strahlen erhellte sein melancholisches Gesicht. Während Jim Ginny den Mantel abnahm, rückte er einen Stuhl für sie zurecht. »Hier, junge Dame. An der Heizung ist es wärmer. Und die Stiefel da – die ziehen Sie am besten aus, wo sie so naß sind.« Mit einer Handbewegung schnitt er ihren Protest ab. »Wer sieht es schon? Ziehen Sie sie aus, und ich werde Ihnen, Sir, den prächtigsten Martini in ganz New York mixen mit einer Salami, die ein Gedicht ist, und Schwarzbrot, das Ihnen die Tränen in die Augen treibt – obwohl es von gestern ist. Jeder, der sich durch den Schnee hindurchkämpft, verdient eine Stärkung.«

Als er sich zum Gehen wandte, ergriff Jim ihn am Ärmel. »Mario – wann haben Sie zuletzt gekocht?«

Die Augen des Italieners schlossen sich zu schmalen Schlitzen; sie bekamen einen sinnenden, verschleierten Ausdruck, der reines Vergnügen verriet. »Sie möchten, daß ich koche?« Er rieb sich die Hände. »Sie werden essen, was ich koche? – Passen Sie auf.« Seine Blicke gingen von einem zum andern. »Einen ganzen Antipasto ... gebackene Muscheln oragonato ... vielleicht Kalbssteaks parmigiano.« Er zuckte die Achseln. »Wir werden sehen, was sich machen läßt.«

Ginny lächelte schwach bei dem Gedanken an das Essen. »Ich bin sehr hungrig!«

Mario heftete den Blick einen Moment fest auf sie. »Für Sie, meine Dame, werde ich kochen.«

Drei Minuten später stellte er die großen gestielten Martinigläser vor sie hin, die von der Kälte des Gins beschlagen waren. Er wies auf Jim. »Können Sie, Sir, die Bar bedienen?«

Jim nahm einen Schluck, bevor er antwortete. »Diesen Martini werde ich nie übertreffen, Mario – aber die Bar kann ich bedienen.«

In der Küchentür blieb Mario zögernd stehen und ging dann vorsichtig zu der Eingangstür. Sie verfolgten, wie er prüfend die Straße nach beiden Richtungen entlangspähte und darauf kopfschüttelnd meinte: »Wer wird schon an so einem Tag wie heute kommen?« Er nahm das Geöffnet-Schild von der Tür und schaltete die Beleuchtung bis auf die Lampen über der Bar und dem Tisch, an dem Ginny und Jim saßen, aus. Der nun von dämmerigem Licht erhellte Raum war wundervoll warm und von einem schwachen Knoblauchgeruch erfüllt. Ginny blickte Jim unverwandt an und preßte die kalten Füße gegen die Heizung. Sie trank langsam ihren Martini und stieß einen tiefen Seufzer der Erleichterung aus. All die Gegensätzlichkeiten von New York, all die Fragmente, die diese Stadt ihr in dem vergangenen Jahr hingeworfen hatte, schienen sich auf einmal zu einem Ganzen zusammengefügt zu haben.

Ginny genoß dieses Essen, das von Wein und Fröhlichkeit und dem einzigartigen Gefühl geprägt war, daß alles gut und richtig war, das Ginny so kostbar erschien, als werde es einem nur ein oder zwei Mal im Leben zuteil. Sie plauderten und tratschten wie zwei Liebende, denen genügend Zeit und Raum vergönnt worden waren, um Freunde zu werden. Das Jahr der Verbannung war zu Ende, und Jim war frei und – wie sie annahm – nicht mehr von der Erinnerung an Julie besessen. Sie glaubte es sich leisten zu können, Zeit zu verschwenden, da so viel Zeit vor ihnen lag.

Als sie heißhungrig die verschiedenen Gerichte verschlang, die Mario herbeibrachte, neckte Jim sie behutsam. »Du fängst allmählich an, wie eine Frau auszusehen. Als du heute morgen auftauchtest, dachte ich, du seist eine halbverhungerte Kleiderpuppe von Barby.«

Sie lachte nur. »Ich mußte doch die weltlichen Zerstreuungen kennenlernen! Weshalb wäre ich sonst hierher nach New York gekommen?«

Sie erwartete, er würde nun sagen, die Zeit in New York müsse zu Ende sein und sie solle nach Hause kommen, doch tat er es nicht. Statt dessen suchte er einen Augenblick in seiner Brieftasche, während der Anflug eines Lächelns um seine Lippen spielte.

»Es waren aber verdammt mondäne Zerstreuungen, soweit ich das beurteilen kann!« Er zog einen Zeitungsausschnitt heraus und reichte ihn ihr. »Susie Marshall hat ihn natürlich entdeckt und dafür gesorgt, daß ich ihn bekam. Weißt du, du mußt wirklich große Brötchen backen, wenn du Susie beeindrucken kannst.«

Sie blickte auf das Stück Papier in ihrer Hand. Das Bild und der Text schienen ihr vor Übelkeit erregendem Schuldgefühl vor den Augen zu verschwimmen. Es war ein Ausschnitt aus der Time; das Bild zeigte Eliot Russell. Hinter ihm erkannte sie ihr eigenes Gesicht. Sie trug Lucy Russells Smaragde und das weiße Abendkleid. Die Unterschrift lautete: »Russell bei der Eröffnung der Met.« Und darunter stand: »Anläßlich seines dreißigsten Geburtstages in der vergangenen Woche erhielt Eliot Russell III., Playboy-Enkel des Öl- und Holzmagnaten Eliot Russell, sein zweites Aktienpaket im Wert von zehn Millionen Dollar. ›Es kommt gerade recht, um ein paar Bilder zu kaufen‹, meinte Russell.«

Ginny legte den Ausschnitt auf den Tisch. Ihr Gesicht starrte sie kühl und unpersönlich und leicht gelangweilt an. »Ich hab' es nicht gesehen«, bemerkte sie. »Ich wußte nicht, daß es Eliots Geburtstag war – und wußte auch nichts von dem Geld.«

»Wenn man schon steinreich ist, sind ein paar extra Millionen wohl nicht der Rede wert. Aber Susie hat recht – das sind verdammt große Brötchen!«

Sie tippte mit dem Finger auf das Bild. »Es stimmt nicht, Eliot ist kein Playboy. Falls er es war, so ist er es nicht mehr. Er ist ...«

Jim zog zweifelnd die Augenbrauen in die Höhe. »Und du machst dich auch nicht zu übel, wie ich sehe. Dies alles muß St. Nicolaas verteufelt langweilig und ärmlich erscheinen lassen.« In seiner Stimme klang eine Spur von verletzter Bitterkeit. »Das ist 'ne verdammte Menge Eis, was du da um den Hals hast, Mylady! Eine ganz verdammte Menge! Oder sind sie etwa nicht echt? Irgendwie bringe ich das Russellsche Geld nicht mit unechten Steinen in Verbindung ...«

Sie vermochte nichts gegen die dunkle Röte zu tun, die ihr Gesicht überflutete. »Sie waren geliehen – geliehen!« Fast schrie sie es heraus. »Sie waren nur für den einen Abend geliehen. Jim – sieh mich nicht so an! Jim! Bitte nicht! Hast du etwa gedacht, Eliot hätte mir tatsächlich so etwas geschenkt? Du hast ja den Verstand verloren, wenn du glaubst, ich könnte je etwas Derartiges annehmen!«

In störrischer Abwehr zuckte er die Achseln. »Wie soll ich wissen, was die Angewohnheiten der Reichen sind? Man muß jedenfalls erst mal jemanden kennen, von dem man derartige Dinge leihen kann, oder etwa nicht?«

»Jim ...« Sie stieß einen langen Seufzer aus. »Du glaubst mir also nicht ...«

Unvermittelt blickte er auf seine Uhr und stand auf. Er beugte sich dicht zu ihr hinunter. »Du bist John und Katriens Tochter, und du bist zu stolz und halsstarrig, um Unabhängigkeit oder irgend etwas anderes für ein Schmuckstück oder einen Opernabend zu verkaufen.« Und bevor sie noch etwas zu erwidern vermochte, redete er eilig weiter und vereitelte so die Worte, die sie am liebsten erwidert hätte.

»Entschuldige mich bitte eine Minute. Ich hab' ganz die Zeit vergessen. Schon vor einer Stunde hätte ich PanAm anrufen sollen.«

Als er fortgeeilt war, versuchte sie, das Gefühl der Trostlosigkeit zu verscheuchen, das sie zu ergreifen drohte. Der goldene Augenblick war vorbei – vorbei, als Jim den Zeitungsausschnitt herausgeholt hatte. Jim glaubte ihr nicht, oder es war ihm gleichgültig, was sie machte. Die sich aus dem Bild, dem Geld, dem Smaragdkollier und dem Kleid ergebende Folgerung bezog sich auf ein Etwas, das nicht existierte und es auch nie tun würde. Sie wartete ungeduldig, daß Jim zurückkommen möge, um es ihm zu sagen, um mit der langen und vollständigen Erklärung zu beginnen, die eine Mischung aus Einsamkeit und dem Erstaunen darüber war, durch Eliot die kleine und abgeschlossene Welt der Reichen entdeckt und kennengelernt zu haben – die Welt, welche die Faszination all dessen besaß, was unerreichbar ist, und über die sie in nachdenklichen Augenblicken die Achseln gezuckt hatte. Er mußte ihr zuhören, sie hatte viel zu erzählen.

Doch Mario kam als erster an den Tisch zurück mit dem Kaffee, bitterem, schwarzem, italienischem Kaffee und der Flasche Remy Martin. Jim kam gleich hinter ihm und drängte ihn, sich zu ihnen zu setzen und ein Glas mitzutrinken. Fragend sah sie Jim an.

»Was sagten sie bei Pan Am?«

»In einer Stunde wüßten sie mehr. Ich soll wieder anrufen – sie haben auf jeden Fall die Telefonnummer vom Hotel, von Barbys Wohnung und diese hier.« Er sagte es leichthin, als wäre die Aussicht abzufliegen ohne große Bedeutung. Sie schwieg, während Jim erst ihr Glas und dann Marios füllte. Er sah Mario an, als er das Glas erhob.

»Es war ein vorzügliches Essen, Mario! Als Mann vom Fach kann ich nur sagen: Auf Ihr Wohl!« Er sprach ein wenig schleppend, und das Glas schien in seiner Hand zu schwanken.

Mario erstarrte. »Sie haben ein Restaurant?« Er schlug mit der Hand auf den Tisch. »Wußt' ich's doch! Ich wußte es ja! Schließlich mach' ich mein Restaurant nicht für jeden x-beliebigen zu und geh' wieder in die Küche! O nein, Sir! Aber wenn es jemand vom Fach ist ...«

Jim hob die Hand. »Moment, Mario! Ich kann mich ganz und gar nicht mit Ihnen vergleichen. Ich habe nur ein Hotel und versuche zu lernen, wie ich meine Gäste füttern muß. Hab' gerade zwei Hilfsköche eingestellt ...«

Marios Gesicht leuchtete auf, als hätte er einen Schlachtruf vernommen. »Dann, Sir, lassen Sie mich Ihnen erzählen ...«

Die nächste Stunde nippten sie an ihrem Remy Martin und sprachen über Gerichte, Weine und Köche, über Tischwäsche und Geschirr, Diebstähle und Mengenbestellungen, über den Druck der Gewerkschaften in New York und das Problem des ungelernten Personals auf St. Nicolaas, während Ginny schweigend zuhörte. Und mit jeder Minute schien Jim sich weiter von ihr zu entfernen. Sie versuchte, seinen Blick einzufangen, doch schien er ihr stets auszuweichen und sich heftiger in die Unterhaltung mit Mario zu vertiefen. »Aber das ist doch ein kleines Hotel«, protestierte Mario. »Nur sechs Bungalows? – Die paar Leutchen könnt' ich bekochen, wenn mir eine Hand auf den Rücken gebunden wird! Und einen Franzosen in der Küche! – Mit zwei kubanischen Hilfsköchen! Da bekommen Sie Ärger, mein Freund! Sagen Sie mir nur eines – welche Sprache wird die Küche sprechen?«

»Jetzt sind es erst sechs Bungalows, Mario, aber es werden acht weitere bereits gebaut. Und wenn die fertig sind, folgen noch mehr. Es ist ein teures Hotel ... Ich muß ihnen gutes Essen vorsetzen ...« Das Telefon klingelte an der Bar, und Mario hievte sich aus dem Stuhl.

»Jim ...« begann Ginny.

»Für Sie, Jim«, rief Mario.

Jim war wie der Blitz am Telefon. Mario setzte sich wieder zu Ginny. »Er ist verrückt, Ihr Freund. Er gefällt mir, aber er ist verrückt. Warum leitet ein Architekt ein Hotel? Häuser bauen – das ist in Ordnung. Die Leute schlafen in ihnen, essen in ihnen und bekommen Babys in ihnen ... auch in Ordnung. Aber um ein Hotel zu leiten, muß man verrückt sein ...«

Jim trat wieder an den Tisch zu ihnen. »Das war es, Ginny. Pan Am rechnet damit, in etwa drei Stunden eine Startbahn frei zu haben. Ich muß also meine beiden Burschen einsammeln und mich auf den Weg machen ...«

Sie nickte und bückte sich, um unter dem Tisch nach ihren Stiefeln zu suchen. Das war es also, wie er gesagt hatte. Er war gekommen und ging wieder fort, und mit ihm ging ein ganzes Jahr. Die glücklich gelöste Stimmung dieses Abendessens war nur eine Illusion gewesen, aus Sehnsucht und Wein geboren, und hatte für sie beide unterschiedliche Bedeutung gehabt. Ihre Gefühle und Wünsche waren nicht die seinen und würden es wahrscheinlich auch nie sein. Sie hatte sich beinahe durchgerungen, es hinzunehmen, als sie aufstand und Mario die Hand reichte.

»Vielen Dank! Es war eines der besten Essen meines Lebens!«

Es war auch eine Frage des Stolzes, überlegte sie; Jim würde sie nicht ein zweites Mal an diesem Tage weinen sehen. Und so ließ sie den kindlichen Teil ihrer Liebe zurück, den Teil, der sich schutzsuchend an ihn hatte klammern können und dessen Haar er in Ermangelung eines besseren gestreichelt hatte. Sie war nicht mehr das kleine Mädchen, das am Strand mit seinem Hund spielte, und das sollte er wissen.

Ein kalter, schneidender Wind hatte sich erhoben; er fegte den Pulverschnee von den Fenstersimsen und Dächern, wirbelte ihn in tollem Tanz durch die Luft und ließ ihn dann wieder hinabfallen. Die scharfkantigen Eiskristalle prallten schmerzend auf Ginnys Augenlider, als sie gegen den Wind angingen. Es war kaum Platz, um in den schmalen Wegen nebeneinander zu gehen, die auf den Bürgersteigen durch den Schnee geschaufelt waren, doch blieb er an ihrer Seite, und wenn der Wind sie mit voller Wucht traf, spürte sie, wie er seinen Arm um ihre Schultern legte und sie an sich zog. Sie kämpften sich mit seitwärts gewandten Gesichtern vorwärts, um dem ihnen entgegenpeitschenden Schnee zu entgehen. Die frühe Winterdämmerung war hereingebrochen; die Kinder waren ebenso wie die Schnee schippenden Leute von den Straßen verschwunden. Kein Laut fröhlicher Gespräche war mehr zu hören, nur noch das Pfeifen des Windes durch die engen Straßen.

Sie blieben einen Augenblick unschlüssig in dem Flur von Barbys Braunsandsteinhaus stehen. Ginny spürte Jims Kuß auf den Lippen, trat jedoch als erste zurück.

»Auf Wiedersehen, Jim. Gute Reise! Grüß sie da unten alle sehr herzlich von mir!«

»Bleib nicht zu lange fort, Ginny«, bat er ruhig. »Versuch bald runterzukommen.« Es schwang mehr in seiner Stimme als die übliche Abschiedsformel.

Sie sah ihn eindringlich und forschend an.

»Was ist los? Ist etwas nicht in Ordnung? – Jim – ist es Vater?«

Er nickte. »Ich weiß ehrlich nicht, wie schlimm es ist. Katrien wollte es nicht sagen. Und sie wollte auch nicht, daß ich es dir schrieb – oder Albert. Sie sagte, wir sollten dir die Zeit hier nicht verderben ...«

»Hat er wieder einen Anfall gehabt?«

»Zwei seit Oktober ... keine sehr schweren, glaube ich ... aber ich weiß es nicht genau«, schloß er bekümmert.

Sie griff nach dem Treppengeländer und hielt sich daran fest. Dann spürte sie, wie seine Hand sich um die ihre schloß. »Arme Ginny – jetzt hab' ich dir alles verdorben, nicht wahr? Ich hab' lange darüber nachgedacht und bin nicht der gleichen Meinung wie Katrien. Ich fand, du müßtest es wissen.«

Sie fuhr sich mit der Zunge über die trockenen Lippen. »Ich bin froh, daß du es mir gesagt hast. Ich werde kommen. Bald.«

Er tätschelte ihr leicht die Hand. »So ist's recht, Ginny! Es wird ihm guttun, dich zu sehen. Das weiß ich genau. Sieh zu, daß du bald kommst.«

»Ja – bald.« Sie entzog ihm heftig ihre Hand. Von jetzt an würde sie sich nicht mehr in jeder Krise vertrauensvoll auf ihn stützen; sie hatte diesen Entschluß gefaßt und mußte jetzt mit seiner Verwirklichung beginnen. »Du gehst jetzt besser. Dein Flugzeug ...« Das war alles, was sie zu sagen vermochte. Sie drehte sich um und lief die Treppen hinauf.

»Ginny ...?«

Als sie im dritten Stock ankam, hörte sie die Haustür zufallen.

»Barby, kannst du mir siebzig Dollar für den Flug nach St. Nicolaas leihen?« Und als sie die zornige Empörung im Gesicht des Mädchens sah, fügte sie rasch hinzu: »Wenn du es nicht kannst, leihe ich es mir von Eliot, doch ich möchte kein Geld von ihm leihen. Das Geld aber muß ich haben – wo es auch herkommt!«

Barby willigte erst ein, als sie ihr wiederholt hatte, was Jim ihr von ihrem Vater erzählt hatte.

»O. K. – aber ich will es zurück haben, hörst du? Ich schätze es nicht, Geld zu verleihen. Geh jetzt und pack' deinen Kram, und ich will sehen, ob ich Pan Am oder irgend jemand anderem, der dort hinunterfliegt, einen Platz für dich abschwatzen kann.«

Zehn Minuten darauf kam sie in Ginnys Schlafzimmer. »Sieht nicht so gut aus ... Das einzige, was sie mir sagen konnten, war, daß sie dich auf die Warteliste setzen, wenn du gleich morgen früh nach Idlewild rauskommst. Mir scheint, sie haben halb New York da draußen voller Ungeduld, fortzukommen.«

»Ich versuche es«, antwortete Ginny. »Es ist das einzige, was mir übrigbleibt.«

Barby zündete sich eine neue Zigarette an, lehnte sich an den Türrahmen und beobachtete Ginny aufmerksam, die ihre Kleider zusammenfaltete. »Es ist nicht zufällig wegen Jim, daß du in solcher Eile da runter saust? Dann leihe ich dir nämlich nicht das Geld. Der ist mehr als nur ein ganzer Mann, und du verdienst ihn nicht, und ich werde dir nicht helfen, ihn zu bekommen.«

Ginny hob den Kopf. »Ich wünschte bei Gott, es wäre wegen Jim! Ich wünschte, es hätte irgendeinen Sinn, um seinetwillen hinzufliegen. Aber er ist mir nicht einen Deut näher als vor einem Jahr. Eher das Gegenteil, fürchte ich. Damals tat ich ihm ein bißchen leid, und er versuchte, mir etwas beizubringen. Doch jetzt, nach einem Jahr in der Großstadt, glaubt er, ich könne selbst auf mich aufpassen.«

Barby stieß ein kurzes, schrilles Gelächter aus, das in ihrem üblichen Raucherhusten endete. »Na – in diesem Punkt wäre es, wie mir scheint, besser gewesen, da unten in dem ländlichen Idyll zu bleiben! Es hat natürlich nichts genützt, Knaben wie Eliot Russell kennenzulernen, nicht? Etwas schleift sich ab – muß es ja! Aber ein Mann wie Jim sieht das in einer Minute. Der ist nicht dumm!«

»Er gefiel dir, was?« Es war kaum eine Frage.

Barby macht kein Hehl daraus. »Ich könnte mich in ihn verlieben – mit Haut und Haar. So ein Bursche wie er läßt die meisten Lokaltalente so erbärmlich erscheinen. Ich meine, er wird das, was er ist, und er schert sich einen Dreck darum, was jemand davon hält. Er ist egoistisch, weißt du – zu keinen Konzessionen bereit, aber, mein Gott, es tut gut, dann und wann einem Mann zu begegnen, der sich so völlig seiner selbst und seiner Sache sicher ist! Ja, ich könnte mich in Jim verlieben.«

Ginny erwiderte nichts. Statt dessen deutete sie auf die Kleider im Schrank, die Eliot ihr gekauft hatte. »Kann ich sie hierlassen?«

»Kommst du wieder?«

»Ich weiß es nicht. Ich schreibe dir, sobald ich weiß, wie es um Vater steht.«

Barby zuckte die Achseln. »Nun – ich werde sie in Kartons wegpacken müssen. Muß noch etwas Platz für die nächste Mieterin lassen ... Was wirst du überhaupt im Hinblick auf ihn tun?« fragte sie mit einer Kopfbewegung auf die Kleider.

»Eliot? Was gibt es da zu tun? Das Ganze hatte nie eine Zukunft für mich – noch für ihn. Er wird ohne mich auskommen, so wie früher, bevor ich kam. Eliot kommt allein zurecht – ich werde ihn anrufen – nein, ich rufe ihn nicht an! Er wird nur ein Theater machen, Platzreservierungen für mich zu bekommen und den ganzen übrigen Kram. Wahrscheinlich würde er den Vorstandsvorsitzenden von Pan Am anrufen. Und irgendwie ...« Sie drehte Barby den Rücken und vergrub ihr Gesicht halb in den Kleidern, die noch im Schrank hingen. »Diesmal, glaube ich, muß ich es ohne den Russellschen Einfluß schaffen. Ich glaube, ich muß als einfache Ginny Tilsit nach Hause gehen, ohne daß irgendwelche Beziehungen für mich in Bewegung gesetzt werden und ohne Russellsche rote Teppiche. Es muß einfach so sein wie früher. Nur so kann ich nach Hause gehen.«

Barby tat einen tiefen Zug an ihrer Zigarette. »Wenn du nach Hause gehst, ist es nie genau so, wie es früher war.«

Am nächsten Tag wartete sie sechzehn Stunden auf dem Idlewild-Flughafen zwischen den Scharen der Fluggäste, die der Sturm dort gefangenhielt, zwischen jenen, die wie sie in der Hoffnung auf einen freiwerdenden Platz warteten, zwischen den schreienden Kindern und den beständigen Schlangen vor der Imbißbar und den Toiletten. Das Pan-Am-Gebäude, jene Schirmkonstruktion aus Glas und Beton, schien durch die hindurchdrängenden Menschenmassen schmutzig und unansehnlich zu werden.

Da es nicht taute, blieb der Schnee überall draußen liegen, und so mußte jede Straße und jeder Fußgängerweg auf dem gesamten Flughafengelände freigeräumt werden. Eine der spärlichen Zerstreuungen der sechzehnstündigen Wartezeit bestand darin, zuzuschauen, wie die Leute, die ihre Autos vor dem Schneesturm auf dem Parkplatz abgestellt hatten, nun versuchten, diese in der Fülle der unkenntlichen Schneehaufen wiederzufinden. In den sechzehn Stunden aß sie vier Frikadellen und trank acht Tassen Kaffee und zählte das Wechselgeld sehr genau, das sie herausbekam. Die Wartezeit war ein langsam dahinkriechender Alptraum. Wenn sie keinen Sitzplatz fand, was jedesmal der Fall war, wenn sie von der Imbißbar zurückkam, ging sie in der Halle auf und ab, in die das vom Schnee reflektierte Licht hart und kalt durch die Glaswände drang. Die Bänder der Startbahnen erschienen ungeheuer lang und nahezu endlos; ununterbrochen stiegen die Düsenmaschinen auf und zogen mit ihren Abgasen schwarz-braune Schmutzspuren über den grauen Himmel. Als es dunkel wurde, vermochte sie nur noch die anderen Flughafengebäude zu erkennen; die Flugzeuge glitten bis auf das kurze Aufblinken der Positionslampen unsichtbar dahin. Und dann blickte ihr eigenes Spiegelbild sie aus den Fensterscheiben an, hinter denen nur noch Dunkelheit gähnte. Manchmal schien es ihr aus einem Gefühl traurigen Verlustes, als sähe sie auch ihres Vaters Gesicht – und Jims, körperlos und dahinschwebend wie die Spiegelbilder all der anderen Leute in der riesigen, erleuchteten Halle hinter ihr. Einmal drehte sie sich mit einem unterdrückten Schrei rasch um, weil sie überzeugt war, tatsächlich Jim gesehen zu haben. Aber in der Menge war kein vertrautes Gesicht. Sie setzte ihren Rundgang wieder fort.

Einmal rief sie Barby an und bat sie, dem Holländischen Konsulat zu bestellen, sie sei nach Hause gerufen worden und käme voraussichtlich nicht zurück. Sie rief sie ein zweites Mal an, nur um mit jemandem sprechen zu können. Als sie schließlich einen Platz in einer Maschine erhielt, die in fünfundvierzig Minuten starten sollte, schickte sie Eliot ein Telegramm.

Es war eine Stunde vor Mitternacht am Heiligabend, als sie von New York abflog. Das Flugzeug landete um halb drei Uhr morgens in San Juan. Der Caribair-Schalter war geschlossen, doch bei Pan Am erfuhr sie, daß die Maschine, die einmal täglich direkt nach St. Nicolaas flog, um zwölf Uhr mittags abging. Einer der Pan-Am-Angestellten, der früher für Caribair gearbeitet hatte, erinnerte sich an sie aus der Zeit, als sie noch in San Juan in die Klosterschule ging und öfters diese Strecke hin- und hergeflogen war. Von ihm lieh sie sich zwei Dollar für ein bescheidenes Frühstück und einige Aspirintabletten; dann kauerte sie sich auf eine der Gartenbänke im Innenhof des Flughafens und schlief ein. Alle paar Minuten wachte sie durch die Bisse der Sandflöhe und die nagende Angst auf, zu fest einzuschlafen und womöglich das Flugzeug zu verpassen.

Die Maschine landete um elf Uhr vierzig auf St. Nicolaas auf dem neuen Flughafen, der merkwürdig allen anderen glich. Während ihre Koffer ausgeladen wurden, ging sie zum Telefon.

»Vater? Hier ist Ginny. Komme ich noch rechtzeitig zum Weihnachtsessen? Ich bin auf dem Flugplatz. Könntest du mich abholen?«

6

An Katrien war die Veränderung am deutlichsten sichtbar. Diese Veränderung bedeutete einen leichten Schock für Ginny, da sie sie nicht erwartet hatte. Als Katrien die Treppe von Oranje Huis heruntergelaufen kam, sah Ginny, daß sie eine verblühte Frau geworden war. Katrien, die noch in mittleren Jahren eine schöne Frau gewesen war, waren nun eindeutig ihre Jahre anzusehen. Sie war immer noch hübsch, wenn auch ein wenig fülliger; doch die Linien in ihrem Gesicht hatten sich vertieft, und die Fältchen begannen trocken und schärfer zu werden. Ginny begriff, daß niemand anders als Katrien die verändernden Spuren der Krankheit ihres Mannes getragen hatte.

Ihr Vater war ihr unverändert vorgekommen, als er sie am Flughafen abgeholt hatte. Sie hatte nach den Anzeichen einer Veränderung geforscht, jedoch keine nennenswerten gefunden. Die dunkle, ständige Bräune von dreißig Jahren verbarg jede Spur einer wechselnden Gesichtsfarbe. Die Sehnen an seinem Hals und seinen Unterarmen standen so hervor, wie sie es seit Jahren getan hatten und wie es für dünne Männer, die in den Tropen alterten, charakteristisch war. Die knochige, vornehm geschnittene Struktur von John Tilsits Gesicht war einfach unveränderlich.

Anfangs stellte er gnädigerweise keine Fragen. Sie spürte seine tiefe Bewegtheit nur an dem festen Druck seiner Umarmung. »Willkommen daheim, Ginny! Wir freuen uns so, daß du wieder da bist!«

Bo war bereits die Treppen vom Oranje Huis hinuntergestürzt, bevor der Wagen anhielt, und lief ihnen mit der steifen Ungelenkigkeit alter Hunde entgegen. Ginny spürte, wie ihr plötzlich die Tränen brennend in die Augen stiegen, als sie sich niederbeugte, um ihn zu stützen, als er sich auf die Hinterbeine erhob und ihr die Pfoten auf die Schulter legte. Albert de Kruythoff, der gewartet hatte, bis die Begrüßung vorbei war, trat nun auf sie zu, das scheue, traurige Gesicht von einem seltenen Lächeln erhellt. Er küßte sie flüchtig auf die Wange und drückte ihr die Hand. »Wie du siehst, hast du immer noch deine beiden Freunde Bo und Albert. Und ich muß geahnt haben, daß du kommst, denn ich habe einen extra Zweig Orchideen mitgebracht.«

Jim fehlte natürlich. Erwartungsvoll hatte sie ihn mit den Blicken gesucht und sich daran erinnert, daß es für ihn keine privaten Tage der Muße mehr gab, keine Tage, an denen er nicht arbeitete. Bo rieb seinen Kopf besitzerisch an ihrer Hand, als sie auf der Veranda entlang zu der Seite ging, von wo aus man die Bucht überblickte. Da waren die grellgestreiften Sonnenschirme, vor denen ihr gegraut hatte und über die sie gespottet hatte; da war der Bootssteg, an dem die Oranje Lady lag; da war das fertige Restaurantgebäude mit den Tischen unter dem geschwungenen, überhängenden Dach. Die ersten sechs Bungalows waren fertig, und Jims neue Anpflanzungen wuchsen so rasch, daß die Häuser beinahe schon nicht mehr zu sehen waren. Auf dem hinter ihnen ansteigenden Hügel waren die rohen Narben der neuen Bauten im Rohzustand zu erkennen; die Bäume waren sorgfältig durch Barrieren geschützt, damit sie nicht beschädigt wurden. Es war alles da – Jims Welt teurer, von Menschenhand geschaffener Schönheit, in der er vollkommen aufging. Ihr Vater trat, in jeder Hand ein Glas des besonders guten Weihnachtspunsches, auf sie zu und reichte ihr eines.

»Tja, er hat es geschafft«, bemerkte er und wies mit einem Kopfnicken in die Bucht hinunter. »Er hat für sechs geschuftet und hat es geschafft.«

Sie drehte dem Anblick den Rücken und sah zu Katrien und Albert hinüber, die beieinander standen; Albert bemühte sich, weiterzulächeln, obwohl ihm, ebenso wie Katrien und John, nicht entgangen war, daß Ginny als erstes hatte sehen wollen, was dieses Jahr in Jims Leben bedeutet hatte.

John erhob das Glas. »Frohe Weihnacht!«

»Frohe Weihnacht!« erwiderten sie im Chor. Sie saß auf der Veranda mit ihnen, nippte an dem Punsch und blickte nach St. Charles hinüber. Seit zwei Tagen hatte sie kaum geschlafen, und ihre Müdigkeit erdrückte sie wie eine schwere Last, die sie gerade noch die eine Stunde zu ertragen vermochte, bis man zu Tisch ging und aß. Die anderen merkten es und ließen sie in Ruhe; die Unterhaltung floß an ihr vorbei, und es war beinahe, als wäre sie nicht nach Hause gekommen, als wäre sie gar nicht da. Das Gespräch drehte sich um unbedeutende und vertraute Dinge – um die Ernte und wie sie voraussichtlich auf der Insel ausfallen würde, um das Budget, das Albert für Curaçao ausarbeitete, und um die neue Schule. Der brausende, jagende Pulsschlag von New York wurde leiser und erstarb beinahe gänzlich. Sie fühlte, wie sie sich in all das Vertraute zurücksinken ließ – in die Solidität der Familie und des Hauses und in die eintönige, sich ständig wiederholende Routine, die das Leben der Inselbewohner bildete; winzige Veränderungen schienen in diesem bis ins kleinste Detail festgelegten

Leben ungeheure Ausmaße anzunehmen, während die großen Veränderungen gegen eine jahrhundertelange Tradition anbrandeten, in die sie schließlich eingingen.

Sie schloß die Augen vor der blendenden Helle des Sonnenlichtes, die ihr weh tat, und schlief dann mit dem Punschglas in der Hand ein.

Albert hatte am ersten Tag gemeint: »Du bist so blaß wie alle da oben im Norden, Ginny – und auch zu dünn.« Die folgenden zwei Wochen schlief sie beinahe jeden Tag bis mittags und lag nachmittags, wenn die Sonne den Zenit überschritten hatte, am Strand. Sie aß in langen, geruhsamen Mahlzeiten, bei denen sie ihren Eltern von New York erzählte. Sie stellten nicht viele Fragen, sondern überließen ihr die Auswahl. Nach einiger Zeit merkte sie, daß es absichtlich geschah. Die Entdeckung amüsierte sie. »Sie sind viel klüger, als ich dachte!« Es war eine Zeit der Genesung, so als wäre sie krank gewesen.

Es gab nichts, was sie für ihren Vater hätte tun können, und sie sagte ihm nie, daß sie von den Anfällen wußte. Mochte er glauben, wenn er wollte und konnte, sie sei nach Hause gekommen, weil sie erschöpft war. Mit Katrien jedoch sprach sie darüber.

»Wie schlimm ist es?«

Katrien wandte sich zu ihr um und schien einen Augenblick unfähig zu sprechen. »Nicht gut. Sie schickten ihn zur Untersuchung nach San Juan – und um zu erreichen, daß er im Bett blieb. Niemand kann bei diesen Dingen etwas Genaues sagen – wie lange – wann. Er muß sehr vorsichtig sein – ... sich sehr schonen ... sich nicht aufregen oder Sorgen machen. Und gerade das letztere ist unmöglich. Wie soll man einen Mann, der innerlich kocht, dazu bringen, sich zu beruhigen? Wie päppelt und hätschelt man einen so selbständigen Mann, der so viel allein ist?« Katriens Handbewegung verriet erbitterte Verzweiflung. »Es ist, als versuche man, eine wilde Katze anzubinden.«

»Kann ich irgendwie helfen?« fragte Ginny bescheiden. Früher wäre sie überzeugt gewesen, helfen zu können.

»Bleib einfach bei ihm – für eine Zeitlang. Es tut ihm gut, dich hier zu haben. Wenn du wieder fort mußt, ist es wohl nicht zu ändern. Aber versuch', ihn nicht merken zu lassen, daß du seinetwegen hierbleibst.«

Von Eliot kamen Briefe; es war nahezu ein Bombardement. Anfangs war er böse, daß sie ihn im Stich gelassen hatte, wie er es nannte, und dann klang weibliche Gekränktheit durch, schrill und ein wenig gehässig. ›Na – hat Jim endlich doch angebissen? Oder ist er immer noch unschlüssig? Und was machst du, um ihm bei seinem Entschluß zu helfen? Vermutlich greifst du zum ältesten Trick einer Frau ... zu der bequemen, unfehlbaren Methode, einen Mann einzufangen, den zu haben sich wahrscheinlich nicht einmal lohnt... Soll ich runterkommen? Gibt es auf deiner Insel da irgendeine vernünftige Unterkunftsmöglichkeit außer Jims selbstgefälligem Hotel?‹

Der Gedanke, Eliot könnte nach St. Nicolaas kommen, erfüllte Ginny geradezu mit panischem Schrecken. Die Insel hatte Eliot nichts zu bieten. Er war kein Tourist, und er hatte zuviel Energie und Unternehmungsdrang, um es länger als ein paar Tage auszuhalten, untätig am Strand zu liegen. Sie vermochte ihn sich nicht herausgelöst aus der genau beherrschten Umgebung vorzustellen, die sein New Yorker Leben bildete, aus jener Welt, die von Geld gestaltet und regiert wurde. Sie wußte, sie tat ihm wahrscheinlich hiermit unrecht, konnte das Gefühl jedoch nicht loswerden. In jenen Briefen kam aber auch Eliots weichere, verletzlichere Seite zum Vorschein, jener Teil seines Wesens, dem sie sich nie hatte verschließen können. ›Du hättest alles haben können, was du wolltest, Ginny‹, schrieb er. ›Ich glaube, ich hätte alles getan, worum du mich gebeten hättest, wenn du hiergeblieben wärest.‹ Es war unmöglich zu antworten, daß es gar nichts gegeben hatte, um das sie ihn wirklich gern gebeten hätte. ›Du hast mir sehr viel gegeben ... Ich habe die Weichheit von Seide gespürt und danke dir dafür.‹

Zornig schrieb er zurück: ›Wenn du Dankbarkeit empfindest – die brauche ich nicht! Wirst du nach New York zurückkommen?‹ Und sie mußte erwidern: ›Vielleicht – ich weiß es nicht.‹

Barby schrieb ihr kurze, burschikose Briefchen: ›Ich rief deinen Freund Eliot an und sagte ihm, er solle die Pelzdinger abholen kommen, auf die ihr reichen Leute anscheinend keinen Wert legt. Bisher hat er sich jedoch noch nicht herbequemt. Ich möchte zu gerne wissen, wann das Zeug gesetzmäßig in meinen Besitz übergeht!‹ Und abschließend schrieb sie: ›Bleib, wo du bist, Kindchen! Es ist besser.‹ Wofür besser, überlegte Ginny.

Die Insel begann durch die Vorbereitungen für die bevorstehende Ernte zum Leben zu erwachen. Die Zuckerfabrik, die das Zuckerrohr der gesamten Insel verarbeitete und seit Monaten geschlossen gewesen war, prüfte und überholte ihre Maschinen. John verbrachte jeden Tag in dem Wagenschuppen. Zusammen mit seinem Vorarbeiter bemühte er sich, die Lastwagen in den bestmöglichen Zustand zu bringen, den ihre alten Motoren zuließen. Während der Erntezeit wachte er immer voller Besorgnis über sie; sie durften einfach nicht plötzlich ausfallen, da er sein Zuckerrohr dann nicht rasch zur Fabrik hätte schaffen können. Sobald das Rohr nämlich geschnitten ist, nimmt der Zuckergehalt sehr schnell ab, und wenn es nicht innerhalb von achtundvierzig Stunden verarbeitet wird, kann es völlig wertlos sein. Da jeder auf der Insel in der Ernte steckte, war es häufig ausgeschlossen, einen Lastwagen zu leihen oder zu mieten; er war daher im Laufe der Jahre sein eigener Mechaniker geworden, wobei er sich allerdings nur auf elementare Kenntnisse stützte, da er sich nie für mechanische Dinge interessiert hatte. Auch die barackenartigen Hütten am anderen Ende der Plantage für die Saisonarbeiter mußten in Ordnung gebracht werden.

»Dies ist die allerschlimmste Zeit«, klagte Katrien. »Es ist so viel zu tun, und ich weiß nicht, wie ich ihn davor schonen soll. Ich könnte es fast alles selbst machen – schließlich bin ich ja mit Zuckerrohr aufgewachsen – aber es würde seinen Stolz verletzen. Und ich glaube, verletzter Stolz schadet John mehr als sein schlechtes Herz.«

»Du verwöhnst ihn«, meinte Ginny. »Du bürdest dir selbst zuviel auf und läßt niemand die Bürde mittragen. Warum hast du mir nicht Bescheid gesagt, als er krank war – und im Krankenhaus lag? Ich wäre sofort gekommen. Das weißt du doch!«

Katrien nickte. »Ja, das weiß ich. Aber was hätte es für einen Sinn gehabt? Damit du mit einer Totenwache anfängst, die zehn Jahre dauern könnte?« Mit einer einzigen, kurzen Handbewegung verwarf sie diesen Gedanken. »Du bist aus anderen, eigenen Gründen zu deinem Zeitpunkt gekommen, und das war richtig. Die Jungen sollten niemals den Alten und Kranken geopfert werden. Daran ändert auch nichts, daß du ihn liebst. Du mußt dein eigenes Leben leben ...«

»Manchmal staune ich über dich«, gestand Ginny lächelnd. »Genauso wie Jim über dich staunte, als er dich kennenlernte. Er sang mir immer dein Loblied vor, obwohl ich dich damals wohl für eine liebe, nette, aber keineswegs ungewöhnliche Frau hielt.« Liebevoll lächelte sie ihre Mutter an. »Ich bin froh, daß ich es rechtzeitig gemerkt habe!«

Katrien hielt in ihrer Arbeit inne und sah zu Ginny hinunter, lächelte jedoch nicht. Sie stand gerade auf einem Stuhl und verstaute Stangen von Seife in einem hohen Bord in der Pantry.

»Hörst du immer noch auf das, was Jim sagt? Oder hat New York all das geändert?«

Ginny zuckte die Achseln. »Ich höre darauf – falls er etwas zu sagen geruht. Aber ich kann nicht ewig dastehen und auf das Wort warten. Vielleicht kommt es ja nie.«

»Gib ihm Zeit.« Katrien streckte die Hand nach den nächsten beiden Stangen aus.

Ginny, die gerade am Boden kniete, um einen Armvoll aufzuheben, blieb wie angewurzelt sitzen.

»Zeit!« schnaubte sie. »Zeit! Wieviel mehr Zeit braucht er noch? Ich hab' versucht, in seiner Nähe zu sein, und ich hab' versucht, wegzubleiben. Was für einen Unterschied hat das gemacht? Jim kann mich jederzeit sprechen, wenn er nur will, und ich würde zuhören. Aber allmählich fange ich an zu glauben, daß er nie etwas zu sagen haben wird!«

»Die Zeit«, erwiderte Katrien, »vergeht für ihn schnell und für dich langsam. Er ist ein Mann, der eine schwere Schuldenlast bewältigen und ein Hotel aufbauen muß. Er möchte keine zusätzlichen Bindungen und Verpflichtungen. Wer wollte das schon an seiner Stelle? Eine junge Frau und wahrscheinlich Kinder. Diese Dinge können ihm jetzt nur wie eine Last erscheinen. Gib ihm daher Zeit!«

Ginny richtete sich auf und reichte Katrien wieder in stetem Rhythmus die Seife. »Und was soll ich tun, während ich warte?«

Katrien zuckte die Achseln und richtete ihre Aufmerksamkeit auf die Seifenstapel. »Ich dachte, du gingst nach New York, um das zu lernen. Tu, was du kannst.«

Schweigend beendeten sie ihre Arbeit.

Als ihre Mutter den Stuhl wieder an seinen Platz stellte, nahm Ginny die Gartenschere, die immer innen an der Küchentür hing. »Ich hole ein paar Blumen für das Eßzimmer. Was möchtest du haben?«

»Nimm doch Oleanderzweige für die große Vase und irgend etwas, was dir gefällt, für die Tischschale.«

»Hibiskus«, entgegnete Ginny prompt. »Weißt du, das war etwas, was mich am meisten an New York entsetzte – die Preise von Blumen. Und alle sind in gläserne Eisschränke eingeschlossen. Sobald man sie herausnimmt, sterben sie. Ich mußte immer an unseren Garten denken und wie wir einfach jederzeit hinausgehen und etwas abpflücken können. Es erschien mir ganz unwirklich, das ist in Orten wie New York nur den Reichen vergönnt – so viele Blumen zu haben, wie sie wollen. Ich kam zu dem Schluß, daß es leichter ist, in einem heißen Klima arm zu sein als in einem kalten.«

»Arm!« lachte Katrien. »Wenn ich glaube, du meinst das wirklich, wäre ich ernsthaft beleidigt.«

Ginny schnitt eine Grimasse, und die Fliegentür fiel hinter ihr zu. Katrien hörte ihre Schritte auf dem gepflasterten Weg. Nach einer Minute schwang die Tür jedoch wieder auf.

»Es gibt Wege, wie ich ihm helfen könnte, ohne daß er es zu sehr merkt. Ich meine, wenn ich es allmählich täte, würde es eine Gewohnheit, bevor er es durchschaute.«

»Jim?«

»Nein«, antwortete Ginny ungeduldig. »Ich meine Vater. Ich könnte während der Erntezeit hierbleiben und einfach jeden Tag mit ihm auf die Felder fahren – selbst den Jeep fahren und ihm all das Hin- und Hergerenne abnehmen. Ich würde sagen, daß ich es nur täte, um es zu lernen – schließlich bin ich, seit ich nach San Juan auf die Schule kam, nicht mehr während der Ernte hiergewesen. Ich brauche ihm ja nicht zu sagen, daß ich es tue, um ihm zu helfen.«

»Er wird es wissen. Aber ich glaube nicht, daß er es dir verbieten wird.« Sie nickte, dachte kurz über den Vorschlag nach und meinte zustimmend: »Ja – warum eigentlich nicht? Es wäre wirklich eine Hilfe, und von dir nimmt er sie eher an als von mir. Und du hättest auch etwas zu tun – weniger Zeit, um über Jim nachzugrübeln.«

»Jim? Wer sagt, daß ich über Jim nachgrüble?« Die Fliegentür schlug knallend zu, und Ginnys Stimme klang trotzig und doch voller Sehnsucht zu Katrien zurück. »Er könnte mir nicht gleichgültiger sein!«

Ginny fand in den Erntemonaten zu der Insel zurück und schloß wieder Frieden mit ihr und dem langsamen Lebensrhythmus; sie spürte, wie sehr sie eins war mit diesen Menschen und ihrer Lebensweise. Die Sonne brannte erbarmungslos auf die Zuckerrohrfelder nieder, und der Straßenstaub dörrte einem die Kehle und Nase aus. Doch das stetige Vorrücken der Arbeiter über die breiten, sanften Abhänge der Insel war eine tänzerische Bewegung, deren Schönheit und Dramatik ihr im Blut lagen und auf die sie reagierte, als würde sie von einer Hand berührt. Sie stand in der Sonne und betrachtete die arbeitenden Neger, die muskulösen, anmutigen schwarzen Arme, die vor Schweiß glänzten, und die einzigartige Sicherheit des Machetenhiebes, der durch Generationen seit der Zeit erlernt worden war, als man ihre Vorfahren als Sklaven von Afrika hergebracht hatte. Die kurzen, heftigen Regenschauer zogen heran und vorbei, und sie machte sich häufig nicht die Mühe, zum Jeep zu laufen, sondern ließ sich einfach auf dem Feld durchregnen und dann ihre Kleider auf dem Körper trocknen, so wie es die Arbeiter taten. Sie bekam einen Sonnenbrand, und ihre Haut pellte sich, und dann bekam sie wieder den dunklen Teint, den sie seit ihrer Kindheit gehabt hatte. Ihre Arme und Beine waren über und über von den scharfen Kanten des Zuckerrohrs zerkratzt. Das Haar schien ihr vor Schweiß und Staub wie eine feste Masse am Kopf zu kleben. Doch es war eine Zeit des Triumphes und einer merkwürdigen Befriedigung. Jene Tage glühender Sonne und jene Nächte, die sie im Schlaf der Erschöpfung durchschlief, versetzten sie in eine Art inneren Hochgefühls, in dem sie etwas von Katriens körperlicher Kraft und Ausdauer entwickelte. Bereits nach der ersten Woche begann sie ihrem Vater das Hin- und Herfahren der vollgeladenen Lastwagen abzunehmen. Wenn sie so über die holprigen Feldwege zu der Fabrik rumpelte und ihr Körper vom Rattern des alten Motors geschüttelt wurde, empfand sie eine wilde und wundervolle Freude.

»Ist es immer so gewesen?« fragte sie ihren Vater. Und da er sie verstand, fragte er nicht, wovon sie sprach. »Zuckerrohr ist ein weibliches Gewächs«, antwortete er langsam und so leise, als spräche er zu sich selbst. »Es ist ein Kind der Sonne und des Regens und der Feuchtigkeit – ein unersättlicher Nimmersatt, der den Boden auslaugt. Doch welche andere Pflanze gibt einem acht Ernten aus dem einen Schößling, und welche andere Pflanze gibt einem diesen großen Ertrag, wie eine fruchtbare Frau, die jedes Jahr ein Kind bekommt? Eine weibliche Pflanze – und die Zuckerinseln sind ebenfalls weiblich, schön und unersättlich.«

Es blieb keine Zeit, anscheinend überhaupt keine Zeit, um an Jim zu denken. Sein Bild tauchte mehrmals am Tage vor ihr auf, doch forderte stets etwas anderes ihre Aufmerksamkeit; so erfüllte er keinen nennenswerten Teil ihrer Stunden, und auch die wenigen Minuten vor dem Einschlafen gehörten nicht ihm. Die Befriedigung, die sie in der Arbeit mit ihrem Vater auf den Feldern gefunden hatte, bildete in sich selbst eine Kraftquelle, die es ihr ermöglichte, den Weg der Geduld zu gehen, zu dem ihre Mutter ihr geraten hatte. Diese Befriedigung erleichterte es ihr auch, bei ihren zweimaligen Einkaufsfahrten für ihren Vater nach St. Charles hinüber nicht zu sehr über das nachzubrüten, was Susie Marshall ihr erzählte; sie sagte ihr, Jim sei viel mit Pauline Thompson, einer jungen amerikanischen Witwe, zusammen gewesen, die St. Charles vor kurzem entdeckt hatte und nun dabei war, einen Bücherladen und eine Kunstgalerie zu eröffnen. Es hieß außerdem – doch konnte Susie das nicht mit Sicherheit bestätigen –, daß Jim ihr Haus entwerfe und daß sie mit ihm in Puerto Rico und Miami gewesen sei, um Möbel für das Oranje Cove Hotel auszusuchen. Ginny versuchte, diese Nachricht mit einem Achselzucken abzutun.

»Er ist nun mal Architekt.«

Sonntags half sie Jim. Er hatte sie gebeten, während des Hochbetriebs beim Mittag- und Abendessen die Registrierkasse und Bar zu übernehmen. Oranje Cove begann nämlich Gäste von der gesamten Insel anzulocken, und an den Wochenenden lagen stets mehrere Yachten in der Bucht, von denen fröhliche Gruppen an Land kamen. Die Oranje Lady pendelte unermüdlich zwischen den beiden Inseln hin und her, brachte die Gäste, die nicht auf die eine tägliche Direktmaschine nach Puerto Rico warten konnten, zum Flughafen hinüber oder holte Touristen ab, die von Hotels auf St. Charles hinüberwechselten. Man hatte in der Bucht den Eindruck eifriger Geschäftigkeit, die nichts mit dem langsameren Tempo der Insel gemein hatte, doch war es das gleiche Tempo, das von dem zweiten, im Bau befindlichen Hotel und den neuen Häusern aufgegriffen und übernommen wurde. Es war der Touristenrummel, wie Katrien ihn nannte, in dessen Mitte Ginny sonntags steckte. Es war, als entfernte man sich ein ganzes Jahrhundert von den Zuckerrohrfeldern. Wenn die Bar spät in der Nacht geschlossen wurde, rief Jim sie immer zu einem Brandy und Kaffee in seinen Bungalow, der sich an das Restaurant und Büro anschloß. »Nicht die ideale Lage«, meinte er, als er ihr das Glas hinschob, »aber ich muß auf alles aufpassen. Ich wußte ja gar nicht, daß es so viele Dinge gibt, auf die ich aufpassen muß. Ich hätte nach Harvard gehen sollen, um Hotelfach zu lernen – in Harvard haben sie bestimmt so einen Kursus. Wahrscheinlich war es verdammt naiv von mir, zu denken, daß es genügen würde, nur das Hotel zu bauen.«

»Du machst das alles schon ganz richtig«, versicherte Ginny, lehnte sich im Stuhl zurück und musterte die unnatürlich anmutende Ordnung in Jims neuem Domizil. Eine gesamte Wand war von einem Regal bedeckt, in dem all die bisher verstreut herumliegenden Habseligkeiten offensichtlich einen Platz gefunden hatten. Mit wehmütiger Sehnsucht dachte Ginny an die Zeit des früheren vertrauten Durcheinanders. »Du hast es geschafft, würde ich sagen.«

»Wir haben es geschafft, wenn die nächsten zwölf Bungalows fertig sind. Im Augenblick schleppen wir im Verhältnis zu der Anzahl der Gäste noch zuviel Personal mit durch. Aber das wußten wir im voraus. Solange wie die Kerle in Boston nicht ihr Portemonnaie zumachen, kann uns nichts mehr passieren.«

»Es ist ein schönes Hotel«, stellte Ginny widerstrebend fest. Aus irgendeinem Grunde wollte sie ihn nicht loben. Er besaß bereits so viel. »Als ich es zuerst sah, hätte ich nie gedacht, daß es so werden könnte. Es hat sich wunderbar in den Hintergrund eingefügt. Wäre nicht der neue Bau oben auf dem Hügel – oh, und die Sonnenschirme auf dem Strand –, so würde man es von Oranje Huis gar nicht bemerken.«

Jim nickte zustimmend, doch mit einer Art Bescheidenheit, als dächte er objektiv an die Leistung eines anderen. »Ich bin einen ganzen Monat kreuz und quer über das Grundstück geklettert, bevor ich den ersten Strich zu Papier brachte. Ich kannte jeden Baum, der stehenbleiben mußte, und wußte genau, wo die neuen gepflanzt werden mußten. Ich hatte damals schon den Platz für jeden Bungalow auf meinem Grundstück ausgesucht. Es mußte so aussehen, oder es wäre danebengegangen.« Er stand unvermittelt auf und sah sie an. »Mein Gott noch mal, Ginny! Dies war kein Hotel, das ich baute, um dann wieder fortzugehen. Ich wußte, ich würde hier leben! Ich konnte es mir doch nicht selbst verderben! Zum Glück sahen die Bostoner Jungs es mit meinen Augen. Sobald sie es nicht mehr tun sollten, werden wir uns wahrscheinlich trennen.« Und dann fügte er hinzu, als wäre an so etwas gar nicht zu denken: »Sie überlegen, ob sie einen Yachthafen anlegen sollen – das Hotel ist ein Anziehungspunkt für die Segler, und die Yachten sind eine unterhaltsame Zerstreuung für die Hotelgäste – ein angenehmer Rückfall zu einem richtigen Abendessen.«

»Die Bucht wird nie mehr zur Ruhe kommen – von Oranje Huis sahen wir früher nichts als zwei winzige Lichter in Willemstad und die Lichter auf St. Charles. Es ist alles so verändert... und verändert sich immer mehr.«

»Aber Oranje Huis bleibt doch unangetastet, Ginny. Es verändert sich nicht. Es ist das beständige und unvergängliche Wahrzeichen der Landschaft.« Er hob nur halb scherzend das Glas zu einem Toast. »Ich gebe mir Mühe, hier unten in der Bucht nichts zu tun, was ein Affront für das Haus da oben sein könnte. Sie verstanden zu bauen, deine alten holländischen Vorfahren – wirklich zu bauen. Die Gäste fragen mich ununterbrochen nach dem Haus – was es ist und wer darin wohnt. Und weißt du, was ich ihnen sage?«

»Nein – was denn?«

»Ich sage ihnen, es sei die Burg der Prinzessin mit dem schönen goldenen Haar, die eine böse Fee mit einem Bann belegt habe, so daß sie nun für alle Ewigkeit sonntags in der Bar vom Oranje Cove Hotel arbeiten müsse. Ich bin sehr schlau, wie du siehst. Sie wollen dann nämlich immer bis zum Sonntag bleiben.«

»Für alle Ewigkeit? Ich dachte, der Bann sei durch den Kuß des Prinzen gebrochen?«

Er stellte sein Glas hin und zog sie sanft zu sich empor. »Meine Geschichte ist nie bis zu dem Prinzen gekommen«, sagte er, bevor er sie küßte. Ihre Lippen kamen seinem Mund mit dem ganzen Ungestüm des Augenblicks und der Zeit entgegen, die sie getrennt hatte, und sie versuchte, mit dieser einen Geste seine Wandlung zu erzwingen und seine Unbeteiligtheit und Vorsicht zu durchbrechen. Sie spürte seine Reaktion – wie er sie fester und drängender an sich drückte, und sein Mund war nicht länger sanft.

»Jim ... kann es nicht diesmal sein? Kann es denn nicht?«

Er wich zurück. Es war ein völliges Zurückweichen, körperlich und seelisch, und sie wußte, sie hatte sich erneut durch ihre Ungeduld verdammt.

»Wer jenen Bann bricht, sollte genau wissen, was er tut.« Seine Hände gaben sie frei. »Ich bin ein Mann, Ginny, und kein Prinz!« Er nahm sein Glas und kippte den Brandy in einem Zug hinunter. »Mach nicht so ein Gesicht! Du bist nicht verschmäht worden – das wirst du auch nie werden! Aber laß dich von niemand dazu verleiten, dich mit weniger zu begnügen, als dir zusteht. Wenn es geschieht, muß es geschehen, weil es nicht anders geht – und nicht, weil du glaubst, dadurch die Liebe eines Mannes erringen zu können. Die Liebe ist für dich, Ginny, nicht etwas, was du aus- und umtauschen kannst, sondern etwas viel Schöneres und Wunderbareres. Du wirst verstehen, was ich meine, wenn es geschieht. Vielleicht wird es mit mir sein, doch wahrscheinlich mit einem anderen. Es kommt jedoch allein darauf an, daß es richtig ist – und gut!«

Sie weinte leise vor sich hin, suchte jedoch nicht Trost bei ihm, wie sie es früher getan hatte. Sie fühlte sich allein und unabhängig von ihm, aber doch allein. Sie verbarg ihr Gesicht nicht vor ihm und wischte sich auch nicht die Tränen ab. Es lag wie eine Art Stolz darin, vor ihm zu stehen und ihn die Tränen sehen zu lassen, so als wäre sie nackt.

»Komm jetzt«, sagte er leise. »Trockne die Tränen ab, und dann bring ich dich nach Hause. Es liegt zuviel Schönes vor dir, als daß du weinen dürftest, Prinzessin. Und du hast wirklich wundervolles goldenes Haar!«

Das Zuckerrohr auf John Tilsits Feldern war geschnitten. Ginny fuhr den Lastwagen zum letztenmal in seinen Schuppen mit dem undichten Dach; die Saisonarbeiter wurden entlöhnt, und die Plantage sank in die geduldige Routine zurück, in der gedüngt und Unkraut gejätet wurde. John Tilsit kam mit dem erschöpften Aussehen eines Mannes nach Hause, der plötzlich von einer seine Kräfte beinahe übersteigenden Anspannung erlöst worden ist.

»Ich weiß noch nicht, ob wir Geld verdient oder verloren haben, aber das Rohr ist geschnitten«, sagte er und ließ sich auf der Veranda in seinen Sessel sinken, und es schien Ginny, als rührte er sich in der ersten Woche kaum, außer um zu den Mahlzeiten hineinzukommen und abends widerstrebend zu Bett zu gehen. Er sprach sehr wenig während dieser Zeit; er saß einfach da und blickte starr auf das Meer hinaus.

Gegen Ende der Woche begann er wieder aufzuleben. Er fragte, was es Neues zu lesen gäbe, und ging sogar zu Jim hinunter, um sich einige Bücher von ihm zu leihen. Er verkündete, er werde nun endlich Ginny beibringen, wie man eine anständige Partie Schach spiele. Und er fuhr morgens mit ihr zum Fischen hinaus.

Katrien war nicht damit einverstanden. »Er ist seit dem letzten Anfall nicht mehr allein mit dem Boot draußen gewesen. Laß ihn nicht den Motor anwerfen. Tu du es – oder macht ihn gar nicht an.«

Ginny tat es, und sie fuhren zusammen zum Fischen. Es war eigenartig beglückend, wieder diese Stunden mit ihm zu verleben. Beim letztenmal war sie in Groll gegen ihn verstrickt gewesen, weil er sich geweigert hatte, ihr von Isobel zu erzählen. Jetzt vermochte sie sein Schweigen zu respektieren. Nach dem Jahr in dem hektischen Wirbel in New York, in dem sie die Menschen auch dann hatte reden hören, wenn jedes Wort verhängnisvoll war, wußte sie, daß ein Mensch das Recht hatte zu schweigen, wenn er es für richtig hielt. Im Bewußtsein, ihn von seiner Schuld freigesprochen zu haben, rückte sie ihm altersmäßig näher.

Als sie eines Morgens ihre Angelschnüre einholten und die

Sonne gerade auf die abgelegene Seite des Kronberges fiel, fragte er plötzlich: »Fehlt New York dir eigentlich? Ich hoffe nicht – aber ich wüßte es gerne.«

»Nur ein bißchen – und auch das jeden Tag weniger. Die Zeit in New York gehört für mich zu den Dingen, über die ich froh bin, sie getan zu haben, und froh, sie nicht wieder tun zu müssen.« Sie blickte zu der Insel zurück, zu den Abhängen, die an den Stellen, wo das Zuckerrohr geschnitten worden war, braun dalagen und dort, wo die Zuckerfelder in den höheren Lagen wildem Strauchwerk wichen, zu einem leuchtenden Grün übergingen. Die Ruine der alten Zuckerfabrik zeichnete sich gegen den Himmel ab. Die Farben erwachten mit der aufgehenden Sonne; das Grün begann zu glänzen, als die ersten Strahlen es trafen und der Strand ein zartes Rosa für die ersten zehn Minuten nach dem Sonnenaufgang auszuatmen, ein kühles Rosa, das – wie sie wußte – strahlend weiß erglühen würde, wenn die Sonne höher stieg. Der Kronberg beherrschte wie immer das Bild, doch nicht düster oder drohend. Um diese Stunde war es eine lichte, friedvolle Landschaft.

»Es ist gut, wieder hier zu sein«, sagte sie.

Ihr Vater nickte, da er wußte, was sie meinte. »Ich hoffe, es ist alles gut. Und Jim?«

»Jim? Wieso Jim? Entweder bekomme ich ihn, oder ich bekomme ihn nicht. Ich kann keines von beiden ändern. Ich habe ja etwas, nicht wahr ... ich habe eine ganze Menge!«

»Ich bin froh, daß du das weißt. Mir ist diese Erkenntnis erst ein wenig zu spät aufgegangen.« Und damit ging er zum Heck des Bootes, um den Außenbordmotor anzuwerfen, und sie beeilte sich, ihm zuvorzukommen. Sie legten die Rückfahrt schweigend zurück, und ihr wurde nachträglich klar, daß es ihr letztes Gespräch gewesen war, bevor das Telegramm ankam.

Ginny verbrachte den Spätnachmittag des Tages, an dem das Telegramm ankam, mit Katrien im Garten – es gab dauernd etwas zu beschneiden, freizulegen und zu jäten. Ginny paßte sich dabei dem gemächlichen Rhythmus an, der Katriens besondere Gabe war. Sie beobachtete, wie geschickt und behutsam die Hände ihrer Mutter mit den Bäumen, Büschen und Blumen umgingen, und sie empfand Freude über den Anblick und über das Wissen, daß ihr die Augen dafür aufgegangen waren. Obgleich ihr Katrien immer noch Anweisungen gab, arbeiteten sie wie zwei Frauen, zwei Freundinnen zusammen.

Sie waren weit unten auf einer der Gartenterrassen und hörten nicht das Postauto oben vorfahren. Im Schatten der Bäume bemerkten sie auch nicht, wie die Sonne sich gen Westen neigte, bis Katrien zufällig in die Bucht hinunterschaute und sah, daß die Schatten sich über den Strand gebreitet hatten.

»Es ist spät geworden«, sagte sie. »John wird den Punsch fertig haben, bevor uns Zeit zum Aufräumen bleibt. Nimm daher lieber die Geräte und geh hinauf.« Ginny nickte und brachte die Gartengeräte in die Hütte. Katrien ließ sich noch ein wenig Zeit und stellte einige Blumenkübel um; als sie damit fertig war, blieb sie mit in die Hüften gestemmten Armen stehen und sah auf das Meer hinaus. Ginny ging durch den Garten die Terrassen hinauf zur Veranda, auf der ihr Vater den ganzen Nachmittag gesessen hatte.

Als ihre Augen auf gleicher Höhe mit dem Fußboden der Veranda waren, sah sie das gelbe Blatt Papier auf den Marmorplatten liegen, wo der leichte Wind es hingeweht hatte. Und gerade in diesem Augenblick bewegte es sich und flatterte über den glatten Boden auf sie zu, beinahe in ihre Hand. Sie hob es auf und blickte zu ihrem Vater hinüber. Er schlief. Sie ging auf Zehenspitzen auf ihn zu, um ihn nicht zu wecken. Als sie hinter seinem Sessel stand, sah sie, daß sein Kopf nicht wie sonst, wenn er dort einschlief, nach vorn gesunken war. Statt dessen war sein ganzer Körper zur Seite gekrümmt und der Kopf zurückgeworfen, so daß sie ihm voll ins Gesicht sah. Sein Gesicht war starr und unbeweglich. Die Lippen waren in einer schmerzerfüllten Grimasse verzerrt.

Lange nach ihrem ersten Schrei nach Katrien und lange, nachdem sie wußten, daß John Tilsit tot war, las sie, was auf dem gelben Blatt Papier stand.

Ein tropischer Regenguß begleitete die Beerdigung John Tilsits. Die Trauernden waren in strahlendem Sonnenschein an das Grab getreten, als plötzlich die erste Bö mit der üblichen Abruptheit vom Meer herangefegt kam, und so hörten sie den letzten Teil der Grabrede in prasselndem Regen. Die Mehrzahl der Anwesenden wich schutzsuchend unter die Bäume zurück; es war eine große Menschenmenge, in der es von Gesichtern wimmelte, über deren Anwesenheit John Tilsit, wie Jim überlegte, zurückhaltend und empfindlich, wie er gewesen war, wohl erstaunt gewesen wäre.

Als die Menge zurückgetreten war, forderten die Gestalten von Katrien und Ginny aller Aufmerksamkeit. Irgend jemand hatte einen Schirm zum Vorschein gebracht und ihn Albert de Kruythoff gegeben, der ihn aufspannte und über die beiden hielt. Ginny trat zur Seite, um ihrer Mutter den schirmenden Schutz zu überlassen, und war nach wenigen Minuten durchnäßt; das weiße Kleid klebte an ihrem Körper, und das Haar legte sich eng und glatt um ihren Kopf. Sie stand vollkommen bewegungslos und aufrecht da. Jim schien es, daß sie in diesen kurzen Stunden seit ihres Vaters Tod Katriens Format erreicht hatte. Die Gesichter der beiden Frauen zeigten die Spuren stoischer Hinnahme, und ihre gefaßte Ruhe gab zu erkennen, wie sinnlos Tränen waren. Als es zu Ende war, hörte auch der Regen auf; die Sonne kam unverzüglich wieder hervor, und die Erde dampfte. Katrien nahm Alberts dargebotenen Arm an, stützte sich jedoch nicht darauf. Ihr Gang war beinahe königlich, als sie auf das Friedhofstor zuschritten. Die Menge teilte sich vor ihnen. Jim blieb, wie alle übrigen, voll ehrfürchtiger Scheu vor der ungeheuren und natürlichen Würde der beiden Frauen ein Stück hinter ihnen zurück.

Schließlich mußten auch Albert und Jim gehen. Längst waren all diejenigen wieder fort, die nach der Beerdigung nach Oranje Huis zurückgekommen waren; sie waren jedoch geblieben, hatten störrisch herumgestanden und auf Bitten um Hilfe gewartet oder zumindest auf solche um Rat und Beistand, die ihrem Gefühl nach von zwei Frauen in dieser Lage kommen mußten. Aber sie kamen nicht. Katriens Fassung war unverändert geblieben; ihre Trauer war ihr privates Eigentum, und wenn sie auch anerkannte, daß Albert und Jim ein Recht besaßen, ihr ihr Mitgefühl zu bekunden, spürten doch beide, daß sie mit ihr allein gelassen zu werden wünschte. Auf einige schüchterne Fragen teilte sie Albert mit, John hätte eine kleine Lebensversicherung abgeschlossen; die Felder werde sie wahrscheinlich an Pieter Cats verpachten, fügte sie noch hinzu. Und das war alles. Und es gab auch nichts, was man noch hätte fragen können. Schließlich dämmerte es den beiden Männern, daß die beiden Frauen tatsächlich darauf warteten, allein gelassen zu werden. Sie verabschiedeten sich also, besorgt und ratlos, und fühlten sich überflüssig und zurückgestoßen von dem Vorhang des Schweigens, der plötzlich zwischen ihnen und den beiden Frauen von Oranje Huis niedergegangen war.

Die Nacht wurde für Jim eine Art Nachtwache. Er lag auf dem Bett und rauchte und sah zu dem Licht auf der Veranda von Oranje Huis hinauf. In periodischen Abständen trat er an das Fenster und blieb, die Hände hart um die hölzernen Jalousien gekrampft, davor stehen; und das Licht da oben rief ihn und wies ihn gleichzeitig zurück. Der Stuhl, in dem Katrien gewöhnlich saß, war durch die Balustrade der Veranda verdeckt, doch er sah mehrmals Ginny auf und ab gehen; zweimal kam sie an die Balustrade und schien zu ihm hinunterzublicken. Er fühlte, wie die Dunkelheit lastend zwischen ihnen lag und er von den Vorgängen da oben ausgeschlossen war. Er zählte, wie oft Ginny in die Küche ging und neuen Tee aufgoß und ihn auf die Veranda herausbrachte. Er beobachtete, wie sie auf und ab schritt; manchmal entschwand sie seinen Blicken, und er vermutete, daß sie dann Katrien gegenüber saß und den Tee trank, und die ganze Zeit wußte er, sie sprachen miteinander, und er wußte nicht, worüber sie sprachen und weshalb.

Er war besessen und gepackt von dem Gedanken an Ginny und von der ihm plötzlich bewußt werdenden Angst, sie könnte ihm irgendwie entglitten sein. Tod und Beerdigung vollzogen sich rasch und ohne Pause in dem tropischen Klima. Ihm war kein Augenblick mit ihr allein geblieben, und er hatte weder Zeit noch Gelegenheit finden können, ihr mehr zu sagen, als jeder andere Freund gesagt hätte. Er hatte in diesen Tagen nur das an Ginny bemerken können, was jeder gesehen hatte, die Wandlung zur Frau. Sie hatte eine Reife entwickelt, die noch neu war, sich jedoch bereits ihrem Wesen eingefügt hatte. Hätte er an dieser neuen Seite von ihr teilhaben dürfen, hätte sie ihn erfreut und berührt, doch er war ausgeschlossen, und es blieb ihm nichts anderes übrig, als zu warten.

Kurz vor Anbruch der ersten Morgendämmerung erlosch das Licht auf der Veranda. Er drückte seine Zigarette aus und ließ die Augen zufallen. Er wußte nicht, was ihn ein wenig später weckte; er war plötzlich hellwach und von einem Gefühl der Hoffnung und Erwartung erfüllt. Er ging zum Fenster und blickte in die Dämmerung hinaus, doch der Strand war leer. Er wandte sich ab und suchte nach einer Zigarette, mit der er, nachdem er sie angezündet hatte, an das Fenster zurückkehrte. Da sah er Bo in großen Sprüngen hinter der untersten, verfallenden Mauer des Oranje Huis Gartens hervorkommen und dann auch Ginny, die langsam hinter ihm ging. Er nickte befriedigt. Sie kam also zu ihm. Sie würden Frühstück machen und Kaffee trinken und würden miteinander sprechen. Es würde wieder so sein wie bisher. Er wünschte sie alle zurück, all die Dinge, die er vorher gehabt hatte.

Sie kam jedoch nicht. Er sah, wie sie neben ihres Vaters Boot stehenblieb. In fliegender Hast drückte er die Zigarette aus und rannte los. Man bekam nie eine rechtzeitige Warnung, überlegte er. Man hielt sich eine Frau vom Leib und wich ihr aus, und dann rannte man plötzlich hinter ihr her.

Sie reagierte nicht einmal auf sein Winken. Bo kam ihm entgegengelaufen, doch sie verharrte reglos. Sie blickte zwar in seine Richtung, schien jedoch mehr auf das Meer hinauszuschauen, als ihm entgegenzusehen. Zum erstenmal empfand er ihr gegenüber ein unsicheres Zögern, als er sich ihr nun näherte. Nein, verbesserte er sich, nicht zum erstenmal. Gestern auf dem Friedhof hatte ihn das gleiche Zögern ergriffen. Er war sich dieser Ginny nicht mehr ganz sicher, ob sie ihn ohne Frage akzeptieren würde – ihn selbst, was er machte und was er war. Er wußte, er wünschte sich all die bisherigen Dinge zurück, all die vertraute Gemeinsamkeit, erkannte jedoch, daß er mehr dafür tun mußte, als nur die Tür aufstoßen, um sie hereinzulassen. Sie wandte ihm erst das Gesicht zu, als er bei ihr ankam. Die schwache Andeutung eines Lächelns war nicht das eifrig hingebungsvolle Lächeln, an das er sich erinnerte. Es fehlte ihm; wütend wünschte er es zurück. Er fand, sie habe kein Recht, es ihm gerade jetzt vorzuenthalten, wo er entdeckt hatte, daß es ihm etwas bedeutete.

»Guten Morgen«, sagte sie. Sie ähnelte ihrem Vater am meisten, wenn sie in seine Gewohnheiten englischer Zurückhaltung und Konvention zurückfiel. Er wußte, all ihre oberflächlichen Amerikanismen waren nicht mehr als nur das – äußerliche Formen, die sie genauso übernahm, wie sie eine andere Sprache sprach.

»Guten Morgen, Ginny.« Sie sah jammervoll müde aus; ihr Gesicht war grau und verhärmt. Sie war in diesem Augenblick keineswegs schön, ohne Make-up, mit strähnigem Haar und blassen, schmalen Lippen. Und doch hatte er sie nie anziehender gefunden, obgleich das Kindliche an ihr verschwunden war und an dessen Stelle die fast zurückhaltende Würde getreten war, die sie unmittelbar von ihrem toten Vater übernommen zu haben schien. Er spürte jetzt eine Kraft in ihr, eine gewisse stählerne Härte, die ihr bisher gefehlt hatte. Sie hatte sich mit der Tatsache, daß ihr Vater tot war, abgefunden und lebte nun mit ihr und lehnte sich nicht töricht und sinnlos dagegen auf. Mit diesem einen Vorgang schien sie Jim die Grenze in seine Welt überschritten zu haben. Sie lebten nun in dem gleichen Raum. Er verspürte nicht mehr den Wunsch, ihr seinen Schutz anzubieten, wie er es so oft in der Vergangenheit getan hatte. Sie bat nicht darum und schien ihn nicht zu brauchen. Jetzt wollte er sie besitzen und bändigen und behalten. Er begehrte sie in diesem Augenblick nicht; er wollte nur die Gewißheit haben, daß sie ihm gehörte.

»Fährst du fischen? Soll ich mitkommen?«

Es war ein Schock für ihn, als sie verneinend den Kopf schüttelte. »Nein. Ich fahre allein 'raus.«

Sie bot ihm keinerlei Entschuldigung oder Vorwand an, und ihn ergriff Panik. Die Zurückweisung war um so schlimmer, da sie unwillkürlich erfolgt war.

»Ginny ...«

»Ja?«

»Es tut mir so leid! Wenn du dich aussprechen möchtest ... wenn ich irgend etwas tun kann ...«

Sie machte eine Bewegung, die beinahe ein Achselzucken war. »Es gibt nichts zu tun. Es ist jetzt leer da oben. Es scheint unmöglich, die Leere zu füllen.«

»Ich möchte dir helfen, Ginny. Ich möchte, daß du dir von mir helfen läßt. Du gehst doch jetzt nicht wieder fort, wo er tot ist? Du willst doch sicher irgend etwas arbeiten. Ich wollte dir vorschlagen ... Ich wollte schon mit dir darüber reden, doch gestern schien nicht der richtige Augenblick dafür zu sein. Ich wollte dir sagen – nun, warum kommst du nicht und arbeitest ganztags im Hotel? Ich könnte deine Hilfe brauchen. Es gibt so viel ...«

Das hatte er gar nicht sagen wollen. Er wußte, er hatte vorgehabt, sie zu fragen, ob sie seine Frau werden wolle. Doch sie war seltsam abwesend und schien mit ihren Gedanken in etwas vertieft zu sein, von dem sie ihm nichts sagen wollte oder konnte. Und so stockten ihm die Worte, die darauf warteten, ausgesprochen zu werden, und die sie so lange von ihm gefordert hatte, stockten und veränderten sich, als er diese letzten Minuten vor der endgültigen Bindung zauderte.

»Aber ich muß fortgehen!« sagte sie.

»Mußt du das? Bist du ganz sicher? Weißt du denn genau, wohin du gehen willst? Ist New York wirklich, was du möchtest?«

Sie sah ihn leicht erstaunt an, als erwarte sie, daß er ihre Gedanken wüßte. »Ich habe nicht an New York gedacht. Sieh mal – du weißt es ja gar nicht, nicht wahr? Nein – es war bis gestern abend gar keine Zeit, es zu besprechen. Mutter entschied – nein, ich entschied. Zuletzt habe ich es selbst beschlossen.«

»Was beschlossen?« Mit einer ungeduldigen Bewegung ergriff er ihren Arm und schüttelte ihn ein wenig. Sie vergeudete Zeit und hielt die Dinge auf, die er ihr sagen wollte. »Worüber, zum Teufel, redest du eigentlich?«

»Ich beschloß, was wegen des Telegramms zu tun ist.«

»Telegramm?« Er sah sie an und hatte plötzlich die schreckliche und unerklärliche Gewißheit, daß es bereits zu spät war.

»Es kam ein Telegramm von Isobel Tilsits Anwälten – am Nachmittag, als Vater starb. Er machte es auf, und das hat, glaube ich, den Anfall ausgelöst.«

»Isobel? Was ist mit ihr?«

»Sie ist tot. Sie starb ... nun, man ist sich nicht sicher, wie sie starb. Es wird eine gerichtliche Untersuchung stattfinden.«

»Du willst sagen, du gehst wegen der Untersuchung nach England? Aber damit hast du doch nichts zu tun! Es ist nicht deine Sache!«

»Ich gehe nicht deshalb. Sie wollen mich für die Verlesung des Testamentes dort haben. Im Telegramm stand, es sei sehr wichtig für mich zu kommen, wenn es irgend möglich sei.«

Seine Hand sank von ihr herab. Er war nicht länger ungeduldig; sie würde nun nicht mehr die Worte hören, die er hatte sagen wollen. »Dann handelt es sich um keine kleine Sache. Anwälte bitten einen nicht wegen einer kleinen Erbschaft, um die halbe Welt zu reisen.«

»Irgendwie glaube ich auch nicht, daß es eine kleine Sache ist. Es war Vater sehr wichtig, was es auch sein mag. Und es war auch ihr wichtig.«

»Es gibt andere Möglichkeiten, um herauszufinden, was hinter dem Telegramm steckt«, meinte er, obwohl er wußte, es war sinnlos. »Ruf diese Anwälte doch an. Sag ihnen, daß du nicht so ohne weiteres über den Atlantik gesaust kommst. Sie sollen dir sagen, wofür sie dich haben wollen.«

Sie schüttelte den Kopf, wie er erwartet hatte.

»Das genügt nicht. Ein Überseetelefongespräch mit einem Anwalt kann mich nicht befriedigen. Es hat sich zu vieles angehäuft. Und nun sogar sein Leben. Wenn er nicht gestorben wäre, könnte ich das Telegramm vielleicht genauso ignorieren wie den Brief, den sie mir schrieb. Doch die Tatsache, daß er tot ist, macht es jetzt so wichtig. Ich muß verstehen, warum! Ich muß es einfach! Ich will mehr als nur den Namen Tilsit auf einer Untertasse – o ja, und ich will mehr als den Namen, den wir in Alberts Buch sahen!«

Er gab es auf. Hilflos fragte er: »Was – wann reist du?«

»Morgen. Zumindest bis New York. Wenn ich einen Platz bekommen kann, fliege ich gleich nach London.«

»So bald? Warum ...?«

»Es hieß im Telegramm, so bald wie möglich. Früher oder später muß ich es ja doch – und je eher je besser. Ich muß die Antworten haben. Wir beide brauchen sie – Mutter und ich. Wir beide verloren einen Teil von ihm an das, was dort in England geschah. Wir haben beide ein Recht zu versuchen, die Gründe zu verstehen.«

»Wahrscheinlich«, antwortete er wie betäubt; ihm waren die Gründe gleichgültig. Sie schien ihn nicht zu hören – so wie sie anscheinend keines seiner Worte gehört hatte, noch sein Gesicht gesehen hatte, noch ihn seit dem Augenblick, da er den Strand entlang auf sie zugerannt war, voll wahrgenommen hatte.

»Es besteht also kein Grund, nicht hinzufahren«, fügte sie hinzu.

»Und kein Grund zu bleiben.«

Eine Sekunde lang schien es ihm, als füllten sich ihre Augen mit Tränen, doch wußte er es nicht genau, da sie sich unverzüglich abwandte und die Hand auf den Bootssteven legte. »Hilf mir, es hineinzuschieben, ja? Ich habe nicht viel Zeit – aber ich wollte noch einmal hinausfahren, bevor ich fortgehe.«

Er stieß es für sie ins Wasser, warf den Motor an und sah ihr nach. Die Worte, die er hatte sagen wollen, waren ihm längst auf den Lippen erstorben. Er hatte sich geweigert, sie zu sagen, als das Mädchen auf sie gewartet hatte. Und nun war aus dem Mädchen eine Frau geworden, und diese Frau erwartete nicht mehr, diese Worte zu hören. Sie hatte aufgehört, auf sie zu lauschen. Sie war ihm entglitten – er hatte sie verloren. Ein Vorhang war niedergegangen, und sie vermochte nicht zu sehen, daß er hindurchgelassen werden wollte. Zu lange hatte er gewartet, und wieder einmal waren er und Ginny nicht im Takt. Sie ging ihren Weg, ihrem eigenen Leben und ihren eigenen Erfahrungen entgegen und ließ ihn zurück.

Er ging, während Bo hinter ihm hertrottete, zu den Bungalows zurück. Er vermochte sich jetzt nicht über sie zu freuen – weder über die bereits fertiggestellten, die voller Leute steckten, die für ihren Aufenthalt bezahlten, noch über die vielen Rohbauten, die darüber auf dem Hügel entstanden. Weder über sie noch über den Traum vom Ganzen, wenn es einmal vollendet war, mit dem er so lange gelebt hatte. Es erschien ihm plötzlich nur noch wie ein ungeheures Wagnis, in dem er vielleicht gewann, vielleicht aber auch nicht. Es war eine gewaltige Schuldenlast, die sich offenbar für den Rest seines Lebens vor ihm auftürmte. Er konnte Ginny nicht mehr zurückrufen und sie bitten, dieses Leben mit ihm zu leben, da ihr jetzt andere Dinge angeboten wurden; sie könnte seine Worte mißverstehen. Der Zeitpunkt war falsch, und sie könnte es mit Recht mißverstehen.

»Verflucht noch mal, Bo! Ich hab' zu lange gewartet – und nun hab' ich sie verloren!«

Ein sie plötzlich ergreifendes Gefühl der Verlassenheit trieb Ginny dazu, Eliot Russell das Telegramm zu schicken, als sich ihr Abflug von San Juan verzögerte. Hinterher überlegte sie sich, daß es töricht von ihr gewesen und sie Eliots feine, vorsätzliche Gleichgültigkeit gegenüber allem, was ihn nichts anging, hätte voraussehen können und sie nur die letzten Bande der Abhängigkeit verraten hatte, mit denen sie noch an ihm hing. Mit befriedigter Genugtuung würde er vermerken, daß sie nicht einmal durch New York zu reisen vermochte, ohne ihn zu benachrichtigen, und würde ihr wahrscheinlich ihren sang- und klanglosen Abflug von Weihnachten heimzahlen, indem er das Telegramm ignorierte.

Doch als sie sich, beladen mit den drei kleinen Koffern und der altmodischen Kamera, die Albert ihr aufgedrängt hatte, die Rampe von der großen Düsenmaschine herabmühte, war er da und stand am Ausgang. Sein Gesicht schien durch die Schar von Puertoricanern, die auf irgendwelche Verwandten warteten, auf sie zuzuschwimmen. Er küßte sie kühl auf die Wange und nahm ihr sofort die Koffer ab.

»Meine liebe Ginny, ich kann nicht gerade sagen, daß du eine sehr elegante Reisende bist! Gott sei Dank trägst du wenigstens keine Orchideen!«

»Wie lieb von dir, daß du gekommen bist, Eliot!«

»Verdammt lieb von mir! Du hättest verdient, daß ich dein Telegramm zerrissen hätte, was ich übrigens auch getan habe! Doch zehn Minuten später mußte ich es dann aus dem Papierkorb fischen und die Schnipsel zusammenfügen, um die Flugnummer herauszubekommen. Du bist mit Verspätung angekommen. Es sind nur vierzig Minuten bis zum Abflug der Maschine nach London. In zehn Minuten fangen sie an, die Passagiere an Bord zu holen. Warum, zum Teufel, kannst du dich nicht wie ein zivilisierter Mensch benehmen und in New York übernachten? Wozu diese plötzliche Eile?«

Sie versuchte, ihm alles zu erzählen, während sie durch die weiten, geräumigen Hallen des Flughafengebäudes gingen. Die Worte überstürzten sich in wirrer Folge. Auf einmal blieb er wie angewurzelt stehen, und hinter ihm staute sich die Menge für einen Augenblick.

»Das kann ich nicht glauben! Du erzählst mir, dein Vater sei tot und diese Tante sei tot und du flögest einfach aufs Geratewohl nach London. Mein Gott, Ginny, das tut doch kein vernünftiger Mensch! Hast du ... hast du mit einem Anwalt gesprochen?«

Sie schüttelte den Kopf. »Auf den Gedanken bin ich gar nicht gekommen, und wenn ich es getan hätte, würde ich diese Reise wahrscheinlich gar nicht machen ...«

Sie wurde vom Lautsprecher unterbrochen. »Pan American verkündet den Abflug der Maschine nach London, Flugnummer 106. Würden sich bitte alle Passagiere ...«

»Das bist du«, sagte Eliot. »Geh schnell zu dem Schalter da und laß deinen Flugschein checken und sag ihnen, du hättest noch etwas mehr Gepäck. Ich habe es schon mit ihnen besprochen. Sie wissen also Bescheid und warten nur darauf, es zu verladen, wenn du deinen Flugschein vorzeigst.«

»Welches Gepäck?« fragte sie erstaunt und lief los.

»Ich rief dieses Barby-Geschöpf an und sagte ihr, sie solle alle Kleider, die du dort gelassen hattest, herausholen, und schickte ihr einige Koffer zum Einpacken hinunter; nun, da sind sie. Ich mußte sie aus ihrem Büro herauszerren, damit sie es noch rechtzeitig schaffte, und sie fauchte vor Wut. Aber sie mochte mich ja nie leiden, und deshalb macht das nichts. Übrigens läßt sie dich vielmals grüßen.«

Ginny ließ den Flugschein in die wartenden Hände des Schalterbeamten gleiten. »Die Kleider – etwa alle?«

»Alle, die mir für dieses unmögliche englische Klima geeignet erschienen. Ich wußte ja nicht, wie lange du dort zu bleiben gedenkst. ... oder warum ... so ließ ich sie alle einpacken. Tut mir leid, daß die Koffer meine Initialen tragen. Konnte in der Eile keine anderen auftreiben.«

»Eliot, du bist ... Ich weiß einfach nicht, was ich sagen soll!«

»Laß nur! Unsereins macht diese kleinen Dinge immer so gut, weißt du das nicht? Nein – nein, das brauchst du nicht zu bezahlen. Ich habe das mit dem Übergewicht schon erledigt. Komm jetzt schnell, Ginny ...«

»Der Start erfolgt planmäßig, Miss. Die Maschine nimmt jetzt die Passagiere an Bord. Ausgang neun.«

Eliot drängte sie auf ihn zu. »Ich ließ oben im Restaurant Champus auf Eis legen – schade, daß die Zeit dafür nicht mehr reicht. Obwohl Champus jetzt nicht das Richtige ist, was? Ich wußte ja nichts von deinem Vater. Es tut mir leid, Ginny! Dies ist auch ein verdammt schlechter Ort und Augenblick, um dir das zu sagen zu versuchen. Vielleicht hätte ich einfach eine Flugkarte nehmen und mit dir fliegen sollen. Wenn ich es gewußt hätte, hätte ich es vielleicht getan.«

»Ich muß eine Zeitlang allein sein, Eliot. Ich muß einmal damit anfangen ... Ich hatte in San Juan Angst, als ich dir das Telegramm schickte.« Plötzlich blieb sie genauso unvermittelt stehen, wie er es vor wenigen Minuten getan hatte, und er schoß in der Eile weiter und an ihr vorbei. »Komm zurück, Eliot. Ich muß dir noch etwas sagen, bevor ich abfliege. Ich glaube – nein, ich bin überzeugt, ich würde diese Reise nie und nimmer machen, wenn ich nicht verschiedene Dinge von ... von dir gelernt hätte, als ich hier war.«

»Von mir? Was könnte ein Mädchen wie du von mir lernen?« Seine Stimme war plötzlich zornig. »Wo ist Jim? Warum lehrt er dich nicht die Dinge, die du wissen solltest?«

»Jim ...? Ich weiß es nicht. Ich ... ich habe ihn schon vor langer Zeit verloren.«

»Na schön. Dann vergiß ihn! Geh nach England und vergiß ihn, oder komm zurück, wenn du das nicht kannst, und gib nicht auf. Laß dich nicht mit dem halben Maß abspeisen. Dein Problem, Ginny, ist, daß du nicht genau weißt, ob er auch wirklich das Ziel deiner Wünsche ist.« Er ergriff mit einem Ruck die Koffer. »Komm jetzt und trödel nicht! Hast du deine Bordkarte und deinen Paß? Verlier sie nicht. Das kann sehr unangenehm sein.«

»Du bist sehr lieb, Eliot ...«

»Ach, sei still! Fang um Gottes willen nicht an, rührselig zu werden, und probier das auch nicht bei den Engländern. Sie hassen diese Art Gefühlsduselei. Hier, nimm deine Koffer. Ich an deiner Stelle würde diese Kamera verlieren. Die hat schon bessere Tage gesehen. Und hier – auch dies.«

Als Ginnys Bordkarte kontrolliert wurde, trat ein uniformierter Mann auf sie zu, der – wie Ginny später einfiel – einer der beiden Chauffeure der Familie Russell war. Über dem Arm trug er den sorgfältig zusammengelegten und durch eine durchsichtige Plastikhülle geschützten weißen Seidenmantel. Das Breitschwanzfutter war diskret vor den Blicken verborgen. Er reichte ihn Eliot, der den Mantel wiederum Ginny über den Arm legte. »Tut mir leid, daß ich dich noch mehr bepacke. Aber der ging nicht mehr in die Koffer.« Sie brachte kein Wort heraus. Sein Kuß war leicht und flüchtig, wie der Kuß einer Frau auf die Wange.

»Verzeih mir, Ginny, daß ich versuchte, dich zu kaufen. Es war sehr roh von mir. Dieses Mal sollst du völlig frei sein.«

Als sie im Flugzeug saß, sank sie einen Augenblick kraftlos

gegen die Armlehne, und ihre Gepäckstücke kollerten vor ihre Füße und in den Gang hinaus. Eine Stewardess eilte herbei und versuchte, sie alle unter den Sitz zu stopfen. »Soll ich ihn in das Kleiderfach hinauftun?« fragte sie und griff nach dem Mantel. »Sie haben es dann bequemer ...«

»Nein. Ich behalte ihn auf dem Schoß. Ich lege ihn später hinauf.«

Das Mädchen zuckte die Achseln. »Würden Sie sich dann bitte anschnallen.«

Ginny zog den Mantel aus der Plastikhülle. Ein schwacher, duftender Hauch stieg zu ihr auf; es war das Balenciaga Parfum, das Eliot ihr geschenkt hatte. Sie drückte den Mantel an sich und betastete das einzigartige Material – die starre, spröde Seide und den weichen, glatten Pelz. Ihre Hände zitterten ein wenig. Sie dachte an das, was hinter ihr, und das, was vor ihr lag, und war einen Augenblick von Trauer und Furcht wie betäubt. »Vater ... Jim ... Eliot ... Wo auf der Welt bin ich zwischen euch allen?«

Zweites Buch

I

»Ich denke, wir können anfangen, da Mark Barstow offensichtlich beschlossen hat, nicht zu erscheinen.«

Die Worte wurden in die Totenstille des Raumes hineingesprochen, eines Raumes, in dem fünf Menschen saßen und in dem doch niemand außer dem Anwalt natürlich zu atmen oder sich unbefangen zu bewegen schien. Es war keine Angst oder Besorgnis in den Gesichtern dieser Menschen zu entdecken, überlegte Ginny, außer vielleicht in ihrem eigenen. Ja, noch nicht einmal offenkundige Feindseligkeit. Sie hatten seit Isobels Tod mehrere Tage Zeit gehabt – eine ganze Woche; sie hatten sich zu der konzentrierten Selbstbeherrschung durchgerungen, die möglicherweise von ihnen verlangt werden würde.

»Ich denke, das Testament ist völlig klar verständlich – doch werde ich alle Fragen, die Sie eventuell dazu haben, nach der Verlesung beantworten.«

Niemand sagte ein Wort. In gewisser Weise wußten sie alle, was in dem Testament stand; den entscheidenden Punkt wußten sie alle. Ginnys Anwesenheit war die Antwort auf die wichtige Frage. Das Testament war nur das offizielle Dokument, das die Einzelheiten festsetzte. Ginny löste den Blick von der Gruppe und blickte in das Kaminfeuer, das sogar an diesem Maitag brannte. Sie hörte das starre, dicke Papier rascheln, als der Anwalt das Dokument entfaltete. Es war William Randall von der Firma Hedges, Randall and Strong, deren Name auf dem Telegramm nach St. Nicolaas gestanden hatte. Er war der einzige, der nicht von dieser explosiven, knisternden Stille erfaßt und gelähmt wurde; zweifellos war er daran gewöhnt, überlegte Ginny. Er mußte schon oft vor versammelten Familien Testamente verlesen haben und dabei genau gewußt haben, daß seine Worte eine Art Todesurteil für sie bedeuteten.

Ginny ließ ihre Blicke vom Feuer über die gewaltige, reich verzierte, steinerne Kamineinfassung zu der geschnitzten Täfelung emporwandern und über die mit Stuckreliefs geschmückte Decke des Raumes gleiten. Sie dachte dabei an die eine Begegnung mit Isobel. Isobel hatte in dem hochlehnigen spanischen Stuhl gesessen, als schüchtere seine majestätische Würde sie nicht im geringsten ein, ja überrasche sie nicht einmal. Jetzt verstand Ginny, warum. Seit sie am Abend zuvor den ersten flüchtigen Blick von Tilsit erhascht hatte, als es sich auf der anderen Seite des Flusses und der Steinbrücke als Silhouette gegen die Dunkelheit abzeichnete, hatte sie sehr vieles über Isobel und ihren Vater zu verstehen begonnen.

Ihr Blick wanderte den Raum entlang – es war ein sehr hoher, langgestreckter Raum mit drei viereckigen Fensternischen, welche die Aussicht auf den Terrassengarten freigaben. Die gegenüberliegende Wand mit den beiden imposanten Kaminen war mit alten Wandteppichen bedeckt, die nach den genauen Maßen der Wand oberhalb der Täfelung angefertigt zu sein schienen. Hochlehnige Jakob-I.-Stühle standen in Abständen an der gesamten Längswand des Raumes, und zwischen den Fensternischen hingen Bilder – zwei van Dycks und ein Canaletto, wie Randall ihr bereits erklärt hatte. Zwei Sofas und zwei Sessel, die mit leuchtend goldenem Damast passend zu den Vorhängen überzogen waren, standen um den einen Kamin gruppiert, und dort saßen sie jetzt. Es war Tilsits Goldener Prunkraum, der nur bei so feierlichen Gelegenheiten wie der heutigen benutzt wurde, wie Randall gesagt hatte. So saßen sie nun beinahe bewegungslos in lautloser Stille da, als Randall mit leiser Stimme zu lesen begann. Die Flügelfenster waren geschlossen, und so drang kein Duft aus dem Garten herein; draußen rieselte der Regen nieder, wie er es den ganzen Morgen getan hatte, doch es war ein leichter Regen, der Ginny nicht bewußt wurde, sondern sich nur wie ein Gefühl der Melancholie und leichten Fröstelns über ihr Gemüt legte.

Ginny hatte die verhältnismäßige Isolierung von einem der Sessel gewählt; in dem anderen saß Randall. Während er die Präambel verlas, warf Ginny einen raschen Blick auf den Mann und die Frau, die in dem Sofa zu ihrer Rechten saßen. Die Aufmerksamkeit des Mannes war auf den Anwalt gerichtet und seine Miene unbeweglich und korrekt. Lawrence Bowen-Tilsit war ein im herkömmlichen Sinne gutaussehender Mann, dessen regelmäßige Gesichtszüge zu seinem korrekten Tweedanzug und der Art und Weise paßten, in der er mit seiner Pfeife spielte, die er mit Rücksicht auf den Anlaß und Ort nicht anzündete. Der dicke graue Schnurrbart, an dem er ständig mit einer nervösen Bewegung zupfte, verlieh dem schmalen Mund einen kraftvolleren Akzent. Die Frau neben ihm hatte den Kopf über einen Stickrahmen gebeugt, und die Nadel in ihrer Hand glitt mit der Geschwindigkeit auf und ab, die lange Übung verriet. Es war Ginny unmöglich, ihre Gedanken zu erraten – das zarte, feingeschnittene Gesicht unter dem dunkelsilbrigen Haar zeigte einen verschleierten, absichtlich vagen und wechselnden Ausdruck. Sie hatte ihre Augen – ungewöhnlich violettblaue Augen – nur einen kurzen Augenblick auf Ginny ruhen lassen, als diese ihr vorgestellt wurde, und hatte sie dann sofort wieder auf die Arbeit in ihren Händen gesenkt. Ginny hatte das Gefühl, daß diese Frau nur sehr selten etwas anderes länger ansah. Sie war die Frau des Mannes auf dem Sofa neben ihr und hieß Margaret Bowen-Tilsit. Randall hatte ihr gestern auf der Fahrt vom Londoner Flughafen hierher das Verwandtschaftsverhältnis erklärt.

»Lawrence ist Isobels Vetter – der Neffe des Mannes, John Bowen, den Isobels Mutter heiratete. Er war ein Teil des Heiratsvertrages, daß John Bowen den Namen ›Tilsit‹ annahm. Als sein Neffe Lawrence in die Firma eintrat, hängte er ebenfalls ›Tilsit‹ an seinen Namen an.«

»Genauso wie George Martin Tilsit?« fragte Ginny. »Er nahm doch auch den Namen ›Tilsit‹ an.«

Der Anwalt, der selbst fuhr, schien durch die Art, wie er sich zur Seite wandte, um Ginny anzusehen, wenn sie etwas sagte, jedesmal einen Zusammenstoß heraufzubeschwören. »Ihre Tante sagte mir, Sie wüßten nichts von der Familiengeschichte.«

»Die Steingut- und Porzellanenzyklopädie«, antwortete Ginny einsilbig. »Bei Tilsit steht unter anderem, daß der Töpfer George Martin den Namen Tilsit annahm.«

»Ja – als er Jane Tilsit heiratete. Interessieren Sie sich für Steingut?«

»Ich weiß nichts darüber.«

»Dann werden Sie es lernen. Jeder, der in den letzten hundert Jahren jemals mit Tilsit in Berührung kam, hat es gelernt.«

Ginny erinnerte sich an diese Unterhaltung, als sie Lawrence Bowen-Tilsit betrachtete. Ein Vetter von Isobel, ein Neffe von Isobels Vater – er war also blutsmäßig überhaupt gar nicht mit den Tilsits verwandt.

»Ihre Tante«, hatte Randall gesagt, »bestand darauf, daß er den Namen Tilsit annahm. Als Ihr Vater fortging – war plötzlich kein Namensträger mehr in der Familie.«

»Isobel hätte heiraten können.«

»Sie tat es aber nicht. Unglücklicherweise hatte Lawrence keine Söhne. Nur ein einziges Kind – eine Tochter.«

Lawrence Bowen-Tilsit war zur Zeit, als John Tilsit England

verließ, Angestellter der Manufaktur gewesen. Auf Isobels Einladung hin waren er und Margaret für immer nach Tilsit übergesiedelt, und ihr einziges Kind war dort zur Welt gekommen. Sie war als Vanessa Tilsit bekannt; der andere Teil ihres Namens wurde nie benutzt. Isobel hatte all die Jahre hindurch die Nachrichten über ihren Bruder und die Geburt eines Kindes auf St. Nicolaas für sich behalten – niemand außer Randall hatte jemals etwas von der Reise nach den Westindischen Inseln erfahren. So hatte jeder in Tilsit stets angenommen, daß Vanessa von Isobel zur Erbin eingesetzt würde, da ja niemand sonst vorhanden war. Und dann hatte Randall ihnen in der vergangenen Woche eröffnet, er müsse nach St. Nicolaas telegrafieren, und die gesamte Voraussetzung für diese Annahme war in sich zusammengestürzt. Ginny sah nun zu Vanessa hinüber.

Sie saß allein auf dem zweiten Sofa und starrte nicht Randall an, sondern Ginny mitten ins Gesicht. Ihr Blick war fest und unbeweglich, kühl und gelassen. Ginny schätzte sie auf ungefähr fünfundzwanzig. Sie hatte die Schönheit ihrer Mutter geerbt, die jedoch bei ihr viel kraftvoller war – die gleiche außergewöhnlich helle Haut und die tiefliegenden blauen Augen, die von den dunklen Wimpern und Brauen und dem dunklen Haar noch unterstrichen wurden. Ihr Gesicht wies jedoch einen Zug von Reife auf, den man bei der älteren Frau nicht zu entdecken vermochte; ihre Augen waren rasch und intelligent und verrieten eine gewisse Leidenschaftlichkeit. Sie war ländlich gekleidet, doch sah man jedem ihrer Kleidungsstücke sowohl seine Eleganz wie seinen Preis an. Ihr Haar trug sie kunstvoll kunstlos, ihre Fingernägel waren lang, sorgfältig manikürt und blaßrosa lackiert. Wie sie so in der Mitte ihres goldenen Sofas saß und sich offenkundig völlig zu Hause in diesem riesigen Raum mit den Gemälden und Wandteppichen und der prächtigen Stuckdecke fühlte, erschien sie Ginny als die ideale Erbin dieses Hauses. Etwas war jedoch verkehrt. Sie hieß nicht mehr Tilsit.

Randall hatte auch das Ginny auf der Fahrt von London hierher erzählt. »Sie wurde einen Winter in die Gesellschaft eingeführt, als sie achtzehn war. Ihre Tante gab einen kleinen Ball in Tilsit – für derartige Sachen gab Ihre Tante nie gerne Geld aus. Danach wurde ein zweiter kleiner Ball in London für sie und eine Schulfreundin veranstaltet. Ihre Tante wollte nicht, daß sie bei Hofe vorgestellt wurde – einer alten Familientradition zufolge halten sich die Tilsits von der königlichen Familie fern – es hat etwas mit einer Geschichte von irgendeiner Abfuhr durch Königin Viktoria zu tun. Doch Vanessa wurde auch ohne das und ohne ein riesiges, sensationelles Fest die Ballkönigin der Saison in London – sie ist wirklich sehr schön, müssen Sie wissen. Schon damals hatte sie Stil. Sie geriet in eine schicke, ziemlich flotte Clique. Isobel gefiel das nicht, und sie hielt sie daher recht knapp mit Geld; und dann gab sie ihr überhaupt nichts mehr und befahl Vanessa, nach Tilsit zurückzukommen. Die Bowens hatten kein Geld, und ihr Vater konnte ihr daher nicht helfen. Sie kam nach Tilsit zurück, blieb aber nur ein paar Monate, und schon war sie wieder fort, um irgendeinen Job in London anzunehmen – obwohl ich mir nicht vorstellen kann, was für ein Job das gewesen sein mag, da sie nie etwas sehr ernsthaft machte. Ihre Tante brachte ihr alles über Steingut bei und war wütend, als sie fortging. Lawrence versuchte, sie zu zwingen, zurückzukommen – denn, sehen Sie, jeder rechnete damit, daß Miss Tilsit ihr den gesamten Besitz vererben würde, und Lawrence wollte vermutlich nicht, daß sie das aufs Spiel setzte. Aber Vanessa war sehr selbständig – und sie war jung. Sie erreichte es, daß sie nach Klosters und allen ähnlichen Orten, die gerade en vogue waren, eingeladen wurde. Isobel muß sie sehr leichtsinnig erschienen sein. Und dann heiratete sie ihren Rennfahrer.«

»Einen Rennfahrer?«

»Genau das. Einen italienischen Rennfahrer. Soviel ich verstand, einen sehr berühmten – obgleich ich nicht viel über diese Dinge weiß. Sie lernte ihn bei einem Rennen auf dem Kontinent kennen, und dann kam er nach England, um Rennen zu fahren, und sie heirateten. Vanessa war noch nicht volljährig, und Isobel verlangte, daß die Ehe annulliert werde. Doch ausnahmsweise stellte Lawrence sich einmal auf die Hinterbeine und weigerte sich, irgend etwas in dieser Sache zu unternehmen. So geschah überhaupt nichts. Ich lernte den Italiener einmal kennen – Marcello Vitti hieß er. Er war verteufelt hübsch und sehr charmant. Gute Kinderstube. Und ich muß sagen, ich glaube, er liebte Vanessa sehr. Jedenfalls sagte er mir höflich aber bestimmt, ich solle mich zum Teufel scheren, als ich ihm zu verstehen gab, daß Ihre Tante wahrscheinlich gewillt sei, seine Forderungen im Falle einer Scheidung zu erfüllen. Er empfand diesen Vorschlag als Beleidigung – es war sehr unklug von Ihrer Tante. Und er lachte mir ins Gesicht, als ich ihn fragte, ob er bereit sei, seinen Namen in ›Tilsit‹ ändern zu lassen. Er verhöhnte mich und lachte.« Verhaltene Wärme klang aus Randalls Stimme. »Ich muß sagen, der Mann gefiel mir eigentlich recht gut, gerade weil er keine der

Eigenschaften besaß, die wir Anwälte bewundern müssen. Er war sehr erfolgreich und gewann damals viel Geld – und gab es gemeinsam mit Vanessa aus. All ihre Kleider waren aus Paris, und sie erregte überall, wo sie hinkam, großes Aufsehen. Sie wurde dauernd irgendwo auf dem Kontinent photographiert – sie war eine der Schönheiten des International *Sets* und der Mode immer ein wenig voraus, wie meine Frau zu sagen pflegte. Vitti verdiente zeit seines Lebens genug Geld, um ihr das zu ermöglichen.«

»Kam er denn um?«

Randall nickte. »In einem dieser schrecklichen Massenzusammenstöße. Drei Rennwagen wurden in ihn verwickelt, glaube ich – alle Fahrer kamen ums Leben und auch noch einige Zuschauer. Das war vor etwa achtzehn Monaten. Vanessa kam damals nach Tilsit zurück.«

»Und die ganze Zeit wußte sie nicht, daß ich existierte?«

»Nicht bevor ich ihnen mitteilen mußte, daß ich Sie telegraphisch bat zu kommen.«

»Und da wußten sie, was das Testament enthielt.«

»Mehr oder weniger.«

Und so verriet Vanessas Miene keinen Schock, während sie Ginny starr ansah. Sie wußte bereits, was sie verloren hatte. Ihr Blick war kritisch und prüfend, jedoch kaum feindlich. Während sie alle zuhörten, wie Randall weiterlas, nahm Vanessa eine Zigarette aus dem goldenen Etui, das sie bei sich hatte, und ihr Blick ließ Ginny auf der Suche nach Streichhölzern los. Da sie keine entdeckte, erhob sie sich langsam und ging zum Kamin. Ginny sah zu, wie sie die schwere Zange ergriff, die zu den massiven, schmiedeeisernen Feuerböcken paßte; sie suchte sich ein glühendes Stückchen Holz heraus und hob es mit unvergleichlicher Anmut hoch, um sich ihre Zigarette anzuzünden. Ihre Blicke trafen sich wieder über dem Stück heißroter Glut, und Vanessa schien zu lächeln, kein freundschaftliches Lächeln, doch ein Lächeln der Anerkennung mit einer Spur von Belustigung. Sie konnte unmöglich imstande sein zu lachen, als hätte Isobel ihr einen ungeheuren Streich gespielt, und doch war sie es vielleicht. Unter anderen Begleitumständen hätte sie Vanessa gern gehabt, überlegte Ginny. So jedoch brauchten sie sich nicht zu mögen, sondern mußten sich nur ertragen.

Sie würden sich alle gegenseitig ertragen müssen. Hier saßen sie nun als Fremde beieinander, durch eine ungewöhnliche Familiengeschichte und das unversöhnliche Mißtrauen ihres Vaters gegen seine Schwester in diese unbeständige Gemeinschaft gestoßen. Sie brauchten einander. Lawrence Bowen-Tilsit leitete die Manufaktur, und ihr, Ginny, gehörte sie. Das nämlich hatte William Randall ihr auf der gestrigen Autofahrt erklärt.

»Ich sollte die Sie betreffenden Absätze im Testament Ihrer Tante vor der offiziellen Verlesung nicht ausplaudern. Aber es erscheint mir unfair, Sie ohne jegliche Vorbereitung mitten hinein in diese Familie zu stürzen. Sie sind ein sonderbarer Verein – es war eine sonderbare Situation in Tilsit. Aber ein großer Teil der Engländer ist sonderbar, wie Sie feststellen werden. Es macht ihnen Spaß, so zu sein.«

Während der langen Autofahrt hatte sie sich allmählich in der Gegenwart dieses großen, freundlichen Mannes entspannt, der in den Sechzigern sein mußte und seinen ausgebeulten Tweedanzug wie eine bequeme zweite Haut trug. Sie hatte Zuneigung und Vertrauen zu ihm gefaßt; er war behutsam und geduldig mit ihr in ihrer Verwirrung und dem Gefühl, zu schnell durch die Geschehnisse der letzten Woche gerast zu sein. Er hatte sich auf dem Flughafen dafür entschuldigt, sie so unverzüglich zum Wagen zu scheuchen, nachdem sie sich endlich erkannt hatten. »Falls es Ihnen nichts ausmacht, fahren wir gleich nach Tilsit. Die Familie erwartet Sie – und es ist auch aus anderen Gründen vielleicht ebenso richtig …«

Seine Abneigung gegen die Presse, die Ginny zu interviewen versuchte, schien einer der Gründe zu sein. Als er ihre Koffer in den Wagen lud, näherten sich ihnen zwei Männer, von denen der eine einen Photoapparat trug. Beim Anblick der beiden hatte Randall die restlichen Gepäckstücke in den Kofferraum geworfen und versucht, Ginny, die immer noch einige kleinere Sachen und den weißen Mantel an sich gedrückt hielt, in das Auto zu stopfen. Doch gelang es ihm nicht mehr rechtzeitig. Als er ihr die Wagentür aufmachte, flammte das Blitzlicht auf.

»Miss Tilsit? Ich bin Peter Styles von der Daily Post. Würden Sie einen Augenblick …«

Randall unterbrach ihn. »Entschuldigen Sie, aber bitte jetzt nicht. Miss Tilsit hat eine lange Reise hinter sich und ist sehr müde. Sie hat im Augenblick auch noch keinerlei Erklärungen abzugeben …« Er hatte Ginny während der ganzen Zeit energisch gedrängt, einzusteigen, und schlug nun bei seinen letzten Worten die Tür zu. Sie hörte ihn noch hinzufügen: »Wegen allen weiteren Auskünften, meine Herren, wenden Sie sich doch bitte an mein Büro.« Er war neben ihr hinter das Steuer gerutscht und startete den Wagen in seiner Eile so ungeschickt, daß sie mit einem Ruck losfuhren. »Sie sind mir doch nicht böse, daß ich für Sie das Wort ergriffen habe, nicht wahr? Es ist so unangenehm mit der Presse, wenn das Testament noch nicht verlesen oder für die gerichtliche Bestätigung eingereicht ist. Man kann einfach noch gar nichts sagen.« Ginny hatte das einleuchtend gefunden, da diese Verhaltensweise typisch für ihren Vater gewesen wäre und sie deshalb nicht überraschte. Danach gab sie sich müde der Fahrt hin, betrachtete die schmalen Straßen und kleinen Städtchen, die vom Verkehr erdrückt wurden, hörte das Klicken der Scheibenwischer, wenn sie in einen Regenschauer gerieten, und hörte höflich Randall zu, der sich bemühte, sie auf interessante Dinge aufmerksam zu machen, an denen sie vorbeikamen. Er gab sich, wie sie fühlte, große Mühe, eine Brücke zu ihrem Leben zu finden, was ihm jedoch nicht gelang, da die Welt der Karibischen Inseln für ihn nur in Verbindung mit der National Geographic Society existierte und er sich nicht vorzustellen vermochte, daß jemand tatsächlich dort lebte oder imstande war, ein normales Leben zu führen. Er behandelte sie mit vorsichtiger Aufmerksamkeit, als wäre sie ein zarter tropischer Vogel, drehte dauernd an der Heizung herum und erkundigte sich fortwährend, ob sie auch nicht friere. »Die meisten von uns können sich nicht vorstellen, wie es ist, in einem Land zu leben, wo es nie kalt ist«, meinte er schließlich. »Wir können es uns einfach nicht vorstellen.« Sie bemerkte, wie er von Zeit zu Zeit schnell die Scheibe herunterkurbelte und hastig ein paar tiefe Atemzüge frische Luft schöpfte, als ersticke er.

Als die Dämmerung in Dunkelheit überging, versicherte er ihr immer wieder aufmunternd: »Es ist wirklich nicht mehr sehr weit. Es liegt ein kleines Stückchen hinter Bournemouth. Beim erstenmal erscheint die Fahrt lang, aber Sie werden überrascht sein, wie schnell Sie sich an sie gewöhnen. Es gibt nicht weit von hier ein ganz anständiges Lokal, wo wir essen könnten. In Tilsit kommen wir doch zu spät zum Abendessen an.« Es klang, als wäre er ganz froh darüber. »Ich bin nämlich, seit Ihre Tante gestorben ist, in Tilsit. So vieles mußte geregelt werden ...«

Das Gasthaus, in das er sie führte, war ein im Tudorstil erbautes Fachwerkhaus. »Ich bin erstaunt, daß das Original den Nachahmungen so ähnlich sieht – die durchhängenden Deckenbalken ausgenommen«, sagte sie.

»Manche Teile von Tilsit sind viel älter als dies Haus«, erwiderte er und tat das Gebäude mit einem Achselzucken ab. »Die Große Halle und Teile des Alten Hauses stammen aus dem vierzehnten Jahrhundert. Die Kapelle jedoch ist zwölftes Jahrhundert und enthält ein Wandgemälde, dessen Entstehung auf ungefähr fünfzehnhundert geschätzt wird.«

Sie blickte auf ihr Weinglas hinunter. »Ich weiß nicht, ob ich mit so einem Haus zu leben verstehen werde, Mr. Randall.«

»Jene Teile werden heute nur noch benutzt, um sie der Öffentlichkeit zu zeigen. Aber trotzdem ist das Haus ...« Er zögerte. »Es ist jedenfalls bewohnt. Es haben zu dieser Zeit seines Bestehens ununterbrochen immer Tilsits in ihm gewohnt.«

»Nicht mein Vater!«

Und nun war Randall an der Reihe, auf sein Glas hinunterzuschauen. »Nein, Ihr Vater nicht.« Und das war alles, was er sagte, und sie begriff sofort, daß es keine einfache, harmlose Erklärung für die Vergangenheit gab und daß man auf Tilsit ebenso ungern über ihren Vater sprach, wie er über Tilsit gesprochen hatte.

»Wann war Isobels Beerdigung?« Sie vermochte nicht, sie ›meine Tante‹ zu nennen.

»Gestern. Ganz gut, daß Sie sie verpaßten. Es war nur im engsten Familienkreis – sonst wäre der halbe Distrikt herbeigeströmt. Ihre Tante hatte nichts für derartige Feierlichkeiten übrig; sie war ja überhaupt eine Frau, der es gleichgültig war, ob die Leute sie mochten.«

»Ja, ich weiß.«

»Wären Sie dagewesen, wären schrecklich viele Leute in die Kirche gekommen, nur um Sie zu sehen. Es ist nämlich durchgesickert, daß wir Anweisung hatten, Sie im Falle des Todes Ihrer Tante telegraphisch aufzufordern, herzukommen. Die Leute wußten von der Tatsache, daß Sie kamen, ja noch nicht, ob Sie wirklich zur Erbin bestimmt waren. Ihnen genügte schon die Tatsache, daß Sie überhaupt existierten. Die gerichtliche Untersuchung war gerade eine genügend große Sensation für sie, aber so richtig auf ihre Kosten kamen sie, als bekannt wurde, John Tilsits Tochter käme. Dreißig Jahre sind keine so lange Zeit in der Erinnerung einer kleinen Grafschaft wie Dorset. Tilsit ist als Bauwerk bedeutend, doch das Werk ist viel wichtiger, weil es vielen Leuten Arbeit gibt. Es besteht immer großes Interesse für alles, was in Tilsit geschieht. Manchmal wünsche ich, das wäre nicht der Fall. Die Menschenmengen bei der Untersuchung ...«

»Warum war die Untersuchung notwendig? Isobel erzählte mir, sie habe ein schlechtes Herz. Sicher war doch das ...?«

Randall seufzte. »Ich wünschte, die gerichtliche Untersuchung hätte vermieden werden können! Ich versuchte alles – aber es bestanden Zweifel über die Todesursache, und so war es unumgänglich. Der Arzt vermochte nicht zu sagen, ob sie zuerst gefallen war und dann an den Folgen des Sturzes starb oder ob sie einen Herzanfall bekam und vielleicht schon tot war, als sie hinunterstürzte. So fand eine Obduktion und gerichtliche Untersuchung statt.«

»Sie stürzte?«

»Von einer Klippe. Keiner sehr hohen, aber immerhin hoch genug, um sich ernstlich zu verletzen. Niemand sah sie hinunterfallen – es gelang nie, genau festzustellen, was passiert war. Ihr Tod und Sturz lagen zeitlich so dicht beieinander, daß es es unmöglich war, sie zu trennen. Der Befund des Leichenbeschauers lautete auf natürliche Todesursache, was jeder erhofft hatte.«

»Wie hätte der Befund denn sonst lauten können?«

»Auf Tod durch einen Unglücksfall – was bedeutet hätte, daß sie an den durch den Sturz erlittenen Verletzungen starb. Die Obduktion ergab einen Herzschlag. Es mag sowohl das eine wie das andere gewesen sein. Deshalb war wohl auch die Untersuchung notwendig. Aber es ist trotzdem höchst bedauerlich. Durch derartige Dinge entsteht immer unnötiges Gerede. Viel besser, es kommt gar nicht soweit.«

Sie traten aus dem alten Gasthaus hinaus und spielten wieder ein Spiel, wie es Ginny erschien, in einem Labyrinth enger Landstraßen, die zu Wegweisern führten, die den Reisenden mitteilten, wo er gewesen war und wohin er fahren konnte, doch beinah nie den Ort verrieten, an dem er gerade angekommen war. Randall fuhr mit einer Geschwindigkeit, die Ginny halsbrecherisch auf diesen Straßen vorkam, die von hohen Hecken gesäumt waren, und er schoß an anderen Fahrzeugen vorbei, wo kaum Platz für zwei zu sein schien.

»Sie werden sich an diese Art zu fahren in England gewöhnen«, versicherte er zuversichtlich, als spürte er ihre Furcht. »Die Straßen sind so eng, daß man nie an etwas vorbeikäme, wenn man nicht dann und wann mal etwas riskieren würde. In Amerika soll es ja ganz anders sein, wie ich hörte.«

»Ein bißchen«, antwortete sie matt. »Mr. Randall, warum ...«

»Ja?«

Sie hatte ihn über ihren Vater fragen wollen. Sie fühlte, daß sie Tilsit nun immer näher kamen. Die Stunde des Abendessens war ein Zwischenspiel gewesen, eine Pause auf dem Weg aus der Welt, die sie gerade verlassen hatte, zu der Welt, in die sie kam. Mit jedem Kilometer rückte Tilsit näher, und die Fragen wurden drängender. Doch auch die Gründe, die John Tilsit von hier fortgetrieben hatten, wurden immer schwerwiegender, als sie zu ahnen begann, was er zurückgelassen hatte. Dreißig Jahre waren im Vergleich mit Jahrhunderten eine sehr kurze Zeitspanne. Doch man achtete die Zeit in Tilsit, und die brauchte man, um den Weg durch die Jahre bis zu dem Augenblick zurückzuwandern, als er fortgegangen war. Sie hatte zu verstehen begonnen, daß es um mehr ging als um einfache Fragen und einfache Antworten. Die richtigen Fragen vermochte sie jedoch noch nicht zu stellen, da sie sie nicht wußte.

So sagte sie lediglich: »Wie weit noch?«

»Noch ein kleines Stück, leider. Sehen Sie, wir mußten ganz um den Hafen von Pool und diese tiefe Bucht herumfahren. Es gibt zwar eine Autofähre, aber sie macht um acht Uhr abends zu. Nach St. Mary ist es noch etwa zwanzig Kilometer – das Werk ist in St. Mary. Tilsit liegt ungefähr dann noch mal zwanzig Kilometer weiter – natürlich an der Küste.«

An der Küste, hatte er gesagt. Sie hätte das nicht erraten können, während sie nun hier in dem langen, prächtigen Raum saß und zuhörte, wie Randall das Testament verlas und in das Feuer blickte, das sie nicht wärmte. Es war leicht zu vergessen, da man das Meer nicht hören und nicht einmal riechen konnte. Zwischen diesem Raum und der Aussicht auf das Meer lag der gesamte gewaltige Block der Tilsiter Gebäude, die vielen Durchgänge, die Treppenhäuser und die beiden Innenhöfe. Dahinter stieg sanft der bewaldete Hügel auf, an dem Tilsit stand und auf dessen Kamin sich der normannische Wehrturm gegen den Himmel abzeichnete. Es hatte aufgehört zu regnen, als sie am gestrigen Abend in Tilsit angekommen waren; die dünnen Wolken waren rasch über das Gesicht des Mondes hingejagt. Hinter dem Torhaus war Randall langsamer auf die sich dunkel vor ihnen erhebende schmale Steinbrücke zugefahren.

»Das da rechts ist Tilsit«, hatte er überflüssigerweise bemerkt.

Es lag über ihnen auf halber Höhe des Hügels; eine Wolkenlücke ließ flüchtig seine Umrisse hervortreten. Nur ein Flügel war erleuchtet, doch sie erinnerte sich, wie ihre Hand sich um den Sitz geklammert hatte in jähem Schreck über die ungeheuren Ausmaße dieses dunklen Klumpens. Es schien auf zwei verschiedenen Ebenen an den Hang gebaut zu sein, so daß die Mauern an der ihnen zugekehrten Seite steil wie Schutzwälle aufstiegen. Die Wolkendecke hatte sich wieder geschlossen, und es fiel kein Licht mehr auf den Wald von Schornsteinen und das verschachtelte Muster seiner Dachlinien. Sogar jetzt, wo es bei Tageslicht weniger erschreckend und weniger märchenhaft aussah, wurde ihr schwach bei dem Gedanken an es. Sie würde es alles nach und nach und allmählich lernen, tröstete sie sich; nach und nach und allmählich. Sie wandte ihre Aufmerksamkeit wieder Randalls Worten zu.

»Für Emily Brown und Robert Garth, falls sie zur Zeit meines Todes noch bei mir beschäftigt sind, je eintausend Pfund.«

Garth, Robert Garth. Das war der gebückte alte Mann, der sie gestern abend in Tilsit willkommen geheißen hatte, der im selben Augenblick, als Randall durch den Torbogen in den ersten Hof einfuhr, die hohen Doppeltüren geöffnet hatte, durch die man in die Große Halle mit dem Steinfußboden trat.

»Dies ist der Hall Court«, sagte Randall. »Ich habe Sie zu der Ostseite gebracht. Die Familie benutzt gewöhnlich den kleinen Eingang an der Südseite, aber ich weiß, es hätte Garth das Herz gebrochen, wenn Sie das erste Mal nicht durch den Haupteingang gekommen wären.«

Und der alte Mann hatte sich verbeugt und gesagt: »Willkommen in Tilsit, Miss Virginia!«

Sie hatte beinahe das Gefühl gehabt, als würde sie von seinen Worten und dem langen Blick, mit dem er sie ansah, umhüllt und verschlungen, ja, als übergäbe er etwas in ihre Obhut. Sein von Falten durchfurchtes Gesicht verriet nicht mehr innere Bewegung, als es einem guterzogenen Diener zusteht, aber sie hatte die Bedeutung seiner Worte gespürt, den feierlichen Auftrag und die ihr übertragene Verantwortung. Und doch blieb er, als sie ihm an der geschnitzten Eichenwand entlang folgte, welche die Halle von dem Eingang abtrennte, einen Augenblick am anderen Ende stehen, damit sie die Halle sehen konnte. Fast hätte sie über die Unwirklichkeit des Ganzen laut losgelacht, über die Tatsache, daß sie hier war, über den Ort an sich, über die Höhe der Halle, die von den Kerzen in den Zinnwandleuchtern nur spärlich erleuchtet war, so daß die obere Galerie beinahe in Dunkelheit versank und die Wandteppiche hinter dem großen Speisetisch nur in einzelnen Szenen zum Leben erwachten durch die bei der geöffneten Tür in der Zugluft flackernden Kerzen. Garth bedeutete einem jungen Burschen in weißer Jacke, ihre Koffer zu nehmen, und geleitete sie dann an einer zweiten Zwischenwand entlang, die auf der anderen Seite des Eingangs bis hinauf zur Decke emporragte; hinter ihr brannte elektrisches Licht, und die mittelalterliche Pracht wich gediegener, viktorianischer Gemütlichkeit. Sie bogen nach rechts in einen breiten Flur ein, und Garth führte sie in einen großen, ziemlich schäbigen Raum, der – wie Ginny später lernte – als

Wohnzimmer diente und dessen mit verschlissenem rotem Damast bezogene tiefe Sofas und Sessel nach der strengen Kahlheit der Großen Halle eine Erholung waren. In dem Marmorkamin brannte ein Feuer, auf das Ginny dankbar zuging.

»Dieser ganze Flügel wurde gegen Ende des siebzehnten Jahrhunderts gebaut«, berichtete Randall und ließ sich mit einer Bewegung in einen Sessel sinken, die langjährige Vertrautheit mit diesem Haus verriet. »Um die Jahrhundertwende wurde er gründlich modernisiert – wofür Sie noch sehr dankbar sein werden!« Und dann sah er Garth an, der neben der Tür stand.

»Die Familie hat sich zurückgezogen, Mr. Randall. Wir waren nicht sicher, ob Sie nicht in London übernachten würden. Sie baten, gerufen zu werden, falls Miss Virginia ankommen sollte.«

Doch Garth hatte sie erwartet, überlegte Ginny und dachte an die brennenden Kerzen in der großen Halle. Randall schüttelte energisch den Kopf.

»Ruf sie auf keinen Fall, Garth. Miss Tilsit ist, seit sie von den Westindischen Inseln abreiste, ununterbrochen unterwegs gewesen. Ich glaube nicht, daß sie noch viel mehr Aufregung und Theater aushalten kann. Sie gehört so bald wie möglich ins Bett.«

»Sehr wohl, Mr. Randall. Soll ich Ihnen eine Erfrischung bringen, Miss Virginia?«

»Ich hätte gern etwas Tee, bitte.«

Garth brachte ihn zehn Minuten später auf einem großen, ovalen Silbertablett; das Teegeschirr war tief dunkelrot und reich mit goldenen Ornamenten verziert.

»Ist dies Tilsit-Porzellan, Garth?«

»Es ist unser kompliziertestes Muster, Miss Virginia. Die Herstellung ist sehr schwierig und kostspielig.« Sogar in diese disziplinierte Stimme schlich sich eine Spur von Stolz. »Ich nehme an, Sie werden das alles lernen.«

»Das wird sie zweifellos, Garth«, antwortete Randall für sie.

Und dann war da jene Frau, die in dem Schlafzimmer wartete, zu dem Garth sie geleitete – die dünne, große Frau in dem geblümten Kittel, deren stahlgraue Haare in einen festen Knoten zusammengerollt waren. Sie hatte ein farbloses, unscheinbares Gesicht ohne alles Make-up, und die Haarsträhnen hingen ihr um den Kopf, als hätte sie den ganzen Tag nicht in einen Spiegel geschaut.

»Guten Abend, Miss Virginia.« Die Formel wurde wiederholt. »Willkommen in Tilsit! Ich bin Brown.«

»Soll ich hier schlafen?« fragte Ginny mit vor aufsteigender

Angst matter Stimme. Sie bekämpfte sie jedoch, da sie ein Zeichen von Schwäche war, aber die Vorstellung, in diesem Raum schlafen zu müssen, entsetzte sie. Die blau-goldenen Damastvorhänge an den riesigen Fenstern waren fest zugezogen; eine einzige Lampe brannte auf der geschnitzten hohen Kommode. Klotzige, dunkle Möbelstücke schienen kaum den freien Raum in dem Zimmer zu füllen. Das vierpfostige Bett, dessen Bettdecke zurückgeschlagen war, wurde von einem bestickten blauen Baldachin überdacht und hatte ein breites Kopfbrett aus dunklem geschnitztem Holz. Der größte Teil des Raumes lag im Dunkeln.

»Natürlich, Miss Virginia, können Sie überall, wo Sie wollen, schlafen. Es sind viele Zimmer da ...« Die Lippen der Frau arbeiteten aufgeregt. »Doch Ihre Tante schlief hier und auch Ihre Großmutter, bis sie starb. Schauen Sie ...« Sie ging zu einer Tür, die zu einem Nebenraum führte, der Ginny beinah ebenso groß erschien wie der, in dem sie standen. »Ihre Urgroßmutter ließ hier ein Badezimmer einbauen. Früher war es ein Ankleideraum.«

»Hm ...«

»Ich bin überzeugt, Sie werden sich in diesem Zimmer wohl fühlen. Und wenn Sie irgend etwas brauchen, klingeln Sie ganz einfach nach mir. Ihre Tante ließ mich schon vor Jahren vom Dienstbotenflügel hierher umziehen. Ich schlafe ganz in der Nähe – an diesem Flur da drüben.«

»Ah so.«

Das ganze erdrückende Gewicht des Raumes schien sich auf sie herabzusenken. Sie fühlte, wie sie im Stehen leicht schwankte. Wenn das Bett auch unter dem schweren Baldachin halb verloren aussah, erschien es ihr jetzt doch wie eine rettende Zufluchtstätte.

»Sie sind sicherlich sehr müde, Miss, und wollen gleich zu Bett gehen. Ich habe Ihre meisten Sachen ausgepackt. Sie können mir dann morgen sagen, wie Sie sie verwahrt haben möchten. Morgen fühlen Sie sich dann schon wie zu Hause, Miss.«

»Ja. Vielen Dank.« Sie konnte nicht verstehen, warum die Stimme der Frau so werbend, ja beinahe flehend klang. Diese Frau und Garth drängten ihr etwas auf. Sie versuchte es mit Bitten, Garth hatte es voller Entschlossenheit getan, und Randall hatte es ihr behutsam und verständnisvoll übergeben wollen. Doch sie alle übertrugen ihr diese Verantwortung mit sichtlicher Erleichterung darüber, daß sie da war, um sie zu übernehmen.

»Noch eins, Miss. Die Kerze ... Wie Sie sehen, sind hier nur die elektrischen Wandleuchten über dem Kamin und diese eine

Lampe. Vermutlich waren sie damals, als sie angebracht wurden, ein Luxus – aber heute genügen sie nicht für dies Zimmer. Sie müssen deshalb die Kerze neben dem Bett anzünden, und wenn Sie etwas schreiben wollen ...« Sie wies mit einer Kopfbewegung auf den hohen Sekretär zwischen den Fenstern. »Sie werden vorsichtig mit der Kerze sein, nicht wahr, Miss? Die Bettvorhänge ...«

Ginny nickte. »Ich hätte gerne die Fenster etwas geöffnet.«

»Aber gewiß, Miss. Ihre Tante schlief auch bei offenen Fenstern. Kommen Sie, lassen Sie mich das machen.«

Es bedeutete einen neuen Schock, die Vorhänge aus der Nähe zu sehen und sie zu berühren. Aus der Entfernung hatte sie in dem dämmrigen Licht nur den blauen Glanz des Damastes und die reichbestickte Goldborte gesehen. Nun erkannte sie, daß die Seide völlig zerschlissen war; sie hatte sich aufgelöst und hing in seidenen Fäden an dem blauen Futterstoff. Die Frau bemerkte, wie Ginny leicht mit dem Finger über die fadenscheinigen Falten glitt.

»Es ist Zeit, daß sie erneuert werden, Miss. Diese haben über sechzig Jahre gehalten, doch die davor hingen beinahe hundert Jahre hier. Sie webten damals bessere Stoffe. Die Borte wird natürlich immer abgetrennt und auf die neuen Vorhänge genäht. Das Ganze ist keine Kleinigkeit.«

Ginny mußte trotz der sie einhüllenden Müdigkeit fragen: »Woher wissen Sie das alles? Wieso wissen Sie, wie lange die vorigen Vorhänge hielten?«

»Es ist alles aufgeschrieben, Miss. In den Haushaltsbüchern. Diese hier ...«, sie befühlte die Vorhänge, »... würden heute siebenunddreißig Pfund mehr als vor sechzig Jahren kosten. Es würde mehrere hundert Pfund kosten, sie zu erneuern. Deshalb schob Miss Isobel es immer auf.«

Ginny nickte und starrte in die Finsternis hinaus, die zwischen den zurückgezogenen Vorhängen gähnte. Es war nichts zu sehen, das heißt, als ihre Augen sich an die Dunkelheit gewöhnten, vermochte sie undeutlich die Umrisse des Turmes auf dem Hügelkamm zu erkennen. »Sieht man von hier auf das Meer?«

»Das Meer kann man von keinem Zimmer aus sehen, Miss. Der Hügelrücken da ist ein wenig höher. Aber manchmal kann man es hören – wenn Sturm ist. Die anderen – Mr. und Mrs. Bowen-Tilsit und Miss Vanessa – haben ihre Zimmer auf der anderen Seite des Korridors zum Hof hinaus. Miss Isobel zog immer diese Seite vor. Haben Sie noch irgendeinen Wunsch, Miss?«

»Nein ... nein, ich glaube nicht.«

»Sehr wohl, Miss. Dann darf ich gute Nacht sagen. Ich hoffe, Sie werden gut schlafen.«

»Vielen Dank.« Als die Frau die Tür hinter sich zuzog, rief Ginny: »Noch etwas – sagen Sie, wie war noch Ihr Name?«

»Ich bin Brown, Miss. Ich staube das Porzellan ab.«

Ginny starrte ihr nach und mußte das wilde Verlangen unterdrücken, hysterisch loszulachen. »Großer Gott –«, flüsterte sie. »Ich bin Brown .. Ich staube das Porzellan ab.« Und dann lachte sie tatsächlich leise in sich hinein; es war ein albernes, kindliches Kichern, das einem aus Müdigkeit und Unglauben geborenen Schluchzen sehr nahe kam.

Sie war eingeschlafen und wieder in der Dunkelheit mit dem Gefühl aufgewacht, als hätte sie nur einige Minuten geschlafen. Unruhig lag sie im Bett, und dann hörte sie den Laut, der sie geweckt hatte – ein leises, hartes Kratzen, das sie für einige Sekunden vor Entsetzen erstarren ließ. Krampfhaft schnappte sie nach Luft und vermochte sich weder auf ihre Umgebung noch auf den Grund zu besinnen, warum sie in dieser ungewohnten Dunkelheit lag. Doch dann fiel ihr wieder ein, daß dies Isobels Zimmer in Tilsit war, und sie erriet, um was für ein Geräusch es sich handelte. Wohl eine ganze Minute suchte sie tastend nach der Kerze und den Streichhölzern, und als sie sie angezündet hatte, ließ diese eine kleine Lichtquelle die Schatten in dem großen Raum nur noch tiefer werden. Mit bloßen Füßen ging sie zur Tür und öffnete sie langsam.

Ohne zu zögern, kam der Hund herein, ein schöner braungefleckter Spaniel. Er schien nur sekundenlang bei ihr zu verhalten, um ihr einen raschen Blick zuzuwerfen, der weder Zutrauen noch Mißtrauen ausdrückte, sondern lediglich ein flüchtiger Blick aus den weichen, melancholischen Augen war – gleichsam eine höfliche, jedoch kühle Begrüßung. Er begann sofort mit einem langsamen Rundgang durch das Zimmer, während sie die Kerze hochhielt und ihn beobachtete. Er unterzog alles einer genauen Untersuchung, beroch die Koffer, die noch aufs Auspacken warteten, und die Pantöffelchen, kroch hinter das Bett und verschwand einen Augenblick unter den Bettvorhängen. Und als er damit fertig war, sah er Ginny nur noch einmal kurz an und machte es sich mit einem schweren Seufzer in dem Korb vor dem ausgehenden Kaminfeuer bequem. Sie wußte, dies war Isobels Hund, und seine Suche hatte einer Spur von seiner Herrin gegolten. Der schöne aristokratische Kopf ruhte auf den Pfoten, und Ginny fühlte, er wollte keinen Trost von ihr. Ihre Gegenwart schien ihn nicht zu stören; er benahm sich einfach, als wäre sie nicht vorhanden. Sie ging wieder ins Bett und blies die Kerze aus, lag jedoch noch lange wach; schließlich merkte sie an den tiefen Atemzügen des Hundes, daß er eingeschlafen war.

Brown war am nächsten Morgen mit dem Frühstückstablett an ihr Bett gekommen. Das erste, was Ginny erblickte, als sie die Augen öffnete, war der verschossene geblümte Kittel, der die eckige Gestalt der Frau umhüllte, die gerade die Vorhänge zurückzog; hell flutete das Licht in das Zimmer.

»Guten Morgen, Miss. Ich sehe, Sie haben Trip hereingelassen – ich hätte Sie warnen sollen, daß er möglicherweise kommen würde. Er sucht sie ... Sonst haben Sie hoffentlich gut geschlafen.«

»Ja, danke. Wie – wie spät ist es?«

»Gleich halb elf.«

Ginny setzte sich ruckartig auf. »Ich hätte längst unten sein müssen! Ist das mein Frückstück? Ich möchte es nicht hier haben – ich esse nicht gern im Bett. Ich müßte längst unten sein. Die anderen ... ich habe sie noch nicht kennengelernt.«

»Mr. Garth und ich dachten, es wäre Ihnen am ersten Morgen so am liebsten, Miss. Sie schienen so müde zu sein ... Mr. Randall schlägt vor, daß Sie sich alle um halb zwölf unten im Goldenen Prunkraum treffen.«

»Werden all die anderen dasein?«

»Nur die Familienmitglieder, Miss, soviel ich verstanden habe. Und – und Mr. Barstow, falls er beschlossen hat zu erscheinen. Wäre das jetzt alles, Miss? Ich lasse Sie dann frühstücken. Ich habe den Ofen im Badezimmer angemacht. Mr. Randall sagte, Sie würden hier frieren.«

»Danke, Brown.«

»Sehr wohl, Miss.«

Ginny goß sich den Kaffee ein, nahm einen kleinen Schluck und schüttelte sich innerlich. »Was machen Sie außer dem Abstauben des Porzellans, Brown?«

»Ich war immer für Miss Isobel da. Sie hatte so viel zu tun – die Verwaltung des Hauses und des Werks. Ich nahm ihr ab, was ich nur konnte – außer dem Abstauben des Porzellans. Sie hat mir alles gezeigt, wissen Sie. Wir waren fast gleich alt – ich bin etwas älter. Ich kam nach Tilsit, als ich noch ein junges Mädchen war, und sie und die Old Lady lernten mich an, alles so zu machen, wie sie es gern hatten.«

»Die Old Lady?«

»Ja, Jane Tilsit, Miss. Die Old Lady zeigte Miss Isobel, wie man die Porzellan-Sammlung abstauben und pflegen muß. Ich half ihr dabei. Mit der Zeit überließ Miss Isobel dann alles mir. Ich habe die Schlüssel, Miss; Sie können sie sich jederzeit ansehen.«

»Ja – ich sage Ihnen Bescheid, wenn ich sie mir ansehen möchte – Brown!«

»Ja, Miss?«

Ginny erteilte ihre erste Anweisung in Tilsit. »Seien Sie so gut und sagen Sie in der Küche, daß ich in Zukunft Tee zum Frühstück möchte.«

Brown nahm es mit einem respektvollen Kopfnicken zur Kenntnis, das ihre Freude über diese Anordnung verriet. »Ich werde es der Köchin sagen, Miss Virginia.«

Dies also waren Garth und Brown, denen Isobel je tausend Pfund vermacht hatte.

Als Ginny eine Stunde später hinuntergegangen war, hatte Garth in der Halle gewartet. »Guten Morgen, Miss Virginia. Ich zeige Ihnen den Weg zum Goldenen Prunkraum.« Und er hatte sie zurück durch die Haupthalle geführt, am Fuß einer geschlossenen Wendeltreppe vorbei, die, wie er sagte, zu einem Söller führte, durch die Lange Galerie und an dem Großen Schlafzimmer vorbei. Dann hatte er die Türen des Goldenen Prunkraumes aufgerissen und ihren Namen verkündet.

Sie waren alle versammelt gewesen, Lawrence, Margaret und Vanessa, und Randall hatte das Vorstellen übernommen. Ein leichtes Lächeln war flüchtig in Margaret Bowen-Tilsits lieblichem Gesicht aufgeflackert und dann erloschen. Lawrence hatte als einziger einige Willkommensworte gestammelt. Vanessas Lächeln war kühl und belustigt gewesen.

»Einer von uns hätte dich eigentlich abholen sollen, aber Randy kann so etwas viel besser. Er hatte dir ja auch 'ne Menge zu erzählen – wir mußten uns natürlich alle aufeinander vorbereiten. Wir kamen um vor Spannung, ob du schwarz sein würdest – es wäre so ein wundervoller Schock für die Leute gewesen! Du mußt mir unbedingt sagen, wo genau St. Nicolaas liegt. Ich konnte es nicht mal ungefähr auf der Karte finden.«

»Es ist schwer zu finden«, erwiderte Ginny. »Auch Isobel brauchte lange Zeit, um es zu finden.« Als sie sich hinsetzte, bemerkte sie, daß das Lächeln aus Vanessas Gesicht verschwunden war.

Randalls Stimme las weiter:

»Für Vanessa Isobel Tilsit: den Hof namens Barrow's End zusammen mit den beiden Pächtershäusern und den Besitz Barrow Great House.«

Nur einen Augenblick zeigte Vanessas Gesicht den Schock, doch ihre Finger umklammerten die Ränder der Sofasitzkissen und hielten sie fest.

»Für Lawrence Bowen-Tilsit: die Rendite auf Lebenszeit von tausend Aktien der Tilsit-Manufaktur. Die Stimmrechte dieser Aktien verbleiben jedoch bei meiner Nichte, Virginia Tilsit, wie auch besagte Rendite beim Tode von Lawrence Bowen-Tilsit auf sie übergeht.«

Ginny mochte Lawrence nicht ansehen, da Isobel, wie sie begriff, zur gleichen Zeit gegeben und genommen hatte.

»Für Mark Barstow ...« Randall hielt inne und schien sekundenlang darauf zu warten, daß die Tür aufginge und der soeben Genannte einträte. Dann fuhr er jedoch fort. »Für Mark Barstow: die Rendite auf Lebenszeit von tausend Aktien der Tilsit-Manufaktur. Die Stimmrechte dieser Aktien verbleiben jedoch ...« Dieselben Bedingungen wie bei Lawrence. Randalls Blick huschte, als er diesen Absatz vorgelesen hatte, rasch über die Gruppe, als rechnete er mit einer Reaktion, einem Protest. Doch die Disziplin hielt stand; keiner rührte sich oder sagte ein Wort. Randall las also weiter.

»Es ist mein Wunsch und Wille, daß Mark Barstow weiter die Funktion des Kustos der Tilsit-Porzellan-Sammlung ausübt.«

Und dann folgte der Absatz, den zu hören man Ginny von St. Nicolaas hergeholt hatte. »Meine sämtlichen nach Abzug aller Verbindlichkeiten übrigbleibenden Vermögenswerte, alle mir gehörenden unbeweglichen und beweglichen Güter, den Besitz namens Tilsit mit den dazugehörenden landwirtschaftlichen Betrieben und meine Anteile an der Tilsit-Manufaktur hinterlasse und vermache ich hiermit meiner Nichte Virginia Tilsit.

An diese Erbschaft sind folgende Bedingungen geknüpft: Sie muß ihren ständigen Wohnsitz nach Tilsit verlegen und einen aktiven Einfluß auf die Tilsit Manufaktur nehmen; sie muß in jeder ihr möglichen Weise mit Rat und Tat dazu beitragen, das Haus zu unterhalten und es für die Öffentlichkeit offenzuhalten. Eine weitere Bedingung dieser Erbschaft ist, im Falle ihrer Heirat, daß ihr Ehemann den Namen Tilsit annimmt und daß alle aus dieser Ehe hervorgehenden Kinder nur diesen Namen tragen.«

Ginny war, als hätte man sie geschlagen. Ihr Frösteln wich eisiger Kälte, einer Kälte, die ihr durch Mark und Bein drang und alle Sinne erstarren zu lassen schien. So hatte sie sich gefühlt, als Eliot Russell das Smaragdkollier um ihren Hals und den weißen russischen Breitschwanzmantel um ihre Schultern gelegt hatte. Es wurde über sie bestimmt und verfügt – sie war das Eigentum eines Menschen, dem sie dieses Recht nicht durch Liebe zuerkannt hatte. Randalls leise, angenehme Stimme schien ihr plötzlich in den Ohren zu dröhnen.

Er las weiter – endlose Seiten der langen Testamentsblätter; all diese Seiten, die mit Bedingungen bedeckt waren, die einen Teil des Vermächtnisses bildeten. Einige waren für Ginny durch ihren klaren Sinn sofort verständlich – wie die Bedingung, gemäß der Lawrence und Margaret Bowen-Tilsit so lange weiter kostenlos in Tilsit leben sollten, wie es ihre Gesundheit erlaubte. Vanessa wurde das gleiche Privileg bis zu einer Wiederverheiratung eingeräumt. Die Anwaltsfirma Hedges, Randall and Strong, Bournemouth, wurde weiter mit der rechtlichen Betreuung des Besitzes sowie der Gesellschaft betraut, die zur Verwaltung der Einkünfte und Unkosten gegründet worden war, die durch die öffentlichen Besichtigungen Tilsits entstanden.

Virginia Tilsit wurde der Vorsitz über diese Gesellschaft zuerkannt. »Im Falle, daß meine Nichte Virginia Tilsit zur Zeit meines Todes noch minderjährig sein sollte, wird Hedges, Randall and Strong den Besitz verwalten, bis sie ihre Volljährigkeit erreicht hat.«

Andere Bedingungen wiederum waren völlig unverständlich. »Es ist mein Wunsch und Wille, in Übereinstimmung mit den Wünschen meiner Großmutter mütterlicherseits, Jane Tilsit, daß meine Nichte und alle weiteren Nachkommen der direkten Linie alle Adelstitel und Ehren zurückweisen, die ihnen möglicherweise von dem britischen Königshaus verliehen werden.«

Und dann folgte die letzte Klausel.

»Für den Fall, daß meine Nichte Virginia Tilsit vor mir stirbt, hinterlasse und vermache ich nach Erfüllung der anderen aufgeführten Vermächtnisse meine sämtlichen Vermögenswerte, alle mir gehörenden unbeweglichen und beweglichen Güter Vanessa Isobel Tilsit unter allen vorstehend genannten Bedingungen.«

William Randall nahm seine Brille ab. »Ich beantworte nun gerne etwaige Fragen von Ihnen. Aber ich denke, Miss Tilsits Testament ist völlig klar.«

Lawrence Bowen-Tilsit schluckte und nahm das übergeschlagene Bein herunter. Da niemand etwas sagte, sah er sich gezwungen zu antworten. »Völlig klar, finde ich. Es ist ... Isobel ist großzügig gewesen ...« Ein Laut, der halb Schrei, halb Auflachen war, brach aus Vanessa hervor. »O Vater, hör auf! Hör auf damit! Du brauchst das jetzt nicht mehr. Sie ist tot – begreifst du das denn nicht! Du kannst durch nichts mehr ändern, was in dem Dokument da steht. Du brauchst nicht mehr nett über sie zu reden ... oder nett zu ihr zu sein! Du brauchst ihr nicht mehr zu sagen, daß sie recht hat, wenn du verdammt genau weißt, daß sie unrecht hat.«

»Vanessa!« Lawrences bleiche Lippen arbeiteten fieberhaft. Er hatte das Gesicht eines schwachen Mannes, wie Ginny plötzlich entdeckte, dessen wohlgeformte Züge diesen Mangel so lange verdeckten, wie er keiner Belastungsprobe ausgesetzt war. Seine Gesichtszüge schienen jetzt die Verbindung zueinander verloren zu haben; die dunklen Augenbrauen waren zusammengezogen, jedoch nicht in echter, wütender Empörung, sondern in qualvoller Anspannung. »Ich verbiete dir, derartige Dinge zu sagen, Vanessa! Isobel ist großzügig gewesen – du kannst das nicht leugnen! Du hast doch Barrow's End und Great Barrow.«

Vanessa stieß ein verächtliches Schnauben aus. »Und die werden mir viel nützen! Was ist Barrow's End schon als ein paar kleine Bauernklitschen, die nur einige lumpige hundert Pfund im Jahr abwerfen? Und durch die notwendigen Reparaturen an Great Barrow House werde ich immer arm sein – vorausgesetzt, daß ich es überhaupt noch habe, wenn die Steuerleute fertig sind.«

Abrupt stand sie auf und blieb einen Augenblick, den Blick fest auf Lawrence Bowen-Tilsit gerichtet, stehen. »Vater, warum dankbar sein für die paar Knochen, die sie uns hingeworfen hat? Wir sind ihre Marionetten gewesen, wir alle, und sie lohnt es uns, indem sie uns die paar Brocken zuwirft, die der Besitz entbehren kann. Was hast du denn bekommen? Nichts! Was sind tausend Aktien wert, wenn du nicht die Stimmrechte und nicht das Recht hast, sie zu verkaufen? Dein ganzes Leben hast du in dem Laden geschuftet – und doch gibt sie deine Stimmrechte an ein Mädchen, das nicht mal Porzellan von Steingut unterscheiden kann. Deine ganze Arbeit und Erfahrung gibt sie einer anderen. Und auch Marks. Und weshalb? Weil sie den Gedanken nicht zu ertragen vermochte, daß plötzlich vielleicht keine Frau mehr in diesem Haus regieren würde, der sich alle beugen müssen. Sie konnte selbst nicht ewig leben, und so versuchte sie, jemanden zu erschaffen, der genau wie sie sein würde – mit all ihren Rechten und ihrer Macht. Sie hat uns alles weggenommen, um es einem Mädchen zu geben, das sie nur ein einziges Mal gesehen hat. Sei also nicht dankbar, Vater! Iß weiter dein Brot in diesem Haus und schlaf weiter in deinem Bett in dem Bewußtsein, daß du jeden Deut davon verdient hast!«

Lawrence-Bowen-Tilsits Gesicht war aschfahl. Er zog sein Taschentuch aus der Brusttasche und wischte sich über die Lippen. Dann sah er Ginny an.

»Ich muß mich für Vanessa entschuldigen ...«

»Nein! Untersteh dich, dich für mich zu entschuldigen! Ich hab' nur gesagt, was wir alle denken. Wenn sie überhaupt etwas Verstand im Kopf hat, muß sie wissen, was wir empfinden.«

»... entschuldigen«, fuhr er fort, als hätte Vanessa ihn nicht unterbrochen, »weil es hier kaum um Dankbarkeit geht. Meine Cousine baute auf dem auf, was sie selbst erbte. Sie erbte Tilsit und das Werk und machte beides zu ihrer Lebensaufgabe, und sie hat etwas hinterlassen, das größer ist als das, was sie vorfand. Ich habe Achtung davor.« Und damit schloß er fest die Lippen.

»Aber sie hatte keine Achtung vor dir«, entgegnete Vanessa. »Sie benutzte dich!«

»Ps-s-st, Vanessa! Ps-s-st!« Zum erstenmal sagte Margaret Bowen-Tilsit etwas; ihr verträumtes Gesicht war in tadelndem Vorwurf zusammengezogen, und zwischen ihren Augen bildete sich das kleinste, zarteste Fältchen. »Merkst du denn gar nicht, wie vulgär du klingst? Was wird Virginia von dir denken!«

»Als ob es darauf ankäme!« Und wieder stieß Vanessa jenen seltsamen Schrei aus, der beinahe ein Auflachen war. »Du lieber Gott – kannst du es denn nicht begreifen? Virginia ist nicht für ein Wochenende hier. Der Besuch wird nie enden – es ist für immer. Und wir gehören ihr, mehr oder weniger – genau so, wie wir Isobel gehörten. Fang endlich an, das zu begreifen, Mutter, ja? Jetzt ist Virginia die Miss Tilsit.«

Während Vanessa sprach, war irgendwo in den weitläufigen Korridoren hinter den geschlossenen Türen gedämpft ein Gong erklungen. Augenblicklich glättete sich das Fältchen in Margarets Gesicht, als hätte sie Vanessas Worte gar nicht gehört oder nicht hören wollen. Sorgfältig legte sie die Stickerei in den Korb, den sie bei sich hatte. »Das ist der Gong für das Mittagessen, Virginia.« Sie stand auf, doch sie alle warteten, wie aus Gewohnheit, daß Ginny als erste zur Tür ging.

Sie gingen zurück durch das Alte Haus in den Südflügel, voran Randall und Ginny; Randall hielt ein spärliches Rinnsal an Konversation aufrecht, bis sie um den Tisch im Eßzimmer saßen. Dann ergriff Vanessa wieder das Wort.

»Es ist wirklich eine sehr kleine Welt, die wir in diesem großen Haus bewohnen – nur das Eßzimmer, das Wohnzimmer und Isobels Büro. Das übrige« – sie wies mit einer Kopfbewegung zum Hof, an dem das Eßzimmer lag, und zu dem gegenüberliegenden Flügel hinüber – »ist nur zur Schau da. Es ist wirklich ein Jammer! Jene Räume wurden zum letztenmal für meinen ersten Ball benutzt – und Isobel tobte vor Wut über Zigaretten und verschütteten Champagner. Es gibt da drüben kein elektrisches Licht – die Räume wurden durch Scheinwerfer vom Garten erleuchtet. Es war ein herrliches Fest! Isobel konnte nie verwinden, was es gekostet hatte, aber keiner der Gäste hat diese Nacht je vergessen.«

Ginny sah vom Kopf des Tisches, an den Garth sie placiert hatte, etwas erstaunt zu Vanessa hinüber. Sie schien in glückliche Erinnerungen versunken und in nichts mehr der jungen Frau zu gleichen, deren geballt explodierende Verbitterung die Szene im Goldenen Prunkraum verursacht hatte. Ihr erbitterter Groll war gegen Isobel gerichtet; Ginny behandelte sie mit einer gewissen mitleidigen Nachsicht, in die sich Belustigung mischte, dieses fremdländische Geschöpf plötzlich in ihrer Mitte zu finden. Vielleicht, überlegte Ginny, wurde Vanessas Enttäuschung ein wenig durch die Überzeugung gemildert, daß sie, Ginny, hinsichtlich der Aufgaben versagen würde, die Isobels Testament ihr unmißverständlich auferlegt hatte, und sich so Isobels Fehlentscheidung letzten Endes herausstellen würde. Das war nicht ausgeschlossen, wie Ginny zugab, aber auch noch nicht erwiesen.

Sie nickte Vanessa zu. »Du weißt gut über das Haus Bescheid – über die Möbel und Bilder. Führst du mich mal durch?« Die Frage enthielt keinerlei demütige Bescheidenheit. Sie mußte alles über Tilsit lernen, und zwar schnell. Ihr gesunder Menschenverstand sagte ihr, daß von Lawrence nicht mehr als die dürren Daten und Tatsachen zu erwarten waren und Margaret, vage und undurchsichtig, eine unbekannte Größe war. Die Hoffnung, wirklich etwas zu erfahren, bestand bei Vanessa.

Vanessas schmale Augenbrauen schossen in die Höhe, und ihr Gesicht drückte fast so etwas wie geheime Anerkennung aus. Sie hatte sich gerade Roastbeef von einer Platte genommen, die Garth ihr anbot, hielt jedoch jetzt in der Bewegung inne und lächelte kurz.

»Warum nicht. Ich weiß bei Gott genug über alles, um ein wenig Wissen abzugeben. Isobel hat nie aufgehört, mir alles beizubringen und einzutrichtern, seit ich halbwegs verstehen konnte, worüber sie redete. Du tust gar nicht so schlecht daran, auf einer der

Führungen mitzukommen. O ja – ich helfe bei den Führungen. Dienstags und donnerstags. Und am Wochenende stehe ich im Souvenirladen. Wie du siehst, werden wir alle zum Arbeiten gezwungen, nicht wahr, Randy? Wir erhalten unser Geld nicht umsonst.«

»Jemand muß nun mal für den Job bezahlt werden, Vanessa.«

»Und da kann das Geld ebensogut in der Familie bleiben, nicht wahr? Sie sahen immer alles aus Isobels Sicht, lieber Randy, stimmt's?«

Vanessa blickte wieder Ginny an. »Randy hat immer versucht, zwischen Isobel und mir zu vermitteln. Er hat es fast nie geschafft, aber er hat es stets versucht. Doch Randy fand immer, jeder müßte arbeiten, weil sich Tilsit keine Schmarotzer leisten könne, und er protestierte deshalb nicht, als Isobel mich zum Arbeiten heranholte. So übernehme ich dienstags und donnerstags die Führungen, und du bist jederzeit willkommen, zuzuhören.«

»Ich brauche ein bißchen mehr als das«, antwortete Ginny kühl.

»Laß dir Zeit«, entgegnete Vanessa achselzuckend. »Es gibt so viel über Tilsit zu lernen. Ich erzähle dir gerne, was ich weiß – nur die Porzellansammlung kann ich dir nicht zeigen. Das wird Brown tun.«

Inzwischen hatte Garth zuerst das Fleisch um den Tisch herum angeboten und dann das Gemüse. Es hatte recht lange gedauert; schließlich hatte er sich zurückgezogen. Als die Schwingtür hinter ihm zufiel, sagte Vanessa:

»Ich hoffe, du machst diesem ganzen Theater von Garths Serviererei ein Ende – wenigstens beim Mittagessen. Es ist heutzutage einfach lächerlich. Wir sollten uns alle selbst an dem Büfett bedienen. Doch Isobel wollte alles aufrechterhalten – und dabei hat Garth nur einen kleinen Italienerjungen, den Sohn von einem der Gärtner, der ihm bei all dieser Arbeit hilft. Er ist zu alt dafür, und wenn wir mehr als drei Personen bei Tisch sind, dauert es eine Ewigkeit, bis man etwas zu essen bekommt. Ich finde, er sollte ...«

»Vanessa.« Lawrence räusperte sich. »Ich schlage vor, du behältst deine guten Ratschläge für dich. Virginia wird selbst ihre Anordnungen zu treffen wissen.«

Ginny betrachtete ihn forschend. Was wie eine wohlgemeinte Unterstützung erschien, mochte genausogut der Wunsch sein, daß Ginny sich durch ihre eigenen Entscheidungen selbst zu Fall bringen würde. Der Feind war eher hier zu finden als in seiner Tochter. So sagte sie: »Vielleicht ließ Isobel es ihn weitertun, weil er alt ist. Ich könnte mir denken, daß er dieses Amt um keinen Preis hergeben möchte.«

Die Gabel vor dem Mund, hielt Margaret inne. »Das ist wahr«, bekräftigte sie mit überraschendem Nachdruck. »Es würde ihm das Herz brechen, wenn du es ihn nicht mehr tun ließest.«

Und nun, wo sich aller Aufmerksamkeit auf sie richtete, legte sie ihre Gabel nieder. »Was Vanessa eben sagte, nämlich, daß das Alte Haus seit ihrem Ball nicht benutzt worden sei, stimmt nicht ganz. Sie mag es natürlich vergessen haben – doch ich benutze das Alte Haus jeden Tag. Ich habe da einen Handarbeitsraum – das letzte Zimmer hinter dem Großen Schlafzimmer. Man sieht von dort auf die Kapelle. Ich arbeite dort jeden Tag. Interessierst du dich für Handarbeit, Virginia?«

»Ich verstehe nichts davon – ich kann gerade einen Saum nähen.«

»Ach – Säume!« Margaret verwarf diesen Gedanken mit einem leichten Heben ihrer schmalen Schultern. »Die Art von Handarbeit meine ich nicht. Du mußt mal rüberkommen, damit ich dir einige meiner Sachen zeige. Sie sind historisch recht interessant.« Sie seufzte leise. »Ich beschäftige gern meine Hände – es beruhigt mich.« Und sie wandte ihr faltenloses, ein wenig ausdrucksloses Gesicht, das jegliche Art einer inneren Spannung leugnete, Ginny voll zu. »Es begann als eine kleine Entspannung, als ich ein junges Mädchen war, und ich habe es seitdem nie aufgegeben.«

»Du willst sagen, Mutter«, berichtigte Vanessa, »Isobel sorgte dafür, daß du es nie aufgabst. Sie hatte in dir all die Jahre eine erstklassige Stickerin, ohne daß es sie einen Penny kostete.«

»Das ist nicht wahr, Vanessa«, erwiderte Margaret gelassen. »Isobel bezahlte einen sehr teuren Kursus für mich an der Londoner Schule für Handarbeit. Sie hat sich immer dafür interessiert ...«

»Sie schickte dich auf die Schule, damit du lerntest, ihre Wandteppiche und Stuhlbezüge und Vorhänge auszubessern. Dreißig Jahre lang hat sie dich zum größeren Ruhme Tilsits sticken, ausbessern und erneuern lassen, ohne etwas dafür zahlen zu müssen.«

Margaret hob wieder leicht die Schultern, und der Blick ihrer violettblauen Augen war geheimnisvoll und schwer zu deuten. »Ich sehe es nicht so, Vanessa. Für mich war es immer eine Freude, meine Arbeit hier ausgestellt zu sehen – gibt es doch kaum einen Raum in Tilsit, in dem nicht irgend etwas von mir zu finden ist – eigene Entwürfe oder Kopien des Originals, das ersetzt werden mußte. Es hat mir Freude gemacht – Isobel verstand, warum mir meine Arbeit Freude machte.« Nach diesen Worten zog sie sich wieder in ihr Schweigen zurück, doch als Ginny sie später im Verlauf der Mahlzeit ansah, als sie sich unbeobachtet glaubte, gewahrte sie wieder den geheimnisvollen, grübelnden, beinahe träumerischen Ausdruck. Sie rührte ihr Essen kaum an, als brauchte sie diese Nahrung nicht, da sie andere hatte.

»Sie hat Ihnen ein Erbe vermacht«, sagte Randall, »das in Wirklichkeit ein Leben voller Arbeit ist. Können Sie es annehmen?«

»Kann ich es zurückweisen?« erwiderte sie halb scherzend, wußte jedoch, es war eine ernste Frage.

Randall zuckte die Achseln. »Sie können weder das eine noch das andere, bevor Sie volljährig sind. Falls Sie gar nichts unternehmen, treten Sie automatisch die Erbschaft an. Sie haben also bis dahin ...« Er brach ab. »... Bis September Zeit.« Er hatte ihr gegenüber gesessen und mit seinen ruhigen Bewegungen geraucht, drückte dann jedoch unvermittelt die Zigarette im Aschenbecher aus. »Sie sind ja noch so jung! – Eigentlich zu jung, um all dies ohne Vorbereitung, ja sogar ohne Warnung, übergeben zu bekommen.«

»Bis vor kurzem fühlte ich mich auch sehr jung. Doch jetzt fühle ich überhaupt kein Alter mehr – weder jung noch alt. Noch etwas Kaffee?«

»Ja, bitte.« Er reichte ihr seine Tasse und zündete sich eine neue Zigarette an. Sie saßen allein zusammen im Wohnzimmer wie am vergangenen Abend nach ihrer Ankunft. Lawrence hatte nach dem Essen auf den Kaffee verzichtet mit der Begründung, er müsse zurück ins Werk. Er schien Ginny froh darüber zu sein. Vanessa war die Treppe zu ihrem Schlafzimmer hinaufgegangen und hatte über die Schulter zurückgeworfen: »Zu spät. Es ist gleich zwei und Zeit für mich, mir meinen Lebensunterhalt zu verdienen. Die Horde – oder das klägliche Häufchen – fängt um zwei Uhr an, angepilgert zu kommen; da die Sonne herauskommt, ist es wahrscheinlich eine Horde.« Margaret war, ohne etwas zu sagen, einfach verschwunden.

So saßen sie nun allein bei ihrem Kaffee, und die Sonne begann hervorzukommen, wie Vanessa prophezeit hatte. Durch die geöffneten Fenster blickte man auf den sorgfältig gepflegten rechteckigen Garten in dem Innenhof. Der Raum war erfüllt von dem schweren, süßen Duft des Goldlacks. »Ich habe mir oft vorzustellen versucht, wie ein englischer Garten riecht«, erzählte Ginny.

»Man liest so oft darüber...« Im Kamin brannte ein neues Feuer.

»Sie hat es sehr geliebt, nicht wahr?« fragte sie unvermittelt. »Oder vielleicht sollte ich nicht sagen ›geliebt‹ – es ist vielleicht nicht der richtige Ausdruck.«

»Isobel und Tilsit, meinen Sie? O ja, sie hat es geliebt – leidenschaftlich und glühend. Sie widmete ihm ihr ganzes Leben. Das Dumme war nur, daß sie es alles bis zum letzten Augenblick in der Hand behalten wollte. Sie war so sehr mit dem ›Wie‹ des Vererbens beschäftigt, daß sie versäumte, das Erbe selbst zu schützen.«

»Wieso?«

»Erbschaftssteuer – Vermögenssteuer. Wir haben noch nicht darüber gesprochen, doch sie sind heutzutage hier in England so unvermeidlich und manchmal fast genauso schrecklich wie der Tod selbst. Die Familie Tilsit hat jedoch in der Hinsicht mehr Glück gehabt als die meisten.« Er schnippte die Zigarettenasche in den Kamin. »Ihre Urgroßmutter, Jane Tilsit, war sechsundachtzig Jahre alt, als sie starb, und Isobel war erst Mitte Zwanzig, als sie sie beerbte. Das macht also beinah vierzig Jahre ohne Erbschaftssteuern. Ihre Tante hatte Zeit zum Aufbauen – und viel Zeit, sich hierfür vorzubereiten, was sie aber nicht getan hat.«

»Was wollen Sie damit sagen?«

»Sie hätte Schenkungen an ihre Erben machen können. Alle Schenkungsübertragungen, die sie fünf Jahre vor ihrem Tode hätte vornehmen lassen, wären jetzt steuerfrei und gerettet gewesen. Sie hätte Tilsit bei Lebzeiten verschenken können – hätte die Gemälde und Porzellan-Sammlung verschenken können, ja sogar die Manufaktur, wenn sie gewollt hätte. Es wäre alles möglich gewesen und hätte die Erbschaft so gut wie von aller Steuerlast befreit. Aber sie konnte sich nicht von diesen Dingen trennen. Sie konnte es einfach nicht.

So ist die Erbschaft, die sie Ihnen hinterläßt, vielleicht gar keine Erbschaft – nur unendlich viel Arbeit ohne einen richtigen Lohn, außer vielleicht dem Bewußtsein zu versuchen, die Besitztümer zusammenzuhalten, die Ihre Vorfahren aufgebaut, gesammelt und wahrscheinlich geliebt haben – obgleich ich nicht weiß, wie Sie über diese Dinge denken, da Sie ja aus einem anderen Erdteil stammen. Es mag sehr lange dauern, bis wir wissen, was übrigbleiben wird. Der Wert dieses Hauses oder der Möbel oder Bilder kann unmöglich in ein oder zwei Wochen festgestellt werden. Sie werden die Steuerveranlagung sehr sorgfältig aufstellen – aber unerbittlich sein, fürchte ich. Wir werden, wo wir nur können,

Einspruch erheben und es mit jeder Taktik versuchen, die uns zur Verfügung steht. Doch am Ende werden Sie bezahlen müssen. Es kann durchaus sein, daß Sie einige der Dinge verkaufen müssen, die Isobel am liebsten waren. Wie es auch ausfällt, es wird ein schwerer Aderlaß.

Die Erbschaft ist deshalb vielleicht alles andere als eine reine Freude – und Sie werden möglicherweise ein eisernes Rückgrat brauchen, um die Bürde zu tragen.«

»Vanessa hätte sie tragen können.«

Er sah ruckartig auf. »Warum sagen Sie das?«

»Es ist doch so offensichtlich. Sie war von Geburt an dafür bestimmt – sie ist dafür erzogen worden. Hören Sie ihr doch nur mal zu, und Sie wissen, daß auch sie dieses Haus liebt, auch wenn sie sich darüber lustig macht. Mr. Randall – warum, um Himmels willen, hat Isobel nicht ihr dieses Haus vermacht? – wenigstens dieses Haus?«

»Ich sagte es Ihnen doch schon. Die Heirat war verkehrt. Isobel konnte den Italiener nicht ausstehen. Vanessa verspielte mit dieser Heirat ihre Chancen. Vielleicht hätte Isobel ihr sonst ein Vermögen in Form einer Rente übertragen, vielleicht aber auch nicht. Die Frage ist jedenfalls rein theoretisch, denn es war damals schon alles vorbei. Vanessa war verheiratet und fort, und Isobel vermochte ihr nicht zu verzeihen. Sogar als ihr Mann umkam und sie nach Tilsit zurückkehrte, verzieh Ihre Tante ihr nicht. Sie müssen bedenken – sie hatte inzwischen ihre Reise zu den Westindischen Inseln gemacht und Sie gesehen. Ihr Entschluß war gefaßt.«

Ginny schüttelte ungläubig den Kopf. »Nach jenem einen Besuch? Das kann doch nicht sein. Wir verstanden uns nicht sehr gut. Wir kamen in Wirklichkeit kaum dazu, uns richtig zu unterhalten; ich weigerte mich, das anzuhören, was sie mir sagen wollte. Sie kann doch nicht so verrückt gewesen sein ...« Sie sah Randall scharf an. »Ich vermute, sie war ein bißchen verrückt?«

Er hob matt abwehrend die Hand. »Ich würde Ihre Tante nicht als verrückt bezeichnen. Sie war eine recht bemerkenswerte Frau. Sie hat Großes für die Manufaktur getan – hat sie durch ihren Weitblick auf den heutigen gesunden Stand gebracht. Exzentrisch, ja. Verrückt? – Nein, das würde ich nicht sagen.«

Ginny deutete mit einer Handbewegung, die das ganze Haus mit einschloß, auf den Raum. »Aber warum hat sie mir dies geschenkt, wenn sie nicht verrückt war? Hier hatte sie vor ihrer Nase jemand, der für die Übernahme dieses Erbes erzogen und geschult war – jemand, der hier geboren ist und es liebt. Warum gab sie es mir und nicht Vanessa?«

Randall seufzte. Er beschäftigte sich eingehend mit seiner Zigarette und vermied es, sie anzusehen.

»Warum – Mr. Randall?«

Er schüttelte den Kopf. »Um diese Frage zu beantworten, müßte ich Ihnen die Geschichte der Familie Tilsit während der letzten hundert Jahre und mehr erzählen, meine Liebe. Ich wünschte, ich könnte es für Sie vereinfachen. Sie brauchen jedoch Zeit hier. Die Zeit – und wenn es nur ein paar Wochen sind – wird Ihnen helfen, es zu verstehen. Es würde Ihnen womöglich jetzt überhaupt nichts oder so gut wie gar nichts sagen. Der einfachste und einleuchtendste Grund, den ich Ihnen dafür nennen kann, daß Ihre Tante Vanessa übergangen hat, ist die Tatsache, daß sie keine Tilsit ist.«

»Keine Tilsit ...?«

»Lassen Sie mich es Ihnen noch mal erklären. Ihr Vater, Lawrence Bowen-Tilsit, war Isobels direkter Vetter väterlicherseits. Er hat den Namen ›Tilsit‹ nur angenommen.«

Sie nickte. »Ja – ich hatte es nicht bis zu Ende durchgedacht. Auf den Namen kommt es an. Aber sie hatte doch den Namen!«

»Es kommt auf das Blut an, Virginia. Die direkte und legitime Abstammung war für Isobel Tilsit am allerwichtigsten.«

Schließlich hatte er seine Papiere eingepackt und sein Köfferchen geschlossen. »So, nun haben Sie aber genug für heute, meine Liebe. Und ich muß sehen, daß ich zurück nach Bournemouth komme. Oh – Sie werden mich noch oft genug zu sehen bekommen, fürchte ich. Doch für den Augenblick haben Sie genug zum Nachdenken. Wir sollten Ihnen Zeit lassen, sich erst mal einzuleben ...«

Widerstrebend begleitete sie Randall zur Tür. Es erschien ihr unmöglich, daß er nun fortging, er, das einzige Verbindungsglied zu der Welt, aus der sie gekommen war, der einzige, dem sie ihre Fragen stellen konnte.

»Mr. Randall ...?«

Er begriff, was in ihr vorging. »Kommen Sie mich jederzeit besuchen, wenn Sie Lust haben. Oder rufen Sie mich an, und ich komme dann her.« Seine Lippen öffneten sich zu einem raschen Lächeln, und sie wußte, er hatte ihre Furcht bemerkt. »Mit der Zeit wird sich schon alles regeln.« Er nickte ihr ermutigend zu. »Sie brauchen ebenfalls Zeit – die anderen. Isobel hat zu lange ihr

Leben beherrscht und dirigiert. Sie sind es nicht gewohnt, selbständig etwas zu tun.«

Er bedeutete Ginny, durch den Korridor voranzugehen. »Ich habe meinen Wagen an der Südfront abgestellt. Der offizielle Eingang ist an der Ostfront, durch den wir gestern abend gingen. Das« – er deutete auf eine geschlossene Tür weiter hinten im Flur – »ist Isobels Büro. Dort finden Sie die meisten Unterlagen und Papiere – alles, was mit dem Haushalt und der Fabrik zu tun hat. Ich glaube nicht, daß sie weggeschlossen sind, sonst lassen Sie sich von Garth oder Brown die Schlüssel geben ...«

»Sie meinen, ich soll ihre Papiere lesen?«

Sie waren in eine Art Halle gekommen, in der eine Reihe von Mänteln hing, unter denen fein säuberlich Gummistiefel aufgereiht standen. Neben der schweren, eisenbeschlagenen Tür starrte ein Schirmständer von Spazierstöcken. Randall schwang die Tür auf und sah Ginny rasch an. »Es sind doch Ihre Papiere.«

»Noch nicht«, protestierte sie. »Nicht vor September.«

»Ach, eine reine Formalität. Ich an Ihrer Stelle würde sie lesen«, erklärte er nachdrücklich und mit einem Kopfnicken. »Ja – lesen Sie sie. Sie haben viel Zeit aufzuholen.«

Auf dem Kies neben dem Eingang standen drei Autos – Randalls, ein kleines, schäbiges dunkelblaues und ein dunkelgrüner Jaguar-Sportwagen.

»In den alten Ställen da drüben ist eine Garage, doch meistens bleiben sie einfach hier draußen – es ist zu weit zu laufen, wenn man den Wagen braucht«, erzählte Randall, während er einstieg. Er deutete auf den Jaguar. »Das ist Vanessas. Vitti schenkte ihn ihr, und sie brachte ihn mit hierher, als er umkam. Der andere da gehörte Ihrer Tante. Fragen Sie Garth nach den Schlüsseln. Sie werden ihn vermutlich benutzen wollen.«

Er streckte ihr durch das Fenster die Hand hin. »Rufen Sie mich an, wenn Sie mich brauchen. Ich werde ab und zu mal herkommen...« Er verabschiedete sich zwanglos, doch wußten sie beide, wenn auch keiner von ihnen es aussprach, daß sie von nun an auf sich selbst angewiesen sein würde. Randall setzte zurück und wendete, während sie dastand und zusah; es drängte sie, ihn zurückzurufen, ihm zu sagen, daß er sie noch nicht verlassen dürfe, doch ein Protest hätte das Unvermeidliche nur aufgeschoben. So hob sie nur matt die Hand, als er den Hut lüftete, und dann fuhr das Auto die Auffahrt hinunter und bog um die Kurve auf die Brücke zu.

»Mr. Randall ...!« Sie rannte einige Treppenstufen hinunter in dem vergeblichen Versuch, ihn zum Anhalten zu bringen. Er war jedoch schon zu weit fort. Achselzuckend blieb sie stehen. Sie hatte ihn nach Mark Barstow fragen wollen, als sie allein waren. »Na ja«, murmelte sie. »Dann muß ich eben auch das selbst herausfinden.«

Sie stand und sah die leere Auffahrt hinunter. Hinter ihr lag Tilsit mit der Bürde seiner Bewohner und seiner Probleme, mit den fremden Menschen, die in Zimmern auf sie warteten, die sie noch nicht kannte und die von Ereignissen sprachen, die ihre eigene Vergangenheit bildeten, von denen sie jedoch nichts wußte – von Isobels Welt, aus der ihr Vater geflohen war. Ein Schauder überlief sie. Da sich ein leichter Wind erhoben hatte, vermochte sie nicht zu sagen, ob er sie hatte frösteln lassen oder aber das in ihr aufsteigende Gefühl des Mißtrauens und Zweifelns.

Da berührte sie etwas an ihrem Bein. Sie zuckte wie unter einem Schlag zusammen.

Die braunen Augen des Spaniels sahen zu ihr auf.

»Oh – du bist es!«

Sie konnte die stumme Bitte nicht abschlagen. So bückte sie sich und strich über den weichen Kopf und haßte sich, weil sie keine Zuneigung zu diesem sanftmütigen Tier empfand.

»Na – was ist denn?« Ihr fiel wieder sein Name ein. »Du suchst sie, was, Trip? Weißt du, ich bin nicht Isobel. Ich bin nicht dein Frauchen.« Sie hockte sich neben ihn, plötzlich froh über die Wärme seines seidenweichen Körpers und das freudige Zittern, das ihn bei ihrem Streicheln durchlief. Hierdurch ermutigt, legte ihr der Hund nun schüchtern eine schlaffe, weiche Pfote auf das Knie. »Du möchtest einen Freund haben, nicht wahr? Du bist einsam, Trip – genau wie ich. Du möchtest Isobel zurückhaben, und ich ... ich möchte Jim hierhaben. Ich könnte ein bißchen von dem gesunden MacAdamschen Menschenverstand brauchen, um all diese Geister zu verscheuchen, die ich hier sehe. Und du – du möchtest vermutlich den Geist wieder in Fleisch und Blut zurückhaben. Tja, du wirst mit mir vorliebnehmen müssen, Trip, und ich werde ... niemanden haben.«

Sie erhob sich und ging zurück zur Tür. Der Hund folgte ihr dicht auf den Fersen. Sie dachte an das Zimmer, das Randall als Isobels Büro bezeichnet hatte, mit all den Papieren, die darauf warteten, gelesen zu werden, an das Zimmer im ersten Stock, in dem Isobels Gegenwart durch Brown greifbar und wirklich zu werden schien, an das Familienwohnzimmer, das der einzige Raum in dem ganzen riesigen Gebäude war, in den man gehen konnte, und an die Fremden, die sich mit Geld den Eintritt in all die anderen Zimmer unter Vanessas Führung erkauft hatten. Keines von ihnen hieß sie willkommen.

»Zum Teufel mit ihnen, Trip!«

Sie schüttelte rasch ihre Schuhe ab und versenkte ihre Füße in ein Paar Gummistiefel, die ihr ein wenig zu groß waren, und nahm einen alten, weichen Tweedmantel vom Haken. Er hatte ein angeschnittenes Übercape, wie es vor fünfzig Jahren modern gewesen war, und fiel ihr mit seinen tiefen Falten beinah bis auf die Füße. Ein Zucken durchlief plötzlich Trips Körper, als sie ihn zuzuknöpfen begann. Er stieß ein klagendes Winseln aus und sprang mit einer Bewegung an ihr hoch, die sowohl Angst wie selige Ekstase ausdrückte. Sie strich mit der Hand an dem Mantel hinunter und begriff, daß Isobel diesen Mantel oft getragen haben mußte; er besaß eine geliebte Vertrautheit für den Spaniel und symbolisierte für ihn die Rückkehr zur sicheren Geborgenheit. Hell und erregt bellend, lief er in großen Sprüngen auf die Tür zu und rannte hinaus, stürzte auf die gekieste Auffahrt hinunter, verharrte und kam wieder zu ihr zurückgesaust, den Schwanz steil erhoben in der klassischen Haltung. Er bellte wieder und lief davon. Nur ein einziges Mal wandte er den Kopf, um sich zu vergewissern, daß sie ihm folgte, und rannte dann mit fliegenden Ohren die Auffahrt hinunter, auf der Randalls Wagen vor kurzer Zeit ihren Blicken entschwunden war.

Ginny zog die Tür hinter sich mit einem lauten Knall zu, der in den weiten Korridoren widerhallte; es war ihre erste, selbstsichere Handlung, seit sie in Tilsit war.

Trip lief nicht über die Brücke, sondern schoß durch die Bäume der Allee hindurch, die die Auffahrt säumten, und begann den Hügel hinaufzutraben. Der Wind stäubte ihr von den nassen Bäumen einen kleinen Schauer von Regentropfen ins Gesicht, als sie Trip folgte. Auf der Auffahrt hinter ihr fuhren langsam zwei Autos vorbei. Besucher, dachte sie und empfand bereits ein gewisses Distanzgefühl ihnen gegenüber; sie merkte, daß sie schon mehr nach Tilsit gehörte als jene. Die Tilsitschen Familienmitglieder erschienen ihr plötzlich nur noch teilweise als Fremde – sie waren ihr nicht vertraut, doch vertrauter als diese gesamte übrige, fremde Welt, in der sie sich plötzlich befand.

Sie langte auf dem Kamm des Hügelrückens an, auf dem der alte Turm stand. Ohne sich um die Warntafel zu kümmern, trat sie in den Windschatten der runden Mauer. Sie hörte Trip irgendwo zwischen den heruntergefallenen flachen grauen Steinplatten herumstöbern. Er tauchte kurz auf und schien dann in den Boden zu verschwinden – vermutlich in irgendwelche Keller oder die Kergewölbe des normannischen Ritters, der diesen Berg befestigt und verteidigt hatte. Sie wandte sich um und blickte auf Tilsit zurück.

Es mußte ihrem Vater sehr schwergefallen sein, dies zurückzulassen. Es war schön, dieses um zwei Innenhöfe angelegte Herrenhaus; es hatte sogar Charme, wie es dort an dem Hang lag, an dessen Fuß sich das Flüßchen entlangschlängelte, und es wirkte trotz der gewaltigen Ausmaße erstaunlich anheimelnd. Die mit Schießscharten versehene Verzierung der Dächer und die aufsteigenden Schornsteine erinnerten sie an die italienischen Bergstädtchen, die im Hintergrund von Renaissancegemälden winzig klein und schmuckstückhaft zu sehen sind. Auf den ersten Blick bot sich dem Auge keine klassische Fassade; man mußte Stück für Stück betrachten und in sich aufnehmen. Es war eine Mischung verschiedener Bauperioden und Stile, die sich harmonisch zusammenfügten, das Endergebnis jahrhundertelanger Bautätigkeit, das von der wachsenden Macht und dem steigenden Einfluß seiner Bewohner kündete. Sie stand in seinen Anblick versunken und überlegte, zu welcher Zeit wohl der Frieden im Lande so lange gedauert hatte, daß der Herr dieses Besitzes sich sicher genug fühlte, seinen normannischen Wehrturm zu verlassen und dieses unbefestigte Haus an dem lieblichen Flüßchen zu bauen. Sie zog den Mantel enger um sich, da ein kühler Wind hier oben wehte, und rätselte, wie ihr Vater es fertiggebracht hatte, nie hiervon zu sprechen.

Da drang die Stimme an ihr Ohr.

»Einen ganz schönen Schreck haben Sie mir eingejagt – stehen Sie da oben in *ihrem* Mantel! Ich dachte schon, die alte Hexe wäre selbst zurückgekommen!«

Ginny wirbelte herum. Er stand unter ihr auf dem Weg, der sich um das Fundament des Turmes wand – ein junger Mann in einem dicken Pullover, dem der Wind durch das wilde, dunkle Haar fuhr. »Ja, Sie!« sagte er. »Ich meinte Sie.« Und er kam den steilen Hang hinauf auf sie zu.

»Sie haben *mich* erschreckt.« Fast instinktiv trat sie einen Schritt zurück. Sogar aus einiger Entfernung ging kraftvolle Stärke von ihm aus, von seiner mächtigen Gestalt und von seinen grob gemeißelten Gesichtszügen, die trotz allem eine gewisse wilde, ungezügelte Schönheit aufwiesen.

»Ich Sie erschreckt, tatsächlich? Na, was meinen Sie, haben Sie getan? – Da stehen Sie doch wahrhaftig wie ein verdammtes Gespenst in *ihrem* Mantel und starren zurück zum Haus, so wie sie es immer tat. Berauscht sich daran.«

»Ich?«

»Nein, sie. Aber Sie mögen sich auch daran berauscht haben. Sie sind doch die Nichte, nicht wahr? John Tilsits Tochter? Ja, dacht' ich mir's doch. Ist ja auch nicht zu übersehen. Da hängt ein Bild von dem alten Mädchen, Jane, im Haus – eine fürchterliche Stümperei von Millais. Sie sind ihr wirklich wie aus dem Gesicht geschnitten.«

Breitbeinig stand er vor ihr, die Hände in die Taschen seiner ausgebeutelten, fleckigen Flanellhose vergraben – eine Gestalt von außergewöhnlicher Kraft und Dynamik; er hatte eine dunkle, gegerbte Haut; die Furche auf seinem Kinn sah aus, als wäre sie mit einer Axt gemeißelt worden, und seine Augen waren dunkelschlammgrau. Fasziniert starrte sie ihn an.

»Und wer sind Sie?«

»Barstow ist mein Name. Mark Barstow.«

»Ach so ... Mark Barstow. Ich habe schon von Ihnen gehört.«

»Ich wette, Sie haben das! Ich wette, Sie haben 'ne ganze Menge gehört!«

»Sie sind auch gar nicht eingebildet, was? Ich habe überhaupt nichts gehört, nur, daß man beschloß, nicht auf Sie zu warten, als Sie nicht zur Testamentsverlesung erschienen.«

»Nun, das verweist mich auf meinen Platz, nicht wahr?«

»Was ist Ihr Platz?«

Er zuckte die Achseln, und die gespannte Intensität schien sich ein wenig zu lockern. Fast lächelte er. »Wer wüßte das? Ich kann Ihnen nur sagen, daß ich ihn anscheinend noch nicht gefunden habe.« Und dann lachte er plötzlich, ein explosives, schallendes Gelächter, mit dem er über sich selbst und die ganze Welt um sie herum lachte. Die grimmige Entschlossenheit schien von ihm abzufallen; er war gelöst und natürlich. Ginny stimmte in das Gelächter mit ein, zuerst nur zaghaft, doch als dann das Gefühl der Befreiung in ihr wuchs, warf sie sich mit ihrem ganzen Selbst hinein. Erleichterung durchflutete sie wie eine Welle. Sie fühlte sich befreit und erlöst durch diesen jungen Riesen von einem Mann mit seinem Lachen und seiner freien Art. Zum erstenmal, seit sie in Tilsit war, nahm sie selbst teil am Geschehen und war nicht nur Zuschauer. Die Erleichterung darüber war süß und berauschend.

»Ich bin froh, daß jemand anders auch nicht weiß, wo sein Platz ist. Mir geht es im Augenblick nämlich ebenso.«

Er streckte ihr die Hand hin, eine riesige Hand mit schwarzen Rändern unter den kurzen, breiten Nägeln. Ihr Druck war hart und fest, als hätte er nie gelernt, einer Frau die Hand zu geben; die Haut fühlte sich rauh an.

»Ich sollte jetzt wohl das Passende tun und sagen ›Willkommen‹ ...«

»Nein! Bitte nicht! Sagen Sie das nicht auch noch!«

Er nickte. »Es ist ein bißchen viel gewesen – all dieses Begrüßungstheater, was? Das kann ich mir denken! Sie haben Ihnen wohl ein bißchen Angst eingejagt, was? Na, nun hör mal gut zu, mein Schatz ...« Er griff durch das dicke Übercape nach ihrem Arm und umfaßte ihn mit seinem harten Griff.

»Lassen Sie sich man nicht bange machen! Sonst haben Sie nämlich verloren. Ich kenne sie – den alten pedantischen Bowen und diesen Idiot Randall. Und Garth, der so tut, als wären ihm die Schlüssel vom Königreich anvertraut. Und Brown, die immer schlecht riecht – die ist auch so eine alte Hexe, die! Sagen Sie sich nur: ›Ihr könnt mir alle den Buckel runterrutschen!‹ und Sie werden sich schon viel besser fühlen.«

»Genau das habe ich getan – deshalb bin ich hierhergegangen.«

»Prächtig! Ich hasse es selber – es fängt nach einer gewissen Zeit an, mich zu erdrücken. Ich habe es nie sehr lange aushalten können ...« Ginny verspürte eine plötzliche, scharfe Enttäuschung. Rasch sagte sie: »Aber Sie werden gelegentlich etwas dort sein müssen. Sie bestimmte im Testament, daß Sie weiter Kustos der Porzellan-Sammlung bleiben.« Die auf Lebenszeit ausgesetzte Rendite von tausend Manufakturaktien erwähnte sie nicht, wußte sie doch, Randall würde es ihm zum geeigneten Zeitpunkt eröffnen; jetzt wollte sie seine Reaktion auf die unbedeutende Nachricht sehen.

»Hat sie das bestimmt? Nun, woher wußte sie, ob ich es annehmen würde?« Doch sein Gesicht verriet schon seine Freude darüber mit einem befriedigten Lächeln. »Trotzdem freue ich mich darüber. Es ist eine wunderschöne Sammlung. Vermutlich hab' ich sie ins Herz geschlossen. Ich hab' früher 'ne Menge von ihr gelernt, als ich noch ein Kind war – einfach dadurch, daß ich jene Stücke anschaute und befühlte.«

»Würden Sie mir die Sammlung zeigen – sie mir erklären?«

Er schüttelte den Kopf. »Das ist nicht meine Sache, mein Schatz. Das ist Browns Amt. Sie würde mich umbringen, wenn ich es ihr wegnähme. Sie ist 'ne empfindliche alte Jungfer – aber man muß ihr Recht widerfahren lassen, denn wenn das, um das man sich kümmert, einem dadurch mit der Zeit gehört, dann ist es wahrscheinlich letzten Endes eher Browns als Isobels Sammlung. Es gibt für mich da nicht mehr viel zu tun, um Ihnen die Wahrheit zu sagen. Der ganze Kram ist etikettiert und einklassifiziert. Isobel hat seit Jahren nichts Neues dazugekauft. Alles sei heutzutage zu teuer, pflegte sie zu sagen, und es sei kein Geld für Neuanschaffungen da. Ist Geld da?« fügte er hinzu.

Seine Direktheit verblüffte sie, und doch forderte sie Achtung und eine Antwort. »Mr. Randall sagt, es sei keines da – oder zumindest kein Geld, das jemand in der Tasche klimpern lassen könnte. Er sagt, die Steuerleute würden sich wahrscheinlich eine dicke Scheibe abschneiden ...«

Seine buschigen, geraden Augenbrauen zogen sich mit einem finsteren Stirnrunzeln zusammen, das schon beinahe einer Grimasse glich. »Ihr reichen Leute macht mich krank! Die Steuerleute werden kommen und ihre Ernte halten, und Sie werden nur noch ein verdammt großes Schloß und ein paar van Dycks und einen Memling behalten, um Ihnen Gesellschaft zu leisten – und ein paar tausend Morgen Ackerland und eine bescheidene kleine Steingut- und Porzellanmanufaktur, die nur das beste zeitgenössische Steingut von ganz England herstellt. Sie werden arm wie 'ne Kirchenmaus sein, nicht wahr? Ha ...!« schloß er mit einem Ausruf der Verachtung.

Ginny war sprachlos. »Warum sind Sie böse auf mich? Was habe ich mit all dem zu tun? Ich kann doch nichts dafür. Schließlich bin ich erst gestern abend angekommen.«

»Stimmt, aber Sie werden genauso wie sie sein. Das weiß ich genau«, entgegnete er schroff und unlogisch. »Sie werden in dem alten Klapperkasten herumfahren und zwanzig Jahre alte Klamotten anziehen, weil alles heutzutage zu teuer ist – das sagte sie immer.«

»Finden Sie nicht, Sie sollten aufhören, über das zu reden, was sie zu tun und zu sagen pflegte? Sie sollten mir eine Chance geben!«

Er starrte sie einen Augenblick an, und dann erhellte sich sein finsterer Blick allmählich; sowie der Zorn aus seinem Gesicht gewichen war, verloren seine Züge das Klobige und Schwere, und er sah wieder auf derbe Weise gut aus. Er schien Ginny der merkwürdigste Mensch zu sein, den sie je kennengelernt hatte – den einen Augenblick krümmte er sich innerlich vor unterdrückter Wut und beruhigte sich im nächsten mit einem Lächeln, das bis tief in seine Augen hineinreichte. Er streichelte ihren Arm mit einer Bewegung seiner harten Hand, die so behutsam wie die eines Kindes war; es war eine beschützende, beinahe väterliche Geste.

»Sie haben recht, Sie armer kleiner Spatz. Es ist nicht Ihre Schuld. Und Sie sind ja noch ein halbes Kind.«

Es zuckte um seine Lippen; forschend betrachtete er sie. »Und so ein exotischer Vogel fällt da plötzlich mitten zwischen uns solide Dorset-Typen vom Himmel – mit Ihrem goldenen Haar und dem dunkel-gebräunten Gesicht. Ein Paradiesvogel von den Zuckerinseln ist zu uns gekommen. Ich möchte wissen, ob Sie hierbleiben werden oder ob Sie in diesen nördlichen Inseln vor Gram verkümmern werden, durch die Kälte unserer sonnenlosen Tage und unserer Art, die genauso kalt und unfreundlich ist wie unser Klima.«

»Was für einen Unsinn reden Sie da, Mark Barstow?«

»Ja, ich rede wohl Unsinn, Ginny – so müssen Sie heißen. Oder werden Sie gerne Virginia genannt?«

»Ginny.«

»Wie gut! Ich glaube nicht, daß ich eine Virginia gern haben könnte.«

»Werden Sie das denn tun?«

»Wer weiß? Ich könnte es versuchen – es wäre vielleicht gar nicht so schwer.« Und dann fügte er unvermittelt hinzu: »Hätten Sie Lust, mit mir zu kommen? Ich habe ein Kaminfeuer brennen – ich mache Ihnen eine Tasse Tee. Hätten Sie Lust dazu, Ginny?«

»Ja – ja, sehr gerne. Aber wollten Sie nicht gerade irgendwohin?«

»Völlig unwichtig. Nein – das stimmt nicht. Um die Wahrheit zu sagen, ich wollte rüber nach Tilsit gehen – wollte der Köchin eine Tasse Tee abschwatzen und mir das Gerede über Sie anhören – solange Garth nicht auftauchte.«

»Weshalb von der Köchin?«

»Weil ich mich in der Küche wohler fühle als im Salon.« Er zog unsanft an ihrem Arm. »Kommen Sie jetzt. Von der anderen Seite da geht ein Weg zu meiner Hütte.«

Er nahm ihre Hand und führte sie durch die herumliegenden Steinplatten, durch einen abbröckelnden Torbogen und das hohe Gras zu einer Stelle, wo die dicke Mauer des Turmes niedergebrochen war. Sie kamen auf der Höhe des Hügels heraus, nur war der Abhang auf dieser Seite steiler als auf der anderen. Obwohl Ginny damit gerechnet hatte, das Meer zu sehen, war sein Anblick ein Schock. Ein graues Meer lag in etwa vierhundert Meter Entfernung vor ihr. Die grasgrüne Wiese davor endete in einer Hecke und der Steilküste. Eine Herde hellbrauner Kühe weidete friedlich auf ihr.

»Das ist auch Ihr Reich«, erklärte Mark. »Und da – da wohne ich.« Er zeigte auf ein niedriges weißes Haus, das gefährlich weit draußen auf einem Vorsprung der Klippe lag, und ein höheres Gebäude, das wie eine angebaute Scheune aussah. »Es ist ein kleines Stückchen Strand da unten an der Klippe – nichts Besonderes allerdings, nur ein Streifen Steine. Die Bucht ist zu flach, um einen guten Schutz zu bieten. Die Straße geht hinter meiner Hütte vorbei zum nächsten Gehöft. Wenn man die Straße benutzt, ist es etwa vier Kilometer von Tilsit. Dies war wohl zur Zeit der Wikinger und Normannen ein besserer Ankerplatz. Aber die Steilküste bröckelt an dieser ganzen Küstenlinie immer weiter ab. Letztes Jahr brach ein ganzes Stück runter – es begrub einen Teil der Steine und hätte um ein Haar die Hütte mit runtergerissen.« Er deutete über ihre Schulter. »Dieser Berg da ist die Isle of Portland und Portland Bill. Und dort geht's nach Swanage, Bournemouth ist dahinter. Weiter da drüben im Kanal liegt die Isle of Wight. Wenn klare Sicht ist, kann man sie sehen, doch ist das nicht oft. Wenn Sie lange genug hierbleiben, werden Sie sich an dieses Wetter gewöhnen. Sie werden noch anfangen, sich zu jedem Tag zu beglückwünschen, an dem die Sonne scheint.«

»Warum reden Sie immer so, als würde ich vielleicht wieder fortgehen?«

»Tue ich das denn? Nun, wahrscheinlich, weil ich mir nicht vorstellen kann, daß jemand freiwillig hierbleibt, wenn er es nicht muß.«

»Meinen Sie hier – in Tilsit?«

»Ja – in Tilsit.«

»Müssen Sie denn bleiben, Mark?«

Er antwortete nicht, sondern wandte sich ab und begann, den durch das Gras getrampelten, schmalen Weg hinunterzugehen. Er wandte nicht den Kopf, um zu sehen, ob sie hinterherkam, und sie hatte das Gefühl, daß er womöglich beschlossen hatte, sie einfach dort stehen zu lassen. Sie rannte hinter ihm her. »Warten Sie, Mark. Ich muß Trip finden ...«

»Zum Teufel mit dem verdammten Köter!« schrie er zurück. »Kommen Sie oder kommen Sie nicht?«

Sie zögerte nicht, weil sie es nicht wagte. »Ich komme.«

Die Hütte war klein und niedrig, aus alten Ziegelsteinen und Holz gebaut und frisch gekalkt; das größere Gebäude dahinter, zu dem man durch einen kleinen Durchgang gelangte, schien aus den gleichen Steinen errichtet zu sein, doch war es neuer, und seine Linien zeigten noch kein altersschwaches Durchhängen. Es war kein Garten vorhanden, lediglich ein Fußpfad in dem Gras, und die Klippe fiel bereits nach sechs Metern steil ab. Mark wies mit einem kurzen Kopfnicken zu ihr hinüber. »Etwa fünfzehn Meter sausten letztes Mal hinunter. Als ich klein war, lagen vor dem Haus noch alle möglichen Wiesen.« Er stieß die Tür auf und blieb wartend stehen. »Na, nun kommen Sie schon«, meinte er, und sein Gesicht verzog sich jetzt wieder gut gelaunt zu seinem plötzlichen Lächeln. »Bleiben Sie nicht den ganzen Tag da stehen.«

Sie riß sich aus der Betrachtung der flachen Bucht und dem Anblick des hinabgestürzten Stückes Land los, das sich von dem kleinen Schotterstreifen, der den Strand bildete, ein Stück ins Wasser hinaus erstreckte. Ein Ruderboot war dicht an den Fuß der Steilküste hinaufgezogen; es sah winzig klein aus und stach weiß gegen das graue Steingeröll und das graue Wasser ab. »Es ist sehr gefährlich, hier zu wohnen.«

Eine Art Vergnügen ließ sein Gesicht aufleuchten, als er zur Seite trat, um sie hereinzulassen. »Nun ja, und wenn schon! Wenn ein Sturm im Kanal tobt, würden Sie denken, das Ganze würde einfach in die Luft gehoben und aufs Meer hinausgeweht.«

»Sie mögen das.« Es war eigentlich keine Frage.

»Ja.« Seine Hand legte sich kurz auf ihre Schulter, als sie an ihm vorbeiging. »Ich mag es.«

Die Hütte besaß keinen Flur; Ginny trat sogleich in das vollgestopfte Wohnzimmer, dessen Fensterchen auf das Meer hinausgingen und dessen gegenüberliegende Wand mit Bücherborden bedeckt war. In dem tiefen Kamin, der die gesamte eine Wand des Zimmers einnahm, glühten noch die Scheite eines Feuers. Mark ging unverzüglich hin und warf etwas Kienholz unter die verkohlten Holzscheite; sofort züngelte eine Flamme auf.

»So«, meinte er, »das ist besser. Es ist nicht Tilsit, aber dafür verdammt gemütlicher. Ich stell' nur eben den Wasserkessel auf. Machen Sie's sich bequem. Den Rest vom Haus zeige ich Ihnen, wenn wir 'ne Tasse Tee getrunken haben.«

Sie zog den Mantel aus und folgte ihm in die kleine und überraschend moderne Küche, die von einem Vorflur an der Rückfront des Hauses abging. Mark stellte zwei Tassen auf ein Tablett und schnitt einige Scheiben Brot ab. Sie wies mit einem Kopfnicken auf das Geschirr. »Tilsit?«

»Was sonst? Dies ist Ausschußware – wir leben alle davon.« Er bewegte sich rasch und geschickt; seine Bewegungen waren erstaunlich beherrscht und präzise für einen so schweren, großen Mann.

»Versorgen Sie sich hier selbst – ich meine, was Kochen und all das betrifft?«

»Ich bin ein ganz guter Koch. Mrs. Johnston, die Bäuerin von da unten« – er deutete zum Fenster, zu dem matschigen Feldweg und den in der Ferne sichtbaren Dächern eines Gehöfts – »kommt einmal die Woche und macht sauber. Backt auch dies Brot. Hier, nehmen Sie den Honig, ja, und lassen Sie uns hinein an den Kamin gehen.« Er ging mit dem Tablett voran. Sie sah sich einen Augenblick in der kleinen weißen Küche um, blickte hinaus auf die baumlose Hohlkehle der Steilküste und auf den kahlen Weg zu der Straße hinunter. Es atmete alles eine Kälte aus, eine nackte Kahlheit, die sie bedrückte. Der Klang von Marks Stimme hinter ihr ließ sie zusammenfahren. Er stand an den Türpfosten gelehnt und beobachtete sie. »Na – wie finden Sie all das?«

»Es ist eigenartig und fremd«, antwortete sie, ohne zu zögern und ohne zu versuchen, ihren Gedanken vor ihm zu verbergen. »Einsam – wie abseits der Welt.«

»Das soll es auch sein. – So – nun gieß ich Ihnen etwas Tee ein und dann reden wir weiter darüber.« Er führte sie zurück in das Wohnzimmer zu der hochlehnigen Holzbank, welche die eine Seite des Kamins bildete. »So! Da werden Sie sich aufwärmen. Wie möchten Sie Ihren Tee?«

»Mit Milch.«

»Wie die Engländer, eh?«

»Mein Vater ...«

»O ja, ich vergesse es immer ... Zucker? – ein Stück Brot?« Er machte es sich mit seiner eigenen Tasse in dem Sessel ihr gegenüber mit dem zerschlissenen Schonbezug bequem. »Sie finden es also zu einsam hier?«

»Das habe ich nicht gesagt. Ich sagte, es sei – abseits der Welt.«

»Das ist es auch. Dies Fleckchen« – er ließ den Blick durch das vollgestopfte Zimmerchen schweifen, in dem das Licht sich jetzt zwischen dem Kaminfeuer und den beiden kleinen Fenstern traf, die zum Meer hinausgingen – »dieses Fleckchen ist mein Sieg über Isobel. Ein kleiner Sieg, aber ich bin wenigstens keine ihrer ausgestopften Marionetten in Tilsit. Ich habe einen Platz, wo ich frei atmen kann.«

Sie stellte ihre Tasse neben sich auf den Boden und beugte sich zu ihm vor. »Wer sind Sie – Mark? Wie stehen Sie zu Isobel?«

»Sie wollen doch nicht etwa sagen, daß Sie noch nicht instruiert worden sind? Brown hat Sie tatsächlich nicht instruiert – und Randall auch nicht? Sehr unachtsam von ihnen – zweifellos lag es am Zeitmangel. Sie werden es noch nachholen.« Er langte nach einem Zigarettenpäckchen. »Zigarette?« Als sie dankend den Kopf schüttelte, nahm er sich eine heraus und schaute sie erst wieder an, nachdem er sie angezündet hatte. »Offiziell bin ich der Leiter der Entwurfsabteilung im Werk – die Abteilung besteht außer mir nur noch aus einem Lehrling, so bedeutet der Titel nicht viel. Inoffiziell bin ich Isobels Gefangener.«

»Worüber reden Sie eigentlich?« fragte sie mit aufsteigendem Zorn, denn sie fühlte, er war zu weit gegangen; sie begann eine gewisse Sympathie für Isobel zu empfinden, weil jene sich jetzt nicht verteidigen konnte.

»Im wahrsten Sinne des Wortes ein Gefangener. Ein Gefangener sowohl im Hinblick auf das, was sie aus mir gemacht hat, wie auf das, was sie mir gegeben hat – auf gewisse Weise ein Gefangener meiner eigenen verfluchten Schlappschwänzigkeit, durch die ich es nicht fertigbrachte, mich loszureißen.« Er nahm einen tiefen Zug. »Hört sich verrückt an, was? – wie hirnverbrannter Blödsinn. Tja, aber es ist zum Teil wahr, auch wenn ich es dramatisiere. Ihre Tante, Ginny, holte mich, als ich dreizehn war, aus einer Arbeiterhütte und der Volksschule drüben von St. Mary und gab mir eine Art Erziehung – jedenfalls genug, um mich vorzeigen zu können. Ließ die Ecken meines Dorset-Akzents abschleifen. Dann schickte sie mich auf das Royal College of Art in London und bezahlte ebenfalls meine Lehrzeit bei Barry Jones, einem der besten Töpfer Englands, der außerdem kein schlechter Bildhauer ist. Und dann kam ich zurück, und jede neue Form, jedes neue Muster, die Tilsit in den letzten sechs Jahren herausgebracht hat, stammen von mir. Und es sind verdammt gute!«

»Warum tat sie das? Woher wußte sie, als Sie dreizehn waren, daß Sie begabt waren?« fragte sie zweifelnd und sträubte sich gegen seine Worte und das Licht, das sie auf Isobel warfen.

»Weiß der Himmel! Sie hatte eine Art, Menschen zu mästen und sich das von ihnen zu nehmen, was sie brauchen konnte.«

»Das ist keine sehr gute Erklärung.«

Er hob die Hände in einer plötzlichen, ungeduldigen Gebärde. »Woher zum Teufel soll ich wissen, woher sie es wußte! Ich sage Ihnen, sie witterte einfach alles, was für sie vorteilhaft war. Wenn Sie wirklich die Wahrheit über jene kleine Geschichte wissen wollen, erzähl' ich sie Ihnen, auch wenn sie nicht sehr erbaulich ist.

Meine Mutter arbeitete im Werk – tut es auch heute noch – als Dekoristin – Sie wissen, jemand, der die Muster malt. Sie nahm einmal etwas feuchte Tonerde für mich zum Modellieren mit nach Hause, ohne etwas davon zu sagen. Isobel kam dahinter, und meine Mutter wäre geflogen, wenn sie nicht so tüchtig gewesen wäre und Tilsit nicht eine ganze Menge Geld und einige Jahre in ihre Ausbildung investiert hätte. Außerdem ist sie Isobel gesellschaftlich fast ebenbürtig – aber das ist eine andere Geschichte, Ginny, unterbrechen Sie mich daher nicht – es war also nicht angebracht, sie vor allen Arbeitern herunterzumachen. Aber Isobel hatte, wie ich schon sagte, eine feine Nase für alles, was für sie vorteilhaft sein konnte. Sie wollte vermutlich wissen, warum jemand Tonerde mit nach Hause nehmen will, wenn er den ganzen Tag damit arbeitet. Sie kam also und sah, was ich mit dem Lehm gemacht hatte, und sie hätte mich am liebsten auf der Stelle in die Fabrik geschleppt. Wenn das Gesetz gegen Kinderarbeit und meine Mutter nicht gewesen wären, hätte ich am nächsten Tag im Werk gesessen. Sie hatte wie eine Wölfin die Zähne in mich geschlagen. Ich kann Ihnen sagen, mir wird jetzt noch eiskalt vor Angst, wenn ich daran denke.«

»Was geschah dann?«

»Meine Mutter fing an zu handeln. Sie handelte mit Isobel, um mich in eines der anständigen Internate zu bekommen – Isobel sollte ihre Beziehungen einsetzen und es natürlich auch bezahlen. Und wenn ich mit achtzehn immer noch Töpfer werden wollte, sollte ich – aber nur wenn ich es wollte – in das North Staffordshire Technical College kommen und bei einem erstklassigen Kunsttöpfer lernen. Ich brachte es nur noch weiter als das North Staffordshire – ich schaffte es, auf das Royal College zu kommen. Sie wollte nicht, daß ich mit fünfzehn oder sechzehn als Lehrling in Tilsit anfing, so wie es die Kinder in St. Mary tun. Sie wollte das Beste für mich.«

Ginny fuhr sich langsam mit der Zunge über die Lippen. »Sie hat es also erreicht?«

»Sie erreichte es, indem sie ihre eigene Stellung aufs Spiel setzte. Isobel schleppte mich eines Sonntags selbst ins Werk und ließ mich eine Schale drehen, um zu sehen, ob die anderen Sachen kein Betrug waren. Sie wollte nicht die Katze im Sack kaufen. Ich schielte vor Nervosität und war ganz schön wütend auf sie, das weiß ich noch genau – und die erste Schale wurde eine schreckliche Bescherung. Doch die zweite war ein Prachtstück. Da beschloß Isobel, das Wagnis einzugehen.

»Und sie gewann es?« Es schien fast nicht fair, ihm jetzt die Frage zu stellen.

Er reagierte auch mit einer wütenden Armbewegung darauf, mit der er beinahe die Tasse von der Seitenlehne seines Sessels fegte. »Da können Sie Gift drauf nehmen! Sie holte sich, was sie wollte.«

»Aber hatte sie denn nicht das Recht dazu?«

»Herrgott noch mal! Sie sind genau wie sie! Ich arbeite für ein verdammt niedriges Gehalt und meine Mutter auch. Isobel hatte das Recht, mich einige Jahre für sie arbeiten zu lassen, aber sie wollte mich mit Haut und Haar haben.«

»Sie übertreiben.«

»O nein! Diese Frau war eine habgierige alte Hexe, und es ist mir egal, wer das hört.«

»Warum gingen Sie dann nicht fort?«

»Das tat ich ja. Ich hab' auch das versucht. Aber sie holte mich zurück.«

»Wie konnte sie das, wenn Sie es nicht wollten?«

»Sie bestach mich. So einfach war es – und ich bin keinen Deut besser als sie, ich nahm ja ihre Bestechung an; und ich hab' daher eigentlich kein Recht, so zu reden. Ich riß mich von hier los und ging zu Wedgwood – sie haben eine große Entwurfsabteilung. Isobel wußte natürlich, wohin ich gegangen war; sie wartete einfach, bis ich merkte, daß ich nicht all die andern aus dem Weg boxen konnte, die vor mir da waren, selbst wenn ich das größte Genie seit dem alten Josiah gewesen wäre. Sie wartete, bis es mir zum Hals heraushing, und machte mir dann ihr Angebot. Und ich biß an.«

»War es so gut?«

»Ich hätte aus Stein sein müssen, um es abzulehnen – ich war damals erst vierundzwanzig, und sie bot mir das an, wovon jeder Künstler träumt. Sie bot mir eine Dauerstellung mit so gut wie völliger Selbständigkeit im Hinblick auf meine Arbeit an und mein eigenes Studio, um mich an besonderen Sachen zu versuchen, die nicht in die kommerzielle Linie paßten. Sie bot mir also mit anderen Worten das Geld und den Platz und die Zeit an, mich völlig selbständig als Töpfer und sogar als Bildhauer zu betätigen. Aus der Sicht eines winzigen Kämmerchens in Stoke on Trent war es mehr oder weniger unwiderstehlich. Aber ich traute ihr trotzdem nicht und ließ es mir schriftlich geben. Und dann kam ich zurück ...«

Er stand auf und streckte ihr die Hand hin. »Kommen Sie – ich zeige Ihnen das übrige Haus, und Sie werden dann verstehen, warum ich zurückkam.«

Er führte sie durch den Gang, der das Häuschen und das große dahinterliegende Gebäude miteinander verband. Es war aus weißgeschlämmten Klinkern ohne Fenster gebaut und erhielt sein Licht durch Glasluken im Dach; an den beiden Wänden zogen sich Regale entlang, in denen unglasierte Keramiken standen. Ginny hätte sie sich gerne näher angesehen, doch Mark zog sie weiter.

»Sie können sie sich nachher anschauen«, meinte er, als er die nächste Tür aufstieß.

Das Atelier war so groß wie eine kleine Scheune, genauso weiß gekalkt wie der Gang, und von einem harten, gleichmäßigen und toten Nordlicht durchflutet, das durch die großen Atelierfenster im Dach hereinfiel und von den weißen Wänden und dem grauen Zementfußboden zurückgeworfen wurde. An dem andern Ende standen zwei elektrische Brennöfen; den meisten übrigen Raum nahm das Handwerkzeug eines Töpfers ein – die Bänke und Drehbänke, die Töpferscheibe, die Wannen für das Glasieren und die Töpfe mit den verschiedenen Glasuren und Farben für die Bemalung; nahe der Tür stand ein Tisch mit einem schrägen Zeichenbrett. Alles, die Bänke, die Wände und den Fußboden bedeckten die dunkelgrauen Spritzer des rohen Tons.

»Wer wäre nicht hierfür zurückgekommen?« fragte Mark. »Wenn ich nicht der verdammt beste Töpfer der Welt bin, liegt es weiß Gott nicht am Mangel an Werkzeugen!«

Ginny ließ den Blick emporschweifen. An den Dachbalken, die das spitze Dach trugen, hingen verschiedene Metallteile zu unglaublich phantasievollen Formen gebogen und zusammengeschweißt in schöner und genau ausgewogener Balance, so daß sie sich nun zu bewegen und drehen begannen und ihren langsamen, rhythmischen Tanz nach dem leichten Luftzug, der durch das Öffnen der Tür entstanden war, vollführten. Die Mobiles waren aus dunkler Bronze und Kupfer und Stahl; sie schwebten in ihrer eigenen Welt, führten ein selbständiges Leben über den handfesten Geräten des Töpferhandwerks.

»Wundervoll!« sagte Ginny, hingerissen von diesem anscheinend zeitlosen und schwerelosen Kreisen in der Luft.

Mark folgte ihrem Blick, und sein Gesicht erhellte sich vor Freude. »Ich freue mich, daß Sie sie bemerkt haben. Die meisten Leute halten sie für irgendwelchen da oben aufgehängten Ramsch. Isobel hielt sie für Ramsch – für eine Zeitverschwendung, wie sie sagte. Eine Zeitverschwendung, in der ich neue Formen hätte entwerfen oder Töpfe drehen sollen, um sie auf noch mehr Ausstellungen zu schicken und den Namen Tilsit zu verbreiten. Aber sie hatte nun mal dies Abkommen geschlossen und stand zu ihm, das muß man der alten Hexe lassen. Sie hatte mir zugesichert, daß ich in meiner Freizeit arbeiten konnte, woran ich wollte, und sie das Material bezahlen würde. So mußte sie mir Bronze und Kupfer und Eisen und Blei von jedem Schrotthändler diesseits von London bezahlen. Ich hab' einen ganz hübschen Schrotthaufen da hinter dem Haus. Sehen Sie mal ...« Er stand nun neben einer riesigen Bronzeplatte, die genauso groß wie er selbst und ungefähr fünf Zentimeter dick war; sie war auf grobe Weise in die kubistische Form eines Mannes geschnitten und hatte eigenartig sprechende, ausgestreckte, stocksteife Arme, die in viereckige, riesige Hände endeten. »Ich nenne es ›Stehende Gestalt‹«, erklärte er. »Es ist selbstverständlich noch nicht fertig. Ich weiß nicht, ob ich den Mut habe, über die endgültige Form zu entscheiden. Es ist jedoch das Beste, was ich je gemacht habe. Isobel fand, es sei ein horrender Blödsinn. Sie sah einzig und allein, was die Bronzeplatte gekostet hatte. Sie sagte, sie hätte mich nicht auf das Royal College und zu Barry Jones geschickt, damit ich ein Handwerker würde.« Er deutete mit erhobenem Daumen auf den Schweißapparat und die Maske und die an der Wand lehnenden Flaschen mit Sauerstoff und Azetylen.

»Wie haben Sie es nur ausgehalten«, sagte Ginny leise und verstand plötzlich etwas von der in diesem Mann brodelnden finsteren Wut. »Wo hätte ich all dies gehabt?« fragte er zurück. »Es kostet Geld – das Werkzeug, die Brennöfen, eine Werkstatt und die Chance, sich einen Namen zu machen. Ich habe von einer guten Londoner Galerie das Angebot, eine alleinige Ausstellung meiner Skulpturen und Keramiksachen zu veranstalten, sobald ich genügend fertig habe. Wo hätte ich diese Arbeitsbedingungen gehabt? Solange ich Isobel ihren Anteil gab, ging niemand an, was ich hier machte. Und ich hab' ihr ihren Anteil gegeben. Ich hab' sie nicht betrogen. Aber was mir gehörte, gehörte nun mal mir. Sehen Sie hier ...«

Er ging in den Gang zurück und nahm eine grobgeformte, rotgoldene Schale vom Bord, die mit einem abstrakten Linienmuster in dunklerem Rot verziert war. »Steingut«, erklärte er kurz. »War auf einer Ausstellung englischer Töpferkunst, die in Skandinavien gezeigt wurde.« Er drehte sie um. »Dies und nichts anderes meine ich. Sehen Sie – es ist mit ›Barstow‹ signiert – nicht mit Tilsit.

Das paßte ihr natürlich nicht; solange ich jedoch entwarf, was sie für das Werk brauchte, konnte sie nicht viel daran ändern.« Er stellte die Schale wieder auf ihren Platz zurück und drehte behutsam die Seite nach vorn, die ihm am besten gefiel. »Tilsit ist jetzt bekannt dafür, das Geschirr herzustellen, das zu all dem modernen Zeug paßt – zu den dänischen Möbeln und zu den neuartigen Kochtöpfen und Stahlmöbeln. Der Absatzmarkt für solche Sachen war früher sehr klein, doch wird er jetzt immer größer, besonders in Amerika. Viele Leute finden die traditionellen Muster zu überladen, und die Formen passen nicht zu ihren übrigen modernen Sachen. Tilsit war nie sehr bekannt für die Herstellung traditionellen Geschirrs – die Konkurrenz war, bevor es überhaupt anfing, schon viel zu groß durch Namen wie Wedgwood und Spode und andere ... Ich überredete Isobel zu den ganz modernen Mustern, die gar nicht sehr schwierig aussehen. – Aber ich kann Ihnen sagen, es ist eine ganz verteufelte Angelegenheit, sich eine neue Form für einen Milchguß auszudenken und gleichzeitig dafür zu sorgen, daß man auch Milch mit ihm ausgießen kann. Na, wir spezialisierten uns jedenfalls auf die moderne Linie, und heute steht Tilsit an zweithöchster Stelle, was den Verkauf von zeitgenössischem Geschirr in den Vereinigten Staaten anbelangt. So ...«

Ginny unterbrach ihn. »So haben Sie ihr also ihren Teil der Abmachung gegeben.«

»Mir blieb nichts anderes übrig. Ich mußte mir das Recht verdienen, diese andern Sachen mit meinem Namen zu signieren – nur mit meinem Namen und sonst nichts.«

Er kam zu ihr zurück und blieb dicht vor ihr mit zusammengezogenen Brauen, die Hände in den Hosentaschen, stehen und betrachtete die von den Dachbalken herunterhängenden, sich leicht bewegenden Mobiles. »Dieser Teil meiner Arbeit muß frei und ungebunden sein – denn hier liegt meine wahre Begabung.«

Er sah sie unvermittelt fragend an. »Sie können das verstehen, nicht wahr? Es ist ...« er suchte nach den richtigen Worten, »als ob meine Arbeiten für das Werk das preisgekrönte Gemüse sind, das ich für den Verkauf ziehe, um das Geld zur Züchtung meiner geliebten Blumen zu haben.«

Ginny blickte zu den Regalen zurück, zu den glasierten und unglasierten Steinguttöpfen, -krügen und -schalen, meistens in warmen Erdfarben, und sogar ihr ungeschultes Auge sah, daß sie die sichere Hand eines Meisters verrieten. Über ihren Wert war sie sich nicht so im klaren; sie fand die Formen und Muster kühn und neu und sehr maskulin in der Ausführung. Sie schienen die passenden Gefährten der verschlungenen, metallenen Phantasiegebilde zu sein, die männlich hart und herb von den Dachbalken des Studios herunterhingen. Indem sie den Blick von diesen Dingen löste, die auf ihre Weise von einem Talent erzählten, fragte sie Mark: »Warum bezweifeln Sie, daß Sie ihr genug gegeben haben? Die Schuld muß doch schon längst zurückgezahlt sein.«

»Warum?« Er ging zum anderen Ende des Ateliers, und seine schweren Schuhe dröhnten laut auf dem mit Tonstaub bedeckten Zementboden. »Warum? Wenn Sie sie gekannt hätten, würden Sie das nicht fragen. Man mußte einfach immer weiterzahlen, sonst hatte man das Gefühl, nie von ihr loszukommen.«

Er wartete ihre Antwort nicht ab und sah auch nicht zu ihr zurück, sondern stürzte sich in eine hochtechnische Beschreibung der einzelnen Stadien des Töpferhandwerks. Nach einer Minute verlor sie den Faden, fasziniert von seiner Gestalt, wie er da, durch die ganze Länge der Werkstatt von ihr getrennt, breitbeinig vor ihr aufgepflanzt stand und mit den Armen erklärend gestikulierte; seine Stimme fiel in einen schweren Akzent zurück – dem hier üblichen wohl –, da er sich ihrer Gegenwart nicht mehr so bewußt war. Wie er so dort stand, drückte er ganz das kraftvolle und ungeschliffene Wesen des Mannes seiner Bronzeplastik aus; hier sah sie die Kraft seiner Töpfersachen, hier die freie Kühnheit ihrer Muster. Gefangen von den rhythmischen Lauten seiner Stimme, hatte sie plötzlich den Wunsch, diese durch den Ton gehärteten Hände bei der Arbeit zu sehen.

»Das Brennen hat seine Tücken. Alles schrumpft dabei zusammen – um etwa ein Achtel. Man kann die Form dadurch verlieren. Zuviel oder zuwenig Hitze und die Farbe geht flöten oder wird ungleichmäßig und unschön. Man muß Formen für die einzelnen Sachen machen ...«

Seine kraftvollen, anziehenden Hände beschrieben, wovon er sprach; in den Kurven, die seine Hände liebevoll umrissen, erkannte und fühlte sie eine gerundete, weibliche Form.

»Werden Sie eines Tages etwas für mich drehen«, unterbrach sie ihn, »damit ich zuschauen kann?«

Sein Gesicht verdunkelte sich vor jähem Ärger. »Ich denke ja nicht daran! Ich mache keine Sachen nur zur Unterhaltung eines Publikums. Wenn Sie Glück haben, sind Sie eines Tages hier, wenn ich gerade etwas drehe. Vielleicht lasse ich Sie dann zuschauen.« Er kam mit großen Schritten auf sie zu. »Aber vermutlich habe ich meine Zeit verschwendet, Ihnen all das zu erzählen.

Zum einen Ohr 'rein – zum anderen 'raus. Na, in Zukunft werden Sie ein bißchen besser aufpassen müssen. Wenn Sie eine Tilsit sind, müssen Sie Bescheid über alles wissen, was mit Töpferei zusammenhängt – aber Sie fangen für eine Tilsit verflixt spät an ...«

Er stand nun vor ihr. »Wissen Sie«, begann sie, »es ist mir im Augenblick ganz egal, was ich bin. Ich bin nämlich nur müde. Ich habe in den letzten beiden Tagen genug über Dinge gesehen und gehört, die ich verstehen muß, um für die nächsten zwei Monate vollauf beschäftigt zu sein.« Sie schüttelte den Kopf. »Ich kann einfach nichts mehr in mich aufnehmen. Ich bin müde, Mark.«

Langsam hob er die Hand, um mit äußerster Behutsamkeit über die Falte zwischen ihren Brauen und die Ringe der Erschöpfung unter ihren Augen zu streichen.

»Das mußt du ja sein, du armer, kleiner Spatz. Das mußt du wirklich sein.«

Ginny saß auf dem Fußboden vor dem Kamin und lehnte sich mit dem Rücken an die gepolsterte Armlehne von Marks Sessel. Sie schloß die Augen, und es wurde ihr bewußt, daß sie an nichts dachte, an gar nichts. Hinter den Fenstern hörte man das Meer, ein hohles, monotones Krachen der Brandung gegen die Felsen. In dem Raum selbst waren nur die Geräusche von Marks leisen Bewegungen und der echte, menschliche Trost seiner Gegenwart. Er streifte sie, als er sich niederkauerte, um ihr einen Becher heißen Tee in die Hände zu drücken, und sie hätte am liebsten nach diesem groben Pullover mit seinem Geruch nach Salzwasser und Ton gegriffen, um ihr Gesicht in ihm zu vergraben. Sie wollte sich so gerne an ihm ausruhen und völligen Frieden finden; sie wünschte, diese Stille und diese gändige Ruhe von allen Gedanken möge ewig dauern.

Er setzte sich in den Sessel hinter ihr, um ebenfalls seinen Tee zu trinken, und sie fühlte, wie er sie an den Schultern ergriff und ihren Körper zur Seite rückte, bis sie mit dem Rücken an seinen Beinen lehnte; die Geste war von einer so selbstverständlichen Vertrautheit, als bestände diese schon lange zwischen ihnen. Sie lehnte sich an ihn, und ihre Rückenknochen schienen mit wundervoller Schnelligkeit mit ihm zu verschmelzen. Sie nippte an ihrem Tee und schloß wieder die Augen – und spürte, wie die Wärme seines Körpers in den ihren drang. Es war für sie der erste Augenblick wahren Friedens, seit der Stunde, in der sie mit Katrien im Garten von Oranje Huis gearbeitet hatte, der Stunde also, bevor ihr Vater starb.

Ein Holzklotz rutschte im Kamin zur Seite und fiel krachend

herunter und ließ sie zusammenfahren; die Spannung erfaßte wieder ihren Körper. Seine Hand legte sich sofort auf ihre Schulter. »Ruhig, Liebling – ruhig.« Seine Stimme war schwer von dem Dorsetshire-Akzent. Und sie fühlte, wie Unruhe und Spannung von ihr abfielen. Seine Hand blieb, schwer und besitzerisch, auf ihrer Schulter liegen; sie bildete gleichsam eine Schranke gegen ihre Gedanken, gegen die bösen Ahnungen und Zweifel, die ihre Ankunft in Tilsit in ihr geweckt hatte, gegen das quälende Heimweh nach vertrauten Dingen und Stimmen; sie war da, eine überzeugende Beruhigung angesichts aller Unsicherheit, die Mauer gegen Einsamkeit und Angst – nicht mehr die Hand eines Fremden. Es war, als hätte sie sie ihr Leben lang gekannt und spürte sie doch jetzt zum erstenmal. Diese Mischung aus Vertrautheit und neuem Erleben erfüllte sie mit einem Gefühl des Staunens. Und es wurde ihr klar, daß, wenn sie diese Hand, diese Berührung nicht ihr ganzes Leben gekannt hatte, sie vielleicht immer auf sie gewartet hatte.

Der Griff der Hand löste sich sanft, und dann fühlte sie langsam, aber mit großem, uneingeschränktem Vertrauen Marks Hand unter ihrem Kinn und ihr Gesicht zu ihm emporgewandt. Bevor seine Lippen sich auf die ihren legten, sagte er: »Du bist ein wunderschönes Geschöpf, du goldener Paradiesvogel – ein wunderschönes Geschöpf!«

Mark begleitete sie nach Tilsit zurück; er hatte ihr selbst in den Mantel geholfen, als wäre dieser nicht mehr die Rüstung eines Feindes. Es war kälter geworden, und die sonnenlose Frühlingsdämmerung lag nur noch als grauer Schein auf dem Meer; ein Wind war aufgekommen und wehte ihnen auf dem Weg an der Steilküste entlang ins Gesicht. Ginny war jedoch noch von der Wärme und Gelöstheit jener Stunde mit Mark am Kamin erfüllt, in der die drückende Last von Tilsit von ihr genommen worden war, von den Worten, den Sätzen ohne große Bedeutung, die aber jeder von ihnen verstanden hatte. Sie trat Tilsit jetzt mit dem Bewußtsein entgegen, nicht mehr allein zu sein; es war nicht mehr der einzige Ort, zu dem sie gehen konnte. Sie dachte an das Häuschen wie an einen Zufluchtsort.

Der Turm ragte über ihnen empor; er sah von dieser Seite höher und drohender aus als von Tilsit; Ginny vermochte sich jetzt vorzustellen, daß er einmal eine beeindruckende Festung gewesen sein mochte, welche einen langen Küstenstreifen nach beiden Richtungen beherrscht hatte. Während sie ihn betrachtete und gespannt war, wann sie wohl die ersten Lichter von Tilsit sehen würde, spürte sie plötzlich Marks Hand auf ihrem Arm.

»Halt dich dicht an der Hecke. Du mußt auf diesem Weg vorsichtig sein. Er war früher breit genug für einen Pferdewagen, aber jetzt ist er dafür nicht mehr sicher.«

Er drängte sie gegen die Hecke und ging selbst an der äußeren Seite neben dem steilen Abhang. Sie roch den süßen, nassen Duft der jungen Blätter dicht an ihrem Gesicht.

»Kommst du mit mir zum Haus zurück – kommst du mit hinein?« Kaum wagte sie es zu fragen aus Angst vor einer Weigerung, aus Angst, er könnte ihr seinen stützenden Schutz entziehen.

»Vielleicht – vielleicht tue ich das.« Und dann stieß er ein scharfes, rauhes Lachen aus, das sie überraschte. »Es bringt sie immer aus der Fassung, wenn ich in einem Aufzug erscheine, als käme ich gerade aus meiner Werkstatt – erinnert sie zu sehr daran, wo ihre Brötchen herkommen. Und der alte Lawrence bietet mir dann steif einen Sherry an, worauf ich sage, daß ich einen Whisky möchte. Sie müssen dann Garth mit den Schlüsseln losschicken, um den Scotch zu holen.«

»Warum haßt du sie so? Was kann einer von ihnen dir getan haben?«

»Hassen? Ich hasse sie nicht. Das lohnt sich gar nicht. Ich verachte sie. Sie waren alle Isobels Lakaien – bereit, wenn nicht zufrieden, unter der Knute dieser Frau zu stehen. Aus dem gleichen Grund verachte ich auch mich selbst – nur brauch' ich nicht tagtäglich an ihrem Tisch zu sitzen, wenn ich auch ihr Brot esse.«

»Vanessa auch? Verachtest du auch Vanessa?« Es war auf einmal wichtig zu wissen, was er über Vanessa dachte.

»Vanessa ist in Ordnung«, erwiderte er unbekümmert. »Sie hatte ein Leben außer Reichweite Isobels – während sie mit dem Italiener verheiratet war. Er hat sie gerettet, nehme ich an. Sogar als sie zurückkam, hat Isobel sie nicht ganz unterkriegen können.«

Sie schritten eine Zeitlang schweigend nebeneinanderher, und dann griff Ginny nach Marks Arm, da sie die Berührung mit ihm brauchte, um die böse Ahnung abzuwehren, die sie bei der Erwähnung von Isobels Namen wieder befiel. Am Fuße des Abhanges unter dem Turm sagte sie: »Trip ist wahrscheinlich schon nach Hause gelaufen. Ich hätte ihn eigentlich nicht einfach hierlassen sollen ...« Sie empfand eine Art Mitgefühl mit dem Hund, gerade weil sie es nicht über sich bringen konnte, ihn gern zu haben.

»Ich würde nicht so viel Aufhebens um den Hund machen«, entgegnete Mark grob. »Er kann schon auf sich selbst aufpassen – dieser jaulende, feige Köter, der schon auf dem Boden kroch, wenn Isobel ihn nur ansah. Es war typisch für sie, so einen Hund zu haben, der weniger Mut als eine Maus besaß ...«

»Du urteilst so hart über alle, Mark – über jeden in Tilsit.«

Er ergriff in einer fast automatischen Bewegung ihre Hand und zog sie den Abhang hinter sich empor.

»Ich muß es sein. Du wirst es auch noch lernen, nachdem du eine Weile hier in England bist. Sie sind der natürliche Feind – da ich aus einer Arbeiterhütte stamme und es eine Zeit gab, wo mein Vater die Blumenbeete in Tilsit umgrub. Es ist ein Teil der sozialen Revolution, Ginny – nein, lach nicht, denn es stimmt. Meine und meinesgleichen Waffen sind einzig und allein Talent und Begabung, die sie brauchen. Wir sind nicht mehr nur zwei Hände und ein Buckel und wir lassen uns für alles, was sie von uns brauchen und wollen, teuer bezahlen. Und wir verachten sie – wir alle – und beneiden sie gleichzeitig, weil sie sich ihrer Welt so sicher sind. Ich vermute, wir wollen diese ihre Welt haben, wenn wir auch so tun, als gäben wir keinen Heller darum. Wir trösten uns, daß der Wohlfahrtsstaat und die Steuern ihnen den Boden unter den Füßen wegziehen, aber sogar dann sind sie immer noch was Besseres als wir, und wir alle wissen das. Deshalb also hüte ich mich, in Schlips und Jackett in Tilsit zu erscheinen und verlange Whisky, wenn sie mir Sherry anbieten. Ich bringe ihnen zum Bewußtsein, daß sie mich brauchen. Und sie wissen die ganze Zeit, daß ich sie brauche.«

»Und ich? Wo stehe ich in all dem?«

»Am schlimmsten Platz – nämlich in der Mitte! Du bist eine von ihnen, aber zweitklassig, weil du aus den Kolonien bist. Sie reden nicht mehr über Kolonialengländer, weil es keine Kolonien mehr gibt, und Jack ist ebensogut wie sein Herr. Aber sie denken immer noch so. Und deshalb gehörst du mitten in den verfluchten Haufen – und das ist kein angenehmer Ort, mein Mädchen!«

Sie antwortete leichthin: »Es bedeutet aber auch, daß ich nach beiden Richtungen gehen kann. – Schau – da ist ja Trip! Er hat die ganze Zeit auf mich gewartet. Trip!«

Der Spaniel war hinter der Mauer des Turmes aufgetaucht und sprang auf eine der herumliegenden Steinplatten hinab. Sein lautes, scharfes Bellen verriet die Freude über ihren Anblick; er machte einige zögernde Versuche, zu ihr hinunterzurennen, blieb dann jedoch an der Kante der Platte wie angewurzelt stehen.

Ginny, die zu ihm laufen wollte, fühlte plötzlich durch den Ruck an ihrer Hand, daß Mark nicht mitkam. Rasch blickte sie zu ihm auf und sah bestürzt, daß der feindliche Ausdruck wieder wie in den ersten Minuten ihrer Begegnung auf seinem Gesicht lag; er hatte die dichten Brauen finster zusammengezogen. Seiner raschen und unbegreiflichen Stimmungsumschläge nun müde, entriß sie ihm ihre Hand und eilte den Rest des Abhangs zu dem Hund empor. Im selben Augenblick, wo sie ihm die Hand auf den Kopf legte, hörte er auf zu bellen, ein Zittern lief durch seinen Körper.

»Was ist denn, Trip? Hast du gedacht, ich käme nicht wieder? Du dummer Kerl – du hättest mitkommen sollen.«

Mark kam auf sie zu, während sie Trip streichelte. Als er sich ihnen näherte, bemerkte sie die Veränderung in Trip. Sein Körper versteifte sich, und die Lefzen des sanften Spaniels, der nicht für wilden Kampf gezüchtet worden war, zogen sich unnatürlich weit zurück und entblößten die Zähne. Aus seiner Kehle kam ein tiefer Laut, halb angsterfülltes Winseln und halb wütendes Knurren. In einer für ihn uncharakteristischen Bewegung kauerte er sich flach auf die Platte, als setzte er zum Sprung an.

»Trip! Was ist denn los, Trip? Mark – was hat er nur? Er muß dich doch kennen! Er kann doch keine Angst vor dir haben?«

Mark antwortete nur mit einer Bewegung – einer häßlichen Bewegung, die aussah, als wollte er dem Hund einen Tritt versetzen. Sprachlos starrte Ginny ihn an und war plötzlich überzeugt, daß, wäre Trip in seiner Reichweite gewesen, es tatsächlich ein Tritt und nicht nur die Geste gewesen wäre.

»Verdammter winselnder Feigling! Ekelhafter Köter!«

»Mark!«

»Ach, zum Teufel mit ihm – und auch mit dir!« Und damit drehte er sich um und stürmte wieder in großen Schritten den Hang hinunter und ließ sie, die Hand auf dem zitternden Körper des Hundes, einfach stehen. Ihre Stimme versuchte ihn mit einem Schrei zurückzuholen, der beinahe eine flehende Bitte war und vom Wind erfaßt und verschluckt wurde.

In Tilsit wartete man auf sie. Garth öffnete bereits die Tür des Südeinganges, bevor sie diesen erreichte.

»Wir fingen schon an, uns Sorgen zu machen, Miss Virginia.«

Es erschien absurd, erklären zu müssen, wo sie ein paar Stunden gewesen war, doch die Besorgnis des alten Mannes schien echt zu sein, und sie fühlte sich dafür verantwortlich. »Ich habe Mr. Barstow besucht.«

»Oh ...« Das Gesicht war zu wohl geschult, um sich in mehr als einem Bruchteil zu verändern, doch dieser Bruchteil ließ ihn die Lippen zusammenpressen. »Nun, ich hoffe, Sie haben einen schönen Spaziergang gemacht, Miss. Die Herrschaften sind im Wohnzimmer.«

Auch sie warteten auf sie, Lawrence, Margaret und Vanessa. Ein Tablett mit Gläsern und einer Karaffe stand bereit, aber niemand hatte sich einen Drink eingeschenkt. Vanessa rauchte und drückte ihre Zigarette mit ungeduldiger Nervosität aus, als Ginny erschien. Margaret sah von ihrem Stickrahmen mit der leisesten Andeutung eines Lächelns auf, unterbrach sich jedoch nicht in ihrer Arbeit. Lawrence begrüßte sie mit einem Versuch, jovial zu sein. »Na – da bist du ja! War der Spaziergang schön? Prächtig! Na, dann kann ich dir wohl einen Sherry einschenken?«

Ginny blickte zu dem glänzenden Silbertablett und den zartgestielten Gläsern hinüber. Es sah alles so edel und zart aus und irgendwie ungern gegeben. Es war zu feminin. Sie sah Lawrence an.

»Ich hätte gern einen Scotch, bitte – falls welcher da ist.«

»Scotch? Hm ...« Er erholte sich rasch. »Oh – natürlich, ich werde nach Garth klingeln.«

Vanessa warf die Hände in einer kleinen Geste des Triumphes empor. »So haben wir etwas, wofür wir dankbar sein können, Vater! Wir werden wenigstens mal einen Drink in diesem Haus bekommen!«

Sein Gesicht wurde dunkelrot, aber er erwiderte nichts. Margaret hob nicht wieder den Kopf von ihrer Arbeit. Vanessa quittierte das Schweigen mit einem Achselzucken und griff nach einer neuen Zigarette. Ginny blieb stehen, wo sie war, bis Garth erschien.

»Den Scotch, bitte, Garth.«

»Und drei Gläser, Garth«, fügte Vanessa rasch hinzu. »Ich bin sicher, mein Vater und ich schließen uns Miss Virginia an.«

Als er die Tür erreichte, rief Ginny: »Noch eins, Garth.«

Er beehrte sie mit mehr Aufmerksamkeit, als er den anderen erwiesen hatte. »Ja, Miss?«

»In Zukunft stellen Sie doch bitte den Scotch heraus, ja?« Und zu ihrer aller Beruhigung fügte sie hinzu: »Ich bin überzeugt, Mr. Randall wird nicht sagen, daß der Besitz es sich nicht leisten kann.«

»Miss Isobel ...« Er verstummte. »Sehr wohl, Miss.«

Als er gegangen war, lehnte Vanessa sich in die abgenutzten roten Damastkissen des Sofas zurück und tat einen tiefen Zug an ihrer Zigarette, wobei sie den Kopf mit halbgeschlossenen Augen in den Nacken legte. »Wißt ihr«, begann sie, »Garth und Brown tun mir wirklich leid. Sie fehlt ihnen. Sie war für die beiden tatsächlich der Anfang und das Ende ihrer Existenz.«

»Ich bin überzeugt, Isobel fehlt uns allen«, entgegnete Lawrence.

»Oh, Vater, tu doch nicht so fromm. Du weißt ganz genau, daß sie niemandem von uns fehlt und wir nur dankbar sind, daß sie nicht mehr hier ist.« Sie richtete sich ein wenig auf. »Und weshalb schenkst du nicht Mutter ihren Sherry ein? Schließlich brauchen wir doch nicht mehr auf sie zu warten.« Mit einer abrupten Bewegung wandte sie sich an Ginny. »Du willst sicherlich nicht, daß wir auf dich warten?«

»Selbstverständlich nicht!« Um sich von ihrer Verlegenheit zu befreien, ging Ginny zu dem Kamin und blieb davor stehen, sie blickte in die Flammen und dachte, wieviel heller das Feuer doch in Marks Hütte geschienen hatte. Vanessa redete immer noch.

»Isobel ließ uns warten, bis sie aus dem Büro kam. Und das war immer erst einige Minuten vor dem Essen – so daß keine Zeit für mehr als einen Drink blieb.«

»Das kann geändert werden«, hörte sie ihre eigene Stimme sagen; der Gedanke an all die tausend Kleinigkeiten irritierte sie, wegen denen sie zu ihr kommen würden – so lächerlich nebensächliche Dinge, daß sie sie sich nicht einmal vorzustellen vermochte. Sie wandte sich um und sah ihn an, entschlossen, das nächste hinter sich zu bringen, ihrer etwaigen Mißbilligung zu begegnen und ein für allemal zu dokumentieren, daß sie ihre eigenen Wege ging, ob diese nun Isobels waren oder nicht.

»Vermutlich habt ihr euch gewundert, wo ich war.«

»Wir kommen um vor Neugier«, antwortete Vanessa, »aber wir haben alle das englische Spiel gespielt, uns um unsere eigenen Angelegenheiten zu kümmern.«

»Ich traf Mark Barstow. Ich war in seinem Haus. Er zeigte mir ...« Lawrence, der gerade für seine Frau Sherry eingoß, stellte ruckhaft die Karaffe hin und stieß dabei so heftig an die Gläser, daß das Kristall zu klingen begann.

»In seinem Haus?«

»Ja ...«

»Ich an deiner Stelle würde nicht wieder in sein Haus gehen!«

»Weshalb nicht?«

»Ich würde nicht wieder dorthin gehen«, wiederholte er.

Zum erstenmal sagte Margaret etwas: »Lawrence – das ist doch nun abgeschlossen. Laß uns keinen weiteren Skandal haben.«

Die Tür öffnete sich, Garth trat ein, und sie versanken in Schweigen.

Ginny blieb, gebannt von der wilden und erotischen Musik, die plötzlich die Stille durchbrach, oben an der Treppe stehen. Es waren die leidenschaftlichen, scharf rhythmischen Klänge von Gitarren und Kastagnetten; sie verspotteten die sonst herrschende Stille und waren für den ganzen vorgeschriebenen Verhaltenskodex dieses würdevollen Hauses geradezu ein Schlag ins Gesicht. Die Musik kam eindeutig aus der offenen Tür von Vanessas Schlafzimmer.

Sie zögerte, von den Klängen in derselben Weise angezogen, in der die Wärme, die sie in Mark Barstow gespürt hatte, sie nach dem kalten Empfang in diesem Haus angezogen hatte. Und doch war es keine echte Aufforderung, Vanessa zählte nicht zu ihren Freunden. Den Ausschlag gab schließlich Browns geduldige, wachsame Gestalt, die sie an der Tür des Zimmers, das sie jetzt benutzte, auf sich warten sah; ihr Anblick trieb sie zu der offenen Tür. Ginny wünschte brennend, ihrer sie einsaugenden Gegenwart zu entfliehen, der Erinnerung an die Vergangenheit und Isobel, die Browns einzige Leidenschaft zu sein schien. Sie erkaufte sich eine kurze Gnadenfrist, indem sie sich abwandte und zu Vanessa ging.

Vanessa lag weit zurückgelehnt, die Füße auf dem gestickten Polster eines Schemels, in einem riesigen Sessel vor dem Kamin. Ihre Beine und Füße waren bloß, und der jadegrüne Samtmorgenrock enthüllte ihre vollendete Form und die makellos weiße Haut, die das Feuer mit dem gleichen rosigen Hauch überzog wie die marmorne Kamineinfassung. Ihre Hände und ihr Gesichtsausdruck waren leer.

»Darf ich hereinkommen?«

Vanessa wandte den Kopf, ohne Überraschung zu zeigen, und machte eine Handbewegung, die sowohl Willkommen wie Gleichgültigkeit bedeuten mochte. »Ja – bitte.« Sie streckte sich in einer anmutigen, lässigen Bewegung und stellte den Plattenspieler leiser. »Hat es dich gestört?«

Ginny verneinte kopfschüttelnd. »Ich höre gern diese Musik. Sie erinnert mich an Puerto Rico – sie spielen dort sehr viel spanische Musik.«

»Puerto Rico?« meinte Vanessa achselzuckend. »Aber bist du mal in Spanien gewesen? Marcello und ich fuhren oft hin – zwischen den Rennen. Er sollte sich zwar ausruhen, doch das tat er nie. Marcello liebte Spanien ... er liebte es, die ganze Nacht aufzubleiben – und zu tanzen – er liebte die Frauen ... nur um sie anzuschauen, nicht um mit ihnen zu reden, sagte er oft. Er hielt eigentlich nie viel davon, mit Frauen zu reden.«

»Liebtest du Spanien?«

Vanessa sah sie voll an. »Ich liebte alles, was Marcello liebte.«

Ihr Gesicht verriet eine solch nackte, unverhüllte Sehnsucht, daß Ginny wegschauen mußte. Sie wartete, indem sie den Blick durch das Zimmer schweifen ließ, bis Vanessa sich wieder in die Gegenwart zurückgerissen und soweit gefaßt hatte, um die erste einladende Geste zu machen.

»Willst du dich nicht setzen?«

Ginny wählte das kleine, plüschbezogene Sesselchen, das Vanessa gegenüberstand. Sie saß steif da, die Beine, die zu lang für den niedrigen Stuhl waren, weit von sich gestreckt. Sie kam sich linkisch und unbeholfen neben Vanessas seidiger Schönheit vor, neben ihrer Nacktheit unter dem samtenen Hauskleid und dem Duft des Parfums, der zu ihr herüberdrang.

»Du hast ein sehr hübsches Zimmer«, bemerkte Ginny, da Vanessa anscheinend nicht geneigt war, überhaupt etwas zu sagen.

»Ja – es ist ganz nett. Isobel ließ mich all diese Sachen zusammenstellen, als ich achtzehn wurde. Ich suchte sie mir im ganzen Haus zusammen; sie sind natürlich nichts Besonderes, sonst hätte Isobel sie ja in den öffentlichen Räumen. Aber dieses viktorianische Zeug ist irgendwie lustig. Isobel zog es vor, ungemütlich, aber dafür viel großartiger zu wohnen. Die Möbel in deinem jetzigen Zimmer – ihrem Zimmer – gehörten in das Victoria-und-Albert-Museum.«

Ginnys Blicke wanderten nun offen umher, betrachteten die hellgeblümten Vorhänge, die passende Bettdecke und den Baldachin darüber, die kleinen goldenen Spiegel, die silbernen und kristallenen Flakons auf dem Frisiertisch, die Porzellanfiguren der Schäferin und ihres Schäfers, die Spieldose, die Ecketagere, die mit kunstvollen Ornamenten verziert war – es war alles ein wenig zu voll und irgendwie unordentlich, besaß jedoch einen heiteren Charme, der den anderen Zimmern in Tilsit völlig fehlte. Es war ein helles, feminines Zimmer, ein Triumph bewußter Gestaltung gegen die herbe Strenge des übrigen Hauses. Ginny sprach ihre Gedanken aus.

»Wie hast du das nur hier fertiggebracht?«

»Wie? Es war alles da. Das meiste wurde, glaube ich, für Isobels Mutter gekauft, als sie heiratete – sie heiratete den Onkel meines Vaters, John Bowen. Ungefähr zu derselben Zeit ließ Jane Tilsit diesen Teil des Südflügels modernisieren, ein paar Badezimmer einbauen und elektrisches Licht legen. Alles übrige von Tilsit ist natürlich noch genauso wie früher – Kerzen und keine Heizung. Isobel ließ aber auch hier gewissenhaft am letzten Apriltag die Heizung ausgehen, und so, fürchte ich, wirst du jetzt bis Oktober frieren. Auch dann wirst du kaum etwas von einer Verbesserung spüren. Isobel hielt nie viel davon, daß Leuten warm ist – sie glaubte, es mache sie faul. Aber die Dienstboten, die sich um den historischen Teil des Hauses kümmern, machen jeden Tag in all den unbenutzten Räumen die Kamine an, damit die Feuchtigkeit nicht in die Bilder und das Holz zieht. Seltsam ... in Tilsit ist immer Geld für die Dinge dagewesen, aber nur sehr selten Geld für die Menschen, die hier gelebt haben.«

Ihre Stimme bekam auf einmal einen scharfen Unterton; sie sah Ginny an. »Du wunderst dich sicher, warum ich jetzt weiter hierbleibe – wo du jetzt gekommen bist?«

»Du bist willkommen zu bleiben«, versicherte Ginny rasch. »Isobels Testament ...«

»Das Testament ... Niemand kann davon leben. Es ist kein sehr menschliches Dokument, was?« Sie verzog das Gesicht zu einem schwachen Lächeln, dem ersten Anzeichen von Nachdenklichkeit, das Ginny an ihr bemerkte. »Du denkst, ich habe doch Great Barrow und die Farmen, und daß das eigentlich genügen dürfte. Auf dem Papier klingt es genug – aber in Wirklichkeit ist es ein Almosen. Es würde jedoch genügen, wenn ich nie etwas anderes gehabt hätte. Isobel sagte immer, ich sei verwöhnt – und so wurde ich es.«

Sie bewegte unruhig die Beine und streckte die Hand nach einer neuen Zigarette aus. »Randall hat dir sicher von meinem Mann erzählt. Ich war fünf Jahre mit einem italienischen Rennfahrer verheiratet, und ich hatte alles, was ein Mädchen sich vom Leben erträumt. Keine Kinder – aber Rennfahrer vertrauen dem Schicksal selten so greifbare Pfänder an. Und solange ich Marcello hatte, brauchte ich niemand anders. Er lebte natürlich mit dem Gedanken zu sterben – alle Rennfahrer tun das. Doch die paar Male, die er davon sprach – nicht sehr oft, um es nicht zu nahezubringen –, lachte er und sagte, ich würde schnell wieder heiraten. Er sagte, ich sei schön und würde einen sehr reichen Mann heiraten.«

»Vielleicht hat er recht«, meinte Ginny und rutschte unbehaglich auf ihrem Stuhl herum, um sich von Vanessas magnetisch starrem Blick zu befreien.

»Hast du noch nicht bemerkt, wie viele schöne junge Frauen es auf der Welt gibt und wie wenige reiche Männer?«

»Brauchst du denn einen reichen Mann? Es gibt noch die anderen.«

»Niemand denkt an die anderen – für mich. Isobel sagte es – sie sagte, ich sei verwöhnt, und das glaubt nun jeder. Und warum sollten sie das auch nicht? Alle Anzeichen sprachen dafür. Unser ganzer Lebenszuschnitt war dementsprechend. Marcello war in Rennkreisen ziemlich berühmt, und er hatte das Aussehen und Benehmen eines Engels. Er kannte so viele Leute – Leute mit Yachten und Villen und Chalêts an all den ›richtigen‹ Orten. Wir hatten in all den Jahren nie eine richtige Wohnung, was eigentlich nie etwas machte, da uns – wenn gerade kein Rennen war – immer das Haus von irgend jemand offen stand. ›Professionelle Gäste‹ haben uns vermutlich einige Leute genannt, und in gewissem Sinne stimmte das auch. Aber warum auch nicht? Sogar unter den Reichen sind Talent und Schönheit und Charme recht selten. Ich glaube, wir bezahlten für das, was wir bekamen.«

»Du bist sehr ehrlich. Die meisten Menschen würden es nicht sein.«

»Marcello erzog mich dazu, realistisch zu sein. Er wußte, es würde alles zu Ende sein, falls er einen schweren Unfall haben würde und nicht mehr Rennen fahren könnte. Er hätte dann den Leuten, in deren Häusern wir gewohnt hatten, Sportwagen verkauft. Er versuchte immer, mich darauf vorzubereiten. Aber ich war nicht darauf vorbereitet, als es dann geschah.«

»Es tut mir leid«, war alles, was Ginny zu sagen vermochte.

»Leid? Du hast Marcello nicht gekannt. Niemand hier hat ihn gekannt ...«

»Randall kannte ihn. Er mochte ihn gern.«

»Jeder, der ihn kennenlernte, mochte ihn gern. Isobel haßte ihn, bevor sie ihn jemals sah. Sie konnte nie begreifen, daß er durch das angebotene Geld im Falle einer Scheidung gekränkt sein mochte – Randall hat dir das alles doch erzählt, nicht wahr? Und sie sah nie ein, wie absurd es war, einem Italiener vorzuschlagen, den Namen seiner Frau anzunehmen – es sei denn, die Frau ist zufällig ein Mitglied der römischen Aristokratie. Er hielt die Tilsits für ziemliche Emporkömmlinge – und ich war noch nicht mal eine Tilsit.« Sie stieß ihr kurzes, trockenes Lachen aus. »Vermutlich sollte ich es wie Vater machen – wenigstens Dankbarkeit heucheln. Dafür, daß ich keine Tilsit bin, bin ich recht gut weggekommen – mit Great Barrow und den Farmen. Du mußt wissen, für Isobel existierten nur zwei Arten von Menschen – solche, die Tilsits waren, und solche, die es nicht waren. Es war wohl mein Glück, daß es so wenig Tilsits gibt; sonst hätte ich jetzt nicht mal Great Barrow. Aber Great Barrow ist keine große Mitgift, und was ich einzig und allein brauche, ist nun mal Geld.«

»Warum?« fragte Ginny unumwunden und hätte gerne gewußt, ob Vanessa das sagte, weil Geld ein konventionelles Bedürfnis war oder ob es einfach Gier war.

»Um wieder zu heiraten. Du glaubst, das sei nicht schwierig? Vielleicht ist es das dort, wo du herkommst, auch nicht. Aber für mich – wo sind schon die Männer, die ich heiraten könnte? Ich bin keine Debütantin mehr – und meine Bilder sind auf dem ganzen Kontinent durch die Zeitungen gewandert, und so nimmt man an, daß ich zu dem International Set gehöre. In dem Ruf stand ich hier in England, doch ich war es nur durch Marcello. Ohne ihn war es alles aus. Schau...« Sie streckte den Arm aus. »Da drinnen – in dem Ankleideraum – hängt eine Reihe der schönsten Kleider, die du je in deinem Leben zu Gesicht bekommen wirst. Balenciaga – Givenchy – Castillo. Marcello kaufte sie für mich, weil wir ein Leben lebten, in dem Frauen solche Kleider tragen. Sie haben, seit ich wieder in Tilsit bin, nicht mehr das Tageslicht gesehen. Es gibt hier keine jungen Männer, die mich nach London auf Bälle einladen – keinen einzigen der richtigen jungen Männer, die sich an die Witwe eines italienischen Rennfahrers verschwenden würden. Sag mir deshalb nicht, ich sei schön. Ich weiß, daß ich schön bin, aber es zählt nicht. Alles, was zählt, ist, was ich besitze, und das ist ein unrentables Landhaus und zwei kleine Bauernhöfe. Ja – ich bin verwöhnt worden. Ich bin verwöhnt worden, weil ich ein Leben voller Fröhlichkeit und Charme liebe. Und ich bin verwöhnt, weil ich mich nie damit abfinden werde, daß es das nicht mehr für mich geben kann. Ich habe alles in fünf Jahren bis zur Neige ausgekostet – alle Schönheit und alle Freuden des Lebens. Und ich bin kein reuiger verlorener Sohn. Ich bin nicht wie Vater dankbar für das, was ich hier habe – es reicht gerade für Parfum und Zigaretten und das Benzin für mein Auto.«

Und dann fügte sie nachdenklich hinzu: »Aber wenn das auch alles wäre, was ich hätte, und Tilsit gehörte mir, wäre es genug. Es war genug, solange ich dachte, Tilsit könnte eines Tages mir gehören. Doch dann starb sie, und Randall brachte dich zum Vorschein – wie ein Kaninchen aus dem Hut eines Zauberkünstlers.«

»Es war auch für mich ein gewaltiger Schock«, entgegnete Ginny abweisend.

»Aber ich mache dir doch keinen Vorwurf. Wenn sie es mir nur gesagt hätte, hätte ich mir keine Hoffnungen gemacht. Wahrscheinlich hätte ich mir mehr Mühe gegeben, eine neue Lebensbasis fern von Tilsit für mich zu finden, als Marcello umkam, wenn ich von deiner Existenz gewußt hätte. Sie hat es jedoch nur zu Randall gesagt. Um mich an der Strippe zu behalten – für den unwahrscheinlichen Fall, daß du dich weigern würdest, herzukommen und irgend etwas mit all dem hier zu tun zu haben.«

»Den unwahrscheinlichen Fall? War es so unwahrscheinlich? Nun ja, vermutlich war es das.«

»Natürlich war es das. Ich hätte es für unwahrscheinlich gehalten, wenn ich etwas von dir gewußt hätte. Ich wäre jede Wette eingegangen, daß du kommen würdest. Und siehst du – da bist du.«

»Ja – da bin ich.«

Die Worte fielen zwischen ihnen in den Raum, und jede von ihnen saß da und machte sich ihre eigenen Gedanken über die Bedeutung dieser Worte. Es war zwischen ihnen nicht mehr Feindschaft als zuerst, aber auch nicht mehr Freundschaft, doch waren sie sich irgendwie weniger fremd. Sie rangen nicht miteinander, der Kampf zwischen ihnen war längst vorbei und entschieden, bevor sie sich gegenseitig erblickt hatten; Isobel hatte ihn an jenem Tag in dem Kloster Santa Maria entschieden. Dort war er für die eine von ihnen gewonnen und für die andere verloren gewesen, und sie beide erkannten die Sinnlosigkeit, weitere Gefühle auf ihn zu verschwenden. Ihre Blicke trafen sich in einer Art gegenseitiger Anerkennung.

Plötzlich stand Vanessa mit einer Geschmeidigkeit auf, welche die scheinbare Trägheit ihrer Stellung Lügen strafte; Ginny begann zu ahnen, daß mehr Energie und Wille in Vanessa steckten, als diese dem oberflächlichen Beobachter zu zeigen gewillt war. Es war, als wäre der Ernst in ihr mit einer gewissen Leichtfertigkeit verbrämt. Sie ging zur Tür und schloß sie und drehte sich dann sofort zu Ginny um.

»Weshalb bist du zu Mark Barstow gegangen?«

Nun begriff Ginny den Grund für die Musik, die offenstehende Tür und die Szene vor dem Kamin, die sie anlocken sollten, wenn sie draußen auf dem Flur vorbeikam. Diese Frage war der einzige Grund gewesen. »Ich bin nicht zu ihm gegangen – ich traf ihn. Er lud mich zu einer Tasse Tee zu sich ein.«

Eine leichte Röte hatte Vanessas Gesicht überzogen, als sie sich nun wieder hinsetzte. »Du trafst ihn? Bist du sicher, daß es kein geplantes Treffen war? Mark ist aufrichtiger, als er scheint.«

»Weshalb sagst du das? Er erzählte mir von sich aus, daß er gerade nach Tilsit 'rübergehen wollte – nicht um mich kennenzulernen, sondern um mit den Dienstboten über mich zu reden.«

Sie nickte. »Das mag er gesagt haben – es klingt ganz nach Mark. Es ist einer seiner Schachzüge, den einfältigen Burschen vom Land zu spielen; er ist jedoch schlauer als ein Fuchs. Ich nehme an, er hat dir die Ohren vollgeredet mit seiner Geschichte über Isobel?«

»Ja ...«, gab sie widerstrebend zu.

»Nun, kümmer' dich nur nicht zu sehr um das, was Mark über Isobel sagt – ja, ich weiß, es gibt eine schöne Geschichte der Ausbeutung ab, aber du darfst nie vergessen, daß es nur die halbe Geschichte ist. Sie hat auch noch eine andere Seite.«

»Hat eine Geschichte das nicht immer?«

»Isobel war gut zu Mark Barstow«, erklärte Vanessa mit Nachdruck, als hätte Ginny gar nichts gesagt. »Oder wenn auch nicht gut *zu* ihm, so doch entschieden gut *für* ihn. Sie zwang ihn, besser zu sein, als er je zu werden träumte. Wahrscheinlich stimmt es, was sie immer von ihm sagte – daß sie einen Handwerker aus ihm machte und ihm so die Grundlagen aufzwang, durch die er der Künstler wurde, der er heute ist. Wenn große Dinge in der Zukunft auf Mark warten, so nur deshalb, weil Isobel ihn zwang, sich vorzubereiten, um sie zu bewältigen.«

»Irgendwie dachte ich ...«, wandte Ginny langsam ein, »ich dachte immer, ein Künstler fände von selbst die Wege und Mittel, falls es in ihm steckte.«

»Unsinn! Du denkst immer noch an diesen Blödsinn von dem Künstler in seiner Dachstube. Heutzutage braucht man Geld, eine Ausbildung, um es zu etwas zu bringen. Die Dachstube taugte in einer Zeit, wo die meisten Menschen nicht viel anders lebten. Heute kann man mittelmäßig sein und viel mehr Geld mit Mittelmäßigkeit als mit Größe verdienen. Größe braucht ihre Zeit. Nein, täusch dich nicht über Mark. Wäre Isobel nicht zufällig aufgetaucht und hätte ihn aus seiner Hütte geholt, wäre er jetzt ein Mechaniker oder Elektriker oder würde vielleicht wegen seiner breiten Schultern einen Karren in dem Werk herumschieben. Für die Mark Barstows dieser Welt besteht wirklich keine große Chance, wenn nicht eine Isobel hinter ihnen steht.«

»Du hast ja die Seite gewechselt.«

»Es gibt gar keine ›Seite‹. Ich kenne Mark und weiß, woher er kommt. Es war eine jener hoffnungslosen, idiotischen Ehen, die nie zustande kommen sollten. Sein Vater war ein Arbeiter – ein

Straßenarbeiter der Grafschaft. Und seine Mutter war die Tochter eines Vikars. Der größte Teil der falschen Vornehmheit ist ihr heute vergangen. Millie Barstow besteht eigentlich nur noch aus der für solche Frauen typischen Verbitterung, die entschlossen sind, sich durch ihren Sohn für ihr eigenes verkorkstes Leben an der Welt zu rächen.«

»Mark sagte, sie arbeite noch im Werk.«

»Ja – sie nahm die Stellung an, als Marks Vater sie sitzenließ. Nach dem, was man so hört, muß der ein ziemlich brutaler Kerl gewesen sein. Einmal wurde er wegen Mißhandlung eines Hundes bestraft und saß mehrmals im Kittchen wegen irgendwelchen Schlägereien. Er trank, und es hieß, er schlage Milli Barstow. Natürlich war aus ihr nie ein Sterbenswörtchen darüber herauszubekommen. Ich weiß nicht, wieviel davon stimmt. Mark war erst sieben Jahre, als sein Vater sich davonmachte, und die Leute in St. Mary neigen dazu, die Tatsachen auszuschmücken, weil Marks Geschichte ihnen wie ein Märchen erscheint. Die meisten haben aber auch nicht eine Spur von Talent, sogar die nicht, die im Werk arbeiten. Sie haben ihr Leben lang gesehen, wie die einzelnen Gegenstände gedreht und die Formen gemacht wurden, und so ist der Designer in ihren Augen nur ein Mann mit recht geschickten Händen. Sie haben keine Ahnung von den Preisen, die Mark für jedes seiner signierten Stücke verlangen kann, und keine Vorstellung von dem kommerziellen Wert seiner Entwürfe für das zeitgenössische Porzellan. Für sie ist er immer noch der Mann mit den recht geschickten Händen – der ihrer Meinung nach verdammtes Glück hatte, daß diese alte Jungfer Isobel Tilsit einen Narren an ihm gefressen hatte. Sie glauben, daß Isobel ihn, nur weil er als Junge nett anzusehen war, auf das Internat schickte und ihn während der Ferien hier wohnen ließ.«

»Er wohnte hier – in Tilsit?«

»Ja – seit er ungefähr vierzehn war. Ich war damals etwa zehn Jahre alt. Ich kann mich noch gut an ihn in den Ferien erinnern – er war ein mürrischer Junge mit fürchterlichen Manieren, der alles tat, um Isobel zu enttäuschen.«

»Es muß für ihn ein ziemlicher Sprung von einer Arbeiterhütte nach Tilsit gewesen sein«, wandte Ginny ein und wußte, daß sie sich mit dieser spontanen, raschen Verteidigung selbst verriet.

»Ich sagte dir ja, er war schlauer als ein Fuchs. Künstler sind immer gewandte Nachahmer. Er lernte seine Manieren sehr schnell für die Gelegenheiten, bei denen es ihm paßte, sie vorzuführen, und warf sie wieder über Bord zu Zeitpunkten, wenn es

Isobel am peinlichsten und ärgerlichsten war. Ich bestreite nicht, daß sie hart mit ihm war. Isobel verlangte immer das Höchstmaß von jedem. Doch seine Abneigung gegen sie – als er jünger war, mag es Angst gewesen sein – benutzte sie als den Stock, über den er springen mußte. Er war undankbar und mürrisch, und sie sah seiner Begabung zuliebe über alles hinweg, was er tat.«

»Aber sie brauchte seine Begabung.«

»Wie konnte sie damals wissen, wie er sich entwickeln würde? Und als er älter wurde, erkannte sie genau, daß der Hauptteil seiner Begabung nie für Tilsit von Nutzen sein würde. Mark könnte eines Tages ein großer Bildhauer sein, wenn er die Ausdauer hat – vielleicht sogar ein so großer, daß er sich nicht mehr mit banalen Tassen und Tellern abgibt. Er hat ein wundervolles Gefühl für das Material, mit dem er arbeitet – sei es Ton, Holz, Metall oder Stein... Und Isobel drängte ihn, jedes zu versuchen.«

»Das kann ich nicht glauben. Er erzählte mir, Isobel hätte ihm alles, was nicht für das Werk war, nur höchst ungern bewilligt.«

»Mark konnte schon als kleiner Junge sehr gut lügen und hat das auch nicht verlernt. Sie wußte, daß er am besten im inneren Widerspruch gegen eine Opposition arbeitete; also hielt sie diese aufrecht. Doch auch wenn Isobel das nicht getan hätte, würde er sie sich eingebildet haben. Mark braucht einfach die Vorstellung seines Ungeheuers, das ihn ausnutzt und unterdrückt. Er braucht seinen Sündenbock für alles, was in seinem Leben verkehrt ist – genau wie ich.« Unvermittelt warf sie ihren Zigarettenstummel mit unterdrückter Heftigkeit in das Kaminfeuer.

»Isobel diente uns beiden als Sündenbock – auf verschiedene Weise. Wir brauchten beide unser Ungeheuer. Doch die Isobel, an die Mark denkt, und die Isobel, die ich kannte, müssen zwei völlig verschiedene Frauen gewesen sein.«

Sie beugte sich vor und nahm mit der Feuerzange ein Stück Glut aus dem Kamin. Ginny sah zu, fasziniert von der geschmeidigen Anmut dieser komplizierten Prozedur, eine Zigarette anzuzünden, die anscheinend ihre Angewohnheit war. Sie fragte sich, wie oft Vanessa schon in der Vergangenheit diese Gebärde angewandt hatte, um die Aufmerksamkeit auf sich zu lenken. Sie schien zu warten, bis sie ganz sicher war, daß Ginnys Augen auf ihr ruhten; erst dann sah sie auf.

»Und trotzdem ist er wahnsinnig attraktiv – Mark, nicht wahr? Trotz seiner Mürrischkeit und Arroganz. Ich meine – er ist einer der Männer, die einen um den Verstand bringen können...«

»Einen – oder dich, Vanessa?«

Sie nickte leicht, und ihr wissendes Lächeln war eine Bestätigung. »Jede Frau. Mich, wenn du so willst.«

Und dann streckte sie sich wieder zur Seite und stellte den Plattenspieler an; die leidenschaftliche Musik schien sie anzuspringen und ihr Gespräch zu beenden. Ginny erhob sich. An der Tür drehte sie sich jedoch noch einmal um und kam einige Schritte zu Vanessa zurück. »Ich möchte dich noch etwas fragen.«

»Ja, bitte?«

»Weshalb sagte dein Vater mir, ich solle nicht wieder zu Marks Haus gehen? War es deinetwegen?«

»Meinetwegen? Du lieber Himmel, nein! Mark hat mir nicht zu erkennen gegeben, daß er mich haben möchte – jedenfalls bis jetzt noch nicht.«

»Warum dann?«

»Vielleicht versuchte er, dich zu beschützen«, erwiderte Vanessa achselzuckend.

»Weshalb sollte er mich zu beschützen versuchen?«

»Randall hat dir also nicht erzählt, wie Isobel ums Leben kam? Nein, natürlich nicht – er hält wie meine Mutter nichts von unnötigem Gerede. Es hat jedoch bei der gerichtlichen Untersuchung eine ganz schöne Sensation gegeben, und es wird lange dauern, bis die Leute aufhören, sich ihren eigenen Vers daraus zu machen.« Sie tat einen langen Zug aus ihrer Zigarette, und Ginny spürte, wie ihr Körper plötzlich in einer Welle von dunkler Ahnung und Furcht erstarrte.

»Isobel starb durch einen Sturz von jener Steilküste – es geschah nur wenige Schritte von Marks Haustür entfernt. Sie war bei ihm gewesen, und Mark schwört, er habe ihr nichts angemerkt, als sie fortging. Und er schwört, er habe nichts gehört. Weder einen Laut von ihr noch vom Hund. Trip war bei ihr, mußt du wissen – er lief immer mit ihr zu Marks Haus –, und anstatt zu versuchen, Mark herbeizuholen, kam Trip den ganzen Weg hierher zurückgerannt. Die Leute konnten nicht verstehen, warum, und durch die Untersuchung wurde auch nichts geklärt.«

»Was willst du damit sagen, Vanessa?«

»Nichts – ich sage überhaupt nichts, weil niemand es weiß, außer Mark. Niemand weiß es. Man weiß nur, daß Mark und Isobel sich an dem Tag furchtbar im Werk gestritten hatten – sie stritten sich natürlich dauernd – es war ein Teil ihrer Beziehung. Doch dieser Streit war erbittert. Es ging um Marks Skulpturen. Sie warf ihm vor, er gäbe sich zuviel mit ihnen ab – nicht genug mit dem Werk. Sie ließ durchblicken, daß sie drauf und dran sei, ihre

Vereinbarungen hinsichtlich des Hauses und des Ateliers sowie den Arbeitsvertrag mit Mark aufzulösen. Mark brüllte sie an – beschuldigte sie, ihr Wort zu brechen, und schrie, er hätte wissen sollen, was ihre Versprechen wert seien. Das mochte Isobel nun gar nicht. Sie schrie zurück – einige ziemlich schockierende Dinge. Sie sagte, sie würde dafür sorgen, daß er nirgends mehr eine Stellung fände. Ich bezweifle, daß sie das fertiggebracht hätte, doch es war eine niederträchtige Drohung. Mark stürmte hinaus und kam an dem Tag nicht wieder. Und an dem Abend ging sie zu ihm ...«

Ginny fühlte, wie ihre Lippen zitterten, als sie Vanessa nun unterbrach: »Das beweist alles noch gar nichts.«

»Völlig richtig. Es beweist gar nichts. Niemand sagt ja, daß er ihren Tod verschuldet hat. Die Frage ist nur, unterließ er es, jemandem zu Hilfe zu kommen, der in Todesgefahr schwebte? Machte er einfach die Tür zu und tat so, als wäre sie nicht da draußen im Dunkeln? Er mag oft gewünscht haben, sie sei tot; die Frage ist jedoch, war er fähig, sie sterben zu lassen und nichts zu tun, um ihr zu helfen?«

»Ich glaube es nicht!«

»Du und viele andere glauben es nicht. Einige tun es aber.«

Als Ginny den Korridor zu ihrem Zimmer entlangflüchtete, wiederholte sie es laut. »Ich glaube es nicht – ich glaube es nicht!« Und die wilde Flamencomusik verfolgte sie – sehnsüchtig, ruhelos und spöttisch.

Brown erwartete Ginny in ihrem Zimmer; kerzengerade saß sie auf einem der hochlehnigen Stühle an der Wand – weit weg vom Kaminfeuer. Ginny blieb abrupt stehen und hatte die unwilligen Worte schon auf den Lippen, um sie fortzuschicken, sehnte sie sich doch in diesem Augenblick mit jeder Faser ihrer Seele danach, endlich allein zu sein und in Ruhe über alles nachdenken zu können, was ihr dieser Tag gebracht hatte.

Brown stand sofort auf. »Guten Abend, Miss. Ich hoffe, Sie haben nichts dagegen, daß ich hier auf Sie gewartet habe.« Ein wenig zögernd fügte sie hinzu: »Es ist hier so gemütlich mit dem Feuer.«

»Guten Abend, Brown.« Ginny wunderte sich, durch welche Einbildungskraft man dieses Zimmer jemals als gemütlich zu bezeichnen vermochte und was für Trost und Entspannung jemand von einem so weit entfernten Feuer empfangen konnte. »Aber Sie brauchen doch nicht auf mich zu warten.«

»Ich habe immer gewartet, bis Miss Isobel sich zurückzog, Miss. Für den Fall, daß sie noch irgend etwas brauchte. Ich habe Ihnen Ihr Nachthemd herausgelegt, Miss. Es scheint mir zu dünn zu sein. Ich habe Ihnen deshalb eine Wärmflasche ins Bett gelegt.« Erwartungsvoll sah sie Ginny an und schien um eine Bitte zu flehen, eine Anweisung, irgendeine Anerkennung ihrer Anwesenheit und Funktion.

»Vielen Dank, Brown. Sehr nett von Ihnen.« Um das Verlangen der Frau zu befriedigen, warf sie ihr noch einen tröstenden Bissen hin. »Ich werde bestimmt sehr gut schlafen. Falls ... falls ich noch etwas brauchen sollte, vergesse ich nicht zu klingeln.«

Eine leichte Röte stieg in Browns Gesicht, als wäre sie plötzlich näher ans Feuer getreten, und Ginny ahnte mit Entsetzen die Leere, die durch so eine winzige Geste gefüllt werden konnte.

»Sehr wohl, Miss. Was Sie nur wünschen. Jederzeit. Miss Isobel ...« Sie hielt inne, und ihre blutleeren Lippen schienen zu beben. »Miss Isobel vertraute mir in allem.«

»Das tat sie sicherlich. Ich werde vermutlich Ihre Hilfe in vielen Dingen brauchen, Brown. Es gibt so vieles, was ich noch lernen muß ...«

»Das ist wahr, Miss. Sie müssen aber nicht versuchen, es alles auf einmal zu tun. Sie dürfen sich nicht von ihnen ausnutzen lassen. Sie nutzten Miss Isobel aus – immer wollten sie irgend etwas, immer fragten sie etwas. All ihre Probleme ... Sie ließ sie alle auf ihren Rücken klettern und trug sie alle. Das dürfen Sie nicht mit sich machen lassen.«

»Ich werde es versuchen.« Ginny ging durch das Zimmer zu dem wunderschönen eingelegten Frisiertisch aus dem achtzehnten Jahrhundert, auf den Brown ihre billige Haarbürste aus Nylon und Plastik neben eine abgenutzte silberne gelegt hatte, die Isobel gehört haben mußte. Sie stellte den kleinen goldgerahmten Spiegel so, daß er das Licht einfing, und starrte ihr Gesicht an, das vor Erschöpfung tief eingesunkene Schatten aufwies. Kaum vermochte sie es zu erkennen; die Haut spannte sich so straff, als wäre sie plötzlich viel älter geworden oder krank gewesen. Sie wandte sich von ihrem Spiegelbild ab. »Gute Nacht, Brown.«

»Gute Nacht, Miss. Oh, nur noch eines, Miss.«

»Was denn, Brown?«

»Der Schlüssel zu Miss Isobels Schreibtisch.«

Ginny folgte ihrem Blick zu dem hohen, geschlossenen Sekretär, der zwischen den Fenstern stand. »Ich wußte, wo sie den Schlüssel aufbewahrte – sie hat es mir selbst einmal gesagt. Ich habe ihn nicht Mr. Randall gegeben«, fügte sie trotzig hinzu. »Ich dachte mir, ich warte, bis Sie kommen.«

»Sie hätten ihn Mr. Randall geben sollen. Er kümmert sich doch um die gesamten Angelegenheiten des Besitzes.«

»Was in dem Schreibtisch da ist, hat nichts mit dem Besitz zu tun, Miss. Das ist alles unten im Büro. Diese Sachen sind privat – es sind Miss Isobels persönliche Aufzeichnungen.«

»Ihre persönlichen Aufzeichnungen gehören nicht mir, Brown. Wenn sie privat sind, gehören sie nicht mir. Vielleicht sollte ich Mr. Randall Bescheid sagen und sie dann vernichten lassen.«

»Vernichten?« Ihre Miene zeigte entsetzte, ungläubige Empörung. »Das werden Sie bestimmt nicht übers Herz bringen, Miss! Miss Isobel schrieb fast jeden Tag ihres Lebens an diesem Tisch. Ich kann nicht glauben, daß jemand vernichten möchte, was sie in all den Jahren geschrieben hat. Was in den Büchern da steht, Miss, gehört Ihnen, so wie alles übrige in Tilsit. Ich lasse Ihnen den Schlüssel einfach hier ...«

Sie zog den Schlüssel aus ihrer Kitteltasche und legte ihn auf den Frisiertisch. Ihre Augen flehten Ginny an. »Sie könnten sie gar nicht vernichten«, wiederholte sie.

Ginny legte einen Finger zögernd auf den Schlüssel. »Er gehört mir nicht, Brown. Nichts hier in Tilsit gehört mir.«

»Wem denn sonst?« fragte die Frau mit einem leidenschaftlichen Flüstern.

Ginny schüttelte den Kopf. »Nicht mir – nicht einer Fremden. Es sollte Vanessa gehören – und das wissen Sie genau!«

»Vanessa? Der!« Verächtlich sprach sie die Worte aus. »Die mit ihrem hergelaufenen Mann und ihren modischen Kleidern! Welches Recht hatte sie, nach Tilsit zurückzukommen? Hatte sie es nicht verlassen? Nicht Miss Isobel verlassen? Nachdem sie hier geboren worden war und ihr ganzes Leben hier gelebt hatte.«

»Manchmal müssen Menschen von dem fortgehen, was sie ihr Leben lang gekannt haben – und dann erst erkennen sie, wie sehr sie es lieben. Vanessa liebt Tilsit«, schloß Ginny und wußte, es war die Wahrheit. »Sie ist dafür erzogen worden – sie kennt es und dieses Leben, die Fabrik, alles.«

»Wie können Sie das sagen, Miss, wo sie doch nichts hier mit ihrer scharfen Zunge verschont und alles kritisiert? Glauben Sie nur nicht, wir hörten das nicht – wir hören es, Garth und ich. Sie ist unzufrieden und habgierig. Sie will nicht für das arbeiten, was sie von Tilsit und Miss Isobel bekommen hat.«

»Aber sie liebt Tilsit«, beharrte Ginny. »Sie kennt es und würde es, glaube ich, besser verwalten, als ich das könnte. Sie hat einen großen Vorsprung vor mir, Brown ... Tilsit ist eine gewaltige Aufgabe und verlangt eine lange Vorbereitung.«

»Es gibt hier nichts, was Sie nicht schaffen werden, Miss – und sogar sehr gut schaffen werden. Ich bin doch hier oder etwa nicht, um Ihnen zu helfen und Ihnen zu sagen, was Sie wissen müssen. Und Mr. Randall? Und Garth? Mr. Bowen-Tilsit leitet die Fabrik. Sie können es, wenn Sie wollen! Sie sind ein Arbeitsmensch – wie Ihre Tante. Das hat sie gleich gesehen, Miss. Sie hat es zu mir gesagt. ›Brown‹, sagte sie, ›sie ist noch jung für ihr Alter, aber sie wird das schnell aufholen. Sie hat Charakter – und sie ist ein Arbeitsmensch.‹ Das war damals, als sie beschloß, daß Sie Tilsit haben sollten, und sie hat sich nie geirrt.«

»Woher wissen Sie das alles? Randall sagte mir, niemand außer ihm hätte es gewußt.«

»Ihre Tante und ich standen anders zueinander, Miss. Sie erzählte mir alles. In der Woche, als sie zu den Westindischen Inseln flog, dachten alle außer mir, sie wäre in London. Als sie dann zurückkam, erzählte sie mir alles. Alles über Sie. ›Sie paßt hierher, Brown‹, sagte sie. Und das wußte auch ich im selben Augenblick, als ich Sie sah. Den gleichen Gang wie Ihre Tante – ihre Bewegungen, manchmal sogar ihren Gesichtsausdruck. ›Sie ist meiner Großmutter wie aus dem Gesicht geschnitten, Brown‹, sagte sie – das ist Jane Tilsit, Miss – die Old Lady. Doch ich sehe mehr von Miss Isobel in Ihnen, Miss, als sie das sehen konnte. Sie war nicht eitel, Miss – ich glaube, sie hatte vergessen, wie sie aussah, als sie jung war. Bevor sie entstellt wurde. Aber ich weiß es noch genau. Sie war eine wunderschöne junge Dame. Hätte sie eine Tochter gehabt, hätte sie eigentlich wie Sie aussehen müssen. Doch Ihre Tante hatte natürlich keine Kinder. Sie hatte sich viele Kinder gewünscht. ›Ich brauche viele Kinder für Tilsit, Brown‹, sagte sie einmal zu mir. Das war damals, als sie noch glaubte, sie würde heiraten. Aber sie heiratete nicht.«

Ginny sank auf das gestickte Polster des Stuhles vor dem Frisiertisch. Sie vermochte diesem langen Tag einfach keine Ausdauer mehr abzuringen. »Brown ...«

»Ja, Miss – Sie sind müde. Das kann ich sehen. Ich habe zuviel geredet. Aber behalten Sie, was ich gesagt habe, Miss – behalten Sie, was Ihre Tante über Sie gesagt hat. Sie wußte, Sie würden kommen – auch nachdem Sie nicht antworteten, als sie Ihnen das Käsemesser schickte. Denken Sie daran, daß sie wußte, Sie würden alles schaffen, was Sie sich vornehmen. Und lassen Sie nicht all die andern auf Ihren Rücken springen oder sich von ihnen von dem abbringen, was Sie wollen. Und denken Sie daran, Sie brauchen nur mich zu fragen – fragen Sie mich alles, was Sie wissen möchten.«

»Ja, Brown«, antwortete Ginny leise. »Ich werde daran denken.« – Der Schlaf wollte nicht kommen, und so mußte sie dem langen Tag doch noch weitere Ausdauer abringen. Ginny lag in Isobels Himmelbett und sah zu, wie die Glut im Kamin immer mehr in sich zusammensank und das Licht nur noch schwach zur hohen Zimmerdecke empordrang. Der Wind prallte in Stößen gegen das Haus, und zwischen ihnen hörte sie, weit fort und leise, das Rauschen des Meeres. Sie dachte an Mark in seinem Häuschen am Rande der Klippe, und ihre Unruhe wuchs mit diesem Gedanken. »Ich glaube es nicht«, versicherte sie sich abermals laut, und der Raum schien das Echo der geflüsterten Worte zurückzuwerfen. Sie spürte wieder die Berührung seiner Hand und die Kraft seiner Lippen, und ihr Verstand verwarf die Vorstellung, daß er Gewalt über einen anderen Menschen ausüben könnte. Mark steckte voller Redelust und Leidenschaft und Energie – aber nicht Gewalttätigkeit. Der schöpferische Instinkt in ihm würde ihn vor jeder zerstörerischen Tat abhalten. Mark, so sagte sie sich, der etwas zu schaffen vermochte, würde nie etwas zerstören oder untätig dabeistehen und dem Ende eines Lebens zusehen. Seine Gabe war die Lebenskraft, und jede das Leben vermindernde Handlung, die er beging, mußte unweigerlich diese Gabe verkleinern. »Er könnte das nie tun«, sagte sie. Und dann fragte sie sich, weshalb es ihr denn so am Herzen lag, daß dies die Wahrheit sein möge. Er hatte bei ihrer ersten Begegnung ihre Hand erfaßt, und sie war von seiner Kraft und Energie magnetisch angezogen worden. Und dann hatte er sie geküßt, und sie hatte das Gefühl gehabt, als würde aller Atem durch diesen Kuß aus ihr gesogen. Die voll erweckte Leidenschaft bebte noch in ihrem Körper nach und ließ ihn nicht zur Ruhe kommen. Mark hatte das vermocht – mit einer Berührung seiner Hand konnte er ihr gebieten, ihm zu folgen. Und mit einem Kuß schien er sie in Besitz genommen zu haben.

Nichts in ihrem ganzen Leben hatte sie auf diese Stunde und dieses Gefühl vorbereitet. Nichts in ihrer langsam keimenden Liebe zu Jim hatte sie auf dieses rasche und strahlende neue Erwachen vorbereitet. Schon vorher hatte sich Verlangen in ihrem Körper geregt, doch nie zuvor hatte ihre Seele diesen intuitiven

Augenblick erlebt, diesen seltenen Lichtstrahl, in dem sie alles hell erleuchtet vor sich sah, die Höhen und Tiefen, die Sekunde der Erleuchtung, die sowohl den Anfang wie das Ende umfaßt. Sie war nicht vorbereitet, es Liebe zu nennen, weil der Geliebte ihr noch ein Unbekannter war – sie kannte nur die Berührung seiner Hand und seiner Lippen. Und doch wußte sie keinen anderen Namen dafür. Dieses Gefühl war völlig neu für sie; sie konnte es nicht mit früheren Erlebnissen vergleichen – es erfüllte sie nicht so sehr mit glücklicher Freude als mit quälender Sehnsucht. Sie kannte sich selbst nicht mehr; sie vermochte das von Mark geschaffene neue Geschöpf nicht zu erkennen. Er schien die Hand ausgestreckt und mit dieser einen Gebärde eine Frau hervorgelockt zu haben.

Sie streckte suchend den Arm in die Weite des Bettes aus und fand doch nichts als seine öde Leere; sie vergrub das Gesicht in das Kissen, um den Schrei nach ihm in der Dunkelheit zu ersticken.

Wie in der vergangenen Nacht vernahm sie Trips bittendes Kratzen an der Tür und das leise Schnüffeln. Ohne Angst, doch mit einer gewissen Resignation, zündete sie nun die Kerze an und ging zur Tür, um ihn hereinzulassen. Er warf ihr im Vorbeistreichen einen kurzen prüfenden Blick zu und begann dann wieder mit seiner Runde durch das Zimmer auf der Suche nach Isobels Spuren. Abermals enttäuscht, trottete er schließlich, ohne Ginny eines weiteren Blickes zu würdigen, zu dem Korb vor dem Kamin und rollte sich in ihm zusammen. Ginny stand mit hoch erhobener Kerze und beobachtete ihn. Ihr wurde bewußt, daß sie – genau wie der Hund – in dieser fremden Welt, in der plötzlich die Hauptstütze fortgenommen worden war, den Kontaktpunkt verloren hatte. Sie konnte im Wirbel des Neuen und Fremden untergehen oder aber sich mit aller Kraft bemühen, das Verbindungsglied wieder herzustellen.

Da berührte ihre Hand den Schlüssel, den Brown auf dem Tisch hatte liegenlassen; eine Minute später hatte sie sich den Morgenrock umgeworfen, Isobels Sekretär aufgeschlossen und die Schreibplatte heruntergeklappt. Ohne den beiden Reihen der ledergebundenen Tagebücher mehr als einen flüchtigen Blick zu schenken, durchschaute sie die Schubladen nach Papier und Federhalter. In fliegender Hast, gemischt aus Sehnsucht und Verwirrung, schrieb sie die ersten Worte auf Isobels dickem weißen Papier – dem Papier, an das sie sich von dem Brief erinnerte, der an jenem Weihnachtstag in St. Nicolaas ankam –, auf das in breiten schwarzen Buchstaben der Name Tilsit geprägt war.

›Lieber Jim‹ die ungewohnte Feder blieb im Papier hängen und spritzte kleine Tintenflecken über seinen Namen. ›Ich habe heute einen Mann kennengelernt, der meine Hand berührte und mich küßte, und ich glaube, ich habe mich in ihn verliebt. Ich habe mich in ihn verliebt, ohne es zu verstehen und ohne viel darüber nachzudenken und ohne einen Grund, den ich zu Papier bringen könnte. Ist es eine Art Wahnsinn oder ist es nur deshalb, weil ich den Fuß in eine Welt gesetzt habe, wo Wahnsinn üblich ist? Werde ich jemals wieder normal und auf diesen Nachmittag zurückschauen wie auf einen wilden Ausbruch von Torheit, die Leidenschaft der Unerfahrenheit? Gibt es Antworten auf diese Fragen, Jim? – weißt Du sie? Ich frage Dich, weil du Deine Frau sehr geliebt hast und weil mir nur meine Ahnung von dieser Liebe – und meine Liebe zu Dir – helfen kann zu erkennen, was mit mir geschehen ist. Aber warum frage ich mich nicht selbst diese Fragen und höre die Antworten, die ich erhoffe? Warum erzähle ich Dir dies – daß ich einen anderen Mann liebe, wo ich doch glaubte, Dich zu lieben? Warum riskiere ich es, auch noch das bißchen von Dir zu verlieren, was je mein war ...‹ Die Worte versiegten, und die Feder hielt inne. Ungläubig las sie, was sie geschrieben hatte und legte dann den Federhalter hin. Sie würde den Brief natürlich nicht abschicken. Ihn abschicken hieße sich endgültig den Weg zu jener Welt verstellen, in der Jim lebte und in der ihr Herz schlug. Das Gefühl ließ sie jedoch nicht los, daß Jim ein Freund war und dieser neue Gefährte ein Fremder, der sogar unter Umständen durch die Natur seines Wesens ein Feind werden konnte. Nein, nicht Feind, schrie es in ihr auf – nicht Feind, sondern Geliebter. Das nämlich hatte sie an diesem Nachmittag so sehnlich gewünscht – und wünschte es immer noch, und der Gedanke an Mark hatte die Worte an Jim versiegen lassen. Sie wußte, sie würde diesen Brief nicht weiterschreiben – weder jetzt noch später. Sie faltete ihn zusammen, doch ihre Finger erschlafften, als sie sich anschickte, ihn zu zerreißen.

Sie hatte den Stuhl zurückgestoßen und sich halb erhoben, als der Anblick der zwei Reihen von gleich großen Tagebüchern sie innehalten ließ – die ersten sechs waren in verschossenen, verstaubten blauen Samt gebunden, die restlichen sechs in feines blaues Leder mit matten Goldprägungen. Sonst unterschieden sie sich durch nichts, weder durch einen Titel noch durch einen Namen. Sie nahm das Buch am äußersten Ende herunter, dessen Goldprägung am neuesten aussah, und schlug es auf, um den Brief an Jim dort zu verstecken. Sie blätterte durch die dicken Seiten mit dem Goldschnitt und sah mit Bestürzung, daß sie alle leer waren.

Rasch nahm sie wahllos ein anderes Buch herunter. Es war bis zur letzten Seite mit Isobels Handschrift gefüllt, dieser eckigen, männlichen Schrift, die hier jedoch unnatürlich wirkte; sie war sehr klein und schwer zu lesen. Die Seiten waren eng beschrieben, einige trugen ein Datum, andere nicht; die Daten und die verblaßte Tinte sprachen von längst vergangenen Jahren. Sie hielt mehrmals inne und versuchte ein paar Sätze zu entziffern. ›Heute einen neuen Brennofen für das Werk bestellt, eine fürchterliche Ausgabe, aber wir müssen mit den andern Schritt halten – die einzige Möglichkeit, um einen Vorsprung zu gewinnen‹, und dann ›Margaret hält es für eine gute Idee, einen Geburtstagstee für Vanessa zu geben, und Vanessa besteht auf einem neuen Samtkleid. Das Kind bekommt schon zu sehr seinen Willen.‹ Sie nahm ein älteres Buch heraus, dessen weiße Seiten mit Stockflecken und Schimmel bedeckt waren. ›Granny und ich besprachen mit Richards, dem Architekt aus London, den Plan, die Hofmauer der Langen Galerie verstärken zu lassen. Keine Kleinigkeit, da er bis zum Fundament hinuntergehen muß. Der halbe Rasen vom Hof muß aufgerissen und erneuert werden. Eine sehr ärgerliche und teure Angelegenheit, doch Granny sagt, das Geld dafür müsse irgendwie aufgebracht werden.‹ Dann sah es aus, als hätte Isobel im Schreiben innegehalten. ›John hatte versprochen, hierzusein, wenn Richards käme. Es ist sehr wichtig, den genauen Umfang der Arbeiten zu erfahren, aber er sagte, sie brauchten ihn zu einem Doppel in Long Kenston. Ich vermute, jemand anders war dort.‹ Einige Seiten weiter vorn im Buch las sie: ›Der van Dyck der Lady Rowena Blake ist aus London zurückgekommen, wo er gereinigt wurde. Granny und ich sahen zu, wie er aufgehängt wurde. Granny machte sich lustig über das Vermögen, das ihr von dem Kunsthändler dafür angeboten worden war. Sie meint, er habe ihn wahrscheinlich für Lord Duveen haben wollen. Ich hatte schreckliche Angst, sie könnte dadurch versucht sein, ihn zu verkaufen, aber sie machte natürlich nur Spaß. Das Bild ist wunderbar! Es darf nie von Tilsit fortgegeben werden. Als John von den Marstons zurückkam, ging er es sich anschauen und sagte nur, sie hätten das Kleid zu gelb gemacht. Granny war verärgert.‹ Die kleinen häuslichen Ereignisse waren neben den wichtigen aufgezeichnet. ›Brown hat Zahnschmerzen und weigert sich, zum Arzt zu gehen.‹ Und gleich darunter: ›Der Bischof – der neue – kam heute zum Mittagessen. Es war alles sehr formell und feierlich, und Granny trug ihre Perlen. Sie führte ihn sogar durch das ganze Haus, obwohl das in ihrem Alter eine lange Wanderung ist. Die

Kapelle gefiel ihm ganz besonders, doch sie ließ ihn nicht lange dort bleiben.‹ Die häuslichen Belange gingen manchmal ins Persönliche über. ›Heute zwölf Dutzend Leinenlaken bestellt. Granny regt das auf, weil die vorigen Laken gekauft wurden, als sie heiratete. Ein kleiner Brand im Werk. Niemand verletzt. Granny sagt, einige Teile seien nicht mehr sicher und sollten umgebaut werden. John war in London, und so kam Granny mit mir, um sich den Schaden anzusehen. Einige der älteren Arbeiter begrüßten sie mit Hochrufen.‹ Und dann: ›Morgen geht John nach Cambridge. Er verbrachte den letzten Tag bei den Marstons.‹ Und dann die beinah unleserlichen, da so rasch und mit solcher Vehemenz geschriebenen Worte ganz allein auf einer Seite: ›Edward Ashley war heute wieder hier. Zum drittenmal in zwei Wochen. Wir gingen im Garten spazieren.‹

Voller Schuldbewußtsein, so tief in die persönlichen Angelegenheiten der jungen Isobel eingedrungen zu sein, hörte Ginny auf zu lesen. Sie erinnerte sich an die Frau, die in Santa Maria vor ihr gestanden hatte, an ihr grauenvoll entstelltes Gesicht, in dem keine Spur von Leidenschaft und Selbstmitleid mehr war, und an den disziplinierten Körper, unempfindlich gegen alles Unbehagen; und an die wunderschönen Hände. Die Frau war einmal jung gewesen und vielleicht verliebt, und sie hatte in ihr Tagebuch geschrieben, daß sie mit einem Mann namens Edward Ashley im Garten spazierengegangen war.

Ginny schloß das Buch in dem Gefühl, daß dieser eine kurze Blick genug von Isobel enthüllt und verraten hatte. Sie wußte jedoch, sie würde es wieder aufschlagen. Zuviel von Isobel war in ihm enthalten, um es nicht zu lesen – zuviel von der Welt ihres Vaters und Tilsits.

Ginnys Hand streckte sich nun, diesmal fast ohne zu zaudern, nach der Reihe der darüberstehenden, in Samt gebundenen Bücher aus. Die Handschrift war anders – altmodisch, zierlich und wie gestochen; die Tinte hatte sich im Laufe der Jahre auf den vergilbten Seiten braun verfärbt. Die erste Eintragung trug die Jahreszahl 1865. ›Heute‹, lautete sie, ›habe ich einen Mann kennengelernt, der meine Hand berührte und mich küßte, und ich glaube, ich habe mich in ihn verliebt.‹

Ginny keuchte vor Schreck; sie fühlte, wie eine Gänsehaut sie überlief, als sie unverhofft auf die gleichen Worte, die sie in dieser Nacht an Jim geschrieben hatte, in dieser viktorianischen Damenhandschrift von vor hundert Jahren stieß. Sie begriff, daß dies Jane Tilsits Tagebuch war.

Die Eintragung ging weiter: ›Er heißt George Martin und ist ein Töpfer, und ich habe beschlossen, ihn zu heiraten. Er weiß es noch nicht, aber ich will es. Er ist ein einfacher Mann – aus dem Volk – beinahe ein ungehobelter Mann, wenn ein ungehobelter Mann so zart und behutsam sein kann. Wir trafen uns, und er wußte nicht, wer ich war oder woher ich kam, und bevor wir uns trennten, hatte er mich geküßt. Wenn dies Torheit ist, dann werde ich eben eine Torheit begehen, denn ich habe seit fünf Jahren mein Erbe, und kein Mann hat um meine Hand angehalten, und es wird für mich, das weiß ich genau, auch keine Heirat geben, wenn ich sie nicht selbst bewerkstellige. Ich werde diesen ungehobelten Töpfer heiraten und ihn heranbilden, und die Leute werden sagen, ich wäre eine Mesalliance eingegangen. Sollen sie das sagen – ich werde mich nicht um die Außenwelt kümmern. Ich will diese Heirat, weil ich viele Kinder für Tilsit brauche.‹

Ginny las nicht weiter. Die Zeilen verschwammen ihr vor Müdigkeit und seelischer Erregung vor den Augen; sie saß mit dem Buch in Händen, und ihre Gedanken wanderten zurück zu dem Bild in dem Tilsit-Ausstellungsraum in New York, dem Porträt des Mannes mit dem Backenbart und den ernsten, gütigen Augen, dem Töpfermeister George Martin Tilsit. Die Eintragung in der Enzyklopädie für Steingut und Porzellan war nun erklärt: »nahm 1865 den Namen Tilsit an …« Jane hatte also ihren ungehobelten Töpfer geheiratet und ihn in der Tat herangebildet. Aber es waren nicht ›viele Kinder für Tilsit‹ gekommen – nur ein einziges, Elisabeth, die Mutter von Isobel und John. Sie hatte keine Spuren in Tilsit hinterlassen, nichts außer den paar fröhlichen und beschwingten Sachen, die Vanessa in ihrem Zimmer gesammelt hatte. Und von ihren Kindern hatte nur Isobel durchgehalten. Jane – die ›Granny‹ aus Isobels Tagebüchern, die Old Lady aus Browns Erinnerungen – hatte das Erbe an Isobel weitergegeben. Und nun wartete dieses Erbe – ein Etwas, das sie noch nicht begriff, sich noch nicht durch Liebe oder Arbeit verdient hatte – darauf, daß sie, Ginny, es übernahm.

Ihre Hand streckte sich noch einmal zu der unteren Reihe der Tagebücher aus und nahm das letzte Buch mit den leeren Seiten heraus. Als sie nun den Brief an Jim hineinlegte und es zuklappte, erkannte sie, daß sie mit diesen Zeilen die erste Eintragung in ihr eigenes Tilsiter Tagebuch gemacht hatte.

Sie wissen, ich bin keine gebildete Frau, Miss«, sagte Brown, »aber Ihre Tante hat versucht, mir beizubringen, was sie wußte.«

Ginny und sie schritten gerade über den Hall Court, den zweiten Innenhof, der in strahlender Morgensonne dalag, welche die grauen Mauerwände weicher und heller erscheinen ließ und ihnen so Wärme und sogar einen Schimmer von Farbe verlieh. Ein mit leisem Schwirren über ihrem Kopf hinwegfliegender Möwenschwarm fesselte Ginnys Blick – das verwischte Grau und Weiß vor dem zarten Blau des Morgenhimmels. Durch den Torbogen des Pförtnerhauses sah man wie durch einen Rahmen auf das Idyll des Parkes und Flüßchens hinunter. Ginny wurde plötzlich zutiefst der Frieden dieser Szenerie bewußt, die Tatsache, daß dies während langer Jahre das Haus einer Familie gewesen war, bevor es eine Art öffentliches Museum wurde, und daß sich das gesamte Familienleben in den Mauern dieses Hofes abgespielt hatte. Sie stellte sich den Hof bevölkert mit den Menschen vor, die in geschäftlichen Angelegenheiten nach Tilsit kamen, und denen, deren Leben Tilsit war, den Herrn, die Familie, die Dienstboten und Leibeigenen; sie ahnte den gesamten Kreislauf von Unschuld und wissender Reife, von Krieg und Hungersnot, Pest und Tod und der Freude der neuen Geburt.

»Warum nennt sich die Familie nach dem Namen des Hauses?« fragte sie Brown. »Es ist doch nicht üblich, nicht wahr?«

»Die Familie hieß immer Tilsit, soweit die Unterlagen zurückreichen. Niemand weiß, ob der erste Herr von Tilsit den Ort, an dem er sich niederließ, so nannte, oder ob er den Namen von dem Ort annahm, weil er keinen eigenen hatte. Wenn die Familie einen Titel angenommen hätte – einen hohen Titel –, hätte sich vermutlich der Familienname geändert. Ihre Tante pflegte zu sagen, es sei sehr klug von den Tilsits gewesen, keinen Ehrgeiz zu haben. Die paar Meilen im Umkreis hier waren sie Könige, doch das genügte ihnen, und für die übrige Welt waren sie nie mehr als adelige Großgrundbesitzer. Wenn andere Männer Kopf und Land verloren, behielten die Tilsits beides, weil sie sich hüteten, die Aufmerksamkeit auf sich zu lenken. So hat Miss Isobel es mir erklärt, Miss.«

Brown schloß während der letzten Worte die Tür zu dem alten Südflügel auf, der das Gegenstück zu dem Flügel bildete, in dem die Familie lebte. »Ich führe Sie durch den Besuchereingang, Miss, weil Sie dann eine bessere Vorstellung von dem bekommen, was die Leute sehen, wenn sie hereinkommen. Hier« – sie deutete auf den Vorraum – »verkaufen wir die farbigen Kataloge der Sammlung. Und der Raum hier ist der Souvenirladen, in dem Miss Vanessa manchmal arbeitet. Sehen Sie, wir haben eine ganze Serie kleiner Porzellansachen, die sich auf das Haus beziehen – einige tragen das Wappen, aber dafür hatte Ihre Tante nie sehr viel übrig. Das meiste sind reguläre Tilsitprodukte – sehen Sie, Miss, diese kleinen Kaffeetassen und Aschenbecher und das Käsemesser, alle in Geschenkkartons. Es ist erstaunlich, wieviel Leute in dem Gefühl, eine Beziehung zu dem Haus zu haben, für diese winzigen Sachen bezahlen. Und Sie müßten die Leute sehen, die eine Guinee für eine Tasse und Untertasse bezahlen.«

»Und was geschieht mit dem Geld?«

»Das Geld bekommt die Gesellschaft, die das Haus für die Öffentlichkeit offenhält – für Reparaturen und Erhaltungskosten – all diese Sachen, Miss. Das Saubermachen besorgen andere – nicht die festen Angestellten, die wir für den Familienflügel haben. Sie werden eine Menge Leute in den öffentlichen Räumen putzen und Staub wischen sehen, die nicht Garth unterstellt sind – oder mir. Doch hier in der Porzellangalerie habe ich als einzige die Schlüssel zu den Schaukästen. Ich staube und wasche das Porzellan ab. Ihre Tante brachte mir das vor langer Zeit bei.«

Sie blieb unvermittelt stehen und hielt Ginny die Hände mit gespreizten Fingern hin. »Sie sehen also, ich muß meine Hände immer geschmeidig und gelenkig halten, sonst könnte ich ungeschickt werden.«

Sie blieb weiter mitten im Souvenirladen stehen, eine unbeschreiblich groteske Gestalt in den dicken Baumwollstrümpfen, dem langen, beuteligen Rock und dem geblümten Kittel und den grauen Haarsträhnen, die sich ständig aus dem Knoten lösten; doch das schmale Gesicht hatte jetzt einen Ausdruck hingebungsvoller Begeisterung, der es verwandelte und es in einer Art Schönheit aufleuchten ließ.

»Sie lieben die Sammlung, nicht wahr, Brown?«

Die Frau nickte. »Das tue ich, Miss. Am Anfang verstand ich sie noch nicht. Ich fand die Stücke natürlich hübsch, aber es dauerte lange Zeit, bis Ihre Tante mir die Augen dafür öffnen konnte, was alles in ihrer Herstellung steckt. Sie nahm mich mehrmals mit ins Werk hinüber, um mir verständlich zu machen, warum es so schwierig war, bestimmte Farben zu erzielen, und warum es alles so viel Zeit brauchte. Als ich es verstand, Miss, fing ich an, die

Sammlung zu lieben. Natürlich hat die Sammlung nichts mit Tilsit zu tun – sie enthält Stücke aus jedem Land und fast aus jeder Zeit. Es sind solche Stücke, wie sie die Menschen nie wieder zustande bringen werden. Es war also wichtig, daß ich den Herstellungsprozeß begriff, um zu verstehen, warum es nie gelingen würde, sie wieder herzustellen. Hier jedoch«, fügte sie hinzu und deutete auf den Souvenirladen, »sind nur Tilsit-Waren. Es wäre doch absurd, hier andere auszustellen, nicht wahr, Miss?«

»Das würde ich auch sagen«, bestätigte Ginny lachend. »Weshalb denen den Raum geben und für sie werben?« Sie nahm einen Teller des Service in die Hand, das die Familie gewöhnlich benutzte. Dann wanderte ihre Hand zu einer Tasse des Musters, das Garth benutzt hatte, um ihr ihre erste Tasse Tee in Tilsit zu kredenzen.

»Das ist ›Rose Imperial‹, Miss. Es stammt von George Martin Tilsit persönlich – dem Mann der Old Lady. Es war eines ihrer Lieblingsmuster. Das da ist das Glockenblumenmuster«, erklärte sie, als Ginnys Hand über einen Teller des Dekors strich, das ihr Vater im Wohnzimmer von Oranje Huis zerschmettert hatte. »Das mag ich am liebsten. Es ist so schlicht und hübsch. Es wurde ungefähr zu der Zeit entworfen, als John ...« Sie brach ab. »– Und hier sind all die modernen Muster – alles auch neue Formen, wie Sie sehen. Nicht mein Geschmack – zu primitiv und einige geradezu häßlich, finde ich. Aber ich bin ja nicht modern, nicht wahr?«

»Hat Mark – hat Mr. Barstow sie entworfen?«

»Ja«, erwiderte sie unwillig. »Mit einigen von ihnen haben wir Preise gewonnen – obwohl ich nicht weiß, warum. Häßliche, verbogene Dinger, das sind sie!«

»Meine Tante fand das aber nicht, Brown. Sie hatte großes Vertrauen in das, was er machte.«

»Ja – und die Arme lebte genügend lange, um bitter zu bereuen, daß sie ihm vertraut hatte und nie das häßliche, verbogene Wesen erkennen konnte, das er innerlich war. Aber wenn Gott gnädig war, Miss, ließ er sie schnell sterben.«

Ginny stellte eine einfache weiße Kaffeekanne hin, deren Form sie sich in der Silhouette angeschaut hatte. »Wollen Sie damit sagen, Brown – gehören Sie zu denen, die glauben, Mark wußte, daß sie hinuntergestürzt war oder einen Herzanfall hatte – und sei ihr nicht zu Hilfe gekommen?«

Brown erwiderte Ginnys starren Blick, ohne mit der Wimper zu zucken. »Wie kann ich sagen, was passierte? Ich war ja nicht dabei. Niemand außer ihm weiß es. Ich weiß nur, daß er dazu fähig ist.«

»Sind Sie dessen sicher?«

»So sicher wie nur irgend etwas, das ich je gewußt habe. Er war schon immer so – ein wilder und gewalttätiger Junge, als sie ihn zuerst nach Tilsit holte – unmögliche Manieren und eine niederträchtige Art. Niemand von uns mochte ihn, doch sie bestand darauf, es werde noch was Vernünftiges aus ihm.«

»Brown – das ist nicht fair! Er hatte damals doch keine Erziehung ... hatte nie etwas anderes gekannt.«

»Darüber rede ich ja gar nicht. Er lernte seine Manieren schnell genug, wenn sie ihm in den Kram paßten. Vergessen Sie nicht, daß seine Mutter eine Adlige war. Mir gefielen ganz andere Dinge nicht an ihm. Er war immer sehr geschickt mit den Händen, natürlich – konnte alles machen und alles reparieren. Aber er war schlecht zu Menschen – und Tieren und Pflanzen. Mit allem, was lebte, schien er nicht umgehen zu können. Drei Hunde schenkte Miss Isobel ihm, glaube ich, innerhalb von zwei Jahren, und sie alle starben oder wurden überfahren. Und Miss Isobels Pferd brach tot unter ihm zusammen, weil er es zuschanden geritten hatte. Sie gab ihm sein eigenes Eckchen im Küchengarten, aber glauben Sie, es wuchs etwas unter seinen Händen? Ich sage Ihnen, Miss, alles starb, sobald er es nur anrührte. Einen schlechten und verbogenen Charakter – das hatte er und hat er auch noch heute. Genau wie diese häßlichen Dinger, die er macht, und diese alten, verbogenen Schrottstücke, die er Statuen und Skulpturen nennt – oder was sie sonst darstellen sollen. Man braucht sie sich ja nur anzusehen, um zu wissen, wie er ist. Schlecht ...«

»Nein, Brown!« entfuhr es Ginny. Sie hätte schreien mögen, daß dies nur Unwissenheit und Vorurteil war, die Verdächtigungen eines beschränkten Hirns, das nur Loyalität für eine Herrin kennt.

Die Augen der Frau glitzerten vor Erregung, und sie ballte die krampfhaft zuckenden Hände.

»Ein Zerstörer – das ist er«, beharrte sie. »Zerstört alles, was er anfaßt – ausgenommen das, was er für sich selbst macht – sich selbst, das ist alles, was für ihn zählt.«

»Sie können ihn nicht deshalb verurteilen. Viele Menschen sind so.«

»Nicht so wie er. Er hat so viel von ihr bekommen, daß er glaubt, ein Recht darauf zu haben. Ich bin überzeugt, daß sie ihm an jenem Abend, als sie zu ihm ging, einen Teil davon weggenommen hat. Und den Gedanken konnte er nicht ertragen. So ... ließ er sie sterben.«

»Haben Sie das zu irgend jemand gesagt? Ist es die Wahrheit oder nur was Sie denken?«

»Weshalb sollte ich es irgend jemand sagen?« fragte Brown heftig. Sie hatte in der Erregung ihr respektvolles Benehmen verloren. »Glauben Sie, ich würde Skandal über Tilsit bringen, wenn ich es vermeiden kann? Ich wußte, Sie würden kommen, und ich wollte nicht, daß Ihnen in den ersten Tagen noch mehr aufgebürdet würde, als Sie schon zu tragen hatten. Deshalb sagte ich nichts – es war ja auch nichts zu beweisen. Sie hatten an dem Tag einen Streit im Werk, und er ließ sie einfach stehen und rannte fort, wie er das immer tat. Sie ging an dem Abend zu ihm, um was immer sie zu sagen hatte, zu Ende zu bringen. Er hatte seine Pflichten im Werk vernachlässigt – sich nur mit seinen Sachen befaßt, seine abscheulichen und sündigen Dinger gemacht. Sie wollte ihm verbieten, so weiterzumachen. Sie hätte es ihm ja alles wegnehmen können – das Haus, das Atelier, sogar seine Stellung ...«

»Die Stellung wäre nicht weiter wichtig gewesen. Mark hätte in jeder Manufaktur in England eine neue bekommen. Das wissen Sie genau!«

»Das mag stimmen – aber was für eine Stellung? Sie glauben doch nicht etwa, Miss, er hätte, wenn er irgendwo anspaziert gekommen wäre, auch nur annähernd das bekommen, was er in Tilsit hat? Jemand seines Schlages und seiner Herkunft? Auch mit allem Talent der Welt hätte er nie wieder das bekommen, was er hier hat. Es gibt hier niemand, der nein zu ihm sagen könnte. Sie machte ihn zu seinem eignen Herrn. Wo hätte er das haben können – kaum dreißig Jahre alt, ohne Geld oder Verwandte oder Beziehungen? Ich glaube, er dachte besser zu fahren, wenn Miss Vanessa die Herrin war – wie jeder annahm, daß es kommen würde. Er hätte Miss Isobel sterben lassen können – er hätte es können«, wiederholte sie.

»Es gibt keinen Beweis dafür, Brown.«

»Nein, keinen Beweis, Miss – das stimmt. Nur das Wort einer Frau, die ihn beobachtet hat, seit Miss Isobel ihn herbrachte, und die ihn durch und durch kennt.«

»Es steht Ihnen frei zu glauben, was Sie wollen, Brown, aber nicht, darüber zu sprechen.« Ginny klammerte die Hände fest um die Kante des Ausstellungstisches in ihrem Rücken und zwang sich, hierzubleiben und ruhig anzuhören, was Brown noch zu sagen hatte, zwang sich, dem Verdacht entgegenzutreten und ihn niederzukämpfen.

»Weshalb erzählen Sie mir diese Dinge, Brown? Sie wissen, man soll nichts behaupten, was man nicht beweisen kann.«

»Weshalb – weil Sie beschützt werden müssen! Deshalb! Dieses Haus, das Werk – es ruht nun alles auf Ihren Schultern. Sie müssen mit Mark Barstow und allem Bösen fertig werden, das er ausheckt. Sie müssen gewarnt werden!«

»Nun gut, Brown.« Ihre Stimme klang ihren Ohren so unheimlich wie Isobels an jenem Tag im Kloster Santa Maria. »Ich bin also gewarnt.« Sie straffte sich und ließ die Tischkante hinter sich los. Sie vermochte nicht länger über Mark zu diskutieren, vermochte nichts mehr zu seiner Verteidigung zu sagen, da sie sonst die Kontrolle über sich verlieren würde. Noch nicht einmal ein Tag war verstrichen, seit sie ihn zuerst erblickt hatte, und doch war er ihr schon zu lieb und wert, um ihn dem Gemetzel der Anklagen dieser Frau zu überantworten. Die neue Liebe war noch zu zart, um das zu ertragen.

Mit einer autoritären Handbewegung, die sie absichtlich so ähnlich wie Isobel machte, wie ihre Erinnerung es ihr ermöglichte, sagte sie: »Kann ich jetzt die Sammlung sehen?«

»Die Sammlung wurde 1870 von Jane Tilsit begonnen«, begann Brown, während sie die hinteren Türen des Souvenirladens aufschloß. Ihre Stimme hatte wieder ihren normalen Klang, unterwürfig und farblos. Sie leierte beinahe die Worte herunter, als wären es die monotonen Erklärungen eines Museumsführers. »Sie veranschaulicht fast alle wichtigen und interessanten Aspekte der Töpferkunst und reicht von archäologischen Funden aus dem Attika des fünften vorchristlichen Jahrhunderts über die große Ming-Dynastie in China, die europäischen harten und weichen Keramiken bis zu den Beispielen der besten Arbeiten englischer Töpfer aus dem achtzehnten und neunzehnten Jahrhundert. Sie gilt als eine der besten Privatsammlungen Europas ...«

Ginny unterbrach den Vortrag. »Hat tatsächlich Jane die Sammlung zusammengestellt, Brown? Oder hat das nicht vielmehr George Martin besorgt?«

»Sie vergessen, Miss – das Geld hatte die Old Lady. Ich sage ja nicht, sie habe sich nicht von Georg Martin Tilsit beraten lassen, doch sie bezahlte alles, was gekauft wurde. Damals war es natürlich noch möglich, solch eine Sammlung mit viel weniger Geld zusammenzutragen, als das heute kosten würde. Dies, Miss« – und sie öffnete die beiden Flügeltüren –, »war früher einmal der

Küchenflügel von Tilsit. Er wurde nicht mehr benutzt, als Jane Tilsits Sammlung so umfangreich geworden war und besondere Räume für ihre Unterbringung benötigte.«

Der große Raum vor ihnen erstreckte sich über die gesamte Breite des Flügels; das Licht fiel von den Fenstern auf beiden Seiten herein. Der auf Hochglanz gebohnerte Fußboden aus unterschiedlich breiten Holzplanken, die mit hölzernen Dübeln verlegt waren, spiegelte die gläsernen Schaukästen, die entlang den beiden Wänden standen und in einer Doppelreihe in der Mitte des Raumes angeordnet waren. Das Sonnenlicht flutete durch die Südfenster herein, spielte auf dem glänzenden Glas und verlieh den tausend Farben und Schattierungen der Keramiken eine überraschende Leuchtkraft. Die Farben jauchzten wie ein überschäumendes Gemälde, wie ein episches Gedicht, das die gesamte Geschichte der Zivilisation umfaßt.

»Wie Sie sehen, Miss, ist es keine sehr große Sammlung. Alles, was nicht ganz erstklassig war, sortierte die Old Lady im Laufe der Jahre aus und verkaufte es. Was Sie hier sehen, ist nur das Beste vom Besten. Miss Isobel ließ diese modernen Schaukästen anfertigen, als man die Sammlung der Öffentlichkeit zugänglich machte – schauen Sie, sie haben oben und an den Seiten Lampen, so daß man die Ausstellungsstücke auch an sehr trüben Tagen in der besten Beleuchtung sehen kann.«

Ginny stand in der Tür und ließ die Augen über die Schaukästen gleiten; hier und dort verweilten sie auf einem besonderen Stück, an dessen Art sie sich von den Museen in New York erinnerte – den rot-schwarzen griechischen Vasen, dem berühmten Blau der K'ang-Hsi-Weißdorntöpfe, einer edlen vierkantigen Vase der famille noire, den Chelsea-Vögeln und -Blumen und dem unverwechselbaren schwarzen Basalt von Wedgwood. Soviel ließ dieser erste Blick sie erkennen. Im Wunsch nach weiteren Erläuterungen sah sie wieder Brown an.

»Wohl jedes Museum auf der Welt wäre froh, nur eines dieser Stücke zu besitzen. Es ist immer teurer geworden, die Sammlung zu versichern und zu schützen. Wir versuchen überall dort, wo Tilsit-Porzellan verkauft wird, für sie zu werben, denn wir sind auf die Eintrittsgelder und verkauften Kataloge angewiesen, um die Sammlung intakt und hier in Tilsit zu halten.«

»Sind hier auch irgendwelche Tilsit-Sachen ausgestellt?«

»Ja – da drüben, in der letzten Vitrine. Aber eigentlich nur aus sentimentalen Gründen. George Martin Tilsit war ein guter Töpfer, und sein Herstellungsverfahren war hervorragend; doch er zählt nicht zu den großen englischen Töpfern. Aber er regte die Sammlung an, so kann man wohl sagen, und deshalb sind auch einige Beispiele seiner eigenen Arbeit hier ausgestellt.«

»Ich finde das schön. Dadurch wirkt es weniger wie ein Museum und mehr wie die Familienporzellansammlung.«

»Das stimmt, Miss. Das pflegte auch Miss Isobel immer zu sagen. Aber täuschen Sie sich nicht – es ist eine berühmte Sammlung. Miss Isobel bekam aus der ganzen Welt Angebote für einzelne Stücke, und einige neugegründete amerikanische Museen wollten die ganze Sammlung kaufen. Sie ist jedoch ein Teil von Tilsit und sollte immer hier bleiben. Miss Isobel pflegte sie gleichzeitig als eine Bürde und einen Schatz zu bezeichnen ...

»Und wenn man bedenkt«, fügte sie hinzu, während die Schlüssel zornig in ihrer Hand rasselten und ihre Stimme eine Wut verriet, die sie nicht zu unterdrücken vermochte, »wenn man bedenkt, daß sie sie in ihrem Testament Mark Barstow anvertraut hat! *Ihn* hat sie zum Kustos der Sammlung ernannt – diesen Barbaren!«

Am Nachmittag vernahm Ginny endlich das Geräusch, auf das sie den ganzen Morgen und auch während des Mittagessens gewartet hatte. Voller Freude hob sie den Kopf von den ausgebreiteten Papieren auf Isobels Schreibtisch. Zuerst hörte sie nur seine Stimme im Gespräch mit Garth – die unbekümmerte Selbstsicherheit und den Anflug von kraftstrotzender Vitalität und Natürlichkeit. Dann vernahm sie einige der Worte. »... Halten Sie sie fern. Sie können keinem von uns Gutes bringen.« Garths leise Antwort vermochte sie nicht zu verstehen.

Die Tür zu dem Bürozimmer flog auf, und Mark stand vor ihr. Er war sorgfältiger gekleidet als gestern, trug einen Schlips und ein Tweedjackett, doch seine Schuhe waren schlammverkrustet, und er hatte anscheinend vergessen, sein Haar zu kämmen. Ohne jede Einleitung und ohne sich für sein gestriges Verhalten zu entschuldigen, lächelte er sie einfach an und sagte aufgeräumt: »Komm, mein Schatz – her mit deinem Mantel. Ich nehme dich mit ins Werk.«

Sie blieb unbeweglich sitzen und schwieg; sie fühlte, wie die warme Röte ihr ins Gesicht stieg. Beinah eine ganze Minute lang sahen sie sich an, und dann gewahrte sie die Veränderung in seinem Gesicht. Langsam schüttelte er den Kopf, und seine Miene zeigte kindliche Zerknirschung.

»Schon gut – ich komme nicht so davon, nicht? Ich hätte gleich sagen sollen, daß es mir leid tut.« Er trat in das Zimmer und schloß schwungvoll die Tür hinter sich. »Das gestern war sehr häßlich – häßlich von mir, meine ich. Und es tat mir schon im selben Augenblick leid. So etwas kommt so schnell bei mir, und ich weiß nicht, wie ich es erklären soll. Da hatte ich nun die ganze Zeit in meinem Häuschen gedacht, ich hätte endlich einen Freund in Tilsit gefunden. Ich glaubte, du verständest, was ich sagte – so wie ich es meinte, Ginny, nicht nur so ungefähr, als unterhielten wir uns durch eine Glaswand. Es war etwas ganz Großes für mich – eine Art Entdeckung, und ich war fast verrückt vor Freude darüber. Und dann machtest du plötzlich so ein Theater wegen dieses verdammten Köters, als wäre er das Wichtigste auf der Welt. Und ich wurde wieder unerbittlich auf meinen Platz verwiesen. Du erschienst mir auf einmal wie all die andern hier, und ich verlor den Kontakt zu dir. Mir war ganz übel ...«

»Wir verloren einander«, erwiderte Ginny. »Und ich wußte nicht, weshalb.« Sie erhob sich. »Und wenn du nur gewußt hättest – ich hätte es dir durchgehen lassen. Ich hätte dir alles durchgehen lassen, solange du nur durch diese Tür gekommen wärst und mich von all dem hier gerettet hättest ...« Sie deutete auf die ausgebreiteten Unterlagen auf dem Tisch und die offenstehenden Schränke an der Wand, die mit großen, prallen Umschlägen und zusammengebündelten, vergilbten Papieren vollgestopft waren.

»Ist das alles, wozu ich gut bin – dich aus Isobels Ramsch herauszuholen?« begehrte er auf.

»Das ist nicht alles – und das weißt du genau!«

»Das klingt schon besser!« meinte er, und sein Gesicht hellte sich wieder auf. Er wies mit einer Kopfbewegung auf die überquellenden Schränke. »Und was den Plunder da betrifft – ich an deiner Stelle würde es anzünden. Was sollst du damit?«

»Es sind alle möglichen finanziellen Aufstellungen von der Manufaktur darunter – das Dumme ist, daß man nur durch Zufall auf sie stößt. Isobel und Jane Tilsit müssen ihr eigenes spezielles Ablagesystem gehabt haben. Ich werde nicht schlau daraus. Ich suche finanzielle Aufstellungen und fördere Wäschereirechnungen und Kostenanschläge für Kopfdünger zutage.«

Er schnalzte verächtlich mit der Zunge. »Das Werk hat doch eine Buchhaltung – wie jede andere Firma –, nur besonders streng kontrolliert. Aber Isobel hätte am liebsten alle Unterlagen und Informationen für sich behalten, und sie ließ sich von jeder finanziellen Transaktion Kopien machen und schleppte die hierher. Weiß der Himmel, wozu.«

»Sie wären vielleicht ganz nützlich – wenn ich sie verstehen könnte«, meinte Ginny und kam um den Schreibtisch herum auf ihn zu.

»Das kann Randall doch alles für dich erledigen. Um Gottes willen, Ginny, tritt nicht in ihre Fußstapfen! Sie konnte sich nie von etwas trennen – vergrub sich hier mit ihren alten Papieren.« Sie stand nun vor ihm, und er faßte plötzlich unter ihr Kinn und bog ihren Kopf zurück, so daß er ihr voll ins Gesicht sah. »Du könntest hier zwischen all dem sinnlosen Papierkram zu Staub werden, und das dürfen wir nicht zulassen – du bist viel zu schade dafür.«

Er ließ ihr Kinn nicht los und blickte weiter auf sie herunter; sein Blick schien durch das Fleisch bis auf die Knochen zu dringen. »Weißt du, du hast ein gutes Gesicht für einen Bildhauer – einen altmodischen Bildhauer, dessen Arbeit man sofort ansehen kann, was er meint. Ich könnte solche Sachen nicht mehr machen. Wenn ich versuchen würde, dein Gesicht darzustellen, würde es ein Ausdruck deines inneren Wesens werden, wie ich es sehe – so wie du jetzt bist, verwirrt, fragend, ohne genau zu wissen, was du suchen sollst – oder warum. Der Rest wäre ich selbst – rauh und ungehobelt – und wahrscheinlich wegen irgend etwas wütend. Du würdest es anschauen und denken: ›So also sieht er mich – ein häßliches, entstelltes Scheusal!‹ Und das wäre ganz und gar nicht wahr. Die ganze Zeit würde ich auszudrücken versuchen: Ich freue mich, daß du gekommen bist, Ginny!«

Langsam, ohne jede Scheu, glitten seine Finger über ihr Gesicht, tastend und forschend – mit großer Zärtlichkeit und wachsendem Wissen. »O ja«, sagte er leise, »ich freue mich, daß du gekommen bist!«

Marks Auto war neu und teuer, aber erstaunlich ramponiert und ungepflegt. Der Rücksitz war übersät mit Büchern und Papieren, mit einigen Werkzeugen, die Ginny nicht näher zu bestimmen vermochte, mit zwei Äpfeln und einer quadratischen Bronzeplatte.

»Kann keine Zeit damit verschwenden, mich darum zu kümmern, wie ein Auto aussieht«, bemerkte er, als er sah, wie sie die Unordnung und den auf den Fußmatten angetrockneten Dreck musterte. »Sie sind nichts als Maschinen – Beförderungsmittel von einem Ort zu einem anderen. Ich achte Maschinen wegen der Dienste, die sie mir erweisen – aber ich denke nicht daran, auch nur einen Deut mehr für sie zu tun, als sie mit dem Zeug zu füttern, das sie brauchen, um zu laufen.«

Der Wagen sauste die Auffahrt herunter und schoß mit einem Übelkeit erregenden Sprung über die Brücke.

»Ich verstehe«, murmelte Ginny. »Aber hält die Brücke das aus?«

»Werd' nicht sarkastisch, mein Schatz«, erwiderte Mark und lachte laut auf. Seine gute Stimmung, die überwältigend fröhliche Laune war ebenso ansteckend wie die gestrige Gemütsverfassung voll dunkler Leidenschaftlichkeit. Sie spürte, wie sie, genau wie am Tag zuvor, von ihr mitgerissen wurde, willig, dankbar und gefügig. Jetzt, wo sie sich wieder im Bannkreis seiner magnetischen Ausstrahlung befand, vermochte sie die Zweifel beiseite zu schieben, die Vanessas geheime Warnung und Browns Überzeugung, daß er Isobel hatte sterben lassen, in ihr geweckt hatten. Die schöpferische Lebensgabe, die Mark besaß, ließ Ginny den Gedanken ausgeschlossen erscheinen, daß er imstande wäre zu töten; seine Fähigkeit, ein klingendes Echo in ihr wachzurufen, zerstörte den letzten Zweifel. An diesem Tag war nichts Böses in Mark – wie auch an keinem anderen Tag, sagte sie sich; nur eine unbändige Fröhlichkeit. Sie stimmte ohne besonderen Anlaß in sein Gelächter ein. Der Wagen tauchte mit lautem Dröhnen durch den Torbogen des Pförtnerhauses und glitt mit unverminderter Geschwindigkeit auf die Straße hinaus, wobei Mark ihn im letzten Augenblick zur Seite riß, um einem Wagen auszuweichen, der dicht an der Hecke geparkt stand. Er preßte die Hand auf die Hupe und sah über die Schulter zurück.

»Verrückter Idiot – ihn da stehenzulassen! Großer Gott – es ist dieser fürchterliche Journalist, dem ich vor einer halben Stunde dringend riet, vom Grundstück zu verschwinden. Er kam nicht gerade weit.«

»Was für ein Journalist?«

»Ich weiß nicht, was für einer er genau war! Von irgendeiner Londoner Zeitung. Er schien anzunehmen, ich hätte ihn dem Namen nach kennen müssen.«

»Was wollte er?«

»Was wollen die schon? Ein Interview mit dir – das wollen sie. Du weißt schon – die verschollene Erbin. All dieser hirnverbrannte Blödsinn.«

Er sah sie kurz von der Seite an. »Du willst doch nicht etwa sagen, du hättest ihm ein Interview gewährt? Du mußt doch wissen, daß die Schundpresse in diesem Land ungefähr die gemeinste der Welt ist. Sie würden ihre eigene Mutter durch den Schmutz ziehen, wenn es eine gute Story abgäbe ...«

»Ich dachte, Tilsit brauche Publicity«, sagte sie, um ihn zu necken.

Er fiel mit einem eifersüchtigen Beschützerinstinkt darauf herein, der sie entzückte. »Nicht diese Art! Du läßt sie nicht an dich heran, hörst du! Verdammte Bande von Lügnern!«

»Sind schon andere dagewesen?«

»Garth hat sie abgewimmelt.«

Ihre Haltung straffte sich, und das Lächeln verschwand. »Er hätte es mir sagen müssen – er hätte nicht einfach annehmen dürfen, ich wolle sie nicht sehen.«

»Dieses Mal war Garths Instinkt ausnahmsweise einmal richtig, und du brauchst dich also nicht aufzuregen. Der letzte in dem Wagen da hinten war ein besonders ekelhafter Kerl – verdammter Kuppler, der überall herumschnüffelte. Ich sagte ihm, er solle sich zum Teufel scheren, und erinnerte ihn daran, daß das Haus heute nicht der Öffentlichkeit offenstehe. Er fragte dann, wer zum Teufel ich sei. Und so benutzte ich den klingenden Titel, den Isobel mir verliehen hat – ich sagte, ich sei der Kustos der Tilsit-Sammlung. Er schien nicht sehr überzeugt zu sein – oder sehr beeindruckt. Aber er ging.«

»Bist du immer so, Mark?«

»Wie denn?«

»Daß du gleichzeitig lachst und schimpfst – haßt und verliebt bist?« Er zuckte die Achseln und nahm die Frage nicht weiter ernst. »Ich denke nicht viel darüber nach, wie und was ich bin. Dazu bleibt keine Zeit. Ich weiß nur ...« Er sah sie wieder an und löste seine Aufmerksamkeit gefährlich lange von der Straße. »Ich weiß nur, daß heute die Sonne scheint, und ich – was sagtest du noch? – lache und verliebt bin? – ja. Ich lache und bin vielleicht auch verliebt. Und so wird es heute sein. Und ich habe nicht vor, das durch irgend etwas ändern zu lassen.«

Sie nickte und schwieg und war zufrieden.

Schweigend fuhren sie durch das grüne, sonnenbeschienene Land, das Land schmaler Feldwege, die Straßen genannt wurden, sanftgeschwungener kleiner Hügel, von hohen Hecken umstandener Wiesen und Felder, dicht zusammengedrängter Dörfer, roter Telefonzellen und grellbunter Gastwirtschaftsschilder; in den Vorgärten lagen Babys in hochrädrigen Kinderwagen, und im Vorbeifahren huschten die roten Briefkästen an ihnen vorbei. Überall waren Blumen, sauber und ordentlich gepflegt, und winzige Gewächshäuser, die sich an die Rückfronten der Häuser kauerten. Selten lag eine längere Strecke offene Straße vor ihnen;

die Dörfer reihten sich auf einer scheinbar endlosen Kette aneinander. Es kam Ginny wie eine Miniaturlandschaft vor, so als sähe sie alles verkehrt herum durch ein Fernrohr. Die Dörfer waren sehr ordentlich und sauber und zeigten dem oberflächlichen Betrachter nicht viel von all den Jahrhunderten, die zu ihrer Entstehung beigetragen hatten; nur wenn man es wußte, erkannte man es auf den ersten Blick. Sie mußte an die Miniaturarbeit des Künstlers auf der famille noire Vase denken, deren Schönheit die unendliche Geduld und Zeit zu überdecken schien, die zu ihrer Schaffung nötig gewesen war.

»Brown führte mich heute morgen durch die Sammlung«, brach sie das Schweigen.

»Wie fandest du sie?«

Sie schüttelte den Kopf. »Ich weiß nicht genug, sie ist wunderschön – selbstverständlich ist sie schön. Das kann jeder sehen und sagen. Ich hatte jedoch das Gefühl, daß mir so vieles entging. Brown tat ihr Bestes – und ich glaube, sie war sehr gut. Doch ich fange noch nicht mal an, die Feinheiten zu sehen.«

»Ja, Brown ist in ihrer Weise recht gut. Sie hat versucht, dir die Augen für die Sachen zu öffnen, die sie für schön hält. Verschmäh' nicht, was sie dir beibringen kann. Aber es ist begrenzt – so wie all unsere Lieben begrenzt sind. Geh einmal mit Vanessa durch. Sie wird dir andere Dinge zeigen – sie hat einen feineren, geschulteren Blick. Geh auch alleine durch, und wenn du das ein paarmal getan hast, wirst du plötzlich anfangen, eine nähere Beziehung zu einigen Stücken zu spüren. Dann ist es Zeit, die Bücher hervorzuholen und zu lernen, weshalb du diese Empfindungen hast. Isobel besitzt eine gute Sammlung von Fachliteratur – die meisten Bücher davon sind jedoch bei mir gelandet. Wenn es soweit ist, wirst du andere Porzellansammlungen sehen wollen – das Viktoria-und-Albert-Museum und all die anderen.«

»Ja.«

»Du machst dich auf einen langen Weg, Ginny. Es kann ein Leben dauern, bis du eine Expertin bist – und du solltest mehr als nur das werden. Es gibt genug Leute, die durch diese Galerie gehen und ziemlich genau sagen können, was für einen Preis jedes Stück bei Sotheby bringen würde. Das genügt aber nicht. Du wirst es lieben, oder aber es wird eine unerträgliche Bürde für dich. Ohne Liebe wirst du immer nur an den Preis denken, den es alles bei Sotheby bringen würde. Dies ist St. Mary ...«

Es war größer als die Dörfer, durch die sie gefahren waren – ein kleines Städtchen. Die roten Backsteinhäuser lagen in Terrassen angeordnet an den Straßen; es war weniger Grün zu sehen.

»Hier wurde George Martin geboren – das heißt eigentlich in Torrington, früher einer Handvoll Bauernhöfe am Stadtrand von St. Mary. Es ist längst eingemeindet worden. Er holte sich am Anfang all seine Arbeiter aus St. Mary, und auch heute arbeiten noch viele Leute, die hier leben, in Tilsit – all diejenigen, die nicht in der Schuhfabrik anfingen, die nach dem Krieg gebaut wurde.«

»Ich dachte immer, all die englischen Porzellan- und Steingutmanufakturen wären im Arnold-Bennett-Bezirk.«

»Das sind sie auch, weil dort die Kohle ist. Die Porzellanerde kommt jedoch aus Cornwall und Devon und Dorset. Wegen der Tonvorkommen ist in Dorset immer eine kleine Porzellan- und Steingutindustrie gewesen. Die Kohle wurde auf dem Seeweg nach Poole gebracht. George Martin lernte hier sein Handwerk. Danach verbrachte er eine Lehrzeit bei Wedgwood. Er kam dann wieder zurück hierher. Auf dem Land, das sein Vater bebaute, ist eine Tongrube. Sie ist jetzt erschöpft, aber immer noch da. Er fand schließlich ein Rezept heraus, das ein sehr hartes und doch erstaunlich zart aussehendes Porzellan ergab. Es war gerade zu dem Zeitpunkt, als der Mittelstand in England viel Geld für hübsche, verspielte Gebrauchsgegenstände zu haben begann. Er stellte sie zu Tausenden und aber Tausenden her – große verschnörkelte Platten und Schüsseln, Krüge und Blumentöpfe – die meisten häßlich wie die Nacht für unser Gefühl und über und über verziert. Doch die Menschen der viktorianischen Epoche liebten sie, und Tilsit machte ein Vermögen. Du wirst nachher die Tilsit-Sammlung im Werk sehen – sie ist so schauderhaft, daß du deinen Augen nicht trauen wirst. Der alte Lawrence will jedoch nichts davon hören, sie irgendwo diskret zu verstauen. Ich glaube, er mag sie tatsächlich ganz gern, wenn man das auch kaum glauben kann.«

»Warum hat George Martin« – sie ließ unwillkürlich den Namen Tilsit weg, weil Mark es getan hatte – »solche Sachen gemacht, wenn er genug Geschmack besaß, um die Sammlung zu beginnen?«

»Du verstehst nicht. Die Tilsit-Erzeugnisse schafften das Geld heran – die Sammlung war seine Liebe. George Martins Begabung lag darin, all die scheußlich überladenen Suppenterrinen, welche die Leute damals wollten, zu mäßigen Preisen herzustellen. Das brachte Geld ein – doch heißt es nicht, daß er mit dem Herzen bei der Sache war. Ich muß annehmen, er wußte, wie fürchterlich all das Zeug war, auch wenn er die Modelle selbst entwarf – sonst wäre keine so völlig davon abstechende Sammlung vorhanden. Doch weiß ich nicht, was er gedacht hat – und das weiß auch niemand sonst. George Martin scheint ein sehr verschwiegener Mann gewesen zu sein. Und ein sehr kluger. Er hinterließ keinerlei schriftliche Aufzeichnungen.«

»Woher willst du das wissen? Wie kann man wissen, ob es nicht alles irgendwo zwischen all den Papieren da hinten versteckt ist?«

»Dann bleibt es auch versteckt«, erwiderte Mark vergnügt, »niemand wird jemals die Energie aufbringen, den ganzen Plunder durchzusehen. Es ist das beste Versteck, das ich mir denken kann.«

»Aber Jane ...« Ginny hätte fast von den Tagebüchern zu sprechen begonnen. Doch von einem plötzlichen Gefühl der Vorsicht gewarnt, das sie nicht ganz verstand, verstummte sie wieder. Sie wußte auf einmal, daß sie nicht von ihnen sprechen durfte; niemand hatte ihr gesagt, daß sie ein anvertrautes Vermächtnis darstellten, und es waren auch keinerlei Vorschriften von Isobel vorhanden, sie als ein solches zu behandeln; und doch war der Besitz dieser Tagebücher eine bindende Verpflichtung. Wer auch immer das Zimmer, den Schreibtisch und den Schlüssel geerbt hätte, hätte ebenfalls die Gedanken und Empfindungen der beiden Frauen geerbt, deren Leben in den Büchern aufgezeichnet standen. Und wenn sie in der vergangenen Nacht angefangen hatte, einen Brief an Jim zu schreiben mit der Feder und den Worten, die Jane Tilsit vor hundert Jahren benutzt hatte, so verpflichtete auch das sie, diese Aufzeichnungen zu beschützen, so wie sie ihre eigenen niedergeschriebenen Worte beschützt hätte. So würde sie auch nicht Mark, den sie liebte und nach dem ihr Herz sich sehnte, die Worte anvertrauen. Sie beging die erste Täuschung, das erste Verschweigen der Liebe.

»Herrgott noch mal«, knurrte Mark, als er den Wagen vor dem langgestreckten, einstöckigen Backsteingebäude mit der Aufschrift ›Tilsit Potteries‹ parkte. »Ich hatte gehofft, wir könnten hineinwitschen, ohne daß Lawrence uns sehen würde. Aber das klappt nie. Er hat seinen Schreibtisch neben dem Fenster da, und es entgeht ihm einfach nichts.« Er deutete mit einem Kopfnicken zu einem Fenster nahe dem Haupteingang, aus dem Lawrence sie, wie wild gestikulierend, begrüßte. Noch bevor Ginny ausgestiegen war, kam Lawrence schon mit seinen langen Schritten auf sie zugeeilt.

»Hallo – Virginia! Ich freue mich, daß du gekommen bist. Ich rief zu Hause an, doch Garth wußte nicht, wo du hingefahren warst. Ich hatte dir vorschlagen wollen, ob du nicht Lust hättest, morgen das Werk zu besichtigen.«

»Nun – sie ist schon heute nachmittag da«, entgegnete Mark für sie. »Je eher, je besser, nicht wahr?«

»Sehr richtig – es wäre vielleicht nur netter gewesen, man hätte einige Abteilungen informiert, so daß sie an einigen interessanten Stücken hätten arbeiten können. Ich dachte nur ...«

»Wer zum Teufel denken Sie, ist sie denn – Prinzessin Margaret? Dies ist Ginnys Fabrik! Sie wird von nun an bis an ihr Lebensende jeden Tag hier sein! Müssen Sie einen Staatsbesuch daraus machen?« Wütend knallte er die Autotür zu. »In dem Falle fährst du besser wieder nach Hause, Ginny, und ziehst dich elegant an. Weiße Handschuhe und den ganzen Quatsch.«

»Nun hören Sie aber auf, Barstow! Es besteht keinerlei Grund, diesen Ton anzuschlagen! Ich habe nur einen völlig vernünftigen Vorschlag gemacht ...«

Mark drehte sich zornig zu ihm um. »Sie machen mich krank! Wer, denken Sie, sind diese Leute – Bauern oder etwas Ähnliches? Sie sind Handwerker im besten Sinne des Wortes – allesamt! Tagein, tagaus sind sie gelernte Handwerker. Alles, was sie tun, wird Ginny mit der Zeit zu würdigen lernen, und es gibt für sie keinen anderen Weg als den einer Schülerin – also kein Staatsbesuch, keine weißen Handschuhe. Und wenn sie klug ist, wird sie noch lange Zeit eine Schülerin bleiben, oder aber Tilsit wird anfangen, die Bedeutung zu verlieren, die es heute hat. Wenn Sie denken, die Leute hier stellen sich Fahnen schwingend auf, weil die neue Besitzerin angekommen ist, irren Sie sich gründlich. Diese Tage sind vorbei – ob Sie es nun zugeben oder nicht. Ich weiß, was die Leute hier denken – wie sie denken! Vergessen Sie bitte nicht, daß ich einer der ihren bin, Bowen!«

»Das vergesse ich nie«, entgegnete Lawrence, »Sie sind ...«

»Genug! Jetzt ist's aber genug!«

Die beiden Männer drehten sich verblüfft um, als Ginny sie mit diesen Worten kühl unterbrach. Sie war sich bewußt, daß sie in diesem Augenblick weder an Mark noch an Lawrence als Einzelpersonen dachte, noch an ihre Gefühle ihnen beiden gegenüber und auch nicht daran, was von dem Gesagten richtig oder falsch war. Sie wußte nur, daß dieser Auftritt, der vor den faszinierten Blicken von wohl einem Dutzend Beobachter an verschiedenen Fenstern stattfand, einfach unmöglich war. Sie war überzeugt, die Tilsits hatten niemals ihre Familienstreitigkeiten vor einem Publikum ausgetragen. Das durfte auch jetzt nicht sein – besonders nicht, solange Isobels Tod ihnen noch frisch im Gedächtnis war und der Klatsch über die Rolle blühte, die Mark dabei gespielt hatte. Eine einheitliche Front mußte nach außen gewahrt bleiben. Und sie, Ginny, besaß die Macht, das zu verlangen und durchzusetzen.

»Ich werde mir das Werk heute ansehen«, entschied sie mit bewußt leiser und gelassener Stimme. »Da Mark sich anerboten hat, es mir zu zeigen, nehme ich dieses Angebot gerne an. Ich möchte aber, daß du, Lawrence, mitkommst, sofern du die Zeit dazu erübrigen kannst.«

Sie starrten sie einen Augenblick schweigend an, und sie sah an ihren Mienen, daß sie sich durch die höfliche Sachlichkeit ihrer Stimme nicht hatten täuschen lassen. Sie wußten, was sie meinte. Auch sie hatten jetzt die neugierigen Gesichter an den Fenstern bemerkt.

Sie ging auf den Eingang zu und wußte, sie würden ihr folgen. »Gehen wir hier herein? Ich denke, ich sollte zuerst die Büroangestellten kennenlernen ...«

Sie blickte nicht zurück, um zu sehen, ob sie hinterherkamen. Ihre Schritte erklangen hinter ihr.

Der Rest des Nachmittags war unendlich lang. Ginny fühlte, sie schleppte auf ihrem Rundgang durch das Werk die Last der zwischen Mark und Lawrence bestehenden Feindschaft mit sich herum und daß die beiden, nachdem sie die Verantwortung für ihrer aller Verhalten vor den Arbeitern übernommen hatte, sie diese wie eine Selbstverständlichkeit tragen ließen.

Ginnys Gesicht schmerzte von dem ständigen Lächeln. Zuerst hatte sie mit den drei dienstältesten Mitarbeitern des Büropersonals Tee getrunken – zwei Männer aus der Buchhaltung und Miss Phillotson, die den Ausstellungsraum unter sich hatte. Sie hatte die Unterhaltung ganz allein bestreiten müssen, während die Augen der anderen jede kleinste Kleinigkeit ihrer Erscheinung aufmerksam verschlangen; und wenn sie ihre linkische Schüchternheit für kurze Augenblicke vergaßen, drehte sich das Gespräch fast ausschließlich um Isobel.

... »Miss Isobel sagte ...« und »Ich weiß noch, wie Miss Isobel uns erzählte ...« Sie spürte die Last der auf ihr ruhenden Blicke – forschend und erwartungsvoll und voll untergründiger, doch sichtbarer Angst, daß Veränderungen im Anzug waren. Sie bemühte sich, ihnen Sicherheit und Vertrauen einzuflößen, und erkannte, daß sie das in ihrer Jugend kaum zu finden vermochten und der beängstigenden, unbestreitbaren Tatsache, daß sie heute zum erstenmal den Fuß über die Türschwelle der Tilsit-Manufaktur gesetzt hatte. Und Mark und Lawrence, die unsicher und beklommen dabeisaßen, erschwerten ihnen das sogar noch.

Mark durchbrach als erster die von seinem Ausbruch ausgelöste Spannung. Er begann sich zu entspannen, als sie durch den Ausstellungsraum gingen, die Teetassen in den Händen, während Lawrence ihnen im Abstand von einigen Schritten folgte. Mark erwärmte sich für sein Thema, zog Miss Phillotson mit in die Diskussion über die Vorzüge und Verkaufskraft verschiedener Muster und scherzte mit ihr in einer gelösten, ungezwungenen Weise, die bewies, was er zu Lawrence gesagt hatte, nämlich, daß er zu den Leuten gehörte, die im Tilsit-Werk arbeiteten. Es war keine Pose sondern echt, und Ginny wußte, er redete so mit Miss Phillotson, weil er immer so geredet hatte und weil dies der Geist und die Einstellung waren, auf die Tilsit stets gegründet gewesen war und mit denen es auch weiter bestehen würde. Als sie ihren Rundgang an den Schaukästen entlang beendeten und zur Eingangstür zurückkamen, die Lawrence bereits aufhielt, verabschiedete Mark sich von Miss Phillotson mit einem freundlichen Klaps auf ihre breite, tweedumspannte Rückfront.

»Wir werden es ihr noch beibringen, was, Phillotson? Wir alle werden ihr beibringen, worum es hier geht.«

Miss Phillotson blinzelte ihn durch ihre Brillengläser an, und ihre Lippen verrieten ein leichtes Zittern innerer Bewegung. »Solange sie in Ihren Händen ist, Mr. Mark, besteht kein Grund, sich Gedanken zu machen.«

Lawrence folgte ihnen durch das Werk in der gleichen Weise wie im Ausstellungsraum, schweigend und mit auf dem Rücken verschränkten Händen; Ginny wurde allmählich seine Anwesenheit weniger bewußt, und Mark schien sie völlig zu vergessen, als er nun seine gesamte Aufmerksamkeit darauf richtete, Ginny das, was er ihr zeigte, zu erklären und zu vermitteln. Sie wurde jedoch nie ganz das Gefühl los, die beiden mit eigener Kraft mitzuschleppen, doch wurde es leichter, als sie entdeckte, daß Mark im Werk selbst der Überlegene war und Lawrence seit langem die Büroräume zu seinem einzigen Reich gemacht hatte, dessen Grenzen er selten überschritt. Er begleitete sie nur, um die Zusammengehörigkeit zu dokumentieren, die sie verlangt hatte, und sie alle wußten das. »Das gesamte Werk wurde in zwei Etappen umgebaut und modernisiert – in den zwanziger Jahren und dann gleich nach dem Krieg«, erzählte Mark, als er Ginny in das erste der langgestreckten, barackenartigen, hellen Gebäude führte; die

Stahlträger waren grün angestrichen, und das Ganze machte einen Eindruck antiseptischer Sauberkeit. »Es verschlang fast das gesamte Vermögen, das George Martin angesammelt hatte, aber ich muß es Isobel lassen – sie wußte, wofür sie ihr Geld ausgab. Dies ist nach Wedgwood die modernste Fabrik Englands – wenn auch nur ein Viertel so groß wie Wedgwood. Isobel machte ihnen alles nach – die elektrischen Brennöfen, das oben entlanglaufende Fließband –, alles ist so weit automatisiert, wie das in einem Industriezweig möglich ist, der immer noch in jeder Phase von der Hand eines Mannes oder einer Frau abhängig ist. Sie machte ihnen auch den Herstellungsprozeß nach, und sie versuchte sogar, ihnen einige ihrer besten Leute wegzuholen.« Er lachte auf und ignorierte Lawrences mißbilligendes Stirnrunzeln. »Sie wissen bei Wedgwood alles über Isobel Tilsit. Aber es kümmert sie nicht – vier Tilsits wären nötig, um einen Wedgwood zu bilden.

Dies«, fuhr er fort, »ist das Schlickerhaus, wo die Rohstoffe für die Bereitung des Massebreis gemahlen und gemischt werden. Diese Maschinen hier mischen die Zutaten – Steinzeugton, Kaolinerde, Porzellanscherben und Flint werden zu Pulver gemahlen und mit Wasser vermischt, und dann kommt die entsprechende Menge, die wir von jedem brauchen, in diesen Tank zum Mischen. Wieviel von jedem hineinkommt, hängt davon ab, ob wir Porzellan oder Steingut machen.« Er bückte sich und nahm eine Handvoll kleiner gebleichter Knochen aus einem Stapel von Säcken. »Hier – schau mal! Die meisten Leute machen sich nie klar, daß in Knochenporzellan wirklich Knochen hineinkommen – es ist übrigens sehr teuer. Es ist die Entdeckung eines englischen Töpfers aus dem achtzehnten Jahrhundert, und es sind die Zutaten, die Knochenporzellan so hart machen ...«

Ginny hörte ihm folgsam zu, während er sehr schnell die Filterpressen und die Tonknetmaschine erklärte, und versuchte das, was er sagte, ebenso zu behalten wie die Namen der Leute, die ihr vorgestellt wurden. Marks Verhältnis zu den Arbeitern war, genau wie zu Miss Phillotson, ungezwungen und selbstverständlich; sein Dorsetshire-Akzent wurde zunehmend stärker. Die Arbeiter, die Teller und Tassen machten, begrüßten ihn mit einem Kopfnicken, und manchmal flogen einige Worte in so starkem Akzent zwischen ihnen hin und her, daß Ginny sie nicht verstehen konnte. Er schien ihre Gegenwart für einige Augenblicke zu vergessen, so versunken war er in den Anblick – als sähe er es zum erstenmal, dachte Ginny –, doch dann wandte er sich wieder ihr zu.

»Diese beiden Maschinen – die Töpferscheibe, auf der die Teller gemacht werden, und der Drehtisch für die Tassen – sind so mechanisiert, wie es in einer Geschirrfabrik überhaupt möglich ist – außer dem Eingießen des Massebreis in die Formen –, und du siehst, ohne die menschliche Hand geht es immer noch nicht, die den Brei auf die Maschinen wirft. Und es ist auch Handarbeit nötig, um die Maschinen zu koordinieren, und das genaue Gefühl und Auge des Mannes, der sie bedient. Wenn du nie vergißt, Ginny, daß all dies noch ein Handwerk ist und kein mechanisierter, maschineller Herstellungsprozeß, wirst du Porzellan viel schneller verstehen und glücklicher mit ihm leben.«

Er führte sie voller Stolz durch die einzelnen Abteilungen des Werkes und mit einem Verständnis für jeden einzelnen Teil, als kümmere er selbst sich um alles, nannte jeden Arbeiter beim Namen, berührte die Stücke und sogar die rein routinemäßig hergestellten Formen, als seien es kleine Kunstwerke. Er blieb lange bei den Formenmachern, ging jedoch an dem besonderen Raum vorbei, in dem die Dreher an der Drehscheibe arbeiteten.

»Hier mußt du einige Tage zubringen – es ist das Herz und die Seele vom Ganzen, obwohl es die kostspieligste Herstellungsmethode ist. All diese Männer sind Künstler, und sie verdienen mehr als zehn Minuten.«

Die beiden elektrischen Brennöfen waren sein größter Stolz, lange Backsteintunnel, durch welche die Wagen mit der Schrüware, den gehärteten Stücken im Biskuitstadium, auf Schienen hindurchfuhren. »Das Brennen dauert ungefähr siebzig Stunden – die Wagen bewegen sich die ganze Zeit langsam vorwärts. Es ist viel leichter, die Temperatur in diesen elektrischen Öfen zu kontrollieren als in den alten kohlengeheizten Typen. Wenn die Sachen am anderen Ende herauskommen, sind sie so weit abgekühlt, daß sie heruntergenommen werden können.« Er lächelte bekümmert. »Dann ist es zu spät, um noch irgendwelche Fehler zu korrigieren, die man vielleicht gemacht hat. Wenn ein Stück einmal durch das Feuer hindurch ist, kann es nie wieder roher Ton werden.« Er zuckte die Achseln und fügte fast flüsternd hinzu, während er sich zum Weitergehen anschickte: »Es hat dadurch beinah etwas Menschliches.«

Er führte sie durch die Räume mit den langen Bänken, in denen die Dekoration erfolgte. »Hier brauchen wir Frauenhände – für die Handmalerei und das Glasieren, die Übertragung der Papierdrucke auf die Stücke, das Glasieren mit Spritzpistolen und das Malen von Rändern. Hier siehst du, Ginny, wie der Graveur die

Muster in Kupferplatten sticht und diese dann auf dünnes Papier gedruckt werden. Der Übertrager reibt sie dann mit dieser harten Bürste auf die Stücke und spült danach das Papier ab. Das Muster bleibt. Die Kunst der Handdekorateure ist wesentlich schwieriger. Nach dem Dekorieren werden die Stücke in Glasurbrei getaucht – das Dekor ist dann, wie wir sagen, ›Unterglasur‹ – und geht für das Brennen der Glasur zurück in den Ofen. Wenn wir sehr komplizierte Muster machen mit vielen verschiedenen Farben, müssen wir die Stücke beinahe für jede Farbe wieder in die Öfen stecken und die anderen Farben jedesmal abdecken, damit sie sich nicht verändern. Deshalb kosten diese Muster so viel – sie werden manchmal fünf- oder sechsmal gebrannt. So wie unser Rose Imperial Dekor.«

Sie blieben eine Zeitlang bei einer Frau stehen, die an einem handgetriebenen Drehtisch arbeitete und mit ihrem Pinsel, den sie in eine Goldlösung tauchte, mit geübter Hand den Griff einer Kaffeekanne, den Rand des Deckels und den Fuß mit einer dünnen Linie verzierte. »Das Gold muß wieder zum Brennen in den Ofen – es ist besonders präpariertes echtes Gold. Siehst du, wie matt es ist? Wenn es aus dem Ofen kommt, muß es mit feinem Sand handpoliert werden.«

Plötzlich nahm Lawrence, dessen Anwesenheit sie beide vergessen hatten, einen Teller in die Hand und räusperte sich verlegen. »Sieh mal, Virginia. Dies ist ein Stück feines Porzellan, dessen Herstellung und Dekoration sehr kostspielig sind und Geschicklichkeit und Zeit und Liebe verlangen.« Er sah sie an, und sie war überrascht, eine leichte Röte in seine Wagen steigen zu sehen; er war verlegen, zuckte jedoch nicht mit der Wimper. »Liebe«, fuhr er fort, »ist das Element, das edles Porzellan am meisten braucht. Mit Liebe wird es beinah ewig halten – eine der härtesten Substanzen, die wir kennen. Mit Liebe überdauert es dein und mein Leben und noch sieben weitere Generationen. Ohne Liebe kann es in einer Sekunde vernichtet werden. Ich brauche es nur fallen zu lassen.«

Mark blickte sich nach Lawrence um, und Ginny sah, wie er leicht nickte; es war das erste Zeichen gegenseitiger Achtung, das sie zwischen den beiden Männern bemerkte. Nach dieser Geste wandte Mark sich jäh ab und begann mit langen Schritten den Raum hinunterzugehen und sich in den Strom der Arbeiter zu mischen.

»Komm, Ginny – es ist Feierabend.«

»Ich hätte nicht so über Lawrence herfallen sollen«, erklärte Mark. Er setzte sein Bierglas ab und schob mit der Fußspitze einen Holzklotz im Kamin zurecht, der herunterzufallen drohte. Außer zwei Männern mit Arbeitermützen an der Bar waren sie die einzigen Gäste in dem einen kleinen Raum, aus dem die Gastwirtschaft The Golden Cap bestand. Sie stammte aus dem sechzehnten Jahrhundert, lag an der Straße nach Poole und war, wie Mark gestand, seine Lieblingskneipe in dieser Gegend. Der Wirt hatte ihn mit seinem Namen begrüßt und sofort ihre Drinks gebracht, doch Ginny mußte feststellen, daß diese Leute aus Dorset ein wortkarger Schlag waren, denn obgleich die beiden Männer an der Bar Mark vertraut zugenickt hatten, fiel kein Wort zwischen ihnen. Sie schienen sich in dem Schweigen merkwürdig wohl zu fühlen, so als wäre es eigens für ihre Gemütlichkeit geschaffen. Der Wirt trocknete Gläser ab und machte nicht einmal eine Bemerkung über das Wetter.

»Ich lasse mich zu verdammt mitreißen«, fuhr Mark fort und sah sie an. »Lawrence ist gar kein so übler Bursche – ich habe ihn nur immer als Isobels Marionette betrachtet und vergesse deshalb, daß er ein Mensch ist. Und er ist auf seinem Gebiet auch recht fähig – in Verwaltungsdingen. Vielleicht bin ich sogar eifersüchtig auf ihn und verärgert, denn ich finde, der Designer sollte nicht auf Vorhaltungen über Kosten hören müssen. Das denke ich über ihn, wenn er nicht da ist – in meiner Vorstellung verwandle ich mich sehr schnell in mein Idealbild, Ginny. Doch sobald er in Sicht kommt, sehe ich nur noch den alten Collegeschlips und seine arrogante Nasenspitze, und wie nett er auch zu mir zu sein versucht, ich fühle mich doch immer von ihm gönnerhaft behandelt. Irgendwie werde ich dann ein ungewandter Lümmel, der nicht mal Messer und Gabel richtig halten kann – nicht weil ich einer bin, sondern weil mein Vater einer war. Lawrence und seinesgleichen bekommen deshalb immer meine linke Hand.« Ginny merkte sofort, daß er seine Worte bereute. Er stand auf und nahm ihr Glas.

»Ich hol' dir noch einen. Bitte, einen doppelten Scotch, Mr. Williams.« Der Wirt griff nach der Flasche und schenkte ein, immer noch ohne ein Wort zu sagen. Die Tür öffnete sich, und ein weiterer Gast trat ein, bedachte die Anwesenden mit der leichtesten Andeutung eines Kopfnickens, worauf der Wirt, ohne erst zu fragen, ein Glas Bier abzapfte. »Schöner Abend«, murmelte der Neuankömmling, als er den ersten Schluck tat.

»Sieht nach Regen für morgen aus«, steuerte der Wirt bei. Sie nickten alle in behaglichem Einverständnis.

Mark reichte Ginny ihr Glas und setzte sich wieder, dieses Mal neben sie anstatt ihr gegenüber, mit dem Rücken zur Bar.

Sie lehnte sich dicht zu ihm und flüsterte leise: »Störe ich sie?« Mark grinste. »Wahrscheinlich. Sie haben dich als Miss Tilsit erkannt, weil du mit mir gekommen bist, amerikanische Sachen trägst und eine Bräune hast, die sie sich nie haben vorstellen können. Sie sind wahrscheinlich so verblüfft, daß du hier bist, anstatt mit dem Landrat zu dinieren oder dich mit den Büchern im Werk abzuplacken. Isobel hat solch einen fürchterlichen Mythos der Arbeit ohne alles Vergnügen geschaffen. Die paarmal, die sie in ihrem Leben tatsächlich mit Leuten wie dem Landrat dinierte, tat sie, als sei es schwere Arbeit. Es ist deshalb ein kleiner Schock für sie, dich hier zu sehen, einen Scotch in der Hand und die Beine gemütlich zum Feuer ausgestreckt. Aber sie genießen es unendlich. Es hat für sie seit dem Cup Final nichts derartig Aufregendes gegeben.« Sein Lächeln vertiefte sich. Er rutschte tiefer in seinen Sessel, und seine ausgestreckten Beine reichten näher an das Kaminfeuer als ihre. »Und für mich auch nicht, Ginny.«

»Ach, zum Teufel!« sagte Mark, als sie von The Golden Cap abfuhren. »Ich bringe dich jetzt nicht nach Tilsit zurück – oder sonstwohin, wo du angestarrt wirst. Du solltest eine andere Seite von England kennenlernen, die ebenso echt ist wie Tilsit oder eine Kneipe aus dem sechzehnten Jahrhundert. Du solltest mit mir zu meiner Mutter kommen. Sie wohnt in einem Gemeindehaus in Torrington.«

»Deine Mutter ...« Plötzlich fiel es Ginny wieder ein. »Aber Mark – du hast mir doch gesagt, sie arbeite noch im Werk! War sie da, als ich ...?«

»Ja – aber sie hätte nicht gewollt, dich dort kennenzulernen. Sie möchte am liebsten von niemandem dort bemerkt werden. Sie ist ein komischer Kauz, meine Mutter. Wahnsinnig empfindlich.«

»Findet sie es dann nicht schrecklich, wenn wir sie so einfach überfallen?«

»Das mache ich immer. Ich melde mich nie vorher an – sie erwartet es nicht. Sie hat mich längst freigegeben, Ginny – damals, als sie mich Isobel abtrat.«

»Du sagst so viele übertriebene Dinge, Mark. Keine Mutter tritt ihr Kind ab ...«

»Glaubst du das wirklich? Du hast Glück gehabt – und eine sehr behütete Jugend, mein Schatz. Meine Mutter trat mich an Isobel Tilsit ab, und wir alle wußten, es geschah zu meinem Besten. Doch ich glaube, keiner von uns war in Wirklichkeit sehr glücklich darüber. Für meine Mutter war es eigentlich gar nicht so etwas Ungeheuerliches. Sie stammte aus einer Gesellschaftsschicht, deren Familien ihre Söhne immer mit sieben oder acht Jahren auf Internate schicken. Ihr Vater war der Vikar von Tenton – das liegt weiter landeinwärts von hier. Sie hatten kein Geld, aber ihr Vater war ein Balliol-Mann mit all den richtigen Traditionen. Ich habe ihn nie kennengelernt. Er weigerte sich, meine Mutter wiederzusehen, nachdem sie durchgebrannt war und geheiratet hatte. Er muß natürlich gedacht haben, sie habe den Verstand verloren, Joe Barstow zu heiraten. Vielleicht hatte sie das auch. Wenn du sie siehst, wirst du dich wundern, daß sie das fertigbrachte. Mein Vater ließ uns sitzen, als ich sehr klein war – doch kann ich mich noch an ihn erinnern. Ein attraktiver Satan mit einer verdammt geschickten Art, mit Frauen umzugehen. Du wirst dich wundern, was er an dem steifen, reservierten Mädchen finden konnte, das sie gewesen sein muß. Aber vermutlich hat sie trotzdem ihre großen Augenblicke mit ihm erlebt – wer weiß? Sie hat nie über ihn gesprochen ...«

Das Gesicht, die Augen und die ganze Art von Mildred Barstow verrieten deutlich, daß sie keine sehr gesprächige Frau war. Ginny fand, sie sah aus wie jemand, der viel allein gelebt hat und dieses Alleinsein allmählich vorzieht. Falls sie über ihren Besuch überrascht war, zeigte sie es nicht. Sie hieß Ginny mit vollendeter Höflichkeit in dem sauberen, hellen und modern eingerichteten Häuschen willkommen und begrüßte Mark, ohne Aufhebens zu machen; sie ließ sich von ihm den mechanischen Kuß auf die Stirn geben, erwiderte ihn aber nicht. Das Häuschen war winzig; alles verriet die billige Bauweise der Nachkriegsjahre und war frisch gemalt, gebohnert und poliert wie ein Puppenhaus. Es war spärlich mit modernen Möbeln eingerichtet, die Ginny gar nicht zu dieser stillen, feinen Frau in dem dunkelblauen Kleid zu passen schienen. Sie führte sie in das Wohnzimmer, das nach hinten heraus lag und durch dessen Flügelfenster man in den langen, schmalen Garten blickte.

»Dies Haus ist eigentlich nicht mein Stil«, sagte sie unvermittelt, als hätte sie Ginnys Gedanken erraten oder als hätte sie sich selbst noch nicht daran gewöhnt und spürte das Bedürfnis, es zu erklären. »Aber Mark hat die Gemeinde überredet, es mir zu geben, und dann bestand er darauf, es nach seinem Geschmack einzurichten – was uns wohl hilft, seine Begabung zu sehen und zu verstehen.«

»Es hat doch ein Badezimmer oder etwa nicht?« protestierte Mark entrüstet.

Mildred Barstow sah Ginny an. »Mark kann sich nicht an den Gedanken gewöhnen, daß eine Wanne in der Küche nicht unbedingt eine Erniedrigung ist. Nehmen Sie einen Sherry, Miss Tilsit?«

»Sie heißt Ginny, Mutter – und zieht Scotch vor. Was hast du mit der Flasche gemacht, die ich letztes Mal mitbrachte?«

»Wenn du sie mitgebracht hast, muß sie noch dasein«, erwiderte die Frau achselzuckend und wandte sich dann wieder Ginny zu. »Ich bin altmodisch, Miss Tilsit. Als ich ein junges Mädchen war, wurde immer nur Sherry angeboten. Ich habe mich nicht geändert.«

»Und tust es auch besser nicht«, meinte Mark mit rauher Zärtlichkeit. »Du bist zu alt, um jetzt anzufangen, über die Stränge zu schlagen.« Und damit verließ er sie, um ihnen aus der Küche etwas zu trinken zu holen.

Unverzüglich schloß Mildred Barstow die Tür. Sie stand schmal und aufrecht mitten im Zimmer und sah Ginny an; die Arme hingen lose an den Seiten herunter, und die zarte weiße Haut ihres Gesichtes war von einem Netzwerk feiner Fältchen durchzogen.

»Was halten Sie von meinem Sohn, Miss Tilsit?« Sie machte keinen Versuch, es in leichtem Ton zu fragen. Die Frage forderte eine echte Antwort.

»Ich ... ich finde, er ist ein höchst ungewöhnlicher Mensch ...« Es war eine ausweichende und unaufrichtige Antwort oder zumindest nur ein Teil der Wahrheit. Sie schienen es beide zu wissen, denn Mildred Barstow schüttelte ungeduldig den Kopf.

»Was halten Sie wirklich von ihm?«

Ginny holte tief Luft und wich der Frage wieder aus. »Ich kenne ihn kaum.« Und sie dachte plötzlich, wie unmöglich es wäre, einfach zu sagen ›Ich liebe ihn‹ und was für eine Erleichterung es sein würde. Und doch hätte die Wahrheit diese Frau womöglich nicht schockiert. Ihre eigene junge Liebe mußte einmal genauso rasch und überwältigend über sie gekommen sein. Ginny brachte die Worte jedoch nicht heraus, und die Zeit und Gelegenheit gingen vorbei.

»Bei Mark ist es gleichgültig, wie lange man ihn kennt. Alles, was er ist, ist gleich deutlich zu sehen. Er hat nie etwas versteckt, war nie fähig, etwas zu verbergen. Es kommt alles heraus, was er auch fühlt und denkt. Und das beweist, was für ein Unsinn das Gerede über ihn ist ... Sie haben gehört, was sie über ihn und Isobel Tilsit sagen – daß er ihren Tod verursacht hat?«

»Ja«, bestätigte Ginny widerstrebend.

»Das könnte niemals wahr sein. Mark ist weder so einer Tat fähig noch brächte er es fertig, sie zu verbergen.«

»Das weiß ich.«

»Sie wissen es? Dann kennen Sie ihn besser, als Sie zugeben. Ich bin froh, daß Sie es so genau wissen. Es ist wichtig.«

Sie deutete plötzlich auf die Regale, welche die eine Wand bedeckten. Töpfe, Vasen und Krüge waren kahl und sparsam auf ihnen verteilt, so wie in Marks Häuschen. »Das sind alles seine Arbeiten. Seine besten bringt er immer hierher. Als Töpfer ist er ein Genie. Mit der Reife wird er besser und überzeugender werden – doch hat er bereits die meisten seiner Generation überflügelt. Aber ich glaube, es wartet noch Größeres auf ihn. Schauen Sie!«

Sie ging zum Fenster und hob den Netzvorhang zur Seite. Ihre Bewegungen und Worte waren von der nervösen Erregung eines Menschen, der nicht aus eigenem Anliegen spricht oder handelt und sich doch plötzlich dazu getrieben fühlt.

»Sehen Sie dort! Er machte sie, als er erst fünfundzwanzig war. Seine erste lebensgroße Bronzefigur.«

Die Figur stand nicht ganz in der Mitte des langen Gartens; es war die abstrakte Gestalt eines jungen Mädchens mit emporgestreckten Armen, eigenartig rührend in ihrer spröden Kindlichkeit und einer gewissen groben Ausführung.

»Meine Nachbarn ersuchten die Gemeinde, sie zu entfernen. Sie finden, es ist ein scheußliches Monstrum. Ich war mir zuerst nicht sicher. So verbrachte ich meine Ferien damit, herumzureisen und mir anzusehen, was die großen Meister gemacht hatten – Mark sagte mir, wo ich hinfahren sollte. Ich sah Epsteins Arbeiten und Moores und Hepworths. Und da wußte ich, daß Mark ruhig so weitermachen kann.« Sie ließ den Vorhang wieder herunterfallen. »Mein Sohn ist jedoch auch seines Vaters Sohn, Miss Tilsit. Er muß angetrieben werden – er braucht dauernd einen Anstoß. Er hat von mir jeden bekommen, den ich ihm zu geben vermag.«

Sie hielt inne und wurde wachsam, als die Geräusche aus dem Flur Marks Rückkehr ankündigten – das Klirren von Gläsern und sein gutmütiges Murren, als er beinah über den Teppich stolperte.

Bevor die Tür sich öffnete, drehte sie sich noch einmal zu Ginny um. »Vielleicht braucht er eine zweite Isobel Tilsit.« Und sogleich fühlte Ginny, wie eine Welle von Furcht und Bestürzung sie überflutete, die keine Daseinsberechtigung und keinen Anteil an Liebe hatte.

Es war spät, als Ginny nach Tilsit zurückkam. Trip lag in seinem Korb in ihrem Zimmer, und Brown wartete auf sie, wie Ginny es gewußt hatte; und sie wußte ebenfalls, daß es zwecklos war, dagegen zu protestieren.

»Ah – da sind Sie ja, Miss. Ich fing schon an, mir Sorgen zu machen ... na, Sie haben aber Farbe bekommen, nicht wahr? Sie müssen draußen im Wind gewesen sein.« Browns Augen ruhten forschend auf ihr, und Ginny wurde sich plötzlich bewußt, wie sie aussehen mußte – mit brennenden Wangen und zerzaustem Haar und die Lippen noch warm und zerdrückt von dem letzten Kuß, den Mark ihr gegeben hatte. Es waren diesmal keine zarten Küsse gewesen, keine Küsse, um sie in ihrer Erschöpfung zu trösten oder ihre Verwirrung zu mildern wie gestern, sondern die harten und leidenschaftlichen Küsse eines Mannes, der sich nur der Frau bewußt ist und sie nur küßt, weil er sie küssen möchte. So weit waren sie seit gestern gegangen – einen ungeheuer langen Weg schienen sie zurückgelegt zu haben. Sie schienen in eine neue Zeit eingetreten zu sein, und Ginny hatte das Gefühl, sich in neuen Elementen zu bewegen, in einer fremden und nie geahnten Welt; sie fühlte sich in ihrem ganzen Wesen verändert durch den Mann, den sie bis gestern nie erblickt hatte.

Heute abend sah ihr kein bleiches Gesicht aus dem Spiegel entgegen. Sie lächelte, als sie die Haarbürste in die Hand nahm. »Ja, Brown. Ich bin draußen im Wind gewesen.«

Als die Frau gegangen war, eilte sie unverzüglich zu dem Schreibtisch und schloß ihn auf. Die Tagebücher warteten hier ebenfalls auf sie und waren wichtiger als Brown – so auch der Brief an Jim, den sie nicht beendet hatte und nie abschicken würde. Und doch zögerte ihre Hand, bevor sie das erste kleine, in Samt gebundene Buch herunternahm, in das Jane Tilsit die Geschichte ihrer Liebe zu einem Töpfer geschrieben hatte. Ein letzter, warnender Instinkt riet ihr, diese Bücher nicht zu lesen, um nicht ihnen und dem, was ihre Seiten enthielten, zu verfallen. Zwei Frauen, die stärker als sie gewesen waren, hatten hier ihr Leben niedergeschrieben; doch wie unter einem Zwang nahm sie das Buch herunter und schlug es einige Seiten vor der Eintragung auf, die sie in der Nacht zuvor gelesen hatte. Sie wußte, hier standen die Worte, die sie in die Geschichte Tilsits während der letzten hundert Jahre einweihen würden, ja vielleicht sogar ihr die Wahrheit über ihren Vater und Isobel enthüllen würden, wenn sie lange genug nach ihr suchte und den Mut hatte, sie zu entdecken.

Doch während ihre Augen sich mit den winzig kleinen, braun verfärbten Schriftzügen abmühten, dachte sie unvermittelt voller Sehnsucht an Jim. Er war St. Nicolaas, er verkörperte die gesamte heitere, ruhige Welt Katriens, die sonnige Welt der Schönheit, der ihr Vater sich nie ganz ergeben hatte. Ihr Vater war Tilsit – eine Welt im Halbschatten, ein Ort, an dem es mehr Leidenschaft als Liebe, mehr Ehrgeiz als Güte gab; und dennoch war es ein Ort, dessen Macht und Anziehungskraft so stark waren, daß sie ihren Vater sein Leben lang nicht losgelassen hatten und auch sie in ihren Bann zogen. »Jim …?« sagte sie plötzlich laut, und ihre Stimme ertönte dünn und hohl in der Stille des Raumes. Trip hob lauschend den Kopf und sah Ginny fragend an. Er fand keine Antwort und sie auch nicht. Die Welt von St. Nicolaas, Katrien und Jim verblaßten und glitten in die Vergangenheit zurück, und die Worte, die in jener gestochenen Schrift vor ihr standen, nahmen die Wirklichkeit des gesprochenen Wortes an. Sie glaubte beinah, sie könnte sie hören, wenn sie nur angestrengt lauschte.

Keine mädchenhafte, viktorianische Schüchternheit verbarg die Gedanken der Schreiberin, keine Scheu verhüllte ihre Absichten. ›Mr. Martin war überrascht, als ich ihm sagte, daß wir heiraten würden.‹ Diese Eintragung war knapp zwei Wochen nach der ersten Erwähnung seines Namens gemacht. ›Aber ich bin überzeugt, er wird, genau wie ich, einsehen, daß es das Richtige ist.‹ Und dann unterstrichen, als hätte die Schreiberin sich selbst erneut überzeugen müssen. ›Es ist das Richtige für Tilsit.‹ Es folgten weitere Eintragungen über die praktischen Details der Heiratspläne, und Ginny konnte nirgends wieder das Aufglühen von Leidenschaft und Liebe entdecken, das von der ersten Eintragung ausgestrahlt hatte. Das Brautkleid wurde bestellt – aus praktischem blauem Alpakastoff. ›In meiner Situation‹, schrieb Jane, ›wäre weiß frivol und unangebracht, denn es wird sonst niemand dabeisein, um es zu sehen.‹ Es war eine Winterhochzeit; sie gestattete sich ›ein bißchen Pelzbesatz‹. Kein Selbstmitleid, doch eine leise Traurigkeit schwang in den darauf folgenden Worten: ›Eine weitere Aussteuer ist nicht nötig, es werden keine Besucher nach Tilsit kommen. Niemand wird sehen, wie ich aussehe … George Martin nimmt mich so, wie ich bin. Nie wird er wissen, wie dankbar ich bin, daß ich kein Zurückweichen vor mir in ihm spüre. Denn mir fehlen die Worte, es ihm jemals zu sagen.‹

Die Eintragungen gingen weiter; sie befaßten sich mit prosaischen häuslichen Angelegenheiten und wiesen keinerlei Anzeichen bräutlicher Freude oder Nervosität über die näherrückende Hochzeit auf. Dieser wurde dann jedoch eine eigene Seite gewidmet.

›Es ist über- und ausgestanden. George Martin und ich sind heute morgen getraut worden – niemand als die Zeugen waren dabei. Hinterher tranken wir Champagner. George Martin gestand mir, er sei enttäuscht, daß ich nicht mit einer Hochzeitsreise einverstanden war, doch die neue Fabrik muß gebaut werden, und ich muß mich um so vieles hier in Tilsit kümmern. Für solche Dinge ist weder die Zeit noch das Geld da.‹ Die darauf folgenden Worte verrieten ein wenig Nachdenklichkeit und die erste bräutliche Regung, den Wunsch, ihrem Gemahl zu gefallen. ›Ich glaube, mein Mann entbehrte das Tanzen und fröhliche Treiben der Dorfhochzeiten, an die er gewöhnt ist, und es war natürlich keiner aus meinen Kreisen da, um uns zu gratulieren. Die entstellte Braut erwartete nicht die üblichen Schmeicheleien; ich habe jedoch um seinetwillen bedauert, daß sie nicht kamen. Beim Abendessen gab ich mir Mühe, fröhlich zu sein, damit er es vergaß … aber er ließ sich nicht täuschen. Er weiß, ich bin nicht an Lachen oder Heiterkeit gewöhnt.‹

Eine Zeile darunter stand, als wären diese Worte nachträglich hinzugefügt worden: ›Mein Mann ist sehr nachsichtig mit meinem Gebrechen.‹

Ginny blätterte um und wunderte sich über die Worte ›entstellt‹ und ›Gebrechen‹ und ihr fiel wieder der Satz aus der ersten Eintragung ein, ›kein Mann hat um meine Hand angehalten.‹ Vor was für einer Entstellung war George Martin nicht zurückgewichen, mit welchem Gebrechen war er nachsichtig gewesen? Die Eintragung auf der nächsten Seite war einige Tage nach der Hochzeit in größerer Schrift und weniger sorgfältig geschrieben wie in großer Erregung oder Wut. ›Der Vikar kam heute und protestierte, daß die Trauung, von der er erst gestern erfuhr, von einem Geistlichen vollzogen wurde, der nicht der anglikanischen Staatskirche angehört. Seine Lordschaft, der Bischof, sei ernstlich darüber aufgebracht, berichtete er. Worauf ich ihn daran erinnerte, daß Seine Lordschaft und die Geistlichen der ganzen Umgebung sich in heiligem Entsetzen geweigert hatten, mich zu taufen und voller Abscheu vor meinem Anblick zurückgewichen waren.

Ich sagte ihm, er möge Seine Lordschaft an die Begleitumstände meiner Taufe erinnern und an die Art des Geistlichen, der mir meinen Namen gab. Da ich sie bei meiner Geburt so mit Abscheu erfüllt hätte, sei es wohl meine Erbschaft, durch die ich jetzt des gnädigen Wohlwollens der Kirche würdiger erschiene? Er ging wütend fort – und ich hoffe, so gedemütigt, wie ich es war. – Die Narbe verheilt nicht, wie ich gehofft hatte. Wenn die Wunde berührt wird, blute ich von neuem.‹

Ginny erkannte, sie mußte die Antwort auf das Rätsel dieser Eintragungen finden – auf das Rätsel dieser Braut, der Erbin eines alten Schlosses und seiner Ländereien, die niemanden zu ihrer Hochzeit einlud, die nicht von Liebe, sondern von Zorn und Demütigung schrieb, die sich mit einem bescheidenen Töpfer begnügte und die dankbar für seine Güte sein mußte. Sie überlegte, ob die Entstellung zu sehen gewesen oder von dem blauen Alpakakleid mit dem kleinen Pelzbesatz verborgen worden war, das den einzigen Schmuck an Jane Tilsits Hochzeitstag gebildet hatte. Oder war es kein körperliches, sondern mehr ein seelisches Leiden, hatten doch die Worte und Anwesenheit des Vikars die Wunde aufreißen können, von der Jane erhofft hatte, sie sei geheilt? Dieser Aufschrei der jungen Frau, die bisher so vollkommen beherrscht gewesen war, berührte Ginny. Sie mußte die Antwort auf diese Frage finden, bevor sie weiterlesen konnte. Es war ein profanes Eindringen in das Leben jener Frau, über ein Leid zu lesen, dessen Grund sie nicht wußte. Sie stand auf, öffnete die Tür und sah den langen, leeren Korridor entlang, in dem jetzt nur eine einzige Lampe brannte. Sie musterte all die geschlossenen Türen und überlegte, zu wem sie mit ihren Fragen gehen könnte. Zu Brown? Sie verwarf den Gedanken, da die Frau ihr bereits zu nahe war und zu besitzgierig. Zu Vanessa? Zu jung, zu sehr ihre eigene Generation ...

Vielleicht wußte Vanessa es auch gar nicht, hatte vielleicht nie gefragt, weshalb Jane Tilsit einen Töpfer heiratete. Es war nicht ausgeschlossen, daß Vanessa über solche Standesvorurteile lachte, und Ginny erkannte, es wäre ihr jetzt unerträglich, jemand über Jane Tilsit lachen zu hören. Die Frau aus jenen Tagebüchern war keine Frau, über die man lachte – weder über sie noch über ihren Kummer oder ihren eisernen Willen. Sie mochte besessen gewesen sein, jedoch niemals lächerlich. Also konnte sie auch nicht zu Vanessa gehen; blieben noch Lawrence und Margaret. Doch auch sie kamen nicht in Frage. Man weckte keinen Mann wie Lawrence mitten in der Nacht, um ihm zu sagen, man habe in Jane Tilsits

Tagebüchern gelesen. Brown oder Vanessa, beide auf ihre Weise Geschöpfe der Nacht, hätten vielleicht das plötzliche, dringende Verlangen verstanden, die Antwort zu erfahren, doch Lawrence nicht.

Ginny kehrte zu dem Sekretär zurück, stellte das Tagebuch wieder an seinen Platz und schloß ihn ab. Dann nahm sie die Kerze und ging wieder zur Tür. Dieses Mal schien Trip zu fühlen, daß sie weiterzugehen beabsichtigte, er stand sofort auf und folgte ihr dicht auf den Fersen, als sie leise den Flur entlangging, die Treppe hinunter, durch die Eingangshalle an der Südfront, bis die hohe Eichentrennwand ihr den Weg verstellte, die diesen bewohnten Teil des Hauses vom Alten Haus trennte. Die geölten Bolzen machten kaum ein Geräusch, als sie diese entschlossen zurückschob und hindurchging.

Sie überlegte, ob sie sich fürchten müsse in der ungeheuren weiten Dunkelheit der Großen Halle, in der die Kerzenflamme von der Zugluft flackerte, die wohl durch ein offenes Fenster irgendwo oben auf der Galerie kam. Sie hatte jedoch keine Angst, ja noch nicht einmal ein Gefühl der Unsicherheit. Sie blieb einen Augenblick in der Mitte der Halle stehen; das Licht der Kerze drang kaum bis zum Rand der Empore, auf welcher der große Eßtisch stand, und erleuchtete nicht die Farben der dahinter hängenden Wandteppiche. Die Galerie über ihrem Kopf lag in tiefem Schatten. Sie hätte rasch weitergehen sollen zu der Wendeltreppe, die auf den Söller führte und von dort zu der Langen Galerie. Sie verharrte jedoch, wartete gleichsam – vielleicht auf einen Laut, vielleicht, daß etwas geschah. Schließlich betrat sie die Empore und streckte sich auf die Zehenspitzen, um mit ihrem Licht die beiden dicken Kerzen in einem Zinnwandleuchter anzuzünden. Trip war ihr gefolgt; sie spürte, wie er seinen warmen Körper dicht an ihr Bein drängte, doch stand er fest und ohne zu zittern neben ihr. Sie hätte gern gewußt, ob Isobel vielleicht auch manchmal so allein durch das leere, stille Haus gewandelt war. Nun waren im Licht des Wandarms die hohen Dachbalken sichtbar, wie auch die verblichene, zerfetzte Seide der Regimentsfahnen, deren Namen Brown ihr am Vormittag erzählt hatte, die Namen der Schlachten, in denen Tilsit Waffen geführt hatte – Agincourt, Flodden Field, Blenheim und Ramillies, Yorktown, Vittoria, Salamanca und Waterloo.

»Sie waren bescheidene Landedelleute, und nachdem sie ihre Pflicht getan hatten, kamen sie nach Hause und blieben zu Hause«, hatte Brown gesagt. Indem sie, je nachdem, tapfer oder feige waren, ihren Glauben, die Seiten und Könige wechselten, hatten sie überlebt, die Tilsits, bis die letzte der Familie hier stand, die ihrer aller Geschichte verkörperte, ging es Ginny durch den Kopf.

Es gab keine großartigen dramatischen Geschichten von Tilsit zu erzählen – und kein Tilsit hatte um der Ehre oder Habgier willen seinen Kopf verloren. Wenn die Geister da waren, so waren es gütige, häusliche Geister, die sich mehr um das Einbringen der Ernte als um den Erwerb großen Ruhmes kümmerten und das eintönige Leben hier lebten, wo einzig das große hölzerne Salzfaß in der Mitte des Tisches den Herren vom Leibeigenen unterschied. Sie empfand daher keine Furcht vor ihnen; die Geister dieser Landedelleute und ihrer Frauen beugten sich über die Wandteppichwebstühle; sie waren gewöhnliche Menschen, wahrscheinlich nicht besser oder schlechter, als sie sein sollten. Sie hatten ein großes Haus gebaut und es instand gehalten, doch einer ihrer Nachkommen, eine Frau, die in irgendeiner Weise entstellt zu sein glaubte, hatte die Tatkraft und Energie aufgebracht, ihre Bedeutung über dieses Haus und diesen engen Rahmen hinaus zu erweitern und ihnen einen Platz in einer modernen Welt industrieller Produktion zu verschaffen. Hier erinnerte Ginny sich wieder daran, daß sie um Jane Tilsits willen hierhergekommen war. Sie nahm ihre Kerze und ging zu der Treppe.

Vanessa hatte ihr die Fenster der Langen Galerie gezeigt, die über dem Goldenen Prunkraum lag. Sie fand sie ohne Schwierigkeit – von der runden Treppe ging im ersten Stock nur eine Tür nach links ab. Das Licht ihrer Kerze erhellte jedoch nur die Breite der Galerie, ihre Länge – die über vierzig Meter betrug, wie Vanessa gesagt hatte –, erstreckte sich in undurchdringlicher Dunkelheit vor ihr. Sie vermochte die schwachen Umrisse der Fenster zu beiden Seiten der Galerie undeutlich zu erkennen, welche die dunkle Masse durchbrachen, doch der Mond hatte sich hinter Wolken versteckt, so daß die Kerze ihr einziges Licht war. Die Flamme spiegelte sich matt in der silbergrauen Wandtäfelung, den silbernen Wandleuchtern und den breiten, glänzend gebohnerten Eichenplanken des Parkettbodens. Sie schritt die Galerie entlang, indem sie zickzackweise von einem Bild zum anderen ging, und die Namen der Maler, die auf den kleinen Tafeln unter jedem Porträt eines Mitgliedes der Familie Tilsit eingraviert standen, erzählten in Kürze die Geschichte vom Wohlstand der Familie – gegen Mitte des achtzehnten Jahrhunderts mußte es ihnen gutgegangen sein; es waren zwei Porträts von Gainsborough und eines von Reynolds vorhanden sowie eines von Kneller aus dem siebzehnten Jahrhundert. Die anderen Künstler waren ihr unbekannt, bis sie zu dem Bild nahe am Ende der Galerie kam, das den Namen Millais trug. Sie blieb davor stehen und hob die Kerze hoch über ihren Kopf, um das Porträt von Jane Tilsit zu betrachten.

Es war gemalt worden, als Jane Tilsit jung war – ein Jahr nach ihrer Heirat, wie das Datum besagte. Irgendwie mußte George Martin sie überredet haben, das Geld für das Bild herauszurücken, doch hatte sie sich keinerlei weitere Ausgaben für ihre Aufmachung gestattet. Sie war wie eine junge Gouvernante gekleidet mit dem langärmeligen, hochgeschlossenen, blauen Kleid, das mit einem schmalen Pelzstreifen besetzt war – ob es das Hochzeitskleid war? überlegte Ginny. Das aschblonde Haar war in einen strengen Knoten zurückgekämmt. Sie trug keinerlei Schmuck, gar nichts, und stand aufrecht und gestrafft. Die gemalten Portieren im Hintergrund des Bildes, viel üppiger als ihr Kleid, stellten den Versuch des Künstlers dar, seinem Modell eine gewisse Weichheit zu verleihen; in dieser schlanken, hochbrüstigen Gestalt war jedoch keine Spur von Weichheit. Jane Tilsit war in ihrem jugendlichen Ernst schön und ein wenig furchteinflößend.

Ginny trat näher an das Bild heran – Millais hatte sein Modell in der Stellung gemalt, in der am wenigsten zu kaschieren war – von vorn und freistehend. Kein Umhang oder Schal, keine Spitze oder sonstige Verzierung gab der Komposition eine leichtere Note. Es hatte nichts zu verbergen gegeben an der herben Makellosigkeit ihrer Gestalt oder ihres Gesichts. Was es auch gewesen sein mochte, das Jane Tilsit entstellt hatte, es war nicht sichtbar gewesen.

Ginny mußte zugeben, daß Isobel und Mark recht hatten. – Es war eine idealisierte, stilisierte Version ihres eigenen Gesichts, die sie aus dem Bilde ansah, ein so eisern beherrschtes Gesicht, das keiner Gefühlsregung gestattete, sich in ihm abzuzeichnen. Eine Braut, die Herrin eines großen Schlosses, die Ehefrau eines Töpfers – nichts von all dem hatte eine Spur in dem Gesicht hinterlassen. Es war das Porträt einer jungen Frau in einem blauen Kleid, die dem Beschauer mit ihrem ganzen Stolz und Hochmut herausfordernd entgegentrat. Jane Tilsit bat um nichts – weder um Komplimente noch um Liebe.

»Ich verstehe es nicht«, murmelte Ginny leise. Der Spaniel hob beim Laut ihrer Stimme fragend den Kopf, und seine traurigen Augen schienen im Kerzenlicht zu schmelzen. »Wir gehen besser zurück, Trip – es verrät mir nichts – außer, daß ich es nicht gern habe, wenn sie sagen, ich sähe wie Jane aus ...«

Sie brach ab, als der Hund unvermittelt den Kopf wandte und in Richtung der Tür sah, durch die sie gekommen waren; sein Körper straffte sich angestrengt lauschend. Ein leises, warnendes Knurren entstieg seiner Kehle.

»Trip? Was hörst du, Trip?« Sie trat dichter zu ihm und der beruhigenden Nähe seines Körpers. Sie vernahm jetzt ebenfalls das Geräusch – vielleicht war es das entfernte, leise Echo einer Tür, die geschlossen wurde – sehr leise, doch in der nächtlichen Stille dieses Hauses dröhnte es ihr geradezu in den Ohren. Es wurde nicht von dem Klang einer Stimme begleitet. Sie wartete eine weitere Minute, scheinbar unfähig, sich zu rühren, und dann hörte sie, wie die Treppenstufen knarrten. In plötzlicher, panischer Angst sah sie sich um auf der Suche nach einer Fluchtmöglichkeit, doch hinter ihr gähnte nur die Finsternis der Galerie. Und dann verwarf sie ebenso rasch den Gedanken zu fliehen, als sie Jane Tilsits Blick auf sich fühlte, voller Zorn über diese Urenkelin, die sich nicht an einem Ort zu behaupten vermochte, an dem sie sich am meisten zu Hause fühlen sollte. Als die Schritte sich langsam der Tür näherten, ging Ginny einige Schritte auf diese zu, um dem Eindringling entgegenzutreten; sie hielt die Kerze hocherhoben, um möglichst weit sehen zu können.

Ihr Licht drang jedoch nicht bis zu der Tür, die nun geöffnet wurde, und sein matter Schein war dem hellen Lichtstrahl der Taschenlampe nicht gewachsen, der die Dunkelheit durchschnitt. Der Strahl war auf sie gerichtet und blendete sie.

»Wer ist es? Wer ist da?«

Keine Antwort erfolgte – nur die leisen Schritte kamen näher. Die Gestalt, die hinter der gleißenden Helligkeit der Taschenlampe auf sie zukam, vermochte sie undeutlich zu sehen, jedoch nicht zu erkennen. Ginny senkte den Blick und wartete. Der lange Weg die Galerie hinunter schien eine Ewigkeit zu dauern – es schien eine Ewigkeit zu dauern, bis der Saum des jadegrünen Morgenrockes in den Lichtkreis von Ginnys Kerze tauchte.

»Vanessa?«

»Ja – ich bin's.«

»Hab' die Güte und nimm das Licht aus meinem Gesicht. Ich bin keine Diebin.«

Es war ein Schock für sie, ihre eigene Stimme zu hören; sie hätte wieder in dem Empfangsraum des Klosters Santa Maria sein können, in dem Isobel mit dem Porzellanteller in der Hand der kleinen Mater Lucia dieselben Worte sagte.

Der Lichtstrahl ließ ihr Gesicht los. »Entschuldige«, sagte Vanessa widerstrebend. Als sie nun die Taschenlampe senkte, tauchte ihr Gesicht auf, scharf gezeichnet und weiß vor der Dunkelheit; der Samtmorgenrock umhüllte ihre Gestalt ebenso anmutig wie die gemalten Gewänder auf den Gainsboroughs. Sogar an diesen Ort und in diese Stunde schien Vanessa wie selbstverständlich zu gehören, kam es Ginny mit einem Stich der Eifersucht zum Bewußtsein.

»Weshalb bist du gekommen?« fragte sie kalt. »Es bestand kein Grund dafür.«

Vanessa zuckte die Achseln. »Ich dachte doch. Ich sah deine Kerze, und da mußte ich sofort kommen. Wir nehmen nie Kerzen mit in diesen Teil des Hauses. Es ist zu feuergefährlich.« Sie ließ das Lichtbündel ihrer Lampe über die Bilder, die silbergraue Wandtäfelung und geschnitzte Decke gleiten. »Dieses Holz ist wie Zunder – und es sind zu große Werte hier.«

Ginny spürte feindseligen Zorn und ein Gefühl der Scham in sich aufsteigen, daß man ihr den Wert ihres Erbes und dessen sorgfältige Bewahrung beibringen mußte. Sie kam sich wie ein eingebildeter Eindringling zwischen all diesen Dingen vor, von denen Vanessa so viel verstand. »Vielen Dank. Man wird mich nicht wieder daran zu erinnern brauchen.«

»Gewiß nicht.« Sie machte keinerlei Anstalten zurückzugehen. »Die Lampen werden in dem großen Schrank bei der Zwischenwand in der Halle aufbewahrt. Sie sind dort immer zur Hand, und wir alle wissen, wo sie zu finden sind.«

»Ich werde daran denken.«

»Ja. Also – ich gehe dann wieder.« Keine Frage, weshalb Ginny überhaupt um diese Stunde sich hier aufhielt, und kein Anerbieten, bei ihr zu bleiben. Falls Vanessa erstaunt war, so zeigte sie es nicht. »Soll ich die Kerze mitnehmen und dir die Lampe hierlassen? Ich denke, es ist sicherer.«

»Warum sollte sie bei dir sicherer aufgehoben sein?«

»Ich kenne mich hier aus – die Böden sind sehr uneben, und man kann dauernd stolpern. Es wimmelt außerdem von Mäusen. Ich weiß zwar nicht, ob du dich vor Mäusen fürchtest ...«

»Nein, besten Dank! Ich werde ganz bestimmt vorsichtig sein. Ich habe keine Angst vor Schatten. Du kannst mir also ruhig die Kerze hierlassen.«

Vanessa zuckte abermals die Achseln und versuchte, Gleichgültigkeit vorzutäuschen, als kümmerte es sie nicht weiter, ob eine unbedachte oder erschrockene Bewegung von Ginny allem, was Tilsit war, ein jähes Ende bereitete. Doch war es ihr alles andere als gleichgültig. Die Langsamkeit, mit der sie sich widerstrebend zum Gehen anschickte, verriet quälende Furcht. »Wenn du es willst – bleibt nichts mehr zu sagen.«

»Ja, ich will es.«

Der samtene Morgenrock umspielte sie aufbauschend, als sie rasch die Galerie entlangging, so als wollte sie es schnell hinter sich bringen, da sie nun einmal gehen mußte. Ginny hob schon die Hand, öffnete den Mund, um sie zurückzurufen, doch sie ließ sie sinken, sprach die Worte nicht aus. Es war demütigend, sich die wilde Eifersucht und den brennenden Wunsch einzugestehen, ihr Erbe zu besitzen, doch empfand sie beides und vermochte es nicht zu leugnen; es war ein Krebsschaden, der sich plötzlich in ihr festgesetzt hatte. Sie begriff in diesem Augenblick, während sie Vanessas Rückzug verfolgte, daß Isobel damit gerechnet hatte, als sie sie nach Tilsit rufen ließ. Tilsit übte seine eigene Anziehungskraft aus, und das hatte Isobel gewußt. So stand Ginny hilflos da und sah Vanessa fortgehen. Sie unternahm keinen abermaligen Versuch, sie zurückzuhalten – und würde es auch in Zukunft nicht tun. Niemals. Vanessa öffnete die Tür, und die Kerzenflamme flackerte heftig in der Zugluft. Da drang von unten, vermutlich aus der Großen Halle, der Ruf zu ihnen empor.

»Bist du da oben, Vanessa?« Es war Lawrences Stimme. »Vanessa …?«

»Ja, Vater.«

»Jemand hat einen Wandleuchter hier unten angezündet und ihn brennen lassen.« Seine Schritte, hastige Schritte, erklangen auf der Treppe. »Ist Virginia da oben?«

»Ja, sie ist hier …«

Er hatte jetzt die Galerie erreicht. Vanessa trat zur Seite, um ihn hereinzulassen.

»Was zum Teufel treibt ihr hier um diese Zeit? Habt ihr beide den Verstand verloren?« fragte er fassungslos. Der Lichtkegel seiner Taschenlampe tanzte zwischen ihnen hin und her. »Und die Kerzen unten in der Halle brennen zu lassen! Wollt ihr denn das ganze Haus abbrennen?«

»Ich habe sie brennen lassen.« Ginny stand immer noch in der Mitte der langen Galerie und machte keine Anstalten, auf die beiden zuzugehen. Sie spürte den genauso unwiderstehlichen Zwang, ihre Macht zu erproben und Lawrence zu sich zu ziehen wie kurz zuvor, als sie Vanessa zu verstehen gegeben hatte, daß sie mit ihrem Eigentum zu machen beabsichtigte, was sie wollte.

Er begann auf sie zuzukommen, wie sie es vorausgesehen hatte. Er sprach nun leiser. »Wir tun das nie«, meinte er entschuldigend.

Ginny nickte. »Und mit Recht. Es war sehr dumm von mir.«

Er kam immer näher. »Ich wachte auf ... vielleicht vom Geräusch der Tür in der Halle. Es war ein Schock für mich, das Licht hier drüben zu sehen. Einen Moment dachte ich, sie sei ... Isobel pflegte manchmal nachts hierherzugehen. Aber sie nahm nie eine Kerze mit. Es war ihr strengstes Verbot. Einen Augenblick lang dachte ich, es sei sie ...« Er schüttelte den Kopf, als wollte er das soeben Gesagte widerrufen. »Und dann besteht immer die Gefahr, daß jemand einbricht. Die Außenfenster sind von außen mit einer Alarmanlage gesichert, doch habe ich das nie für ausreichend gehalten. Vanessa hat immer gesagt, wir sollten ...« Die Taschenlampe schwang unvermittelt zu der Tür zurück. Vanessa war fort.

»Sie wird die Kerzen unten auslöschen«, meinte er ruhig. »Vanessa ist sehr vorsichtig. Sie hat sich immer sehr um all die Sachen gekümmert.«

»Ja – ich weiß.«

Er stand nun dicht vor ihr. Das gutgeschnittene Gesicht sah eigenartig aus ohne die schützende Umrahmung von gestreiftem Hemd und korrekter Krawatte; die verknitterten Hosenbeine seines Pyjamas, die unter dem Morgenrock hervorsahen, und das Haar, das ihm in die Stirn und über die Ohren hing, verliehen ihm eine leicht verwegene Note, die Ginny nie in ihm vermutet hätte. Seine Besorgnis hatte ihn aus seiner Reserviertheit aufgescheucht. »Du mußt versuchen, dich nicht über uns zu ärgern, Ginny«, bat er und gebrauchte zum erstenmal diesen Namen. »Wenn es dir scheint, als machten wir zuviel Theater, so ist es nur deshalb, weil Tilsit uns sehr viel bedeutet. Es ist unser ganzer Lebensinhalt gewesen, weißt du.«

Es wurde so einfach und aufrichtig gesagt, als eine Tatsache, daß sie es sofort anerkennen konnte.

»Sogar für Vanessa«, fuhr er fort, »gilt das. Auch wenn sie so tut, als mache sie sich über es lustig.«

Wieder nickte Ginny und wußte, es war die Wahrheit. »Und ich bin hier der Eindringling, nicht wahr?« Sie überlegte, daß sie und Lawrence vielleicht nie wieder so miteinander sprechen würden, nie wieder die Schranke der Zurückhaltung und Hemmungen durchbrechen würden.

Er zuckte leicht die Achseln. »Was für Tilsit das beste ist, muß nun einmal sein.«

»Woher weißt du, daß ich für Tilsit am besten bin?«

»Isobel war davon überzeugt. Sie hat sich selten geirrt.« Plötzlich glitt der Lichtstrahl seiner Lampe zu dem Bild von Jane Tilsit empor. »Du wolltest dir das ansehen, nicht wahr?«

»Ja.«

»Dann weißt du, was Isobel gedacht hat. Eine *echte* Tilsit, siehst du. Kein angenommener Name. Kein Grund, so zu tun, als wäre man jemand, der man nicht ist.«

Ginnys Blick folgte dem Lichtbündel zu dem undurchdringlichen Gesicht des Bildes. »Wenn es so viel bedeutet, eine Tilsit zu sein, warum dachte sie dann über die restliche Welt außerhalb Tilsits so, wie sie es tat? Sie hat es anscheinend nicht für eine Ehre gehalten – ja, es war beinahe eine Bürde für sie, eine Tilsit zu sein. Lawrence« – der Name entschlüpfte ihr unbewußt –, »warum dachte Jane so? Warum fühlte sie sich – entstellt?«

Sie sah ihn so rasch an, daß sie seine bestürzte Miene noch erhaschte. »Entstellt? Hat sie das von sich geglaubt? Ich habe nie gewußt, daß es so tief ging ... Entstellt? Ja, vielleicht hat sie das gedacht. Zu ihrer Zeit mag das wahr gewesen sein.« Abrupt wandte er sich ihr zu. »Woher weißt du, was Jane Tilsit dachte?«

»Die Tagebücher ... ihre Tagebücher sind in Isobels Schreibtisch.«

»Ach ja – die Tagebücher.«

»Hast du sie gelesen?«

»Niemand außer Isobel hat sie gelesen. Wir wußten nur, daß es sie gibt.«

»Du wußtest, daß es sie gibt – hast sie aber nie gelesen?«

Seine Lippen verzogen sich zu einem dünnen Lächeln, das eine Andeutung von Spott enthalten mochte. »Sie waren privat. Sie gehörten Isobel und jetzt – dir. Isobel«, fügte er langsamer ihn zu, »hat uns nie viel über das, was vorhanden war, erzählt. Sie stand ihrer Großmutter sehr nah, als die alte Dame noch lebte ... Ich glaube, sie mochte wahrscheinlich nicht über sie reden.«

»Du hast Jane Tilsit gekannt, nicht wahr?«

»Ja – ich hab' sie gekannt. Du vergißt - mein Onkel war ihr Schwiegersohn. Sie ermunterte mich, auch nachdem mein Onkel starb, weiter nach Tilsit zu Besuch zu kommen. Sie war es auch, die zuerst den Vorschlag machte, ich solle in die Fabrik eintreten.«

»Dann mußt du gewußt haben, warum sie das von sich dachte ... sie spricht in den Tagebüchern von ihrem Gebrechen. Was meinte sie damit?« Ginny hielt die Kerze dicht an das Bild, und

Lawrence zuckte zusammen. »Ich kann kein Anzeichen eines entstellenden Leidens an ihr entdecken ... sie sitzt nicht und lehnt sich auch nicht an ... Was fehlte ihr?«

Lawrence stieß einen leisen Seufzer aus, als freute er sich nicht über die Aufgabe, die sie von ihm verlangte. »Deine Urgroßmutter lehnte sich in ihrem ganzen Leben nie an irgend etwas oder irgend jemand an. Als sie mit sechsundachtzig starb, war sie immer noch eine erstaunlich schöne Frau, kerzengerade und aufrecht und mit dem Mut und Kampfesgeist eines Terriers. Es kann nicht viele so vom Schicksal begünstigte – so begabte – Frauen wie Jane Tilsit gegeben haben. Wäre sie ein bißchen früher geboren worden, vielleicht ein oder zwei Generationen früher, wäre sie wahrscheinlich auch eine glückliche Frau gewesen. Doch so lebte sie ein Leben voller Verbitterung und Haß auf die übrige Welt, und ich begreife jetzt, wo du sagst, daß sie es tatsächlich geschrieben hat, daß sie sich für entstellt gehalten haben mag.«

»Was willst du damit sagen?« beharrte Ginny.

»Deine Urgroßmutter war illegitim.«

»Illegitim ...?«

Nachdenklich betrachtete Ginny wieder das Gesicht auf dem Gemälde, das ernste junge Gesicht von Jane Tilsit, und in ihrem Kopf hallten die Sätze wider, die in jener altmodischen, viktorianischen Handschrift geschrieben waren, die Sätze, die von seelischen Wunden, Zorn und Mißtrauen sprachen. »Das wußte ich nicht«, sagte sie. Sie wandte sich wieder zu Lawrence um und fragte mit Bedauern und Erstaunen: »War das denn so schlimm?«

»Das fragen wir uns heute – und das hätten sie auch um die Jahrhundertwende gefragt, bevor Jane Tilsit geboren wurde. Doch dann, als Jane ins heiratsfähige Alter kam, hatte Königin Viktoria das Gesetz allgemeiner Ehrbarkeit aufgestellt. Und Jane war das Kind eines Verhältnisses, das gegen das Gesetz verstieß, und wurde dafür gebrandmarkt.«

»Wußten es denn alle?«

»Die Geistlichen nannten es einen öffentlichen Skandal – drei der prominentesten Familien der Grafschaft waren in ihn verwikkelt. Janes Vater war Sir Henry Tilsit, ein Witwer ohne Kinder, ihre Mutter Katherine Parley – mit einem der Parleys verheiratet – und Lord Brodericks Tochter. Sie gingen zusammen nach Italien, und Katherine starb bei Janes Geburt. Henry machte keinen Versuch, die Geburt zu verheimlichen. Er brachte seine Tochter nach Tilsit zurück und verschloß von da an seine Tore vor der Welt. Die Grafschaft konnte es sich nicht leisten, mit den Schuldigen zu fühlen; so wuchs Jane hier in Tilsit ganz isoliert von ihresgleichen auf. Es muß eine sehr einsame und eigenartige Kindheit gewesen sein. Henry Tilsit wurde ein Einsiedler und weigerte sich manchmal monatelang, sogar sein eigenes Kind zu sehen. Vielleicht wäre es anders gewesen, wenn sie ein Junge gewesen wäre, wer weiß ...«

»Dann hieß sie also gar nicht Tilsit. Wie merkwürdig – nach all dem Theater, das um den Namen gemacht worden ist ...«

»Sie hieß rechtsmäßig Tilsit. Sie ließ ihren Namen urkundlich ändern, als sie volljährig wurde. Das änderte jedoch nichts an der Meinung der Leute. Henry Tilsit hatte keinerlei Anzeichen von Reue gezeigt, so verziehen sie auch nicht seinem Kind. Und doch ... ich habe oft gedacht, daß das Ganze in Vergessenheit gesunken wäre, wenn Sir Henry das nach Tradition und Sitte Richtige getan hätte – wenn er irgendeinen obskuren Vetter hervorgekramt hätte, um ihm die Erbschaft und den Titel zu vermachen – irgendeinen, solange es nur ein männliches Wesen und, wenn möglich, ehrbar und anständig war. Doch er ernannte Jane zu seiner Erbin und ließ den Titel fahren – kein männlicher Verwandter ist je aufgetaucht, um Anspruch auf die Baronie zu erheben. Vermutlich wollte Henry Jane einen Ausgleich geben – vermutlich glaubte er, wenn er sie mit Geld versorgte, ihr auch automatisch einen passenden Mann zu besorgen. Die Rechnung ging jedoch nicht auf – und Jane muß es alles noch dadurch erschwert haben, daß sie in einer Zeit, wo die Frauen noch alles andere als gleichberechtigt waren, eine außergewöhnlich begabte und selbständige Frau war.«

»So war es also. Nun verstehe ich, warum sie solche Sätze in ihr Tagebuch schrieb.«

Lawrence starrte das Bild an und erzählte weiter; langsam sprach er seine Gedanken aus, so als formte er sie zum erstenmal in Worte. »Wäre sie eine unbegabte und unbedeutende Frau gewesen, hätte ihre Geschichte Sir Henrys Kritikern recht gegeben. Sie war jedoch eine ungewöhnliche Frau – und sie ging eine ungewöhnliche und unmögliche Heirat ein. Es ist das große Glück der Tilsits gewesen, daß sie als uneheliches Kind zur Welt kam und sich einen Mann unter ihrem Stand suchen mußte. Es stimmt, daß sie das Kapital zum Aufbau von George Martins Porzellanmanufaktur beisteuerte, doch er war selbst ein sehr fähiger Mann von großem Fleiß und großer Ausdauer. Seine Fabrik brachte Tilsit einen steten Strom von Geld ein, gerade als das Land aufhörte, die Hauptquelle des Wohlstands zu sein – also zu einer Zeit, als Tilsit es am nötigsten brauchte. Es hielt die Erbschaft zusammen. Den

Außenstehenden mag die Heirat unmöglich erschienen sein, doch Jane wußte, was sie tat. Es war eine segensreiche Heirat – zumindest für Jane. Über George Martin weiß man nur sehr wenig. Genauso, wie man nur sehr wenig über alle männlichen Mitglieder der Familie seit Janes Lebzeiten weiß. Komisch – diese starken Frauen, welche die Männer um sich herum regierten, sind fast zu einer Legende geworden. In Wirklichkeit sind es nur Jane und Isobel gewesen, ihr Einfluß hat jedoch lange Zeit gedauert. Und in der ganzen Zeit hat es nie einen Mann in der Familie gegeben, der stark genug war, um es mit ihnen aufzunehmen.«

»Mein Vater ...?«

Lawrence stieß ein kurzes, bitteres Lachen aus. »Er war nicht mehr als ich dazu fähig, sich gegen ihr Regime aufzulehnen. Und ich bin noch nicht einmal ein Tilsit.«

Er drehte sich wieder heftig zu ihr um, und seine Stimme hatte vor innerer Erregung einen scharfen Klang. »Wunderst du dich also, daß wir Angst vor dir haben? Das Erbe liegt in der weiblichen Linie. Du bist Jane, und du bist Isobel, und keiner von uns kann das geringste daran ändern.«

3

Der Tilsiter Park senkte sich von der Nordfront in breiten Terrassen bis zu der flachen Wiese hinab, durch die sich der Fluß zwischen den Bäumen hindurchschlängelte. Ginny blieb mehrmals stehen, während sie langsam dicht an dem Ufer entlangschlenderte, und sah zum Haus zurück. Es kam ihr zum Bewußtsein, daß zwischen diesem Park und dem Terrassengarten von Oranje Huis eine gewisse oberflächliche Ähnlichkeit bestand; diese Terrassen waren jedoch sorgfältig gepflegt, und statt des wuchernden wilden Weines waren hier breite Bänder grünen Rasens und anstelle der verschwenderischen Üppigkeit der tropischen Blumen die säuberlich angelegten Rabatten mit den sanften englischen Blumen, deren Namen sie nicht kannte. Sie fragte sich, wie oft ihr Vater wohl diesen Vergleich während all der Jahre auf St. Nicolaas gezogen hatte, und sie kam zu der Überzeugung, daß er sich manchmal qualvoll danach gesehnt haben mußte, davon zu erzählen und zu sprechen – und doch hatte er es niemals getan. Sie hätte gerne gewußt, ob auch er, wenn er in Gedanken von diesem

Punkt zu dem Haus zurücksah, manchmal zwischen den dichten Büschen, die in dem leichten Wind schwankten, die kleine und ferne Gestalt einer Frau in einem züchtigen blauen viktorianischen Kleid zu sehen geglaubt hatte, die auf den Wegen zwischen den Blumenbeeten hindurchging. Oder hatte Jane Tilsit sich nie die Zeit gegönnt, nur zum Vergnügen in ihrem schönen Garten zu wandeln, so wie sie sich nie die Zeit für eine Hochzeitsreise gegönnt hatte? War sie tatsächlich dort zu sehen, in dem warmen Sonnenschein in dem Kräutergarten auf der untersten Terrasse, wie sie sich mit ihrer Gartenschere emsig zu den würzig duftenden Pflanzenbüscheln hinabbeugte, während das blaue Kleid zu der Farbe der Lavendelblüten verblaßte? Ginny schüttelte den Kopf und schloß rasch die Augen, sah wieder hin und konnte keine Gestalt entdecken. Sie hätte jedoch nicht schwören mögen, daß sie diese nicht für die Dauer einer Sekunde gesehen hatte. Und warum, wenn niemand dort war, stand Trip aufmerksam lauschend mit erhobener Pfote da, als hätte auch er etwas gesehen, das seinen Sinnen bekannt war? Oder war die Gestalt von Trips Vision die einer anderen Frau – kräftig und mager, in einem altmodischen Tweedkostüm, das kurze graue Haar nachlässig zurückgekämmt –, deren narbengezeichnetes Gesicht die Entfernung gnädig verbarg? Falls es hier Gespenster gab, die im Tilsiter Park umgingen, so mochte jeder den Geist des Verstorbenen sehen, der ihn am meisten beschäftigte.

Um den Bann zu brechen und sich und den Hund abzulenken, bückte Ginny sich, hob einen Stock auf und warf ihn für Trip fort. Freudig rannte er mit fliegenden Ohren hinter ihm her, und es gab keine Geister mehr auf den Gartenterrassen von Tilsit. Sie wünschte, sie könnte teilhaben an seiner spontanen Freude an diesem englischen Morgen, an dem die Luft so weich war wie die Berührung eines Blütenblattes. Es war ein Morgen voller Zurückweisungen gewesen – als sie zum Frühstück hinuntergekommen war, war das Eßzimmer leer gewesen, und nur ihre Tasse hatte unbenutzt auf dem Büfett gestanden; Lawrence, Vanessa und Margaret hatten bereits alle gefrühstückt. Sie hatte gerne Lawrence sehen wollen, um sich durch den Anblick seiner Rückkehr zu der für ihn charakteristischen gepflegten Korrektheit zu vergewissern, daß ihr nächtliches Gespräch kein Phantasiegebilde gewesen war, daß sich ein so ausgesprochen vernünftiger Mann wie Lawrence diese Geschichte nicht hatte ausdenken können und sich auch nicht von seinen Gefühlen hatte mitreißen lassen, die Grenzen der Wahrheit zu überschreiten. Doch sogar wenn es so gewesen wäre, er hatte ihr den Samen der Furcht eingepflanzt, hatte sie – ohne Zeit und Möglichkeit für dieses Urteil zu haben – unwiderruflich mit Isobel und Jane verkettet. »Das Erbe liegt in der weiblichen Linie«, hatte er gesagt, und sie wußte, er hatte nicht das Erbe dieses Hauses oder der Fabrik gemeint. So hing sie düsteren und einsamen Gedanken in dem großen verlassenen Eßzimmer nach, während sie ihren Tee trank und das letzte gekochte Ei aus der Silberschale auf der Warmhalteplatte aß.

Nach dem Frühstück war sie in die Lange Galerie gegangen, um sich das Bild von Jane Tilsit noch einmal anzusehen. Die Galerie, über zweihundert Jahre später als die Große Halle erbaut, war mehr für die Mußestunden der Frauen und Kinder des Hauses gedacht, wenn das Wetter den Garten unzugänglich machte, ein Ort, um die Schätze der Familie zur Schau zu stellen. Die Galerie sah in dem hellen Morgenlicht wunderschön aus; die silbergraue Wandtäfelung und die silbernen Wandleuchter reflektierten jetzt nicht die kleine Flamme ihrer Kerze, sondern das Sonnenlicht, das durch die Südfenster hereinflutete und auf den Scheiben funkelte. Es war ein einladender, lichter Raum, gehörte ihr jetzt jedoch viel weniger als in den gestrigen Stunden nächtlicher Dunkelheit.

Sie hatte vergessen, daß dies einer der Tage war, an dem das Haus für Besichtigungen geöffnet war. Ein langer Läufer war auf dem Parkett ausgelegt, Absperrungen aus dicken roten Samtschnüren schützten die Bilder. Zwei Frauen in Schürzen mit geblümten Kopftüchern wischten Staub. Sie hielten beide in der Arbeit inne und starrten sie an. Ginny kannte sie nicht, doch sah sie, wie auf ihren Gesichtern Erkennen dämmerte.

»Guten Morgen, Miss Tilsit«, sagten sie beinahe wie aus einem Mund.

»Guten Morgen – ich fürchte, ich habe Sie gestört ...«

»Machen Sie sich da man keine Sorge, meine Liebe«, erwiderte die ältere der beiden Frauen. »Wir sind fast fertig ... nur noch einen Augenblick, und dann sind Sie ganz ungestört.« Und während sie ihre Staubtücher zusammensuchte, fügte sie im Wunsch, Ginny in ein Gespräch zu ziehen, hinzu: »Sie haben mir aber einen ganz schönen Schrecken eingejagt, Miss. – Einen Augenblick dachte ich, es sei Ihre Tante, die uns überwachen käme, so wie sie es immer tat.«

»Ich ... ich komme ein andermal wieder ...« Nervös schloß Ginny die Tür hinter sich mit einem linkischen, uneleganten Knall, der in dem Treppenhaus widerhallte.

Anschließend war sie zu Mark gegangen in der festen Annahme, ihn anzutreffen, da er ihr gesagt hatte, daß er morgens meistens zu Hause sei. Der Spaziergang hatte ihre niedergeschlagene Stimmung ein wenig gehoben, wußte sie doch, Mark würde diese völlig verscheuchen, sei es durch seine Worte oder sein Lachen. Das Häuschen hatte so friedlich im Sonnenschein dagelegen, und das Meer war ruhig und blau; die frisch ausgeschlagenen Hecken und saftig grünen Wiesen mit den grasenden Kühen boten einen Augenblick tiefen Friedens. Und der Turm war nur ein malerischer Steinhaufen – ohne Geschichte und ohne Drohung. Sie sang leise vor sich hin, als sie einen Moment auf dem Hügelrükken stehenblieb, während Trip zwischen den Steinplatten nach Kaninchengehegen stöberte.

Dieser unbeschwerte Augenblick war jedoch vorbei, als Trip sich erneut weigerte, mit ihr den Weg zur Steilküste hinunterzukommen; laut bellend kauerte er sich auf den Rand der Mauerreste und schien sie beschwören zu wollen, bei ihm zu bleiben. Da er ihre Rufe nicht befolgte, blieb ihr schließlich nichts anderes übrig, als ihn dort zu lassen und alleine zu gehen, doch lag nun ein Schatten dunkler Ahnung über dem vorher so strahlenden Tag – die Erinnerung an das, was manche Leute über Mark redeten. Und sie vermied es, die Steilküste hinunterzublicken, als sie an ihr entlangging.

Es wurde auch nicht besser, als sie zum Häuschen kam. Marks Auto stand auf dem aufgeweichten Weg, der zu dem nächsten Gehöft führte; so ging sie durch das Häuschen zum Atelier, als sie auf ihr Klopfen keine Antwort erhielt. Er war da, am anderen Ende des Studios, durch dessen weitgeöffnete Türen das Sonnenlicht hereinflutete. Er hatte eine Bronzeplatte fest zwischen Klammern eingespannt und bearbeitete sie mit einem Schneidbrenner, die Schutzmaske vor den Augen. Als er sie endlich bemerkte, hob er den Arm zu einem flüchtigen Gruß. Er nahm die Maske nicht ab und sagte kein Wort. Sie betrachtete seinen kraftvollen Körper, der sich vor der Bronzeplatte zusammenkauerte; das gleißend helle Licht der Azetylenflamme schien ihn zu einer scharf umrissenen Silhouette zu machen. Er durchschnitt die Bronze entlang einer Linie, die nur er bestimmen konnte, und ließ sich nicht im geringsten davon ablenken. Sie wußte, ihre Gegenwart bedeutete schlimmstenfalls eine schreckliche Störung für ihn und hinderte ihn bestenfalls daran, sich völlig zu konzentrieren. So ging sie leise wieder fort; vermutlich würde er erst nach einiger Zeit bemerken, daß sie nicht mehr da war.

Trip erwartete sie an dem Turm; sie war mit ihm den Hügel

hinuntergegangen und dann weiter am Flüßchen entlang unter der Brücke hindurchgeschlendert, bis sie an die Ecke des Parkes gelangten. Sie überlegte, ob sie sich die Gestalt oben auf den Gartenterrassen vorhin nur aus einem unbewußten Wunsch heraus eingebildet hatte, dem Bedürfnis, einen Kontakt zu ihrer Umwelt herzustellen. Denn ihre beiden Welten schienen an diesem Morgen ihrem Zugriff entrückt zu sein – die einsame und von Fremden bewohnte Welt Tilsits und die Welt von St. Nicolaas, die ihr mit jeder Stunde, die verstrich, ferner erschien.

Der Brief, den sie vor dem Frühstück an Katrien begonnen hatte, war steif und befangen geworden; da sie Katrien nicht die seltsame Welt von Tilsit zu erklären vermochte, war sie auch nicht imstande, ihr diese mit gewöhnlichen Worten zu schildern. Ihre Machtlosigkeit gegenüber dem Strom, der sie mitriß, erfüllte sie ein wenig mit Furcht, und doch hatte es einen besonderen gefährlichen Reiz, auf ihm dahinzugleiten. Ihre Sinne verschärften sich unter dieser Angst, die gleichzeitig ein erregender Genuß war.

»Miss Tilsit? Miss Virginia Tilsit?«

Schuldbewußt zuckte sie zusammen und drehte sich mit dem Gefühl um, als hätten ihre Gedanken, ihr Kummer und ihre Freude offen vor der Welt ausgebreitet gelegen. Trip war den Bach weiter entlanggelaufen, und der Mann, der sie angesprochen hatte, stand auf der anderen Seite, nur wenige Meter von ihr entfernt.

»Tut mir leid, daß ich Sie erschreckt habe. Aber ich war überzeugt, Sie hätten mich gesehen.«

»Nein ... Wer sind Sie?«

»Darf ich zu Ihnen 'rüberkommen? Ich finde es mühsam, sich über dieses plätschernde Bächlein hinweg zu unterhalten.« Er deutete auf die Reihe von Steinen, die aus dem Wasser ragte und den Füßen einen unsicheren Halt bot.

»Wenn Sie können«, meinte Ginny skeptisch und musterte seine glänzenden Schuhe, die nie für einen Marsch durch nasse Felder gedacht waren, die knallgelbe Weste und den rustikalen Tweedanzug, der nie weiter als bis zur Rennbahn aus der Stadt herausgekommen war.

Der Mann war ungefähr Mitte Vierzig und sehr dick, balancierte jedoch erstaunlich geschickt über die schlüpfrigen Steine und kam mit einem befriedigten Lächeln über seine Gewandtheit bei ihr an.

»Na bitte! Wer sagt's denn?« Seine Zähne waren braun von Nikotin, und schon zog er auch eine Zigarettenpackung aus der Tasche. Er bot Ginny eine Zigarette an, und als sie dankend den

Kopf schüttelte, zündete er sich eine an, ohne sie auch nur eine Sekunde lang aus den Augen zu lassen.

»Ich bin genaugenommen kein Eindringling, müssen Sie wissen«, begann er. »Ich habe meine halbe Krone bezahlt – hier, sehen Sie meine Eintrittskarte.«

»Ich glaube nicht, daß das, was Sie sich anscheinend hier erlauben, in dem Eintrittspreis mit einbegriffen ist«, entgegnete Ginny scharf. Sein prüfender Blick war ihr unangenehm.« Was wünschen Sie?«

»Ich möchte Sie sprechen, Miss Tilsit. Ich habe jedes nur denkbare andere zivilisierte Mittel versucht – habe angerufen und bin persönlich hergekommen. Wie es scheint, sind Sie jedoch nie zu Hause.« Er reichte ihr eine Visitenkarte. »Raymond Nettle von der Daily Post ... London«, fügte er hinzu.

»Weshalb wollen Sie mich sprechen?«

Er stieß einen Laut aus, der ein Auflachen sein sollte. »Sie sind eine sehr ungewöhnliche junge Frau, Miss Tilsit. Diese Frage stellen heutzutage die meisten Leute einem Zeitungsreporter gar nicht mehr – sie fangen einfach sofort an zu erzählen. Publicity ist die Nahrung dieses Jahrhunderts ...«

»Vielleicht habe ich aber keinen Hunger.«

Er lachte, und dieses Mal klang es echter. »Ich glaube, Sie könnten mir gefallen, Miss Tilsit. Ich wünschte nur, Sie würden den Presseleuten nicht immer weiter Ihre Türen verschließen. Es macht das Leben sehr schwer!«

Ginny mußte beinahe lächeln; er war eine so beruhigend alltägliche Erscheinung nach den Gestalten ihrer Einbildung auf den Gartenterrassen und im Gegensatz zu Marks Gleichgültigkeit an diesem Morgen so offensichtlich bestrebt, ein wenig ihr Vertrauen zu gewinnen. »Sie sehen nicht aus, als ob Ihr Leben schwer wäre.« Es erfüllte sie mit einem Gefühl der Unabhängigkeit, sich hier mit diesem Manne zu unterhalten, den sowohl Mark wie Garth abgewiesen hatten. Sie kam sich ein wenig mehr wie ihr eigener Herr vor.

Er spürte ihr Nachgeben sofort. »Es ist auch nicht schwer, Miss Tilsit – gewöhnlich jedenfalls nicht. Ich schreibe eine Tagesspalte für die Post, und Journalisten wie ich pflegen nicht über mehrere schlammige Felder zu pilgern, um ihre Stories zu bekommen – dafür sind andere da. Ich bin jedoch für einige Tage bei Freunden hier in der Nähe. Meine Zeitung bat mich ... ach was, sagen wir ruhig, ich war selber neugierig. Oder besser, meine Freunde machten mich neugierig. – Sie sind in den vergangenen Tagen so ziemlich der allgemeine Gesprächsgegenstand gewesen, wie Sie sicher wissen werden. Gestern versuchte ich mein Glück am Haupteingang und wurde abgewiesen – heute morgen hoffte ich, Sie vielleicht zu sehen zu bekommen, wenn ich lange genug im Garten blieb ...«

Ginny rief nach Trip, wandte sich um und begann auf die unterste Terrasse zuzugehen. Nettle kam, wie sie vermutet hatte, hinterher. »Ich möchte wissen, was Sie zu der Annahme veranlaßt, ich sei heute in irgendeiner Weise eher bereit, mit Ihnen zu sprechen, als gestern.«

Er trabte fast neben ihr her, um mit ihr Schritt zu halten. »Nehmen wir an, ich hatte den leisen Verdacht, Sie wußten gar nicht, daß ich oder irgend jemand anderes Sie sprechen wollten. Übrigens – Sie haben doch nichts dagegen, daß ich Sie begleite, nicht wahr?« meinte er spöttisch; es war eigentlich gar keine Frage.

»Sagten Sie nicht, Sie hätten Ihre halbe Krone bezahlt? – Das gestattet Ihnen das Betreten des Grundstückes wie des Hauses.«

»Sehr gütig von Ihnen, Miss Tilsit.«

Als sie an der kleinen Pforte in der Mauer ankamen, durch die man zu dem Gewürzgarten gelangte, war Nettle bereits völlig außer Atem. Er tat Ginny ein wenig leid, doch hatte sie ihr Tempo beibehalten, damit er sie nicht für zu leicht zugänglich hielt. Sogar bei dieser unwichtigen Handlung hatte sie das Gefühl, Tilsit zu verraten, doch ihre Neugier war stärker. Nettle blieb plötzlich bei einer Bank am Rande des plattenbelegten Weges stehen.

»Haben Sie was dagegen, wenn ich einen Augenblick verschnaufe?« Er deutete mit einer Kopfbewegung auf die Treppe, die zu der Terrasse emporführte. »Ich bin kein großer Bergsteiger – das kommt von zuviel Wein und gutem Leben in London, fürchte ich. Ich sehe mich einfach nicht imstande, Sie den ganzen Weg hinauf bis an Ihre Tür zu verfolgen. Könnten Sie deshalb nicht einen Augenblick mit mir hierbleiben, Miss Tilsit – nur ein oder zwei Minuten?«

Ginny betrachtete ihn, wie er noch immer außer Atem mit gerötetem Gesicht vor ihr stand; seine Hände zitterten ein wenig, als er sich eine neue Zigarette anzündete. Sie schüttelte den Kopf. »Ich kann nicht behaupten, Sie hätten es sich nicht verdient. Doch fürchte ich, es hat keinen Zweck. Ich habe Ihnen wirklich nichts zu erzählen.«

»Tja, dann ...« Er zuckte die Achseln und ließ sich auf die Bank fallen. »Also, es war mir ein Vergnügen, Sie kennenzulernen, Miss

Tilsit. Ach, was ich noch sagen wollte, haben Sie dieses Bild gesehen, das unsere Zeitung von Ihnen brachte? Sehr ähnlich, nicht wahr? Ich habe Sie sofort erkannt ...«

»Welches Bild?« Ohne es zu wollen, stand Ginny wieder neben ihm und streckte die Hand nach der Zeitung aus.

»Bei Ihrer Ankunft auf dem Londoner Flughafen, glaube ich. Sie scheinen sogar da schon gut bewacht worden zu sein. Es ist wirklich schade, falls Sie mir diese Bemerkung gestatten, Miss Tilsit, daß Sie unsere englischen Gewohnheiten der Zurückhaltung zu rasch übernehmen. Verdirbt einem jungen Menschen meiner Ansicht nach eine Menge Spaß. Als der Mann Ihrer Cousine – Vitti – noch lebte, waren die beiden immer für ein Photo und ein Interview zu haben. Prachtvolles Paar – was war sie für ein hinreißendes Geschöpf! Ich möchte wissen, wie sie es jetzt hier findet ...«

Ginny hörte ihm nicht zu. Sie starrte ihr Bild an, auf dem sie gerade aus dem Flugzeug gekommen war, in den Armen lauter kleine Gepäckstücke sowie den weißen Seidenmantel; sie sah von der langen Flugreise mitgenommen aus, und ihr Haar war strähnig. Ängstlich und fragend blickte sie in die Kamera. Die Unterschrift war kurz und brutal. ›Erbin kommt an. Miss Virginia Tilsit traf heute in England ein und gab dadurch Anlaß zu der Vermutung, daß sie im Testament ihrer Tante zur Alleinerbin des historischen Schlosses Tilsit in Dorset und der Tilsit-Porzellanmanufaktur ernannt ist. Ihre Ankunft weckte ebenfalls die Erinnerung an den Prozeß, den ihre Tante und ihr Vater in den zwanziger Jahren um die berühmte Manufaktur führten.‹

Ginny sank neben Nettle auf die Bank.

»Ist das wahr mit dem Prozeß?«

Er sah sie ungläubig an und antwortete absichtlich vage: »Wahr? Nun, ich denke schon. Zeitungen führen ein Archiv über solche Sachen. Und wir übertreiben nicht mehr, als wir müssen. Aber wissen *Sie* denn nicht, ob es wahr ist, Miss Tilsit? Wie interessant! Meine Freunde wissen es natürlich – sie erinnern sich noch genau daran. Also, Miss Tilsit, würde es Ihnen was ausmachen, mir zu sagen, wieso Sie nie davon erfuhren? War Ihre Insel so abgelegen? – Hörten Sie nie etwas von Tilsit oder dem Prozeß Ihres Vaters? Wie dramatisch! Wirklich, Miss Tilsit, Sie müssen mir erlauben, daraus einen Sonntagsbericht zu machen. Die Leute werden in Scharen angeschwärmt kommen, um Ihr Haus anzusehen ... denken Sie nur an all die halben Kronen.«

»Kann ich dies behalten?« fragte Ginny, während sie sich erhob und ihm die zusammengefaltete Zeitung hinhielt.

»Selbstverständlich können Sie das – aber müssen Sie wirklich gehen? Es wäre doch eine erstklassige Reklame ...«

Ginny hatte sich abgewandt und rannte den Weg auf die Treppe zu. Ihre Eile hatte sich auf Trip übertragen, der laut bellend neben ihr herlief.

»Miss Tilsit – nur noch eins, Miss Tilsit!« Sie blickte zurück und sah zu ihrer Überraschung, daß auch Nettle hinter ihr hergerannt kam. Es blieb also keine andere Wahl, als stehenzubleiben und auf ihn zu warten.

Er war wieder vollkommen atemlos, als er bei ihr ankam. »Ich habe jetzt eine Ja-oder-nein-Frage an Sie, Miss Tilsit, wenn Sie mir diese gestatten.«

»Was ist es?«

»Über Eliot Russell. Stimmt es, daß Sie Eliot Russell heiraten werden?«

Ginny trat einen Schritt zurück, entsetzt und beunruhigt von der hinterlistigen Fähigkeit dieses Mannes, unter den um die private Sphäre errichteten Zäunen hindurchzukriechen. Sein freundliches, speckiges Gesicht schien auf einmal voll gefährlicher Bosheit und drohte ihr mit dem, was er erfinden würde, wenn er nicht die Wahrheit herausbekäme.

»Woher ... woher wissen Sie von Eliot?«

Er zuckte die Achseln und sah sie mit unglücklich unschuldig, weit aufgerissenen Augen an. »Aber liebe Miss Tilsit – ich sagte Ihnen doch, wir haben unser Archiv. Und ein alter Zeitungshase wie ich entwickelt ein Gedächtnis für Gesichter. Ich sah vor einigen Monaten ein Bild von Ihnen mit ihm in der Time. Sie lassen sich sehr gut photographieren, wie ich bereits sagte. Als ich das Bild in der Post sah, rief ich im Büro an und ließ im Archiv nachsehen. Der Ausschnitt aus der Time kam heute morgen. Tja, und da wüßte ich gerne ... die Nachricht, daß Sie Eliot Russell heiraten, würde unsere Leser sehr interessieren. Die Vereinigung zweier Erbschaften ... Sie wissen schon. Er ist tatsächlich sehr reich, nicht wahr?«

Ginnys Angst vor ihm wich rasendem Zorn. »Sie ... Sie sind sogar noch schlimmer, als Mark sagte! Ich hätte auf ihn hören sollen. Wie können Sie es wagen, sich hier hereinzuschleichen und herumzuschnüffeln, Ihre Fragen zu stellen ...«

Er lächelte nachsichtig. »Tut mir leid, daß Sie es so auffassen. Darf ich Sie daran erinnern, Miss Tilsit, daß Sie Eintrittskarten zur

Besichtigung Ihres hübschen Hauses verkaufen. Ich befinde mich hier völlig zu Recht.«

»Und ich bin überzeugt, in den Besichtigungsbedingungen steht auch irgendwo etwas über das Recht des Eigentümers, Fremden den Eintritt zu verwehren. Ich verbiete Ihnen hiermit den Eintritt, Mr. Nettle. Und ich ersuche Sie, das Grundstück zu verlassen. Durch das vordere Pförtnerhaus. Und zwar sofort!«

Er spreizte die Hände, als wollte er damit sein Erstaunen ausdrücken. »Bitte, regen Sie sich nicht auf, Miss Tilsit. Ich dränge mich nie auf, wo ich nicht erwünscht bin.« Er hielt inne und lächelte sie kalt an. »Es ist jedoch interessant – sehr interessant! Meine Freunde überlegten, was für eine Art Mädchen Sie wohl seien. Nun kann ich ihnen berichten, daß Sie alle Eigenschaften Ihrer exzentrischen Tante aufweisen. Guten Tag, Miss Tilsit.«

Ginny ließ sich die Schlüssel für Isobels Wagen von Garth geben, ohne ihm zu sagen, wo sie hinführe. Es schien ihr ein kleiner Preis für ihre Unabhängigkeit zu sein, daß sie sich auf dem Weg zu William Randalls Büro in Bournemouth mehrmals verfuhr. Da war jener Augenblick, als sie auf der Abkürzung, von der Randall ihr erzählt hatte, von der Autofähre herunterfuhr und der alte Motor plötzlich stehenblieb; hinter ihr staute sich eine Schlange hupender Fahrzeuge, und sie stellte fest, daß Isobel – zumindest was Autos betraf – nicht besser daran gewesen war als ihr Vater. Doch meistens dachte sie überhaupt nichts – konzentrierte sich ausschließlich auf die Straße und schob die Fragen beiseite, die sie Randall zu stellen beabsichtigte.

Als sie im Büro ankam, war er gerade zu Tisch gegangen; und als er nach einer Stunde zurückkam, beantwortete sie seine überraschte Begrüßung nicht, sondern legte ihm nur schweigend die zusammengefaltete Ausgabe der Daily Post auf den Tisch.

»Warum – Mr. Randall?« Sie schöpfte tief Atem. »Warum hatte niemand Verstand genug, mir hiervon zu erzählen? Warum muß ich mir all meine Auskünfte auf Umwegen holen? Hat ein Prozeß stattgefunden, Mr. Randall?«

Er warf nur einen flüchtigen Blick auf das Bild, als kenne er es bereits, und seufzte: »Ja.« Und damit schwieg er wieder, und es schien ihr, als sei er nicht gewillt, mehr dazu zu sagen.

»Nun und ...?«

Er erhob sich von seinem Schreibtisch, ging ans Fenster und starrte hinunter auf die Straße. Er hatte die Hände auf dem Rücken verschränkt. Es fiel ihr plötzlich auf, wieviel besser ihm der mitgenommene Tweedanzug im Pfeffer-und-Salz-Muster stand als Raymond Nettle der makellose Anzug. Diese Feststellung erstaunte sie, war sie doch eigentlich böse auf ihn.

»Nun, Mr. Randall?«

Er drehte sich zu ihr um. »Es tut mir leid, Ginny. Es gibt keinen Grund, weshalb Sie es nicht hätten erfahren sollen – außer, daß seit so vielen Jahren niemand davon gesprochen hat und es daher nicht leicht ist, das Ganze wieder aufzurollen.«

»Sie meinen, die Familie hat nicht darüber gesprochen? Dafür haben andere Leute es aber um so mehr getan! Das weiß ich zufällig genau!«

»Ja – andere Leute. Das Gerede wurde natürlich weniger, als Ihr Vater fortging, aber der Tod Ihrer Tante und Ihre Ankunft haben den Klatsch wieder aufgerührt.« Er deutete mit einem Kopfnicken auf die Zeitung auf dem Tisch. »Und in viel abgelegeneren Gegenden, als man vermuten sollte.«

Er kam zum Tisch zurück und setzte sich wieder ihr gegenüber. Er versuchte sogar, sie ein wenig anzulächeln, und sie bemerkte erneut seine Fürsorge für sie, mit der er versucht hatte, ihr den Eintritt in diese Familie und dieses Haus zu erleichtern. Ihr Zorn begann sich zu legen.

»Es gab noch einen andern Grund, Ginny – etwas, das, wie ich vermute, Ihre Tante im Sinn hatte, wenn sie auch nie darüber gesprochen hat. Als sie Sie damals besuchte, lehnte sie doch ab, über den Grund jenes Zerwürfnisses zu reden – stimmt das?« Als Ginny nickte, fuhr er fort. »Ich glaube, sie hoffte, daß Sie nach Tilsit kommen und es mit eigenen Augen beurteilen würden ohne Vorurteile und ohne nur aus Loyalität zu Ihrem Vater seine Partei zu ergreifen. Vielleicht haben wir alle das gehofft – natürlich sehr unrealistisch von uns. Aber Tilsit schien Sie zu brauchen ... und falls Sie eine Zeitlang dort so sein konnten, ohne es zu erfahren ...«

»Es war allerdings unrealistisch, Mr. Randall! Mein Vater starb, als er jenes Telegramm von Ihnen aufmachte. Glauben Sie oder einer der anderen etwa, ich könnte das vergessen?«

Hilflos hob er die Hände. »Nein.« Und dann fuhr er bittend fort: »Sie dürfen uns nicht zu hart beurteilen, Ginny. Wir sehen es alle nur aus unserer eigenen Sicht.«

Sie klopfte mit dem Finger auf die Zeitung, die zwischen ihnen auf dem Tisch lag. »Aber es gab zwei Seiten! Es kam vor ein Gericht oder etwa nicht? Und das heißt, daß es zwei Seiten gab.«

Randall seufzte abermals und gab nach. »Ja – zwei Seiten. Aber da wir die Anwaltsfirma Ihrer Tante sind, waren wir nie der Ansicht, daß Ihr Vater irgendwelche Rechte besaß. Und wie sich dann herausstellte, besaß er sie auch nicht. Er brachte das Ganze ins Rollen, weil Jane Tilsit den gesamten Besitz und die Manufaktur Isobel vermachte. Sie war also, mit anderen Worten, die Alleinerbin. John bekam gar nichts. Er beschloß darauf, das Testament anzufechten. So einfach war es!«

»Ich finde das gar nicht so einfach, Mr. Randall. Mein Vater war kein Mensch, der sich aus Vergnügen auf einen Prozeß einläßt!«

»Das bezweifle ich nicht. Es muß die Hölle für ihn gewesen sein. Und er lieh große Summen von Lord Chardley, der mit ihm in Cambridge studiert hatte, um die Kosten zu bezahlen. Da die Chardleys eine der alten Familien von Dorsetshire sind, verbesserte das auch nicht gerade die Gefühle für ihn.«

»Er verlor den Prozeß ...«

»Ja, er verlor. Er klagte auf Grund von rechtswidriger Beeinflussung einer altersschwachen Frau. Er vermochte die Klage jedoch nicht aufrechtzuerhalten.«

»Weshalb nicht? Jane war sechsundachtzig, als sie starb. Und es erscheint ungerecht, daß Vater nichts erhielt ...«

Randall schüttelte den Kopf. »Isobel schaffte eine große Schar von Zeugen herbei, die bezeugen konnten, daß Jane Tilsit in ihrem gesamten Leben auch nicht einen einzigen Augenblick unsicher oder verwirrt gewesen war. Mit sechsundachtzig besuchte sie noch regelmäßig das Werk, traf Anordnungen, die mehr als nur vernünftig waren, leitete fast den ganzen Tilsiter Haushalt ... beaufsichtigte die Gärtner und verzeichnete sogar einen Gewinn durch den Verkauf des überschüssigen Gemüses und Obstes. An Jane Tilsit war auch nicht eine Spur von Altersschwäche.«

»Was führte mein Vater denn als Gründe an?«

»Sehr wenige. Er wies auf ihre exzentrischen Eigenschaften hin – sie war sehr geizig. So trug sie ihre Kleider, bis sie auseinanderfielen, und lehnte es ab, ein Auto auf Tilsit zu halten. Sie sagte, sie traue diesen Dingern nicht. Viele Leute stimmten ihr darin zu. Sie hatte sich jahrelang geweigert, irgendwelche Gesellschaften zu geben – sie wollte nichts mit all den anderen Familien der Grafschaft zu tun haben. John zerrte sogar die Tatsache hervor, daß sie ihren Mann gezwungen hatte, einen Adelstitel abzulehnen. Das alles war natürlich belanglos und gehörte nicht zur Sache. Es waren nicht die Folgen von Senilität, weil Jane immer so gewesen war. Es trug zum Unglück Ihres Vaters bei, daß dies genau die Eigenschaften sind, welche die Engländer bewundern und lieben.

Sie verehren geradezu ihre exzentrischen Mitbürger. Jane Tilsit mag nicht sehr beliebt gewesen sein, aber sie wurde geachtet. Jedermann wußte, daß sie nicht eine Spur seniler war als Isobel. Und Isobel war das Abbild ihrer Großmutter. Die Leute mögen vielleicht eine Zeitlang auf Johns Seite gestanden haben, weil es ungerecht schien, daß der einzige männliche Nachkomme seinen Unterhalt von seiner Schwester würde erbetteln müssen. Doch was die juristische Seite betraf, gab es nie irgendeinen Zweifel. Jane Tilsit wußte genau, was sie tat, als sie ihr Testament machte. Ihr Vater hatte keine Chance.«

Ginny ließ sich in den Sessel zurückfallen. »So also war es! Ich wünschte, ich hätte es längst gewußt. Er wollte nie darüber sprechen ... Ich hatte das Gefühl, es sei noch etwas Schlimmeres. Er schien so verbittert gegen Isobel.«

»Es ist eine bittere Sache, eine Erbschaft und einen Kampf darum zu verlieren«, antwortete Randall leise. »Bevor der Fall vor Gericht kam, besaß John einen Großteil der Sympathie der Leute – weshalb er sich wahrscheinlich überhaupt darauf einließ. Doch während der Verhandlung schien er sie zu verlieren. Die Leute änderten ihre Meinung.«

»Weshalb?«

»Vermutlich war einer der Gründe, daß der Prozeß hier in der Grafschaft stattfand. Es war zu nahe. John beging den Fehler, in Jane Tilsits Vergangenheit herumzuwühlen. All die alten Geschichten wurden hervorgezerrt – Janes Illegitimität, ihre seltsame Heirat. Der Klatsch, der fast vergessen war, wurde wieder aufgewärmt. Die ganze, damals in der Politik eine große Rolle spielende Parley-Familie war in ihn verwickelt – Janes Mutter war eine Parley. Man fand, daß das, was John tat, verdammt schlechter Stil war, und das verzieh ihm der Landadel der Grafschaft nicht so leicht. Andererseits hatte John auch die Sympathien der Arbeiter verloren, da Isobel Tilsit ein sehr aktives Interesse an der Manufaktur genommen hatte, und Isobel in der Verhandlung sehr klarwerden ließ, daß John bis dahin kaum das Werk betreten hatte. Sie war in Wirklichkeit diejenige, die dafür vorbereitet war, den Platz ihrer Großmutter zu übernehmen. Die Arbeiter bekamen das Gefühl, John würde die Manufaktur herunterwirtschaften. Es handelte sich um viele Arbeitsplätze, und die Leute wollten, daß alles beim alten bliebe. John verlor in jeder Hinsicht.«

»Wie alt war er damals?«

»Ich weiß es nicht genau. Noch jung – Anfang Zwanzig. Er

wirkte sogar noch jünger. Er hatte etwas Naives an sich – und machte den Eindruck eines recht törichten und habgierigen jungen Mannes, da er sich zu einem Prozeß hinreißen ließ, der keinerlei rechtliche Basis besaß. Die Leute hielten ihn für arrogant...«

»Meinen Vater.«

»Vielleicht nicht den Mann, den Sie kennen, Ginny. Damals wirkte er so. Er war unerfahren, und er verlor mehrmals den Kopf. Isobel schien dagegen vorzüglich geeignet, das Erbe weiterzuführen. Ich muß jedoch zugeben, um Ihrem Vater Recht widerfahren zu lassen – auch wenn Isobel die Klientin unserer Firma war –, daß sie rücksichtslos ihre Vorteile ausnützte. Sie nahm ihm alles – seinen Stolz, seine Selbstachtung und das Selbstvertrauen, das bei einem jungen Mann noch so anfällig ist. Wirklich überrascht hat mich aber, daß sie nach der Urteilsverkündung anzunehmen schien, John würde derselbe wie vorher sein. Sie sprach unmittelbar danach mit ihm und erwartete offensichtlich von ihm, daß er mit ihr nach Tilsit zurückkehrte und so weiterlebe, als wäre nichts geschehen. Sie würde natürlich zu sagen haben ... und er ... tja, sie ließ deutlich genug durchblicken, daß er das zu tun habe, was ihm gesagt würde. Der Gedanke, er könne sich weigern, schien ihr gar nicht zu kommen.«

»Aber er weigerte sich!« Ginnys Stimme war voller Wärme, fühlte sie doch, daß diese Entscheidung richtig gewesen war und der Niederlage den Stachel genommen hatte. »Er weigerte sich, Isobels Sklave zu sein – wie die anderen.« Es waren Vanessas Worte. »Sie sehen also, sie nahm ihm nicht alles.«

»Nein ...« Randalls Stimme enthielt einen leisen Zweifel. »Obwohl ich mich damals fragte, was er wohl tun würde. Er besaß keinerlei Ausbildung – war kaum mit Cambridge fertig – und hatte Schulden. Er zahlte sie jedoch alle zurück. Jahre danach hörte ich von Lord Chardley persönlich, daß sie in voller Höhe zurückgezahlt worden seien. Ich glaube, Chardley wollte Ihre Tante das über mich wissen lassen.«

»Aber sie wußte es doch bereits, oder? Sie hielt sich all die Jahre auf dem laufenden über ihn ... und nie ein Brief, ein Angebot, ihm zu helfen ...« Ihr Zorn erfaßte sie wieder, als sie sich daran erinnerte, wie Isobel sie mit dem zwanzig Jahre langen Entlangbalancieren ihres Vaters am Bankrott verspottet hatte. Der Gedanke daran, wie dicht sie am Rande der Armut in Oranje Huis gelebt hatten, tat jetzt weh – nicht die Armut war es, die schmerzte, sondern die Tatsache, daß ihr Vater sie in Bitterkeit und Haß auf seine Schwester ertragen hatte. »Nichts kam von ihr – kein versöhnendes Wort, keine Botschaft – nichts, bis sie mich wollte.« Ginny sah Randall hart an. »Sie hat sich nicht geändert, nicht wahr? Als ich sie das eine Mal sah, erwartete sie, ich würde genauso folgsam kommen, wie sie damals glaubte, Vater würde ihr gehorchen.« Ihre Augen glitzerten bei der Erinnerung daran. »Ich hatte keine Ahnung, worum es bei der ganzen Sache ging, aber ich glaube, ich habe ihr so geantwortet, wie er es getan hätte. Ich sagte...«

Randall unterbrach sie mit einer Handbewegung. »Vielleicht gab er ihr gar keine Gelegenheit zu einer Versöhnung. Sie hatte ihr eigenes Paket an Bitterkeit zu tragen, und sie blieb und übernahm die Verantwortung für etwas, das teilweise seine Schuld war.«

Er breitete die Hände vor sich auf den Tisch. »Johns Vorgehen gegen sie hatte automatisch den gesamten Betrieb in seiner Entwicklung aufgehalten – die ganze Angelegenheit zog sich fast ein Jahr lang hin. Für diesen Zeitraum setzte das Gericht ein Komitee zur Leitung des Werkes ein, und John erreichte eine gerichtliche Verfügung, laut der Isobel das Werk nicht betreten durfte. Er behauptete, sie würde womöglich Entscheidungen veranlassen, die nachteilig für die Zukunft der Manufaktur sein würden. Die Fabrik arbeitete natürlich weiter, doch Johns Vorgehen brachte einige Umbauarbeiten in einem kritischen Stadium zum Stillstand. An das Geld für den Umbau war nicht heranzukommen, und das Komitee, das so gut wie nichts von Porzellan- und Steingut verstand, drückte die laufenden Kosten auf das absolute Minimum herunter. An dem Tag nach der Urteilsverkündung ereignete sich ein Unfall im Werk. Ein Arbeiter kam dabei ums Leben, und einem anderen wurde der Arm zerquetscht.«

»O Gott ...«, flüsterte Ginny. Sie hob die Hand und preßte den Handrücken gegen den Mund. »Aber es war nicht seine Schuld...«

»Im Werk herrschte heftige Erregung. Die Leute behaupteten, die Arbeitsbedingungen seien nicht sicher gewesen, also die durch den aufgehaltenen Umbau zu lange dauernden provisorischen Zustände. Es lief alles so ziemlich aufs Geratewohl in jenem Jahr, in dem Isobel nicht die Fabrik betreten durfte. John war schuld daran – doch Isobel blieb, um die Verantwortung dafür zu übernehmen.«

»Es war nicht seine Schuld«, wiederholte Ginny mit lauter Stimme in dem Versuch, Randall davon zu überzeugen. »Sie kannten ihn nicht ... er muß mehr gelitten haben als sie. Er hätte niemandem weh tun können. Sie ...«, stieß sie anklagend heraus, als hätte Randall einen Verrat begangen, »sehen es nur aus ihrer Sicht!«

»Sie war unsere Klientin«, war alles, was er erwiderte. »Außerdem gab Ihr Vater niemandem die Gelegenheit, seine Gefühle über den Unfall zu erfahren. Er ging einen Tag, nachdem es passierte, fort. Niemand hat ihn seitdem wieder in England gesehen. Ich habe danach nicht mehr viel an John gedacht. Mein ganzes Mitgefühl galt Ihrer Tante.«

»Sie braucht das nicht«, entgegnete Ginny grausam. »Eine solche Frau braucht von keinem Menschen Mitgefühl... oder Hilfe.«

Er schüttelte den Kopf. »Wie mir damals schien, brauchte sie das doch. Der Tag, an dem Ihr Vater England verließ, war ebenfalls der Tag, an dem Isobel ihren Unfall hatte – an dem sie sich die schrecklichen Schnittwunden im Gesicht zuzog. Es war eine sehr schwere Zeit für sie. Damals gab es noch so gut wie keine plastische Chirurgie, und sie weigerte sich, ärztliche Hilfe in Anspruch zu nehmen. Schließlich reiste sie dann doch zu einem Arzt nach Wien, wollte aber nicht für all die Operationen dortbleiben, die er für notwendig erklärte. Sie kam nach Tilsit zurück, doch schien ihr die Möglichkeit, ein persönliches Glück zu finden, entglitten zu sein.« Er schwieg einen Augenblick. »Isobel Tilsit war eine sehr stolze Frau. Sie vermochte keine Liebe zu ertragen, wenn diese, wie sie glaubte, Mitleid enthielt. Sie war mit Edward Ashley verlobt gewesen, hat ihn jedoch nicht geheiratet.«

Zum erstenmal wandte Randall den Blick von ihr ab. Seine Finger spielten gedankenverloren mit einer Büroklammer aus der Schale auf seinem Schreibtisch.

»Sie hatte ihre eigene Tragödie, mit der sie fertigwerden und leben mußte. Vielleicht hat sie damals nicht an die Ihres Vaters gedacht. Ich glaube, Ginny, Ihre Tante litt sehr unter der Tatsache, daß sie nie Kinder haben würde. Bereits damals, als sie noch in den Zwanzigern war, beunruhigte sie die Weitergabe des Erbes.«

Mark saß wartend im Wohnzimmer, als Ginny von ihrem Besuch bei Randall nach Tilsit zurückkam. Er sprang sofort auf und lächelte sie fragend und beinah bittend an. Dieses Lächeln schien nicht zu ihm zu passen.

»Bin ich willkommen?« fragte er.

Sie zögerte eine Sekunde, ging dann jedoch rasch auf ihn zu und streckte ihm beide Hände entgegen, die er unverzüglich ergriff. Die rauhe Härte seiner Haut war wie eine Liebkosung.

»Ich finde«, begann er, »wir sollten die Zeit zurückdrehen und noch einmal von vorn anfangen. Wir sollten so tun, als wärest du gerade angekommen – die neue Miss Tilsit von irgendeiner kleinen tropischen Insel. Und ich bin also gekommen, um dir meine Aufwartung zu machen, wie es sich gehört und wie ich es gleich am ersten Abend hätte tun sollen. Und du lädst mich ein, doch zum Abendessen hierzubleiben.«

»Würdest du das denn tun?«

»Natürlich werde ich das, du Dummchen! Warum, glaubst du, hab' ich mich sonst so fein gemacht?«

Lachend trat sie einen Schritt zurück und betrachtete ihn von oben bis unten. »Ich wunderte mich schon, weshalb du wie ein Fremder aussahst. Das war es – natürlich. Ein dunkler Anzug – eine Krawatte und ein weißes Hemd! Und du hast sogar daran gedacht dein Haar zu kämmen. Was ist nur geschehen? Heute morgen hast du mir nicht mal einen Blick geschenkt.«

Er hob die Hände in einer hilflos unschuldigen Gebärde. »Ich arbeitete.«

»So ist das also! Du arbeitetest?«

»Es ist immer so. Wenn ich arbeite, existiert einfach nichts anderes für mich. Später, als ich merkte, daß du gegangen warst, fiel mir ein, du könntest böse sein.« Er zuckte die Achseln. »Ich konnte es nicht ändern – und werde es auch zukünftig nicht können. Es ist besser, du versuchst das gleich von Anfang an zu verstehen. Nein, warte – laß mich zu Ende reden. Ich dachte mir, ich versuche diese harte Tatsache dies erste Mal zu mildern – damit du weißt, daß auch du deine Stunde in meinem Leben hast. Deshalb habe ich dir dies hier mitgebracht – es ist ein Stück von mir selbst.«

Er drehte sich um und nahm eine kleine Steingutschale von einem Tisch; auf den ersten Blick war sie dunkelgrau, doch die Bewegung ließ sowohl grüne wie blaue Töne sichtbar werden, die wie lebendige Teile des Materials selbst wirkten.

»Diese Schale trägt sowohl die Spuren meiner Hände wie meines Herzens, Ginny. Es war mein erstes Stück, das für eine Ausstellung angenommen wurde. Ich machte es in einer besonders düsteren Periode meines Lebens – in der Zeit, als ich von Isobel fortgegangen war und bei Wedgwood eintreten wollte. Ich war damals ziemlich unglücklich, und all meine Hoffnungen und Gedanken über die Zukunft konzentrierten sich irgendwie in dieser kleinen Schale. Ich besitze nichts, wovon ich mich schwerer trennen würde.«

Ginny liebkoste die rauhe, schöne Oberfläche; ihre Finger hatten schnell gelernt, derartige Dinge zu würdigen. »Warum schenkst du sie mir?« fragte sie leise.

»Ein Mann bringt seiner Liebsten nun einmal Geschenke mit. Ich glaube, ich bin gekommen, Ihnen den Hof zu machen, Miss Tilsit.«

»Meinst du das im Ernst?«

Mark beantwortete ihre Frage mit einer Gegenfrage. »Meinst *du* es?«

Sie vermochte nicht darauf zu antworten – und hielt den Blick auf die Schale in ihren Händen gesenkt. »Ich danke dir hierfür. Sie ist sehr schön! Ich werde sie immer in Ehren halten.«

»Sieh zu, daß du das tust«, meinte er kopfnickend.

Marks kraftvoller Körper schien sich in dem dunklen Flanellanzug gar nicht wohl zu fühlen, doch trug er ihn mit der gleichen sichtlichen Beherrschung, mit der er das Zusammensein mit der Familie bei einigen Drinks vor dem Essen über sich ergehen ließ, wie auch das Essen selbst. Ruhig, ja beinahe gelassen saß er da, und Ginny nickte ihm mehrmals anerkennend zu, wenn sie seinen Blick auffing, worauf er sie lobheischend anlächelte. Sein Verhalten Lawrence gegenüber war, als wäre der Auftritt vor dem Werk vom Tage zuvor nicht gewesen, und Lawrence ging darauf ein. Sie unterhielten sich, wenn auch ohne echte Herzlichkeit, so doch auch ohne Feindseligkeit, über das Wetter, über die an dem Tilsiter Pförtnerhaus, in dem die Eintrittskarten verkauft wurden, notwendigen Reparaturarbeiten und über die bevorstehenden Wahlen in St. Mary. Nachdem diese Themen erschöpft waren, setzte Mark sich zu Margaret auf das Sofa und erkundigte sich über den Ursprung des Musters auf dem Stuhlbezug, an dem sie stickte.

»Es ist ein Originalmuster«, erklärte sie. »Ich mag dieses Blumen- und Vogelmotiv sehr gern. Ich verwende es überall im Haus, wo es nur hinzupassen scheint. Dieses ist natürlich in Anlehnung an die Muster aus dem siebzehnten Jahrhundert entworfen – es ist eines der zwölf Polster, die ich für die Stühle in der Langen Galerie mache. Es ist das erste Mal, daß sie nach Erbauung der Galerie erneuert werden.«

»Ja – sie werden sehr gut dahinpassen«, bestätigte Mark kopfnickend. Er rieb das seidige Gewebe des Petit Point einen Augenblick zwischen den Fingern und begann darauf über die Schwierigkeiten zu reden, die sich bei der Verkleinerung von Stickmustern ergeben. Margaret ging mit ungewohnter Lebhaftigkeit auf das Gespräch ein, in dessen Verlauf Mark Ginny einen Blick zuwarf, der zu besagen schien: ›Sieh dir an, wie großartig ich sein kann, wenn ich mir Mühe gebe!‹ Und sie mußte schweigend zugeben, daß es stimmte und daß er einen Charme spielen ließ, von dem sich jede Frau angezogen fühlte.

Vanessa erschien zum Essen in einem lockeren Kleid aus weicher weißer Wolle, so schlicht wie das Gewand einer Nonne und doch überwältigend in seiner Wirkung; ihr dunkles Haar wurde von einem leuchtendroten Band zurückgehalten. Ginny kam sich im Vergleich zu ihr armselig und langweilig vor und fragte sich in plötzlicher Eifersucht, weshalb sie nicht eines der Kleider angezogen hatte, die sie im stillen immer noch ›Eliots Kleider‹ nannte, eines dieser raffinierten Wollkleider, die er ihr für den Winter in New York gekauft hatte. Sie hätte gern gewußt, ob Marks Augen wohl auch so entzückt aufgeleuchtet hätten. Etwas zu rasch wandte er sich von Vanessas Anblick wieder Ginny zu, als geschähe es ein wenig schuldbewußt, so als wollte er zu ihr sagen: ›Ich kann nichts dafür. Ich reagiere nun einmal auf Schönheit – und sie ist schön.‹

Es war ebenfalls schwer für Ginny, der Unterhaltung der beiden bei Tisch zuzuhören. Sie schienen sich wie spielerisch gegenseitig im Gespräch schlagen zu wollen, und doch geschah es auf eine Weise, die verriet, daß sie sich sehr gut verstanden – die Schauplätze, die Menschen und die Ereignisse ihrer Kindheit bildeten eine gemeinsame Welt, an der Ginny keinen Teil hatte und aus der sie sich ausgeschlossen fühlte. Sie hörte zu, wie Vanessa Mark dazu brachte, über die Skulptur zu sprechen, an der er gerade arbeitete. So vergaß er, daß er gekommen war, um Ginny zu zeigen, daß er sich ebensogut benehmen könne wie alle anderen, und war gefesselt von ihren Fragen, auf die er mit dem unvermeidlichen Geltungsbedürfnis eines Künstlers antwortete, so daß das Essen auf seinem Teller kalt wurde, während er den Symbolgehalt seiner Metallskulpturen, gestikulierend und mit den Händen in der Luft nach den rechten Worten suchend, zu erklären versuchte. Er vergaß, weiterzuessen, und hielt das Servieren des nächsten Ganges auf, doch er redete weiter, und seine Blicke wanderten rings um den Tisch, so daß niemand ihnen ausweichen konnte. Er war blind gegen alles und nur darum bemüht, seine Gefühle auszudrücken, und kümmerte sich nicht darum, daß Augenblick und Ort ungeeignet waren. Ginny sah, wie Lawrence leicht die Achseln zuckte und damit zum Ausdruck brachte, daß man hiermit nun einmal bei Mark Barstow rechnen müsse. Schließlich sah sie sich gezwungen, Garth mit einem

Kopfnicken zu bedeuten, Marks Teller mit dem beinah unberührten Essen abzuräumen. Und während der ganzen Zeit löste Vanessa nicht den Blick von ihm, und ihre intelligenten und geschickten Fragen folgten seinen Worten und bewunderten sie. Mit müheloser Gewandtheit schob sie sich zwischen Mark und die übrige Tischrunde und ließ Ginny nur die Rolle einer Zuhörerin. Mark unterhielt sich immer noch ausschließlich mit Vanessa, als sie nun das Eßzimmer verließen.

Margaret kam in der Tür auf sie zu. »Irgendwann, wenn du mal Zeit hast, mußt du mich im Handarbeitszimmer besuchen. Manche Sachen dort würden dich bestimmt interessieren ...«

»Wie bitte?« fragte Ginny, die nicht zugehört hatte, da sie angestrengt auf das lauschte, was Mark sagte.

»Garth wird dir den Weg dahin zeigen – er führt durch den Söller des Alten Hauses. Komm irgendwann einmal – ich bin jeden Tag dort.«

»Ja«, meinte Ginny automatisch und wußte nicht, was sie damit beantwortete. Margaret runzelte sekundenlang die Stirn, wobei winzig kleine Fältchen auf der glatten Haut erschienen, doch dann nahm ihr Gesicht sogleich wieder den gewohnten Ausdruck heiterer Leere an.

Ginny ging wie in einem Nebel von Ungewißheit und Traurigkeit weiter; in der Tür zum Wohnzimmer legte sich plötzlich Marks Hand um ihren Ellbogen, während er sich dicht zu ihr neigte.

»Läufst du vor mir fort?«

Sie spürte, wie sie erbebte, und sein Griff wurde fester. »Lauf nicht fort vor mir, denn ich ...« Sie hörte, wie er tief Luft holte. »Denn ich brauche dich, Ginny!«

Ginny nahm ihren Platz hinter dem Kaffeetablett ein, das Garth fertig hingestellt hatte, und während sie den Kaffee einschenkte, brachte Mark den andern drei ihre Tassen. Sein Gesicht trug abermals den Ausdruck selbstgefälliger Tugendhaftigkeit; er schien sehr mit sich zufrieden zu sein und keine Ahnung zu haben, daß er die Unterhaltung bei Tisch an sich gerissen hatte. Er würde auch, falls man es ihm sagte, keinerlei Reue empfinden, wie Ginny genau wußte – und das auch zu Recht. In einem Haus wie diesem, überlegte sie, sollte niemand ein Zuviel an Begeisterung oder Liebe bereuen – und seine Worte hatten beides enthalten. Sie beantwortete seine fragend erhobenen Augenbrauen daher mit einem Lächeln und Kopfnicken, und er ging glücklich und noch zufriedener mit sich selbst weiter. Vor einem Glasschrank mit kleinen Porzellangegenständen blieb er, lautlos vor sich hinpfeifend, stehen. Ohne einem von ihnen allen einen Blick zu schenken, setzte er unvermittelt seine Tasse ab, öffnete den Schrank, nahm eines der Stücke heraus und begann es sorgfältig zu untersuchen. Lawrence erstarrte förmlich über diese Unverfrorenheit, und Vanessas Gesicht nahm einen amüsierten Ausdruck an.

Es war jedoch Ginny, die etwas sagte: »Stell es wieder hinein, Mark!«

Er fuhr herum, das Gesicht dunkelrot vor Wut. »Mit wem, zum Teufel, denkst du, redest du? Du klangst genau wie sie – genau wie sie!«

Ginny umklammerte den Rand des Tabletts, um die Ruhe zu bewahren; sie war bestürzt über das, was ihr entfahren war. »Es tut mir leid ... Ich meinte es nicht so. Ich meinte ... nun, ich wollte nur, daß du mir zuhörtest. Ich möchte nämlich etwas sagen.« Sie blickte die andern der Reihe nach an. »Ich möchte euch allen etwas sagen.«

Widerwillig stellte Mark das Stück wieder auf seinen Platz und schloß die Schranktür. Langsam ging er darauf zum Kamin und blieb davor stehen. Keiner sagte etwas. Das Schweigen war so vollkommen, daß sie hören konnten, wie der Seidenfaden mit dumpfem Laut durch den Stoff glitt, denn Margaret stickte unbeirrt weiter.

»Nun?« frage Mark. Er war anscheinend als einziger geneigt, etwas zu sagen.

»Ich möchte, daß ihr wißt ...«, begann Ginny nervös. Sie musterte die wachsamen, forschenden Gesichter und hatte das gleiche Gefühl wie am Vormittag – daß sie hier ganz allein und verlassen war. Und mit dieser Erkenntnis kehrte ihr Zorn zurück. Sie stellte ihre Tasse so heftig auf das Tablett, daß der Teelöffel laut klirrte.

»Ich bin heute bei William Randall gewesen«, fuhr sie fort. »Und ich bedaure, daß ihr mich gezwungen habt, von einem Fremden – einem Journalisten – und einem Zeitungsausschnitt das Ausmaß des Zerwürfnisses zwischen meinem Vater und Isobel zu erfahren. Ich möchte euch allen nur sagen, daß ich es nicht wünsche – und auch nicht dulden werde –, daß einer von euch für mich entscheidet, was ich lesen soll und wen ich sehen soll. Wenn ich einen Journalisten sehen möchte, werde ich es tun! Und ich finde es ebenfalls höchst töricht von euch zu glauben, ich würde so schnell nichts von dem Prozeß erfahren. Wie lange«, fragte sie scharf, »dachtet ihr, würde ich die einzige in der ganzen

Grafschaft sein, die nichts davon weiß?«

Lawrence räusperte sich. »Es war Randalls Idee – und ich muß sagen, ich hielt sie für ziemlich unrealistisch. Er wußte von Isobel, daß man dir nie etwas von den Geschehnissen hier in England erzählt hatte. Er meinte, diese ersten Tage würden schon schwierig genug sein ...«

»Randall ist ein Gefühlsmensch«, mischte sich Vanessa ein. »Manchmal glaube ich, er ist ein sehr schlechter Anwalt.«

»Darum geht es hier wohl kaum, oder? – jedenfalls jetzt nicht mehr«, entgegnete Ginny. »Ich weiß nun – ich weiß über den Prozeß Bescheid und über die Umstände, unter denen mein Vater von hier fortging. Und ich möchte euch nur alle wissen lassen, daß ihr aufhören könnt, so zu tun, als wäre es anders gewesen. Ich weiß, daß mein Vater seine Schwester haßte – ja, ich glaube, er haßte sie. Das muß einen Grund gehabt haben – und dies scheint mir Grund genug zu sein.«

»Grund genug – aber kein guter Grund. John tat recht daran, dir die Einzelheiten zu ersparen. Er konnte nicht wissen, daß es je für dich notwendig sein würde, sie zu erfahren.«

»Aber jetzt ist es notwendig – halbe Wahrheiten scheinen schlimmer zu sein, als die ganze Wahrheit je sein könnte.«

Lawrence zuckte die Achseln. »Ganz wie du wünschst, natürlich. Aber manchmal ist Ahnungslosigkeit ein glücklicher Zustand.«

»Zweifellos«, bestätigte Ginny. »Doch nicht ich habe darum gebeten, aus ihr herausgeholt zu werden. Das beschloß Isobel.«

Lawrence nickte. »Du hast recht. Selbstverständlich hast du Fragen. Doch sehe ich nicht ein, wieso es hier jemand anders als nur mich betrifft. Schließlich bin ich der letzte von denen, die damals in Tilsit lebten, als der Prozeß lief.«

»Aber ihr alle scheint an Randalls Verschwörung, zu schweigen, mit beteiligt gewesen zu sein. Ich wollte euch nur sagen, daß ich mir der Gegebenheiten bewußt bin, unter denen mein Vater Tilsit verließ, und es ist also nicht mehr länger nötig, Telefonanrufe und Zeitungen und Besucher von mir fernzuhalten.«

Lawrence veränderte seine Stellung in seinem Sessel. »Es handelt sich um eine traurige Zeit – kannst du es mir da übelnehmen, daß ich auf Randalls Vorschlag einging? Wenigstens vorläufig, bis zu dem Tag ... Alles schien sich zu überstürzen. Das Urteil über die Erbschaft wurde verkündet, und dann war da ein schwerer Unfall im Werk, den man hätte vermeiden müssen. Und das war auch der Tag, an dem Isobel ihren eigenen Unfall hatte. Ich war gerade nicht in Tilsit ... dein Vater war fort. Sie sandten nach mir. Isobel sandte nach mir.«

»War das, als sie ihr Gesicht verletzte?«

»Nicht nur das Gesicht – sie erlitt außerdem schwere Kopfwunden, doch als das Haar wieder wuchs, sah man die Narben natürlich nicht mehr ...«

Mark wandte sich ab und stieß mit dem Fuß ein Stück Glut zurück auf das Kaminrost. Es schien eine Gebärde der Verzweiflung zu sein. »Herrgott noch mal!« rief er plötzlich aus. »Müssen wir das alles unbedingt noch mal durchkauen? Die Frau wurde entstellt – grauenvoll entstellt! Ist es wichtig, wie?«

Lawrence fuhr herum, um Mark ansehen zu können. Ihre Blicke trafen sich, als jener sich wieder vom Kamin dem Raum zuwandte.

»Vielleicht ist es wichtig! Isobels Leben war tragisch. Ich finde, es macht ihre Tragödie noch größer, daß sie zweimal auf die gleiche Art verunglückte.«

Ginny beugte sich vor, doch Lawrence ließ den Blick nicht von Mark. »Was soll das heißen?« fragte sie drängend.

»Wußtest du das nicht? Sie verletzte sich bei einem Sturz von der Klippe – Isobel stürzte diese Klippe hinunter. Das zweite Mal, vor zehn Tagen, fand sie dabei den Tod.«

4

Nach den anfänglichen ersten Tagen nahm das von selbst weiterlaufende Leben auf Tilsit Ginny völlig in Anspruch. Isobels Tod und ihr Erscheinen hatten nur wie ein leichter Wind die Oberfläche seiner Gewohnheiten gekräuselt, doch seine Vergangenheit und sein Rhythmus waren zu alt, um durch Geschehnisse von so kurzer Dauer bis in die Tiefen aufgewühlt zu werden. Dieses Gefühl hatte zumindest Ginny, als sie spürte, wie der Strom dieser Routine sie mit sich forttrug. Zu beinah genau vorgeschriebenen Zeiten stand sie morgens auf und ging abends zu Bett, denn der Haushalt war seit langem durch Isobel an diesen Rhythmus gewöhnt, und Isobel hatte ihre Gewohnheiten von Jane übernommen. Jane wiederum hatte es, wie Ginny vermutete, getan, weil ihr Vater, Sir Henry Tilsit, es so angeordnet hatte. Die Tradition schien lückenlos. Ginny fühlte das so intensiv, daß sie zu der

Überzeugung kam, sie würde es alles irgendwo aufgezeichnet finden, wenn sie lange genug in den Papieren in Isobels Büro suchte. Jeden Tag nahm sie sich vor, morgen die erste Änderung zu treffen – irgend etwas, wenn auch noch so unbedeutend –, um die Tatsache zu unterstreichen, daß diese Zeiten vorbei waren. Doch ließ sie jeden Tag verstreichen, ohne etwas zu unternehmen, und der Rhythmus vom Leben in Tilsit trug sie mit sich fort.

Da die Gewohnheiten von Tilsit unveränderlich waren, vermochten sie die Erschütterungen zu verarbeiten, die weniger fest gegründete Gefüge zerstört hätten. Weder Isobels Tod noch die Art und Weise ihres Todes veränderte Tilsit. Skandal, Klatsch und Verdächtigungen drangen herein, wurden angehört und erstarben wieder. Lawrence fuhr fort, Seite an Seite mit Mark zu leben und zu arbeiten, weil Tilsit Mark brauchte, genau wie Brown, obwohl sie ihn haßte und ihm mißtraute. Und wenn auch alle Ginnys zunehmend enger werdendes Verhältnis zu Mark mißbilligten, so begrüßten sie es jedoch alle in gewisser Hinsicht, war sie doch das Werkzeug, das diese eigenartige Gemeinschaft wieder zusammenführte. Mark bildete ebenso einen Teil von Tilsit – mochte er es nun zugeben oder nicht –, als wenn er innerhalb seiner Mauern zur Welt gekommen wäre und noch immer in ihnen wohnte. Isobel hatte es vor langer Zeit zu einer festen Gewohnheit gemacht, Mark so wie er war zu akzeptieren, und die Gewohnheit setzte sich gegen alles andere durch. In den Augenblicken, in denen sie das Gefühl der Verlassenheit überflutete und die Erinnerungen an St. Nicolaas und Jim und Katrien ihr die Fremdheit der Welt deutlich werden ließ, in der sie jetzt lebte, fragte Ginny sich, ob in Tilsit nicht vielleicht überhaupt althergebrachte Gewohnheit an die Stelle von jedweder Entscheidung getreten war.

Die Briefe von Jim und Katrien waren Stimmen aus einem Lebensabschnitt, den ihr sogar diese kurze Spanne Zeit in Tilsit unglaublich fern erscheinen ließ. Katriens Briefe waren so wie sie selbst, vernünftig, gelassen und von der ihr eigenen erdnahen Weisheit gewürzt; sie berichtete von den Geschehnissen auf der Insel, als wären es wichtige Begebenheiten. Sie stellte Ginny keine Fragen und konstatierte lediglich die Tatsache, daß ihre Tochter nun ein Leben lebte, das ihr Mann all die Jahre, die er sie gekannt hatte, in sich verschlossen mit sich herumgetragen habe. Katrien besaß eine unendliche Geduld; sie hatte immer gewartet, daß John sprechen möge, und er hatte es nie getan. Sie konnte nun auch noch ein wenig länger warten.

›Hier passiert nichts‹, schrieb sie, ›und doch passiert jeden Tag etwas. Du fehlst uns.‹ Sie fragte Ginny nicht, wann oder ob sie zurückkäme.

Jims Briefe waren ganz anders. ›Was in Gottes Namen macht man da mit Dir?‹ Seine Erbitterung und Besorgnis machten sich in Worten Luft, die komisch klingen sollten, es aber nie taten. ›Stehen da geharnischte Ritter auf Deinen Treppen in Tilsit?‹ wollte er wissen. ›Laß lieber einen von ihnen schreiben – es wäre sicherlich aufschlußreicher!‹ Die Briefe waren lange Berichte über den Fortschritt der Bauarbeiten, über die kleinen Ereignisse von Willemstad, die Ankunft eines neuen Grundstücksmaklers sowie über die Debatten wegen der neuen Schule – alles Dinge, die Ginny vor ihrer Abreise vertraut gewesen waren. Jim fühlte ebenso deutlich, wie sie es selbst wußte, welche Veränderung bereits mit ihr vorgegangen war, und bemühte sich daher, die Insel in so leuchtenden und bunten Farben zu schildern, als sei diese ihr völlig fremd; er mußte einfach das Leben auf der Insel immer wieder vor ihr ausbreiten, um zu versuchen, dem Einfluß entgegenzuwirken, der auch immer Ginny in Tilsit gefangengenommen hatte.

Er war ein Mann, der gegen einen unbekannten Feind kämpfte, und in seiner Verzweiflung versuchte er, das Bild von ihr erstehen zu lassen, das von allen, über die er verfügte, Ginny am echtesten erscheinen mußte. ›Ich schaue morgens den Strand entlang und sehe Dich nicht – und ich frage mich, wo Du wohl bist und ob Du jemals zurückkommen wirst. Bo geht es ebenso – er wird älter und ist weniger zuversichtlich als früher, wenn Du fort warst. Manchmal macht er sich nicht mal mehr die Mühe, nach Dir Ausschau zu halten. Ich sage ihm: Heute nicht, Bo. Heute kommt sie nicht, und er brummt dann und legt sich wieder hin.‹

Ginny legte diese Briefe beiseite und überlegte, wie sie darauf antworten sollte; es erschien ihr einfach unmöglich, die Fragen auf eine Weise zu beantworten, die einen Sinn ergeben hätten. So waren ihre Briefe an Jim und Katrien steif und unbeholfen. Sie hätte sie am liebsten gebeten, noch ein wenig mit dem Urteil zu warten. Doch das hätte die Frage ausgelöst ›Urteil worüber?‹. Sie schrieb daher wie ein kleines Kind, als wäre gar nichts mit ihr geschehen. Und sie alle wußten, daß diese Antworten falsch waren.

Die Tagebücher bildeten ein Gegengewicht zu den Briefen – sie redeten ihre eigene Sprache, um Ginny nach Tilsit zurückzuziehen. Sie warteten, genauso wie Brown jeden Abend wartete, und ihre Gegenwart war ebenso wirklich wie die jener; sie waren die

Verbindung zwischen Ginny und den beiden Frauen, die in ihren Gräbern lagen. Der Faden war unsichtbar, doch sehr fest; er zog und zwang sie in die Vergangenheit von Tilsit, ließ sie teilhaben an den Gedanken und Entscheidungen dieser beiden Frauen, die ihre Männer überlebt und überdauert hatten, deren Kraft während der letzten hundert Jahre der Herzschlag von Tilsit gewesen war und deren Stempel seinen Steinen aufgedrückt zu sein schien. Ginny blickte mit diesen Schriftzügen in der erhobenen Hand in den Spiegel und gewahrte beinah mit Furcht ein verschwommenes, undeutliches Bild, das sie selbst sein konnte.

Die beiden Frauen hatten das Leben in Tilsit bis in die kleinsten Einzelheiten festgehalten. So stand in einem von Janes Samtbänden: ›Die Mauer der unteren Terrasse bröckelt ab und muß erneuert werden. Wir pflanzen eine neue Einfassung ...‹ Darauf folgte eine lange Liste von jährlichen Anschaffungen. Sie berichtete, wie viele Damasttischtücher und Küchenmesser sie gekauft hatte und daß sie den zweiten Diener entlassen hatte, als er eine Chelsea-Figur fallen ließ. Trotz des großartigen Rahmens von Tilsit luden sie nur selten Gäste ein. Jane war in ständiger wachsamer Verteidigungsstellung gegen die gesamte Welt, die jenseits der Mauern von Tilsit und der Manufaktur lag. ›Wir erhielten eine Einladung zu der Gartengesellschaft von Ecclestons – zweifellos, weil sie George Martins Unterstützung brauchen, um die Stimmen unserer Arbeiter für die Wahlen zu bekommen. Wir werden selbstverständlich nicht hingehen. Diese Geste hätte viele Jahre eher kommen müssen.‹

Mit dem Vikar hatte eine Art Versöhnung stattgefunden. ›Der Vikar kam zum Tee. Er wollte eine Spende für das neue Dach. Ich gab sie ihm nicht, da wir ja nie zur Kirche gehen. Das neue Rezept für Pflaumenkuchen ist ausgezeichnet. George Martin aß ihn gleich zur Hälfte auf. Ich mußte ihn mit doppeltkohlensaurem Natron verarzten.‹

Die unwichtigen Kleinigkeiten waren sorgfältig wie in einem Haushaltungsbuch aufgezeichnet. Doch die Dinge, die Jane zutiefst getroffen hatten, waren nur ganz kurz erwähnt, als wäre der Schmerz zu groß gewesen, um mehr darüber zu sagen.

›Das Kind wurde geboren und ist tot. Wir gaben ihm den Namen Henry John.‹

Die freudigen Ereignisse wurden ebenso kurz vermerkt. So lautete zwei Jahre später die Eintragung lediglich: ›Eine Tochter, Elizabeth. Ein gesundes Kind.‹ In den darauf folgenden Jahren war häufig von Elizabeth die Rede, von ihrem Wachsen und

Gedeihen. Und dann brach mitten zwischen häuslichen Belangen der Aufschrei der Qual aus. ›Werden keine weiteren Kinder mehr für Tilsit zur Welt kommen?‹

Danach schien die Bitterkeit, die von der Hoffnung zurückgedämmt worden war, sie gänzlich zu überfluten. Ginny fühlte, daß sowohl die Schrift wie die Frau selbst härter und verschlossener wurde. Ihr Stolz und das Gefühl, von dem Leben der Außenwelt ausgeschlossen zu sein, nahm mit zunehmendem Alter zu. Sie erwähnte die großen gesellschaftlichen Ereignisse der Grafschaft und fügte jedesmal hinzu, daß sie entweder nicht eingeladen worden waren oder nicht hingegangen waren. Und dann verebbten die Versuche der in der Nachbarschaft lebenden Familien, und Tilsit blieb seiner Isolierung überlassen. Obgleich Jane diese selbst gewählt hatte, haßte sie diese doch.

›Werde ich das mein ganzes Leben lang ertragen müssen und meine Kinder auch?‹ Sie erkannte nicht, daß ihre eigene Verbitterung teilweise daran schuld war – und sie hielt an der Überzeugung fest, noch mehr Kinder zu bekommen. ›Das kann einfach nicht sein!‹ schrieb sie. Doch sie vermochte sie nicht zum Leben zu erwecken, so wie sie George Martin in ihr Leben geholt hatte.

Die Manufaktur entwickelte sich glänzend, wurde allgemein bekannt und verkaufte ihre überreich verzierten Krüge, Schüsseln und Terrinen gleich zu Millionen. George Martin hätte sich über die Grenzen von Tilsit hinausbegeben, wenn Jane es ihm gestattet hätte.

›Sie waren hier, um George Martin zu bitten, sich für die Parlamentswahlen aufstellen zu lassen. Ich habe ihm gesagt, daß er das selbstverständlich ablehnen muß. Glauben die etwa, sie können uns plötzlich den Mantel der Ehrbarkeit umhängen, wenn sie merken, wir könnten ihnen von Nutzen sein?‹

Sechs Monate später folgte die Notiz ganz allein auf einer Seite: ›Die Königin gibt eine große Gesellschaft in Osbourne auf der Isle of Wight. Alles, was in der Grafschaft Rang und Namen hat, ist eingeladen, nur nicht die Tilsits.‹

So übersehen – oder geschnitten – zu werden, nagte an ihr. Sechs Jahre darauf fand Ginny die Eintragung: ›Die Königin hat sich erboten, George Martin in den Adelsstand zu erheben. Ich habe ihm gesagt, daß er es ablehnen soll.‹

1887 folgten die Worte: ›George Martin ist heute friedlich verschieden.‹

Janes einziges Kind, Elizabeth, war für sie eine Enttäuschung. Die Ereignisse in Elizabeths Leben, ihre Heirat mit John Bowen, der den Namen Tilsit annahm, waren mehr pflichtschuldig als mit großem Interesse vermerkt. ›Ich habe gewartet und gehofft, daß Elizabeths Charakter sich mit der Zeit entwickeln würde, doch sehe ich mich jetzt gezwungen, einzusehen, daß Elizabeth leichtsinnig ist – und ihr Mann ein Schwächling. Meine ganze Hoffnung sind die Kinder.‹

Als Elizabeth und John Bowen-Tilsit beide innerhalb einer Woche während einer Epidemie in Paris starben, vermerkte Jane lediglich trocken, sie habe veranlaßt, daß ihre Leichen nach Tilsit überführt würden.

Seitdem befaßten sich die Tagebücher mit Isobel und John, doch von Anfang an mehr mit Isobel. ›John läßt die Eigenschaften seines Vaters erkennen, seine Schwäche und Unentschlossenheit. Man muß auf ihn aufpassen und ihn formen.‹ Die Entscheidung war bereits gefallen, bevor John, gerade achtzehn Jahre alt, nach Cambridge ging. ›John könnte nie auf eigenen Füßen stehen. Er wird immer Isobels Führung brauchen. Ich habe mein Testament dementsprechend gemacht.‹

Isobel hatte, ebenso wie Jane, ihre Tagebücher mit einer Unmenge häuslicher Einzelheiten gefüllt, die Ginny nach den dramatischen Höhepunkten durchsuchen mußte, welche ihr Leben bestimmt hatten. Isobel hatte, ebenfalls wie Jane, diese Schicksalsmomente nicht erkannt oder war zu sehr von ihnen überwältigt gewesen, um mehr als die nackten Ereignisse festhalten zu können; rückblickend mochten sie dann zu schmerzlich gewesen sein, um sich ausführlicher über sie zu äußern. So berichtete sie kaum über den Prozeß, mit dem ihr Bruder das Testament angefochten hatte. Nach langem Suchen fand Ginny schließlich die wenigen Zeilen. Sie fielen ihr nur auf, weil sie dem Satz über Jane Tilsits Tod folgten. ›Granny ist tot.‹ Kein Wort der Trauer, doch die Kürze ließ den Schmerz ahnen. Eine Woche darauf stand die Eintragung: ›John war töricht genug, einen Prozeß anzustrengen, um das Testament anzufechten. Selbstverständlich bleibt es gültig.‹ Und dann die Worte: ›Der arme John – er hat nichts gelernt und wird viel lernen müssen!‹

In den folgenden sechs Monaten wurde der Prozeß nur sehr selten erwähnt. Isobel war offensichtlich überzeugt, daß überhaupt kein Streitfall bestand. Diese Monate erzählten vielmehr von der Qual, das Werk nicht betreten zu dürfen; sie berichtete von geheimen Zusammenkünften mit dem Leiter der Entwurfsabteilung und den Plänen, die sie für den Zeitpunkt vorbereitete, wenn sie die uneingeschränkte Leitung übernehmen würde. Edward Ashley wurde häufig erwähnt. Ginny fand jedoch nirgends ein Wort der Liebe. Schließlich stieß sie auf die sachliche Erklärung: ›Edward Ashley und ich haben uns verlobt.‹ Entweder liebte sie ihn nicht oder litt unter dem gleichen Fluch wie Jane Tilsit, ihre innersten Gefühle nicht ausdrücken zu können.

Das Ende des Prozesses war erwähnt. ›Das Urteil ist verkündet worden. Es war unvermeidlich, daß es zu meinen Gunsten ausfiel.‹ Und dann in erregtem Gekritzel, als sei Isobel schließlich doch an einem höchst schmerzhaften Punkt verletzt worden. ›Ein schrecklicher Unfall im Werk – John hat schuld, daß der Umbau in diesem Stadium aufgehalten worden ist, aber ich muß es natürlich vor allen andern auf mich nehmen. Ich bin schließlich für sie die Tilsit Manufaktur.‹

Auf der nächsten Seite stieß Ginny auf die in der üblichen klaren, beherrschten Schrift gemachte Eintragung ohne Datum: ›John hat Tilsit und England verlassen, und ich – ich bin zerstört.‹

Der Rest des Buches waren leere Seiten.

Ginny nahm ratlos den nächsten Band von Isobels Tagebuch vom Regal, die Eintragung auf der ersten Seite war über ein Jahr später erfolgt. Die Schrift war sorgfältig und genau, als wäre Isobel nicht mehr an diese Handlung gewöhnt.

›Ich bin von Wien zurück, keineswegs besser – ich glaube, eher schlechter als vorher. Sie können nichts tun – und ich muß mich zwingen, zu vergessen, wie ich aussehe. Es ist eine Willenssache, in den Spiegel zu schauen und mich nicht zu sehen.‹ Ohne Absatz ging es weiter, als wären die folgenden Sätze unlösbar mit den vorangehenden verknüpft. ›Natürlich kommt eine Heirat jetzt nicht mehr in Frage. Ich habe die Verlobung mit Edward Ashley gelöst.‹

Mit derartig sparsamen Worten hielt Isobel Tilsit die für ihr Leben folgenschwersten Geschehnisse fest. Die Tagebuchnotizen berichteten danach wieder vom täglichen Leben von Tilsit und von den wiederaufgenommenen Umbauarbeiten im Werk; und was Isobel an Herz besessen haben mochte, wurde langsam unter der Masse der kleinen Ereignisse begraben, die ihr Leben bildeten. Ginny beendete ihre nächtlichen Lesestunden, wenn die Kerze heruntergebrannt war und zu flackern begann, mit dem heftigen Gefühl der Unbefriedigung, daß ihr nur die flüchtigste Andeutung von dem zuteil wurde, was für das Leben dieser beiden Frauen von wahrer Bedeutung gewesen war, angesichts einer Lawine von Tatsachen über Dinge, die sie nicht zu wissen brauchte. Die Fragen blieben bestehen – etwas blieb weiter verschwiegen, was damals geschehen war, als ihr Vater Tilsit verließ, und verschwiegen blieb ebenfalls ein Etwas hinter Isobels nackten Worten: ›Ich bin zerstört.‹

Nach den nächtlichen Zwiegesprächen mit den Tagebüchern, welche die Geschichte von Stolz und Tod erzählten, verlangte es Ginny nach den beruhigenden Zeichen von Leben und Liebe. Wenn sie die Kerze ausgedrückt hatte, trat sie ans Fenster und suchte mit den Blicken den dunklen Flaum der Bäume auf dem Hügelrücken, die der Lichtschein aus Marks Atelierfenstern silhouettenhaft hervortreten ließ. Das Atelier selbst vermochte sie nicht zu sehen, doch das Licht am Himmel verkündete Marks Nähe und vermittelte ihr wieder ein Gefühl der Hoffnung. Er wurde für sie die Bestätigung des Lebens schlechthin.

Sie hatte die Gewohnheit angenommen, morgens den vertrauten Weg über den Hügelkamm am Turm vorbei einzuschlagen und weiter an der Steilküste entlang zu seinem Häuschen zu gehen. Es beunruhigte sie nicht mehr, daß Trip sich beharrlich weigerte, sie weiter als bis zum Turm zu begleiten, und daß sein erregtes Bellen sie anzuflehen schien, sich auch selbst nicht weiter vorzuwagen. Sie verstand jetzt seine Angst, war sie doch mit Isobels Tod verbunden, und hatte aufgehört, sich die Frage zu stellen, ob diese Angst etwas mit Mark zu tun haben möge. Wie sie entdeckte, gelang es ihr sogar, die Tatsache zu ignorieren, daß Trip sich bei seinem Anblick immer noch winselnd zusammenkauerte und Mark den feindseligen Haß auf ihn allem Anschein nach kaum zu unterdrücken vermochte. Inmitten der ganzen seltsamen und ihr fremden Welt Tilsits wurden es unbedeutende Kleinigkeiten; sie beging einen kleinen Selbstbetrug, indem sie keiner dieser Tatsachen zuviel Bedeutung zuerkannte.

Wichtig war ihr das Klopfen ihres Herzens, wenn sie das Atelier betrat. Es erschien ihr nicht mehr als ein finster abweisender Ort, und das klare Nordlicht war nicht hart, sondern lediglich leidenschaftslos, indem es allem das gleiche Maß zuteilte. Und es bekümmerte sie nicht mehr, daß Mark seine Arbeit bei ihrem Eintreten nicht unterbrach – wie töricht, dachte sie jetzt, daß sie es jemals erwartet hatte. Arbeitete er gerade an der Drehscheibe, so verminderte sich deren Geschwindigkeit nicht einen Augenblick, auch dann nicht, wenn er ihr einen kurzen Blick zuwarf; doch ein Hauch von Wärme kam in seine Miene. Seit über einer Woche polierte er nun schon den rostfreien Stahl einer neuen abstrakten Skulptur, und da geschah es dann manchmal, daß er innehielt, um seinen schmerzenden Armen eine kurze Pause zu gönnen.

»Wieder da, um mich zu stören?« pflegte er dann zu sagen, freute sich jedoch über ihr Kommen. Sie nickte darauf und ging in die Küche, um einen Kaffee für sie beide aufzubrühen. Er trank ihn mit spöttischer Grimasse und meinte: »Ich weiß nicht, weshalb ich erwartete, du könntest guten Kaffee machen – vermutlich, weil du eine Zeitlang in New York gelebt hast. Aber was war das für eine Hoffnung – du besitzt das ganze typisch englische Talent, ihn zu ruinieren!«

Die spöttischen, halb beleidigenden Bemerkungen, die er gewohnheitsmäßig sagte, störten sie nicht. Ihr kam der Gedanke, daß es eine merkwürdige Art von Liebeserklärungen war, in der sie sich ergingen, neckend und herausfordernd. Häufig streckte Mark, wenn er so daherredete, den Arm aus und zog sie eng an sich, ein wenig ungestüm und ein wenig besitzerisch: »Gott, bist du morgens entzückend! Wußtest du das, mein Schatz? Ganz blaß und golden und noch nicht ganz wach. Gib mir einen Kuß, und dann laß mich weitermachen – durch dies ganze Herumtrödeln wird niemand reich oder berühmt, weißt du.« Und dann küßte er sie und stieß sie spielerisch von sich, worauf er zu seiner Arbeit zurückkehrte und sie beinah vergessen war.

Es beunruhigte sie, daß er sie in diesen Augenblicken der völligen Versunkenheit in seine Arbeit ungeheuer an Jim erinnerte.

Und er arbeitete wahrhaftig. Er arbeitete wie ein Besessener und widerlegte damit Lawrences Andeutungen und Browns Behauptung, er habe eine bequeme Stellung. Ginny fand oft Entwürfe auf dem Zeichenbrett, rohe Skizzen, die durch alle Phasen der Entstehung durchentwickelt worden waren und schließlich als Endergebnis zeigten, wie das Muster auf der Rundung eines Tellers aussehen mochte, sowie auf der Tasse und einer Teekanne. Diese Skizzen schienen kein Ende zu nehmen in Marks Bemühen, das beste und geeignetste für den jeweiligen Zweck zu finden – Tag für Tag veränderte er sie, und sie wußte, weshalb das Licht die Nächte durch bis in die frühen Morgenstunden brannte. Die Entwürfe für die Skulpturen lagen neben ihnen auf dem Tisch, und Ginny hätte nie zu sagen vermocht, welchen er den Vorrang gab. Sie wußte, er ging rückhaltlos und ohne Vorbehalte in seiner Aufgabe auf, ob er nun an seinen geliebten abstrakten Skulpturen aus Bronze und rostfreiem Stahl arbeitete oder die gutbürgerlichste Kaffeekanne entwarf. Sie brauchte nicht lange, um mit Sicherheit zu erkennen, daß Isobel nie zu kurz gekommen war.

Einmal, als sie an einem nebligen Morgen das Atelier betrat, die feinen Nebeltröpfchen im Haar und auf dem Mantel, legte er die Werkzeuge hin, stand auf und streckte seinen kraftvollen Körper mit einer ungehobelten, naturhaften Anmut, deren Vitalität sie erneut den Grund ihres Kommens begreifen ließ. Seine Augen waren blutunterlaufen, doch schien er immer noch jene unwiderstehliche Energie und magnetische Kraft auszustrahlen, die sie von Anfang an angezogen hatten. Sogar seine Erschöpfung vermochte nicht, den inneren Schein jener Energie abzuschirmen.

»Mein Gott – wieviel Uhr ist es? Ich bin überhaupt nicht im Bett gewesen.« Er legte den Arm leicht um ihre Schultern und ging mit ihr durch den Gang zur Küche. »Sei so gut und mach' mir ein paar Spiegeleier, ja, Liebling? Ich bin am Verhungern.« Und er begann, große Scheiben von einem Brotlaib abzusäbeln und sie sich in den Mund zu stopfen. Bei der zweiten Scheibe nahm er sich die Zeit, sie mit erstarrtem Fett aus einer Schüssel zu bestreichen, die er aus dem winzigen Eisschrank holte. »Bratenfett«, erklärte er mit durch den vollen Mund undeutlicher Stimme, »schmeckt immer am besten, wenn man hungrig ist. Als Kind lebte ich praktisch von Brot und Bratenfett. Wenn man hungrig ist – und arm ist –, hat es den Geschmack vom Braten der letzten Woche.«

Dann lächelte er und gähnte erneut, wobei er den Mund weit aufriß und man das halbgekaute Brot sah. Die Derbheit dieser Geste wurde durch ihre völlige Natürlichkeit und Herzlichkeit ausgeglichen. Er fühlte ihren Blick und meinte grinsend: »Ich bin ein ungehobelter Klotz, nicht wahr, Ginny?«

»Du arbeitest sehr schwer«, erwiderte sie und zündete das Gas unter der Pfanne an.

Unvermittelt wurde er ernst. »Arbeiten! – Mein Gott, ich hab' noch nicht mal angefangen! Gib mir nur zehn Jahre wie dieses letzte!« Seine Hand umklammerte in leidenschaftlicher Erregung die Tischkante, und seine Stimme schien dröhnend durch die winzige Küche zu schallen. »Ich habe einfach nicht genug Stunden – oder genug Tage! Mein Kopf schwirrt von Ideen, die ich ausprobieren möchte. Manchmal glaube ich, ich werde noch verrückt, weil einfach zu viele da sind. Ich muß immer schneller machen, weil mir etwas verlorengehen könnte ...«

Und doch besaß er Selbstdisziplin. Gegen Mittag hatte er den verfleckten Pullover und die Hosen ausgezogen und war auf dem Weg zur Fabrik. »Krawatte und sauberes Hemd sind mein Tribut dafür, daß ich der Leiter der Tilsiter Entwurfsabteilung bin ... Sogar heute erscheint es mir noch ein wenig sündhaft, jeden Tag ein sauberes Hemd anzuziehen. Verschwenderisch, weißt du ...«

Nie nahm er Ginny mit in das Werk. »Du mußt alleine kommen. Es würde die Moral nicht heben, wenn die Leute dich jeden Tag mit mir ankommen sähen. Es würde nicht fair erscheinen ...«

Der Weg zur Fabrik wurde Ginny jedoch trotzdem sehr vertraut. Sie schlug ihn sehr häufig ein und nicht aus dem Grunde, um Mark zu sehen. Nach einiger Zeit wurde es ihr zur täglichen Gewohnheit, genau wie das Lesen der Tagebücher, das Hinuntergehen zum Frühstück, der Spaziergang mit Trip und die Tatsache, daß sie stets bei Marks Häuschen landete. Schließlich wurde ihr Anblick den Arbeitern so vertraut, daß sie keine besondere Notiz mehr von ihr nahmen, wie auch Lawrence ihr nur noch kurz von seinem Schreibtisch dicht am Fenster zunickte und dann weiterarbeitete. Sie pflegte langsam durch das Werk zu gehen, dort stehenzubleiben, wo sie das Bedürfnis danach verspürte, die Handbewegungen der Arbeiter zu beobachten und ein Gefühl der Dankbarkeit zu empfinden, wenn einer von ihnen ihr im Aufblikken nur zunickte und sich wieder seiner Arbeit zuwandte. Sie verstand noch nicht viel von den Arbeitsvorgängen, doch war es einfacher, ihre Fragen dem Arbeiter zu stellen, der unmittelbar damit beschäftigt war, und danebenzustehen und zuzuschauen und zuzuhören, bis die Antwort einen Sinn ergab. »Weshalb ist der rohe Ton in all diesen verschiedenen Farben gefärbt? – rosa und blau und grün?«

»Um die verschiedenen Arten zu unterscheiden – Porzellan und Steingut – damit keine Verwechslungen passieren. Es ist nur eine Pflanzenfarbe. Beim Brennen verschwindet sie.«

Die Fachausdrücke wurden ihr vertraut, und sie begann, sie mit einem Gefühl des Vergnügens zu gebrauchen – Biskuit und Glasurware, Fritte* und Glasurmasse, Über- und Unterglasur, Grundierung und Dekor. Anfangs scheute sie sich, sie auszusprechen, da sie befürchtete, sie falsch anzuwenden. Doch sie begriff, daß die Arbeiter auf gewisse Weise stolz auf ihre Fortschritte waren, und so halfen sie ihr weiter, als wäre sie ein kleines Kind, das seine ersten Schritte tat.

Am schönsten war es jedoch, die Dreher zu beobachten, wie Mark ihr vorausgesagt hatte. Sie blieb so lange vor den sich drehenden Töpferscheiben stehen und verfolgte, wie die Formen mit erstaunlicher Geschwindigkeit aus den Klumpen roher Kaolinerde entstanden, daß die Männer begannen, ihre Gegenwart als

* Fritte: Knochenporzellanmasse

selbstverständlich hinzunehmen. Manchmal schien es ihr, als sprängen die Formen der Schalen und Vasen und Krüge ihnen geradezu aus den Händen; es war wie ein kleines Wunder, schließlich die Zentrifugalkraft der Scheibe und die Eindrücke der Hände auf dem nassen Ton zu begreifen. Allmählich erkannte sie, daß sogar bei diesem kommerziellen Herstellungsverfahren, bei dem jedes Stück einem genauen Muster nachgebildet wurde, von den Hunderten von Krügen, die sie an jenen Drehscheiben entstehen sah, nicht ein einziger völlig identisch mit dem nächsten war. Sie erinnerte sich an das, was Mark einmal im Zusammenhang mit Kunsttöpfern gesagt hatte. »Ihre gesamte Arbeit trägt das Zeichen einer menschlichen Hand. Man weiß, ohne zu fragen, daß ein Mensch sie erschaffen hat und nicht eine Maschine. Deshalb, Ginny, besitzt eine griechische Vase, ein römischer Krug – selbst von einem ganz durchschnittlichen Töpfer jener Zeit – die Macht, uns über diesen großen Zeitraum hinweg anzusprechen und zu ergreifen. Die Töpferkunst spricht die älteste Sprache, die wir kennen.«

Ein Gefühl der Demut und Ehrfurcht wuchs in ihr, wenn sie so dastand und verfolgte, wie die Formen zum Leben erwachten. Einer der Dreher, der ihre Anwesenheit vergessen hatte, blickte plötzlich auf und blinzelte in jähem Erschrecken des Erkennens. »Ihre Tante stand immer genau dort. Sah immer zu – konnte immer sagen, was nicht in Ordnung war. Aber klappte alles, stand sie genauso ruhig da wie Sie. Ich vermute, Sie bereiten sich darauf vor, ihren Platz einzunehmen ...«

Und Ginny hatte sich abgewandt und ihn in plötzlicher Panik verlassen.

Das Leben jenseits der Mauern von Tilsit begann ebenfalls seine Ansprüche auf sie geltend zu machen, wenn auch nur in geringem Ausmaß. Die Familien der Nachbarschaft begannen ein wenig schüchtern, ihre Besuche zu machen. Ginny ließ einen Kamm und Lippenstift unten in der Garderobe, um stets für diese plötzlichen Aufforderungen, in das Wohnzimmer zu kommen, bereit zu sein. Als erster kam der Vikar; er sprach in konventionellen Wendungen über Isobel und erzählte von der Beerdigung, als ob diese irgendeine Bedeutung für Ginny besaß, die Isobel doch nur ein einziges Mal gesehen hatte. Die Besucher glichen meist demselben Typ – es waren gutgeschnittene Gesichter, wobei die Männer gewöhnlich besser aussahen als die Frauen, in leicht schlampiger ländlicher Kleidung. Ihre Unsicherheit verwunderte Ginny, vermutete sie doch, daß diese sonst nicht zu ihren Gewohnheiten zählte. Eine Frau erklärte es ihr, deren häßliches, doch freundliches Gesicht sie unter einem Hut hervor beäugte, der Isobels eigenem aufs Haar gleichen mochte. »Sie müssen uns verzeihen – uns allen, meine Liebe –, daß wir uns hier benehmen, als hielten wir es für möglich, jeden Augenblick hinausgeworfen zu werden. Es hat so lange gedauert, müssen Sie wissen – diese Einstellung von Tilsit, das der Grafschaft nicht verzeihen konnte, wie auch die Grafschaft Tilsit nicht verzeihen konnte. Es war alles ziemlich absurd, doch Isobel übernahm diese Einstellung von dieser lächerlichen alten Dame, ihrer Großmutter. Ich glaube, sie war manchmal nicht ganz richtig im Kopf, wissen Sie – die eine wie die andere –, ich bin alt genug, um mich noch an die Old Lady zu erinnern. Aber ich freue mich, daß es jetzt anders wird. Es ist höchste Zeit, daß Tilsit wieder seinen eigenen Platz in unseren Angelegenheiten einnimmt. Wir können uns keine Einsiedler mehr leisten. Die Zeiten sind dagegen, meine Liebe.«

Sie waren nicht alle so. Eines Tages erschien eine kleine, müde aussehende Frau in einem verschossenen braunen Kleid. »Ich komme wegen meines Jungen, Rick, Miss Tilsit. Ihre Tante interessierte sich für ihn – sie sah seine Arbeiten auf der Schulausstellung. Sie sagte, sie würde vielleicht helfen, ihn, wenn es soweit wäre, auf eine Kunstschule zu bringen. Er ist völlig verzweifelt, seit sie gestorben ist, Miss Tilsit. Da dacht' ich mir, ob Sie vielleicht etwas tun könnten ...?«

Und die Frau sah sie mit unverhohlenem Unglauben an, als Ginny ihr zu erklären versuchte, daß sie noch keinerlei Rechte in Tilsit besaß und weder über Geld noch Einfluß verfügte, um jemandem zu helfen. »Aber Sie sind doch Miss Tilsit, oder etwa nicht?« meinte die Frau.

Der denkwürdigste unter all den Besuchern war Lord Chardley. Allein Garths Benehmen, als er ihr seine Ankunft meldete, hätte schon genügt, um sich in ihr Gedächtnis einzuprägen – seine weißlichen, mageren Altmännerbäckchen erglühten von zwei ungewohnten Farbflecken.

»Lord Chardley, um Sie zu sehen, Miss Virginia.«

Sie erhob sich unverzüglich, alarmiert von Garths Gesichtsausdruck. »Was ist los, Garth?«

»Nichts, Miss – es ist nur, Seine Lordschaft ...«

Da fiel ihr ein, daß es Chardley gewesen war, der ihrem Vater während des Prozesses Geld geliehen hatte. Nach Garths Benehmen zu urteilen, war er offensichtlich seitdem nicht mehr in Tilsit gewesen. Es bedeutete einen Schock für sie, als sie das welke Gesicht des Mannes sah, der sich bei ihrem Eintritt in das Wohnzimmer mit Hilfe eines Stockes mühsam erhob. Inzwischen war ihr ebenfalls eingefallen, daß Chardley und ihr Vater Studienfreunde in Cambridge gewesen waren, wie Randall ihr erzählt hatte. Ihr Vater war aber bestimmt nie so alt gewesen wie dieser Mann, überlegte sie.

»Es freut mich, Sie kennenzulernen, liebes Kind«, sagte er und ergriff ihre Hand auf eine Weise, durch die er sich mit seinem zerbrechlichen Gewicht auf sie zu stützen schien. »Es ist so lange her, seit ich in diesem Haus war. Seit Johnnie fortging ...«

Jemand hatte also einmal ihren Vater Johnnie genannt. Sie vermochte sich das Bild eines Mannes namens Johnnie einfach nicht vorzustellen – eines Mannes, der jung gewesen war, als dieser verwelkte alte Mann jung gewesen war.

»Ich hatte Johnnie lieb«, fuhr er fort. »Viele von uns hatten ihn lieb – er war mein bester Freund. Er fehlte mir sehr, als er fortging ... Ich mußte einfach kommen und mir seine Tochter ansehen.« Er lächelte, und die Falten durchfurchten tief sein Gesicht. »Sie finden, ich bin ein alter Mann – viel älter als Ihr Vater. Wir waren beinah gleichaltrig – aber Sie sehen, was Arthritis in einem Klima wie dem hiesigen aus einem macht. Wie ich höre, starb Johnnie ganz plötzlich. Er hatte Glück.«

Er beugte sich näher zu ihr auf dem Sofa und schaute ihr ins Gesicht. »Ich mußte kommen und mich vergewissern. Ich mußte Sie sehen. Es hieß, Sie glichen Isobel außerordentlich. Das stimmt natürlich nicht.« Er legte seine in den Gelenken verkrümmte und geschwollene Hand kurz auf ihren Arm. »Sie sind Sie selbst – das sah ich sofort, als Sie zur Tür hereinkamen. Sie gleichen weder Johnnie noch Isobel. Vielleicht war ich enttäuscht, daß Sie ihm nicht ähnlicher sind. Doch bin ich trotzdem froh, daß ich Sie gesehen habe, während Sie hier sind.«

»Ich habe vor, hier ...«

Er unterbrach sie kopfschüttelnd. »Ich sehe Sie nicht hier leben. Sie gehören sich selbst, nicht Tilsit. Sie erscheinen mir wie ein Zugvogel ...« Er erhob sich mit offensichtlichen Schmerzen. »Ich muß jetzt gehen. – Ich war auf dem Weg zu einer Versammlung, als ich plötzlich den Wunsch hatte, herzukommen und Sie zu begrüßen. Ich würde mich freuen, wenn Sie mal rüberkämen und mich in Long Knedston besuchten, falls dafür Zeit bleibt, während Sie hier sind. Doch glaube ich nicht, daß Sie so lange bleiben werden.«

Sie klingelte nach Garth und fragte sich, weshalb sie plötzlich so auf den Mund gefallen war oder ihr absolut nichts einfiel, um der Prophezeiung des alten Mannes zu widersprechen.

Mark versuchte als einziger, sie davor zu bewahren, in einer Daseinsform und Routine aufzugehen, die eine andere Frau vor ihr gelebt hatte.

»Um Gottes willen, Ginny, reiß dich los von dem, was sie war! Geh für einige Tage fort von hier! Wo ist nur deine Neugier? Du bist noch nicht weiter als Bournemouth gekommen! Mach eine Woche Ferien und fahr nach London. Nein, ich nehme dich nach London mit – das werde ich tun!«

Sie taten es jedoch nicht. Sie sprachen darüber, doch war es ein Plan, der irgendwann einmal verwirklicht werden mochte, und inzwischen hatten sie beide andere Dinge zu tun, die eiliger schienen. Wie sollte Mark fortfahren, wo doch gerade die Formen für eine neue Art Geschirr vorbereitet wurden? Und wie konnte er sich von den Entwürfen für eine neue Skulptur über die Auferstehung lösen, die auf dem Papier zu entstehen begann? Wie sollte er sie verlassen und riskieren, daß die mit ihr verbundene Stimmung und Erregung nie zurückkehren würde? Und wie würde Ginny fortfahren können, wo sich ihr die Geschichte des Hauses und das Verständnis für das Werk Tag für Tag mehr zu erschließen begannen?

So lauteten die Gründe, die sie sich nannten. In Wahrheit hatten sie jedoch Angst, sich selbst oder einander jenseits der Grenzen der Welt von Tilsit zu trauen. Hier waren sie einander nahe, und die tägliche Routine stützte sie. Zu oft schon meldeten sich die Boten der anderen Welt. Katriens Briefe fuhren fort, deren Werte in ihrer direkten, unkomplizierten Ausdrucksweise zu wiederholen, die Werte, die bei jedem neuen Zusammentreffen mit Mark inhaltslos zu werden schienen. Katrien hätte, falls sie Mark und die Fragen um ihn gekannt hätte, das Ganze einfach mit dem Satz abgetan: »Du sollst nicht töten!« Doch was hätte Katrien gemacht, überlegte Ginny, wenn sie mit Mark persönlich konfrontiert worden wäre? Hätte sie es nicht beiseite geschoben? oder verziehen? – oder eine Entschuldigung in der unerträglichen Beherrschung durch Isobel gefunden? Es war jedoch sinnlos zu fragen, was Katrien getan hätte, da sie, Ginny, die Qual der Wahl tragen mußte. Sie schien von einer Art Liebesfieber zu glühen, und der Preis, den sie dafür zahlte, bestand in dem Schuldgefühl und dem qualvollen, dauernden Schwanken zwischen der einen Empfindung und der anderen. Und doch genügte einzig und allein Marks Gegenwart, seine Berührung, um das Schuldgefühl auszulöschen. Sie streckten sich einander entgegen und griffen suchend nacheinander – und waren beinah schon Liebende.

Das Häuschen auf den Klippen wurde ihre Welt und Ginnys Zufluchtsort. Jeden Abend ging sie nun nach dem Essen dorthin; sie wußte, daß es zu oft geschah und daß mit jedem Zusammensein die Impulse stärker wurden, die sie gegenseitig anzogen und sie aneinander banden. Sie waren allein in der Hütte, allein vor dem Kamin mit dem Rauschen der Wellen auf den Felsen unter ihnen, das die Welt draußen ausschloß. Hier war ihre Welt, diese kleine Enklave von Raum und Zeit, in der ihre Lippen und Körper einander nah waren und drängender und fordernder wurden, wie ihre Hände zärtlicher und vertrauter. Sie waren reif für die Liebe, und doch verhielten sie.

»Dies kann nicht dauern«, erklärte Mark. »Ich begehre dich und werde bald mit dir schlafen – oder mit dir Schluß machen müssen.«

Sie lag auf dem Sofa vor dem Kaminfeuer, so wie er sie in der ungestümen Zurückweisung aus einem inneren Konflikt heraus verlassen hatte. Sie legte die Hände auf die bloßen Brüste, auf denen seine Hände geruht hatten, und empfand betrübt die Kälte des Verlustes.

»Noch nicht«, flüsterte sie.

Er hatte sich eine Zigarette angezündet und starrte in das Feuer. »Ich weiß das gut genug. Und gerade deshalb habe ich Angst vor dir.«

»Angst?«

»Du wirst alles von mir haben, bevor ich auch nur einen Teil von dir besitze. Ich werde an dich gebunden und gefesselt und geschmiedet sein, bevor du mir jenen wundervollen Körper gibst. Ich weiß nicht, ob ich diese Bedingungen annehmen kann.«

»Habe ich Bedingungen gestellt? ...« Ihre Stimme klang halb erstickt durch die Kissen, da sie den Kopf von ihm abwandte, erfüllt von der Qual der Einsamkeit und dem erneuten Wissen, zurückgewiesen worden zu sein.

»Du hast sie nicht bewußt gestellt. Doch die Bedingungen zwischen dir und mir sind vor langer Zeit aufgestellt worden – bevor wir uns überhaupt je erblickten. Du bist Tilsit, und ich bin derjenige, den Tilsit emporgehoben hat. Für mich gibt es dir gegenüber nur die uneingeschränkte und bedingungslose Kapitulation. Und dazu bin ich nicht gewillt. Ich liebe dich ...!« Er fuhr unvermittelt zu ihr herum. »Ja, ich liebe dich – aber liebe ich dich genug, um mich dir fein säuberlich zusammengeschnürt wie ein Paket zu übergeben – Leib und Seele und den ganzen Rest? Ich muß mir darüber klarwerden, ob Tilsit nicht schon genug von mir bekommen hat. Was würde für mich selbst übrigbleiben, frage ich mich ...?«

Sie empfand ein plötzliches Gefühl der Scham und griff nach ihrem Pullover. Und dann war seine Hand wieder da, und sie spürte ihre Wärme und war getröstet.

»Nein – laß mich dich anschauen ... wenn das auch alles ist, was ich tun kann. Liebst du mich, Ginny?«

»Ja«, erwiderte sie, doch wußte sie nicht, ob es die volle Wahrheit war. Meinte sie damit ›Hier und jetzt liebe ich dich – an diesem Ort und in diesem Augenblick?‹ Hätte sie getrennt von ihm ebenso für ihn empfunden wie für Jim, hätte sie im stillen genauso um ihn gekämpft, wie sie um Jim gekämpft hatte? Diese Überlegung verwirrte und quälte sie. Sie legte sich wieder in die Kissen zurück, doch ihre Hand zog Marks Hand weiter zu sich und hielt sie gegen ihre Brüste gepreßt, voller Angst, noch einmal jener Einsamkeit und Kälte ausgesetzt zu werden.

»Warst du schon mal verliebt?« fragte sie.

»Natürlich – welcher Mann war das nicht? Wohl ein dutzendmal glaubte ich es. Aber es war immer nur mit halbem Herzen, und ich wußte immer, es würde zur rechten Zeit zu Ende sein. Einmal habe ich beinah geheiratet ...«

Sie machte eine erregte Bewegung. »Weshalb tatest du es nicht?«

»Isobel verhinderte es. Es war damals, als ich am Königlichen College in London studierte.«

»Wie verhinderte sie es?«

Er zuckte die Achseln. »Sehr einfach. Sie ging zu dem Mädchen und sagte ihr, daß jegliche Unterstützung durch Tilsit aufhören würde, falls ich heiratete. Damit war die Sache aus. Ich war zwanzig ... und hatte keinen Penny.«

Isobel hatte also, wie Ginny feststellte, ohne es zu wissen, Mark für sie gerettet. Sie fragte sich, ob sie dafür dankbar sein sollte. »Und du hast dich dem gefügt?«

Er nickte, und seine Hand streichelte sie leicht und beinah zerstreut. »Isobel hatte recht. Das Mädchen wäre ein Klotz am Bein für mich gewesen – ich hatte Glück, daß sie kein Kind von mir bekam. Ich kletterte die Leiter empor, und sie hätte mich dort gehalten, wo ich war. Das wußte Isobel. Das Teuflische war, daß Isobel immer all diese Dinge zu wissen schien. Aus welchen kaltblütigen Gründen sie auch ihre Entscheidungen traf, sie erwiesen sich fast immer als die richtigen. So heiratete ich das Mädchen nicht, und Isobel hat seitdem oft genug erlebt, wie ich mir einbildete, verliebt zu sein, und hat nie eingegriffen. Oder zumindest habe ich es nicht gemerkt. Vermutlich wußte sie, daß es nichts Ernsthaftes war, und sie hätte auch bis jetzt recht gehabt.«

Ginny unterbrach die Bewegung der Hand auf ihrer Brust, indem sie sie fest an sich drückte. Sie rollte sich zur Seite, so daß sie ihm ins Gesicht sah.

»Würdest du mich heiraten?«

Er beugte sich über sie, und seine Hand grub sich in ihr Fleisch. »Ich würde dich heiraten! Ich möchte dich heiraten! Aber ich will nicht all das übrige da oben heiraten!« Er wies mit einer Kopfbewegung in Richtung Tilsit. »Ich will nicht das Haus da heiraten. Ich will nicht Tilsit genannt werden! Ich will nicht all das heiraten, was Isobel hinterlassen hat. Wärest du einfach Ginny – Ginny Irgendwer –, würde ich dich morgen heiraten. Doch ich bin genug ausgenutzt worden, und ich muß frei sein. Wenn du keine Tilsit wärst ...«

Seine Stimme wurde undeutlich und erstarb, als er sein Gesicht zwischen ihren Brüsten vergrub. Sie hielt seinen Kopf an sich gedrückt, fast wie um ihn zu trösten, und ihr kam der traurige und bittere Gedanke, daß vielleicht gerade der Umstand, daß sie eine Tilsit war, die Anziehung unwiderstehlich machte. Es war anscheinend Marks Schicksal, sich von Tilsit verfolgt zu fühlen, von ihm besessen und an es gefesselt zu sein. Er kämpfte dagegen an, jedoch ohne echte Überzeugung.

Sie neigte das Gesicht zu ihm hinunter, und ihre Lippen preßten sich zornig und schmerzend auf seinen Mund. »Liebe mich«, forderte sie. »Liebe mich um meiner selbst willen!«

Doch als sie die sofortige Reaktion seines Körpers spürte, wich sie beschämt darüber zurück, seinen Entschluß in diesem Augenblick gefordert zu haben, in dem sein Verlangen ihn ihr wehrlos auslieferte. »Nein ...«, wisperte sie. »Das kann ich nicht. Das kann ich dir nicht antun. Wenn du freiwillig zu mir kommst, dann werden wir uns lieben.«

Garth überbrachte Ginny die Nachricht von Eliots Ankunft auf der zweiten Gartenterrasse, wo sie unter Anleitung Crawleys, des

Obergärtners, ein Beet von Unkraut säubern durfte. Garth ragte mit beunruhigtem Gesicht über ihr auf dem Kiesweg auf. »Ein amerikanischer Herr, um Sie zu sehen, Miss Virginia. Ein Mr. Eliot Russell. Ich bin selbst gekommen, um es Ihnen zu sagen, Miss, weil ...«

Ginny fuhr hoch. »Eliot? Eliot ist da! Wo ist er, Garth?«

»Er kam am öffentlichen Eingang vorgefahren, Miss. Jetzt ist er in der Großen Halle. Ich wußte nicht recht, wohin ich ihn führen sollte. Er ist mit Gepäck gekommen. Wurde er erwartet, Miss?« Garths Stimme war voller Empörung, daß derartige Arrangements ohne sein Wissen gemacht worden waren.

Ginny warf Crawley den kleinen Spaten und ihre Gartenhandschuhe zu. »Erwartet ... nein, aber er ist willkommen.« Und sie begann, den Weg entlang auf die Treppe zuzulaufen. Dann fiel ihr jedoch Garths Alter ein, und sie blieb stehen und wartete.

»Soll ich also seine Koffer hereinbringen, Miss?«

Freudige Erregung stieg in Ginny auf, so daß sie den alten Mann anstrahlte. »Ja, Garth – bringen Sie sie auf alle Fälle herein!«

»In welchem Zimmer soll er wohnen, Miss?«

»Tja ...« Ginny vermochte sich an keines der leeren Zimmer, die sie im Südflügel flüchtig angesehen hatte, im besonderen zu erinnern. »Welches wäre denn trocken und gelüftet?«

Garth machte ein verletztes Gesicht. »Alle Zimmer im Südflügel sind trocken und gelüftet, Miss Virginia. Es gehört zur täglichen Routine.«

»Jaja – ich weiß«, versicherte Ginny hastig und begann, die Stufen so schnell hinaufzugehen, wie er zu folgen vermochte. »Aber gibt es – gibt es nicht ein besonderes Zimmer, Garth? Eines, das schöner ist als die anderen?«

Er schien zu zögern, und sie mußte stehenbleiben, um auf ihn zu warten. »Meinen Sie das Rosenzimmer, Miss?« fragte er mit bestürztem Gesicht. »Es ist sehr selten benutzt worden, und die Möbel sind alle mit Schutzüberzügen abgedeckt. Es sind einige außerordentlich wertvolle Stücke darunter, Miss Virginia. Sind Sie sicher, daß der junge Mann ...«

»Der junge Mann«, entgegnete Ginny mit Nachdruck, »wird den Wert jedes dieser Möbelstücke voll erkennen, Garth. Sie können ihm also getrost das Rosenzimmer anvertrauen. Und dann, Garth ...«

»Ja, Miss?«

»Sagen Sie Crawley, er soll Blumen schneiden ... und Brown wird Ihnen helfen, alles herzurichten.« Sie eilte weiter und war sich zum erstenmal bewußt, daß sie Dinge besaß, über die sie verfügen und die sie zur Schau stellen konnte. »Wir nehmen das beste Service heute abend, Garth ...«

Er wurde von ihrer Erregung angesteckt, und sein Mißtrauen gegen solch unangemeldete Gäste wich angesichts ihrer Freude.

»Und das goldene Besteck, Miss?«

»Das goldene ...?« Ginny blieb abrupt stehen. »Wollen Sie etwa sagen, daß wir ein goldenes Besteck haben, Garth?«

»Nur für zwölf Personen, Miss«, erwiderte er entschuldigend. »Es gehörte zur Aussteuer von Miss Arabell Lacy, der Braut von Sir John – er war Sir Henrys Vater, Miss.«

Ginny umklammerte einen Augenblick lang in der gleichen hilflosen Schwäche und Verwirrung das Geländer der Balustrade, die sie am Abend ihrer Ankunft in Tilsit erfaßt hatte. Garth musterte sie besorgt.

»Fehlt Ihnen etwas, Miss?«

Sie schüttelte den Kopf und riß sich zusammen. »Nein, gar nichts, Garth. Überhaupt nichts, ich habe nur ein weiteres Mittel entdeckt, um die Erbschaftssteuer zu zahlen.« Und damit wandte sie sich von ihm ab und sprang die Treppe hinauf.

Eliot stand in der für ihn typischen Haltung, die Daumen leicht auf die Schlitze seiner Jackettaschen gestützt, mitten in der Großen Halle und starrte zu den Standarten hinauf, die von der Galerie herabhingen. Es war nicht das blinde Starren eines Touristen, sondern der freudig wertende Blick eines Kenners. Er war, wie stets, wie aus dem Ei gepellt und verriet durch nichts, daß er den Morgen über gereist war. Und wie stets, wenn sie ihn nach einiger Zeit wiedersah, war Ginny von seinen klaren, schön modellierten Gesichtszügen gefesselt und wurde bei seinem Anblick erneut von einer leichten Traurigkeit erfaßt.

»Eliot!«

»O Ginny!«

Er machte keinen Schritt auf sie zu, was ebenfalls für ihn charakteristisch war, sondern wartete, daß sie zu ihm käme. Und während sie auf ihn zuging, spreizte er in einer sparsamen Geste die Hände, um auf seine Umgebung hinzuweisen, auf die Große Halle sowie auf die übrigen Gebäude darum herum. »Prachtvoll – und auf dich vergeudet, Ginny.«

Sie überging seine Worte. »Ich freue mich, daß du gekommen bist.«

Er beugte sich herunter, um sie leicht auf die Wange zu küssen; die Geste war ein Tribut an den Augenblick. »Freust du dich wirklich? Mein Erscheinen schien deinen Butler ein wenig aus der Fassung zu bringen. Er war sich nicht sicher, ob er mich hier allein lassen könnte.«

»Kannst du bleiben? Du mußt einfach bleiben, Eliot!«

»Ja – ich bleibe«, antwortete er, als wäre diese Frage vor langer Zeit geregelt worden. Plötzlich streckte er die Hände aus, hielt Ginny auf Armeslänge von sich und betrachtete sie sorgfältig von oben bis unten.

»Mein Gott, Ginny! Wie hast du das nur fertiggebracht?«

»Was denn?«

»Du bist erst ein paar Wochen im Land und doch schon ein verflixt getreues Abbild der jungen Engländerin aus gutem Hause. Sag mal – hast du auch diesen Rock da von deiner Tante geerbt? Und der Pullover hat entschieden bessere Tage gesehen – so vor ungefähr fünf Jahren, würde ich sagen. Hätte ich es nur geahnt, so hätte ich dir eine endlos lange Perlenkette zur Vervollkommnung dieses Aufzuges mitgebracht. Was ist nur mit dem zauberhaften Mädchen geschehen, das mich in New York zu begleiten pflegte? Sieh dir bloß deine Nägel an ...«

Abwehrend entzog sie ihm die Hände. »Ist das alles, was du mir zu sagen hast? Ich hätte nicht gedacht, daß es die Reise wert sei. Ich sehe nicht immer so aus ... ich arbeitete gerade im Garten.«

»Zweifellos hast du irgend etwas machen müssen, um das Ergebnis zu erzielen. Ich vermute, du hast auch irgend etwas gemacht ...« Er sah sie forschend an. »Nein, dreh dich nicht um. Was hast du mir nur für absurde Briefe geschrieben ... Du mußt mich für einen Idioten gehalten haben, daß du glaubtest, ich würde all diesen Schulmädchenunsinn schlucken. Du hast eines der schönsten Landhäuser von ganz England und eine gar nicht schlechte Porzellanmanufaktur geerbt, und alles, was du schreiben kannst, ist, daß die Gärten hübsch seien. Hübsch! Für was für einen Einfaltspinsel hältst du mich eigentlich ...«

Ginny schluckte. »Eliot, bitte nicht! Wenn das der einzige Grund deines Kommens ist, wünschte ich, du wärest fortgeblieben.«

Er zuckte die Achseln und wagte ein kaum sichtbares Lächeln. »Verzeih. Ich wollte dir nicht die Leviten lesen. Jedenfalls nicht sofort. Aber es ist zum Teil der Grund, warum ich kam.«

»Zum Teil?«

Er ergriff in einer an ihm seltenen herzlichen Bewegung ihren

Arm und führte sie, vertraulich zu ihr heruntergebeugt, durch die Halle, als kenne er bereits dieses Haus und lebte längere Zeit in ihm.

»Zum Teil«, wiederholte er. »In einer der New Yorker Zeitungen stand eine interessante Notiz, daß du und ich heiraten würden. Da dachte ich mir, ich komme her und finde heraus, ob das stimmt.«

Sie blieb ruckartig stehen und entzog ihm ihren Arm, was ihr jedoch gleich darauf leid tat, als sie seine Miene sah. »Dieser Kerl!« entfuhr es ihr. »Dieser gräßliche Kerl – er hat es also geschrieben! Ich hätte einfach nicht mit ihm reden sollen. Was für ein Trottel bin ich doch – was für ein unerfahrener, naiver Trottel! Ich hätte wissen müssen, daß er es behaupten würde, falls ich es nicht bestritt.«

Eliots Gesicht hatte wieder seinen Ausdruck unerschütterlicher Gelassenheit angenommen, jenen kühlen Ausdruck. »Meine liebe Ginny – reg dich nicht auf. Es ist doch belanglos.« Und dann fügte er widerstrebend hinzu, als wäre es eine Frage, die er gegen seinen Willen aussprach, die er jedoch fragen mußte, gleichgültig welche Macht die Antwort auch besitzen mochte, ihn zu verletzen. »Du hast es nicht bestritten – aber es ist trotzdem nicht wahr? Oder?«

»Nein, Eliot. Es ist nicht wahr.« Sie hätte am liebsten weggeschaut, zwang sich jedoch, ihn anzusehen. »Du würdest doch nicht wollen, daß es stimmte, nicht wahr?«

Er zögerte nur eine Sekunde. »Du hast recht. Ich würde nicht wollen, daß es stimmte.« Und er nahm wieder ihren Arm. Seine ganze Art war munter, und er verbarg geschickt, was immer er fühlen mochte – Erleichterung oder Enttäuschung. »Na, dann können wir ja jetzt, wo wir diese Angelegenheit erledigt haben, anfangen, es wieder gemütlich miteinander zu haben. Zeig mir das Haus, Ginny. Ich habe darüber gelesen, seit wir uns zuletzt gesehen haben. Was für ein Kleinod! Und du verstehst nicht mal die Hälfte von all dem, was dir in den Schoß gefallen ist, nicht wahr? Es muß doch jemanden geben, der jeden Zentimeter davon kennt. Ich warne dich, ich will alles sehen. Und die Porzellansammlung … Als meine Mutter jene Notiz über uns gelesen hatte, rief sie mich an, um zu fragen, ob es stimmte – vermutlich hoffte sie es – obgleich sie diese Hoffnung längst hätte begraben sollen. Nachdem ich ihr diese Illusion zerstört hatte, erzählte sie, daß sie sich das Haus und die Sammlung einmal angesehen hätte. Weißt du, ich glaube, sie wünschte, jene Notiz sei wahr …«

Und er redete weiter und hörte nicht auf, als sie von der Großen Halle durch die Trennwand und den Korridor zum Südflügel gingen. Er kommentierte alles, woran sie vorbeikamen, oft in sehr witziger Art, und lobte, was gut war, hatte jedoch ein unbestechliches Auge für die Fehler der viktorianischen Modernisierungsepoche. Als sie beim Wohnzimmer ankamen, fühlte Ginny, daß er nur redete, um zu reden, und das zu überdecken, was ihn tiefer bewegte, als sein Gesicht ihm zu verraten gestattete. Sie wußte plötzlich, so unglaublich es auch erschien, daß Eliot auf beide Antworten auf seine Frage vorbereitet gewesen war. Im Herzen wollte er sie nicht heiraten, doch hätte sie zugestimmt, so hätte er keinen Einwand erhoben. Er war seiner selbst und seines Gesichtes vor der Welt überdrüssig. Er wäre froh gewesen, die Bürde seiner Doppelseitigkeit ihr zu übertragen, die so wenig von ihm verlangen würde. Er sah sie als seine Schülerin, beinah als seine Schöpfung an, nachgiebig und fügsam, die ihn nie mit Leidenschaft belästigen würde. Er hatte ihre Abhängigkeit von ihm gefühlt, und aus diesem Grunde war sie in seinem Leben willkommen. Sie erkannte jetzt zum erstenmal die verzweifelte Leere seines Daseins, jene innere Verlassenheit, die ihn dazu gebracht hatte, sich mit so wenig zu begnügen. Und sie fühlte ebenfalls voller Freude, daß sie ihm in einigen Dingen entwachsen war.

Als sie das Wohnzimmer betraten, erblickten sie Vanessa, schön, kühl und gelassen, gerade in jener Bewegung von vollendeter Anmut, mit der sie sich ihre Zigarette mit einem Stück Glut aus dem Kamin anzündete.

»Hier«, erklärte Ginny, »ist diejenige, die dir das Haus zeigen wird. Sie kennt es sehr gut.« Ohne Bedauern führte sie Eliot zu ihr.

Tilsit war in sich selbst interessant und mannigfaltig genug, um Eliot zu beschäftigen, so daß seine exotische, leicht parfümierte Art nicht fehl am Platze erschien und auch kaum auffiel. Bereits nach zwei Tagen war es, als wäre er immer dagewesen – wie er so mit Vanessa in der Langen Galerie stand und treffende Bemerkungen über die Bilder von Provinzmalern machte, die neben den Gainsboroughs und Reynolds hingen, oder stundenlang alleine in der Porzellangalerie blieb, was Brown schließlich beunruhigte, da sie nicht glauben konnte, daß er keine andere Absicht verfolgte, als sich die Sachen anzusehen; irgendwie erreichte er, daß Garth ihm die Schlüssel für die Speicherräume anvertraute, da er die dort aufbewahrten Möbel nach guten Stücken durchstöbern wollte, die übersehen worden waren. Ginny vernahm ständig irgendwo seine Stimme – wie er sich bis ins kleinste fachmännische Detail mit Margaret über die mögliche Herkunft eines undatierten Wandteppichs in der Großen Halle unterhielt, wie er Lawrence erklärte, daß eine Pappelgruppe auf der unteren Gartenterrasse den Lauf des Flüßchens besser hervorheben würde, oder Ginny ununterbrochen auf das aufmerksam machte, was ihr seiner Ansicht nach entging.

Am dritten Tage seiner Anwesenheit kam er zu ihr ins Büro. »Wußtest du, daß nebenan eine ganze Bibliothek von wundervoll gebundenen Büchern ist – wahrscheinlich mit einigen seltenen Ausgaben? – Und sie war zwanzig Jahre lang zugeschlossen!«

Ginny ließ den Bilanzbericht von der Fabrik sinken, mit dem sie sich abgemüht hatte. Sie seufzte. »Irgendwie glaube ich nicht, daß Isobel Bücher las. Sie hätten ja gefährliche Ideen enthalten können...«

»Sei nicht komisch!« entgegnete er scharf. »Wie könnte jemand neben einem solchen Raum leben und ihn nie betreten. Sie muß verrückt gewesen sein.«

»Die Bibliothek ist wohl während des Krieges abgeschlossen worden – wahrscheinlich hätte sie einen Dienstboten für sich benötigt, Isobel konnte sich den nicht leisten. Und wir können es heute auch nicht.«

Sie tippte mit dem Zeigefinger auf die vor ihr ausgebreiteten Papiere. »Isobel war nicht verrückt. Wer all dies verstehen konnte, war niemals etwas anderes als außerordentlich gescheit.«

»Komm«, erbot sich Eliot. »Ich erkläre es dir, wenn du dies Zeug wirklich verstehen möchtest. Ich kenne mich bestens mit Bilanzberichten aus – ich muß es ja. Ich beabsichtige nämlich nicht, mich ausplündern zu lassen. Ich werde Geld verschenken – aber ich habe nicht die Absicht, mich jemals bestehlen zu lassen.«

»Wie bist du ungewöhnlich, Eliot«, sagte Ginny leise und ein wenig belustigt. Sie erhob sich. »Laß uns die Zahlen ruhen lassen und einen Spaziergang machen. Du bist noch nicht oben am Turm gewesen ...«

»Ich war heute morgen dort, bevor ihr alle auf waret. Wenn es dir nichts ausmacht, gehe ich lieber wieder in die Lange Galerie und schau' mir die Gainsboroughs noch mal an. O ja – und auch jene ungewöhnliche junge Frau, die Millais gemalt hat und der du so ähnlich siehst.«

»Jane Tilsit«, ergänzte Ginny.

»Ja, Jane«, bestätigte er, als wäre sie ihm seit langem vertraut.

Es schien tatsächlich, als wäre Eliot seit langem in Tilsit. Er wurde vom gesamten Haushalt anerkannt; sie hatten sich alle an seine Fragen und seine höfliche, jedoch entschlossene Wißbegier gewöhnt und empfanden sie nicht einmal als störend. Es war unmöglich, diese aus solch ernstem Interesse und nicht aus klatschsüchtiger Neugier gestellten Fragen übelzunehmen. Im Verlauf von drei Tagen hatte Eliot sich über die gesamte Geschichte der Tilsits während der vergangenen zweihundert Jahre informiert. Etwas behutsamer, doch nicht weniger drängend, hatte er Ginny über die Geschichte von Isobel und ihrem Vater ausgefragt, und sie hatte ihm die volle Wahrheit erzählt. Sie hatte mit dem gleichen Gefühl der Freiheit zu ihm gesprochen wie in jener ersten Nacht, als sie im Auto hoch über dem Hudson gesessen und zu den erleuchteten Türmen Manhattans und den Umrissen der Brücke hinübergeblickt hatten, die sich immer dunkler von dem verblassenden Himmel abzeichnete. Doch diesmal hatte sie anstatt von der Geschichte ihrer Liebe zu Jim MacAdam von Jane Tilsit und ihrer Ehe gesprochen, von Isobel, von ihrem sie entstellenden Unfall und ihrem Tod, von dem Kampf um das Erbe und dem langen freiwilligen Exil ihres Vaters. Schließlich hatte sie ihm auch von Mark erzählt.

Der Klatsch über den Gast in Tilsit hatte Mark bereits erreicht, als er auf eine Einladung hin herüberkam, um Eliot kennenzulernen. Sein naturburschenhaftes Aussehen wurde noch durch seine feindselige Eifersucht erhöht, als er in der Erwartung kam, diesen eleganten Stutzer zu zermalmen. Statt dessen prallte er auf Eliots stählerne Kälte, mit der zu kämpfen unmöglich war.

»Verdammter Pansy*!« knurrte er Ginny zu.

Es schien ihr nicht so sehr Eliot selber zu sein, der Mark so ärgerte, sondern die Wirkung, die er auf das ganze Haus ausübte. Er erfaßte mit einem eifersüchtig abschätzenden Blick, was Eliots Anwesenheit bei den drei Frauen bewirkt hatte. Ginny hatte die New Yorker Kleider hervorgeholt, und Vanessa erschien zum Abendessen in einem schwarzen Cocktailkleid, das Eliot zu Vanessas Freude sogleich als Balenciaga-Modell erkannte.

»Dies ist das erste Mal, daß es seit einem Jahr aus dem Schrank herausgekommen ist«, erklärte sie. »Es schien keine Gelegenheit, es zu tragen ... Wie fabelhaft Sie sich in Balenciagas Arbeiten auskennen.«

»Große Couturiers haben eine genauso deutliche Handschrift

* engl. Ausdruck für einen Homosexuellen

wie – Töpfer«, erwiderte Eliot und verbeugte sich leicht in einer eleganten Geste der Versöhnung in Marks Richtung.

Mark stieß einen Laut aus, der eine kleine Explosion von Verachtung war und mit dem er zu verbergen versuchte, wie ihn die Macht verletzte und verwirrte, die Eliot nach so kurzer Zeit über die Familie besaß. Er bemerkte die goldenen Bestecke, die bereits der Gegenstand eines kleinen Scherzes zwischen Ginny und Eliot geworden waren, erkannte, daß Eliot sich Garths Achtung verschafft hatte, daß Lawrence sich bemühte, die Unterhaltung mit alten Histörchen aus dem Punch zu beleben und entsetzlich darunter litt, Eliot so aufzufordern, sich das Werk anzuschauen, daß kein Zweifel aufkommen konnte, wem das Recht dazu zustand. Die größte Veränderung gewahrte Mark jedoch an Margaret; sie war überraschend hübsch, weil plötzlich Leben in ihrem Gesicht war, und trug ein dunkelblaues Samtkleid und eine Kette von Aquamarinen, die er nie zuvor an ihr gesehen hatte. Sie sagte wie gewöhnlich wenig, folgte der Unterhaltung jedoch mit den Augen und kehrte nach dem Essen nicht zu ihrem Stickrahmen zurück. Er war erschüttert von dem, was er sah.

»Was ist hier nur geschehen?« fragte er Ginny, als sie abseits von den anderen beisammen standen. Er beugte sich dicht zu ihr, als müßte er seine Rechte auf sie geltend machen. »Dieser Kerl hat ja das ganze Haus auf den Kopf gestellt!«

»Hast du etwas dagegen?«

»Ja – das habe ich! Ich habe was dagegen, weil er es fertigbringt – weil ich eifersüchtig bin!« Er wies mit einem Kopfnicken zu der Gruppe am Kamin hinüber. »Ich möchte es auch können, aber ich rege nur alle auf. Wenn es nur sein Geld wäre, wär' es mir egal. Mit Geld könnte ich es aufnehmen – aber er hat mehr als das. Ich bin verflucht neidisch auf die Art, in der ihm alle aus der Hand fressen, ohne daß er irgend etwas erzwingen oder vortäuschen müßte. – Und ich mag ihn nicht, weil ich durch ihn das Gefühl bekomme, daß es sich nicht lohnt, ein Mann zu sein, wenn Frauen sich wegen so einem Zwitter in fliegender Hast schönmachen und herausputzen, als wäre seine Bewunderung was wert ...« Seine Stimme war sehr leise und gepreßt und sein Gesicht zu einer gequälten Grimasse verzogen. Er war ausnahmsweise einmal nicht voller Kraft und Energie. Seine Stimme sank zu einem Flüstern herab, als wäre es eine innere Stimme, die er selbst befragte. Plötzlich senkte er den Blick auf seine Hände, die er zu Fäusten geballt hatte.

»Mein Gott, Ginny«, gestand er. »Ich hätte nie gedacht, daß ich so eifersüchtig sein könnte. Ich hätte nie gedacht, daß es mir jemals wichtig sein würde, was so einer tun oder sagen oder sein könnte. Seinesgleichen waren mir immer egal – Geld oder Herkunft oder die Art, wie er aussieht oder seine Anzüge trägt. Wirklich – sie kümmerten mich nie, weil ich mir immer sagen konnte, daß ich ein Talent besaß, daß mich ebenbürtig machte – nein, nicht ebenbürtig –, ich bin den meisten anderen Menschen sogar überlegen. Aber hier bin ich nun, voller Wut auf ihn, und glühe vor Eifersucht, nur weil du ein anderes Kleid anhast und dein Haar anders frisiert ist, und ich sehe plötzlich mehr denn je die Tilsit in dir ... und ich komme mir vor wie ein ungeschlachter Bauerntölpel, der aus Versehen hier hereingestolpert ist.« Er schlug sich mit der geballten Faust in die große Handfläche. »Ich will mir nicht so vorkommen! Noch nie hab' ich mich so gefühlt! Ich weiß nicht, was ich dagegen tun soll ...«

Sie streckte vor all den andern die Hand aus und legte sie ihm auf den Jackettaufschlag. »Gar nichts ...«, besänftigte sie ihn. »Tu gar nichts. Es ist Eliot, der dich beneidet.«

Ungestüm ergriff er ihre Hand. Die Gruppe am Kamin hatte nicht vermocht, sie zu ignorieren; die Unterhaltung war ins Stocken geraten und nun ganz verstummt. Sie schienen sich alle umzudrehen und zu Ginny und Mark herüberzuschauen. Er wußte es und kümmerte sich doch nicht darum. Leise sagte er:

»Und ich habe außerdem Angst. Du weißt ja nicht, was mit diesem Ort los ist ... und ich fürchte, er könnte es dir erzählen. Ich will, daß du bleibst, wie du bist – ohne es zu wissen. Ich will nicht, daß du eine neue Isobel wirst ...«

Eliots Anwesenheit brachte eine neue Atmosphäre nach Tilsit, beinahe die eines Festes.

»Er bringt Leben in unser Dasein«, stellte Vanessa dankbar fest. »Und er besitzt einen so fabelhaften Sinn für die jeweilige Gelegenheit. Man wird selbst ein ganz anderer Mensch.« Sie freute sich an der riesigen Flasche Parfum, die er telefonisch bei Fortnum and Mason bestellt hatte und durch Eilboten hatte schicken lassen. »Es tut einer Frau Abbruch, wenn sie sich ihr Parfum selbst kaufen muß. Seit ich hierher zurückgekommen bin, habe ich das getan ...« Für Ginny war ein halbes Dutzend Kisten Champagner abgeliefert worden, welche die leeren Borde in Isobels Weinkeller füllten, sowie eine Schachtel mit Kaviar und verschiedenen Käsesorten. »Wir sollten ein Fest feiern«, meinte Ginny, »doch ich weiß niemanden, den ich einladen könnte. Vermutlich sähe es auch merkwürdig aus, wo Isobel doch erst seit einigen Wochen tot ist ...«

Eliot sah von seiner Lektüre von ›A Schoolhouse for the Needle‹ aus dem Jahre 1624 auf, das ein Londoner Antiquar in seinem Auftrag als Geschenk für Margaret aufgetrieben hatte. »Weißt du noch nicht, daß es lange dauern wird, bis man in diesem Hause das Gefühl haben wird, daß Isobel tatsächlich tot und begraben ist? Wann immer du auch dein Fest gibst – du wirst stets einen Gast haben, der es mißbilligt.« Eliot holte sie auch ein wenig aus dem Radius der kleinen Welt von Tilsit heraus. »Du großer Gott, Ginny – dies ist England! Möchtest du denn gar nichts davon sehen? Es gibt noch andere Schlösser außer diesem.«

So unternahmen sie – er, Vanessa und Ginny – in einem gemieteten Austin Healey, Fahrten in die benachbarten Grafschaften, nach Salisbury und Bristol und entlang der Küste von Devonshire. Manchmal ließ er Vanessa fahren und bewunderte ihr Geschick und ihre kühle Gelassenheit. »Sie hat Stil«, erklärte er, und Ginny wußte, er meinte damit nicht nur die Art, in der sie mit dem Wagen umging. Ginny mußte zugeben, daß er recht hatte, während sie Vanessa in ihrer Emilio-Pucci-Hose und -Bluse betrachtete, die Strickjacke über die Schultern geworfen mit genau dem richtigen Grad von Nonchalance.

Eliots Anwesenheit hielt sie auch von Mark fern, was Mark übelnahm. Er sprach jedoch nicht aus, daß er ihre morgendlichen Besuche im Atelier entbehrte oder die gemeinsamen Stunden in seinem Häuschen, wenn sie abends nach dem Essen noch einmal zu ihm gekommen war. Er beschwerte sich statt dessen über Eliot. »Wenn ich dich jetzt sehen will, muß ich ins Haus kommen und dasitzen und zugucken, wie ihr euch alle wegen diesem ausgestopften Gecken lächerlich macht. Wie lange bleibt er noch? Hat er denn gar keine Arbeit?«

»Eliot arbeitet«, erwiderte Ginny eisig.

»Ja – ich vermute, es gilt als schwere Arbeit, auf sein Geld aufzupassen! Er muß ganz erschöpft sein.«

Eliot war bereits zwei Wochen in Tilsit, als er schließlich Marks Atelier aufsuchte. Sowohl er wie Ginny hatten eine gewisse Abneigung gegen diesen Besuch gehabt – Eliot aus der verständlichen Verärgerung über Marks Feindseligkeit gegen ihn und Ginny, weil sie den Augenblick so lange wie möglich hinauszögern wollte, in dem Eliot Marks Arbeit sehen und sein Urteil über sie sprechen würde.

Sie gingen an einem Nachmittag hinüber, an dem Mark, wie

Ginny wußte, in der Fabrik war. Es war ein warmer Tag; seit zehn Tagen hatte es nicht geregnet, und der Weg durch das Gehölz und den Abhang zum Turm hinauf roch nach trockenen Blättern und Erde. Trip lief vor ihnen her, durchstöberte das Gebüsch neben dem Weg auf der Suche nach Kaninchen, tauchte plötzlich vor ihnen auf dem Hügelrücken auf und verschwand sofort wieder zwischen den herumliegenden Steinbrocken. Sie blieben oben auf der anderen Seite der Anhöhe stehen, und das Meer war ausnahmsweise einmal glatt und sah warm aus im unerwarteten Blau des englischen Sommers. Ginnys Stimmung stieg bei diesem Anblick. Marks Häuschen auf der kleinen Landzunge wirkte sicher und geborgen und nicht wie das bedrohte Gebäude, für das sie es oft hielt; es war ein friedliches Bild. Ihr machte einzig und allein das Schuldgefühl über den Schlüssel in ihrer Hand zu schaffen, denselben Schlüssel, den Isobel zu Marks Behausung hatte und den sie sich heute nachmittag von Garth hatte geben lassen. Sie hatte Mark um die Erlaubnis gefragt, Eliot mitzunehmen, und er hatte sie ihr widerstrebend gegeben.

»Mach, was du willst. Es ist nicht meine Sache. Ich schere mich nicht einen Deut darum, was er von meiner Arbeit hält.«

Sie hatten begonnen, den Abhang hinunter auf die Steilküste zuzugehen, als Trips rasendes Gebell Eliot stehenbleiben ließ. Er schaute zu dem Spaniel zurück, der in seiner üblichen Stellung wie angewurzelt auf einer der Steinplatten am Fuße der zerfallenen Mauer stand.

»Was ist los mit ihm?« erkundigte er sich. »Weshalb kommt er nicht?«

»Ach, er kommt nie mit hier herunter«, anwortete sie unwillig. »Laß ihn doch, Eliot!«

Doch Eliot blieb wie immer hartnäckig. »Aber warum nicht? Er kommt doch sonst überall mit dir hin.«

»Weil ...« Ginny zauderte nahe darauf und daran, Eliot anzulügen, und entschied dann, daß es sinnlos sein würde. »Weil er Angst vor Mark hat. Er hat Angst vor dem Klippenweg und seinem Haus – seit Isobel hier tödlich verunglückte. Komm jetzt«, fügte sie kurzangebunden hinzu, »falls du diese Arbeiten wirklich sehen willst ...«

Während sie darauf schweigend am Rand der Klippe entlanggingen, schien die goldene Wärme dieses Nachmittags von einem eisigen Hauch erfüllt, und die Kaskaden wilder Junirosen, die hinter dem Häuschen über den Zaun herabfielen, hatten all ihre Schönheit verloren, und ihr staubiger Duft in der Nachmittagssonne enthielt die Mahnung an den Tod.

Im Atelier umfing sie jedoch eine andere Atmosphäre. Wie immer, wenn etwas von Mark anwesend war, beherrschte dieses Etwas den Raum. Die Formen der Skulpturen und die aufgehängten Mobiles, die in ihren endlosen Flugfiguren unheimlich und lautlos durch die Luft schwangen, schienen Ginny laute Schreie der Bestätigung, ein verstehendes Bekenntnis zum Leben und die entschlossene Kraft, es zu leben. Sie waren Schreie sehnsüchtigen Strebens in die Zukunft. Eliot ging schweigend zwischen ihnen hindurch; das Knirschen seiner Absätze auf dem Zementboden bildete das einzige Geräusch. Vor der größten Figur, dem Mann in Bronze mit den ausgestreckten Armen, der Eliot zu einem Zwerg zu machen schien, blieb er lange stehen. Danach sah er sich die Zeichnungen für die Auferstehungsskulptur an; er legte sie Blatt für Blatt auf das Zeichenbrett und betrachtete sie eingehend. Schließlich verweilte er lange Zeit in dem Durchgang, in dem die Töpfe, Krüge und Schalen aufgestellt waren, drehte und wendete sie und befühlte ihre Oberflächen, während Ginny spürte, wie ihre Handflächen vor Furcht feucht wurden. Als sein Schweigen beinah einem Verdammungsurteil gleichkam, sprach Eliot endlich.

»Er ist gut. Er ist verbohrt und querköpfig in manchem, aber unglaublich und wundervoll sicher und überzeugt von seinen Ideen, und er hat einige beachtliche Sachen zustande gebracht. Laß uns zugeben, seine Technik ist ein bißchen höher entwickelt als seine Menschlichkeit – aber er ist schließlich noch jung, und vielleicht verliert er diesen Komplex und lernt, daß er mehr oder weniger wie wir alle ist. Ein bißchen mehr Mitgefühl in seiner Arbeit, ein bißchen mehr Zartheit, und er kann groß werden.« Eliot kam wieder auf Ginny zu; die gespannten Züge, die sein Gesicht stets annahm, wenn er völlig in das Studium einer Sache vertieft war, wurden durch das harte, ungebrochene Licht noch unterstrichen, das durch die Atelierfenster hereinfiel und ihn älter und leicht verhärmt aussehen ließ. Er zuckte die Achseln. »Aber laß uns sagen, er bringt niemals menschliches Mitgefühl auf – laß uns sagen, jene Grobheit ist nie bewegt oder gemildert, und doch würde seine Technik ihn ungeheuer überzeugend für alle machen mit Ausnahme der wenigen, denen die Seele eines Künstlers wichtig ist.« Er wies mit einer Kopfbewegung auf das gesamte Aufgebot an Arbeiten im Atelier. »Er könnte sehr in Mode kommen, dein Knabe – und gesetzt den Fall, daß er durch irgendein Ereignis genügend bewegt und aufgerüttelt würde, hat er sogar eine Chance, groß zu werden.«

Dann drehte Eliot sich um und stand mit dem Rücken zu Ginny, die Hände in den Taschen, während das Licht seinen blonden Kopf aufleuchten ließ.

»Ich werde aber noch etwas sagen. Ich möchte keines seiner Stücke besitzen – ausgenommen einige jener Töpfe da draußen, die er entwarf, als er noch seine Unschuld besaß. Diese Sachen jedoch – so fabelhaft gekonnt sie auch sind, geben mir keine Wärme. Es ist kein Trost in ihnen. Vielleicht will er das auch gar nicht. Vielleicht sollen sie einem ins Gesicht schlagen, damit man weiß, daß man noch lebendig ist, weil es weh tut. Weshalb, frage ich mich, macht es ihm ein teuflisches Vergnügen, einem immer wieder zu sagen, daß das Leben furchtbar ist?«

Sie gingen, ohne zu sprechen, den Klippenweg zurück. Trip erwartete sie auf der Anhöhe; als Ginny sich zu ihm hinunterbeugte, um ihm über den Rücken zu streichen, spürte sie das Naß der ungeweinten Tränen unter ihren Lidern prickeln und empfand ein Gefühl überwältigender verzweifelter Trauer über das, was Eliot gesagt hatte, ja sogar ein Gefühl der Furcht.

Sie verließ Eliot nicht sofort, als sie wieder nach Tilsit zurückkamen, wie sie vermutet hatte. Einem plötzlichen Impuls folgend, sagte sie beim Eintreten durch das Südportal: »Komm und geh ein bißchen mit mir durch das Haus. Ich mag es am liebsten um diese Zeit, wenn die Besucher fort sind und die schrägen Sonnenstrahlen in die Zimmer fallen ... es scheint dann fast, als könnte es mir gehören.«

Er nickte und ging mit ihr zu der Großen Halle. Das einzige Geräusch waren Trips Pfoten auf den Steinplatten. Die im Westen stehende Sonne schien noch durch die oberen Fenster, doch wurden die Schatten unter der Galerie bereits tiefer. Ein leichter Luftzug von irgendwoher bewegte die Standarten über ihren Köpfen, als sie an ihnen vorbeigingen. Eliot blieb vor dem großen Tisch stehen und wandte sich um, um noch einmal die geschnitzte Zwischenwand zu betrachten; sein Blick schien die Jahrhunderte seiner Geschichte in einem einzigen Augenblick zu sehen. »Wenn dies mir gehörte«, erklärte er und griff ihren Gedankengang wieder auf, als wäre dieser nie unterbrochen worden, »würde hier niemand herumlaufen – nur die, die ich möchte. Niemand würde seine halbe Krone zahlen, um hereinzukommen und zu glotzen. Ich würde all dies für mich allein haben.«

Ginny schüttelte den Kopf. »Das wäre nicht richtig. Ich bin zu der Überzeugung gekommen, daß es keinesfalls richtig wäre.

Sogar wenn wir die halben Kronen entbehren könnten, wäre es dennoch nicht richtig, diejenigen auszusperren, die gerne kommen würden. Dieses Haus kann nur durch Menschen leben ... durch Menschen in seinen Mauern. Kein einzelner Mensch vermöchte alleine genügend Leben in es zu pumpen, um es in Gang zu halten ... Es soll nicht nur ein Museum sein.« Sie umfaßte unvermittelt das ganze Gebäude mit einer kreisenden Handbewegung. »Es ist auf jeden Fall einfach nicht möglich, auch wenn du es dir leisten könntest, es ganz für dich allein zu haben. Es haben hier zu viele Menschen vor einem gelebt. Man muß immer Platz für sie machen – muß sich immer daran erinnern, daß sie da sind. Man muß immer Platz für sie lassen, so als ließe man ein Gedeck für sie bei Tisch auflegen ...«

Eliot fuhr herum. »Ich glaube, Ginny, du bist in der Gefahr, genauso verrückt wie deine Tante zu werden.«

»Vielleicht«, gab sie zu. »Laß uns in den Goldenen Prunkraum gehen.«

Sie ging voran und dachte kaum daran, wie fremdartig es ihr alles vorgekommen war, als Garth sie an jenem ersten Morgen, an dem das Testament verlesen wurde, durch die Korridore geführt hatte. Der Goldene Raum war prächtig, ihr inzwischen jedoch vertraut, und wirkte nicht mehr beklemmend auf sie, sosehr er sie auch mit Bewunderung erfüllte. Die Abendsonne war auch aus ihm fast verschwunden, so daß die Bilder im Schatten hingen. Die Kassettendecke warf ihre eigenen Schatten über sich selbst. Die Samtkordeln zur Abgrenzung der Besucher waren heruntergelassen, wie sie es gern hatte, und gaben ihr das Gefühl, als wäre dieser wundervolle, strahlende Raum tatsächlich zum Bewohnen da. Sie ging zu einer der Fensternischen und blickte auf den Garten hinunter. Die Gärtner hatten sich ebenso wie die Besucher entfernt. Die Schatten der Balustraden lagen lang auf den Kieswegen. Tief atmete sie den warmen, trockenen Duft des Gartens ein. Die aus Angst und ungewisser Furcht gemischte Stimmung ließ sie ein wenig los. »Ich komme jeden Tag hierher«, sagte sie.

Eliot stand neben ihr. »Ich könnte mir vorstellen, daß deine Tante das ebenfalls getan hat«, antwortete er. »Und vielleicht auch jene herbe junge Frau oben in der Langen Galerie, der du so ähnlich siehst. Sei auf der Hut, Ginny! Du wandelst auf gefährlichem Boden. Dieses Haus und diese Familie leben völlig in sich gekehrt. Es sind in den letzten hundert Jahren nicht genug Männer dagewesen«, fuhr er mit erhöhtem Nachdruck fort, »um ihnen

Schach zu bieten und das Gegengewicht zu geben, das eine Familie und ein Haus brauchen. Das Haus und die Familie sind nicht im Gleichgewicht.«

»Es waren Männer da, wenn welche gebraucht wurden«, entgegnete Ginny nicht als Verteidigung, sondern als Tatsache.

»Aber was für Männer?« beharrte Eliot. »Dein eigener Vater wurde durch das Testament von Jane Tilsit fortgetrieben. Er hätte nur bleiben können, wenn er sich Isobel untergeordnet hätte. Jane Tilsit muß von Sinnen gewesen sein, ihn völlig auszuschließen – als hätte sie es darauf abgesehen gehabt, ihre gesamte eigene Arbeit hier und im Werk zu zerstören. Wie dachte sie sich eigentlich deren Fortbestand? Schließlich konnte nicht jeder erwarten, so viel Glück wie sie zu haben. Einen George Martin findet man nicht so oft – und nicht vor der eigenen Türschwelle ...«

»Isobel ja, sie fand Mark.«

»Und du glaubst, Mark sei für dich da?« Eliot trat dicht an sie heran, und seine Augen schienen in jäher, an ihm ungewohnter Intensität zu funkeln. »Du glaubst, du wirst eine zweite Jane Tilsit mit ihrem bescheidenen Töpfer? Falls du das glaubst, rate ich dir, paß auf! Das ist kein bescheidener Töpfer, den du dir da zugelegt hast – das ist ein Mann mit einem so starken schöpferischen Drang, daß er dich und dieses Haus und alles, für das es steht, vernichten könnte. Genau so, wie er Isobel vernichtet hat.«

»Das hat er nicht! Das hat er nicht!« fuhr Ginny ihn mit verzweifelter Heftigkeit an. »Wie könnte Mark überhaupt irgend etwas vernichten? Du hast es doch selbst gesagt – er ist ein Schöpfer, Eliot! – ein Schaffender, ein Gestaltender.«

Eliot schüttelte den Kopf. »Er ist gleichzeitig ein derartig von seiner Vision dessen, was er erreichen muß, Besessener, daß er fähig ist, alles niederzuschlagen, was dieses Ziel zu bedrohen scheint. Er ist eifersüchtig, dieser Mann – er will mit niemand anders das Verdienst für das, was er geschaffen hat, teilen. Isobel hat ihn gezwungen, das zu werden, was er heute ist. Sie stattete ihn sogar mit dem Groll und der Wut aus, die aus einem Handwerker einen Künstler machten. Diese Schuld will er nicht anerkennen. Und er ist fähig gewesen, sie sterben zu lassen, damit sie nicht mehr ihre Rechte auf ihn geltend machen konnte.«

Sie schöpfte vor Entsetzen tief Atem. »Das ist nur, was du denkst! Du weißt es aber nicht – niemand weiß es!«

»Mark weiß es. Hast du ihn gefragt, Ginny? Hast du den Mut gehabt, ihm diese Frage zu stellen?«

Er ergriff ihren Arm, und diese bei Eliot so seltene Gebärde hatte etwas Alarmierendes. »Ich durchschaue diesen Mann«, versicherte er ihr. »Ich durchschaue Männer, wie es dir nie möglich wäre. Ich erkenne die guten Seiten und die Schwächen, weil ich in einem Mann nach Anzeichen forsche, auf die eine Frau nicht achtet – nach Symptomen, die auch ein normaler Mann nicht sucht. An Mark Barstow ist nichts, was mir gefällt. Doch muß ich Achtung vor seiner Begabung haben, und gerade ihretwegen habe ich Angst um dich. Genau so, wie er sein Metall zu verdrehen und seinen Stein zu Gebilden der Macht zu formen vermag, genauso vermag er das zu zerstören, was das Bild, das er von sich selbst hat, stört oder bedroht. Ihr könntet euch gegenseitig in Stücke reißen. Du wärest nicht fähig, mit ihm umzugehen, Ginny. Du bist weder so geschickt wie Vanessa noch so stark wie Isobel. Und du bist auch nicht jenes arme, zerquälte Geschöpf auf dem Bild da oben. Du bist nicht so arm daran, wie sie es war – du warst viel reicher als sie, als du in jener Nacht in New York, als ich dich zum erstenmal sah, auf der Treppe standest. Du hast es nicht nötig, dich für ein Leben nach ihrer Art zu entschließen. Mach dir nichts vor, Ginny.« Und er wiederholte die Warnung dringender, während seine Finger sich in ihren Arm gruben. »Laß dir nichts vormachen von all dem hier!«

Die Worte schienen wie ein Echo durch den Raum zu hallen, wie ein leises Flüstern, eine Ankündigung bevorstehender Gefahr: »... laß dir nichts vormachen ... nichts vormachen ...« Seine Hand gab sie frei und ließ sie mit der Warnung und der neuerwachten Angst zurück.

Eliot verließ Tilsit am darauffolgenden Tag, nachdem er seine Abreise mit einer Unvermitteltheit verkündet hatte, die Ginny bestürzte. Während sie zusah, wie Garth mit übertriebener Sorgfalt Eliots Gepäck in dem Austin Healey verstaute, hatte sie das Gefühl, als wäre sie nicht die einzige in Tilsit, die von Eliots Abreise betroffen wurde. Vanessa erschien, um ihm auf Wiedersehen zu sagen, und blieb zögernd stehen, als bedauerte sie seine Abreise; und sogar Margaret kam aus ihrem Handarbeitsraum herunter. Es herrschte eine Art gekünstelter Fröhlichkeit unter ihnen, wie sie so um den Wagen standen mit Ausnahme von Eliot. Es würde einsam sein, wenn er fort war – ging es Ginny durch den Kopf –, und die Probleme, die seine Anwesenheit anscheinend in der Schwebe gehalten hatten, würden erneut mit ihrer ganzen Schwere ihr Recht fordern; sie würden wieder zu ihren Mahlzeiten zurückkehren, für die keiner es der Mühe wert hielt, sich umzuziehen, und bei denen die Unterhaltung einen langsamen Tod dahinstarb. Kein Eliot würde mehr dasein, um sie voreinander zu schützen.

Der dumpfe Pulsschlag des Motors verschluckte beinahe Eliots Worte, als er ihr seinen kurzen, kühlen Kuß auf die Wange gab. »Rette dich – solange du es noch kannst!«

Und dann fuhr er die Auffahrt hinunter und über die Brücke fort. Das Gefühl des Verlustes schmerzte bereits. Ginny winkte, erhielt jedoch keine Antwort von Eliot. Aus dem Eingang hinter ihr ertönte Vanessas Stimme: »Tja – es war lustig, solange es dauerte.« Und dann folgte das kurze, scharfe Auflachen. »Jetzt können wir also wieder in unsere Zellen zurückkriechen.«

Ginny wollte Trip rufen, da ihr der Gedanke kam, zu Marks Häuschen zu gehen. Etwas hielt sie jedoch zurück, die Erinnerung an Eliots Frage gestern in der Langen Galerie, der sie nicht auszuweichen vermochte. »Mark weiß es. Hast du ihn gefragt, Ginny? Hast du den Mut gehabt, ihm diese Frage zu stellen?« Sie hatte ihn nie gehabt, diesen Mut – und hatte ihn auch jetzt nicht. Doch traute sie sich selbst nicht genug, um Mark mit dieser neugeweckten, quälenden Furcht ins Gesicht zu sehen. So drehte sie sich um und ging mit den andern ins Haus zurück. Garth schloß die Tür mit der üblichen gewandten, leisen Bewegung, doch schien es Ginny, als fiele die Tür mit lautem Knall hinter ihr zu und schließe das ganze Licht aus. Das Haus nahm sie wieder in Besitz und verschlang sie, und oben in ihrem Zimmer lauerte Brown auf sie und musterte sie mit einer sonderbaren Neugier, so als wäre sie gerade von einer Reise zurückgekehrt.

5

Nach Eliots Abreise schlug das Wetter um; es folgten Tage, an denen ein Regenschauer den anderen jagte und stürmische Winde vom Kanal her wehten. Die Blütenblätter der Junirosen lagen verregnet auf den Kieswegen. In Tilsit verfielen sie wieder in die alte Routine; die festliche Atmosphäre war verschwunden. Die Stunden hatten jetzt einen bleiernen Geschmack, und die Tage schienen Ginny so langsam zu verstreichen, daß sie ihr doppelt so lang vorkamen. Als die Routine dann jäh durch Trips Verschwinden unterbrochen wurde, schienen ihr viel mehr als nur drei Tage nach Eliots Abreise vergangen zu sein.

Der Spaniel erwartete Ginny nicht wie sonst, als sie sich nach dem Abendessen auf ihr Zimmer zurückzog; sie lauschte auf das sanfte Kratzen an der Tür, als sie aus reiner Gewohnheit nach den Tagebüchern griff. Sie hatte sich bisher der Selbsttäuschung hingegeben, Trip nur zu dulden, weil seine Trauer um Isobel und seine Suche nach ihr es unmöglich machten, ihm einen oberflächlichen Trost zu verweigern. Doch ohne den in dem Korb vor dem Kamin zusammengerollten seidigen Körper schien der Raum leerer und größer denn je; sie erkannte, daß sie den Hund vermißte, das gelegentliche Heben seines Kopfes, die unaufhörliche stumme Frage seiner braunen Augen und den Seufzer, wenn er sich nach einem letzten Recken und Strecken wieder zusammenkauerte.

Bevor sie zu Bett ging, stieg sie noch einmal die Treppe hinunter und sah in allen Zimmern nach; sie riegelte sogar die Haustür des Südflügels auf und stieß sie auf, um blind in die regnerische Finsternis hinauszuspähen und den Namen des Hundes völlig sinnlos in den Wind zu rufen. Als sie die Tür wieder schloß, stand Brown auf der Treppe; sie glich einer Vogelscheuche mit dem langen, verschossenen Morgenrock und dem grauen Zopf, der ihr über die Schulter hing.

»Ist etwas nicht in Ordnung, Miss Virginia?«

»Ja, Trip – er ist nicht hereingekommen. Ich kann ihn nicht finden.«

»Ich habe ihn noch selbst gefüttert, Miss – danach lief er nach draußen. Ich war überzeugt, jemand von der Küche hätte ihn wieder hereingelassen. Es sieht ihm gar nicht ähnlich, draußen zu bleiben. Er hat nie irgendwelche Mühe gemacht. Er war immer bei Miss Isobel, so daß niemand nach ihm zu suchen brauchte ... Soll ich Garth holen, Miss?«

»Nein, lassen Sie nur. Ich bin sicher, er ist morgen früh wieder da. Wahrscheinlich ist er in den Ställen ... na, ich glaube, wir brauchen uns nicht aufzuregen.«

Und doch glaubte sie ihren eigenen Worten nicht, nicht einmal während sie diese aussprach. Eine unbestimmte innere Unruhe ließ sie nicht los, und sie schlief schlecht; mehrmals wachte sie auf, ging zur Tür und öffnete sie, für den Fall, daß Trip da wäre. Und jedesmal, wenn sie zu ihrem Bett zurückging, gewahrte sie durch das Fenster den Widerschein von den großen erleuchteten Dachfenstern von Marks Atelier; und es gelang ihr, aus dem Anblick einen gewissen Trost zu schöpfen.

Am nächsten Morgen war sie bereits vor Sonnenaufgang auf und durchsuchte den Garten. Sodann folgte sie dem Lauf des Flusses weiter landeinwärts und machte Abstecher zu einigen Bauernhöfen, um nach dem Hund zu fragen. Als sie so eine Stunde gesucht hatte, kehrte sie um und ging quer über die Felder zum Flüßchen zurück; an der alten Steinbrücke, unter der es dicht bei Tilsit hindurchfloß, langte sie wieder bei ihm an. Als sie sich auf gleicher Höhe mit dem Turm befand, zögerte sie und erwog, ob sie dem Flußlauf in seinem weiten Bogen vom Hause fort folgen oder den Abhang zum Turm hinaufsteigen sollte, um die Suche zwischen den halb zugeschütteten Kellern und den Kaninchenbauen aufzunehmen. Da wandte sie sich um und schaute nach Tilsit zurück, und der Anblick ließ sie wie angewurzelt stehenbleiben. Die Ruhe dieses frühen Morgens hatte nun, wo der Regen und Wind aufgehört hatte, einen strahlenden Glanz, der sie geradezu blendete, und in diesem Glanz lag Tilsit wie ein Gebilde da, an das man sich aus einem Märchen erinnert – die Kamine und zinnenbewehrten Dächer glichen einer schimmernden Stadt, und das blasse, verwaschene Blau des Himmels war wie ein seidener Hintergrund für den blaßgrauen Haufen von Steinen. Jedes Blatt und jeder Grashalm zitterte unter dem Gewicht der in der frühen Sonne glitzernden Nässe, und die feuchte Erde war dunkel und strömte einen süßen Duft aus. So mochte es alles damals gewesen sein, dachte Ginny, als Tilsit neu erbaut war, als das erste Dach auf die ersten aufstrebenden Mauern gesetzt wurde, im Alter seiner Unschuld, frisch und unberührt. In diese Welt der Reinheit und des Friedens brachen die schmerzerfüllten Klagelaute von Browns rasendem Zorn. Die Frau war plötzlich auf der Horizontlinie oben beim Turm aufgetaucht; und nun jagte ihre hagere Gestalt, wie von Furien getrieben, zwischen den herumliegenden Steinbrocken hindurch. Sie hielt etwas wie ein Kind in den Armen. Ginny begann den Abhang hinaufzuhasten.

Trips Körper in Browns Armen war vor Schmerz zusammengekrümmt und in dieser Stellung erkaltet; das lange, gelockte Fell war von Blut verklebt

»Dieser Mann hat es getan!« rief Brown, und ihre Stimme hob sich zu einem Schrei. »Er mußte es mit diesem unschuldigen Geschöpf genauso machen wie mit ihr!«

Ginny bekämpfte ihr Entsetzen, als sie die Hand auf den kalten, nassen Körper legte. »Wo haben Sie ihn gefunden?«

»Unten an der Klippe – wo der Mann ihn hinunterwarf. Ich mußte die Klippe hinunterklettern!« Ein Schluchzen rasender

Wut schüttelte Brown. »Er konnte dies arme, unschuldige Tier nicht am Leben lassen, weil es wußte, was er für einer war! Er konnte nicht frei atmen, solange der Hund lebte – also mußte er ihn umbringen!«

Die alten Zweifel flammten wieder in Ginny auf, so daß ihr geradezu übel wurde. »Bring ihn zum Haus zurück«, gebot sie Brown. »Ich komme in Kürze nach.«

Browns Raserei wich Besorgnis. »Sie werden aber doch nicht in die Nähe dieses Mannes gehen, Miss ...? Miss ... kommen Sie zurück! Miss Virginia ...!«

Ginny hielt nicht inne, um ihr zu antworten, als sie durch das hohe Gras und die Steinblöcke auf die Küste zuzulaufen begann.

Mark saß im Wohnzimmer mit einem überquellenden Aschenbecher zu den Füßen. Er rauchte jedoch nicht, als sie die Tür öffnete; er saß schlaff in sich zusammengesunken da und ließ die Arme über die Seitenlehnen hängen, als wäre ihm ihr Gewicht zu schwer. Sein Gesicht war bleich und übernächtigt und die schwarzen Bartstoppeln lagen wie ein dunkler Schatten über ihm. Er wandte kaum den Kopf, als Ginny eintrat, und doch war es die einzige Geste, mit der er ihre Anwesenheit zur Kenntnis nahm ... Ginny schloß die Tür und lehnte sich mit dem Rücken gegen sie.

»Brown hat Trip gefunden!«

Es kam keine Antwort von Mark; er bewegte nur kaum wahrnehmbar die Lippen.

»Ich sagte«, wiederholte sie, »daß Brown Trip gefunden hat!«

»Was?« Er drehte sich zu ihr und sah sie an; seine Augen waren glanzlos und rot gerändert. »Was sagtest du?«

»Hast du nicht gehört, was ich gesagt habe?«

Er schüttelte den Kopf, als versuchte er aufzuwachen. »Ich bin müde; ich hab' die ganze Nacht gearbeitet. Wieviel Uhr ist es?«

»Hast du nicht gehört, was ich gesagt habe?« fragte sie abermals.

»Was hast du denn gesagt?«

»Brown hat Trip gefunden!«

»So ...? War er fortgelaufen?«

»Trip ist tot. Brown hat ihn unten an der Klippe gefunden.« Sie stolperte über die Häßlichkeit dieser Worte. »Hast du Trip getötet, Mark? Hast du ihn geschlagen – oder sonst etwas mit ihm gemacht – und ihn dann die Klippe hinuntergeworfen?«

Wie durch eine Explosion kam Leben in seinen Körper; er fuhr im Sessel in die Höhe, wobei er mit der Fußspitze den überquellenden Aschenbecher anstieß und umwarf.

»Worüber redest du eigentlich in Gottes Namen?«

»Trip! Ich sagte Trip, nicht wahr?« Ihre Stimme schnitt schrill durch die Luft. »Hast du ihn verletzt? Hast du ihn getötet?«

»Glaubst du, ich hätte ihn getötet?«

»Hast du es getan?«

»Weshalb sollte ich das tun?« Sein Gesicht war von dunkler Zornesröte überzogen. Die Sehnen an seinem Hals standen wie Stricke hervor; er ballte die Finger in die Handflächen. Jetzt spürte Ginny das Drohende seiner Kraft.

»Weil ... weil ...« Sie schüttelte den Kopf und bedeckte jäh den Mund mit der Hand. Als sie wieder zu sprechen begann, war ihre Stimme ein bebendes Flüstern. »Verzeih mir ... Ich weiß nicht, was ich sage.«

Er war jedoch nicht besänftigt. »Schon gut, aber ich weiß, was du sagen willst! Du glaubst, ich hätte dieses elende Viech getötet, nur weil es zufällig ihr Hund war? Du hältst mich also für wahnsinnig genug, das zu tun!«

»Brown sagte ...«

Er unterbrach sie. »Brown! Was zum Teufel hat Brown damit zu tun? Wir hören also jetzt auf Brown, ja? Was sie sagt, ist plötzlich wichtiger als das, was ich sage. Und warum soll ich diesen verdammten Köter umgelegt haben? Los – sag es! Warum – warum?«

»Weil Trip es wußte.«

»Es wußte – was wußte?«

»Trip wußte, was in jener Nacht geschah, als Isobel umkam. Er wußte, was geschah. Er ist der einzige – außer dir.«

Nun stand er auf, und die ungelenke Bewegung verriet deutlich seine Übermüdung. Er bohrte die Hände in die Hosentaschen und pflanzte sich in der gewohnten Stellung breitbeinig vor ihr auf. Seine Stimme war ein leises Poltern der Wut. Er schien darum zu ringen, nicht die Beherrschung zu verlieren.

»Ich habe ihnen bei der gerichtlichen Untersuchung gesagt, daß ich nichts über das wüßte, was Isobel zustieß, nachdem sie dieses Haus verließ.«

»Das hast du ihnen gesagt.«

»Und du glaubst nicht, daß es die Wahrheit ist?«

»Ich will hören, was die Wahrheit ist. Jetzt will ich es hören. Jetzt, Mark!«

Seine Bewegung war langsam, schwerfällig und bedacht. Er

stieß im Umdrehen erneut gegen den Aschenbecher; dann ging er durch den Raum auf den Durchgang zum Atelier zu. Sie wußte sofort, daß dies wahrscheinlich die einzige Antwort sein würde, falls sie ihn nicht aufhielt.

»Wohin gehst du?«

»Wohin? Wohin ist mir egal.« In der Tür fuhr er noch einmal zu ihr herum. »Irgendwohin – alles besser als hier.«

»Du meinst, du gehst fort – fort von Tilsit?«

»Fort von Tilsit? Erschreckt dich das so? Bist du ihr wirklich so ähnlich, daß dir der Gedanke, Tilsit zu verlassen, unmöglich erscheint? Ja, ich gehe fort – und das hätte ich schon längst tun sollen! Ich hätte fortgehen sollen, bevor Isobel Gelegenheit hatte, mich so zu fesseln, daß ich kaum atmen konnte, und ehe – ja, ehe ich verrückt genug war zu glauben, irgend etwas könnte dadurch, daß ich dich liebte, anders werden. Du kannst nicht anders sein. Du bist Tilsit – nein, schüttel nicht den Kopf, denn du bist nicht in der Lage, es von außen zu sehen und zu erkennen, was du bist. Du warst Tilsit in dem ersten Augenblick, als ich dich erblickte, und ich sagte es ja auch damals, besaß aber nicht Verstand genug, um zu erkennen, wie recht ich hatte. Du warst schon lange vorher Tilsit – ohne es überhaupt zu kennen. Die Tilsits konnten nie lieben und die Folgen davon hinnehmen. Sie fragen immer erst ›Was ist gut für Tilsit‹ – und das übrige ergibt sich dann dementsprechend.«

»Ich habe nichts dergleichen gesagt! Ich kam wegen Trip ...«

»Weil du glaubst, ich könnte dieses verfluchte Biest getötet haben? Und weil das bedeuten würde, daß ich – direkt oder indirekt – für Isobels Tod verantwortlich sei!«

Er hob die Hand und deutete auf sie. »Dann laß mich dir sagen: Du bist doch als eine Tilsit hergekommen. Du kamst, um mich zur Rechenschaft zu ziehen. Wenn du überzeugt wärest, daß ich nichts mit Isobels Tod zu tun hätte, brauchtest du gar nicht wegen Trip zu fragen. Wenn du Zweifel hast, reichen diese bis zum Herzen vom Ganzen, bis ganz hinunter. Und ich bin ein verdammter Narr gewesen, an Liebe zu glauben, wo solche Zweifel bestehen. Die beiden vertragen sich nicht miteinander – Liebe und Zweifel. Und ich bin mehr als nur ein Narr gewesen, mir einfallen zu lassen, eine Tilsit zu lieben.«

Seine Hand fiel schlaff herunter, und er stieß ein wildes und verbittertes Gelächter aus. »Eine Tilsit lieben? Zu erwarten, daß eine Tilsit mich liebt? Ich muß den Verstand verloren gehabt haben! Die Tilsits lieben Männer nicht – sie benutzen sie!«

Ginny sank gegen die Tür; die Kraft ihres zornerfüllten Mißtrauens, die sie hergetragen hatte, schien sie plötzlich zu verlassen. Sie vernahm hier den Schrei der Verbitterung ihres Vaters, und sie wußte keine Antwort.

»Und laß mich dir noch etwas sagen«, fuhr Mark fort. »Du hast mich nicht zusammen mit dem ganzen Rest da geerbt. Ich gehöre mir selbst! Vergiß das nicht!«

Als er darauf durch den Gang zum Atelier ging, dröhnte seine Stimme zu ihr zurück: »Du kannst dir einen andern für die Fabrik suchen – und einen andern für diese Bude. Ich bin fertig mit allem hier!« Der trotzige, frohlockende Triumph in seiner Stimme traf sie wie ein Schlag. »Ich bin fertig mit den Tilsits – hier und jetzt!«

6

»Mark ist also fortgegangen ...«, bemerkte Vanessa. »Na, er wird schon wiederkommen. Mark kommt immer wieder.«

Ginny hob den Kopf, um Vanessa anzusehen, die vor ihr auf einem der Gartenwege stand. Ginny hatte zusammengekauert auf einem Gartenstuhl gesessen, seit sie von Marks Häuschen zurückgekommen war, und da die Sonne schien und es bald Mittag war, wußte sie, es konnte nur eine innere Kälte sein, die sie frösteln machte. »Woher weißt du, daß er fort ist?«

»Er rief im Werk an. Vater rief hier an. Es wird ein neuntägiges Wunder. Manche werden hoffen, daß er nicht wiederkommt, er wird jedoch zurückkommen.«

»Nein«, erklärte Ginny. »Diesmal wird er, glaube ich, nicht zurückkommen.«

»Unsinn.« Vanessa stieß ihr seltsames Lachen aus. »Tilsit steckt Mark genauso im Blut wie dir und mir. Du machst dir nicht klar, daß man dafür nicht unbedingt in Tilsit geboren sein muß ... es ist eine Krankheit, eine Sucht. Mark hat sie. Er kommt schon zurück.«

Ginny glaubte es nicht, und die Tage der Reue nach Marks Fortgehen waren lang und schleppend. Es waren bittere Tage, Tage des Grübelns und Zweifels. Die Routine war durch einen Akt der Rache durchbrochen, und nun war nichts da, um die Lücke auszufüllen. Ginny ging nicht ins Werk und unternahm auch keinen Versuch mehr, sich durch die Papierbündel in Isobels Büro hindurchzuarbeiten. Es bestand keine Notwendigkeit mehr, mit Trip spazierenzugehen, und kein Grund, in die Nähe des Häuschens zu gehen. Von Randall kamen Briefe, die sich mit irgendwelchen Angelegenheiten des Besitzes befaßten; sie legte sie ungelesen beiseite. Der morgendlichen Besuche bei Mark beraubt, des täglichen Zuschauens bei seiner Arbeit und der stillen, zärtlichen Stunden vor dem Kamin, besaß der Tag nun keinen Sinn und Inhalt mehr für sie. So streifte sie ziellos durch die Korridore und Galerien von Tilsit, öffnete Türen von Zimmern, die sie noch nie gesehen hatte, schaute in Schränke und schlug die Schutzüberzüge von Möbelstücken in den Speicherräumen zurück; doch tat sie all dies nicht so, wie Eliot es getan hatte, von Neugier getrieben. Es geschah lediglich in dem Versuch, die Ruhelosigkeit zu mindern, die an ihr nagte, und sich ein wenig zu ermüden, um nachts einige Stunden Schlaf und in ihnen Frieden zu finden.

»Liebte ich ihn?« Sie sprach die Frage schließlich laut aus, als sie ihrem eigenen Spiegelbild gegenüberstand, das sie, von einem der Schaukästen in der Porzellansammlung unvollkommen zurückgeworfen, ansah. »Wenn ich ihn liebte, konnte ich dann an ihm zweifeln? Er wußte, daß ich an ihm zweifelte ... und so ging er fort, und ich verlor ihn. Und wie, wenn er nun Trip tötete? ... und wie, wenn er nun Isobel sterben ließ? Ist es mir so wichtig – oder liebe ich ihn so sehr, daß ich sagen kann, nichts davon sei wichtig? Liebe ich ihn so sehr – mich nicht darum zu kümmern?«

Das Spiegelbild gab ihr keine rechte Antwort, und dann merkte sie plötzlich, daß zwei Besucher eingetreten waren, sie anstarrten und diesem Dialog zwischen Einbildung und Verzweiflung lauschten. Sie hatte vergessen, daß es einer der Besichtigungstage war, einer jener Tage, an denen sie an jeder Ecke auf Fremde stieß, die ihre halbe Krone gezahlt und ein gutes Recht darauf hatten, dazustehen und sie anzustarren, wie diese beiden es taten. Sie erkannte in den entsetzten Gesichtern eine Andeutung des Wahnsinns, den jene ihr zuschrieben.

Sie drehte sich um und stürzte aus der Galerie, durch den neuen Flügel des Hauses und hinauf in ihr Zimmer; dort wartete kein Trip und ausnahmsweise einmal auch nicht Brown, sondern nur die Tagebücher.

Isobels Tagebücher bildeten ihren einzigen Halt in diesen Tagen. Nach sorgfältigem Suchen fand sie nun die vielen Bemerkungen über Mark, die Isobel im Laufe der Jahre über sein Heranwachsen und seine Arbeit im Werk und in seinem Atelier hineingeschrieben hatte. Sie fand sogar die erste Eintragung, die sich mit ihm befaßte. ›Ich habe einen Jungen entdeckt, kaum mehr als ein Kind, der bemerkenswerte Geschicklichkeit und großes Feingefühl mit den Händen zeigt. Ob es nur kindliche Gewandtheit ist oder ob er die Fähigkeit besitzt, diese Anlagen auszubauen und zu entwickeln, werden wir erst im Laufe der Zeit feststellen können.‹ Und ein Jahr darauf: ›Mark Barstow kam heute zu Besuch. Was für ein Lümmel ist doch dieser Junge und wie zu bedauern. Aber welche Vitalität – und sein Talent wächst.‹ In dem Jahr, als Mark siebzehn wurde, hatte Isobel geschrieben: ›Mark hat den Sommer bei uns in Tilsit gelebt und im Werk gearbeitet. In vieler Hinsicht eine Katastrophe – beschädigte Gegenstände, ein Pferd tot durch Unachtsamkeit und mangelndes Beurteilungsvermögen, ein Hund tot, ein Küchenmädchen in hysterischen Zuständen – und doch waren wir uns alle seiner dynamischen Anwesenheit bewußt, deren Unannehmlichkeiten ertragen werden müssen wegen der anderen Dinge, die er mitbringt. Sein Selbstvertrauen darf nicht erschüttert werden. Er reagiert jedoch auf eine feste Hand.‹ Und ein wenig später: ›Sogar in ihrem Alter ist Vanessa schon sehr beeindruckt von Mark, obgleich sie vorgibt, seine Manieren zu verachten.‹ Vier Jahre darauf hatte Isobel vermerkt: ›Wenn er sich und sein Material völlig in der Kontrolle hat, ist sein Talent großartig. Tilsit braucht ihn sehr nötig. Es muß einen Weg geben, um ihn für Tilsit zu behalten.‹

Ginny hatte, während sie durch die folgenden Jahre in dem Tagebuch las, nur Interesse für Eintragungen, die Mark betrafen – sie las von den Triumphen, den Rückschlägen und Isobels wachsender Sorge, ihn zu halten. Wenn auch nichts anderes Ginny interessierte, so vermochte sie doch nicht zu übersehen, daß die größte Leidenschaft des Tagebuches in diesem Stadium Vanessas Heirat galt, den Bemühungen, diese aufzulösen, und dem Versuch, Vanessa nach Tilsit zurückzuholen. Als alles fehlschlug, hüllte Isobel sich in trotziges Schweigen über alles, was Vanessa anging.

Ginny fand kurze Zeit vor dem Tag, an dem Isobel in dem Kloster Santa Maria erschienen war, die Worte: ›Mark zeigt zu großes Interesse für ein Mädel aus Bournemouth – Sara Conyingham. Das muß aufhören. Sie würde nie nach Tilsit passen.‹ Und zwei Wochen darauf: ›Ich habe mit Sara Conyingham gesprochen. Ich denke, sie wird keinen weiteren Ärger mehr machen.‹ So wurde Marks Leben, mit oder ohne sein Wissen und seine Zustimmung, gelenkt und geordnet.

Auf der letzten Seite dieses Buches fand Ginny die erste Bemerkung über sich selbst: ›Johns Tochter ist jetzt alt genug, um zu beurteilen, wo ihre besten Interessen liegen. Ich habe vor, sie nach Tilsit zu bringen.‹

Darauf folgten keine weiteren Eintragungen. Die restlichen Seiten waren aus dem Buch herausgeschnitten. Ginny durchsuchte mit einem Gefühl der Unbefriedigung all die übrigen blauen Lederbände, Isobels Tagebücher, doch sie alle waren früheren Datums als dasjenige, in dem die Eintragungen aufhörten. Isobel hatte also nie den Besuch im Kloster Santa Maria festgehalten und auch nicht die Übersendung des Käsemessers nach St. Nicolaas. Isobels Geschichte endete hier an diesem Punkt, so abrupt, als wäre sie damals, und nicht erst zwei Jahre später, gestorben.

Margaret hob den Kopf und sah Ginny ohne Frage im Blick entgegen, als diese den Raum betrat. Sie blieb einen Augenblick stumm und nickte dann leicht.

»Du bist also gekommen. Ich habe mich schon gefragt, wann du wohl kommen würdest.« Sie sagte es ohne Vorwurf, lediglich als Feststellung. Ginny hatte das Gefühl, als mochte Margaret viele Jahre in diesem Raum auf jene gewartet haben, die niemals gekommen waren und daß, auch wenn überhaupt keiner kam, das Margaret nicht weiter berührte.

Ginny brachte weder eine Entschuldigung noch einen Vorwand vor. Um in diesen Raum zu gelangen, mußte man durch den Söller und das Große Schlafzimmer gehen, in dem der Memling und die Holbein-Zeichnung hingen, die Eliot so geliebt hatte, durch die Abgrenzungen der Samtkordeln und durch ein Vorzimmer mit vergoldeter Decke bis zu diesem Zimmer am äußersten Ende des Flügels, dessen Fenster nach Norden, Süden und Osten gingen und dessen Helligkeit die alte, dunkle Wandtäfelung ausglich. Es war ein kleinerer, intimerer Raum und ein sehr schöner, mit dem Geruch nach Wolle und Leinwand und dem Duft der Schale mit Blumen auf dem kleinen Tisch, den obligaten Lichtbahnen der schrägen Nachmittagssonne, welche die Staubkörnchen in der Luft sichtbar machten und Margarets Haar silbern aufleuchten ließen, wie sie so über ihren stehenden Stickrahmen gebeugt dasaß. Das Zimmer war sparsam eingerichtet; es enthielt lediglich zwei Stühle, einen großen Eichentisch an der einen Wand und zwei Eichenpressen zwischen den Fenstern. In einer Ecke stand ein Webstuhl.

Ginny schloß die Tür und begann langsam, durch die Länge des

Raumes zu gehen; sie bedauerte, daß sie es bisher vermieden hatte, hierherzukommen und daß sie nun nur hierhergetrieben worden war, weil ihre Ruhelosigkeit sie schließlich zu dieser Tür gelangen ließ, die sie zum erstenmal geöffnet hatte. Der Eindruck, den sie augenblicklich erhielt, war stärker und eindringlicher als alles, was Margaret selbst außerhalb dieses Raumes ausstrahlte. Die tiefe Stille und Ruhe ließen ihn nicht so sehr als Zufluchtsort erscheinen, sondern vielmehr als eine bemannte Festung gegen die Einfälle der Außenwelt. Ginny erkannte nun, daß Margaret nicht an diesen Ort flüchtete, sondern sich auf ihn zurückzog.

»Dies ist ein schöner Raum«, meinte sie.

Margaret hatte ihre Arbeit wiederaufgenommen. »Ja«, bestätigte sie. »Isobel gab ihn mir damals, als ich mit den Ausbesserungsarbeiten an den großen Wandteppichen begann. Wir benötigten besondere Rahmen – und ich brauchte einen Platz, an dem ich möglichst viele Stunden am Tag natürliches Licht hatte. In diesem Flügel ist natürlich kein elektrisches Licht, wodurch meine Arbeitsstunden im Sommer viel länger sind als im Winter. Das bringt mir immer die Jahreszeiten sehr zum Bewußtsein.«

»Du hast einen prachtvollen Blick.«

»Ja – jede halbe Stunde gehe ich ans Fenster und schaue hinaus, um meine Augen auszuruhen. Den Blick über den Garten mag ich am liebsten. Von den Ostfenstern kann man über das ganze Tal sehen – nur die Porzellangalerie hätte den gleichen Blick, doch wurden dort die Ostfenster zugemauert und das zweite Stockwerk herausgerissen, um der Galerie ihre Höhe zu geben.« Die Stimme fuhr sanft und unbeirrt fort, während die Nadel mit flinker Genauigkeit durch den Stoff glitt. Ginny trat dichter an den Stickrahmen heran, an dem Margaret saß.

»Woran arbeitest du gerade?«

»Dies ist das Mittelstück für eine neue Bettüberdecke für das Große Schlafzimmer. Es wird auf einen blauen Samtuntergrund appliziert.«

»Sie scheint anders zu werden als die jetzige.«

Margaret nickte. »Soweit ich herausfinden konnte, stammt die jetzige mit dem Wappenmuster aus Jane Tilsits Zeit. Jenes Muster war eine Neuerung und paßte nicht nach Tilsit. Deshalb habe ich auf das Blumen- und Vogelmotiv aus dem Wandbehang im Söller zurückgegriffen. Dies ist fast eine genaue Kopie – mit einigen Zusätzen von mir. Es ist reines siebzehntes Jahrhundert – damals wurden alle Räume auf dieser Seite neu getäfelt – wie auch die Lange Galerie erbaut ...«

Ginny lehnte sich an das Fenster zurück. »Du kennst die Geschichte dieses Hauses genausogut wie Vanessa.«

Da Margaret den Kopf über den Rahmen gebeugt hielt, war es unmöglich, ihren Gesichtsausdruck zu erkennen. »Ich habe lange Zeit gehabt, sie zu lernen.«

»Hast du ... hast du dieses Haus schon vor deiner Heirat gekannt?« »Ja. Ich wuchs hier in der Nähe auf. Zu jener Zeit, als Isobel und ihr Bruder jung waren, gingen hier mehr Menschen aus und ein, obwohl Tilsit niemals der Schauplatz großer gesellschaftlicher Aktivität war. Es war nur lustiger im Vergleich zu der Zeit, als Jane Tilsit jung war so wie ihre Tochter Elizabeth. Als Jane eine alte Dame war – ich habe Jane Tilsit mehrmals gesehen –, versuchte sie, ihre Türen zu öffnen, um die jungen Männer zu ermutigen, Isobel den Hof zu machen. Man spürte jedoch immer, daß es nur vorübergehend war und Tilsits Tore sich wieder schließen würden, sobald Isobel und ihr Bruder verheiratet waren. So kannte ich es, als ich jung war.«

»Du hast dann also meinen Vater gekannt? Du mußt ihn sogar recht gut gekannt haben.«

Eine winzig kleine Pause entstand im Rhythmus der auf und nieder blitzenden Nadel. Sie war beredter als die geringfügige Veränderung des Tonfalls. »Ja, ich kannte ihn recht gut.«

In der nächsten halben Minute wurde das Tempo der Hand rascher, wie um jene verlorenen Sekunden wieder aufzuholen. Als Margaret schließlich wieder zu sprechen anhub, hatte ihre Stimme den leichtesten Anflug von Lebhaftigkeit, nur eine Nuance, die den beschleunigten Bewegungen der Hände entsprach.

»Ich habe mich oft gefragt, wie das Leben deines Vaters wohl gewesen sein mochte, nachdem er Tilsit verließ. Es war so schwer, ihn sich fern von Tilsit vorzustellen. Alles, was ich wußte – was wir wußten –, war, daß er irgendwo auf den Westindischen Inseln lebte. Ich bin nie gereist, weißt du ... es war so schwer, ihn sich vorzustellen ...«

»Auf St. Nicolaas ...?« Ginny brach ab und schöpfte tief Atem, und dann vermochte sie zum erstenmal, seit sie nach Tilsit gekommen war, ohne Hemmungen von St. Nicolaas und dem dortigen Leben zu sprechen, ohne auf die Worte zu achten oder Bedenken zu haben, ob sie ihre Zuhörerin langweilte. Die Nadel fuhr fort, in stetem Rhythmus im Sonnenlicht aufzublitzen, als sie von Oranje Huis zu erzählen begann, von dem Garten, der eine verkleinerte Wiedergabe von Tilsits Gartenterrassen war, von den Tagen unter der heißen Sonne und den Nächten mit wolkenlosem Himmel und jähen Regenschauern, von der sanften Monotonie des Lebens, den bewegten, erschöpfenden Monaten der Zuckerrohrernte und den langen Monaten des Anbaus. Irgendwie kam in ihre Worte das Bild eines reichgelebten Lebens am Rande der Armut, eines Lebens der Hinnahme und Loyalität. Irgendwie mußte sie auch von Liebe gesprochen haben, da Margaret sie einmal unterbrach.

»Und deine Mutter – was für eine Frau ist sie? Ich hätte gerne gewußt ... Es war schwer, sich vorzustellen, was für eine Frau dein Vater geheiratet hatte ...« Es wurde so sanft gesagt, daß es unmöglich war, gekränkt zu sein, und die Tatsache, daß Margaret überhaupt diese Frage stellte, schloß jede Verweigerung einer Antwort aus.

»Meine Mutter ... Ich glaube, sie ist schön ...« Ginny rief sich das Bild ihrer Mutter vor Augen und wurde sich augenblicklich des Gegensatzes zwischen diesen beiden Frauen bewußt und überlegte, ob es möglich wäre, Katriens erdhafte, zuverlässige Eigenschaften innerer Kraft diesem schwerelosen, schwebenden Geschöpf zu beschreiben, das nur in diesem Raum etwas reale Substanz angenommen hatte. »Sie ist ganz anders als mein Vater«, sagte Ginny. »Doch sie paßte, glaube ich, sehr gut zu ihm. Sie war ... gut für ihn.«

Margaret nickte über dem Stickrahmen. »Man wußte nicht, wie sein Leben aussah. Er liebte Tilsit – es war schwer, ihn sich woanders vorzustellen ...« Die sanft gesprochenen Worte schienen anzudeuten, daß das, was Ginny gesagt hatte, nicht ganz die Wahrheit war. Margaret hoffte, wie Ginny plötzlich begriff, es möge nicht ganz die Wahrheit sein. »Es klingt so gar nicht nach ihm – all die Jahre so schwer zu arbeiten, all die Dinge zu entbehren, die er so gern hatte – Tennis und Segeln und seine Freunde. Aber – ich bin froh, daß er glücklich war.«

»Glücklich?« Sie hatte sich diese Frage nie unumwunden gestellt, da die Antwort in jedem Falle ihren Vater ihrem Gefühl nach zu sehr festgelegt hätte und es zu kindisch schien zu erwarten, ein ganzes Leben in einem so einfachen Wort zusammenzufassen. Zufrieden, vielleicht? Nein, John Tilsit war nie ein zufriedener Mann gewesen, vermochte es nie zu sein. Sie mußte das stärkere Urteil wagen. »Glücklich? – Ja, er war glücklich. Ich glaube, er war es. Ich denke, er wußte schließlich, daß er es war. Zumindest war es wohl das, was er mir zu sagen versuchte. Es war schrecklich zu erkennen, daß er es vielleicht gerade erst selbst begriffen hatte. Es war spät, aber genügte, glaube ich.«

»Ich bin froh darüber«, wiederholte Margaret. Diesmal war es mehr als eine höfliche Formel; der Tonfall enthielt mehr Überzeugung und sogar eine Andeutung von Hinnahme. »Ich bin froh, daß Johnnie glücklich war.«

»Johnnie ...« Der Name wurde wie ein leiser Seufzer gehaucht, so behutsam behandelt wie etwas sehr Wertvolles und selten Benutztes. Nur Lord Chardley, ihres Vaters Freund, hatte ihn auch so genannt.

»Du hast ihn Johnnie genannt ...«

Die Nadel verharrte nun völlig, und die Hände kamen auf dem Rahmen zur Ruhe.

»Jeder, den er liebte, nannte ihn Johnnie. Er liebte mich.«

Ginnys Laut der Überraschung ließ Margaret den Kopf heben. Sie blickte Ginny an, und die unbeteiligte Stimme war plötzlich gespannt und beinahe entschlossen. »Du glaubst das nicht? Ich sage dir, er liebte mich. Und ich liebte ihn. Wir hätten geheiratet, wenn Isobel es nicht vereitelt hätte.«

»Isobel hat es vereitelt? Ich glaube nicht, mein Vater hätte zugelassen ...« Ginny bekam Zweifel, die stärker wurden, als sie sah, daß Margarets leuchtendblaue Augen eine seltsame Starrheit hatten, beinahe den starren Blick einer Hypnotisierten; und Ginny erinnerte sich daran, wie äußerst selten es einem gelang, Margaret in die Augen zu sehen.

»Sie vereitelte es! Ja, sie vereitelte es!« Die Worte brachen aus ihr hervor, als hätten sie lange Zeit darauf gewartet, gesagt zu werden. »Nicht, daß Johnnie es zuließ. Er liebte mich – ich weiß, er liebte mich. Doch Isobel wollte nicht, daß wir heirateten. Ich war gut genug für Lawrence, weißt du, aber nicht für Johnnie. Johnnie war ein Tilsit, und er sollte eine Bedeutendere haben, eine, die Geld hatte. Das war Isobels Meinung. Sie verstand nicht, was es heißt, jemanden zu lieben, oder wie weh es tun konnte ... O ja, es tat weh. Es tat so weh, daß ich mich täuschen ließ. Hätte ich Johnnies Liebe genügend vertraut, so hätte ich mich nicht täuschen lassen. Aber ich war jung, mußt du bedenken, und Isobel war eine starke Frau. Jeder tat immer, ohne zu fragen, das, was Isobel sagte – *ich* tat es immer. Ich dachte nicht, daß sie mich täuschen würde. Ich merkte nicht, daß sie mich anlog, um den Ausgang der Dinge nach ihrem Willen zu lenken. Einem kam einfach nicht der Gedanke, daß Isobel wegen irgend etwas lügen müßte. Was sie auch wollte, schien stets von selbst zu geschehen, ohne daß sie mehr zu tun brauchte, als zu sagen, es würde so sein. Sie schien nicht der Typ, der lügt, weißt du ...«

Die schmalen weißen Hände waren jetzt geballt; auf Margarets

Wangen erschienen zwei scharfe rote Flecken, die in merkwürdigem Kontrast zu ihren zarten Gesichtszügen standen. Mit einer Art Mitleid fragte Ginny behutsam: »Wie hat Isobel dich getäuscht?«

Die Worte kamen wie in einem Sturzbach; es war nicht nötig gewesen, Margaret zu fragen; die Flut war nicht mehr zu halten. »Es war unmittelbar, nachdem der Prozeß zu Johnnies Ungunsten entschieden worden war – als der Unfall im Werk passierte. Ich hatte Isobel während des Prozesses nicht gesehen – sie wußte natürlich, auf wessen Seite ich stand, und Johnnie wohnte damals nicht in Tilsit. Er hatte einen gerichtlichen Bescheid, der ihm gestattete, in Tilsit zu leben, doch wohnte er in Wirklichkeit in dem Häuschen, das jetzt Mark hat – es war eine Art Spielhaus für Isobel und Johnnie, als sie noch klein waren. Ich ging also immer dorthin, um ihn zu sehen, und ich kam nie in die Nähe des Hauses. Als ich von dem Unfall erfuhr, wußte ich, wie es Johnnie aufregen würde. Ich mußte einfach zu ihm gehen und ihn sehen. Er war jedoch nicht in dem Häuschen. Ich hatte den verzweifelten Wunsch, ihn zu sehen, mußt du wissen. Seit der Urteilsverkündung hatte ich ihn nicht mehr gesehen – das war am Tage zuvor gewesen. Es war von großer Bedeutung für uns, weißt du. Er hatte mich zwar noch nicht gefragt, ob ich ihn heiraten würde – ich war damals erst achtzehn –, aber wir waren uns einig, alles endgültig festzusetzen, sobald die Entscheidung über das Erbe ausgesprochen worden war. Wir erwarteten nicht – Johnnie und ich –, daß sie gegen ihn ausfallen würde. Da saß ich nun. Ich war mir nicht klar darüber, was er tun würde ... ob er hierbleiben oder fortgehen würde. Aber er war nicht in dem Häuschen, und so kam ich in der Hoffnung nach Tilsit, daß er hier sei. Aber er war es nicht. Ich wurde statt dessen zu Isobel geführt.« Ein leichter Schauder durchfuhr sie. »Ich kann mich noch so gut an alles erinnern. Sie war damals jung, weißt du – in den Zwanzigern. Sah sehr gut aus mit ihrem blonden Haar. Sie hatte noch nicht ihren Unfall gehabt – doch sehr starke Gesichtszüge für eine Frau. Ich hatte Angst vor ihr. Das hatte ich immer gehabt. An jenem Tag wurde ich in ihr Büro geführt. Es sah genauso aus wie heute. Ich erwartete, daß sie erregt sein würde über die Geschehnisse in der Fabrik, doch als ich etwas dazu zu sagen versuchte, schnitt sie mir das Wort ab. Ich hatte das Gefühl, sie dachte, das ginge mich nichts an, und ich hätte kein Recht, mich einzumischen. Das kränkte mich, wußte ich doch, daß sie wußte, wie es um Johnnie und mich stand. Sie wollte nicht über das Werk oder über Johnnie reden. Sie machte einen Karton mit neuem Porzellan auf, der gerade aus dem Werk gekommen war, und fuhr damit fort, während ich dastand und zusah. Sie sagte, es sei ein neues Dekor, und ich fragte, wie sie das fertiggebracht hätte, wo ihr doch jeder Kontakt mit der Fabrik verboten gewesen sei. Sie lachte mich nur aus und sagte: ›Du glaubst doch wohl nicht, ich hätte mich um all den Unsinn gekümmert? Ich habe genauso weitergemacht wie vorher, nur habe ich es in aller Stille getan. Einer von uns mußte ja schließlich weitermachen – es mußten neue Entwürfe für den Augenblick vorbereitet werden, in dem ich wieder offiziell die Leitung der Manufaktur übernehmen konnte. Ich konnte nicht alles vollkommen aufhalten, während John sein lächerliches Spiel spielte. Ich wußte, er würde mir dankbar sein, wenn er erst mal einsah, wie töricht er gewesen war. Er wird selbstverständlich zur Vernunft kommen und sich so benehmen, wie er es von Anfang an hätte tun sollen.‹

Ich entsinne mich sehr genau an das, was sie sagte, da sie die ganze Zeit das Papier entfernte, mit dem das Porzellan verpackt war. Und dann brachte sie die erste Tasse zum Vorschein. ›Wie gefällt sie dir?‹ fragte sie und drückte mir die Tasse in die Hand. Es war grausam – so grausam! Ich weiß noch, daß meine Hände sie nicht zu halten vermochten. Sie fiel zwischen uns beiden zu Boden und zerbrach.

Es war das Glockenblumenmuster, und die Idee dafür war an einem Tag entstanden, unmittelbar bevor die Old Lady starb, als Johnnie und ich und Isobel zusammen im Wald auf der anderen Seite des Flusses gewesen waren; Johnnie hatte Glockenblumen für mich gepflückt. Ich hatte gemeint, wie hübsch sie auf Porzellan aussehen würden, und Johnny hatte gesagt, er würde ein Muster entwerfen lassen, um zu sehen, wie es aussehen würde, und daß es vielleicht in die Produktion gehen sollte. Sie hatte es also hinter seinem Rücken machen lassen, und nun war es hier in meiner Hand. Ich drehte es um, und dort neben dem Tilsit-Zeichen war der Name ›Edgeley‹ eingebrannt. Ich wußte sofort, was das bedeutete. Es war nicht üblich, den Namen eines Dekors auf das Porzellan selbst zu setzen. Ich sagte zu ihr: ›Es heißt Edgeley.‹ – ›Ja‹, erwiderte sie. ›Ich dachte, es sei eine nette Geste für Diana Edgeley, wenn die Verlobung veröffentlicht wird.‹ – ›Verlobung?‹ Isobel zuckte nur die Achseln und machte ein erstauntes Gesicht, als hätte ich alles darüber wissen müssen. ›Du bist nicht auf dem laufenden, nicht wahr‹, erklärte sie. ›Zwischen Diana und John besteht, seit sie Kinder waren, eine Abmachung über eine Verlobung. Aber natürlich konnte nichts davon veröffentlicht werden, während all dieser Unsinn wegen dem Testament im Gange war. John weiß jedoch, was er jetzt zu tun hat. Er wird Diana heiraten, so wie wir es immer geplant haben, und das Edgeley-Geld kommt in die Manufaktur. Es würde nicht bedeuten, einen Außenseiter hereinzulassen – schließlich bleibt das Geld in der Familie, und wir brauchen das Geld. So ist es sehr befriedigend für alle Beteiligten, nicht wahr?‹ Und sie warf mir ihr seltsames Lächeln zu. ›Und ich?‹ sagte ich. Sie lächelte wieder, als wäre ich ein Kind. ›Du? – Mein Gutes, ich denke, du wirst Lawrence heiraten, was er immer gewollt hat. Er ist sehr geduldig gewesen, weißt du – er hat dich schon immer heiraten wollen, seit du vierzehn warst. Das solltest du tun. Du solltest Lawrence heiraten.‹«

Margaret richtete die starren, leuchtenden Augen erneut auf Ginny und löste sich mühsam aus einer Szene, die mehr als dreißig Jahre zurücklag. »Ich glaubte ihr«, sagte sie. »Ich glaubte, Johnnie würde in Tilsit bleiben, und dort war kein Platz für mich. Ich glaubte ihr, wie sie es vorausgesehen hatte. Sie wußte, ich würde es nie über mich bringen, zu Johnnie zu gehen und ihn zu fragen, ob es wahr sei. Ich war nicht selbstsicher genug, um das zu tun. Ich war nicht sicher genug, was Johnnie betraf. Und ich war damals nicht völlig sicher, daß er mich liebte.«

Ein Glanz des Triumphes und der Genugtuung kam in Margarets Augen, wodurch ihr Gesicht wieder mehr seinen normalen Ausdruck annahm, der, wie Ginny zum erstenmal erkannte, stets einen Hauch von Selbstgefälligkeit enthalten hatte.

»Ich wußte es. Ich wußte es ganz genau – danach. Ich tat also, was Isobel mir geraten hatte.« Ihre Hände flatterten hilflos. »Was blieb mir anderes übrig, wenn ich Johnnie nicht bekommen konnte? Ich ging zu Lawrence und sagte ihm, ich würde ihn heiraten.«

Von diesem Selbstvertrauen fasziniert, fragte Ginny: »Aber wußtest du denn, bevor Isobel es dir sagte, daß Lawrence dich gerne heiraten wollte?«

»Natürlich«, erklärte Margaret mit einem Anflug von Ungeduld. »Er hatte es schon lange gewollt – aber Johnnie war selbstverständlich die bessere Partie. Ich sagte ihm, ich würde ihn sofort heiraten – ich wollte nicht mehr warten. Wir stiegen einfach in Lawrences Auto und fuhren nach Schottland. Er wollte es nicht auf diese Art, gab aber nach. Am nächsten Morgen wurden wir in Schottland getraut, und Lawrence schickte an meine Eltern und Isobel ein Telegramm. Und dann kamen wir zurück. Isobel hatte inzwischen ihren Unfall gehabt, der ihr Gesicht zerstörte, und Johnnie war fort. Dadurch wußte ich schließlich, daß er mich liebte. Du siehst, er war fortgegangen. Eine Verlobung fand nie statt. Und als das neue Dekor dann tatsächlich hergestellt wurde, wurde es nie anders als das Glockenblumenmuster genannt. Du siehst also! Ich bekam es zurück!«

Margarets Tonfall hatte wieder seine normale leblose Gelassenheit angenommen. Die Hände bewegten sich nicht mehr erregt. Sie rieb sie aneinander, wie um ihnen ihre gewohnte Geschicklichkeit wieder zu verleihen; dann nahm sie wieder die Nadel auf und fädelte einen neuen Seidenfaden ein. Die Nadel begann von neuem durch den Stoff auf und nieder zu gleiten.

»Du siehst also«, fuhr sie fort, »ich habe oft über Johnnie nachgedacht – wie sein Leben sein mochte. Er blieb in meiner Vorstellung immer so, wie ich ihn damals gekannt hatte, immer jung und hübsch. Johnnie hat sich nie verändert. Und was mich betrifft – ich hatte meine Arbeit hier und Tilsit.«

»Und das ist genug gewesen?«

Ein flüchtiges, geheimes Lächeln kam in Margarets Züge und erstarb rasch wieder. »Ja. Ich habe meine Befriedigungen gehabt. Es war etwas zu wissen, daß Isobel viele Jahre Zeit hatte zu bereuen, Johnnies und meine Heirat verhindert zu haben. Johnnie wäre hiergeblieben, wenn wir geheiratet hätten. Und jedesmal, wenn ich Isobel ansah, in ihr furchtbares Gesicht sah, fand ich den stärksten Beweis dafür, daß Johnnie mich geliebt hatte.«

Die unheimliche Freude in Margarets Stimme ließ Ginny frösteln. »Was meinst du damit?«

Die Flut der Worte war versiegt. Ginny vermochte beinahe zu sehen, wie das Wesen dieser Frau verblaßte, sich wieder in sich selbst zurückzog und verschloß wie eine des Nachts blühende Blume vor der Tageshitze. Die beschleunigte Tätigkeit ihrer Hände besagte, daß eine Frage zuviel gefallen war. Sie hatte sich wieder in sich selbst zurückgezogen.

»Eben das, was ich sagte, mein Liebes. Nicht mehr. Es bestand keine Notwendigkeit, mehr zu wissen als das. Was ich wußte, genügte.«

Mit einer flinken Bewegung schnitt die kleine Stickschere den Faden ab.

Erst jetzt beugte sich Ginny näher vor, um sich die Arbeit auf dem Stickrahmen anzuschauen, und sah plötzlich erleuchteten Auges den Gegenstand von Margarets langjähriger Besessenheit, der enthüllt vor ihr lag. Um das Mittelmotiv legte sich eine stilisierte Borte von Glockenblumen; die unschuldigen, bescheidenen Blüten waren so unglaublich naturgetreu nachgearbeitet, daß es möglich war zu erkennen, wie die Ränder der Blütenkelche dunkler und nach außen gebogen waren, als ob sie versengt worden wären. Und Ginny erinnerte sich augenblicklich daran, wie viele Dutzende von Malen in all der verschwenderischen Fülle von Handarbeiten in Tilsit – auf Bettüberdecken und Vorhängen und Stuhlpolstern – dasselbe Motiv wiederholt war, so daß Isobels Blick ihm, wo sie auch innerhalb dieser Mauern ging und stand, nicht hatte ausweichen können. Und Ginny wich voll Entsetzen und Furcht ein wenig zurück bei dem Gedanken an diese Frau, deren Leben eine einzige stumme Rache gewesen war, und bei dem Gedanken an Isobel, die diese hatte stumm ertragen müssen.

Als sie Margaret verließ, streifte Ginny durch die Flure und Räume von Tilsit mit der wachsenden Überzeugung, daß es bei all seiner Weiträumigkeit keinen Ort gab, an den man gehen konnte. Worauf sie auch stieß – Bilder, Bücher, Verzierungen, Tapisserien –, es war alles gekennzeichnet und irgendwie beschmutzt durch den Gedanken an den Preis, der gezahlt worden war, um es zu behalten, und den Gedanken, daß jeder Mensch innerhalb dieser Mauern seinen eigenen Preis gezahlt hatte, um hierzubleiben. Das Wissen wuchs in ihr, daß Besitz kostspielig ist; der Preis mußte gezahlt werden, in welcher Münze auch immer. Der Kampf, dieses Wissen zu leugnen oder ihm auszuweichen, trieb sie aus dem Haus und auf den vertrauten Pfad zur Klippe und zu Marks Behausung.

Die Leere des Häuschens begrüßte sie mit einem wilden Vorwurf, und das Gefühl des Verlustes erfaßte sie heftig. »Warum ließ ich ihn fortgehen?« sagte sie laut zu dem leeren Wohnzimmer und der toten Asche des Kaminfeuers. Langsam bewegte sie sich durch das kleine Haus und berührte die Dinge, die Mark gehörten, liebkoste die kleinen Töpferarbeiten, die herumstanden, und hatte die ganze Zeit den Gegensatz zu Tilsit, wo sie nicht den Wunsch gehabt hatte, irgend etwas zu berühren, frisch im Gedächtnis. Er hatte sehr wenig mitgenommen – die meisten seiner Sachen hingen noch im Schrank, ein Buch war aufgeschlagen, wo er es aus der Hand gelegt hatte, und der umgekippte Aschenbecher von jenem letzten Morgen lag immer noch auf dem Fußboden. Der Raum sprach intensiv von seiner Gegenwart, intim und vertraut, so daß sie immer wieder zu der Tür zum Atelier hinblickte, als müßte er plötzlich hereinkommen. Er kam jedoch nicht, und sie wußte, er hatte Randall angerufen, um ihm zu sagen, daß er Vorkehrungen traf, seine persönlichen Sachen und die Töpferarbeiten und Skulpturen abholen zu lassen. Doch atmete das Haus noch das Leben, das er ihm verliehen hatte, und sie blieb dankbar dort.

Die Dämmerung kam, und sie verspürte keine Neigung, nach Tilsit zurückzugehen. In der unbewegten Luft senkte sich mit Einbruch der Dunkelheit ein leichter Dunst auf das Meer hinab, hing um die Klippen und verdichtete sich, bis er sich feucht gegen die Fenster preßte. Mehr um das Gefühl der Verlorenheit zu vertreiben als wegen der Kälte, brachte sie ein Feuer im Kamin in Gang und machte sich ein aus Sardinen, Zwiebacken und Tee bestehendes Abendbrot. Dann holte sie Marks Whiskyflasche aus dem Schrank in der Küche und goß sich etwas davon in den Tee. Als seine Wärme ihre Lippen berührte, schien sich nur das Gefühl der inneren Kälte zu verstärken, das unglückliche Suchen nach ihm, die verzweifelte Trostlosigkeit und Selbstanklage, erkannte sie doch immer deutlicher, daß sie Tilsit vor ihm aufgebaut hatte, als sie ihn vor einer Woche in diesem Raum zur Rede gestellt und verloren hatte. Er hatte die Wahrheit gesprochen, als er sagte: »Du bist Tilsit ...« In jenen Minuten war sie Tilsit gewesen und so sehr ein Sprachrohr für Isobel, als ob die tote Frau selbst gesprochen hätte. Und Mark hatte die Freiheit gewählt, sie der Unterwerfung vorgezogen.

Sie dachte darüber nach, ob ihr Vater wohl jemals die Freiheit erkannt hatte, die er durch die Umstände gewonnen hatte, die ihn von Tilsit fortgetrieben hatten, die Befreiung von der Bindung an zwei Frauen, an Margaret sowohl wie Isobel, die beide besessen von ihrer Idee waren. Sie fragte sich, ob er in der Erkenntnis fortgegangen war, seine eigene Rettung durch eben dieses Fortgehen zu suchen, oder ob er krank durch die Niederlage von Isobels Händen und die plötzliche Nachricht, daß Margaret mit einem anderen Mann verheiratet war, fortgegangen war. Sie hoffte, ihr Vater hatte schließlich, wenn auch spät, erkannt, was für ein Geschenk die Freiheit war, sein eigener Herr zu sein. Sie dachte an Katrien und hoffte verzweiflungsvoll, daß John gewußt hatte, was für eine seltene Gabe ihr gesundes Denken und ihre Kraft gewesen waren, ihr Mangel an Besitzgier, die wunderbare Zurückhaltung und die Fähigkeit, die Hände von denen zu lassen, die sie liebte. Sie hatte die plötzliche Überzeugung, wie sie so dasaß und ins Feuer starrte, daß Katrien Marks Fortgehen verstanden, es notwendig und richtig gefunden hätte.

Sie blieb, bis der Vorrat an Brennholz neben dem Kamin aufgebraucht war und die Flammen zu roten Glutstücken zusammengesunken waren. Sie stellte das Feuergitter vorsorglich vor den Kamin mit dem Gedanken, daß das einzige Gute, was sie jetzt noch für Mark tun konnte, darin bestand, die Dinge zu schützen, die ihm lieb waren. Dann nahm sie seine Taschenlampe und begann den Klippenweg entlangzugehen, und der Lichtkegel der Lampe wurde von dem Nebelvorhang abgeschwächt und verteilt.

»Die Familie machte sich schon Sorgen um Sie, Miss Virginia.« Garth betrachtete Ginny vorwurfsvoll, als sie in die Halle trat, und starrte auf ihr nebelfeuchtes Haar und die Taschenlampe in ihrer Hand. »Es wäre vielleicht gut, Miss, wenn Sie in Zukunft...« Seine Stimme verstummte, da Ginny seine Worte offensichtlich gar nicht hörte.

»Natürlich, Garth«, sagte sie automatisch, als sie die Treppe hinaufzugehen begann. »Natürlich.« Er stand hinter ihr in der Halle, und eine unheilvolle Ahnung überkam ihn, wie er die Starrheit der schlanken Gestalt sah, die Art, in der sie das Treppengeländer nicht anrührte, und den Hauch völliger Abkapselung in sich selbst, der sie umgab. Er war nahe darauf und daran, ihr nachzurufen, »Miss ...« Doch er spürte, daß er in diesem Augenblick keine Macht besaß, in diesen tranceartigen Zustand einzudringen. Er ließ sie gehen, und das volle blonde Haar leuchtete wie ein warmes Licht in dem Halbdunkel des getäfelten Treppenhauses. Dann entschwand sie seinen Blicken, und der Teppich oben im Flur dämpfte ihre Schritte. Es folgte das Geräusch, als sie die Tür zu ihrem Zimmer öffnete und schloß. Garth seufzte und begann mit dem langwierigen Prozeß, alle Türen für die Nacht abzuschließen.

Das Feuer spendete das einzige Licht, als Ginny eintrat. Sie knipste nicht den Schalter an, der die elektrischen Wandarme hätte aufflammen lassen, da die plötzliche Helligkeit nicht zu ihrer inneren Verfassung paßte. Sie bewegte sich geräuschlos durch das Zimmer zu der Kerze auf dem Schreibtisch, wobei sie unwillkürlich einen Blick zu Trips leerem Korb hinüberwarf. Brown hätte ihn fortnehmen sollen, ging es ihr durch den Kopf, nein – sie hätte Brown sagen müssen, es zu tun, denn Brown würde niemals freiwillig irgend etwas in Tilsit entfernen. Der leere Korb würde als Mahnung an Anklage und Gewalt stehenbleiben, und nach einiger Zeit würde der nächste in der langen Folge von Hunden in Tilsit ihn benutzen. Ginny seufzte und wandte sich von dem Anblick des Korbes ab, von einem Gefühl der Hoffnungslosigkeit und Verwirrung gepackt, von Verlangen nach Mark erfüllt, nach dem menschlichen Trost seiner Gegenwart, nach der bloßen Beruhigung, die seine ungezügelte Vitalität und Kraft ihr vermittelten, nach der Gewißheit, daß er lebte, während die Hälfte in diesem Raum tot war. Sie ging zum Fenster und blieb vor ihm stehen, die Finger um das Fensterbrett geklammert; voll verzweifelter Inbrunst wünschte sie, die dunkle Linie des Hügelrückens, dort wo der Turm stand, möge von dem Lichtschein des Ateliers sanft angestrahlt werden. Doch dort war nur undurchdringliche Finsternis.

»Zum Glück sind wir ihn los!«

Ginny fuhr herum und starrte in die tiefere Dunkelheit des Raumes hinter ihr, aus der Browns dumpfe und düstere Stimme gekommen war. Auf einem der hochlehnigen Stühle bewegte sich etwas, und dann durchkreuzte Browns Gestalt die Bahn des Feuerscheins.

»Zum Glück sind wir ihn los!« wiederholte sie.

Die hagere Gestalt ragte vor ihr auf. »Mark...?« fragte Ginny. Sie preßte sich an die Fensterbank im Versuch, Browns Nähe zu entfliehen. »Meinen Sie Mark?«

»Ich meine ihn – Mörder, der er ist! Es tut Ihnen nicht gut, nach dem Licht von dem da auszuschauen. Sie haben nie aufgehört, danach auszuschauen, seit er fort ist. Da ist nichts Gutes für Sie da unten. Er ist böse – ein schlechter Einfluß für Tilsit und für Sie. Zum Glück sind wir ihn los – so wie den anderen.«

»Den anderen?« Die Frage war nur ein Wispern. Ginnys gesamte unbewußte Furcht vor dieser Frau brach plötzlich durch. Sie hatte Angst vor ihrer körperlichen Nähe und vor der unterdrückten Hysterie in ihrer Stimme.

»John.«

Nun erstarrte Ginny in empörter Verteidigung. »Es war nichts Unrechtes an dem, was mein Vater tat. Isobel gab ihm nie etwas anderes als guten Grund, den Klang ihres Namens zu hassen. Er haßte sie – kein Wunder! Sie schloß ihn von Tilsit aus und bot ihm ein Gnadenbrot an, und sie hinderte ihn daran, die Frau zu heiraten, die er ...« Plötzlich spürte sie den kalten, stahlharten Griff von Browns Hand auf ihrem Arm, und ihr Fleisch schien sich unter ihm mit einer Gänsehaut zu überziehen.

»Sie hat es Ihnen also erzählt! Ich wußte, sie würde der Versuchung nicht widerstehen können, es Ihnen zu erzählen, wenn sie Sie erst einmal in jenem Raum da haben würde. Sie hat es Miss Isobel all die Jahre nachgetragen, und sie hat so lange darauf gewartet, es alles sagen zu können. Sie *hat* es Ihnen erzählt, nicht wahr?« Während der letzten Worte wurde Ginnys Arm heftig geschüttelt. »Hat sie es nicht ...?«

»Ja, Margaret hat es mir erzählt.«

»Ha – aber hat sie Ihnen auch den Rest erzählt? Hat sie Ihnen erzählt, was John dafür Miss Isobel antat?«

»Sie sagte nichts über meinen Vater und Isobel.«

»Nein, natürlich tat sie das nicht. Sie wollte nicht zugeben, daß es geschah. All jene Monate danach hielt sie sich von Miss Isobel fern und tat so, als wäre nichts passiert. Schwach und töricht, so ist sie – wie Miss Isobel wußte. Nicht die Rechte für einen Tilsit zum Heiraten – das Blut brauchte eine kraftvolle Auffrischung, nicht was die mitgebracht hätte. Miss Isobel hatte nie mehr Recht als damals, als sie jene Heirat verhinderte, aber John konnte es nicht einsehen. Alles, was er sah, war ihr Gesicht – o ja, sie war schön, das kann ich Ihnen sagen – aber er sah nicht, daß nichts dahintersteckte, nichts als Weichheit und dieser alberne Ehrgeiz, eine Tilsit zu werden. Sie war nicht aus dem rechten Holz, und nur John konnte es nicht sehen. Als das Telegramm an jenem Morgen aus Schottland kam, hatte er keinen Dank für Miss Isobel, daß sie ihn davor gerettet hatte – nur Zerstörung und beinah den Tod. Wissen Sie *das*? Sie wäre gestorben, wäre es nach ihm gegangen.«

Ginny wand sich und versuchte, sich dem Griff zu entziehen; die Hand blieb jedoch wie eine eiserne Klammer.

»Sie wissen ja nicht, worüber Sie reden«, sagte sie. »Ich glaube Ihnen nicht – Sie sind verrückt!«

»Verrückt? So, bin ich das? Habe ich es nicht mit eigenen Augen gesehen? Es war ein Anblick, den ich bis zu meinem Todestag nie vergessen werde – und das hat auch John Tilsit nicht getan. Das garantiere ich Ihnen!«

Ginnys Lippen bebten, als sie um ihre Selbstbeherrschung rang. »Was sahen Sie?«

»Sie war mit dem Telegramm zu dem Häuschen gegangen. Und sie hatte ein Stück von dem neuen Porzellan mitgenommen, da sie dachte, es würde ihn freuen. Sie blieb lange Zeit fort – kam zum Mittagessen nicht zurück –, da ging ich hinüber. Den ganzen Weg an der Klippe entlang konnte ich sehen, daß die Haustür offenstand, doch war es sehr still, als ob alle fortgegangen wären.«

»Sie war hinuntergefallen«, sagte Ginny. »Das war, als sie von der Klippe stürzte.«

»Ha!« Der Laut enthielt in der Dunkelheit Browns gesamte Verachtung. »Das war kein Sturz, und sie war nicht unten an der Klippe. Ich fand sie in dem Haus, wo sie vor dem Kamin lag. Es war ein Anblick, daß einem vor Schreck das Herz stillstehen konnte. Der ganze Raum war verwüstet, als ob jemand verrückt geworden war. Zerbrochene und umgeworfene Sachen und sie war über das Gesicht und den Kopf geschlagen worden, und Gott allein weiß, was sie vor dem Wahnsinnigen gerettet hat.«

»Er kann das nicht getan haben – kann es einfach nicht!«

»Er tat es – John tat es! Und er ließ sie da liegen – in ihrem eigenen Blut. Wäre ich nicht gekommen, so wäre sie womöglich gestorben. Aber sie war stark, und sie hatte Ausdauer – sie hatte mehr Ausdauer und Mut als ein Mann. So blieb sie am Leben, und ich kam und fand sie so.«

»Und er war fort.« Es war nun keine Frage mehr.

»Er war fort. Rannte fort wie der Schwächling, der er war. Und ich mußte für sie tun, was ich konnte – ich selbst, sie ließ mich keinen Arzt holen. Sie sagte, wir müßten nach Tilsit zurück und dürften niemand erzählen, was geschehen war.«

»Sie ging nach Tilsit zurück – in dem Zustand, in dem sie war?«

»Ich sagte Ihnen ja, sie hatte mehr Ausdauer und Mut als ein Mann! Die Wunden hatten aufgehört zu bluten, und ich mußte sie mit zerrissenen Bettüchern verbinden. Sie hatte eine Gehirnerschütterung – sogar ich konnte das sehen, und ich wußte, es war gefährlich für sie, sich zu bewegen. Die Wunden über der Wange und Nase waren grauenvoll, doch ich wußte, die wirklich gefährlichen waren die Kopfwunden. Aber sie bestand darauf, zu warten, bis es fast dunkel war, bevor wir uns auf den Weg machten. Es war eine schreckliche Reise! Die Wunden fingen wieder an zu bluten, und das Blut sickerte durch die Bandagen um den Kopf und lief ihr in die Augen. Aber wir kamen zurück, und sie hatte sogar den Mut, mich fortzuschicken, damit ich hineingehen und den großen Haupteingang für sie aufmachen konnte, so daß uns niemand sah. Erst als sie schließlich auf ihrem Bett lag, erlaubte sie mir, nach dem Arzt zu schicken. Sie sagte, ich solle ihnen allen erzählen, sie sei die Klippe hinuntergestürzt, und niemand außer mir durfte ihr Zimmer betreten.«

Der Griff um Ginnys Arm lockerte sich nicht, wie auch die Stimme nicht verstummte. »Der Arzt wußte natürlich, daß jene Verletzungen nicht von einem Sturz kamen. Er sagte, es sei seine Pflicht, es der Polizei zu melden und Miss Isobel ins Krankenhaus zu bringen. Sie wollte jedoch nichts davon hören. Er war schon der Arzt der Old Lady gewesen, und er verstand, wie die Dinge in Tilsit lagen. Es gelang ihr, ihn zu überzeugen, daß nichts Gutes daraus entstehen konnte, wenn die Polizei hineingezogen würde;

und daß ich sie ebensogut hier in ihrem Zimmer in Tilsit pflegen könnte. Und wir schafften es. Wir beide schafften es. Der Arzt kam jeden Tag, und wir wechselten die Verbände, und sie lag vier lange Monate in dem Bett da – zuerst mußte sie die Gehirnerschütterung überwinden und dann warten, bis die Binden abgenommen werden durften, bis das Haar wieder nachwuchs, wo der Arzt es abgeschoren hatte. Sie war eine schöne junge Frau gewesen, und was aus den Verbänden herauskam, war ein Wrack – ihr Gesicht war zerstört, ihr Haar in Strähnen ergraut. Sie hatte den Mut, der Welt so entgegenzutreten und zu sagen, es sei ein Unfall gewesen. Und sie hatte den Mut, all die anderen Dinge zu tun. Stellen Sie sich nur vor! In jener Nacht dachte sie sogar daran, mich zu dem Häuschen zurückzuschicken, um aufzuräumen und es abzuschließen, so daß niemand es sah. Ich brachte den Raum, so gut ich konnte, in Ordnung und schaffte, was zerbrochen war, hinaus. Es war grauenhaft, diese Gegenstände anzufassen – ich wußte nie, welchen von ihnen er benutzt hatte, um auf sie einzuschlagen – oder ob er sie alle genommen hatte. Da war eine Menge Blut, und ich verbrannte den Kaminvorleger am nächsten Tag. Ich erinnere mich noch sehr deutlich an alles, und ich sehe es noch wie heute, daß Stücke von dem Porzellan – dem Glockenblumenmuster – in den Boden gestampft waren.«

»Dann – dann fühlte sie sich also schuldig durch das, was sie ihm angetan hatte, daß sie sich solche Mühe gab, ihn zu schützen?«

»Schuldig? – weshalb sollte sie? Sie sind keine Tilsit, wenn Sie nicht den Grund wissen, warum sie alles geheimhielt. Es hatte zuviel Gerede und Klatsch in dem Jahr zuvor über Tilsit gegeben, mit Ihrem Vater, der zum Gericht ging, um zu versuchen, ihr das zu stehlen, was ihr gehörte. Sie hatte den Mut, es alles durchzustehen, weil das allermindeste, was dabei herausgekommen wäre, wenn die Behörden von dem Vorfall erfahren hätten, ein Haftbefehl gegen Ihren Vater gewesen wäre. Es war keine Kleinigkeit, in die er uns alle verwickelt hatte. Er wollte sie umbringen – ich weiß es! Er wollte, daß sie starb!«

Sie sagte es, weil sie es einfach sagen mußte, sogar gegen eine sie anekelnde zunehmende Gewißheit. »Nein! Er konnte niemals wollen, daß sie starb! Er war nicht so ein Mensch!«

»War er das nicht? Sind Sie sicher? Dann frage ich Sie, warum er Angst vor ihr hatte, warum er sich niemals wieder in die Nähe von Tilsit wagte, solange er lebte, oder ihr erlaubte, in seine Nähe zu kommen? Zeigt das nicht, was er war – und was er an jenem Tag in dem Häuschen vorgehabt hatte? Ich habe John Tilsit nie wiedergesehen, möchte jedoch schwören, daß er keinen Tag verbrachte, ohne daran zu denken, und daß, falls eine Schuld zwischen den beiden bestand, er diese trug. Ich möchte schwören, daß er, solange er lebte, davon verfolgt wurde.«

Und dann fiel endlich die Hand von Ginny ab, und sie war frei. Sie drehte sich um und legte die Hände gegen das Fensterbrett; sie hielt den Kopf gesenkt und preßte die Stirn gegen die kalte Glasscheibe. Es gab keine Möglichkeit zu leugnen, was Brown gesagt hatte, und es war eine zu phantastische Geschichte, als daß sie sie sich hätte ausdenken können. Sie brauchte lediglich das zu tun, was Brown gesagt hatte, sich an ihren Vater erinnern, an sein verschlossenes und schweigsames Wesen, seine Weigerung, irgendeinem Teil der Vergangenheit zu gestatten, ihr Leben auf St. Nicolaas zu berühren, seine tödliche Angst, daß etwas sie enthüllen könnte. Ihr eigener Verstand sagte ihr jetzt, daß seine Genügsamkeit und sein freiwilliges Exil zu vollkommen und absolut gewesen waren, um jede Erklärung wie einen einfachen Streit über eine Erbschaft gelten zu lassen. Eine Gewalttat war von einem Mann begangen worden, der im wesentlichen ein friedlicher und beherrschter Mensch war. Der Umstand, daß es fast eine Mordtat geworden war, hatte ihn für den Rest seines Lebens gestempelt und gebrandmarkt. Der letzte Teil ihrer Unschuld starb, wie Ginny fühlte, mit dem Tod dieser ihrer letzten Illusion. Und dann hob sie den Kopf und sah, daß das Licht aus Marks Studio den Kamm des Hügels mit seinem Schein erhellt hatte.

»Er ist es! Er ist zurückgekommen!« Ein Freudenschrei brach aus Ginny hervor, beinah ein Schrei der Befreiung.

Sie wandte sich vom Fenster ab, und sogleich schoß Browns Arm auf sie zu, um sie festzuhalten. »Sie dürfen nicht hingehen! Sie dürfen niemals ...« Die Worte erstarben; die Hand fiel herab, und Ginny war frei.

Es war wie ein Flug in die Freiheit, die Treppe hinunterzulaufen und dabei das Geklapper ihrer Schuhe auf dem Holz zu genießen und hastig die Taschenlampe von dem Tisch zu reißen, auf den Garth sie gelegt hatte. Als sie die Riegel an der Tür der Südfront zurückwarf, merkte sie, daß jemand – Vanessa, Lawrence oder Margaret – die Wohnzimmertür geöffnet hatte, um zu sehen, was dieser ungewohnte Lärm bedeutete.

Der heftige und trotzige Schlag, den Ginny der Haustür versetzte, galt gleichsam der gesamten Welt von Tilsit.

Der Nebel umfing sie; er hatte sich verdichtet und war undurchdringlich geworden. Der Gang die Straße entlang war einfach, doch auf dem Weg zum Turm hinauf schienen die Büsche und Bäume, in ihren Umrissen verzerrt, an ganz ungewohnten Stellen zu stehen, wodurch sich plötzlich Äste nach ihr ausstreckten, um ihren Rock zu fassen, und ein niedriger Zweig ihr naß über das Gesicht wischte, so daß sie einen Schreckensschrei hinunterwürgte. Die herabgefallenen Steinquadern des Turmes ragten höher auf, als sie sie je vorher gesehen hatte, und die Mauern über ihr verloren sich im Nebel. Sie brauchte einige Zeit, um auf der anderen Seite den Pfad hinunter zu finden; zweimal schlug sie den verkehrten Weg zwischen den Steinblöcken hindurch ein, der in einer verfallenen Mauer und einem Geröllhaufen endete. Doch schließlich fand sie den Pfad, und der Weg schien ihr sicherer, obgleich der Nebelvorhang jeden Schritt verhüllte.

Sie hörte ihn kommen, doch vermochte die Taschenlampe nicht, die weißen, wirbelnden Massen zu durchdringen. »Mark?« rief sie.

Plötzlich ragte er vor ihr auf und durchbrach den Vorhang. In einer Sekunde des Zweifels spürte sie erneut das Drohende seiner körperlichen Kraft und des feindseligen Hasses auf Tilsit. Die Taschenlampe erleuchtete sein Gesicht, schwarz und zerfurcht, mit dem Ausdruck eines zerquälten und verzweifelten Menschen. Sie blieb angsterfüllt stehen.

Seine Arme umfingen sie. »Ginny! Du bist es! Ich wollte gerade kommen – ich wollte 'rüberkommen, um dich zu holen!« Seine Kraft umhüllte sie, er hielt sie dicht an sich gedrückt, und ihr Gesicht vergrub sich in seinem Pullover; er wiegte sie glücklich und dankbar wie ein kleines Kind in den Armen. »Ginny – ich mußte zurückkommen. Ich liebe dich! Hörst du? Ich liebe dich, mein kleiner Paradiesvogel!« Sie ließ sich in seine Arme sinken.

»Ich mußte zurückkommen, weil ich dich liebe«, wiederholte Mark – nun zum viertenmal.

Ihre Verschmelzung war rasch und drängend; sie war das Ausstrecken ihrer Körper nacheinander in einem wilden und endgültigen Ausdruck des Leidens und Schmerzes und Verlangens; sie war die Freude ihrer Vereinigung, das gegenseitige Suchen nach Trost und die Heilung ihrer beider Wunden. Sie paßten zusammen wie füreinander geschaffen und verstanden einander unmittelbar und vollkommen, als ob ihre Sinne in all den Wochen des Zurückhaltens sich bereits gegenseitig vollständig erforscht hätten, so daß nun nichts Linkisches oder Fremdes mehr zwischen ihnen stand. Und darin lag für Ginny nach dem höchsten Glücksmoment ein Hauch von Traurigkeit.

»Es ist«, meinte sie, »als ob wir unsere ganze Liebe auf einmal gehabt hätten. Wie kann etwas, das vollkommen ist, noch schöner werden? Und wie kann es so bleiben? Jede Veränderung würde es verringern. Und doch muß sich alles verändern ...«

Er verschloß ihr den Mund, indem er seine Lippen hart auf die ihren preßte, und als er sie wieder freigab, hatte sie keinen Atem mehr, um weiterzusprechen. »Du mußt lernen, nicht so viel zu reden«, erklärte er. »Ich kann keine Frau ausstehen, die im Bett redet. Nein – nein, rede nur, wenn du möchtest. Tu alles, was du möchtest – so lange es nur mein Bett ist und ich der einzige bin, der zuhört. O Gott, Ginny! Ich liebe dich! Hörst du mich? Ich liebe dich! Ich werde es dir jeden Tag sagen, solange ich lebe. Wenn wir verheiratet sind, wirst du die glühendst geliebte Frau sein, die jemals gelebt hat. Ich werde dich so lieben, daß du glaubst, jeder andere Mann sei vom Erdboden verschwunden. Hast du das verstanden? Es wird eine ausschließliche Liebe, und die ganze übrige Welt wird aufhören, für uns zu existieren.«

»Möchtest du denn verheiratet sein?«

»Wozu glaubst du, bin ich sonst zurückgekommen? Wozu sonst? Wir können nicht so weitermachen wie bisher. Und ich kann nicht ohne dich leben.«

»Kannst du mit mir leben? Kannst du das hinnehmen, was ich sonst noch mitbringen muß?« Beinah unmerklich deutete sie mit dem Kopf in Richtung Tilsit.

»All das?« Sekundenlang gewahrte sie wieder den unglücklichen, gehetzten Ausdruck, der jedoch rasch verschwand, so daß sie sich fragte, ob sie ihn sich nicht nur eingebildet hatte. »Ich werde es wohl müssen, was? Schau – ich bin zurückgekommen, oder etwa nicht? Ich bin hier und sage dir, daß ich dich liebe – und das habe ich noch nie einer Frau aus vollem Herzen gesagt. Ich habe kapituliert, wie du siehst. Die Festung ist gefallen. Ich bin wieder da, und ich habe all die geliebte Freiheit und Unabhängigkeit weggeworfen. Ich bin gebunden und gefesselt, und es ist mir gleichgültig.«

»Wird es dir immer gleichgültig sein? Wird es immer so wie jetzt sein?«

»Was bist du für ein Kind! Natürlich wird es nicht immer so wie jetzt sein. Manchmal wird es schöner sein – oft wird es weniger schön sein. Aber laß dir eines sagen, mein Schatz. Wir haben Glück – verdammtes Glück. Wir wissen nämlich, was wir haben – was wir gehabt haben.«

Da war es wieder, das Gefühl, nun unbeabsichtigt von Mark

ausgesprochen, daß sie bereits den besten Teil gehabt hatten.

»Ich will dir aber etwas sagen.« Er drehte sich auf den Rücken und starrte zur Decke empor. »Wir brauchen nicht alles so zu übernehmen, wie es immer dort oben gewesen ist. Wir brauchen nicht die Tilsit-Legende weiterzuspielen. Wir sind wir selbst, Ginny – vergiß das nie! Wir brauchen nicht das ganze Muster zu wiederholen. Du brauchst keine Isobel oder Jane Tilsit zu sein. Ich brauche kein George Martin zu sein. Und wir sind es nicht, verdammt noch mal! Man muß nur das alte Muster durchbrechen – wir müssen es durchbrechen!«

Unvermittelt zog er den Arm unter ihr fort und griff nach der Tasse auf dem Tablett, das sie dort stehengelassen hatte, als sie ihr einsames Mahl am Kamin verzehrt hatte. Sie zersplitterte krachend an den Brandziegeln hinten am Kamin.

»Siehst du – einfach so! Man kann es durchbrechen. Man muß es nur tun.«

Dann drehte er sich wieder zu ihr um, rollte sich auf die Seite und betrachtete sie; sein Gesichtsausdruck war grüblerisch und zärtlich und verriet deutlich den festen Glauben an das, war er soeben gesagt und getan hatte. Er zog sie enger an sich, mit suchenden Händen, doch nicht ganz so sicher wie zuvor.

»Komm her zu mir, mein Schatz, und wir fangen noch einmal an. Denn ich liebe dich, und ich werde dich haben; und wenn ich mich selbst und die ganze Welt um deinetwillen verliere, werde ich sagen müssen, daß es das wert war. Denn – Gott helfe mir – ich kann nicht anders!«

Und die erste Vorahnung war richtig gewesen, denn diesmal war es für Ginny etwas weniger ein Akt der Liebe und etwas mehr ein Akt der Macht, der Macht, die in Marks Vorstellung – wie sie soeben entdeckt hatte – mit dem Bild von Tilsit verkoppelt war. Wie, wenn sie nun nicht das Muster zu durchbrechen vermochten? Wie, wenn sie dazu verdammt waren, das zu wiederholen, was andere vor ihnen gelebt hatten? Wie, wenn das Muster und die Legende stärker waren als sie? Und würde, wenn die Liebe zur Vertrautheit gewachsen war, der Hang zur Macht ebenfalls wachsen? Und würde sie in den kommenden Jahren mitansehen müssen, wie die Kraft und der Wille dieses Mannes schrittweise ausgehöhlt wurden, weil er bereits halb überzeugt war, daß man der Tradition gehorchen mußte? Daß er überhaupt in diesem Augenblick ernstlich daran dachte, war bereits der Anfang der seelischen Verstümmelung.

Dann schob sie in dem Glück der nächsten Minuten diese

Gedanken beiseite und sagte sich, daß es gewiß nur eine Idee weniger war als zuvor, kaum mehr, als die Seele oder der Körper wahrzunehmen vermochte, falls sie nicht beim erstenmal bereits alles gehabt hatte, den Anfang und das Ende.

Browns Gesicht sah in dem frühen Morgenlicht grau und eingefallen aus. Mit steifen Bewegungen erhob sie sich von dem Stuhl, und deren schwerfällige, wohlüberlegte Langsamkeit sprach von einer Resignation, zu der sie in der Nacht gekommen sein mußte. Ginny wußte, daß Brown die ganze Nacht dort gesessen hatte.

»So – müssen wir ihn also hierhaben.«

Ginny antwortete nicht. Sie stand vor dem Kamin, vor Trips leerem Korb, und sah Brown trotzig an.

»Wir müssen ihn also hierhaben«, beharrte Brown. »Es ist genau so gekommen, wie sie es vorausgesagt hat.«

»Wer – Isobel?« Gegen ihren Willen wurde Ginny ins Gespräch gezogen – ins Gespräch über Mark. Sie hatte vorgehabt, gar nichts zu sagen, nur zu verkünden, daß sie heiraten würden, und das wäre dann alles gewesen. Auf dem Weg von dem Häuschen nach Tilsit zurück hatte sie beschlossen, daß es sehr bald geschehen mußte und keine Zeit und kein Raum für lange Erörterungen bleiben durften. Doch Brown hatte die ganze Nacht dort gesessen und gewußt, was unten im Häuschen geschah, und so war jetzt sie mit ihrer Meinung an der Reihe.

»Sie wußte es die ganze Zeit. Nachdem sie Sie das eine Mal gesehen hatte, wußte sie, es würde so kommen. Sie wollte es natürlich so – hatte es so geplant. Sie wollte Mark Barstow für Tilsit, und sie wollte Sie.«

Ginny erstarrte, und Brown las den Ausdruck ungläubiger Ablehnung auf ihrem Gesicht. Die Stimme der alten Frau war rauh und krächzend. Auf ihren grauen Wangen waren zwei grellrote Flecke.

»Sie glauben nicht, daß sie es sich schon vor so langer Zeit ausgedacht hatte? Sie waren die einzige echte Tilsit, die noch übriggeblieben war. Und er besaß das Talent. Sie wollte, daß er wieder das gleiche für Tilsit tat, was George Martin getan hatte, und sie dachte auch daran, was das frische Blut – seine Art von Blut – für die zukünftigen Generationen bedeuten würde. Ich sage Ihnen, sie hatte es alles geplant, und sehen Sie, es ist so gekommen.«

»Das ist nicht wahr«, entgegnete Ginny matt. »Wie konnte sie genau wissen, ob ich jemals herkommen würde? Woher wußte sie, ob Mark nicht jemand anders heiraten würde?«

»Sie hatte ihre eigene Art, die Dinge zu lenken. Zweimal hinderte sie Mark Barstow daran zu heiraten, und das hätte sie auch wieder getan. Sie hatte beschlossen, noch einmal zu Ihnen zu reisen und mit Ihnen zu sprechen, wenn Sie volljährig sein würden. John Tilsit hätte dann nicht mehr für Sie ablehnen können. Es sollte ganz allein Ihnen überlassen bleiben, und kein Mensch mit gesundem Verstand hätte abgelehnt. Ihre Sorge war, Sie könnten in der Zwischenzeit jemand anders heiraten. Sie starb, bevor sie die Gewißheit hatte, daß es alles klappen würde. Aber es ist ja auf jeden Fall so gekommen. Es ist genau so gekommen, wie sie es geplant hatte, als sie es alles aufschrieb.«

»Sie schrieb es auf ...« Ginnys Blick schoß sofort zu dem verschlossenen Schreibtisch. Sie war plötzlich beruhigt, wußte sie doch jetzt, daß Brown log. »Nein«, sagte sie. »Nein – sie schrieb es nicht auf. Dort ist nichts Derartiges aufgeschrieben. Dort ist nie etwas über mich aufgeschrieben worden.«

Die Farbe war wieder aus Browns Gesicht gewichen. Sie hatte nun das Aussehen eines Menschen angenommen, der weiß, daß er seine Worte beweisen kann; mit müder Geduld zuckte sie die Achseln. »Glauben Sie, es gibt etwas in diesem Haus, das ein Geheimnis für mich ist? Tilsit ist mein Leben – ebenso wie es ihr Leben war. Was auch in jenen Büchern stand, ich hatte ein Recht darauf, verstehen Sie – ein Recht.«

»Sie haben sie gelesen?«

»Ich habe sie gelesen. Sie waren auch mein Leben, vergessen Sie das nicht. Ich habe sie alle gelesen, und ich habe die Teile fortgenommen, die Sie meiner Ansicht nach nie lesen sollten. Ich wußte, was Ihnen über Mark Barstow in den Kopf gesät würde, wenn Sie diese Stellen lesen würden. Also trennte ich sie heraus. Ich dachte, sie irrte sich, was Mark Barstow betraf. Ich dachte, es sei kein passender Mann für eine Tilsit – ihm haftete der Tod an den Händen –, und Tilsit würde nie Ruhe haben durch seine Unberechenbarkeit und seinen Blick für Frauen. Aber es kommt nicht auf das an, was ich dachte. Es ist so gekommen. Und ich vermute, wenn es sein soll, muß es sein. Die Blutlinie muß weitergehen, pflegte sie zu sagen. Und sie beschloß, daß es so und nicht anders sein sollte.«

Nun zog Brown aus der Tasche ihres Kittels die vertrauten steifen weißen Seiten; der eine Rand war gezackt, wo sie aus dem Tagebuch herausgerissen worden waren. »Ich habe die letzten Seiten weggeschlossen«, sagte sie. »Sie können es haben, wenn Sie wollen. Es besteht jetzt kein Grund mehr, es Ihnen vorzuenthalten.«

Einen Augenblick vermochte Ginny sich nicht dazu zu überwinden, die Seiten entgegenzunehmen. Brown hielt sie ihr jedoch geduldig hin und sah sie zwingend an; die müden grauen Augen schienen sie aufzufordern, dies zu lesen und doch ihr Glück mit Mark zu bewahren und zu denken, es sei ihr eigener freier Wille und Entschluß gewesen. Widerstrebend nahm sie die Seiten und sah, daß ihre Hand zitterte. Die oberste war, wie das Datum erkennen ließ, einige Tage nach Isobels Besuch im Kloster Santa Maria beschrieben worden. Die Schrift war groß und zügig und seltsam frohlockend, als hätte Isobel es unverzüglich nach ihrer Rückkehr geschrieben:

›Ich habe sie gesehen – diesmal ohne Erfolg, aber ich bin sicher, sie wird kommen. Sie ist eine echte Tilsit. Sie hat Verstand und Mut, und ihr Gesicht ist das Gesicht von dem Bild. Sie ist recht jung für ihr Alter, doch die Kraft ist da, und sie wird sich schnell entwickeln. Es ist ein Glück, daß sie schön ist, denn Mark wird magnetisch angezogen von Schönheit und – ob er es nun wahrhaben will oder nicht – magnetisch angezogen von den Traditionen von Tilsit, die sie sicherlich verkörpert. Mit ihnen ist die Blutlinie gesichert. Es ist eine Frage des Wartens, der Geduld, bis dies alles in die Wirklichkeit umgesetzt werden kann. Sie muß beeinflußt werden, und das Ferment der Neugier wird in ihr arbeiten, bis jenes Inselchen ihr zu eng wird – bis John ihre Fragen nicht länger aushalten kann. Dann muß sie hierhergebracht werden, und wenn sich die beiden erst einmal erblickt haben, werden sie zusammenfallen, wie es meiner Ansicht nach für sie bestimmt ist – wie es am besten für Tilsit ist. Ich sehe sie als die Werkzeuge für Tilsits Fortbestand …‹

Ginny las nicht weiter. Sie zerknüllte die Seiten in der Hand und warf sie auf die erkaltete Asche im Kamin. Ein entsetzter Laut des Protestes brach aus Brown hervor, doch Ginny hatte bereits ein Streichholz aus dem Halter genommen und es an dem Stein angezündet.

»Das dürfen Sie nicht … Sie dürfen nichts vernichten, was geschrieben worden ist!«

Die kleine Flamme züngelte sogleich empor. Ginny sprach nicht zu Brown, sondern zu sich selbst: »Eliot sagte, ich müßte mich retten, solange ich es noch könnte. Vielleicht ist es – sogar jetzt – noch nicht zu spät, um Mark zu retten.«

Sie hatte in den Sekunden, während das Papier brannte, geglaubt, sie würde den Schmerz des Abschieds erst spüren, wenn es vorbei war – daß die Wucht des Trennungsschmerzes sie über die ersten Dinge tragen würde, ohne daß sie diese wahrnahm. Er begann jedoch sofort; der Verlust von Mark und das Wissen, ihn zu verlieren, waren ein furchtbarer Schmerz von der Sekunde an, in der Isobels Seiten schließlich verbrannt waren und nur noch als hellere Asche inmitten der dunkleren Holzasche lagen.

Sie packte vor Browns ungläubigen Augen einen Koffer. Brown sprach nur einmal.

»Sie können nicht fortgehen! Sie können uns nicht verlassen! Es muß doch jemand dasein, um alles fortzusetzen ...« Doch die Worte verebbten, als Brown in der zunehmenden Helligkeit Ginny voll ins Gesicht sah.

»Es wird alles weitergehen«, antwortete Ginny. »Isobel hat auch dafür gesorgt.«

Die frühmorgendliche Stille lag noch über dem Haus, als Ginny die Treppe hinunterging. Es war noch nicht einmal Zeit für den ersten Wecker zu klingeln. Die Sonne war aufgegangen, doch war es noch sehr früh, so daß das Geräusch beim Anlassen des alten Motors von Isobels Auto wie eine Explosion in den sanften Frieden des Sommermorgens einbrach. Aber nichts regte sich, und niemand schien aufzuwachen. Sie dachte an Mark, der jetzt wohl schlief, und erkannte, daß sie ihn niemals richtig hatte schlafen sehen. Sie dachte an all die unzähligen anderen Dinge, die ihr nicht zuteil geworden waren – Tage und Jahre und Jahrzehnte, die ohne es zu wissen, in einem einzigen Augenblick gelebt worden waren. Vielleicht würde Mark verstehen, weshalb sie fortgegangen war, doch bezweifelte sie es. Er hatte geglaubt, sie könnten das Muster durchbrechen. Er hatte nicht gewußt, daß sie bereits ein Teil von diesem Muster waren.

So ging sie rasch fort, da der Entschluß dazu nur so lange stark genug war, wie sie nicht seine Berührung spürte oder seine Stimme hörte. Sie hatte das Gefühl, als renne sie und müßte weiterrennen, da sie, falls sie stehenblieb, wieder festgehalten würde; und nun war sie schon beinah außer Atem.

Die Tore des Haupteinganges von Tilsit waren verschlossen, so daß sie hupen mußte, damit jemand aus dem Pförtnerhäuschen kam und sie öffnete. Sie hatte bis zu diesem Augenblick nicht gewußt, daß die Tore jede Nacht abgeschlossen wurden; es gab so vieles in Tilsit, was sie nun nicht mehr wissen würde. Die Frau des Pförtners, der gleichzeitig einer der Gärtner war, erschien; sie war im Morgenrock und hatte Lockenwickel im Haar; ihr Gesicht, das noch vom Schlaf zerknittert war, hatte einen erstaunten Ausdruck.

»Guten Morgen, Miss Virginia. Früh auf heut' morgen?«

»Guten Morgen, Mrs. Taylor. Ja – früh auf.«

Es war qualvoll zu warten, bis die Torflügel aufgeschlossen und zurückgeschwungen wurden. Ginny konnte nicht anders, als sich umdrehen und nach Tilsit zurückblicken. Und sogleich wußte sie, daß das sehr töricht von ihr gewesen war. Wie bei allem, was sie jemals geliebt hatte, wurde der Abschied mit jedem Blick schwerer.

»Bitte sehr, Miss Virginia. Gute Fahrt, Miss.«

Ginny riß sich von dem Anblick los, und der Schmerz traf sie nun tiefer. Sie fühlte, wie sich ihre Kehle zusammenpreßte, so daß es schwierig war, die nächste Frage zu beantworten.

»Werden Sie spät zurückkommen, Miss Virginia? Es ist nur, damit ich Taylor sagen kann, daß er das Tor aufläßt...«

»Nein«, sagte Ginny und log. »Es wird nicht spät werden.«

Die Städtchen und Dörfer und die schmalen, kurvenreichen Straßen waren ungefähr so, wie sie sich von jener Fahrt mit Randall vom Londoner Flughafen erinnerte, und sie waren ihr nicht vertrauter als damals; es war auch jetzt noch ein fremdes Land für sie. Sie fühlte, sie war überhaupt nicht in England gewesen, sondern nur in Tilsit, und daß das ein Land für sich selbst war, daß es für sie nur als ein Land des Herzens existiert hatte. Vermutlich würde sie eines Tages nach England zurückkommen, wenn der Schmerz fast aufgehört hatte, zu schmerzen, doch sie wußte, sie würde nie wieder nach Tilsit gehen können.

Als Bournemouth hinter ihr lag und die praktischen Einzelheiten der Rückreise vor ihr aufzutauchen begannen, beschloß sie, Eliot vom nächsten Postamt zu telegraphieren, ihr doch das Geld für den Flug an den Pan-American-Schalter auf dem Londoner Flughafen telegraphisch zu überweisen. Als sie jedoch den alten Flugschein noch einmal flüchtig betrachtete, während sie an einer Tankstelle eine Tasse Kaffee trank, merkte sie, daß Katrien auch für den Rückflug bezahlt hatte. Und sie wunderte sich und war dankbar, daß Katrien, ohne etwas von Tilsit zu kennen, gewußt hatte, daß sie zurückkommen würde.

Auf dem Londoner Flughafen parkte sie den Wagen, steckte die Schlüssel in einen Briefumschlag mit einem kurzen Gruß an Randall, in dem sie sich für die Mühe entschuldigte, daß nun jemand kommen und den Wagen abholen mußte. Am Pan-American-Schalter setzten sie sie auf die Warteliste, und dann suchte sie das Kleingeld in ihrem Portemonnaie zusammen und ging zu einer Telefonzelle, um Randall anzurufen.

Als sie durchkam, sagte er sofort: »Ich habe Sie erwartet. Lawrence hat mich angerufen und mir gesagt, daß Sie abgefahren sind.«

Als sie versuchte, ihm zu antworten, brachte sie die Worte einfach nicht deutlich heraus. Es wurde nur ein unzusammenhängendes Gestammel.

»Ginny – sind Sie noch da? Wissen Sie auch, was Sie tun? Begreifen Sie, was dies bedeutet?«

Sie fand die Worte, oder zumindest einige von denen, wieder, die gesagt werden mußten.

»Ich kann die Bedingungen des Testamentes nicht erfüllen, Mr. Randall. Also kann ich die Erbschaft nicht annehmen.«

»Sind die Bedingungen denn so hart für das, was hinter ihnen steht?« Er sprach sanft und überredend, als wäre die Entscheidung nicht bereits gefallen und als wäre noch Raum und Zeit zu überlegen.

»Es kostet zuviel«, erwiderte Ginny langsam und tastete sich auf ihrem Weg vorwärts. »Ich habe erkannt, daß die Erbschaft in Wirklichkeit nicht Tilsit oder die Manufaktur ist – sie ist eine Lebensform. Sie ist die Lebensform dieser beiden Frauen – sie bedeutet, daß ich sein muß, was ich nicht sein will.« Sie brach niedergeschlagen ab, da es keine Möglichkeit gab, zu erklären, daß die Macht bereits begonnen hatte, süß zu schmecken, und sie fürchtete, die Zukunft würde sie noch süßer machen. So wiederholte sie nur, um zu einem Ende zu kommen: »Es kostet zuviel, Mr. Randall!«

Er versuchte es noch einmal. »Und das Geld? Es ist Geld damit verbunden, auch wenn ich so viel von den Steuern gesprochen habe.«

»Geld?«

Sie dachte an Eliot, der das Wesen des Geldes begriffen hatte und der sie in gewissem Maße gelehrt hatte, was es wert war.

»Geld von dieser Art kann man nicht besitzen, Mr. Randall. Es ist nur da, um verwaltet zu werden. Es stammt aus der Vergangenheit und gehört der Zukunft. Sie berechnen einen hohen Zinssatz für diese Art Geld.«

Nach einer langen Pause sagte er: »Sie wissen, Sie können es nicht ablehnen, bevor Sie volljährig werden. Es wird trotz allem bis zu Ihrem nächsten Geburtstag von der Treuhandgesellschaft für Sie verwaltet.«

»Ich verstehe«, meinte sie müde. »Es macht keinen Unterschied. Es wird sich nichts ändern. Oh – Sie können mir zu gegebener Zeit die nötigen Papiere zum Unterschreiben schicken, nur damit es alles rechtskräftig ist. Aber es wird sich nichts ändern. Was Tilsit betrifft – und alles dort – so bin ich bereits volljährig.«

»Ginny – hängen Sie nicht auf. Ginny! Und was ist mit Mark?«

»Mark ...« Also wußte Randall Bescheid – vermutlich hatte jeder in Tilsit Bescheid gewußt. Sie lehnte sich mit geschlossenen Augen gegen die Glasscheibe der Zelle, während ihre Hand den Hörer umklammerte, und kämpfte gegen die Welle von Schmerz und Sehnsucht an, die sie zu überfluten drohte. »Ich kann nicht das Werkzeug sein, das ihn an Tilsit fesselt oder so zermürbt, daß er weniger werden muß, als er jetzt ist. Es würde nicht ausbleiben. Isobel wußte, es würde so kommen. Die einzige Möglichkeit, durch die das Muster für ihn und für mich durchbrechen kann, besteht in meinem Fortgehen. Es gibt keine andere Möglichkeit. Wenn er trotzdem eingefangen wird – wenn Vanessa ihn nimmt, wird es nicht mein Werk sein. Nein – nicht!« schrie sie plötzlich auf, als Randalls Stimme sie zu unterbrechen versuchte. »Sagen Sie gar nichts. Tilsit ist ein Zauberkreis, aus dem es sehr schwer ist, auszubrechen. Aber es hat schon zuviel gekostet, und es wird immer weiter kosten. Ich kann diesen Preis nicht zahlen, Mr. Randall.« Das Bild von Tilsit und Mark vermischte und verwirrte sich in ihren müden Gedanken. »Weil – weil ich ihn liebe.«

Seine Stimme erklang wieder, doch sie hörte die Worte nicht. Die öffentliche Lautsprecheranlage ertönte, und sie öffnete die Tür der Zelle. Ihr Name wurde zweimal wiederholt; sie wurde an den Pan-Am-Schalter gerufen. Nun wußte sie, sie würde mit dem nächsten Flugzeug abfliegen. Sehr behutsam legte sie den Hörer auf.

Als die Lampen in der Kabine draußen über dem Atlantik abgeblendet worden waren, damit die Passagiere schlafen konnten, lag Ginny wach, den Kopf voller Gedanken, die sehr viel Zeit beanspruchen würden, bevor sie sich beiseite schieben lassen würden. Und dann dachte sie, so unangemessen der Gedanke auch in Anbetracht all dessen war, was sie in Tilsit hinter sich zurückgelassen hatte, an Eliots Kleider, die schönen, noch ungetragenen Abendkleider, den weißen Seidenmantel. Sie erwog, ob Brown sie wohl nachschicken würde. Und dann wurde ihr klar, daß es gleichgültig war, was Brown mit ihnen machte. Sie würde sie zu Hause nicht brauchen.

7

Katrien lehnte sich gegen den Türrahmen von Ginnys Schlafzimmer und sah zu, wie sie auspackte. Kaum mehr als eine Stunde war vergangen, seit das Telefon in Oranje Huis geklingelt hatte und Ginnys Stimme ertönt war; sie sei mit dem Abendflugzeug von San Juan angekommen, hatte sie erklärt. Katrien war mit Bo zum Flugplatz gefahren, um sie abzuholen; die Überraschung und Freude ihrer Ankunft machte Katrien noch ein wenig zu schaffen, doch hatten sie ihren Rumpunsch auf der Veranda getrunken, umfächelt von dem warmen Wind, der vom Meer kam, und dem nächtlichen Duft des Gartens, und Katrien hatte ihre Fragen zurückgehalten und sich gezwungen zu warten, bis Ginny von sich aus anfangen würde zu erzählen. Katrien wußte, sie hatte durch dieses Verhalten John Tilsit während all der Jahre ihrer Ehe gehalten, und sie wußte ebenfalls, daß nur das bei seiner Tochter wirksam war. So hielt sie den Mund und sah einfach zu.

Der eine Koffer, den Ginny mitgebracht hatte, lag offen auf dem Bett; er sah aus, als wäre er in aller Eile gepackt worden, und enthielt kaum mehr als Toilettensachen und Unterwäsche. Die Dürftigkeit dieses Gepäcks berührte Katrien zutiefst; ihr schien, als hätte Ginny alles bis auf die Knochen von sich gestreift, als wäre auf dieser Rückkehr kein Platz für Dinge gewesen, die nicht unentbehrlich für ihre Existenz waren. Was dafür nicht wesentlich war, hatte sie zurückgelassen.

Es war aufschlußreich für sie, dann zu sehen, wie Ginny aus ihrer Flugtasche eine sorgfältig in einen Pullover gehüllte und mit ihm ausgestopfte kleine, graue, getöpferte Schale holte, in deren rauher Oberfläche grüne und blaue Farbtöne aufleuchteten, wenn sie bewegt wurde. Sie stellte sie behutsam auf die breite Fensterbank, so daß sie sie vom Bett aus erreichen konnte, auf die Fensterbank, die in ihrem ganzen Leben stets ihren jeweiligen kostbarsten Schatz beherbergt hatte – die meist geliebte Puppe, den Gedichtband, die erste Flasche Parfum. Ginny war von einer gewissen grüblerischen Zärtlichkeit, als sie die Schale nach der Seite drehte, die sie am liebsten hatte, und es lag eine gewisse Endgültigkeit in der Art, in der sie sie dorthin stellte, die Katrien vermuten ließ, daß dies der letzte von Ginnys geliebten Gegenständen war, der diesen Platz erhielt, und daß es nichts geben würde, was die kleine graue Schale jemals verdrängen könnte.

Ginny drehte sich um und begegnete Katriens voll auf ihr ruhendem Blick. Sie blickte rasch von dem einsamen Koffer auf dem Bett zu der Schale auf dem Fensterbrett und dann wieder zurück zu Katrien.

Wie um seine Leere zu erklären, sagte sie: »Ich ließ in Tilsit weit mehr zurück, als sie jemals einpacken und nachschicken können. Und ich bin mit viel mehr zurückgekommen, als was in diesem Koffer war.«

Katrien erwachte bei Anbruch der ersten Morgendämmerung. Sie war erst vor ungefähr einer Stunde eingeschlafen, doch war es in dieser Nacht nicht die Leere des Hauses gewesen, die sie nicht hatte zur Ruhe kommen lassen, wie es seit John Tilsits Tod der Fall war, sondern die Fülle und bedeutsame Vielfalt dessen, was ihre Tochter mit zurückgebracht hatte. Sie hatte es alles in der Dunkelheit der Veranda in der vergangenen Nacht vernommen, ohne eine Lichtquelle zwischen sich und Ginny, die die wechselnde Bewegung auf dem Gesicht der jüngeren Frau gezeigt hätte; nur ihre Stimme hatte, als sie Katrien von Mark Barstow und Tilsit erzählte, das Glück und den Schmerz verraten. Zuletzt hatte sie jedoch überraschende Kraft und innere Gewißheit besessen. »Du siehst also – ich bin wieder dort, wo ich hingehöre. Hier weiß ich, wer ich bin.«

Katrien hatte wach gelegen und über all dies nachgedacht und sorgenvoll nachgegrübelt. Die leisen Geräusche, die sie geweckt hatten, kamen aus der Küche. Sie ging auf die Veranda hinaus und sah, daß in der Küche Licht brannte; Ginnys Gestalt glitt hin und her. Als Katrien eintrat, mit von dem wenigen Schlaf leicht brennenden Augen, blickte Ginny von dem Picknickkorb auf, den sie packte, und lächelte leicht.

»Du bist aber früh auf – wie wär's mit etwas Tee? Ich habe gerade welchen gemacht.«

Katrien nahm eine Tasse und trank ihn langsam, während sie am Küchentisch saß. Sie verfolgte die Vorbereitung des Proviants ohne Kommentar, doch sah sie mit einem Blick, daß es weit mehr war, als Ginny für sich alleine eingepackt hätte.

Schließlich stand Katrien auf der Veranda und blickte Ginny nach, wie sie sich mit Bo auf den Fersen auf den Weg zum Strand hinunter machte. Sie begriff, wie Ginny es beabsichtigt hatte, daß die kleine graue Schale ihren Platz auf der Fensterbank behalten würde, Ginny jedoch nach St. Nicolaas zurückgekehrt war, nicht um mit der Vergangenheit zu leben, sondern um mit ihr zu brechen und die Hand nach der Zukunft auszustrecken.

Katrien nickte befriedigt, ging zurück ins Bett und schlief unverzüglich wieder ein.

Es war die flaue Saison auf den Inseln – die Zeit während des Sommers, in der die Einwohner Atem schöpften; bei den Bungalows von Oranje Cove, die nun fertig waren und bereits von den Meerbinsen und Rankengewächsen umwuchert wurden, herrschte Ruhe. Es war noch zu früh, als daß jemand am Strand war, zu früh, als daß jemand auch nur wach war, mit Ausnahme von Jim, der noch immer aufwachte, wenn das erste Licht auf den Strand fiel und sinnend im Bett liegenblieb, bis Bos Scharren an der Tür ihn herausbeorderte.

An diesem Morgen kam Bo jedoch nicht, und das Licht nahm zu. Schließlich stand er auf, duschte sich und machte Kaffee, während er die erste Zigarette dieses Tages rauchte. Er nahm seine Tasse mit ans Fenster und zündete sich eine neue Zigarette an. Es würde einer jener heißen, ruhelosen Tage werden, an denen das Gefühl des hilflosen Wartens in ihm gärte und arbeitete. Nachher, wenn er zum Postamt fuhr, würde er als erstes nachsehen, ob ein Brief von England da war, und falls keiner da war, würde es ein Tag wie all die anderen Tage, an denen kein Brief gekommen war, ein langes Warten bis zum nächsten Tag und zur nächsten Post. Die ersten Strahlen der Sonne drangen über den Kamm der Berge in seinem Rücken und fielen auf das hohe Dach von Oranje Huis.

Und da sah er sie, wie er sie das erste Mal gesehen hatte, das langbeinige Mädchen in den verschossenen Shorts mit dem blonden Haar, das ihre Schultern streifte, und dem Hund zur Seite, wie sie beide am Rande des Wassers entlangwateten. Einen Augenblick vermochte er sich nicht zu rühren; er stand nur da, mit angehaltenem Atem, als sie an der Stelle zu zögern schien, an der das Boot ihres Vaters weit auf den Strand hinaufgezogen war, wo es gelegen hatte, seit sie es zuletzt benutzt hatte – seit jenem Morgen, an dem sie alleine hinausgefahren war und ihn zurückgelassen hatte. Doch dann ging sie weiter, und er gab seinen Atem in einem langen Stoßseufzer der Erleichterung und wilder Glückseligkeit wieder frei. Sie kam zu seinem Ende des Strandes.